下又有『庚戌正月十三得之於盧馬市冷攤上』題識，鈐『樹卿』白文印。

陳葆貞《綺餘書室詩稿》卷末，稿本

鋪張，益覺擬不於論。此無他故，與前書本意相悖耳。

今者雲槎外史以新編《紅樓夢影》若干回見示，披讀之下，不禁歎絶。前書一言一動，何殊萬壑千峯，令人應接不暇；此則虚描實寫，傍見側出，回顧前蹤，一絲不漏。至於諸人口吻神情，揣摹酷肖，即榮府由否漸亨，一秉循環之理，接續前書，毫無痕跡，真製七襄手也。且善善惡惡，教忠作孝，不失詩人温柔敦厚本旨，洵有味乎言之。余聞昔有畫工，約畫東西殿壁，一人不知天神眉宇别具神采，非侍從所及，畫畢睹之，愧悔無地。此編之出，儻令海内曾續《紅樓夢》者見之，有不愧悔如畫工者乎？信夫前夢後影，並傳不朽。是爲序。

咸豐十一年歲在辛酉七月之望，西湖散人撰。

西湖散人撰《紅樓夢影》卷首，光緒丁丑北京聚珍堂活字印本

綺餘書室詩稿跋

格律老成，詞旨温厚，捧讀一過，欽服之至，謹采十餘章録入拙作《閨秀詩話》矣。所惜雲山間阻，不能親挹蘭芬，評論古今閨中翰墨，而千里寸心，曷勝神往？敬呈拙著《鴻雪樓詩稿》一部，倘荷教政，何幸如之？

泉唐湘佩妹沈善寶拜誌於丹鳳城南椿樹胡同，旹乙巳初夏十日。

編者按：書封題有「沈湘佩女史看本」字樣，跋語後有「善寶」、「湘佩」、「家住西湖西復西」印，應爲手跡。

之花；北沼芙蓉，采奪芳春之色。授長生之籙，降王母於西池；歌偕老之章，見仙翁於南極。身榮象服，羡福慧之雙修；天錫龍章，備箕疇之五福。同著文章而壽世，日月升恒；更看萊綵以承歡，履綦咸泰。善寶不慙蠡測，用祝鴻釐。紀此月杖家稱慶，得聽九如都荔之歌；待他年花甲開筵，更叙一品和鳴之集。

道光辛卯九月，杭州沈善寶。

張孟缇撰《澹蘜軒初稿》卷首，道光二十年宛鄰書屋刻本

紅樓夢影序

大凡稗官野史所記新聞，而作是以先取新奇可喜之事立爲主腦，次乃融情入理以聯脈絡，提一髮則五官四肢俱動，因其情理足信，始能傳世。《紅樓夢》一書，本名《石頭記》，所記絳珠仙草受神瑛侍者灌溉之恩，修成女身，立願託生人世，以淚償之。此極奇幻之事，而至理深情，獨有千古。作者不惜鏤肝刻腎，讀者得以娱目賞心，幾至家絃户誦，雅俗共賞。咸知絳珠有償淚之願，無終身之約，淚盡歸仙，再難留戀人間；神瑛無木石之緣，有金石之訂，理當涉世，以了應爲之事。此《紅樓夢》始終之大旨也。

海内讀此書者，因絳珠負絶世才貌，抱恨夭亡，起而接續前編，各抒己見，爲絳珠吐生前之夙怨，翻薄命之舊案，將紅塵之富貴，加碧落之仙姝，死者令其復生，清者揚之使濁，縱然極力

文；鴻案相莊，孟德耀何知作賦？

及其終天抱恨，廢誦蓼莪；遠道縈愁，夢吟池草。續杏殤之詠，悽絶生平；填梅落之詞，香銷色相。秋風蟋蟀，易觸離懷；春雨鴒原，難申別悃。晶簾乍捲，摹瘦影於花枝；畫榻頻欹，遣病魔於蘭帙。值雁憔蛩悴之天，興月落雲停之感。則玉璫寄札，倚清照之曼聲；錦字緘愁，述令暉之藴結。

今則編成甲乙，壽彼棗梨。蒙索鄙言爲弁首，欣瞻全集以輸心。焚膏展讀，盥露重繙。詎意今人，獨彈古調。蓋以芬芳悱惻之懷，寫離合悲歡之境。性靈結撰，根孝弟以立言；意匠經營，茹古今而達意。思深語雅，胷有千秋；格雋調高，目無餘子。庾清鮑俊，垂秋露於海沓；柳月秦雲，播春風於瓊管。此誠閨閣之仙才，豈等箏琶之凡響？

善寶抱書癡於陋室，負詩癖於寒窗。午夜搜吟，未甘畫虎；庚晨涉獵，辛苦雕蟲。鷲嶺輕離，應被湖山笑我；鳳城乍至，何期萍水逢君？辱環珮之先臨，三生快覯；証苔岑之宿契，五載交深。林鶯春喚，每勞折柬以招遊；稻蟹秋肥，常約開尊而覓醉。推衿送抱，誼若雁行；似漆投膠，愛忘燕石。詩敲粧閣，清談欽道韞之詞鋒；譜重金蘭，卓識羨憲英之敏慧。選來奩豔，遠過《擷芳》；細輯然脂，接踪《正始》。同爲官隱，金門豈異夫鹿門；藉慰羈棲，春月迴殊乎秋月。

茲值佩萸令節，適逢錫嘏良辰。長庚與寶婺齊輝，錦帨共珠槃共燦。赤籬叢菊，香舒晚節陳縱横之體。共羨頌椒佳叶，澄景青陽；遠傳拜月新吟，蛾眉鸞鏡。裁花作骨，蒐金粉於六朝；鏤雪爲神，弋英華於兩漢。三影擅詞客清真，四愁寫美人贈答。枕經葄史，繡厨成翰墨之林；摘豔薰香，鏡檻即縹緗之所。則親承有伏女風徽，績學亦曹姬流亞。

至如姊妹花前，棣棠枝下，緑筠繪月，紫笑含風。烹雀舌於新磁，清迴詩味；爇龍涎於古鼎，碧裊文心。阿連刻燭，扣霞水之舷；織素分題，結蘭苔之社。拈來紅豆，曲譜雙聲；界出烏闌，詞裝七寶。塤篪競奏兮，換羽移宫；花蕚交輝兮，珠圓玉潤。則劉家羣從，僉推不櫛書生；宋氏連枝，豔説掃眉學士。

迨夫結縭名族，補充深閨。雲翹仙侣，本異凡塵；蕭史好逑，詎譏天壤？玉堂金馬，比肩人氣吐長虹；鐵畫銀鉤，繞膝兒聲清雛鳳。拔金釵而沽酒，相敬如賓；置紅袖以添香，終温且惠。蘋蘩偶暇，呼新婦以推敲；花柳方妍，偕藁碪而討論。倡予和汝，百幅鸞箋；選韻聯吟，一螺翠墨。織成鴛錦，五絲皆交頸之文；按到鶼笙，雙調即同心之譜。則篇章富麗，雅勝秦徐；琴瑟和鳴，直追趙管。

若乃隨親歷下，侍宦陶山。訪漢主之粧臺，覔蘇康之故壘。濟河浩浩，如倒詞源；岱嶽蒼蒼，另開詩境。牽衣賦惜别之篇，清猿咽雨；陟屺多望雲之作，畫角哀秋。既而金臺遠至，覽烟樹於薊門；玉棟頻過，玩露蕖於太液。連雲雉堞，鳳闕崔巍；映水鼇峯，龍樓縹渺。借皇都之壯麗，抒雅抱之宏深。是以一編冰雪之詞，又得千里江山之助。則鹿車躬挽，桓少君應愧無

鴻雪樓外集

錢塘沈善寶湘佩著　歸孫沈敏元輯印

文

湘痕閣詞序

人比黄花，久播新聲於《漱玉》；屏移粉月，近傳雅製於《生香》。是知緑鬢詞媛，每多哀怨；朱顔學士，不少牢愁。豈真造物忌才，慧難兼福；畢竟聰明有種，文足彰名。况乎鸞原鳳族，蓀發蘭枝。毓靈珠於碧海，孕仙李於瑶根。居有隨園，雅擅蓬壺之勝；學承捧水，快分椿蔭之榮。鬬草閒庭，朝翻翠帙；評花小榭，夕按鵝笙。疏雨微雲，結社而頻裁蕉葉；紅情緑意，拈題而細咏蓮花。滴粉研脂，姊唫妹和；引宫刻徵，塤奏篪隨。斯真萃風雅於一門，抗逸情於千古。迨夫耦偕簫史，曲譜同心；書畣秦嘉，情深連理。對江流之浩渺，飄落天長；吟竹影之檀欒，夢憐春短。一痕新月，寫眉嫵於妝台；十樣衍波，耀釵光於硯匣。是以鮫囊多綴玉之篇，鴻案有聯珠之什。及其寶鏡分鸞，瑶琴別鶴，已悲孑影，更悼孤雛。聽夜雨之啼鵑，青燈明滅；咏春風之貞燕，紅縷依稀。繅到蠶絲，偏抽獨繭；焚殘猊鼎，虚裊雙烟。宜其商聲一片，都從紙上飛來；血淚千行，盡向毫端灑去。善寶才同畫虎，酷愛詩歌；性似痴蟫，惟耽圖史。紅塵十丈，愧薄宦之羈栖；白雪一編，喜新詞之瀟灑。數言弁首，貽笑披榛；千里傾心，聊云投李。看此日集刊文梓，争傳壼内金荃；待他年徑踏烟蘿，敬訪閨中白石。

道光甲辰六月朔旦，同里湘佩沈善寶拜撰。〔一〕

《湘痕閣詞》者，隨園老人女孫袁柔吉女史所著。女史適天長崇氏，夫早卒，而子又俱殤。迨姑即世，乃歸母族，爲弟撫孤。咸豐癸丑，粤寇陷金陵，殉節園中。亂後族弟翔甫大令得其詩詞遺稿，始彙刊於《隨園全集》之末詞鈔，弁以是序。敏元所見先祖姑雜文，僅此一篇，謹先輯入外集，餘俟徵求。

校勘記

〔一〕『道光甲辰六月朔旦，同里湘佩沈善寶拜撰』，據民國二十四年新文化書社《隨園全集》第二十五册《湘痕閣詞稿》補。

詩

壬寅八月温潤清賢妹卒於安慶舟次凶問至京哭之以詩

自聞薄宦領黔州，不待臨歧淚雨流。素腕瘦來無一握，風霜早已爲君愁。

烽火無端逼大江，紛紛奔竄太倉皇。數年返哺情空切，争奈慈姑戀故鄉。

强説平安慰北堂，一函書寄九迴腸。而今撒手歸何處，成佛升天總渺茫。

長途疾痛向誰論，蹙損雙彎翠黛痕。一葉扁舟臨斷岸，滿江烟雨斷吟魂。

五年聚首感情真，視我渾如手足親。空有他年雞黍約，難持杯酒奠江濱。

芳魂飄泊阻關山，旅櫬凄凉帶月還。翦紙招魂腸欲斷，忍看白髮哭紅顔。

己酉立春後十日奉題潤清賢妹傳即應叙眉妹丈刺史之命並希郢政

記訂蘭交日，燕臺正早秋。蛾眉復螓首，善病更工愁。至性真肫最，人情體貼周。雅懷除綺麗，素志樂清幽。德曜賢聲著，少君才具優。以儂心戆直，感子意綢繆。春雪同吟咏，秋華互勸酬。果肴隨序薦，藥石檢方投。閨閣逢知己，天涯釋旅憂。紅塵飛不住，白日去難留。聚散渾無定，悲歡詎自由。驪歌來繡閾，宦轍指黔州。未盡丁甯語，惟餘涕淚流。風霜侵兩鬢，魂魄散孤舟。稚子纔黄口，高堂已白頭。生離時戚戚，死别歲悠悠。琴惜子期絶，靈知元白休。妹歿日，余夢來作別，若平生歡。悲哉！雲霞思舊誼，花月記前游。欲覓鴻飛迹，都成水上漚。微之有哀詠，披讀暗酸眸。

辛酉之夏敏元登報徵求先祖姑遺著，承邗上鮑婁先先生録寄五排詩一章、詩話一則。先生爲温潤清夫人之曾孫，家藏《温夫人傳》手卷，末有先祖姑手題五排詩及詩話，即先生所録寄者。詩話已見第七卷，惟輓詩六章，原刊《詩話》中僅節取數聯，因與五排詩輯入《外集》，俾窺全豹。先生續又檢寄先祖姑與其大父定中先生尺牘一頁，得瞻手迹，尤可感也。謹並誌之。

和謙小榆太史梅花八詠

快雪初晴映霽霞，溪橋相訪路偏賒。衝寒雅愛幽香遠，入畫深憐古幹斜。鐵骨冰心雖冷淡，紅英緑萼自風華。孤標只許詩人賞，斑管争開五色花。

相對休嫌太瘦生，冰壺濯魄有餘清。舊時月色憑誰問，此日春光感客情。一自廣平摛麗賦，遂偕和靖占高名。幾回索笑凭欄立，試聽雙鬟按曲聲。

霜鎔雪鍊意遲遲，香滿園林蝶不知。漠漠梨雲尋遠夢，濛濛煙月助吟思。美人日暮依空谷，離客風前寄折枝。自是天然標格好，玉堂茅舍總相宜。

見説槐陰別有村，暗香如水襲琴尊。探來玉照苔侵樹，步入巢居雪打門。寒雀枝間留爪印，春山林隙露眉痕。百花頭上開何早，管領東風造物恩。

絶世風神謝俗緣，歲寒盟在惜流年。清貞祗合隣山竹，高節端宜偶水仙。微雨斜陽真可賞，石屏紙帳劇堪憐。莫教畫角吹三弄，疏影須將淡墨傳。

花天香海舊游踪，樓閣千重樹萬重。姑射神姬風雪見，緑華仙子佩環逢。籬邊冬煖延黄菊，嶺畔春寒傍碧松。休道高人耽隱逸，比來歸思爲君濃。

蠟屐尋春興未殘，攜將棋局對花彈。烟霞性癖逃名易，冰雪情多琢句難。月夜翠禽鳴宛轉，霜高元鶴伴清寒。銅瓶自汲清泉貯，翦取虬枝燭下看。

珍重東風第一枝，清香天賦豈無私？賞心官閣人重到，點額深宮夢未知。白石詞仙翻舊譜，青邱居士賦新詩。相逢一笑憐疏放，恰好尖叉鬥韻時。

題　畫

彈罷明妃又洛妃，無端心事寄金徽。年來人世知音少，獨抱鳴琴何處歸？

右從近人松江雷君曜、君彦昆弟所輯《閨秀詩話》内録入。

詞

蝴蝶兒　詠秋海棠

點秋光，傍銀牆，嬌紅淺白鬭新妝。緣何號斷腸？　豔極神難寫，吟多齒亦香。紅絲葉背粲成行，西風蝶夢涼。

河滿子　詠寒砧

幾陣金風送響，誰家玉臂生寒。霜裏聲聲聽斷續，攪愁驚夢無端。催得樓頭刀尺，工夫徹夜難寬。　共月敲來漏永，隔林傳去溪喧。惹起羇人無限恨，故鄉極目關山。何事年年輕別，卻令遠念衣單。

風入松 讀《鏡花緣》作

瑶池春煖宴蟠桃，仙樂奏雲璈。花神月姊無端甚，逞機鋒、魔劫先招。上苑羣芳已放，山中棋子猶敲。　黄粱夢醒鬢蕭蕭。舟泛海天遥。異國神山游歷徧，老書生、清福能消。纔把奇花手植，誰知仙籍名標。

滿江紅 渡揚子江

滚滚銀濤，瀉不盡、心頭熱血。想當年、山頭擂鼓，是何事業。肘後難懸蘇季印，囊中賸有文通筆。數古來、巾幗幾英雄，愁難説。　望北固，秋烟碧。指浮玉，秋陽赤。把蓬窗倚遍，唾壺擊缺。游子征衫攙淚雨，高堂短鬢飛霜雪。問蒼蒼、生我欲何爲，空磨折。

其二 前題

撲面江風，捲不盡、怒濤如雪。憑眺處、琉璃萬頃，水天一色。釃酒又添豪傑淚，然犀漫照蛟龍窟。一星星、蟹嶼與漁汀，凝寒碧。　千載夢，風花滅。六代事，漁樵説。只江流長往，銷磨今昔。錦纜牙檣空爛漫，暮蟬衰柳猶嗚咽。笑兒家、幾度學乘查，悲歌發。

右詞五首，從松江雷君曜、君彦所輯《閨秀詞話》内録入。

鴻雪樓外集拾遺

詩

和作

錢唐女史沈善寶湘佩

手把芙蓉出玉京，清才豔福二難并。詩翻雲錦花争麗，秋滿園林月正明。湖海豪情應絶代，萍蓬小聚亦三生。而今偶落孫山外，佇聽高題雁墖名。

浪遊越水與吴山，詩卷難追唐宋間。潦倒襟懷空咄咄，飄零客淚尚潸潸。秋風陟屺情何已，春草縈愁句欲删。此日揮毫愧珠玉，驪駒一曲遠人還。

附原作 贈沈湘佩女史時從淮浦返武林

神仙只合住瑶京，吹墮紅塵萬恨并。世有此才重閨閣，事難如意誤聰明。詩書滋味娱長日，貧病年華耗半生。天壤王郎君莫憾，謝家道藴自芳名。

過江無數好青山，盡入詩情畫意間。感我前遊帆乍卸，余方自秣陵下第歸。讀君新句淚猶潸。才原妨福真成例，憂可傷人且漸删。此去西泠煙水近，明朝一櫂故鄉還。

殷兆鏞撰《齊莊中正堂詩鈔》卷二，光緒刻本

殘　句

知我有誰同鮑叔，殺人自古坐曾參。

沈善寶湘佩，倜儻能詩。未嫁時有爲蜚語者，湘佩控之邑侯，並陳長律八章。有云云云，聞者傷之。

嚴衡編《女世説》，一九二〇年上海聚珍仿宋書局本

詞

壺中天 仲遠大令暨德配包孟儀夫人令媞，性均孝友，與叔姊婉紃、季姊若綺兩夫人伉儷同居，家政悉咨叔姊，遵尊甫翰風先生遺命也。兩夫人善詩古文、詞，婉紃夫人尤喜作擘窠大字，孟儀夫人嗜文學，工漢隸。姑娣切磋，交相愛敬。姊壻孫叔獻、王季旭兩先生，皆抱經濟文章之士。大令才兼三絶，相與商榷古今，嘯歌風月，情義如昆弟焉。其中表妹湯碧痕女史嘉名，爲繪《比屋聯吟圖》

蘭姨瓊姊，喜仙鄉共住，團圓骨肉。阿弟多才夫壻疋，萬卷奇書同讀。秋月宵澄，春花

晨豔，消受清閒福。劉樊趙管，人間無此雍睦。更憐繞屋扶疏，樹皆交讓，玉筍抽叢竹。相約臨池邀覓句，無間雨風寒燠。花萼交輝，鴛鴦比翼，樂事天倫足。重逢官舍，傷心偏少徐淑。

張仲遠觀察傳有《比屋聯吟圖》，錢塘沈湘佩女史善寶題《壺中天》詞，有序云云，詞云云。時仲遠將宰武昌，孟儀夫人已逝世云。嗚呼，近世鄙俗頹風，兄弟之怡怡一室者已不多覯，況姊弟三姓同居，歡聚於十數載哉？觀圖中姊婿題圖之作，其家門之孝友、閨闈之風雅均有足傳者，故備録於後。

金武祥撰《粟香隨筆·粟香五筆》卷二，光緒刻本

文

澮蘜軒初稿序

蓋聞槎浮銀漢，乞靈巧於天孫；書讀瑯環，探秘藏於仙史。曲江巨製，筆挾風霜；燕國鴻章，篇裁錦繡。歷傳名宿於當時，更見閨英於此日。是知琪花瑤草，呈奇於元圃丹邱；和璧隋珠，毓秀在名山大澤。

惟我孟緹賢姊，清河華胄，莒縣名門。椿庭問字，秉家學之淵源；萱室傳經，得國風之和雅。幼嫻書禮，穎悟無倫；長習詩詞，温柔有教。紅桃靧面，具璇閨明豔之姿；青李揮毫，仿筆

鸿雪楼外集

菩薩蠻　題《拈花圖》

胸羅錦繡文如鳳，才人合受名花供。三疊奏清平，春風鰲背行。　黄粱猶未熟，妙手傳金粟。參透大乘禪，拈花一莞然。

風入松　讀《鏡花緣》作

瑶池春暝宴蟠桃，仙樂奏雲璈。花神月姊無端甚，逞機鋒、魔劫先招。上苑羣芳已放，山中棋子猶敲。　黄粱夢醒鬢蕭蕭，舟汎海天遥。異國神山游歷徧，老書生、清福能消。纔把奇花手植，誰知仙籍名標。

前　調

孝娥千里遠尋親，生死幾艱辛。玉碑已現閨英榜，彊歸來、伴結佳人。賦茗久欽黑齒，頌椒同步青雲。　蜃樓海市幻中因，意蘂豔翻新。胸中塊壘消全盡，羡蛾眉、有志俱伸。千古蘭閨吐氣，一枝筠管通神。

丁酉中秋後四日，蘋香姊吴藻拜讀僭選

南瘳令 聞雁感褱

霜柝已三更[一]，思親瘳不成。憶當年、血淚交迸。偏覓稻粱供菽水，甘旨計、苦難盈。聽徹一聲聲，教儂恨更生。嘆天涯、雨雪飄藷。燕雀安能知抱負，翻笑汝、字縱横。

校勘記

〔一〕『柝』，南圖抄本作『析』，形近而誤。

意難忘 春夜聽雨，憶孤山梅花定多藷落，輾轉不寐，感而倚拍

一葉輕航，向孤山深處，載酒尋芳。疏枝花綴雪，冷蘂玉霏香。疑翠袖、映紅妝，爛漫鬬春光。步蒼苔、未能輕别，生怕斜陽。歸來兀自難忘。悵詩魂蝶瘳，不度瀟湘。何堪連夕雨，更轉九迴腸。人無寐、恨偏長。花露定飄颺。想廣平、心同鐵石，尚賦篇章。

蝶戀花 春暮

柳絮簾櫳春欲暮。極目天涯，那是春歸路。紫燕黄鶯嘸不住，似曾解得文通賦。自浣薔薇吟麗句。緑展芭蕉，邀我臨褱素。無那吟褱消不去，微雲又漏催詩雨。

前調　湖廔聽雨

霎霎復蕭蕭，梧葉芭蕉。松風四面捲波濤。併作秋聲成一片，夜雨今宵。　秋思本無聊，寥又苕苕。二分涼意透輕綃。來日湖邊新漲碧，擬汎蘭橈。

采桑子　秋夜不寐，用獨木橋體

桂花香静宵初永，露冷無聲，月澹無聲，月露無聲伴有聲。　聲聲只向疏窗度，四壁蟲聲，萬樹秋聲，來助樓頭夜讀聲。

蝴蝶兒　秋海棠

點秋光，傍銀廧。嬌紅淺白鬬新妝，緣何號斷腸？　豔極神難寫，吟多齒亦香。紅絲葉背粲成行。西風蝶寥涼。

虞美人　冬夜聽雨

打窗落葉聲蕭瑟，寒氣鐙前逼。病來詩思已無聊。添得者般情景、助魂銷。　霜鴻陣陣飛何急。豈有愁難説。一番疏雨一番風，知否有人憔悴、小廔中。

人麗藻。玉帶鎮山風雅擅，鼓聲振夜煙塵埽。捲秋風、仍是舊波濤，伊人杳。

浪淘沙 舟行晚景

漁火兩三星，煙水冥冥。一行新雁起遥汀。辛苦天涯緣底事，也學飄萍。　何處唱瓏玲，腸斷聲聲。記曾好句賦湘靈。一樣曲終人不見，江上峯青。

滿江紅 端陽感成

死別生離，半年内、肝腸寸裂。數恨事、菱花萎露，荆枝壓雪〔一〕。痛淚揮殘千點雨，孤衾映徹三更月。望霜幃、何處覓慈雲，悲無極。　天中序，蒲榴節。思去歲，傷今日。記西湖競渡，命題援筆。彩線教搓長命縷，霞觴曾晉延年席。賸孤兒、孑影奠杯羹，空嗚咽。

校勘記

〔一〕『荆』，南圖抄本作『前』。

浪淘沙 平湖秋月

皓魄映平湖，一顆驪珠。琉璃萬頃水平鋪。月色波光同浩渺，人在冰壺。　山色有還無，入望模黏。一聲漁唱出菰蒲。柔艣忽驚鷗夢醒，詩境難圖。

滿庭芳　寒夜對月憶蘭心夫人

滿地霜華，一庭月色，碧空萬里無雲。流光又盡，能不惜仌輪[一]。遥望廣寒宫殿，鏁葳蕤、清絶纖塵。多情甚，素娥青女，耐冷照愁人。　去年當此際，萍飄蓬合，説劍論文。自西風别去，神返瑶京。堪嘆人閒聚散，轉輪與、皓魄三分。徘徊處，暗香浮動，梅影又横陳。

校勘記

[一]「惜」，南圖抄本作「借」。

滿江紅　重渡揚子江

撲面江風，捲不盡，怒濤如雪。憑眺處、琉璃萬頃，水天一色。釃酒又添豪傑淚，然犀漫照蛟龍窟。一星星、蠏嶼與漁汀，凝寒碧。　千載㝱，風花滅。六代事，漁樵説。只江流長往，銷磨今昔。錦纜牙檣空爛漫，暮蟬衰柳猶嗚咽。咲兒家、幾度學乘查，悲歌發。

前調　登金山妙高臺

破浪揚帆，江心寺、者番纔到。又何異、人來弱水，身游蓬島。頓覺胸中天地闊，轉憐眼底江山小。御天風、我欲逐雲飛，情飄緲。　追往事，重憑弔。尋勝蹟，窮幽窈。想蛾眉偉績，才

校勘記

〔一〕『續』，南圖抄本作『讀』。

〔二〕『殘月曉風何足道，碧雲紅溝渾難比』，南圖抄本作『殘月燒風何足道，碧雲紅藕紅難比』，有誤字。

〔三〕『銷』，南圖抄本作『鎖』。

前　調

流水高山，念今昔、幾人同調。況又是、金閨博士，玉臺僊藻。幼婦從來工織錦，美人自古傳香草。倚新聲、玉篴譜霓裳，知音杳。　花影畔，予懷渺。簾影外，東風悄。憶梅窗韻冷，梨雲瘮繞。翠袖紅羅人隱約，暗香疏影詞飄緲。丁亥冬日，曾以步珊姊所繪之紅緑梅幅索題，承填小令，情致纏緜，令人神往。謹題成、尺素寄蓬萊，煩青鳥。

前　調　題《□竹樓詩集》

緑水夫容，羨幕府、詩才清絶。繼玉茗、低吟紅豆，高歌白雪。北固西風供作賦，南徐畫燭欣留客。泛煙波、聽徹碧簫聲，揚州月。　湖海恨，泥鴻跡。古今事，煙雲滅。看江山如此，都歸彩筆。一卷龍光騰寶劍，千秋慧業傳瑶笈。爇名香、浣手細披吟，心先折。

校勘記

〔一〕「潮」，南圖抄本作「舟潮」。

鵲橋僊　七夕

夢迴蕉雨，涼生銀漢，到此際、鵲橋填未。神仙那有别離情，笑下界、謳吟多事。　碧天雲淨，瑶階露冷，曲檻幾回閒倚。聰明誤盡世閒人，肯乞巧、再添愁地。

燭影摇紅　題陳兩橋先生詩集

七寶裝成，風雲月露供描寫。浣花楄紙界烏絲，尺幅龍光射。□□酒旗□□。□□□、□□□詫。翦燭重翻，焚香細讀，塵襟頓謝。　竚看春風，杏花壓帽容相亞。狀頭合付謫仙才，人鏡夫容下。方顯文章聲價。不負了、題橋司馬。□□□□，新句添來，玉堂清話。

滿江紅　題吴蘋香夫人《花簾詞稿》

續史才華〔二〕，埽除盡、脂香粉膩。記當日、一編目睹，四年心□。殘月曉風何足道，碧雲紅薴渾難比〔三〕。問神僊、底事謫塵寰，聊游戲。　寫不盡，離騷意。銷不盡〔三〕，英雄氣。儘緑楄恨託，紅牙興寄。浣露迴環吟未了，瓣香私淑情難置。儻金鍼、許度碧紗前，當脩贄。

前　調　寄步珊姊

無計展眉頭，秋在心頭。暮天新雁起汀洲。欲把遠書交與寄，又怕沈浮。　簾捲月如鈎，累我凝眸。離褱渺渺水悠悠。料得有人同悵望，十二層樓。

鵲橋僊　題紅綠梅

江南江北，水邊月下，一樣橫斜疏影。昨宵花底獨尋詩，又驚得、霜禽寥醒。　香生絳雪，寒生翠袖，絕似羅浮僊境。折枝欲寄隴頭春〔一〕，應不怕、東風吹盡。

校勘記

〔一〕『春』，原作『□』，據南圖抄本補。

鳳皇臺上憶吹簫　聽雨

半懸簾纖，霎時淜湃，忽然颯颯蕭蕭。正黃昏近也，分外聲驕。扶病小樓凝聽，聽屋角、飛瀑奔濤。淋鈴曲，休須重譜，已足魂銷。　飄飄。迷離恍惚，好似駕孤篷，一葉乘潮〔一〕。　想枝頭紅杏，應負花朝。贏得愁褱如織，幸窗外、未種芭蕉。無暝夜，釭花□□，還檢香燒。

浪淘沙　題梨花、海棠

清酒爲愁澆，㾕影苕苕。闌干倚徧轉無聊，忽見階前雙豔影，不覺魂銷。　春事已花朝，脂粉香嬌。更憐紅線伴雲翹，最好溶溶明月夜，銀燭休燒。

解語花　題梅花

竹外横枝，小橋流水，正孤山清曉，春寒料峭。尋舊㾕、仿佛衣香縈繞。多情翠鳥，猶向我，嚶鳴不了。想仌姿、元是神僊，無怪紅塵杳。　何日巡檐索咲。更尊傾東閣，堂開玉照。詞裁麗藻，留芳影、金屋深藏窈窕。横斜夭矯，且圖寫、癯僊風貌。任江城、玉篴頻吹，不怕春光老。

浪淘沙　題芍藥

昨夜㾕揚州，廿四橋頭。香風吹上小紅廔。十二闌干圍錦繡，豔我吟眸。　對此抵封侯，婪尾春留。澹煙微雨助嬌柔。金帶圍開徵吉兆，紅紫誰侔。

白雪，舌長青蓮。究與生平何補，誠不若、桃李無言。空惆悵，瑶臺十二，弱水三千。

滿江紅 渡揚子江感成

滾滾銀濤，瀉不盡、心頭熱血。想當年、山頭擂鼓，是何事業。肘後難懸蘇季印，囊中賸有文通筆。數古來、巾幗幾英雄，愁難説。　望北固，秋煙碧。指浮玉，秋陽赤。把篷窗倚遍，唾壺擊缺。游子征衫攙淚雨，高堂短鬢飛霜雪。問蒼蒼、生我欲何爲，空磨折。

一翦梅 夏日湖上憶蘭僊亡妹，蘭僊號湘娥

偶逐閑鷗泛緑波，纔聽菱歌，又聽蓮歌。湖光雨後鏡新磨，山擁青螺，蒲展青羅。　風捲松聲逸韻拖，似鼓雲和，不見湘娥。眼前景物盡如它，柳比雙蛾，頰比新荷。

踏莎行 題《蛺蝶圖》

花落花開，春長春短。游絲裊裊東風輭。美人獨立正無聊，往來鳳子情偏眷。　芳草神迷，海棠瘮暎。亂紅如雨揮羅扇。愁它化作彩雲歸，卻教飛入鵝溪絹。

醉太平　秋夜

風聲雨聲，蛩聲漏聲，作成一片秋聲。卻教人怎生？　詩隨境更，愁隨境增，不堪愁緒詩情。總黄粱未成。

鳳皇臺上憶吹簫　寄蘭僊妹壽光作〔一〕

眉列春山，眼横秋水，天涯能不魂銷。况琴書落拓，蓬轉萍飄。不信離家幾日，纔餞歲、又是花朝。花朝矣，紅情寂寂，緑瘮苕苕。　無聊。闌干十二，曲曲倚將來，祇合吹簫。柰玉簫聲遠，清怨偏饒。惟有多情明月，仍來伴、客館吟瓢。應相咲，沈腰瘦去，不減推敲。

校勘記

〔一〕『壽光』，『壽』字原作『□』，《名媛詩話》卷六吴浣素《寄長女善寶壽光》注云：『時因山左李怡堂觀察寄爲螟蛉女，接赴壽光。』因據補。

前　調

流水行藏，浮雲蹤跡，茫茫碧海青天。嘆光陰易逝，歲月難延。底事離愁别緒，拋不去、心上眉邊。愁都黯，夫容秋雨，芍藥春煙。　堪憐。彩豪揮脱，徒縈得蠶絲，萬縷纏緜。縱詩成

滿庭芳　題《二十四橋明月圖》

萬樹垂楊〔一〕，六朝金粉，繁華獨擅千秋。平山遠水，大可豁吟眸。無怪當年杜牧，銷魂在、十里紅慶。曾聞説，神仙富貴，跨鶴也來游。　句留。卻不道，春風明月，盡付名流。看珠簾半捲，緑蝗輕浮。飛盞狂吟未了，香塵徧、廿四橋頭。誰還問，玉鈎斜畔〔二〕，芳草暗生愁。

校勘記

〔一〕『樹』，南圖抄本作『里』。

〔二〕『鈎』，南圖抄本誤作『釣』。

點絳脣　早春寄步珊姊

簾捲東風，數聲花外聞啼鳥。此時褭褭，知有愁多少。　離恨年年，應被青山咲。春還早，萋萋芳草，緑遍長亭道。

前　調　聽雨

夜雨聲聲，杏花消息何堪問。小廔人静，澹煞殘燈影。　自咲浮漚，何苦縈愁悶。當前境，花元薄命，争柰天生定。

觸目倍淒然。楊柳風和，梅花香冷，春也學寒暄。

如夢令

纔過禁煙節後，又值餞春時候。無語對東風，淚溼斑斑羅袖。休驟，休驟，忍見緑肥紅瘦。

解語花　題陳相之先生近湖山館小照

一篙緑水，四面青山，山水皆韶秀。東風殀晝。蘇隄外、十里平湖春透。小桃細柳。看西子、芳容依舊。櫂煙波、合有高人，豔福頻消受。　蘇白風流誰復。有參軍此日，經綸抱負。平原特繡。管湖山、預兆他年太守。詞傳紅薵，誇勝蹟、應多吟友。和陽春、畫倚新聲，按拍慙予後。

鳳皇臺上憶吹簫　寄慰簫廔師悼亡

雲散星沈，烏嘑花落，魂銷南浦歸舟。任萬般離恨，百種閑愁。都付西風黃葉，隨帶水、只向東流。空相約，南枝梅綻，誰續斯游。　悠悠。蟾圓易缺，偏潘岳多情，頓折鶯儔。怪嫦娥底事，遽返瓊廔。疇把鸞膠再續，彈別鵠、數盡寒籌。寄魚書，丁甯青鳥，早到明州。

踏莎行 閨友以秋海棠見贈，調此報謝〔一〕

青黺廧邊，碧闌干右。神僊丰度元韶秀。釵横鬢亂態何慵，西風吹得胭脂瘦。割愛分來，同心許覯。仌壺貯□嬌難繡。風流誰得似卿卿，願爲蝴蝶長相守。

校勘記

〔一〕『調』，南圖抄本作『譜』。

浪淘沙

窗外雨瀟瀟，衹在芭蕉。惹人愁思又今宵。寒逼羅帷蓮漏永，睡鴨香飄。把卷費推敲，煙水苕苕。玉人何處教吹簫。二十四橋明月夜，杜牧魂銷。

前調 紅樹

青女曉妝殘，脂盒傾翻。和霜研露潑人閒。染得千林如錦幛，圍住青山。花事盡闌珊，誰駐紅顏。葭蒼水白雁聲寒。記得停橈斜照裏，緑鬢同看。

小闌干 早春

無情造物有情天，欲問總無言。一片愁城，四圍愁陣，腸斷又今年。生涯如此何堪病，

如夢令 春暮

纔罷杜鵑嘑血，又見楊花飛雪。碧蘚繡柴門，虧得落紅點綴。休説，休説，好鳥枝頭惜别。

前　調 不寐

半壁燈光孤立，一縷鑪煙弦直。夢斷小麌中，何處數聲長篴。幽絶，幽絶，恰好疏簾澹月。

南麌令 病中對菊

無力理殘妝，傷心淚數行。整雲鬟、翻累高堂。寸草春暉猶未報，扶瘦影、倍悽惶。　駒隟逝流光，東籬菊又黄。憶滄桑、回首茫茫。十二闌干秋寂寞，還是爾、耐風霜。

喜遷鶯 和簫麌師秋感

秋光澄澈。又落葉瀟瀟，吟蛩唧唧。幾杵疏碪，兩行新雁，更勝杜鵑嘑血。惹得羈人哀感，製就新詞悽絶。低唱罷，覺愁腸自斷，愁眉頓結。　幽寂。簾捲起，菊影扶疏，正一庭霜月。欲問嫦娥，相邀青女，同話廣寒宫闕。底事天邊蟾影，祇照人間離别。吟望處，對蒹葭露冷，暮雲空闊。

又淋鈴。幾度思彈綠綺，誰家正理瑶箏。卸罷殘妝纖手冷，霜風和月穿櫺。無柰夜長人倦，薰籠倚到天明。

前調 寒山

寂寞疏林落日，淒迷衰草黏天。一片凍雲歸遠岫，倪迂畫筆幽閑。只少尋梅踏雪，隔溪遥指吟鞭。笑向春花叢裏，妝成秋樹村前。轉眼風光都不是，空餘寒霧寒煙。幸有停車歸客，還來石徑流連。

前調 寒砧

幾陣金風送響，誰家玉臂生寒。霜裏聲聲聽斷續，攪愁驚寤無端。催得廔頭刀尺，工夫徹夜難寬。共月敲來漏永，隔林傳去溪喧。惹起羈人無限恨，故鄉極目關山。何事年年輕別，卻令遠念衣單。

巫山一段雲 瘦

攬鏡頻相訝，癡心卻咲儂。不知何事攪情衷，消削到眉峯。簾捲西風悄，黄花寫影工。縱教形與鶴相同，元是沈家風。

虞美人　送春

問春欲去歸何處，怪底春無語。商量無計把春留，又見杜鵑啼血、蝶含愁。　落花飛絮多情緒，也欲隨春去。闌干十二獨徘徊，賸得青青滿眼、是莓苔。

西江月　絡緯娘

聽爾絲繅五夜，令人轂轉三更。可憐錦字織難成，金井闌邊露冷。　亦有機聲軋軋，何須燈火熒熒。寥回明月半窗横，一片梧桐疏影。

河滿子　寒雁

捲地朔風陣陣，過江征雁行行。底事勞勞無定跡，祇緣辛苦隨陽。清夜月明人静，殘星幾點微茫。　毛羽誰憐豐滿，書空枉費文章。嘹唳一聲愁欲絶，蘆花兩岸飛霜。玉篴小樓吹罷，碧天萬里何長。

前調　寒閨

簾幙低垂静夜，蘭膏撥盡深更。鐙影模黏梅影瘦，篆香暝拂雲屏。已覺愁魂欲斷，那堪雨

鴻雪廔詞

錢唐沈善寶湘佩譔

憶江南 早春

風一陣，漸漸扇微和。楊柳煙開青似染，池塘水�綠生波。疑是鏡新磨。

臨江僊 江廔晚眺

廔外長江江上水，水流東去沈沈。白雲出岫本無心。遠山浮淺黛，明月冷疏砧。來往蒲帆渾不定，忘機沙上閒禽。漁歌高唱綠楊陰。箇中饒野趣，此外少知音。

一翦梅 衝寒圖

瀟灑吟情在灞橋，杖挂詩瓢，驢踏瓊瑶〔一〕。《陽春》一曲調應高，梅正香饒，雪正蕭騷。自是清狂逸興豪，一任寒驕，肯負今朝。竹籬茆舍露山坳，幽景難描，幽思難消。

校勘記

〔一〕『瓊瑶』，南圖抄本作『瑶瓊』。

鸿雪庆词

送曉邨赴閩

春草芊芊春水波，尊前無奈唱驪歌。東風不解留人住，無怪文通賦恨多。
浮雲聚散或前因，難得憐才氣誼真。從此縱教裁白雪，再垂青眼是何人？
一片飛花送去旌，萬株垂柳綰離情。堪憐花柳猶如此，忍聽陽關第四聲。
載鶴攜琴畫舫輕，青山一路笑相迎。閩江黎庶應相慶，竚看卿雲一朵明。

和曉邨見贈原韵

紅豆教成鸚鵡歌，緑牕無計遣愁魔。雲中忽落天孫錦，勝咏霓裳到大羅。

春寒釀就楝花風，詩在湖光山色中。世事儘教供一噱，天涯今喜識英雄。

饒他桃李占芳春，識破浮沈與幻真。獨有詩魔難懺悔，漫誇蟬鬢是傳人。

和曉邨見贈元韵

光風霽月遍西湖，吟就新詩似串珠。福慧雙修天下少，才華絶代世間無。六朝金粉宗開府，兩晉風流屬大夫。今日瞻韓猶恨晚，詞壇原不減蓬壺。

萍踪快聚等鷗梟，一瓣心香熱鷓鴣。漫把文章矜翡翠，忽逢鐵網愧珊瑚。湖山有幸留仙客，粧閣無才笑鳳雛。轉恨緑波催畫舫，東風先寫送行圖。

讀紅樓夢戲作

無端煉石笑媧皇，引得癡人入夢鄉。争羨春風迷芍藥，最憐秋雨病瀟湘。纏綿獨抱情千古，寂寞難消淚數行。不信紅顏都命薄，空留印板舊文章。

怡堂師以書見召命寶北還山左并欲作螟蛉女感激一律

洙泗門墻繞夢思，又勞青鳥喚追隨。謝庭問字師原父，伏室傳經父即師。辭壘愧非豐羽燕，依林幸作寄生枝。關山千里休相憶，開到梅花是見期。

舟中望金焦兩山

江闊天低四望遥，舟人指點説金焦。山頭樓閣凌雲漢，水底魚龍起暮潮。玉局放歌情自適，蛾眉擊鼓恨難消。嗟予掛席匆匆去，應負烟鬟霧鬢招。

渡黄河

寒濤滚滚水湯湯，都作離人九曲腸。便欲乘槎遊碧落，不愁無路問銀潢。放開眼界山川小，付與文章筆墨狂。更有思親兩行淚，隨波流送到錢塘。

和曉邨遊湖晚步孤山返棹原韵

草展裙腰一帶平，緑楊陰裏小橋横。笙歌是處留遊舫，攜酒誰還聽鳥聲。

遊仙詩賦嫩寒天，五色能開筆底蓮。從此湖山添勝跡，何勞石上坐談禪。

自附門墻忽數年，殷勤衣鉢許心傳。吟來黄葉秋多感，余詩每多感慨，師常謂非少年所宜。按到紅牙句未圓。余喜填小令，師每稱之。綵筆幾時開夢境，碧雲終是擁詩仙。玉臺久屬徐陵咏，學步邯鄲媿不前。徐藍珍女史先列門墻。

蘆　花

又是今年水國秋，無邊晴雪照吟眸。白蘋紅蓼長堤外，斜照西風古渡頭。霜冷平沙迷雁影，月明小港盪漁舟。幾行楓葉同蕭瑟，回首潯陽憶舊游。

和劉笠亭老伯重九口占原韵

病暨愁魔抵死侵，何須菊酒再三斟。揮成珠玉驚人句，插徧茱萸感我心。對景最宜紅樹晚，避灾空望碧雲深。遥知帽落龍山客，醉罷歸來理素琴。

恭題簫樓師二十歲小照

精神秋水漾青蓮，此是先生最少年。記御青鸞瓊島裡，碧桃花下共游仙。

秋雁

萬里迢遥振羽翰，西風蕭瑟路漫漫。隨陽畢竟凌雲易，唳月其如行路難。孤館夢回黄葉雨，小樓人倚碧闌干。幾羣飛向秋江晚，紅樹青山照影寒。

重陽前咏菊

不待東籬夜有霜，幾枝爛熳點秋光。碧雲滿地人初瘦，時余抱病。黄葉成林逕未荒。門外白衣遲送酒，庭前丹桂尚聯芳。清狂千古推陶令，此日相看亦坐忘。

秋夜懷劉箋雲女史

病骨倚愁城，懷君對短檠。如何今夜雨，都作斷腸聲？秋水蒹葭冷，天涯歲月更。何當重翦燭，相與話平生。

恭題簫樓師詩集

湖海狂瀾變幻奇，筆花璀璨墨淋漓。春風桃李千杯酒，秋水芙蓉一卷詩。兩晉風流今再見，三唐格調世争推。文章聲價由來重，顧我何修列絳帷？

病中感懷

暗拭啼痕暗斷腸，自憐病骨自心傷。情懷慵似春楊柳，淚點愁凝秋海棠。五内枉教藏藥石，半生空自習岐黃。余受業柳原習岐黃。呻吟添得慈親累，怕向旁人話短長。

病魔作意蔽聰明，其奈難除愛惡情。冷雨敲窗仍怕聽，新詩脱口又先成。數殘蓮漏愁半斛，驚起霜鷄夜五更。正是幽懷無着處，寒蛩四壁助聲聲。

攬衣坐聽雨淋鈴，贈答惟餘影共形。煩劇總緣愁是祟，病深轉覺藥無靈。芙蓉露下悲憔悴，桐葉風前感替零。一卷《離騷》憐屈子，可知今古眼難青。

愁魂闇淡意昏沈，世事淒涼感我心。敢怕相遭多白眼，總緣揮霍乏黄金。文章尚可論高下，物態何堪閲淺深。莫道無人敦古誼，伯牙原只一知音。

中秋夕懷柳原師

秋風添别思，對景倍淒其。千里同明月，三年隔絳帷。分甘曾此夕，學步又何時？翹首雲天遠，從誰乞護持？

彎彎新月掛輕梢，鈎起新愁又此宵。幸得長條千萬縷，一時化作碧烟銷。
難將心事託微波，鎮日臨風歛翠蛾。試問樓前千萬樹，不知青眼向誰多。
困倚東風絶可憐，漫將錦瑟數華年。濃陰已作慈雲護，金縷應翻人月圓。
丰度珊珊望欲仙，情懷日共柳三眠。不知那角紅樓裡，更有何人點翠鈿。
同心何處綰相思，瘦損腰圍强自支。怕到枝頭花似雪，可憐不是畫眉時。

病中簫樓師以西瓜見賜賦詩謝之

不待分甘剖蜜房，東陵佳種賜先嘗。劈開緑玉胭脂濕，餐盡丹霞齒頰凉。消渴誰憐司馬氏，滌煩獨許沈東陽。玉壺知共冰心貯，何日容求肘後方？

咏夜來香

朵朵玲瓏綴玉釵，緑毛么鳳漫疑猜。半屏涼月香初透，一枕游仙夢乍回。芳氣似曾裁蕙質，幽姿原不借梅胎。煙鬟霧鬢迷離處，令我頻思薛夜來。

效昌谷體

叫破碧雲深，欲問嫦娥等。昨宵月未圓，照我幽眠醒。今宵月已圓，不見明蟾影。豈恤別離人，恐照愁光景。吁嗟乎，明月多情尚如此，憂心耿耿何能已？將心寄與月團欒，爲儂照向羅帷裡。

簫樓師倩人畫得緑楊深護倚樓人

垂楊萬樹緑陰稠，紅袖誰家却倚樓？正是封侯人未返，依依鎮日替他愁。

碧闌干外淡斜陽，萬縷千絲拂野塘。縱使桃花飛不到，也教人面悞崔郎。

愔愔門巷絶纖塵，幾度痴心欲問津。一樣無聊都似我，輸他鄰是緑衣人。

樓外春來竟不知，登臨已是艷陽時。枝枝碧作傷心色，卻爲何人怨別離。

濃淡烟痕深淺愁，漫將眉黛鬥風流。暮雲一碧湖山晚，長笛聲中獨倚樓。

緑雲冉冉掩波光，無限離情在夕陽。長板橋邊千尺水，定應照得此心腸。

滿地濃陰緑到門，漸分春色上眉痕。草薰風暖春無主，同到黄昏各斷魂。

簫樓師過訪適風雨交作呈四十字

風色湖樓滿，湖光忽欲飛。遠山籠霧縠，密雨濕雲衣。絲重蛛收網，簑輕漁上磯。催詩如有意，相賞莫言歸。

題緑楊深護倚樓人便面

沈沈緑夢鎖芳春，霧髩烟鬟絶點塵。得見風流羊静婉，不知張緒是何人。
軟烟摇蕩碧層層，一桁紅闌記共凭。此日真真空自唤，知他樓上可曾譍。
吹笙人在碧雲中，欲向閬風路未通。不是四圍楊柳色，紅塵那有蕊珠宫。

雨霽夜坐

終朝苦炎熱，汗透羅衣濕。雨師忽多情，頓使炎威絶。入夜清風來，襟懷迥然别。雲樹望迷茫，螢火看明滅。濕烟收未盡，空翠四圍滴。獨倚曲闌干，吟情暗飛越。涼意虚窗生，紈扇何須設。翹首碧天空，徘徊望明月。

春風化雨感情深，讀到詩篇愧不禁。時簫樓師以詩篇見貽，並辱奬譽。他日絳帷叅末坐，瓣香不負一生心。

未工詩句苦憂貧，幸得相逢青眼頻。其柰愁城偏日坐，累他垂柳也含顰。

不寐

幽思渾無著，搴帷坐碧紗。愁多宵自永，望遠眼空賒。風静爐烟直，月殘花影斜。枝頭見蝴蝶，夢穩海棠花。

題葬花圖

自憐消瘦不禁春，且把情根種後身。燕子不來紅滿地，散花人是葬花人。

嫣紅姹紫慘成堆，自剗香泥破緑苔。不是阿儂情太重，前生原共住瑶臺。

夜坐

碧天如水夜凉生，捲起簾波坐月明。緑樹四圍山一抹，此心如在玉壺清。

何處簫聲抑復揚，美人清怨費思量。樓頭今夜三更月，消受閒情一炷香。

遠，寒烟一片夜烏飛。我來寂寞西泠路，淡影猶籠白板扉。

衰草斜陽映酒旗，箇中消息有誰知？情縈杜老詩多感，愁損潘郎髩已絲。殘月曉風凝望處，酒醒人去挂帆時。何當重拂春風面，新緑層層蔭鳳池。

題奉萲圖

人生何處足忘憂，春暖萱幃樂事稠。我亦堂前承色笑，愧無夕膳挈晨羞。

偶從圖畫識丰神，蓍草年華正日新。艷福較來花絶似，靈根九節本長春。

楊　花

乍過朱門又碧紗，夕陽影裡送年華。蜂捎蝶舞情無限，撩亂春愁爲落花。

疑是飛瓊下九天，東風裊裊欲留仙。紅樓十二春如海，不到浮萍恨不捐。

感懷呈簫樓師

一湖碧水四圍山，引得閒雲到此閒。不道落花飛絮裡，有人憔悴掩柴關。

寸草春暉感不禁，那堪堂北病相侵。阮囊羞澁青蚨散，典盡金釵又素琴。

頃刻生。又聞神仙有異術，指鐵成金非故質。先生慧眼太茫茫，時先生患目疾。燕石居然七寶裝。手浣薔薇重展閱，涔涔汗濕五銖裳。風塵那得眸如燭，魚目混珠同一哭。蕪詞何幸得垂青，敝帚從今抵結緑。憐才不盡意綿綿，紙尾重貽藥石言。賓經年抱病，詩盡牢愁，承賜言見慰。檄草陳琳能愈疾，書空殷浩已頻年。大雅扶輪如此少，况儂衹解娥眉埽。無怪元龍義氣豪，瓣香只薦南豐老。

次劉研伯先生見贈原韵

無數青山引興長，一時收拾在奚囊。十年早就三都賦，百幅新裁五色章。石逕秋吟楓葉麗，墨池春漲筆花香。望風聊作巴人和，深愧塗鴉字數行。

秋柳次陳相之老伯原韵

丁寧不見舊鶯歌，幾樹蕭疎奈尔何。青眼縱能窺夜月，翠眉無那歛星河。誰憐張緒風流減，空是桓温感慨多。客舍漫云秋色老，折來持贈尚婆娑。

關心何處宿烟浮，最是情牽六代愁。摇落有時迷石逕，依棲猶是憶瓊樓。一彎新月郵亭外，幾處殘蟬古渡頭。回首當時歌舞地，芳姿嫋嫋尚存不？

轉瞬韶華紀授衣，風前少女尚依稀。洗將金粉饒餘韵，舞罷纖腰損舊圍。羌笛幾聲離客

雲窗感成

酸風冷雨最無聊，偏助松聲鼓怒濤。綉綫嬾拈人意倦，碧紗窗下讀《離騷》。

江西姚樹堂寄父昀以寶父柩久羈章水慨助麥舟俾羈魂得歸故土感激之餘泣賦一詩以謝

八載羈魂泣路窮，關山千里夢難通。生前知己何堪問，死後高情竟獨隆。深感脱驂歌露薤，免教旅櫬等飄蓬。不才願作銜環雀，他日飛投緑野中。

丁亥三月顧二鹿爲余删定詩稿賦此報謝

八咏樓中一女子，繡餘畧識之無字。傳經久已失椿陰，辨難還欣到槐市。槐市春風坐幾年，高樓百尺得薪傳。寶自受業於簫樓師，得益最多。閉門覓句花初落，按拍填詞月正圓。絳帷偶論詩壇將，當代詞宗推顧况。運筆能開萬朵蓮，拂縑頓湧千層浪。縱横逸宕傲謫仙，凌空變滅生雲烟。沈雄茫蒼擬少陵，風霜矯健飛秋鷹。我聞斯語心竊嚮，荆州未識神先往。只恨青山隔萬重，難憑緑水浮雙槳。今春夫子賦歸與，今春藉簫樓師始呈詩草。袖將詩草投冰壺。冀免貽譏題鳳字，敢邀相賞到鴻儒。孰意先生留月旦，珠璣貫若明星爛。我聞張旭點龍睛，滿壁風雲

紅白梅

一枝標格兩心情，沁雪肌膚借酒傾。若使相逢林處士，不知何處認卿卿。

雪美人

素娥忽下廣寒宮，一種風流自不同。眉黛羞分新柳碧，芳容怕對夕陽紅。雲裁縞袂渾無縫，玉琢瓊膚態自工。最好梅花明月下，羅浮無復夢相通。

譚柳原師寄書見憶感成四絶

蒹葭秋水動遐思，九曲腸迴十二時。欲坐春風難負笈，此生苦恨是蛾眉。

一幅雲箋勝萬金，讀來無語不情深。當時絳帳論文日，追憶頻教淚滿襟。

離緒年來不可論，六橋柳色黯吟魂。淚珠染透春衫色，絶似香山舊酒痕。

昔時桂院共傾醅，此日秋風桂又開。獨對花枝倍惆悵，閒雲何事不飛來？柳原師常以閒雲野鶴自喻，每有來杭之意。

秋日十愁吟和簫樓詩原韵

落葉蕭騷滿耳稠，湘簾嬾捲空銀鈎。怪他窗外芭蕉雨，滴碎秋心不洗愁。

選韵裁詩事最幽，不知歲月暗中流。北來鴻雁何愁思，寫出雲天萬里愁。

傷心怕上望雲樓，桐葉盈階又早秋。最是清風明月夜，慈烏啼處更生愁。

愧説當年花萼樓，且將山水豁吟眸。誰家籬落孤芳在，一任霜侵不解愁。

梧桐庭院鎖清秋，促織聲聲調更悠。極目天涯腸欲斷，幾回獨對白雲愁。

翩翩佳境羨莊周，我亦尋思夢裡求。一種柔情終不改，化爲蝴蝶替花愁。

痴心欲向廣寒游，可許平分一色秋。縱使姮娥持桂贈，恐如崇嘏昔年愁。

紅蓮墮粉不勝秋，剩得餘香水上浮。怕聽殘蟬頻泣露，一聲嗚咽一聲愁。

瑟瑟蕭蕭蘆荻秋，碧雲紅樹景偏幽。遥吟漫謂堪消遣，其奈詩成字字愁。

離騷讀罷卷初收，簾捲西風怯暮秋。幸得北堂萱草茂，終朝相對亦消愁。

西湖登石壁

層巒信步景偏幽，俯視羣山豁遠眸。滿地蘼蕪青印屐，漫天薜荔緑張幬。閒雲不定隨風卷，野鶴忘機共我留。獨有高軒難躞蹀，倩誰結伴快斯游。遲簫樓師不至。

西湖遇雨

行過西泠又六橋，無端風雨阻蘭橈。烟光濃淡憑誰寫，山色空濛未許描。燕尾翦波飛上下，漁簑釣晚獨逍遥。生憐垂柳含顰態，猶向長堤舞細腰。

白　蓮

不與羣芳鬥艶陽，獨留本色在横塘。輕盈漫傅何郎粉，雅淡應羞西子粧。出水分明冰作骨，臨風皎潔玉生香。洗紅唱罷心俱素，贏得清芬襲縞裳。

七　夕

倏爾清飈怯薄羅，一灣銀漢又流波。長生殿裏情無限，拜月樓頭巧幾何？我見女牛仍遠隔，誰言歡笑已來過。劇憐此夜清虚府，尚有嫦娥默恨多。

春草

莫問山村與水村，芊芊碧色總如茵。要留大塊文章手，不數人間旖旎春。賦別先傷千里客，尋芳須覔一心人。天涯遥遠思何極，送盡王孫究甚因。

春風幾日發新根，十里平原舊有痕。望去不分楊柳岸，看來最好杏花村。人迷緑夢仍三月，客惜青袍又一尊。江北江南誰是主，落紅滿地與銷魂。

落花

鶯花零落暗傷神，萬斛胭脂委作塵。縱有鈴旛防宿鳥，奈他風雨妬芳春。多情似我空餘恨，薄命如卿亦夙因。寄語漁人須仔細，莫教放棹又迷津。

楊梅

莫負楊家紫玉團，摘來和露薦金盤。風摇瓊樹燕支冷，雨洗瑶枝鶴頂寒。桃水東流香可掬，杏花春宴味同餐。繁華滿眼知多少，卻月廊前漫倚闌。

紫雲無數眩雙睛，翠碗盛來别有情。聘得茶花貽道士，搗成絳雪謝雲英。詩脾沁處清如許，齒頰香流味轉縈。奈我餐霞成痼癖，願教長伴荔支生。

獨倚薰籠夜已闌，新愁舊恨起無端。年來病骨支離甚，半臂雖添不禦寒。
朔風凜冽怯衣單，景物蕭條一倚闌。四野彤雲濃似墨，不知釀雪釀嚴寒。
滿庭霜月影闌珊，忽聽箏聲鄰女彈。幽怨不知爲底事，宵深還累玉尖寒。
凍筆慵呵硯水乾，小窗怕聽雁聲酸。幾回袖手閒庭佇，松柏蒼蒼耐歲寒。
雪滿羣山路渺漫，疎林如在白雲端。尋梅我欲償詩債，只恐香寒句亦寒。
釵撥爐灰爇降檀，青燈如豆漏聲殘。自誰紫玉簫三弄，春透庭梅鶴語寒。

春日感懷

韶光過隙又今年，三徑芳菲撲翠鈿。垂柳窺人青眼舊，幽蘭笑我素心偏。東風有意催詩債，春色無端結病緣。獨立閒庭何限思，情隨芳草儘纏綿。

寄萬一嬋姊

形神契合幾居諸，屈指分襟又載餘。北去南來同燕雁，花晨月夕感琴書。傳來芳訊梅腮綻，盼到重逢柳眼舒。兩地萍踪俱莫定，論才空負女相如。

春風吹夢入池塘，草暖莎柔正艷陽。寄語行人休亂打，恐驚柳外有鴛鴦。睡鴨、垂楊。

秋日懷簫樓師

歸歟輕賦快遄行，閨閣徒縈負笈情。秋水蒼茫迷雁影，離懷撩亂入蛩聲。湖雲江樹添新恨，黃菊青松結舊盟。料得錦囊詩貯滿，圖圞應不減蓬瀛。

寒夜感懷

吟檠黯淡恨迷茫，一縷愁同蓮漏長。偏是西風欺病骨，爭禁疎雨斷柔腸。蒼茫塵事俱成夢，黯澹覊魂滯異鄉。先君靈櫬尚寄江西。風木縈懷嗟罔極，幾回廢讀《蓼莪》章。

門庭寂寞冷蒼苔，幽思愁魔撥不開。江樹漫教雲影隔，時久不得江西之信。朔風偏送雁聲來。匆忙歲月留難駐，翻覆人情豈易猜？獨倚闌干思往事，痴心寸寸欲成灰。

消寒閒詠

回首年華指一彈，眼前好景許頻看。梅花鬥雪饒香艷，傲骨稜稜不畏寒。

一天風雪逼年殘，許訂同心只有蘭。攜得水仙共培植，芳姿玉質不知寒。

驛　馬

何時金勒錦爲韉，空負知途又幾年？行盡曉風楊柳岸，嘶殘芳草杏花天。四蹄踏碎千山雪，一騎衝開萬嶂烟。不是望雲雙眼捷，有人已着祖生鞭。

寺　鐘

一聲聲度梵王宫，頓覺人間萬籟空。好句吟成撞夜月，餘音斷處冷霜風。蕭疎竹院聽偏切，澌湃松濤調不同。五夜夢迴心證後，休教簷馬共丁東。

客　船

年年飄泊逐浮鷗，無數青山任去留。春水緑波人賦别，秋江紅樹客生愁。一篙新漲迎前渡，五兩輕風助壯游。幾度帆從天際轉，誤他少婦日凝眸。

題　畫

化作名花尚帶愁，樹來堂北幸忘憂。漢宫縱有三千女，若箇芳名萬古留。虞美人、萱草。

爲誰銷恨助誰粧，曾向仙源賺阮郎。笑靨臨風無一語，曶尼空是報春陽。桃花、喜鵲。

鄰笛

誰家幽韵動凄清，吹入臨風腸斷聲。落盡梅花緣底事，折出楊柳最關情。一天月破高樓夢，四壁人停隔院箏。我已有懷同向秀，那看聽澈短長更。

鄰花

檢點春光尚未殘，隔園花好幾時看。未曾明月同三徑，分得香風恰一闌。宴賞縱無琴酒會，飄零也覺别離難。多情最是雙飛燕，幾片銜來露尚溥。

鄰雞

聞聲起舞憶當年，我亦攤書坐未眠。欲與談元嗟院隔，幾時伴鶴到窗前。板橋茅店霜如雪，竹逕松關月在天。爲報曉籌三唱罷，有人身惹御爐烟。

書燈

寒檠摇曳夜遲遲，尚對雞窗笑我痴。四壁蕭條留影在，十年攻苦有君知。每開黄卷凝神處，絶似青藜照讀時。金粟如來堪自證，何妨此日暫低眉。

閏七夕詞

咫尺相思絶可憐，相逢一夕一經年。天公似解離情苦，特許銀河兩度圓。一彎河漢隔年年，重晤今宵豈偶然？有閏都教逢七夕，人間方信有情天。

藕絲曲

采蓮横塘秋，雪藕秋風院。惜哉玉玲瓏，苦被柔絲纏。縷縷不成綸，垂垂不成綫。何能出心裁，織得波如練。金鍼誰借與，忽繡芙蓉面。卻教雙鴛鴦，朝朝恣眷戀。

秋夜吟

芙蓉露冷秋衣薄，涼夜西風桐葉落。獨倚闌干思悄然，一庭明月閒無著。伴我清歌不我猜，我歌未盡月徘徊。蟲聲滿地霜華冷，偏引清愁一縷來。

鄰　歌

徘徊花逕繞迴廊，何處清音風送將？不是壯懷歌易水，分明艷曲譜霓裳。倚闌誤我時延佇，對月知誰共抑揚。卻怪玉簫無與和，空余嬌韵度東墻。

茉莉花詞

小朵輕盈雪作魂，香風時送月黄昏。晚粧初試花初綻，兩髩斜添玉一痕。

冰壺誰翦幾千莖，香比梅花到骨清。我恐詩魂真化蝶，小窗留月護盈盈。

銀河篇

碧鸞尾掃璚宇清，銀河如練天際横。脈脈雙星仍隔水，半規明月淡無聲。張騫萬里乘槎入，當年曾得支機石。一綫紅墻有底難，年年枉是傷離别。人間瓜果列中庭，痴心乞巧拜雙星。我倚闌干渾十二，嬾將紈素撲流螢。翹首雲衢蓮漏静，西流不見銀河影。多少悲歡在此宵，光摇瓊户晶簾冷。

夜來置茉莉花於枕畔清夢乍迴芬芳沁入肺腑竟不知此身之化蝶歟蝶之化爲此身歟笑占一律

何必羅浮夢始通，誰知紙帳即芳叢？此時笑我真如蝶，明日將身定御風。幻境香生仙世界，冰壺涼沁玉玲瓏。詩魂已共花魂化，十里梅花一枕中。

荷花生日

亭亭玉立壓羣芳，擬挂紅旛慶野塘。聞説吴姬争介壽，漫勞越女咏如岡。碧筒清浥延齡酒，緑意新翻古樂章。仙子凌波高會後，齊眉花下有鴛鴦。

荷露

一片新荷擁緑雲，露華濃淡燦成文。風前宛轉珠難定，月下空明色不分。幾度擎來清可浥，有時瀉處暗還聞。累他桂楫蘭橈女，打槳臨流碧濺裙。

予患胃寒經年不愈醫家以艾灸之感賦一律

揉艾成綿别一方，團團分得麝蘭香。膏肓未去經年病，皮肉先教此日傷。分痛有誰敦友誼，毀膚未免負高堂。伐毛洗髓尋常事，莫道平生骨未剛。

觀弈

閒消歲月手談兵，世事無非局一枰。任爾凝神争勝負，有人冷眼定輸贏。紛紛成敗總難知，那識東山兵即棋。我且從旁閑袖手，看誰一着判安危。

送春

正喜簾櫳日漸長，梨雲夢暖燕泥香。不知轉盻鶯花老，卻恨無情歲月忙。芳草斜陽愁黯淡，桃花流水恨迷茫。只憐樓外垂垂柳，留得清陰緑過墻。

無端幾杵曉鐘聲，頓使東皇去就輕。一片落花縈別緒，數枝垂柳綰離情。且將杯酒殷勤餞，不用陽關感慨生。來歲梅邊重問訊，莫教林下月空明。

燈花

細草含花吐艷新，不關風露不關春。栽培縱藉膏油力，開落寧沾陌路塵。棋子閒敲消此夜，金錢暗卜屬何人。幾番欲剔還防護，底事飛蛾不惜身。

夏日憶西湖

搔首徒吟白傅詩，蓮紅水渌動相思。清風明月懷今夕，芳草垂楊記昔時。猶憶踏青花照眼，曾看遠岫翠侵眉。如何淡抹濃粧裏，畫舫笙歌結夢遲。

未墮，樹杪已棲鴉。

夜　景

暮山凝紫水連天，秋老楓林葉葉妍。一片寒烟迷古渡，滿江明月放歸船。眠鷗已穩蘆花夢，征雁猶書帶草篇。我欲尋詩趂遥夜，是誰横笛弄清圓？

過　灘

怒濤洶湧上危灘，歷亂篙聲胆氣寒。莫怪狂風阻舟住，爲留好景與儂看。

抵家感懷

離鄉無日不思鄉，到得鄉關意轉傷。旅櫬尚羈千里月，孤懷空轉九迴腸。麥舟誰是當年范，葛岾堪憐此日羊。極目天涯亂愁思，白雲流水兩茫茫。

題拈蘭圖

折得幽蘭坐曉風，珊珊丰格有誰同？要知妙旨無言處，只在拈花微笑中。

極目，鄉國最關情。

舟中吟望

望裡人家半掩扉，梳風殘葉尚依依。幾重烟樹凝寒碧，一片征帆帶夕暉。山色無名空隙過，鷗閒狎我水邊飛。白雲嶺上難回首，倚徧船窗事事非。

即景

流水粼粼夕照斜，槿籬茅舍野人家。秋風滿地秋蕭瑟，賴有楓林似杏花。翠竹森森石逕斜，不知門巷似誰家。羨他村女少愁思，亂插滿頭野菊花。

紅葉

誰把胭脂付化工，又從霜裡弄嫣紅。半帆涼月疏鐘外，一片寒山夕照中。棲徧烏鴉寒有跡，飛來白雁遠凌空。寄聲漁父休迷棹，不是桃源有路通。

舟行即景

歸棹徐徐放，行看景倍嘉。浪花翻白雪，楓葉暈紅霞。渡口魚投網，溪邊人浣紗。夕陽猶寐，一點殘燈伴我愁。回首西江追往事，幾番欹枕恨悠悠。

歸舟聞風聲甚厲枕上口占

篷底蕭騷百感生，柔腸已斷淚還傾。夢迴枕畔燈明滅，何處芭蕉戰雨聲。

倒海排山撼碧空，歸舟一葉似飄蓬。若教永叔聞今夕，定有新篇賦朔風。

野　望

萬山醉紅葉，一水摇空碧。此景如畫圖，痼我烟霞癖。夕陽忽竟去，炊烟半江白。黃葉舞迴風，散漫飛蝴蝶。

聞雁感懷

多少羈愁欲訴人，長空聲斷落江濱。風霜自古征途事，飄泊誰憐逆旅身。殘葦枯蘆棲未穩，冷烟寒月許相親。徘徊雲水渾無着，春去秋來亦苦辛。

夜過瑞洪鎮

倚棹獨沈吟，徘徊夜色清。沙明知月上，颿飽覺舟輕。漁火參差見，賓鴻斷續鳴。雲山時

留別柳原師

慈愛從來本異常，每分甘旨得先嘗。兩年立雪程門下，恨未還求肘後方。
淚痕點點濕征衫，珍重臨岐語再三。一曲驪歌一杯酒，銷魂今已勝江淹。

舟次感懷

渺渺離懷脈脈愁，關河迢遞送孤舟。恨如遠岫千層叠，淚逐長江九派流。愧説曹娥能覓父，空悲趙女欲尋讐。雲山盡是蕭條景，棖觸心情總未休。
獨倚蓬窗暗斷魂，波光蟾影漾成紋。幾聲欸乃驚鷗夢，一片凄涼感雁羣。人事已隨流水去，痴心猶共篆香焚。滿腔離緒憑誰訴，空對寒江悵暮雲。
滯跡章江七載餘，歸裝剩有一囊書。自憐弱質同秋雁，誰向窮源問涸魚。歷盡辛酸猶故我，難將喜怒測羣狙。緹縈救父傳今古，幾度捫心愧不如。

樵石阻風

寒林落葉響颼飀，澎湃波濤撼客舟。危坐更誰憐瘦鶴，忘機何日許盟鷗。三更霜柝催人

春日閒吟

春衫無力耐春寒，春晝沈沈正倚闌。數徧落花無意緒，香風何處送幽蘭。

幸得詩魔送病魔，奈他詩不敵愁多。妬花風雨無情思，又把春紅送緑波。

暮春夜坐

湘簾幅幅晚風輕，坐對醾醿待月明。裊裊爐烟香未盡，海棠初睡莫敲枰。

苦雨感懷

又聽蕭蕭夜雨聲，欲尋幽夢夢難成。如舟屋自棲君子，銘陋人誰得令名？墻閱未容吟七步，池塘何處證三生？簾前鸎鵡私相語，十日何無一日晴。

感　懷

悵髫齡之失怙兮，落魄西江。望鄉關之迢遞兮，水遠山長。嗟跋涉之維艱兮，我心憂傷。我心憂傷兮，洒淚千行。一解。對蕭條之景况兮，摧折心肝。恨西風之乍勁兮，吹我衣單。無狡兔之三窟兮，何處能安？何處能安兮，進退俱難。二解。

茶花有名東方亮者偶成一律

歷盡冰霜不染塵，芳姿似勝玉樓春。脂融曉露天將曙，粉膩香腮夜已晨。獨擅風神應絶代，卻教桃李總成塵。凌寒此日誰堪侶，只有梅花是主人。

望雪

同雲密密朔風催，片片飛瓊巧翦裁。碧落裝成銀世界，白雪擁護玉樓臺。漫空柳絮當簷舞，捲地梨花撲面來。林下倘然逢縞袂，猶疑仙子下蓬萊。

簾波

卻下湘簾又一重，微波斜映水流空。縠紋輕漾桃花浪，練影横拖楊柳風。捲起暮雲春淡宕，蕩來涼月玉玲瓏。最憐燕子穿將入，似點盈盈緑皺中。

唐花

緑意紅情任主張，祝融畢竟勝東皇。繁華滿目忘時序，錦綉千叢勝艷陽。羯鼓不煩催綺席，人工奪巧鬥新粧。黎君憾事今消歇，好把梅花聘海棠。

秋日晚眺

白雲黄葉襯紅樓，極目江天萬里秋。一抹黛痕凝遠岫，三分波影瀉清愁。疎林晚唱來樵逕，古渡斜陽泊釣舟。我是憑闌無限思，忘機畢竟讓沙鷗。

憶江樓

憶得江樓上，朝朝款野雲。波光奩鏡啓，山色黛眉分。待月簾常捲，無風水亦紋。最難回首處，征雁不堪聞。

秋日閒吟疊用秋字

秋風瑟瑟起秋凉，秋色蕭疎秋葉黄。四壁秋蛩驚客夢，一簾秋雨斷人腸。秋聲已惹歐陽恨，秋日徒增宋玉傷。無限秋懷消不得，羡他秋菊傲秋霜。

秋水秋山入望中，秋心何處寄秋風。世情薄到秋雲似，客况孤於秋月同。秋笛幾聲催落木，秋砧一片送征鴻。悲秋人比秋花瘦，秋思應煩秋夢通。

骨，蒼波三尺繞花鈿。大書屏翰今猶在，憑弔空懷巾幗賢。江西藩署爲寧王邸第，今所留『屏翰』二大字，相傳即婁妃所書。

端午感懷

欲學曹娥愧不如，當年空費父傳書。五絲續命今何在，一賦招魂究屬虛。椿蔭已隨花月缺，蒲觴猶記笑談餘。傷心忍把靈符佩，且伴萱堂話索居〔一〕。

校勘記

〔一〕『索居』，原作『素居』，據《鴻雪樓詩選初集》卷一改。

游百花洲

紅橋迤邐繞蓮塘，三逕雲迷草自芳。花氣欲迎蜂蝶醉，薰風先送芰荷香。一彎流水留清聽，幾樹蟬聲帶夕陽。更上翠微亭上望，緑楊無數掩波光。

紙　帳

香囊四角玉鈎斜，幅幅輕柔勝碧紗。一片寒雲懸竹榻，半生清夢到梅花。迎秋不用邀明月，欹枕真宜臥麗華。翠羽紅羅空爛熳，清風只合繼蘇家。

夢，化爲夜月也難論。夕陽滿地春如許，飄泊山村更水村。

春柳

陌上垂楊翠乍匀，幾聲風笛暗銷魂。三春離思悲前度，六代宫愁感舊恩。細雨斜梳青有跡，晚烟深鎖碧無痕。風流記取靈和殿，可有新枝是宿根。

絲絲無力弄輕柔，舞向長堤又畫樓。江山風和人乍去，池塘雨細夢初留。當年誰唱陽關曲，此日空遺故國愁。記得暮烟春樹外，謝家詩思自風流。

天然眉嫵漾晴空，萬縷千條態自工。野水平橋孤驛外，杏花村店夕陽中。踏春人醉三春雨，破曉鶯啼一桁風。底事含情仍莫綰，年年離别任西東。

送春

幾番風雨苦纏綿，收拾春光九十天。楊柳絲牽情脈脈，池塘夢斷草芊芊。且將南浦銷魂意，再結東皇未了緣。寄語嶺梅須放早，莫教婪尾酒杯懸。

弔婁妃墓次同學顧錫純韵

湮没王家事不傳，美人雖死耀重泉。須知蕙折蘭摧日，未是紅顏薄命天。黄土一坏埋艷枕，滴碎鄉心淚漬綃。黄葉黄花無恙否，病身輾轉恨殘宵。

憶　蘭

如何芳訊竟遲遲，渺渺湘江繫我思。夜雨空階憐素質，春風深谷想幽姿。誰知此日循陔意，絶似當年鼓曲時。香草美人千里夢，猗猗和月翠紛披。

供　蘭

携來九畹一叢叢，借得幽香坐曉風。晨夕素心自古少，天涯芳草有誰同？羡他雅淡身何韵，累我披吟意不窮。點綴几前無俗意，閒和綺石助玲瓏。

蘭　聲

名花相對豈無聲，湘浦携來影亦清。山水流傳幽士韵，寒暄欲訴故人情。投予氣味歌空谷，挹爾丰姿佩舊盟。天籟卻從何處得，願教一室證三生。

絮　影

縹緲誰憐倩女魂，紛飛幾點過重門。閒隨野馬渾無跡，偶挂游絲乍有痕。絶似梨雲初入茂，南國蓴鱸夢亦佳。滿目蕭條腸百結，幾番敲斷鳳頭釵。

菊　影

偶從籬落覓芬芳，忽見繁枝又一行。幾度誤他頻對酒，有時笑我獨聞香。秋容帶月描來淡，傲骨臨風分外狂。似有似無空色相，可知耐冷與迎霜。

殘　菊

零落黄花遍地金，階前無限惜秋心。重陽猶把香盈袖，兩鬢空懷月一簪。留得霜中孤幹在，争堪月下瘦魂禁。卷簾人對東籬外，雨雨風風總獨尋。

感　懷

窮途失路復何求，日對疎窗淚暗流。蓬髩蕭疎荆挽髻，茅簷低小屋如舟。綿綿細雨來長夜，惻惻西風送暮秋。修竹窗前渾底事，琤琮澈曉助儂愁。

秋夜聽雨

蘭膏挑盡夜迢迢，又聽聲聲雨勢驕。斷續階前和蟋蟀，蕭疎窗外點芭蕉。驚回客夢寒生憶別頻頻鎖兩眉，遲遲日影畫簾垂。閒庭花落鶯聲澁，又是春光欲去時。

憶別吴山數載遥，不堪回首浙江潮。何時握手重相聚，細訴離情慰寂寥。

再寄蓉裳姊六首

一聲横竹淚輕彈，明月邀來照影寒。憶得香温茶熟軒名處，玉簪花墮小闌干。

水流花謝復年年，多少相思斷又牽。憶得清明寒食候，重門深鎖戲秋千。家園湖山石畔有秋千架一座。

東籬又見菊舒黄，颯颯秋風度野塘。憶得故園簾乍捲，有人相對試新粧。

别來不覺五經春，水遠山遥入夢頻。憶得凭闌同笑語，手持紈扇鬥詩新。

芭蕉分緑映窗紗，目斷鄉關道路賒。憶得月明凉露下，瑶堦同採海棠花。

花晨月夕等閑過，無地重親共嘯歌。憶得泛舟歸去晚，凌波新折一枝荷。

感懷

幼年失怙悵無涯，萁豆相煎友誼乖。讀到蓼莪彌抱恨，無端歌泣總傷懷。北堂萱草春長

舟中即景

數點秋山夕照斜，炊烟起處有人家。誰將圖畫新開拓，衰柳枝頭宿暮鴉。

烟籠寒樹水平鋪，水色連天擬玉壺。卻好日斜風静後，漁舟唱晚雁棲蘆。

舟行晚景

晚烟迷四野，秋水接長空。匹練波飛白，片帆霞捲紅。舟疑冰鑑裏，身在畫圖中。何處聲嘹唳，排空一陣鴻。

登山晚眺

纔上層巒覺路難，夕陽影裡五銖單。蓼花掩映胭脂淺，遠黛沈浮水墨殘。

寄懷蓉裳表姊

憶别芝顔幾度秋，魚書雁字竟沈浮。不堪異地重回手，刺繡曾教伴畫樓。

憶别春風三月天，桃花含雨柳含烟。那知南浦揚帆後，無數青山結病緣。舟中抱恙。

七　夕

紈扇輕羅趁晚凉，恰逢烏鵲駕橋梁。縱然天上歡娛短，猶勝人間恨别長。

新秋夜坐

金風剪剪怯衣單，蓮漏沈沈夜欲闌。尚有新詩遲院落，且隨明月共闌干。半階梧影消殘暑，四壁蛩聲起嫩寒。欲寫秋心琴有譜，幽篁深處幾回彈。

中秋對月

一輪冰鏡挂當空，昨歲今年景不同。聞道靈椿原不老，偏教催折怨西風。雲淨天空月轉遲，亭亭絶似我心痴。天香若許閨中折，願向嫦娥借一枝。

重　陽

客中今日又重陽，結伴登高引興長。落帽何人初中酒，題糕無句亦飛觴。幾逢紅袖成高會，看到黄花憶故鄉。佳節關心秋已老，排空雁字一行行。

庭前月明如水戲效試帖式得五十六字

三五良宵月乍生，疑霜疑雪不分明。一簾波漾湘紋細，半榻光浮練色清。篩到柳堤添浪影，穿來松逕助濤聲。闌干徙倚看銀漢，更覺盈盈此夜横。

與劉箋雲女史味道

何須跨鶴上雲霄，且用蒲團破寂寥。色相空空參已透，世情擾擾苦相撩？綺羅金粉原非福，明月清風在此宵。一笑無言都莫問，碧雲深處好吹簫。

游螺墩

探幽放棹到禪林，清磬聲聲愜素襟。滿地落花蕉葉雨，小橋流水穎師琴。欲消慧業尋詩夢，爲惜春光見道心。試踏緑莎堤畔去，嵯峨高閣禮觀音。

題陳若蘭女史蠶絲集後

不盡纏綿意，惟餘一卷詩。絲絲都不斷，只爲太情痴。

孑然飄泊怨伶仃，抱恨終天涕泗零。惟願靈萱長不老，四時秀色總青青。
冰絃輕拂小琴樓，撫罷高山又水流。花下欲將新月拜，一鈎恰在柳梢頭。
潯陽江上水連天，黯黯離愁託杜鵑。極目江山雲樹裏，不知何日是歸年。
薄命無如繡閣人，麻衣空染血痕新。千秋只有曹家女，能向波濤覓父身。
空箱疊盡縷金裳，攬鏡親調荳蔻香。欲帖花鈿整雲髩，不知瘦到菊花黄。
也如宋玉易悲秋，逆旅飛蓬事事憂。歲月侵人痕不見，一聲長嘯對猿愁。
垂簾留得一爐香，稽首蓮臺禮梵王。一曲琵琶青冢在，千秋明月弔王嬙。

校勘記

〔一〕『題莊瑞紅女史詩集』，抄本有序無詩題，此據《鴻雪樓詩選初集》卷一補。

鼓琴得其人

想得其人善鼓琴，一彈再撫韵沈沈。高山流水聲長往，石上松間意獨深。此日居然重握手，他時空自寄遐心。伯牙妙技原稱絶，不遇知音不奏音。

鴻雪樓詩草

題莊瑞紅女史詩集 有序〔一〕

庚辰之春，有以莊瑞紅女史感懷詩草示余，展讀之餘，泫然淚下，淒惋愴神，蓋其間酌句清新，不愧《玉臺》之咏；選聲哀感，恍聆《子夜》之歌。浣手溪前，餘香灩灩；閉門花裏，秀致翩翩。幾疑蘇蕙迴文，行行錦繡；如入鮫人宫窟，串串珠璣。既悉芳名，未親淑範。神交兩地，幸喜同時。予也生長浙西，隨親游宦，埽眉多暇，探韵耽吟。無奈三載章門，痛庭椿之頓折；一棺蕭寺，嘆慈竹之無依。陟岵心傷，柔腸劍割。迢迢浙水，歸旅櫬以何年；渺渺吴山，滯孤魂於此日。一樣蓬飄異地，何當共慰風霜；於今結縞同心，可許唱酬閨閣？偶因情觸，用誌心欽云爾。

吟成團扇歎紅顔，蹙損雙蛾淚自潸。蝴蝶夢迴千里月，故園幸不阻雲山。

小窗寂静似僧寮，宛轉情懷託素毫。讀罷新詩同一哭，輸君丰骨似秋高。

翰墨盈箋淚未收，東風剪剪入高樓。柔腸一日回千轉，一轉都添一縷愁。

〔二〕「蝥弧」，抄本作「婺弧」。

〔三〕「唱和」，抄本脱。

〔四〕「宿疾」，抄本原作「宿疾」，後改爲「宿疚」。

〔五〕「質」，抄本作「商榷」。

〔六〕「弁以一言」，抄本誤作「并言」。

〔七〕「一往而深」，抄本後有「無薰香傅粉之習」。

〔八〕「可以想其致焉」，抄本作「想見風人之致」。

〔九〕「錢塘」，抄本作「武林」。

〔一〇〕「倡和」，抄本作「唱和」。

〔一一〕「所詣」，抄本無。

〔一二〕「夫鐵崖固詞豪，得曹張而風雅益著，他日必有因閨襜名句而轉慕師資者，余雖衰，猶能對客而游揚之」，抄本作「人謂掃眉才子經詩人品題而增重，余謂詩人正借重閨秀耳。鐵崖固詞豪，得曹張而更著也。他日集成，必有因繡牕佳句而轉識師資者，亦詞壇佳話也。余遂衰，猶能對客而遊揚之，簫樓見之，當粲然一笑也。」

〔一三〕「序」，抄本作「敘」。

鴻雪樓詩稿序〔一〕

余少耽吟詠，與里中諸君子執鳌弧〔二〕以陪敦槃，往復酬唱，興殊不淺，而唱和〔三〕之最早且久者莫如陳子簫樓。廿載以來，宿疾漸增〔四〕，藥爐經卷，堆積半牀，朋儕零落少過從。簫樓又橐筆出遊，韻事久廢不復講。惟簫樓骫髒自喜，學博而思沈，其爲詩迥然自異於俗，每歸里，出所有以相質〔五〕，余亦漫應之，不能有所增益。甚矣，余之病而衰也。

丁亥之秋，簫樓攜《鴻雪樓詩稿》四卷示余，屬余弁以一言〔六〕，則西泠女弟子沈湘佩作也。余讀之，和而婉，一往而深〔七〕，得風雅之正，洵乎閨中之彦也。幽谷無人，不言自芳，可以想其致焉〔八〕。昔錢塘士女曹妙清〔九〕、張妙净與楊鐵崖倡和〔一〇〕，名播遐邇。今湘佩之詩精進不已，誠足追曹、張之武，簫樓所詣〔一一〕，亦豈讓鐵崖？後先輝映，堪與媲美矣。夫鐵崖固詞豪，得曹張而風雅益著，他日必有因閨襜名句而轉慕師資者，余雖衰，猶能對客而游揚之〔一二〕。

甬上湯家衡序〔一三〕。

校勘記

〔一〕上海圖書館藏《鴻雪樓詩草》抄本序言殘缺，故此序自湯家衡《眉崖文集》輯出。『鴻雪樓詩稿序』，抄本作『鴻雪樓詩序』。

鴻雪樓詩草

痕》契，隨園女孫《湘痕閣詞》，女士嘗爲駢文序之。妙諦應同《瀛月》傳。烏程汪剛木先生之太夫人趙宜姑著《瀛月軒詩文集》，中有論詩精語，與女士同時。老去丹鉛修里乘，更欣彤管拾遺篇。

沈湘佩夫人遺稟題辭

杭縣唐詠裳健伯

臣里曾誇德媛多，一編方志共摩挲。長途歷歷女貞樹，才語行行薤露歌。詩草殺青逾甲子，簪花潤玉賤繒羅。過江弟子襄讐校，知費文闈幾斛螺。會稽宗滌樓侍御女康受業於夫人，曾斠《詩集》字。

跋

先祖姑湘佩女史遺著，敏元累年摎耆，僅得《鴻雪樓詩選初集》四卷及殘本《名媛詩話》八卷。辛酉之夏，復於海上登報徵求，承揚州鮑婁先寄示先祖姑與其大父定中先生尺牘一頁，手澤如新，而畫則終未覩也。

壬戌冬仲，由甬還歸故里，於俠夫弟處得見先伯父纘哉府君所藏先祖姑畫梅橫披一幀，爲之驚喜。中無款識，大抵當時非愜意之作。燹後留此片羽，始經伯父潢治，乞人題詠者。雖皆零縑寸楮而出諸刦火之餘，亦足珍已。因縮印弁之簡端。

民國十二年癸亥冬至日，歸孫沈敏元記。

敬題鴻雪樓初集

南通曹文麟勳閣

文亡流禍災詩畫，國病連詞詬女兒。安識閨中雙健腕，湅泥曾覆冢纍纍。故家兄弟廿年約，南北窮搜見苦心。百世清靈在天壤，不妨文字半銷沈。

讀沈湘佩女士所著鴻雪樓初集名媛詩話賦此以誌景仰

杭縣张紘麒弁時

湖山靈秀鍾巾幗，德慧雙修莫等倫。鬻畫葬親完苦志，陳詩勖弟見天真。名媛宛藉增聲價，斷簡於今護鬼神。一誦佳章一膜拜，鬚眉多少愧斯人。

沈孝女鴻雪樓詩集題詞

南通張鳳年峽亭

風霜萬里仔肩重，冰雪千言心骨開。北去亂離鴻影絶，尚留泥爪在人寰。弱質飄零歲月深，父讎未復白雲沈。嬛嬛兩掬肝腸淚，迸入江潮萬古吟。

沈湘佩女士遺集及名媛詩話題辭

杭縣吴慶坻子修

休文才裔掃眉仙，平一詞緣合影編。雪北香南居後輩，頌椒詠絮憶童年。儷詞早結《湘起洪楊，言者口猶噤。室陋誰誅茅，路遥姑拾葚。咸陽一炬中，殘編存者怎？鬼神猶呵護，斯理差堪訦。驟獲已可寶，百讀乃漸腍。刓板久漫漶，先宜掃魄寖。校字況剥蝕，先宜除痳瘁。食者如菽粟，而可滿倉廩。衣者如布帛，而可判襟衽。繼起有賢孫，家學蚤承稟。揮毫峯嶽齊，擘箋波瀾淰。一卷貽彤管，經史等葄枕。序文辭燦燦，詩話言懍懍。片羽今尚留，鉛槧合精審。寶氣與珠光，萬古騰鑴鋟。

讀鴻雪樓集即集集中句成六絶奉題

漢陽趙　潤種青

八詠樓中一女子，吟腰瘦去帶圍寬。金釵典盡明珠賣，無限清愁繞筆端。

千里隨親作宦遊，空悲趙女欲尋讐。暮雲一碧湖山晚，棖觸心情總未休。

搔首雲天感不禁，滕王高閣舊登臨。滿腔憤懣憑誰訴，題罷哀詞血滿襟。

八棺併葬心無憾，又寫雲山入錦箋。一卷珠璣騰虎氣，無人解道是嬋娟。

筆花絶似梅花豔，譜出寒香分外妍。長日小窗扶病坐，一枝自寫九嶷仙。

簪纓閥閱家聲舊，論到才華羨左芬。讀罷新詩低首拜，瓣香爇處轉情殷。

壽世宜梨棗，恭人之姪孫補愚君將以二書付梓。珍同萬歲杯。《五代史·馮道傳》：臨河縣得玉杯，有文曰『傳國寶萬歲杯』。

題錢唐沈湘佩女士鴻雪樓集

無錫王蘊章蓴農

弄墨然脂詠好春，香南雪北若爲鄰。吴蘋香著《香南雪北集》。誰知風義平生重，更在蛾眉絶代人。

大家才調左家芬，門第清郎自不羣。新得吴綾圖一幅，還從卷裏識微雲。女士適來安武凌雲，余近得虞山王蓉洲《添香夜讀圖》行看子，有武題詞。

題武沈夫人詩稿用二十六寢全韻

吴興費有容恕皆

有清溯乾嘉，遥遥百餘稔。孝女而賢婦，争説泉唐沈。隨宦走章江，翹然識雋品。詩清筆舞花，畫秀墨潑瀋。定省有餘閒，紡織更烹飪。詎意椿蔭彫，凶耗闖門襟。歸裝鮮琴鶴，煢煢多弱荏。終朝操不律，忘食亦忘寢。藉以謀菽水，庶式食與飲。名譽重三絶，奚事窘顑顲？蹤跡徧四方，奚事悲踔踸。風雪記歸途，猶樂將母諗。家難訴真宰，逼人何已甚。孑身謀窀穸，額蹙頭亦煩。重闈逮雙親，弟兄又叔嬸。巾幗而鬚眉，顔色誠凜凜。一自賦于歸，長安爛如錦。蓮廊文翻新，薇署制草朕。彩筆學畫眉，玉壺賭咏唫。鑪熨鴨微温，簾垂燕偷瞫。浩劫故籍如皋，箸《引簫樓詩稿》，亡失。孝女吟詠之業蓋得自母教也。

民國十年十月，南通徐昂撰。

沈孝女傳贊

益修傳孝女既脱稿，語僨曰：『湘佩之行苦矣。余以其皆在室時事，謂爲孝女也。』僨讀沈君補愚所狀，竊以益修之見爲甚當，而未能有以易之。清乾嘉間承平久，詩書之澤及於女子，其行往往有足傳者，而孝女之危苦，蓋男子或不勝矣。所著《鴻雪樓詩》有《續集》，《名媛詩話》猶有亡佚者，補愚方搜求而未獲。烏虖，孝女豈僅以此見也。

民國十年十月，南通顧僨基撰。

題詞

馮子克澄屬題沈湘佩恭人所著鴻雪樓初集名媛詩話後十六疊鷗社九集來臺哀杯韻題之

杭縣徐　珂仲可

直抒真性語，下筆有神來。鬻畫營幽穸，恭人以鬻詩畫之資葬父母及其先世，凡八棺。談詩擁講臺。燕雲竟投老，葬事畢，適武陵雲太守，遂居京師以終。孤露早含哀。恭人年十二，父以官事殉江右。

言日報》附印之《名媛詩話》八卷，以非原刊，中多訛奪，且爲人割截，亦闕佚不全矣。因復登報徵求遺著，承邗上鮑君妻先寄贈王姑手跡及詩數章之外，他無應者。壬戌冬仲，敏元由甬挈眷遷歸故里，患痔不愈。自維衰病交侵，垂垂老去，深恐再事淹忽，無以成未竟之志。爰乘攝疴餘閑，就所藏《詩選初集》及借録王先生《詩話》殘本與仲兄果臣重加校勘，更以積年摎輯所得駢文、詩詞彙爲《外集》，附於《詩選》之後，用聚珍板排印，分訂四册，至甲子春而工始竣，大願幸償，差以自慰。雖然，王姑畢生著作，此殆什中之一二耳，尚冀海内博雅君子如有收藏遺墨或《詩話》原本惠寄，賡續刊印，正其譌闕，俾成完書，則尤馨香禱祝者也。

民國十三年甲子孟春，歸孫沈敏元謹識。

沈孝女傳

沈孝女湘佩，泉塘人，諱善寶。幼隨父琳宦游江右，父傾于同寮自裁。時孝女年十二，制《述哀》詩，音節絶悲壯。流滯四年，奉父骨及母而東，以甘旨粥詩畫袁江，母未及而卒，復爲詩述哀。已而畜資窆其父母、伯叔、弟妹祔丁家山祖墓，悲淚填溢，引紼而負土，嫪嫪孤苦之情感動田野，今其地父老尚有能傳其事者。孝女詩畫名大江南北，山左李怡堂籍爲女弟子。著稿僅存《湘痕閣詞序》一篇，《鴻雪樓詩初集》四卷，《名媛詩話》八卷。《詩話》于貞孝節義尤致意，畫多燹毀。清道光間，室來安武淩雲，從官京師。卒年月日及其子孫皆不詳。母吳浣素，水。不幸曾叔祖母吴太夫人旋又棄世，叠遭家難，生計益窮。由王姑售詩鬻畫，積銖絫寸，集成鉅資，將先世未安窀穸各柩同葬先高祖也愚公墓側。大事既終，乃游京師，適來安武寅齋先生爲室，寅齋先生諱淩雲，成道光乙未進士，歷官禮部鑄印局主事、員外郎，吏部稽勳司郎中，山西朔平府知府。遂隨夫子僑寓都門。迨至洪楊亂作，徧地烽烟，南北睽絶，從此音問不通矣。

韻秋公有五子，長笛舟公，生子一。次嘯珊公，無子，以笛舟公子似松公兼祧。三琴舫公，於道光十六年游幕，遠出無聞。四詠樓公，咸豐庚申粵匪寇杭，公率團禦賊，陣亡殉難，無子，以先府君承祀。五雪舫公，未成年而卒。洎似松公又無子，於是韻秋公支下一系均歸先府君承祀焉。敏元童年侍先府君春秋祭掃，至丁家山，每進敏元兄弟而詔之曰：『此即王姑獨立經營八棺併葬之墓域也。』摩挲碑碣，景仰靡既。

及長，在先叔父心閣公家見王姑所著《鴻雪樓詩選初集》二册，猶是未適武氏前在杭鋟板。入都後之詩文詞迄未獲睹，僅聞從兄伯初在無錫時嘗借鈔王姑所著《名媛詩話》，而卷帙未詳。光緒己亥，敏元佐幕鎮海縣署，於同事無錫華君自香案頭見有詩册，偶加翻閱，則即《鴻雪樓詩選初集》，與昔在先叔父家中所見者同。華君因舉以相贈，珍藏廿載，屢思重付剞劂，而頻年牽於人事，卒卒鮮暇。

戊午之春，擬與《詩話》合印一編。時伯初兄已歸道山，屬其家於遺篋中尋得昔年所手鈔者，則僅一卷，似非完本，乃倩戚友廣爲物色。越歲己未，始在滬上得錫山王蓴農先生舊藏《寓休歸里，當時所見者殆即先叔父心閣公所藏《鴻雪樓詩選初集》及伯初兄之手録《詩話》耳，亦欲付印而迄未果。敏元今雖勉竟先志，而伯父已不及見矣。因將是跋附印集中志感。

王姑湘佩女史所著《鴻雪樓詩選初集》及伯初兄録存《名媛詩話》一卷，補愚弟初擬詮次付印，終以未成全璧爲憾。因於己未冬日持赴滬瀆，屬親串馮子克澄廣徵名流題詠。私計海上風雅薈萃，富於收藏，或有所獲也。旋接克澄來函，果於錫山王蓴農先生處得其所藏昔年《寓言日報》附印之《名媛詩話》八卷，蒙允借鈔，校讐數過，中多譌奪，仍非完本。辛酉之夏，復登滬報徵求遺著，久之而應者寥寥。補愚弟以時不我待，亟欲就此殘編斷簡先行重印，藉揚先德而廣流傳。予亦因《詩選》與《詩話》中涉及吾家軼事甚多，可補譜乘之闕，力爲慫恿。爰與共同考訂，分任校字之役。其脱誤處姑仍其舊，俟他日覓到原書再行校正續刊，兹則惟有且存抱殘守闕之志而已。

癸亥冬日，歸孫沈敳元謹識。

王姑湘佩女史，先曾叔祖韻秋公之長女也。隨韻秋公宦游章貢，髫齔即工詩善畫，馳譽大江南北。韻秋公任義甯州州判，爲同官傾軋，忿而自裁，其時王姑才十二齡耳。大椿遽折，旅況蕭條，一家老弱留滯西江者四年，始獲奉母回里，而貧窘無以爲養，賴王姑奔走四方，躬謀菽及輒涔涔淚下，月圓、歲闌各有詩。迨吳太夫人棄養，弟善熙亦相繼殤，則又哭之以詩。烏乎，女子固善懷，而又令遭遇坎軻若是，其愴然恫於中者，夫又奚足怪耶？

女士者，余幕寮沈君補愚之王姑。補愚爲余言，此《詩選》皆未嫁前作，栞於清道光季年，遭咸豐庚辛之變，版本散佚。嗣後從友人處獲此《初集》，吉光片羽，將寶守之，視若家乘。余受讀既竟，又知昔年諸女史若江右姚氏、劉氏，松江丁氏，仁和龔氏，德清許氏，皆有唱和之作，爲點定詩稿者，則甬上顧君白、都中張理莽諸先生，而女士詩賴以傳矣。顧余尤服膺女士零星積詩畫潤資窆其父若母弟妹伯叔，讀諸紀事詩，具見當日經營八棺，心力蕉悴，苟非生有至性至情，曷克任此？此事置之《列女傳》中，足爲巾幗生色。佗日《杭郡詩輯》摻及是集，表而彰之，豈惟足以助玉臺之詠，增煒彤瑄乎？謹跋數語以誌景慕云。

民國七年冬月　日，錢唐孫寶瑄書於甬江榷署。

此集，姑母所著也。姑丈自山西朔平府告歸，就養在京，繼晉引時，姑丈與姑母及表兄皆早逝。晤表姪武紫巖，向取詩集，云祖母著作未付梓者尚多，《鴻雪樓》續印再寄。詎料拳匪滋事，百物俱廢，書板遺失。正欲託友在琉璃廠舊書肆中尋覓姑母詩集，適伯初大姪攜斯集來，喜出望外。雖手録一過，然秘而獨有。今倩工石印，以廣流傳。

光緒二十九年仲冬，沈繼曾謹識，時年六十有六。

伯初先兄録存《名媛詩話》中有先伯父纘哉公手題是跋。先伯父久宦臺灣，晚歲始乞

附

鴻雪樓詩選跋

吾杭閨秀能詩者，清乾道中葉不勝僂指，第沾沾於詠物懷人，尋聲鬬律。稍博雅者，至於弔古詠史而止矣，未有纏綿悱惻、觸發性情如沈湘佩女士《鴻雪樓詩選》者。女士才十二齡，父韻秋公以官事殉江右，已能慕效趙娥，思剸刃仇人之胸。有《述哀》詩一則，語壯音悲，琅琅可誦焉。年及笄，奉母吴太夫人摒擋行篋歸泉唐。時已七載，章江囊金垂盡，而閨中詩槀則已盈積寸許。集中所謂『貧歸故里錐難立，賸有詩魔慰岑寂』，狀旅況之蕭條，令人悽然生感。相傳女士母吴太夫人亦一時名媛，女士四聲之學固傳自阿母，是以總角即解吟諷，以薰湔有素也。女士亦受業塾師陳簫樓，師嘗誡女士，詩多感慨非少年所宜，然而抑知女士之感慨固非得已。昔人謂詩以窮而益工，讀《鴻雪樓詩》彌信。女士且不惟工詩，尤聰穎善畫，以故吴太夫人在堂日，諸兄弟貧乏缺甘旨，賴女士奔走袁江，售詩鬻畫以養。然因是遲逾九日歸而母卒，終天抱恨，則又有《述哀》詩以誌皋魚之痛矣。

先是，山左李怡堂觀察激賞女士詩，録爲女弟子。因是赴山左召，及歸則妹蘭仙殁，每憶太息雲泥別，分飛各一涯。愁予偏落寞，之子最清華。小院誰觴月，豐臺合詠花。何時香雪海，重與鬥尖叉。

題畫

月中金粟壓羣芳，露浥瓊姿冠洛陽。富貴神仙誰得似，喜看國色並天香。牡丹、桂花。

冬至前三日寄蘋香

陰晴渾不定，昨歲正今朝。繡檻日方麗，朱檐雨又飄。裁箋添逸興，對月坐清宵。忽忽天涯隔，離懷未易銷。

附蘋香原作

匆匆驪唱急，催上木蘭舟。千里故人去，一江春水流。山明摹北苑，花落憶西洲。更喜金鑾侍，書刊紫石不？謂牋霞令嫒。

難得尊前酒，椒花餞歲同。河梁分手易，風雨對床空。長夜盡復盡，短檠紅更紅。詩牌誰共集，香篆冷房櫳。

紅閨詩領袖，健筆擅三唐。舊侶逢京國，懷人話故鄉。吴天雲渺渺，燕樹月茫茫。好語聯吟地，梅花古道場。謂同游皋亭崇光寺坐梅花下聯句。

蓮子同外子作

粉紅輕墜露華涼，青子離離滿綠房。採去祇憐心帶苦，劈來尤喜指生香。含胎藕引玲瓏玉，護體羅裁縞素裳。欲問倒生緣底事，微雲疎雨過銀塘。

和　作

采采秋風漸次涼，紅燈初上劈蓮房。芳心細嚼甘兼苦，綠意偏饒色與香。截柄仍教牽藕線，拆苞猶未脱荷裳。珍藏翠實來年種，葉葉花花又滿塘。

題　畫

草白沙黄邊塞寒，河冰凍合馬蹄乾。行人似話征途苦，幾度停鞭側帽看。

重九寄丁芝仙

暖風晴日到重陽，滿目秋容菊正芳。覓句客吟青玉案，時承餽物。登高人佩紫萸囊。鴛湖渺渺思何極，燕樹茫茫歎阻長。料得素心當此際，霜螯持對酒盈觴。

名花比名媛，十子冠泉唐。君嘗以名花十種比西泠閨友十人。各有名榮世，無如半遠鄉。關山惜修阻，雲樹望蒼茫。清福皆輸子，優游翰墨場。

五字故人意，深情詎有涯？非徒工筆札，猶復盛詞華。憶我詩書畫，思君雪月花。『雪月花時最憶君』，香山句也。更煩伐桂斧，一爲削歧叉。君又號修月子。

屏山夫人招看盆蓮一藕四花具諸色相有中含九子者有九子中又疊九瓣者有似牡丹瓣者二一中起樓臺一平綻玉盤外皆蓮瓣裹之華鬘雲影璀璨陸離洵爲花瑞因賦四章以紀嘉祚

幕府聲華康樂才，青蓮學士本如來。一枝藕向盆池種，四照花迎亭榭開。

菡萏參差映水斜，田田翠蓋發新葭。九華灼灼輝朝日，九子離離煥夕霞。

乍綻紅衣幻牡丹，清香喜共雨中看。脂痕高疊樓臺影，粉瓣平舒瑪瑙盤。

仙骨玲瓏佛性情，瑶池翠水舊知名。試看益節同心藕，無數孫枝次第生。

須求深，衣食勿羨美。幸依諸父蔭，發奮習經史。切勿蹈虚浮，大言不自耻。同堂諸弟兄，一本無所異。怡怡共晨夕，詩書質疑義。師訓須懍遵，典謨當熟記。閒事勿相干，謙讓有大利。兄友而弟恭，庶不負同氣。度量宜寬宏，大材成大器。禍患從口出，疾病從口入。生冷與甘酸，多食防致疾。布衣與蔬飯，身心勿放逸。窮通天所賦，安命乃元吉。勿負六尺軀，有志定成立。能解我此詩，便爲佳子姪。

入夏暑疾纏綿聞王藴香母子偕亡傷感彌日宗滌樓侍御室

入耳驚心甚，非徒困病魔。閨中良友少，泉下故人多。并命猿啼慘，無情鵩語訛。孝慈君不愧，天道竟如何？

立秋日叠前韵寄蘋香

鎮日跏趺坐，如乘太乙舟。時足疾，敷以蓮瓣。自從人北至，不覺火西流。松菊荒三徑，湖山渺十洲。分襟將半載，吟興近佳不？

記住清虚府，琹尊日夕同。詞源三峽倒，塵慮一時空。春茗分眉緑，寒花映頰紅。離情托明月，爲我照珠櫳。

和蘋香見懷原韻

同聲喜相應，不負放歸舟。古調絶凡響，雄詞據上流。杯盤入新歲，蘭杜集芳洲。良會殊非俗，知能再繼不？

一片天邊月，清輝千里同。鵲橋方待駕，雁字落遥空。時函至於七夕。瓜冷浮圓碧，蓮香膩淺紅。七襄如玉札，雲錦映簾櫳。

回首曲江曲，春湖正下塘。看花青雀舫，聽雨白鷗鄉。故國遠天漢，離懷入渺茫。多君足文彩，賦筆冠詞場。

嬌癡憐弱女，一樣感天涯。自拜青綾幛，深欽彤管華。故人索詞草，遠信卜燈花。最憶探梅路，柔桑剪緑叉。

寄示以松及纘齋竹庵梅崖諸姪

當路植荆棘，舉步輒牽衣。何如種黍穀，秋成可療飢。惡言如植棘，刺人人盡非。善行如種穀，方寸培根基。植棘與種穀，旨在人自爲。所以古君子，謹慎於言詞。

汝年已十四，無怙復無恃。此時不勤學，長成習何技？艱苦當自知，凡事宜克己。才學

抵都呈吟齋外子

篋底光騰寶劍篇，一鞭重又策幽燕。飽看桃柳四千里，小歷舟車五十天。出郭勞君相遠迓，長途歎我自周旋。春風頓解雙眉結，經歲離愁一日捐。

題鍾馗畫像

英姿颯爽骨嶙峋，每到朱明倍有神。一劍梟除諸鬼魅，千秋名足軼凡塵。殷紅豔豔榴珠綻，淺緑茸茸艾虎新。憑杖威靈相照耀，安居歲歲百祥臻。

燈　花

小草吐穠華，銀釭春色賒。層輝凝紫焰，密蕊綴珠霞。幻出玲瓏影，添來瑣碎花。畫堂多喜事，先夕報儂家。

寅齋和作

茶熟酒醒候，挑燈喜氣賒。無香紛紫豔，有色燦紅霞。放彩仍依草，流膏自着花。況逢三五夜，蟾影照家家。

圯上弔張留侯

博浪雖然一擊空，奇謀浩氣獨蟠胸。圯橋若不逢黃石，末路何由托赤松。烽火關中方逐鹿，風雲沛上正從龍。英雄千古誰能似，只有鴟夷可並蹤。

銅山道中喜晴

晴日遲遲上柳梢，驅車頓覺客情豪。平疇翠浪翻新麥，遠樹紅霞絢小桃。征路尚遥愁石徑，鄉心莫慰藉村醪。却憐紫燕同辛苦，一樣銜泥不憚勞。

東平道中

千里攜雛入帝都，減餐連日歎孱軀。東平刺史公平甚，盡使崎嶇變坦途。夕陽西墜暝烟生，偪仄山溝歷碌行。却喜巉岩山石少，東阿也不減東平。

滕縣道中

撲面東風散麯塵，奔馳草草笑勞人。沈酣百里梨雲夢，果見花光白似銀。

脩禊剛逢上巳天，東園風日正暄妍。柳眉已展桃含笑，易惹離愁是別筵。
輕帆葉葉路迢迢，回首烟籠廿四橋。江上綠波隄上柳，教人那得不魂銷。

上巳日雲林雲姜伯芳同遊東園

梅映峰巒松映門，廣陵勝景擅東園。水邊祓禊驚鴻影，亭畔聯吟劃竹痕。翠鳥避人飛別浦，紅桃窺客出低垣。踏青緩步行莎徑，舊句新詞仔細論。

桃源道中

隄上桃花深淺紅，花邊楊柳舞春風。韶華到此真妍麗，鎮日車行花柳中。
未見鶯梭燕剪斜，層層翠影間紅霞。不知若个神明宰，種出河陽滿縣花。

阜河道中

轆轆雙輪去似梭，芳菲滿目豔陽多。桃花如怯春寒重，細雨斜風過阜河。

邳　州

穠桃纖柳弄春柔，道路崎嶇動客愁。一樣長堤彎似帶，阜河平坦勝邳州。

仲春八日至攜李和芝仙見贈原韻

雅誼真如湖水長，飛鴻何幸列成行。春風蘭蕙花初放，從此同心佩國香。時承訂金蘭。

芝仙同遊陳園覽湖山花木之勝即以留別 園即金陀別業

石徑縈紆步碧苔，名園勝處喜追陪。峰巒重疊穿雲出，樓榭高低傍水開。糁徑玉梅人去後，環橋金柳燕飛來。相逢不易分襟速，珍重金閨絶世才。

集詩牌游仙

鸞背親乘笑薄游，翠裙低颺采雲收。紫璣間織叢芙錦，詞筆兼題鸚鵡洲。

弱水光平鏡面融，未遣青雀那尋鴻。禪心一片古於石，遮莫筠簾六曲通。

清明日過揚州留別雲林雲姜伯芳

留連文讌憶當時，舊雨重逢喜不支。三月鶯花一尊酒，玉蘭如雪共裁詩。

瀟瀟風雨剪燈聽，往事重論感絮萍。別後丰神俱瘦減，怪他雙鬢獨星星。雲林髮白過半。

新正杪留別鮫隣年姒

方欣聯繡袂，争奈唱驪歌。今日一尊酒，雲山別恨多。

仲春朔日和蘋香贈別作用探梅韵并留别杭城諸姊妹

聽罷陽關日欲斜，賓鴻歸去我辭家。魂銷南浦三篙水，夢繞西湖萬樹花。不盡餘情期後會，願教努力惜芳華。中年容易傷哀樂，莫使星霜上鬢鴉。

附原作

葉葉輕帆五兩斜，壓船書畫又浮家。何時更翦西窗燭，此去重看上苑花。香雪滿山懷故里，軟紅十丈客京華。離情怕見春波緑，惆悵詩成墨點鴉。

奉題丁芝仙大姊臨靈飛經後

丰神濯濯發光芒，秀勁由來法二王。想見妝成初試筆，一池春水墨花香。

吴下書名曹墨琹，十三行迹重詞林。晨來喜見簪花格，仙骨珊珊邁古今。

雲今擁萬株花。娟娟縞袂憐姑射，淡淡明妝並緑華。滿地夕陽吟未倦，忽看古樹集昏鴉。

附和作

蘋香

萬枝香雪門横斜，物外春歸釋子家。成句。滑滑泥銜三徑路，陰陰寒勒半村花。素牋作艸書成聖，湘佩書聯於寺。好句如仙氣自華。愧我麤疎慵染翰，小窗無意學塗鴉。

新正下浣方鮫隣余年姒夫人招集湖上偕德華少夫人静芳女公子陳貞卿夫人暨余女牋霞探梅舟次作

滿湖烟水碧粼粼，淑氣和風笑語親。試看雙堤金線柳，眉痕已展一分春。

蘇白風流今又見，依然翰墨擅詞場。時讀菊農觀察撰聯。笑他鶴子清癯甚，争及翩翩小鳳凰。蘇公祠觀雙鶴。

金沙港外水瀠洄，士女如雲放棹來。人影花光渾不辨，枝頭玉蝶已全開。

遇合苔岑信夙因，珍饈絡繹更湖蓴。雨絲風片添吟興，散盡遊人散麯塵。

人招復引，莫問路三叉。

探梅有約風雨通宵枕上叠前韻

聽徹蕭蕭雨，高檠暗結花。頓教遊興減，不覺峭寒加。水氣侵書幌，山靈謝客車。遥知雙翠羽，惆悵立梅叉。

曉起暖姝伉儷詩至函以叠韻迴環奉答

錦段隨風至，虚窗展玉叉。無端一夕雨，遲駕六萌車。春水溪邊漲，濃陰天際加。遥憐千樹雪，知放幾分花？

臯亭探梅口占呈蘋香暖姝

天爲催詩雨，詩成雨竟晴。笋輿同出郭，玉蝶乍舒英。漠漠春陰散，溶溶溪水生。吟筇與肴核，深感主人情。

花下口占

松邊竹外影横斜，絶勝巢居隱士家。仙蹕昔迎雙鳳輦，崇光寺昔爲南宋顯仁太后功德院。香飲無兼味，寒魚未可叉。

題魏滋伯廣文詩集疊前韻

敏妙兼新麗，春生筆底花。文章隨手得，詩卷逐年加。名足空千古，才真富五車。消寒忻覓句，巧思壓劉叉。

上元日天竺禮佛

試燈風裏雨餘天，來禮慈航大士前。山勢岧嶤開佛國，溪聲清澈滌塵緣。香生絶壑梅初放，饌供伊蒲筍正鮮。願乞楊枝消熱惱，大千隨地湧金蓮。

暖姝約臯亭看梅蘋香以詩代柬仍疊前韻依次奉答

探梅勞遠約，新句韻于花。香雪烟波遠，春風詩思加。同過仙子宅，并借美人車。暖姝代備筍輿。浣露頻吟諷，湘簾上翠叉。

附原作　蘋香

爲報臯亭下，疎梅已著花。乍晴春晝冷，一雨水痕加。蕩漾辭蘭舸，瓏璁走鈿車。主

鴻雪樓詩草卷十五

錢塘湘佩女史沈善寶著

辛亥

歲朝三日對雪同蘋香聯句

雪兆豐年瑞，寒梅未著花。草堂人日近，蘋。松徑玉塵加。君譜陽春曲，湘。儂留白鹿車。山陰休訪戴，蘋。湘佩欲往戴家河許夫人處，余止之。分韻鬥尖叉。湘。

雪窗寒甚蘋香疊前韻即奉答

新詞歌白雪，雅頌製椒花。不畏寒威重，全憑酒力加。凍雲凝古樹，濕逕滯歸車。脱口皆佳句，何慚温八叉。

附原作　蘋香

小窗同對雪，遲爾詠梅花。生菜春盤薦，紅爐玉炭加。園林開粉本，巷陌斷香車。佐水，本來心境肅於秋。媿難佐政甦時困，聊記鴻泥爪印留。

沉水金爐裊瑞煙，自呵翠墨寫紅箋。風迴大漠塵容暗，雪霽荒城日色鮮。那得寶簾能辟冷，漫從明鏡惜流年。鄉心莫共梅花發，彈指春光到眼前。

嘉平望夕對月寄太清即用中秋見懷韻

暫息塵勞對晚風，浮生真是可憐蟲。歲華荏苒朱顏改，雲樹迢遥皓魄同。有客長城歌飲馬，感君短札付飛鴻。緣知兩地離懷重，漫和陽春寄蕊宫。

除夕用蘋香庚戌除夕原韻即寄蘋香

炮竹聲中雜管弦，鄉心棖觸不成眠。論文記縱談天口，覓句如争下水船。柏酒又傾憐異地，椒盤重聚定何年。遥思剪燭忘言坐，應有新詩續舊篇。

朔方寒甚吟此自遣

胸中雖無萬卷書，足下已行萬里路。風霜塵土久飽嘗，嚴寒盛暑今年遇。自從炎夏出都門，熏風烈日銷征魂。滿懷離緒暗酸惻，淚珠濕透羅巾痕。崎嶇歷盡至陽曲，逆旅投鞭重問俗。米鹽瑣屑費經營，轉瞬涼秋綻籬菊。才交冬日明朝陽，羽檄傳教纂朔方。秣馬膏車重就道，關中風景亦殊常。微微衰草經霜白，莽莽寒雲映日黃。出關尤覺寒威重，狂飈如吼山爲動。冰雪盈途輿篼揚，閉帷贏得吟肩聳。十日馳驅紫塞來，蕭條城郭帶寒開。窮鄉僻壤人煙少，雪地冰天客意摧。回思少小多吟興，侍親遠宦探幽勝。看花兩度赴燕臺，佳日春秋記驂乘。而今隨宦長城邊，斗室紅爐日夕然。身似僵蠶加裹束，人如凍鶴少周旋。重裘不暖衾同鐵，未凝惟有心頭血。祇望春從天上來，陽和一旦消冰雪。

偶成

駑才昔似奔騰驥，畏冷今同縮瑟鴉。想到春明風日煖，盆楳紅綻兩三花。

朔平冬日漫興呈外

千里衝寒賦宦遊，朔雲邊樹試凝眸。民無布帛衣羊革，地有冰霜穫燕牟。却喜訟庭清似管，送酒何曾見白衣。羈思滿懷無處訴，佳辰惜與故人違。

九日寫菊

料峭西風透碧紗，茱萸欲插感天涯。彩毫却與秋争艷，寫出東籬五色花。

代州曉行遇雪呈外

平生從不因人熱，此地真成徹骨寒。頓覺敝裘如潑水，朔風吹雪滿征鞍。

出雁門關口占

滿川碎石走黄埃，捲地雄風亦壯哉。策馬劇憐人北往，啣蘆曾説雁南來。萬山積雪寒光起，百堞危關霽色開。塞外至今成内地，登臨弔古漫遲徊。

或云明妃青塚在朔州城外或云在歸化城外路出朔州瞻仰不得感成二絶

和戎策重妾身輕，社稷安危繫此行。歎息當時諸將帥，却將奇績讓閨英。

琵琶悽切出邊庭，雁叫霜天不忍聽。千古丹忱終不滅，一抔荒塚尚青青。

並麥麻。迎秋農事亟，鼓腹夕陽斜。

盆桂和韻

紅紫盈階色未收，又添丹桂拂簷頭。露凝有耀三更月，子落無聲一院秋。金粟影齊圍綺閣，銀河香滿泛仙舟。當年戰罷文場後，藕染衣裾異彩浮。

中秋對月

璧月當空秋氣清，階前唧唧草蛩鳴。未能酩酊酬佳節，却喜安閒少俗情。佛手香濃花遠遜，時閨友貽佛手柑而桂花正落。蟛螯霜老雁初征。漫吟白傅思鄉句，一夜離懷五處縈。

秋　夜

竟日溟濛雨，新寒向夕生。剪燈觀菊影，垂幔聽蛩聲。客況同秋淡，吟懷似水清。葡萄新釀熟，正好會耆英。時外子延同鄉諸君飲。

重九書懷用天游閣丁酉見寄韻即寄天游主人

連宵霜重雁南飛，遥睇丹楓映翠微。異地客如籬菊瘦，故鄉鱸共水蒓肥。題糕猶記揮斑九華四照三英燦，堪喜齋中品最優。記得賞花兼聽雨，明珠錯落剥雞頭。許滇翁齋中蓮花最奇，每開時屏山夫人必招玩。

盈盈碧水映平灘，冉冉紅衣繞曲欄。記得柳陰同坐久，忘機鷗鷺共盤桓。積水灘花放時，常共太清及以文郡主同觀。

調冰雪藕爽吟懷，香度湘簾正半開。記得曉粧猶未竟，嬌兒呼婢送花來。󠄀䑛霞每晨必令婢送花。

閏秋中浣田友焦茂才以盆桂二株見餉同外子作

才閏星期暑氣收，喜看金粟綻枝頭。分來月窟雙株秀，領略天香一段秋。南墅持螯方穫稻，西湖剥栗正乘舟。吾鄉花時新栗初出，味帶花香，名桂花栗。異鄉得此尤珍重，相對還宜大白浮。

答太清寄雞頭

芡實如梅萼，勞君寄隴頭。劇憐初出水，鄭重付星郵。

七月食瓜 得瓜字

紀候賡流火，豳居正及瓜。葉稠綿七月，瓤美食千家。熟待薰風拂，凉宜暑雨加。削膚先注液，揭蒂尚餘花。入口冰壺貯，飛香雪椀賒。徧嘗田父樂，分給稚童譁。藝種同葵菽，耡根聖，誰知西顧遠吟儔。玉璫緘札情何切，翻悔當時不少留。

見柳有感

猶記蘇隄聽曉鶯，畫船時傍翠陰横。而今相對添惆悵，萬縷千條别緒縈。

夏日偶成

炎歊深避掩窗紗，楊柳摇風日影斜。忽覺清芬通鼻觀，金銀初放並頭花。

和周蓮甫女公子送别原韻

既愛才華美，尤欽至性真。無端千里别，離思托冰輪。
退筆堪貽笑，陽春屬和難。願君如玉筍，慈竹共平安。

入伏後溽暑如蒸晝長似歲向憶觀蓮雪藕不特故鄉即春明此際無日不覩紅衣翠蓋也因憶蓮而及人遂成四絶

花光倒影浸樓臺，太液池中萬柄開。記得清晨同伴去，金鰲玉蝀一徘徊。昔年與孟緹、伯芳曉起觀荷，即訪虚白太夫人。

密蕋交加，千枝萬朵影横斜。爲恐國香零落也，寫上輕紗。

指示畫圖中，依舊春風，交花接葉映玲瓏。疑有清香生紙上，吹出簾櫳。　風雅孰能同？培護從容，蘭芽蓀茁一叢叢。似爲燕姬徵吉兆，夢叶羆熊。

客窗坐雨長歌書感寄都中諸閨友

欲雨不雨天沉沉，汗珠似水沾羅襟。異鄉初到向誰語，安能飲酌隨吾心？晉陽僻處萬山裹，百貨遠來貴莫比。魚如龍兮鳬似鳳，一任人嗤食肉鄙。小住京華近廿年，往來車馬相安便。看花綺閣春晨起，讀畫紅燈夜宴眠。城東城西盛吟侶，金釵問字賡新句。就中翰墨足吾師，天遊子太清夫人與和鳴主屏山夫人。故人多半居城南，苔岑契合時停驂。五侯羹鯖日饜足，紅丁黄甲資清談。快婿佳兒依膝下，介眉春酒傳杯斝。幼女携來玉雪妍，牽衣索抱嬌無那。阿兄多病雪盈顛，相送登程淚似泉。骨肉遠離心惻惻，親朋惜别意綿綿。朅來半月隔千里，差幸勞薪暫停止。入夢琹尊繞帝京，關心烽火思桑梓。破悶無方托管城，客懷脈脈不勝情。濃雲似墨驚雷走，雨自滂沱詩自成。

答慕青寄懷之作

燈蕊連宵結並頭，彩雲飛到豁雙眸。登山涉水嗟今日，握手論心憶昨秋。祇望南行尋畫楪甚多，過此及前所無。

薄日輕陰過壽陽，田畦無雨轆轤忙。土風迥別寒暄異，六月山中莜麥黄。壽陽道中。

輪蹄衝破萬山煙，喜步康衢緩著鞭。城堞巍峩街市盛，宦游從此樂豐年。至陽曲縣。

唐　槐

根株雖半朽，枝葉尚青葱。高蔭垂千古，清陰蔽一弓。樹留陽曲縣，植或狄梁公。槐在狄梁公故里。莫問南柯夢，前村夕照紅。

到陽曲後寄太清姊

感君雅誼太纏綿，握手臨歧意惘然。往事追思成幻迹，離愁消瘦到吟肩。雙輪遠歷千山霧，單袷凉生六月天。梔子同心勞彩筆，展圖不禁淚珠懸。

文師母夫人手植盆蘭盛放因屬畫工圖之懸於粉壁命題爰賦浪淘沙二闋寄呈

九畹産名葩，遠至京華，素心人愛素心花。曉灌清泉宵溉露，盆護蘭遮。碧葉發新芽，

途中雜作

涼風拂面暑全消，曉起驅車不覺遥。小草纖花皆悦目，沼塍紅綻鳳凰苗。定州道中。

平疇行盡起重岡，茅屋家家紡織忙。緑樹陰濃人歇午，無懷風景似羲皇。新樂縣爲羲皇聖里。

山勢萬重争險峻，河流一線走汍瀾。金光閃爍迎晴日，行過平沙十里灘。過滹沱河。

坎壈崎嶇路不平，一山未了一山迎。任他九折羊腸險，且共王尊叱馭行。井陘道中。

穴居三五不成村，鎮日車行亂石根。自笑西湖煙水客，而今游歷到天門。

天門高與白雲齊，斷石危岩寄馬蹄。舉首欣瞻紅日近，凝眸頓覺衆山低。經四天門。

插天青嶂列屏風，迴合渾疑路不窮。屋上耕田田下住，生涯都在翠微中。槐樹舖道中。

瑯琊曾展無梁殿，謂外子。今夕如棲彌勒龕。應有圓光生頂上，結趺同把大乘參。宿橋頭窯房。

桃杏垂垂緑意稠，禾麻搴搴翠光浮。熏風尚恐征途寂，吹出一枝紅綉毬。辛興道中。

五色巒光照眼來，看山不覺陟崔嵬。翠叢忽見花如雪，岩畔珍珠綻小楳。泰安嶺至十貼珍珠

和果臺作仍用前韻

隨肩雁序步遲遲，金馬門前白玉楣。暢好風雷伸屈蠖，無端鼙鼓奏靈夔。團圞骨肉偕行日，潦草杯盤話别時。恰喜連枝風雅甚，新吟倚馬勝陳思。

題梅花贈寶傳壻

鐵骨冰心絶點埃，清香好共早春來。臨歧珍重相持贈，期爾百花頭上開。

和松亭三兄贈别原韻

羨君詩筆最峥嶸，天馬憑空自在行。京國喜聯鴻雁影，渭城怕聽别離聲。關心遠道寒暄甚，脱口新詩冰雪清。從此看雲勞悵望，春風花萼兩三莖。時聞雲舫十兄被議，爲之扼腕。

道經涿州有感張理菴先生

雙塔依然峙碧空，酒壚何處問黄公？我來難忍西州淚，滿目河山夕照中。

途中寄嘯珊二兄並示餞霞女

無端賦别感天倫，長路追思淚滿巾。一樣離愁抛不去，阿兄憶妹女思親。

游松亭兄別墅口占

拜罷松楸覽四周，清泉白石景深幽。落花似雨香盈砌，叢樹如潮緑到樓。池水半匳人可鑑，春風三月客來游。甕頭恰好梨花熟，更爲論詩盡一甌。

送念農弟督學浣江

三疊陽關酒一巵，緑波碧草起離思。正欣棣蕚聯芳日，又誦皇華四牡詩。文陣本來矜繡虎，寶刀今合佩文螭。星軺到處欃槍埽，珊網羅才答聖時。

念農詩成再疊前韻

無奈空教惜玉巵，艱危時事豈堪思。輶軒好采春陵句，風雨休吟工部詩。健鶻摩天驚燕雀，靈犀出水伏蛟螭。如雲雅度如虹氣，手展經綸在此時。

送果臺弟南旋

春草池塘得句遲，錦衣歸去耀門楣。文名久已傳三鳳，才望真能繼四夔。上苑看花君得意，西湖載酒我何時。劇憐同氣如星散，滿目雲山繫遠思。

秋日懷孟緹

亂離何處訪行踪，遠水遥山信不通。鏡裏眉消螺子黛，街前艸長雁來紅。著成緗帙書千卷，未築於裘地一弓。曲突徙薪司馬在，春明人盡歎公忠。令弟仲遠司馬守漢口，賊初出粤西，即請當事速救全州，不許。逮賊至漢口，雖有練勇，器械不齊，連戰不勝，遂陷。司馬因署自經，爲勇目鄭貴等負置小舟，救七日夜始甦，送至縣，驗傷養病。信至都中，王蓉洲司馬編爲表章，具其事於當道，後有力荐者，今仍在楚。

甲寅

婉卿囑寫櫻桃花

研紅滴翠寫芳姿，庭畔含桃發舊枝。弱質輕盈誰得似，分明樊素曉妝時。

莫春下浣游九龍泉拜烏星伯墓公爲松亭兄祖，殉難，事見家傳呈松亭兄

端肅拜佳城，淩煙仰令名。豐功垂竹帛，宸翰表忠貞。雲護松楸茂，謀貽堂構成。奇勳與科甲，世世繼簪纓。

落，虚心直節自玲瓏。主人喜見平安報，鎮日徘徊小院中。

寅齋和作

種得琅玕一小叢，枝枝摇曳拂晴空。烟流欲活初沾雨，根淺新栽不耐風。弄影喜添陰瑣碎，作聲徐聽響瑽瓏。移居日祝平安節，仙界方壺即此中。

題蘐壽圖爲丁重甫孝廉作

十載違慈母，淚沾游子衣。北堂花正茂，長此樂春暉。

慕青來都喜晤口占

秋風喜見故人來，鎮日清談笑口開。慰我離懷消我恨，一杯花露吸玫瑰。瘦削吟肩減翠蛾，偶然示疾效維摩。臨歧珍重無他囑，掃盡愁魔退病魔。

題家念農司業弟詩集 詩係督學晉省作

修史衡文筆一枝，軺車隨處賦新詩。直教景物開生面，偏采風謡欲解頤。三晉雲山供賞鑒，雙湖煙水繫吟思。盤旋元氣淋漓墨，甯武關前弔古時。

送蘇雲裳姊隨任岷州

留君無計送君行，把酒何須唱渭城。人似春風最和靄，心如秋月更光明。遠經華嶽三峯識，喜見岷州五馬迎。鴻案相莊臻百福，莫因兒女動離情。

夏日過天游閣太清出果親王詩畫册漫成

故人知我癖烟霞，同向晴窻展畫叉。萬壑千巖臨北苑，生毫拈管勝南沙。花光紅紫暎瑶墀，高柳蟬吟日影遲。消得炎氛醫得俗，風前細讀畫書詩。人在青山斷處行，畫中好景入詩情。不矜富貴矜風雅，盛世元音總正聲。或臨顏柳或鍾王，真草隨心盡擅長。信是天家工八法，書名今代盛銀潢。

中伏日過堪喜齋呈屏山夫人

湘簾一桁鎮垂垂，緑樹陰濃暑不知。但覺清香沁詩骨，白荷花畔坐移時。

寅齋種竹後得雨喜作

移得瀟湘竹一叢，翛然頓覺俗塵空。十分生意逢雷雨，一片凉陰散暑風。露葉烟梢添灑

癸　丑

祝屏山夫人六旬初度

珠流玉漾湖光融，龍飛鳳舞山玲瓏。湖山清美鍾靈秀，奇才偏毓璇閨中。璇閨福慧雙修得，含章柔順徵坤德。王謝門楣鍾郝儀，宦遊萬里同登陟。喬梓文名重玉堂，尚書碩望冠吾鄉。譜將安世房中樂，不減周南第一章。鳳城甲第連雲遠，青青桃李門墻滿。試問當年緑野堂，何如此日和鳴館？書城藝苑足優游，彩筆添修五鳳樓。退食焚香相倡和，神仙佳偶媲樊劉。由來至性疇能比，蘋藻烝嘗尚躬理。侍者常推樛木恩，側生並頌螽斯美。起居八座荷恩榮，哲嗣乘軺又秉衡。持節黔陽驚舊吏，垂髫公子已簪纓。謙沖雅度忘尊貴，多少孤寒蒙蔭芘。名士襟懷古佛心，天教福禄如雲萃。我是彭宣侍絳紗，清談每到夕陽斜。論書願學夫人格，結社曾吟命婦花。餘情却向丹青寄，腕底春風萬花麗。飛潛動植妙入神，巖壑蒼茫見高致。有時聽鼓緑綺琹，琴言如寫心愔愔。筝琵淨洗塵俗耳，鈞天雅奏皆仙音。傳柑佳節和風扇，籙㫺長生紫泥絢。上客争添海屋籌，羣仙喜醉瑶池醼。冰鏡盈盈暎碧天，華燈處處燦金蓮。梅花香裏春如海，歲歲觴稱人月圓。

商山翠色鬱嵯峨，中有幽人共嘯歌。采得紫芝和露服，不知塵世有干戈。

詠白菊

秋風一曲舞霓裳，珠有精神玉有光。擬倩彩毫臨小影，應輸素質煉寒香。水晶簾外盈盈月，翡翠枝頭淡淡霜。對坐不知更漏永，幾回燒燭照銀妝。

家石田翁山水長卷爲許滇翁所藏屏山夫人命題

雲山重叠飛泉橫，萬里咫尺蒼烟生。此是吾家石翁筆，展視不覺雙眸明。堪喜主人嗜書畫，翰墨和鳴性瀟灑。從來三絕孰能該，得遇知音爲心寫。

嘉平三日得家書知傳謨孫婦遺腹生子悲喜之餘口占以誌

已痛孫枝折，朝朝涕泗零。孤幃悲少婦，一索喜添丁。纖弱增吾念，扶持仗爾靈。相期成立早，珍重讀遺經。

三月下弦後一日喜雨寄太清時與少如游山

良朋初蠟遊山屐，好雨潛消陌上塵。想見高樓吟眺處，四圍嵐翠擁詩人。

題梅花帳沿贈家劍芝于歸潘氏守貞

獨標清操凌霜雪，甘向空山老歲華。我爲阿咸傳小影，冰心鐵骨寫梅花。

慕青書來並貽食物成此報謝

緑樹陰濃晝漏遲，遠凴青鳥寄離思。拈毫欲寫梅花影，披翰先吟芍藥詩。新詠芍藥，詩極穠麗。《昔昔鹽》翻新樂府，以晶鹽見餉。㦗㦗病減舊腰肢。雲軿倘共凉秋至，願晉蒲桃酒一巵。

題清華夫人梅蘭畫幅

紅英明艶迥超塵，碧蕊參差秀絶倫。好與國香聯静侶，漫從明月問前身。衝寒記踏孤山雪，紉露遥憐九畹春。深羡金閨多韻事，閒從玉版寫丰神。

題商山四皓圖

安吕安劉跡已陳，鬚眉如見古精神。後來多少蒲輪出，捷徑終南豈效顰。

鴻雪樓詩選初集卷十四

錢塘湘佩女史沈善寶著

壬子

上巳日同屏山夫人過天游閣呈太清

曲水盈盈泛羽觴，相將祓禊繞芳塘。紅橋緑水春無限，天借輕陰護海棠。

縈烟拂地柳絲長，繁杏夭桃半卸妝。小倚闌干吟未倦，一簾花氣送丁香。

上巳後五日過半畝園贈華香

園林春正好，徐步繞花行。曲澗流泉遠，平臺落日横。古香參妙境，新翠出前楹。家學難兄繼，牙籤擁百城。謂樸山令兄。書生偏不櫛，天授與聰明。高誼雲霞重，芳談玉雪清。關山分雁影，詩畫寫離情。茱卿令嫂、錦香令姊皆隨宦遠出。崔嫂尤賢淑，和風見性情。謂端如令嫂。

寅齋和作

陟屺空瞻望，心難一息安。白雲連雪凍，紅旭和烟寒。荒塚徒增感，京華未盡歡。慈顔猶戀戀，回首倍辛酸。

揚州喜晤雲林

一笑相逢喜氣生，風前把袂素懷傾。二分璧月羈人感，滿酌金波舊雨情。階下蘭蓀雙挺秀，膝前花萼競敷榮。乃嗣松岑、幹叔均已出仕。燕臺閨友都相憶，臨別殷勤囑致聲。

渡揚子江

擊楫中流勢若飛，寒濤滚滚雨霏霏。一帆風送歸舟穩，四面雲垂遠岫微。吹浪江豚時隱見，書空塞雁認依稀。水光無際天容闊，浣我塵襟息世機。

歸家贈外子

病勸加餐困勸眠，風霜千里感周旋。新詩唱和尤工敏，伉儷還兼翰墨緣。

嘉平上浣展先姑太恭人墓

跋涉二千里，思親夢未安。雪消山徑滑，烟鎖墓門寒。難忍風前淚，空追膝下歡。秋霜與春露，觸緒總心酸。

陰平弔淮陰侯墓

國士無雙真不忝，假王何必借三齊？漢皇有意烹功狗，蕭相無情贊野雞。漂母祠前雲漠漠，未央宫外草萋萋。千秋恩怨俱陳跡，坏土荒涼落日低。

桃源道中

寒林微赭水深藍，好景迎眸緩策驂。粟碌長途差自慰，暖風晴日到江南。

舟行雜詩

渺渺湖光近接天，蒼蒼樹色遠生烟。雪泥何處尋鴻迹，記放蘭橈十二年。

萬頃波濤一線隄，漁村蟹舍列高低。蕭條滿目殘蘆葦，怕聽哀鴻澤畔啼。大水之後人民流散。

南行雀舫無停滯，北望燕雲惜别離。一陣東風吹雨散，夕陽西下露筋祠。

長至江南草尚青，水肥帆飽喜遄行。舟人指點揚州近，寒柳蕭疎映郡城。

寅齋同作

入耳呼號噫氣賒，踈林蕭瑟日西斜。漫天勢作濛濛霧，捲地寒生漠漠沙。我僕既痡頻策馬，人踪欲滅亂翻雅。夜歸旅館更三點，蔬飯腴于品味嘉。

茌平曉發

征鞍纔得息奔波，又聽駈車喚奈何。風送雞聲宵夢短，霜濃馬首曉寒多。人從九點烟中望，路向三規台畔過。閱歷崎嶇休悵惘，參差山色近東阿。

汶水道中寄孟緹

相違纔十日，已隔路盈千。舊雨關心切，新詩信口編。風塵嗟跋涉，晴景喜暄妍。之子遠相憶，平安雁足傳。

嶧山道中

行對嶧陽峯，憑誰問古桐。暝烟生曠野，新月挂遥空。飢渴思投止，安危任化工。筋骸勞苦甚，二豎復相攻。

雄縣曉發寄都中諸閨友

雲萍十載聚春明，聽澈驪歌出鳳城。獵獵風沙旋大漠，勞勞踪跡悵浮生。人縈别緒難成寐，馬戀殘芻不肯行。料得紅閨諸姊妹，燈前幾處計歸程。

寅齋和韻

連朝塗次喜新晴，已歷燕郊四五城。無定風雲期後日，與偕伉儷定前生。餱糧儲備經營足，眷屬神仙自在行。我愛故園鄉味好，南歸緩緩策征程。

過趙北口

微波瑟瑟柳蕭蕭，行過垂虹十二橋。三日輪蹄勞悴甚，安能一葉泛輕橈？

景州道中遇風

車聲轆轆走輕雷，古跡蒼茫歎劫灰。得意看人駈馬去，衝寒笑我御風來。塵飛平野雅俱散，日澹荒城霧不開。差喜指南憑塔影，歧途無復再紆迴。昨晚迷途，投止甚晚。

剪燈聽雨

鐵馬琤琮銀箭沉，瀟瀟夜雨助清吟。紅燈影動微風入，碧瓦聲喧急陣臨。一榻菰蒲鄉國夢，十年姊妹別離心。蘭膏挑盡雲屏暗，側耳幽窗感自深。

盜詩圖爲王子梅鴻二尹作

燈殘旅館夢初成，頷下驪珠摘去輕。豪客解將詩卷竊，奇文定使鬼神驚。十年漫悔嘔心血，四海因之識姓名。一一鶴聲無恙在，不須譜恨寄深情。

重九口占

誰送淵明酒，慵題夢得糕。無風亦無雨，采菊忘塵囂。

寅齋和作

聊服茱萸酒，看陳喜字糕。次日小女納采。静參陽九數，門外却喧囂。

題風雨對床圖爲王默慧卿作

看雲白日懷工部，腰綬殊鄉感孝標。争及君家荆樹樂，對床風雨聽深宵。

秋日偕岫雲登陶然亭

小步層台豁倦眸，四圍山色碧烟浮。涼風吹袂清於水，蘆葉蘆花瑟瑟秋。

女墻迢遞夕陽紅，秋色蒼茫接遠空。同倚北窗凝望處，萬家烟火鳳城中。

倚闌垂釣　此四章題清華夫人畫美人

迢遞朱闌柳外横，一竿聊且寄幽情。半灣碧水窺妝靚，幾隊游魚逐餌行。鸂鶒偶飛波影縐，蜻蜓閑立釣絲輕。風前徙倚垂綸久，活潑天機逸趣生。

捲簾待燕

湘簾十二捲斜暉，燕子輕盈高下飛。波掠紅襟雙剪活，樹摇緑影一庭圍。引雛曾向花間去，逐伴應從柳外歸。長日遲遲人倦繡，幾回延佇盼烏衣。

對鏡簪花

眉畫輕螺髻綰蛇，妝成猶是對菱花。一枝妥帖依釵鳳，幾朵玲瓏壓鬢鴉。粉蕋生香含宿露，緑鬟迴影燦明霞。團欒鏡似團欒月，絶勝嫦娥張麗華。

秋竹

秋到孫枝長籜龍，蒼烟滿徑碧苔封。春風咒筍懷前度，夏雨分根認舊蹤。暑退瀟湘清意足，涼生嶰谷緑陰濃。一竿偶被風吹側，露出墻頭數點峯。

寅齋和作

半畝籠烟欲化龍，萬竿籊籊白雲封。放梢不礙明蟾影，結實能招彩鳳蹤。豈爲金風姿頓改，曾經暑雨色逾濃。當門又發檀欒榦，掩却西南淡遠峯。

秋樹和韻

曾記眠琴坐緑陰，又看紅紫染霜林。樓台掩映添寒色，橘柚玲瓏繫客心。蟬歇高枝涼露重，雅翻落葉夕陽沉。携書閑坐根前讀，一抹蒼烟隱遠岑。

寅齋原作

肅氣潛移夏木陰，金風蕭瑟入疎林。讀書聲動歐陽聽，送客愁生白傅心。丹桂飄香新月上，碧梧落葉莫烟沉。何當秋盡荒村裏，畫出寒雅度遠岑。

秋苔

緑錢點點綴幽階，秋雨綿綿長嫩苔。古壁蘚深蝸喜聚，香泥徑滑客慵來。柔藍明浄供吟賞，雌霓入連蜷助賦才。幾穗嬌紅相掩映，風前恰好海棠開。

寅齋和作

蒼然秋色凝三徑，深護籬根滿緑苔。叠叠錢痕新雨過，雙雙屐齒故人來。逐波也作纏綿態，結字非關篆隸才。爲惜鶴踪長却掃，涼風輕拂北窗開。

秋荷和韵

翠影霞痕豔緑波，金風吹綻玉池荷。露涼青蓋鴛鴦集，粉膩紅裳菡萏多。避暑記曾邀舊雨，采香今又譜新歌。試看並蒂含情綻，昨夜雙星正渡河。

寅齋原作

瑟瑟金風渺渺波，又看新雨發新荷。菰蒲影裏紅衣豔，葭葦聲中碧蓋多。曉露漫書題瓣句，晚風人唱採蓮歌。欣看太液盈池放，金碧樓台照絳河。

題清華夫人畫天女散花圖

舞袖翩躚五色裁，彩雲無際御風來。嫣紅姹紫紛紛散，羞煞凡花不敢開。

寅齋和作

雲錦繽紛妙剪裁，仙人游戲散花來。御空不借東風力，萬紫千紅任意開。

寅齋夫子於市中購得大理石一方紋作層崖積雪雲樹迷離絶似清閟閣所圖對之忘暑寅齋先成一律依韵和之

靈秀天生儼畫圖，卞和抱璞笑拘迂。峯巒重疊銀雲擁，林樹迷漫粉雪鋪。助我吟情揮玉管，是誰墨汁灑金壺？石交好共同心訂，幾度摩挲比握瑜。

寅齋原作

片石真如古畫圖，淋漓潑墨似倪迂。前峯凍雪經冬積，背面癡雲入夏鋪。隱約獸形蹲崒嵂，依稀樹影接蓬壺。購來欲學南宮拜，珍重家藏勝瑾瑜。

讀畫和韵

緑樹映疎櫺，吟哦展畫屏。詩題曹馬駿，跋識顧獅靈。花柳橫生態，蟲魚曲肖形。輞川風景好，佳句付丹青。

寅齋原作

畫本詩中得，生綃寫曲屏。精思成默誦，神妙自通靈。北苑南宫筆，雲龍風虎形。倪迂工點綴，水碧又山青。

論詩

魏晉兼唐宋，源流共討論。試看雲錦貴，爲少剪裁痕。濃淡原殊境，清奇各列門。性靈聊自寫，合佐酒盈尊。

寅齋原作

偶話新詩趣，欣逢舊雨論。摛華先有骨，琢句妙無痕。細玩歐蘇旨，追尋李杜門。司空廿四品，快讀對金尊。

品茶和韻

雅抱盧仝癖，閑評穀雨茶。碧螺清味勝，紫筍色香賒。古椀垂雲葉，新泉瀹乳花。輕清珍逸品，龍井數靈芽。

寅齋原作

遠挹江心水，來烹七椀茶。色香神逾淡，甘苦味偏賒。雀舌珍中頂，龍團重五花。最宜清夢後，細啜雨前芽。

評酒和韻

美酒如名將，宜加月旦評。芳醇由醞釀，甘洌在權衡。橘浸金波灩，花浮玉練清。倘逢知己飲，涇渭自分明。

寅齋原作

嗜酒須知味，開尊百種評。聖賢雖異品，趙魯預持衡。酌月梨花潔，臨風竹葉清。莫言沉醉後，濃淡欠分明。

寅齋原作

暑雨離離實，秋風冉冉香。藤牽三徑碧，陰覆一棚涼。蟲響宜晨夕，花疎間紫黄。月來人並坐，共聽説荒唐。

七夕詞

晶盤涼貯同心果，翠椀嬌舒連理花。兒女穿針齊乞巧，一庭香霧月初斜。

幾縷纖雲散薄羅，不知烏鵲可填河。人間多少團欒樂，底事雙星别恨多？

詠初十夜月和韻

半輪皓魄映遥天，昨夜新秋正上弦。初九日立秋兼上弦。稚女嬌癡同屈指，再遲五日便團圓。

寅齋和韻

昨夜庭前初落葉，經旬雨過乍涼天。筭來七夕逾三日，皓魄微添過上弦。

寅齋和韻

雲氣模糊繞畫屏，飛流㶉湃隔簾聽。先秋領取新涼意，燈火三更分外青。

瓜架和韻

碧架縈柔蔓，涼生貍首花。敢期朝暮實，聊植戊辰瓜。秀𤬪綿綿長，清陰冉冉遮。金瓤升翠釜，雅合飯胡麻。

寅齋原作

烟籠一籬月，香生滿架花。貧宜烹瓠葉，跡類繫匏瓜。疎密牽蘿補，高低引蔓遮。斷壺圖可繪，鼓腹樂桑麻。

豆棚和韵

支棚裁緑竹，幾日豆花香。月鬬蛾眉細，烟凝翠莢涼。牽絲同瓠碧，入饌伴葵黄。野老閒無事，乘陰話漢唐。

寄慕青

檻月簾風别思生，展君新句若爲情。一函珠玉論交重，滿紙龍蛇着色輕。浮世百年原夢幻，深閨三絶擅才名。彩鸞寫韻辛勤甚，廉吏家風澈骨清。

孟緹庭中夜合盛開嬌豔可愛因賦

十載庭前種合歡，花舒錦繡客懷寬。夭桃豔冶原同色，飛絮輕盈豈共看。馥郁濃香穿翠闥，蒙茸粉朵近雕闌。真能蠲盡人間忿，比翼還應宿鳳鸞。

寅齋和作

青棠花發態含歡，種向庭前半畝寬。低亞女墻教客醉，高擎畫燭耐人看。絲絲並蒂紅迎砌，葉葉交柯緑倚闌。樹尚有情呈爛漫，五雲深處羡飛鸞。

夏夜聽雨

暫抛紈扇倚銀屏，夜雨淋浪喜共聽。窗外濤聲簷際瀑，濕雲約住篆烟青。

讀婉卿畫香樓詩詞稿并謝和詩蘭幅

仙袂翩翩出畫香，修蛾碧暈遠山長。詩情俊似春楊柳，詞筆妍於秋海棠。却喜蘭英逢逆旅，敢勞道韞列門墻。來詩有『何期青睞及，許侍絳帷紗』。三湘九畹供描寫，珍重同心墨數行。

題桃花魚樂圖

一湖新水涵柔碧，幾隊游魚戲落紅。猶記六橋寒食候，桃花人面鬥春風。

岫雲以茶瓜詩幅畫扇見貽口占以答

滌煩喜剖邵平瓜，鮮渴還烹陸羽茶。吟罷新詩觀妙繪，甌香端不愧名家。
長日如年暑氣添，科頭箕踞意懨懨。久抛書卷疎吟咏，不爲懷君筆不拈。

題紅緑梅帳沿寄慕青

移向西湖處士家，紅英緑萼影交加。春風一樣濃香發，花氣如雲護絳紗。

赴孟緹飲歸來口占即柬孟緹婉卿

雞黍殷勤約，清談日易斜。吟詩得知己，讀畫識名家。婉卿即席和詩，且善寫墨蘭。既醉葡萄釀，還分富貴花。孟緹復剪贈牡丹。留春憐斗室，紅紫燦雲霞。是日太清以藤花、荼蘼等花見餉。

謝太清惠藤花荼蘼

天游高閣隔雲霞，新緑層層映碧紗。春水一池魚唼影，微風吹落紫藤花。

芳事匆匆過眼前，看花人負豔陽天。荼蘼夢覺春光老，緑暗紅稀又一年。今春屢約看花，皆不果往。

讀岫雲和余白芍藥詞奉答

清詞素質共翩翩，筆底瓶中欲鬥妍。我愛霓裳勝金帶，乞君更向畫中傳。

手製玫瑰酒贈岫雲

手摘徘徊浸玉醅，玫瑰一名徘徊花。濃香瀲灩入尊罍。梨花春共桃花雨，争似金盤露一杯。

炎暑侵人把晤遲，開尊好趁晚涼時。壺中天地非常闊，此境閨中太白知。

題梅送岫雲南歸

遠別孤山三百株，縈思疏影寫清癯。君行若過巢居閣，爲問梅花憶我無。

送岫雲歸蘭陵

筆陣圖開娘子軍，論文正好惜離羣。落花飛絮添憔悴，纔送春歸又餞君。

碧莖紅蘅氣味同，清談雅愛大家風。米鹽刀尺辛勤甚，贏得詩斑滿鏡中。

新蘆淺緑水柔藍，風日清和正熟蠶。擬把離情托芳草，相隨帆影到江南。

春風幾度舉離觴，聽到驪歌惱客腸。此去蘭陵春酒熟，掃愁好藉鬱金香。

餞春日孟緹召看牡丹與岫雲話别得晤韓婉卿淑珍即席口占

如潮新緑護芳菲，話到離懷欲濕衣。不惜紅螺千盞勸，濬雲微雨送春歸。

穠豔凝香秀絶倫，清平三疊調翻新。錦帷繡幄春風裏，第一花逢第一人。

鴻雪樓詩選初集卷十三

錢塘湘佩女史沈善寶著

戊申

送雲林就養維揚

一輪新月照離筵，未到臨歧已黯然。撲面春寒猶料峭，縈懷別緒更纏綿。看花日下香車共，鬬草湖邊畫舫聯。往事不堪重記省，歡悰如夢惜流年。

風雅才兼窈窕姿，琴中流水畫中詩。論交久已忘形迹，知己何堪遠別離。紅葯香濃春載酒，緑楊風軟夜填詞。故園姊妹如相問，爲道羈人鬢欲絲。

清明感成

年年憔悴客天涯，插柳何須記歲華。料峭東風寒食過，街前初賣小桃花。

故園春事漸繁華，上塚人歸日未斜。記得賣餳天氣好，青山紅徧杜鵑花。

題西湖游釣圖

一葉瓜皮漾碧漪，幽懷好與白鷗期。春風吹緑垂楊影，幾片飛花拂釣絲。
細雨斜風蓑笠輕，六橋深處任游行。十年夢繞西湖月，不獨蒓鱸動客情。

味，寒重應調玉糝羹。畢竟謝家才思好，撒鹽終遜絮輕盈。

雲錦十嫂以手織絲綢見寄贈此以謝

寸絲尺縷手繅成，多感纏綿寄鳳城。千里離懷方蘊結，一時別緒更交縈。授餐未忘當年惠，挾纊還添此日情。安得金閨重把袂，西窗剪燭話平生。

觀繩伎口占

流雪迴風妙入神，柳腰纖細掌中身。新詩聊作纏頭贈，贏得天涯翰墨因。
舞態翩躚喜共看，舞衣單薄不知寒。往來一線真便捷，世路如何尚説難？

惲母莊安人挽詞爲岫雲尊慈作

未拜宣文幔，嘗聞令母慈。辛勤徵儉德，愷悌仰坤儀。截髮因供客，丸熊爲課兒。萊衣欣繞膝，梁案快齊眉。骨勁梅堪侶，心虛竹可師。辟纑消白晝，搦管寫清時。王謝門楣盛，崔盧令譽馳。明珠光燦爛，雛鳳羽差池。湖上迎仙舫，花前晉壽巵。筍輿歸故里，蔗境樂含飴。九秩筵將啓，重封誥已貽。星偏沈寶婺，神竟返瑤池。弱女羈燕地，時懷陟屺思。那堪風木感，倍切死生悲。述德淚如雨，含哀鬢欲絲。揄揚有彤管，景企紀蕪詞。

人字依然映鳳池，幾曾攀折向臨歧。枝頭社燕歸何急，葉底殘蟬咽不支。猶記爲萍花似雪，可堪撲地雨如絲。漁洋高詠流傳徧，百載重翻絶妙詞。

漫從絮果問前因，曾共梅花占早春。三月韶華嗟逝水，一分憔悴拂輕塵。空憐長板橋邊樹，無復靈和殿裏人。極目斜陽秋草外，舞餘猶憶小蠻身。

枝枝涼翠繞金門，陣陣歸鴉愴旅魂。江上客憐新鬢影，鏡中人減舊眉痕。曉風已醒三春夢，暮雨空懷六代恩。樹已成圍秋又老，工愁我亦似桓温。

秋日小恙讀孟緹姊來札感成

同抱珠沈恨，秋風感倍深。驅愁苦無術，衰病復相侵。不寐憎長夜，無聊付短吟。一函勞慰藉，雙淚已沾襟。

勞人殊草草，離緒况綿綿。白日去無跡，黄花瘦可憐。忘情思學佛，服氣漫求仙。慧劍嗟難覓，塵魔那得捐？

寒夜讀岫雲賞雪近作即步原韵以寄

飛鴻傳到陽春曲，展向晴窗照眼明。滿幅珠璣成絶唱，一簾雪月恰雙清。酒酣雅憶冰壺山色蒼茫曙色分，宜人清景絶塵氛。朝暾欲上扶桑紫，漸覺東方現彩雲。

雨中文師母夫人招遊金山寶藏寺

細雨如絲散曉寒，馬蹄得得上層巒。雲凝遠岫横蒼靄，石漱新泉瀉碧湍。松柏千尋秋氣爽，湖山一覽客情寬。剛風折我階前桂，金粟枝頭不忍看。前秋太清招看桂花於此，次兒友惇偕往。今友惇殁已一載，湖山如故，風景不殊，可勝存亡之感。

師門恩重感尤深，一片慈雲許借陰。相慰羈愁邀攬勝，快逢舊雨共登臨。時世姑、世妹、李琬遇女姪同游。湖光濃淡元章畫，山色空濛坡老吟。把酒當風消俗慮，聊拈斑管寫遐心。

中秋日接外子書却寄

萱折蘭摧感百端，離懷怕見月團圞。米鹽敢説持家易，冷暖深憐行路難。差喜曾參能養志，謂大兒友怡。料來王鑑解承歡。長孫傳謨同行。三旬魚雁無消息，一幅雲箋幾度看。

秋柳和陸次山通守韻

一碧參差古渡頭，澹烟疎雨不勝秋。鴻飛日下傳新曲，鶯轉湖堤記昔游。瘦影尚縈羈旅恨，長條易惹别離愁。玉簫吹徹關山月，紅袖誰家倚畫樓？

窕，柳邊芳檻倚玲瓏。主人雅抱烟霞癖，點綴雲山入畫中。時樸山公子新修臺榭。

秋日圓明園書所見

毿毿柳色漸婆娑，滿目秋光感逝波。緑暗陂塘荷葉老，紫繁籬落豆花多。粼粼溪水浮紅鴨，是日見溪中白鴨有色如桃花者，明豔可愛。叠叠雲山擁翠螺。更喜壓枝禾稼熟，風前擊壤聽農歌。

曉起讀清華夫人書札口占

曉妝未了錦函開，膩翠柔紅照眼來。散罷天花參妙諦，絶無塵慮到靈臺。

孟秋下旬又讀清華夫人畫

五色毫端現，鮮妍奪化工。竹摇千箇緑，花綻一枝紅。朗抱天心月，高懷林下風。題詩慚草率，聊寄韋帷中。

秋日圓明園曉行

一天露氣峭寒生，四野秋蛩唧唧鳴。記得屯田詩意好，曉風殘月不勝情。

飲。稱祝重勞蘭蕙心。是日太清、屏山、雲林、素安、陔蘭、岫雲、華香諸友賜祝。顧影鴒原縈別夢，和鳴鴛侶喜知音。却憐游子微名絆，此日思親更不禁。大兒友怡需次蘇城。

和太清夜窻四詠

六出紛紜夜欲闌，金爐擁處不知寒。香焚柏子人圍坐，笑索梅花孰倚欄？戛玉時聞冰箸折，畫灰漸覺火星殘。清狂誰放山陰棹，自煮瓊瑶瀹鳳團。雪夜圍爐得『寒』字。

松風吹袂聽流泉，小步平橋夜色鮮。半畝方塘初鑑影，一輪圓鏡正當天。空明世界心如佛，朗澈襟懷骨亦仙。小婢也知清景好，幾回掬水漾淪漣。月夜臨池得『天』字。

捲地狂飈鵰怒號，剪燈語怪客情豪。髑髏唱雨秋墳冷，魑魅呼風夜月高。書幌影摇疑幻相，紙窻聲裂怯兒曹。東坡喜聽荒唐語，薜帶蘿衣擬楚《騷》。風夜説鬼得『豪』字。

四壁蛩聲答雨聲，芭蕉梧葉韵偏清。朗吟唐律詩千首，漫問秋缸夜幾更？一片元音穿繡箔，十分涼氣逼書檠。開編重味兒時事，宵課難忘膝下情。雨夜讀詩得『聲』字。

初秋日過半畝園華香女公子索贈

飛閣平臺迤邐通，也如文筆少雷同。侵階樹影凝涼碧，泛沼蓮花卸粉紅。竹裏幽窻開窈

題梅贈方勉甫年姪

春滿南枝換歲華，朗吟《秋水》嚼紅霞。調和鼎鼐他年事，喜見東風第一花。

題梅贈宗鹿竺梅即送南歸

聚散無端幻是雲，緑波碧草惜離羣。獨躭風雅除繁縟，看到寒香便憶君。

四十初度口占

東風和煦日初長，草漸回春柳嫩黃。卌載驚心增馬齒，半生多難歷羊腸。快編碎玉詩千首，手編《名媛詩話》十二卷初竣。痛失明珠淚兩行。塵世悲歡嘗欲徧，祇餘緑鬢未星霜。

十年愧説主蘋蘩，堂北還欣樹壽萱。偶寄閒情臨玉版，且安冷宦隱金門。窻前問字憐嬌女，燈下哦詩課幼孫。自是天倫多樂事，釵荆裙布古風存。

少小椿萱絕愛憐，幾番絲竹啟華筵。蘭抽碧蕊迎風喜，梅綻紅英映日妍。只望百年承色笑，豈知一瞬即雲烟。劬勞未報松楸遠，回首家山意黯然。

自笑詩書結習深，一燈五夜尚披吟。寄生曾荷槫桑蔭，余自入都，每遇初度皆承李寄母設筵招

鴻雪樓詩草卷十二

錢塘湘佩女史沈善寳著

丁　未

題宗壽香梅江上望慈雲照即送南歸

寒蘆瑟瑟水湯湯，無限離愁對夕陽。一抹白雲千點淚，不知何處是高堂。

珍重當年膝下身，無端遠涉大江濱。白蘋紅葉秋風裏，獨倚船窗更愴神。

一瞬駒光廿七年，望雲終歲意淒然。重逢京洛烏私遂，却好親承八秩筵。君別母二十七年始得重晤。

驚心風木遽酸辛，此去長途好自珍。篷背風霜衣上線，者番更少倚閭人。時奉諱南歸。

桑梓情深臭味同，相逢偏在患憂中。君悲失恃儂思子，一樣傷心感斷蓬。

一曲驪歌百感并，送君南浦若爲情。春冰未解春寒重，歸旆何妨緩緩行。

紅紅白白露華新，短幹長枝拗折勻。春色一肩歸去晚，分明瑤島散花人。花籃美人。
冰肌玉骨態珊珊，疏影横斜仔細看。占得枝頭春第一，不辭鶴氅犯嚴寒。折梅美人。
眼迴雙鳳鬢堆鴉，小步瑤階玩物華。縱使洛陽春似錦，争如解語一枝花。牡丹美人。

題石榴

葉敷碧玉，花綻紅英。宜爾家室，子孫繩繩。

帝鄉。

重九後五日接慕青詩函作

昨聞征雁至，正訝尺書無。今讀陽春曲，如觀明月珠。芝蘭同臭味，懷抱異憂愉。時余抱西河之痛。相見知何日，徒勞詠白駒。

自從分繡袂，別夢繞烟蘿。客裏秋心老，毫端春色多。量才稱沈宋，琢句學陰何。君懷人詩有『拜潘揖沈哭環青』之句。翹首津門遠，相思託衍波。

寄陳静宜夫人

茂漪書法左芬才，意蕊心花筆底開。惆悵斯人烟水隔，聊憑梅信寄粧臺。

爲雲林寫梅題

踏雪尋梅憶昔年，花前詩酒共流連。無端十載同羈旅，寫到寒香意惘然。

清華夫人以自寫仕女見惠各題一絶

亭亭小立妬花枝，澹著胭脂淺暈眉。手執齊紈情脈脈，風神絶似謝芳姿。紈扇美人。

片刻，每云：『母在此，兒心魂皆貼，去則心摇摇無主矣。』傷哉！聞言尤使心悲憫，病入膏肓求善脗。和緩皆知不可爲，傷心玉樹秋風殞。彌留含淚戀椿萱，差幸承祧有次孫。塵世我無舒意日，繐帷猶爲汝招魂。魂兮渺渺知何往，碧落黄泉無定向。重慈耄耋忍相聞，只待兄來歸汝葬。時夫子命大兒明歲入都送柩歸葬。

前詩成而意未盡復成二章

一自青箱委逝波，不禁涕淚日滂沱。返魂恨少名香爇，弱骨偏教痼疾磨。十載蘭階深護惜，五車芸簡枉研摩。整齊書卷叢殘字，觸目尤教感慨多。

梁燕營巢烏引雛，吾生何忍惜勤劬。幾番籲禱心先竭，徹夜扶持眼欲枯。葠朮屢求釵盡質，影形頓失夢俱無。可憐膝下相依慣，失口頻將小字呼。

寄雲舫十兄

朝衫解却卧衡門，看徹機心學灌園。宦海升沈嗟李廣，吟懷恬淡羨虞翻。著書自得林泉樂，種樹難忘雨露恩。畢竟春風容易至，梅花深處負朝暄。

寫到雲箋别緒長，驚心歲月去堂堂。同行征雁輕分翼，失子哀猿倍斷腸。千里懷人勞夢寐，余常夢與嫂氏曹雲錦夫人晤語，次日即得手書。十年幻劫感滄桑。爲霖爲雨蒼生望，終見恩綸下

懷陳慕青夫人

握手難爲别，吟魂黯欲銷。看花曾有約，對月轉無聊。渺渺碧雲合，盈盈帶水遥。憐君工六法，離緒可能描？

哭次子友惇 并敘

友惇小字延年，七齡失恃。次年余來歸，一見依戀，逾於所生。顧其沈静端方，外樸内慧，心甚愛之。年十三四，于五經俱已成誦。學爲文，亦明晰，而日柴瘠。詢其所苦，亦不覺，撫之始知痞疾已深。遂廢讀診治，變症日出，醫藥皆窮，卒不起。三年痼疾，跬步未離余側。病中終日静坐，凡家事瑣屑莫不經意，而侍余尤孝，先意承志。生平笑言不苟，器識宏深，殊不類夭折者。瀕危神明不亂，乞次孫傳訓爲嗣，夫子遂命傳訓嗣焉。兒生於道光辛卯二月十八日卯時，殁於丙午八月望日，存年十六。嗚呼痛哉！逝者已矣，惟余自恨涼德，觸目傷悲，中懷隱痛，曷有已時乎！

童烏明慧尤深沈，依依膝下娱親心。指望讀書成大器，誰知二豎潛相侵？兒病纏綿母心苦，鍼砭藥餌嗟無補。皇天不諒余精誠，默默憂愁摧肺腑。兒知母愁心暗酸，强言兒尚能眠餐。撫摩即令疾痛失，身依母側心神安。兒痞脹甚，余與傭嫗爲其撫摩，稍覺鬆快。疾篤，尤不能離余

新竹 時與華香女弟子同作

玉筍森森起，龍孫解籜纔。緑添微雨後，清引好風來。嫋嫋烟梢軟，娟娟露葉開。虚心兼直節，早具出羣才。

新　荷

種得同心藕，凌波小葉圓。平舒龍女鏡，纖叠沈郎錢。影動知魚戲，香清引鷺眠。平池高柳外，幾日緑田田。

題瑶臺仙夢圖 爲海鹽朱吉雲女史令慈作

海天縹緲隱蓬萊，貝闕瓊樓次第開。千樹碧桃和露放，有人清夢看花來。
霧縠雲綃稱體輕，珊珊環珮御風行。瑶臺十二春如海，多少仙娥抗手迎。
芙蓉雙頰緑雲鬟，知是西池第一班。月不長圓花易謝，匆匆鴛夢醒塵寰。
我識君家掌上珍，翩翩才調衛夫人。花明雪浄非凡豔，阿母原來秀絶倫。

題梅集句

月光如水水如天，今日花開又一年。正是江南好風景，襲人花氣薄於烟。

題清華夫人畫牡丹蛺蝶

研紅滴翠寫芳菲，絶似臨風露未晞。蛺蝶也知春富貴，天香濃染五銖衣。

夏日爲馮夫人寫梅自題

一甌新茗沁詩腸，緑樹蟬吟日正長。避暑未能聊避俗，晴窗揮翰寫寒香。

月夜聯句

盈盈月魄又當頭，吟。共愛良宵景色幽。竹影上窗千个子，湘。荷香拂檻一池秋。盪胸時有清風至，吟。散髮剛逢溽暑收。品罷新茶重覓句，湘。人生何苦覓封侯。吟。曲榭玲瓏茉莉開，湘。妙香襲襲静中來。疏簾清簟三更夢，吟。嘯月評花七步才。天際雲峯多變幻，湘。檐前樹色共徘徊。百城坐擁文章富，吟。誰似龍門妙筆該。湘。時讀《史記》。

君腸九轉，尺幅承遺將。秀色撲眉宇，逸氣含清蒼。對此新圖畫，如歷舊夢鄉。君年方三五，璞玉蘊輝光。學力再精進，滄海詎可量？願結忘年交，同游翰墨場。

題錦屏富貴圖遺照　照爲見亭侍郎亡姬洪友蘭小影

春滿園林樂有餘，鼠姑紅綻雀屏舒。拈花悟得菩提旨，也似朝雲證六如。
貌比芙蓉氣比蘭，月明何處馭青鸞？琵琶音絶瑶琴冷，剩有芳容畫裏看。

自題梅花

暗香如霧水如烟，最好西泠二月天。十載春明游欲倦，何時重放裡湖船？

清和下浣偕太清棗花寺看牡丹並觀拙庵上青松紅杏手卷卷中百數十年名作如林爰賦一律

千朵明霞萬緑扶，迎風舞徧繡羅襦。爲看國色天香品，喜讀《青松紅杏圖》。花好偏教開紺宇，詩清不異飲冰壺。莫嫌九十韶光老，天付繁華與鼠姑。

清和二日惲岫雲姊招遊半畝園喜晤端如夫人華香女公子冷香閨友口占

花映樓臺柳映池，春秋佳日總相宜。玲瓏巖岫雲歸早，宛轉簾櫳燕度遲。嫩碧亂飛榆莢影，嫣紅都上海棠枝。緇塵不到韶光麗，喜向名園住少時。

半畝園閲惲珍浦太夫人遺畫讀見亭侍郎詩文集華香女公子清韻軒詩稿山水畫幅率成

閨閣龍門海内聞，瓣香無處致殷勤。簪纓繼武推申甫，詩畫傳薪羡左芬。何幸碧窗瞻手澤，轉憐紅島隔慈雲。今朝頓覺吟眸豁，看徧名花讀妙文。

華香女公子以余夢中楊柳四圍山一抹桃花紅到竹籬邊詩意爲寫小幅筆墨娟秀致足感也賦此報酬

丹山有雛鳳，文采殊尋常。垂髫弄柔翰，緑綺知宫商。閒情寄六法，邱壑胸中藏。靈芝原有本，家學傳紅香。丙午孟夏朔，女伴邀尋芳。喜聯仙子袂，快登大雅堂。白眉出閨閣，窈窕兼端莊。導我覽勝景，示我以篇章。雅言霏玉屑，旨酒傾壺觴。唱酬苦日短，離別苦日長。思

寒食

嫩綠初抽楊柳絲，新紅已上杏花枝。清明寒食匆匆去，又是春光欲暮時。
紅襟初見燕翩躚，故里風光思悄然。微雨初晴村釀熟，踏青人醉杏花天。

題翁繡君羣芳再會圖

千枝淺白間深紅，妙筆真能補化工。活色生香神韻足，披圖不異坐春風。
花花葉葉又翻新，解語真如遇故人。玉軸牙籤長護惜，更添翰墨結芳鄰。

題太常仙蝶牡丹圖　係胡智珠女史爲程孟梅夫人作

丰神栩栩態翩翩，花綻天香穀雨前。金縷衣輕微墨暈，錦堂争識太常仙。
逸情芳韻妙無倫，徧閲名園富貴春。一樣花前臨粉翅，牡丹穠艷紫薇新。去夏太清圖紫薇、仙蝶屬題。

鴻雪樓詩選初集卷十一

錢塘湘佩女史沈善寶著

丙午

初春陳慕青蘊蓮夫人投詩見訪賦答

五色雲開降六萌，三年前已飲香名。檀欒竹本胸中具，爛漫花從腕底生。時以畫幅見示。詩筆君追唐學士，賦才我愧謝宣城。贈句有『青蓮合下宣城拜，愧我粗才合讓君』。劉樊原是神仙侶，游宦相隨到鳳城。

九天珠玉落晴空，喜見翩翩林下風。白雪詞華欽道韞，綠波離恨感文通。津門雲樹偕歸策，京洛風塵歎轉蓬。怕奏渭城朝雨曲，相逢相別太匆匆。

春分

東風習習日遲遲，春色平分二月時。漸覺窗前生意好，桃花紅綻兩三枝。

題太清紫薇仙蝶圖

百載名傳翰墨場，韓魂周夢費猜詳。春花秋實年年好，雙宿雙飛住太常。
不借仙衣化五銖，不同蠹繭幻春駒。金章墨質翩翩態，幾度相看在畫圖。
柳圍花陣日紛紛，春滿園林未遇君。游戲每隨佳兆至，分明一朵吉祥雲。
主人獨擅滕王筆，仙蝶飛臨亦有因。似倩金閨傳小影，紫薇花下往來頻。

題荷花蓮蓬白頭圖

渺渺蒹葭澤國秋，煙波閒却木蘭舟。紅衣翠菂無人採，水鳥徜徉到白頭。

題蠟梅月季畫眉

一叢紅艷倚金英，幽鳥憎寒嬾更鳴。記得富春江上過，推篷愛聽此禽聲。

題張婉紃緑槐書屋詩稿

平生嗜典墳，涉獵苦不精。一覽懶再復，未免負聰明。哀樂迫中年，病豎時見攖。筆墨日荒蕪，詩書空復情。

其　二

弱妹十數齡，雅好弄柔翰。四聲時研究，五夜猶問難。韻語初解拈，芝焚餘蕙歎。不僅業未成，雁行竟中斷。舍妹蘭仙工詩，早殁。

其　三

君家多姊妹，珠樹而瓊林。一唱《陽春曲》，争歌《白雪吟》。暖風扇羅幙，凉月佇玉琴。我欲夢南柯，訪君緑樹陰。

其　四

君才既淵雅，植學復精勤。一集艷珠玉，五字霏煙雲。筆陣樹吟幟，麟閣標詩勳。關河惜阻修，何日同論文？

立秋日爲清華夫人寫梅

一宵雷雨送秋來，洗却塵氛悶抱開。咫尺紗帷疎問訊，瓣香遥憶托寒梅。

題張仲遠大令謹言慎好齋詩集即送出宰武昌

平子愁吟三影詞，文心真似繭抽絲。豪情倚馬能裁賦，餘技雕蟲更擅醫。薄海使臣争問字，高麗使臣聞名訂交，有《海客琴尊圖》。同居令姊自相師。君與兩姊同居唱和，有《比屋聯吟圖》。襟懷磊落才淵博，斑豹欣從此日窺。

孝友文章集一門，扛龍筆健遠儀軒。松風琴韻蕭思話，海曙江春杜審言。百里喜膺新墨綬，一湖遠界古桃源。遥知花縣春風滿，民瘼輿情細討論。

九日病中感懷

無端又負登高約，籬下黄花寂寞開。插到紫萸思弟妹，傾殘緑茗罷樽罍。江涵秋影征鴻去，葉戰風聲驟雨來。漸覺新寒侵病骨，小窗展卷獨徘徊。

夏日病起

病起神猶懶，凴軒遣睡魔。花嬌愁日炙，竹笑喜風過。婢製雅頭韈，兒書鳳尾羅。來朝知熱甚，天際火雲多。

感懷 時聞家伯妣鮑太安人棄養之信

别離滋味病愁魔，嘗徧人間苦趣多。安得此心同木石，百憂千患奈余何？

雨窗

簷溜聽潺潺，無聊晝掩關。新凉生夜雨，歸夢繞家山。多病思偕隱，忘機暫習閒。桐孫工戲彩，相對一開顔。

挽王月涵女史

衾裯肅抱十餘年，大婦同心老母憐。正是檀郎哀感日，小星偏又墜情天。

婉容愉色侍慈萱，冷雨幽窗暗斷魂。夫主遠征雛鳳小，離懷脈脈種愁根。

海，盍簪應有前緣在。翰墨交深臭味投，琴尊一叙足千秋。迴思往事成陳跡，重寫新圖及坐客。雲山縹緲海天長，此卷珍收古錦囊。

讀臥雲閣詩草題緑梅畫扇寄孫九畹夫人蘭韞

林下高風見大家，一編冰雪浄無瑕。丰神瀟灑吟情逸，想見仙人萼緑華。

題朱葆瑛女史花卉畫册

瓊英玉蕊鬬繁華，彷彿妝成對碧紗。若比諸天散花侣，輸他彩筆自生花。

題蘭陵程梅雪女史閏貞竹籬茅舍遺詩

雪艷梅清窈窕姿，繡餘長自愛吟詩。竹籬茅舍人何在，珍重蘭陵孝女詞。梅雪因親疾刲股致病而殁。

題清華夫人牡丹玉蘭畫幅

生香活色幾枝新，玉樹琪花富貴春。省識瑶池金母筆，衹堪持贈廣寒人。

堂健，同傾柏葉杯。

試燈日寫梅

簾垂紙閣護春寒，銀燭金尊夜未闌。忽憶故山梅信早，拈毫自寫一枝看。

元夕寫梅

雪釀春寒倦不支，寫梅呵手又題詩。端詳記得横斜影，放鶴亭前近水枝。

題查菡卿女史慧秋原弋雁圖

秋草緑平蕪，霜翎金僕姑。如何邊塞景，寫作美人圖？

其　二

木落雁南征，長空墨陣横。停鞭飛白羽，雙翼墜無聲。

題張仲遠大令海客琴尊圖

張君嗜書復好友，室有琴書尊有酒。逸氣豪情四海聞，筆鋒直掃千人軍。使星遠自來東

挽包孟儀夫人

里閭傳閫德，純孝格蒼天。既凜三從訓，無慙七戒篇。畫眉張敞雅，挽鹿少君賢。最惜芝蘭質，芳華謝盛年。孟儀二次刲股療舅姑疾，又刲股療夫疾。

數載傾風切，還期握手逢。雲霞懷雅度，冰雪剩遺容。神去儀光冷，塵凝筆陣封。黄門哀感甚，况復滯萍踪。時仲遠大令謁選留都。

女嬃憐弱弟，孟緹聞凶信，一慟而病。相對黯神傷。繡憶當時共，羹思往日嘗。招魂淒翰墨，短夢醒鴛鴦。細話生平事，沾巾淚幾行？大令假梵寺設位招魂，誄文哀切。

温潤人如玉，幽閒禮自持。分書摹漢隸，小律愛唐詩。柳絮傾心久，梅花識面時。感君遥贈意，墨跡尚淋漓。去歲孟儀自書分隸撰聯見寄云：『卷中柳絮傾心久，夢裏梅花識面時。』

乙巳

人日偶成

題詩紀人日，吟興逐春來。風暖幽禽語，山晴積雪開。青將舒柳眼，紅漸放梅腮。更喜蘐

仲秋月杪虛白太夫人命姬人節孝李孺人手製新饌見貽賦謝

香升翠釜味鮮新，纖手烹調勝八珍。口福幾生修得到，遠勞仙子劈紅鱗。

題項若眉瑱脂學樓詩稿

秋雨洗塵埃，焚香一卷開。清思同朗月，秀格似寒梅。修得神仙侶，傳來錦繡才。驪珠容我摘，録罷自徘徊。時余輯《閨秀詩話》，節録集中《白紵詞》、《車》、《賈客詞》、《遥遥》四章入集中。

和太清原韻

維摩示疾意清寥，爲問居諸策短軺。賭茗偏憐冬日短，論詩喜見病魔消。玉容似菊三分瘦，翠釜烹鮮五味調。何幸遠貽瓊玖句，陽春屬和愧虛枵。

題陳慕青夫人蘊蓮信芳閣詩草

生花雙管寫烏絲，趙管風流似過之。自擅吟情通畫理，閒將花鳥寫新詩。慕青工畫。

橋上鵑聲記昔聞，津門昨歲小停雲。早知咫尺煙蘿館，定袖新詩一訪君。慕青隨宦津門。

天竹黄梅

仙人煉金液，九轉成大還。青鳥遠持贈，延齡復駐顔。

乞屏山畫松竹

雙株絶憶水仙祠，黛色参天碧蘚滋。願乞鷗波揮彩筆，濃皴淺渲寫虬枝。
此君堂外碧檀欒，翠袖曾經倚暮寒。别後相思縈魂夢，煙梢乞寫兩三竿。

孟秋既望由金鰲玉蝀觀蓮

蓬萊山接水晶宫，一帶長橋駕玉虹。荷葉田田波渺渺，紅衣一半卸秋風。

雨窗偶成

清絶堦前竹幾枝，吟窗日對碧參差。此君自抱干霄志，風雨低頭只暫時。

秋日過福連室賞桂聽雲林彈琴

霜螯初美酒初斟，良友相邀愜素襟。偶占紅塵清浄福，桂花香裡静聽琴。

荷花生日虛白老人以蓮花蓮實見貽

亭亭出水暑全消，翠葯紅衣色最嬌。自折碧筒拚一醉，此花生日是今朝。

題畫

榴花

絳綃攢蠟蒂，照眼欲烘霞。恰好朱明節，蒲觴對此花。

水仙

一灣洛水望盈盈，翠袖黄冠太瘦生。寂寞空山風雪裡，梅兄礬弟最關情。

芙蓉

秋水自娟娟，紅妝亦楚楚。呼作拒霜花，繁華在遲暮。

桂花

如來金粟看，高格並春蘭。欲與嫦娥約，年年醉廣寒。

玲瓏。寓居椿樹胡同。陣雨催詩至，吟。聯吟愧未工。湘。急雨灑芭蕉，湘。紅燈影動摇。水紋珍簟滑，吟。冰柱素琴調。酷暑已連日，湘。新涼愛此宵。清吟猶未已，吟。明月上窗寮。湘。

中伏日太清偕觀浄業湖蓮花口占索以文郡主和

萬柄紅蓮映緑漪，風裳水珮望參差。花香撲面消塵慮，樹影侵堦暑不知。
天借輕陰花送香，香車緩緩繞蓮塘。羡他柳下持竿者，消受荷風竟日涼。

觀蓮歸來意有未盡復口占一絶

千重葉護萬枝花，葉葉花花散彩霞。一葉扁舟花四壁，飲香餐渌足生涯。

題紅緑梅贈穆君 時隨任湖南

怕聽《陽關》一曲歌，自塗緑萼間紅羅。枝頭春色濃如許，轉盼陰成結子多。
婉娩憐君至性真，兩年問字意何親。長沙秋色燕臺月，花發窗前夢美人。

題畫梅寄家伯母鮑太安人

三百梅花一水村，年年花下侍芳樽。故園春色何時見，自寫寒梅寄故園。

爲石橋舅氏寫梅作

撲面紅塵衣欲緇，自憐薄宦此棲遲。相逢無物堪相贈，聊寫東風第一枝。

疎枝密蕋寫婆娑，客裏年華借墨磨。卅里湖光千樹雪，春風終憶故山多。

太清以紫牡丹見惠口占答謝

富貴天生絶世姿，時人無怪重胭脂。御香濃染輕羅袖，玉尺樓頭認婉兒。

題梅贈冷香

一枝清影絶紅塵，一點冰心天地春。昨夜月明曾馭鹿，羅浮親見縞衣人。

夏夜聯句

暮煙消溽暑，湘。虚牖納清風。隱几人高臥，吟。侵堦月正中。藕花香縹緲，湘。椿樹影卅載珠擎掌上看，羨能養志與承歡。無端蓬島驂鸞去，應念椿萱膝下單。
冰雪聰明秀出羣，優曇花現美人雲。紅閨知己年來少，争忍花前又哭君。
畫眉夫婿擅才華，盼煞春風及第花。何事鴛鴦成短夢，竟教徐淑撇秦嘉。

濟陽蔡冷香女史玉生讀余鴻雪樓詩集寫紅緑梅團扇系詩二律見贈即和原韻

紅英緑萼滿枝頭，更讀新詩浣客愁。閬苑幾時乘鶴至，月宫深幸跨鸞遊。冰霜節操空千古，錦秀才華貫九邱。昨日春風親炙處，翩翩丰度更温柔。冷香養親不嫁，長齋繡佛，間作詩畫。

其　二

神仙自古根貞孝，不着紅塵一點愁。列女新詩多灑落，冷香取古來閨中孝烈賢媛百人爲《百玉吟》。雲山舊跡任遨遊。撤將環珥希前哲，看到梅花憶故邱。愧我年來塵累重，衹餘傲骨未能柔。

天寶繁華散似煙，天涯飄泊李龜年。自將家國滄桑感，細譜新聲入四絃。《彈詞》。
冠纓如火戟如虹，踴躍疆場立戰功。願斬權奸扶弱主，初心原不愧英雄。《起布》。
皓月真同寶鏡圓，燈花落盡不成眠。崑崙奴似秦樓鳳，竟許雙飛了夙緣。《盜綃》。
一曲琴心兩意通，無端消息露春風。侍兒不避夫人責，巧弄如簧話始終。《拷紅》。
去年苦菜饜清貧，今日花看上苑春。富貴正思完骨肉，遊街巧遇有恩人。《遇翠》。
烈女情深懼毁婚，書生無識致奇冤。若非折獄逢廉吏，秦鏡何由照覆盆？《觀風》。
香裊空庭風露清，一彎月照兩娉婷。嫦娥不笑癡兒女，各把幽情訴與聽。《拜月》。

仲春七日過許滇生大司馬堪喜齋口占索屏山雲林雲姜和

朱闌曲折映回廊，雅搆新開緑野堂。平遠山容含畫意，葱籠樹色帶晴光。春花秋月詩千首，琴韻茶聲酒一觴。省識尚書經濟好，煙雲魚鳥盡文章。

挽陳仙九女史敦蕙

聚首天涯雅愛憐，病來一面竟無緣。驚聞花落春歸日，殘月如弓正下弦。殁於三月廿三日。

不辭齧雪與吞氈，甘牧羝羊十九年。縱使漢家恩遇薄，風霜臣節久彌堅。《看羊》。

割肉東方念細君，漢朝伉儷最鍾情。妝臺別有千秋筆，畫出風流京兆名。《畫眉》。

蓮花落盡不知愁，俠妓多情念舊儔。剔損盈盈秋水目，苦教夫壻覓封侯。《剔目》。

何處紅樓問大觀，名花原當美人看。埋香不接眠香夢，辜負春風芍藥闌。《葬花》。

報主酬恩義烈全，將軍感泣墓門前。紅顏寂寞青山冷，風雨年年叫杜鵑。《祭雪》。

松風笛韻遠哀秋，一片秋聲入畫樓。讀罷《牡丹亭》一集，借他幽恨寫牢愁。《題曲》。

藕絲宛轉結蓮胎，綺語撩人誤賦才。不道雲房清淨地，也容蜂蝶過牆來。《偷詩》。

復社無端黨禍生，青樓亦解賞虛名。誰憐扇底桃花影，却是傷心血染成。《寄扇》。

高山流水喜同心，不料歸來墓草深。三尺絲桐千古恨，人間何處覓知音？《摔琴》。

縑素悲吟棄婦詞，天倫恩重戀親幃。慈烏底事逢姑惡，腸斷牽衣七歲兒。《看穀》。

盈盈嬌女玉無瑕，失愛萱堂毒手加。贏得路人生感歎，檢蘆猶勝衣蘆花。《檢柴》。

不在梅邊在柳邊，畫中人憶夢中緣。癡情竟作真真喚，喚得芳魂返九泉。《叫畫》。

暮春過太清二畝園

主人抱邱壑，地闢數弓宜。爲種蛾眉豆，新編麂眼籬。溪流多曲折，山徑遠逶迤。拂面東風軟，垂楊弄碧絲。

其二

殘紅飛已盡，新緑出園墻。紫筍穿堦細，朱藤繞架香。風迴榆莢墜，雨過菊苗長。有約傾婪尾，花前再舉觴。

觀雜劇取其對偶者各成一絶

翠帚輕盈鳳尾裁，翩躚羽袂下瑶臺。桃花難避罡風劫，猶倩仙娥細掃來。《掃花》。

旌旗蔽日馬蹄驕，惜别尊前折柳條。莫笑君虞終薄倖，柔情已盡灞陵橋。《折柳》。

颯颯風聲閒雨聲，郎當蜀道倍難行。那堪劍閣聞鈴日，苦憶長生殿裏盟。《聞鈴》。

三千鐵甲謹周防，枕畔誰知金盒亡？頓使强隣心膽落，英雄低首愧紅妝。《盜盒》。

手誅逆寇羨嬋娟，君父仇難共戴天。可惜大才成小用，定含餘恨入重泉。《刺虎》。

鴻雪樓詩草卷十

錢塘湘佩女史沈善寶著

甲辰

題海棠

又是東風爛漫時，春陰庭院雨如絲。深宵何用燒銀燭，柔碧生紅寫一枝。

仲春同太清雲林遊南城花之寺看海棠作

翠幄朱輪出鳳城，東風淡宕馬蹄輕。芳畦秀發桑麻影，流水虛含琴筑聲。潑黛山光疑宿靄，如雲花氣送新晴。海棠顏色詩人句，一樣清新畫不成。

春夜對月寄太清

星彩歛遥天，蟾光似鏡懸。風微花寫影，露重竹含煙。清景誰能會，幽人應未眠。嫦娥如解語，爲我索新篇。

夢中作

春陰連日雨如煙，纔浴吴蠶未脱綿。楊柳四圍山一抹，桃花紅到竹籬邊。

武清道中曉行

柳黄楓紫莫秋天，四野晨光散曉烟。數縷黑雲鴉結陣，一鞭紅日馬耕田。北方耕種多以騾馬代牛力。淀河水落歸帆穩，薊樹雲深倦鳥旋。幾度停車賡好句，飛瓊詩筆最清妍。

題梅贈言佩箴女史

冰姿鐵骨幾生修，明月前生是也不？姑射仙人真絕世，教人清夢繞羅浮。

題宗穆君女弟子康采藥侍隱圖

姊妹花枝傍砌開，宋家嬌女盡多才。金鍼玉尺吾何有，勞爾殷勤問字來。

卅年舞綵侍重堂，煉藥還尋駐景方。莫道詩人饒至性，曹娥謝女本同鄉。

白雲深處徑逶迤，采罷黄精又紫芝。萬壑松風千澗瀑，荷鋤小立賦新詩。

堂上椿萱鬢髮青，山中草木足延齡。鹿門他日儂歸隱，定約多君劚茯苓。

和宗静芸女史見贈原韵

紅閨秀質豈尋常，喜見元方又季方。玉樹瓊枝争皎潔，敢同桃李植門墻。

題李小舫姪玩馬圖

公子翩翩氣似虹，龍媒出厩馬嘶風。如何神駿千金骨，都在英雄一顧中。

津門返都口占

雀舫雕輪又各天，高堂惜別意淒然。侍兒遥指桅檣影，隱約紅旂認畫船。

楊村旅次

昨夕依親側，高歌送客篇。今宵棲逆旅，紅燭照愁眠。

其　二

不作臨歧語，深知離別難。白雲回首望，雙淚已闌干。

贈雲林次令似孫幹叔

十四年華七步才，題詩滿壁拂塵埃。荒村大漠驚人句，秋景都從筆底來。幹叔有『大漠曉行沙路遠，荒村夜宿草堂低』之句。

嘉肴絡繹佐盤餐，主盡殷勤客盡歡。寫罷珍珠團扇字，倩他水墨畫幽蘭。時雲林寫折枝。

去違慈母住違姑，愁聽膏車欲戒途。十日相逢千里别，尊前無語淚沾襦。

題金湘琹脩竹小照

薰風庭院日初長，一卷新詩手自將。爲愛此君丰格好，紅闌干外盡脩篁。

題曹雲錦十嫂小照

幾樹天香桂馥濃，秋光滿目拓心胸。畫工也似毛延壽，不寫歡容寫怒容。圖中點綴甚佳，而容色似怒。雲錦頗不愜意，囑題明，故戲之。

從戎經歲起離愁，夕膳晨餐慰母憂。陌上幾曾驚柳色，畫眉夫婿已封侯。

昔年聚首最綢繆，此日重逢意更投。稻蠏初肥鱸膾美，畫船明月賞中秋。

贈桂雲女史

寶髻盤龍鬟似鴉，鏡中人面美於花。春風十里揚州路，廿四橋頭認妾家。

赤日升扶桑。狂風捲土撲人面，晌夕草草停台莊。無聊剪燭書短句，准擬來日呈高堂。

恭題李寄母梧竹小照

繞膝依依五載餘，春花秋月鎮相於。經年離恨渾難訴，何幸重來侍起居。

竹梧蒼翠曲闌紅，阿母含歡指畫中。此是衙齋瀟灑地，賞心惜未與兒同。

就養南來又北游，舳艫千里擁行舟。心香一瓣無他祝，花茂金萱慰別愁。

猶記當年拜膝前，課經圖上賦詩篇。剪燈今又題新照，風景依稀十六年。

舟中雜詩

平分秋序景澄清，縹緲絃歌水面聽。冰鏡一規升碧落，桅燈千點燦明星。

久別重逢慰遠思，談深不覺夜眠遲。嬌兒靜聽慈親喜，官舫燈紅細誦詩。姪女環僅三齡，聞詩聲輒凝聽。

徙倚船窗眼界空，波光碧浸晚霞紅。主人笑向江天指，此景分明似畫中。雲錦嫂喜玩山水。

春蘭秋桂各芬芳，占斷金釵十二行。閒倚枕函慵不起，滿窗紅日看新妝。

張家灣道中

雙輪疾似箭離弦，大漠寒生欲暮天。山帶亂霞銜落日，村圍密樹聚炊烟。刈餘禾黍人開圃，散盡牛羊鳥下田。稭作藩籬茅盖屋，羡他擊壤意欣然。

安平道中

西風瑟瑟路迢迢，秋老平林葉未凋。幾叠浮屠知遠寺，一灣流水見危橋。葭蒹露白飛鴻急，苜蓿霜紅獵馬驕。料得倚閭人望久，肯教緩緩策征軺。

台莊不寐漫成

去年春風桃李香，阿母含淚傾離觴。女心感恩并惜别，望雲日夜摧肝腸。書來諄諄話離索，恨難插翅飛親傍。阿兄開府鎮淮甸，飛芻挽粟供天倉。老親就養赴節署，相同北上乘艅艎。重逢不遠殊快慰，喜色上面神揚揚。馮夷無端阻行軌，計程屈指心旌颺。昨聞畫船津門泊，買車結伴思登航。雲林相約同行。石尤風急雨如注，驛馬未發徒傍徨。坐愁行歎已十日，陰霾初斂開晴光。脂車秣馬重命駕，馳驅不覺輪蹄忙。昨宵張灣暫棲息，心急無寐來匡床。侍兒亦怪鷄不鳴，催促僕夫起整裝。明月在天漏三下，四野寂静星斗光。鈴聲鐸語數十里，始見

雨窗寄孟緹用虛白老人韵

涼雲含雨結層陰，丹鳳城南泥淖深。摘得枝頭紅豆子，聊憑青鳥寄同心。

包孟儀淑儀遠贈隸聯即寫梅花小幅報謝

久欽閨閣擅文章，素壁遥分翰墨香。莫道梅花遲識面，好隨清夢到儀光。儀光，孟儀閣名。

贈聯云：『卷中柳絮傾心久，夢裏梅花識面旹。』

張婉糾綸英手書楹帖見贈寫梅茶以謝

龍蛇飛舞耀軒楹，兩晉風流孰與京？梅弟謦兄皆絶俗，有人願結歲寒盟。婉糾爲孟緹妹。

虛白老人以鐵峯道人所寫朱竹命題

幾竿修竹影婆娑，醉浥丹砂酒意多。瀋墨濃朱皆入妙，鐵峯筆致似鷗波。

省李寄母史太夫人於津門

五年膝下受恩身，寸草心從何處申？望眼已穿腸欲斷，敢辭跋涉畏風塵。

立秋日虚白老人以詩及蓮藕見貽疊韵奉答

隱隱輕雷起夕陰，展來詩札感情深。秋風當日傳佳句，落盡蓮花見苦心。用集中《秋感》首句。

窗前修竹緑成陰，階下盆池水淺深。恰好故人情話久，雪來涼藕愛同心。時閨友適至。

連宵看月坐花陰，絶憶西湖烟水深。採罷紅衣餐翠葯，清香生指劈蓮心。

蟲雕篆刻惜分陰，自笑平生結習深。羈思鄉愁無計遣，聊從詩鏡寄遐心。

微雲疎雨作秋陰，殘暑初消涼意深。難得新詩來絡絡，玉壺清澈映冰心。時又接惲岫雲詩札。

揮毫珍重碧窗陰，莫爲孫枝感歎深。七字不傳傳六法，九泉聊自慰初心。來書云長孫婦潘蓉裳有遺詩及畫散佚於南，不得採入《名媛詩話》，與士子之不遇同一慨耳。

和惲岫雲見贈原韻

新詩吟罷兩眉顰，須識沉憂最損神。一語寄君當記取，嚴寒消盡定回春。

鄂松亭三兄姬人白門潘素娟者纖腰秀靨性復柔婉今忽病殁爲此悼之

捧硯添香已十年，小星不共月團圓。凝妝雅愛娟娟影，問姓嬌生步步蓮。桃葉歌聲隨宛轉，前歲又納一姬，潘視之甚善。柳枝情性最纏綿。東坡未老朝雲逝，料得臨風一愴然。

嬝嬝婷婷掌上身，長眉秀靨好丰神。嘗聞大婦憐中婦，未必新人勝故人。質脆琉璃完絮果，香消蝴蝶懺蘭因。紅顔自古皆黄土，好伴棠梨一樹春。

秋夜懷孟緹

渺渺雲羅瑟瑟波，水晶簾捲近秋河。成句。昨宵風雨今宵月，料得吟窗秀句多。

題紅杏倚雲吟館圖

畫中樓閣識仙居，簾捲春風燕到初。紅杏千株雲一抹，花光雲影護圖書。

長篇小令手揮成，閨閣才華勝子京。何日攜將詞卷去，杏花多處訪傾城。

題孟文藩妃畫海棠

海棠初綻一枝新，粉膩脂輕點綴勻。從此銀潢添韻事，丹青又付月中人。孟文畫係太清授。

和章曲江大兄過訪外子二律

如是齋中自在身，曲江有《如是齋詩集》。無端遠踏軟紅塵。柴桑著集傳高士，濮水持竿美逸人。偶向春明尋勝迹，快吟佳句見精神。盤餐草草無兼味，自媿長卿冷宦貧。

故人相見話綢繆，謂外子。當倍平原十日留。雁序我欣添手足，燕貽君好展眉頭。時爲大郎筮仕。鎮心瓜熟消炎暑，脱口詩成解旅愁。難得高軒千里至，歸鞭緩整待涼秋。

和曲江留别原韻

屢吟錦句并珠聯，咫尺城闉馬不前。漫向閨中矜道韞，分明海上遇成連。天涯賦别嗟今日，故里相逢定隔年。千里歸程三伏暑，勉加餐飯早安眠。

喜去春窗前植細竹一叢不盈二尺今夏忽發新筍五枝解籜後竟至尋丈映月摇風緑侵窗几爰成短句索吟齋夫子和之

露葉烟稍放幾竿，虚心勁節自平安。籜龍自具干霄致，嬴得人人舉首看。

和　作

欲繪含苞膩粉竿，嬌黄淺碧畫難安。一輪明月侵書几，萬个横窗仔細看。

密筱連雲緑萬竿，禪參玉版憶臨安。軟紅喜見娟娟影，也似佳人空谷看。

和　作

釣臺何日得持竿，歸臥衡廬夢亦安。自笑春明塵俗客，清風恰喜隔簾看。

讀史有感

笑他蠻觸苦相争，霹靂何難一擊平。撤盡藩籬增敵氣，又從萬里壞長城。

金牌十二促歸程，此事千秋最不平。養寇但知縻厚禄，惟愁邊將大功成。

翠盤貯雪雪輕盈，似笑如顰最有情。不爲豐臺著花譜，西河枉是負才名。
霞際初升白玉盤，撩人秀色欲忘餐。霓裳舞罷渾無力，自御天風出廣寒。
結綺仙妃絶世姿，鮫綃翠帔倦妝時。樽前莫漫傾婪尾，好譜瓊枝璧月詞。
花甆芳潔貯清泉，領略穠香欲破禪。玉頰晶瑩風韻好，一痕獺髓更鮮妍。

客歲潘虛白汪太夫人八旬客有以芝艸獻者太夫人近以余多病特以見賜以此報謝

曾聞神草出瀛洲，燁燁煌煌寶氣浮。何幸瑶池親拜賜，朱顔白髮共千秋。
平生手種科名草，閨閣文章海内傳。紫蓋金莖能却疾，烟霞何必訪神仙。

初夏偶成

病餘終日睡懨懨，飛盡楊花不捲簾。聽得侍兒含笑語，數竿新竹已齊簷。

紫芍藥

艷事曾誇金帶圍，朝霞剪就瑞烟霏。胭脂顔色燕然好，端重應披一品衣。

前詩吟就意有未盡再成一絶

霓裳紫袖足風流，鎮日端詳豁病眸。却怪可離傳小字，看花易觸旅人愁。前年花前送趙淑芳回皖，去年送温潤清之黔。

四詩成瓶中白芍藥忽盛開細玩各朵花色不同有似玉盤盂者中間紅瓣一層團團圍繞嬌豔異常如霓裳之束紫綬余即名以霓裳紫綬誠異種也有周遭大瓣作淺緑色中起樓臺如翠盤之貯白雪者有純白朵中隱含紅氣似寒簧舞倦喘息未定者又如微霞之暎明月有雪瓣碧紋絲絲交映如翠帔罩於縞衣者有素朵中微有一二紅點如皓面之有朱痕者盡態極妍各賦一絶

一枝初定玉玲瓏，鏤雪裁雲狀未工。紫綬風流金帶豔，白衣宰相可相同。

鴻雪樓詩草卷九

錢塘湘佩女史沈善寶著

癸卯

送梅竹卿隨任之閩即題竹梅便面

病懷憔悴怯春殘，相見時難別更難。省識臨歧珍重意，年年芳信報平安。

白芍藥

月如風貌雪精神，浩態狂香擬未倫。幾度拈毫吟不穩，瑶華仙子絶紅塵。

粉紅芍藥

粉蕋盈盈帶露新，鼠姑猶遜好丰神。玉顔酣酒紅潮暈，絶似沉香亭畔人。都中牡丹絶少重臺，遜芍藥遠矣。

寒　林 得枝字

平岡一帶接荒陂，易觸蘭成故國思。埽葉風前驚歲晚，憶梅江上覺春遲。頻穿驛騎疏烟外，亂點棲鴉暮雪時。茅屋何人深閉户，青松長對後凋枝。

答李寄母作

有客來故鄉，寄到書一幅。長跪剖雙魚，情深不忍讀。訓語多周詳，離懷倍感傷。别經三百日，魂夢依高堂。憶昔侍親側，朝夕承顔色。疾痛加撫摩，珍饈賜先得。視此寄生枝，真同明月珠。殷勤置匳具，割愛結陳朱。于歸路半里，親心雜悲喜。悲女離膝前，喜女居尚邇。一聞定省來，慈親笑口開。阿嫂遠相迓，歡悦無嫌猜。不知聚首樂，焉知分手悲？慈雲歸遠岫，無術能追隨。追隨既無術，孺慕向誰説？自憐寸草心，高厚酬何日？

寒　雲　得多字

朔吹連宵捲地過，癡雲天際欲生波。低垂大漠濃如許，深鎖空山倦若何？料得詩懷催處冷，應知雪意釀來多。江村掩映如圖畫，誰倩南宫凍筆呵？

寒　山　得嵐字

沈沈睡態畫中參，霧鬢烟鬟鎖岫嵐。一嶺青松巢凍鶴，千林紅樹駐征驂。雲横鳥道迷樵徑，雪釀花宫冷佛龕。最憶孤山梅信早，不辭蠟屐遠相探。

寒　江　得流字

兩岸疏林宿霧收，寒潮時帶斷冰流。月明遠渚魚龍伏，夕照前灘鷗鷺浮。赤壁重來雲滿岫，青蓑獨釣雪盈舟。天涯倦客歸何晚，一望烟波起暮愁。

寒　鴉　得歸字

就暖啞啞屋角依，翩翻也似陣鴻飛。孤村流水斜陽淡，衰柳危巢曉靄微。繞樹影憐霜月冷，長門人歎玉顏非。鳧磯祠畔江風勁，幾隊衝寒送客歸。

寒窗 得風字

斗室春生刻楮功，任他落木戰西風。映來霜月幾櫺白，穩護燈花一穗紅。繡愛午晴添彩線，詩吟乙夜擁薰籠。無聊自爇沈檀坐，金鴨香濃雲母中。

寒硯 得冰字

琉璃匣畔冷初增，一滴蟾蜍漸化冰。鸜眼呵來微起暈，兔毫揮去又生稜。櫻桃火逼紅絲潤，蕉葉紋深翠墨凝。畢竟賴君磨礪力，石交堪向歲寒矜。

寒燈 得光字

蓮漏迢迢夜未央，有人鑿壁借餘光。靜聽風雪思千里，細玩梅花影數行。貂帳夢迴紅燄小，鳳釵剔處紫烟長。最憐少婦深宵坐，冷透柔荑刀尺忙。

寒月 得天字

長笛聲沈起暮烟，鋤雲人愛種梅天。晴添雪色三分白，朗印波心一點圓。玉宇瓊樓争皎潔，雲鬟香霧憶嬋娟。素娥不畏深宵冷，看到當頭又一年。

輓潤清　八月二十六日歿於安慶旅次

自聞遠宦領黔州，不待臨歧淚雨流。素腕瘦來無一握，風霜早已爲君愁。

烽火無端逼大江，紛紛奔竄太倉皇。數年返哺情空切，争奈慈姑戀故鄉。潤清性至孝，至和州即請姑就養，詎意逆夷直犯長江，姑竟避兵回徽。大失所望，勞頓驚憂，又添悲鬱，遂成不起。

强說平安慰北堂，一函書至九迴腸。而今撒手歸何處，成佛升天總渺茫。

長途痛疾向誰論，蹙損雙彎翠黛痕。一葉孤舟臨斷岸，滿江烟雨斷吟魂。

五年聚首感情真，視我渾如手足親。空有他年雞黍約，難持杯酒奠江濱。

芳魂飄泊阻關山，旅櫬淒涼帶月還。翦紙招魂腸欲斷，忍看白髮哭紅顔。聞靈櫬已回徽州，都中母夫人設位法源寺，營齋數日。

病中感懷

冷宦頻年未展眉，重重離恨寸心悲。李寄母回山左，温潤清棄世。轆轤渾是柔腸轉，藥石難求妙手施。寒逼重衾宵夢短，倦憑高枕午餐遲。平生結習終難改，病到無聊又賦詩。

接湘卿妹書來云吾鄉去冬大雪空山盈丈孤嶼梅花盡遭凍損春來未見著花殊堪惋惜並貽詩云欲寄梅花花不發故園多少可憐春余讀之悵惘累日因成二絕

緜緜離緒遠難申，又爲梅花感慨頻。雪虐風饕何太甚，枝南枝北待回春。

一株紅映繡窗前，月助精神雪助妍。不識數年離別後，春風花發可依然？妹窗前余曾植紅梅一株，來書未及，不知無恙否。

又蘇舅父書來感成

一紙書來自渭陽，纏綿離緒語周詳。歌驪又是三年別，聞警知添兩鬢霜。縹緲雲山思蜀道，流離家室慨江鄉。何時同遂歸山願，重向西湖築草堂。

松亭三兄以遊潭柘寺長古見示

萬樹丹楓醉夕陽，幾人領略此秋光。硬黄真草隨題壁，太白歌行最擅場。翠帙快披名士句，金爐頻爇女兒香。自憐多病吟情減，草草臨風作報章。

玉簪花

翎開白鶴粉痕稠，屋角牆陰幾箭幽。記得漢宮人絶世，新妝愛插玉搔頭。

蔡清華夫人端工繪花卉翎毛新姿古豔顔色如生每寫尺幅見貽感激賦謝

未曾識面久傾心，幾度登堂辱愛深。畫意詩情俱入妙，願從韋幔乞金鍼。
窈窕文窗啟碧紗，采毫閒寫四時花。金閨多少丹青筆，神品終應讓大家。
尺幅生綃手自裁，生香活色幾枝開。牡丹富貴桃花豔，疑有春風腕底來。
平生不識金銀氣，貪愛難從書畫除。染翠渲紅頻拜賜，焚香吟玩抵瓊琚。

新秋對月感成

秋月皎如此，秋心迴若何？碧天涼露重，瑶砌晚風多。名利有韁鎖，江湖足網羅。雙星如解事，兵甲洗銀河。

秋窗四詠和虛白老人韻

牽牛花

朵朵圓匀翠黛新，渡河星現此花身。一籬曉露銀潢遠，惆悵支機石畔人。

秋海棠

幾穗嬌紅倚碧苔，含烟泣雨暗低徊。癡情千古終難釋，不忍分根别地栽。此花移植即萎。

六月菊

炎風伏雨綻新葩，不數柴桑處士家。紅紫千叢雖絢爛，獨將正色讓秋花。此菊無黄色。

題補書圖

《補書圖》者，白紵村農姜君慶成五旬之照。前者王吏部西樵曾輯《然脂集》二百數十卷，百餘年來散佚殆盡。白紵村農訪得殘稿，僅三十餘卷，於是不辭搜采，二十年來得成一百八十卷。集成，適逢大衍之辰，遂寫圖徵詩

平生久耳《燃脂集》，每向藏家訪斯笈。無奈傳聞各異詞，深嗟眼福修難及。吏部才名海内傳，流風餘韻想當年。一門兄弟文章盛，千古嬋娟翰墨妍。嬋娟翰墨搜羅廣，龍門闔閣人爭仰。才調香匳何足多，可惜編成惟獨賞。物換星移二百春，斷箋殘稿盡埋塵。蠹魚久化神仙去，斑豹猶餘目録新。奇書異籍天應惜，卻使重生姜白石。客遊偶爾過新城，看山兼訪揚雄宅。獲得斯編喜不禁，零香賸粉費搜尋。曰文曰説曰詩賦，補輯深勞廿載心。廿載重成詩百卷，量紅較翠頻裁選。春花釀蜜取英華，金粟傳神逢大衍。畫圖即以補書名，韻事流傳到鳳城。昨日宣文貽尺素，索題短句示分明。潘虛白太夫人以札命題。得觀詩啟心先折，絶似媧皇補天缺。周秦漢晉訖於今，閨中文獻如星列。扶衰手筆巨如椽，始信前賢仗後賢。我願此書刊萬本，綺窗繡閣快披研。榮名壽世誰能與，昔日西樵今白紵。若教彤管論功勳，黄金范像瑶龕貯。

吟。妹有梨花春雨小照。亭亭秀質超凡俗，落落高懷邁古今。五載相親逾骨肉，河梁未賦已沾襟。

春秋佳日共盤桓，坐久渾忘樺燭殘。無奈名花開綽約，芍藥一名將離。願如修竹報平安。炎涼世態看應澈，離别情懷强自寬。把袂臨歧惟一語，異鄉珍重勉加餐。

柳絮初飛草正薰，八千里路悵離羣。晨花夕月應思我，水驛山程最憶君。卻病有方删鬱慮，養心隨處覓歡欣。妹素工愁善病。人生聚散原無定，過眼都如嶺上雲。

夫壻才華第一流，烹鮮小試領黔州。隨車雨足田禾盛，纍繭蠶多山槲收。玉樹枝榮多種福，金萲花茂可忘憂。紅鱗紫雁應常遇，暇日頻將尺素修。

清和望後二日仲絢招看園中芍藥燈下口占

穠豔千秋舞態斜，錦屏燈影燦雲霞。細傾婪尾春風酒，飽看名園宰相花。

紅紫高低映碧闌，輕陰漠漠護花壇。玉盤金帶天香貴，難得燕臺月下看。

看芍藥有懷季瑛西甯

故人西去路漫漫，無限離情欲寄難。記否去年明月下，金尊同賞護雲闌。

燕子曲和温飛卿韻同太清作

差池雙翦垂楊道，天涯緑徧王孫草。輭語呢喃拂畫檐，斜風細雨歸來早。玳梁金屋自營巢，落花休共香泥埽。紅襟幾日引雛飛，捲簾人惜春光老。

虚白太夫人以八十自壽詩見示依韻奉答

年年祝嘏愛芳辰，金母瑶池此現身。難得才名兼上壽，修來福慧定前因。孫曾繞膝芝蘭茂，絲竹當筵羅綺新。只有鄉心銷未盡，幾番歸夢鏡湖濱。

雪痕鴻印半天涯，看徧人間春色賒。身是游仙多問歷，吟成不櫛早名家。畫屏豔集天孫錦，金帶圍開宰相花。何幸微才依末坐，得分珠草讀瑶華。是日太夫人以長孫女沚香爲余螟蛉女。

送温潤清如玉隨任之貴陽黔西州有引

余與潤清苔岑夙契，蘭譜今盟。五載深交，性情俱洽；一旬不晤，饋問頻貽。扶持於疾病之閒，關切乎寒暄之外。緑波碧草，此别良難；鳳舉鸞翔，攀留無計。漫成長律四章，聊代《陽關三疊》云爾。

忻從萍水訂同心，閨閣論交契最深。桂蕊一枝分我種，君以幼子寄余膝下。梨花滿院伴君

時逢穀雨太清集蕊仙珍莊武莊屏山雲林仲絢伯芳及予賞海棠園中者零落已盡惟室中二盆十分爛漫爰成四絶

綠章幾度乞春陰，無賴東風不可禁。修到神仙猶有劫，金鈴空費護花心。是日余患霍亂，力疾賦之。

施朱傅粉媚韶光，銀蠟何須照晚妝。十二瑶台風露重，安排金屋爲深藏。

植向芳瓷净土匀，放翁顛倒亦前因。園花盡嫁東風去，此是金閨待字人。前三日予向太清乞海棠，復云：『海棠已嫁東風去，綠葉成陰子滿枝』，故云。

一桁珠簾細細遮，半杯春露吸紅霞。笑儂眼福真修到，來看重台命婦花。

落花和太清韻

殘紅無數撲青苔，頓覺春愁滿眼來。豔態穠姿憐國色，鸞飄鳳泊怨風媒。胭脂兩散維摩室，錦繡香消玉女台。有客天涯多感慨，淒鶯恨蝶莫相猜。

料峭春衫怯薄寒，惜花凭徧小闌杆。魂銷南浦客初去，夢醒西窗月漸團。絶似美人辭殿陛，也如才子作衙官。千林新綠成陰後，又見風光轉蕙蘭。

瘳。談深忘夜永，燭爲一人留。母處每宴客散甚早，惟寶則獨令遲留，更静始返。

日來風雪交作感成寄李寄母

離愁正無賴，風雪太猖狂。歸轡行何所，春寒不可當。思親千點淚，望遠九回腸。頻向封姨囑，休吹大道旁。

祝潘虚白汪太夫人八十壽辰

松柏精神壽鶴年，喜逢八秩敞華筵。才欽仉母三遷訓，學邁曹家《七誡》篇。設帨正當槐夏日，稱觴最好麥秋天。昨朝佛誕今仙誕，合籙長生晉錦箋。

蟠桃初熟日遲遲，寶婺輝騰獻壽卮。丹桂五株皆國柱，碧梧千尺長孫枝。花開四照風光麗，天錫三多福禄宜。顧我添籌如海鶴，欣陪鳩杖侍西池。

當日閩滇擁八騶，雲山萬里姓名留。滕王閣上題新句，西子湖邊憶舊遊。絳帳衡文資玉尺，碧窗聯韻寫銀鈎。鳳城煙樹供吟嘯，小住蓬萊數十秋。

宣文雖老尚研經，竟日披吟手未停。繡虎雕龍詩筆健，霏金屑玉墨華馨。曾逢幻劫頭先白，雅愛微才眼最青。家學又欣傳幼婦，名花遠寄祝延齡。令孫媳潘蓉裳女史工詩畫，現隨翁任所。

采風流見亦稀，晨昏定省兩依依。臨風玉樹雙株秀，入幕紅襟比翼飛。半年夫婦藍橋住，一旦思親欲歸赴。請攜新婦見尊嫜，挂帆同向錢塘路。此際葒洲去住難，牽衣别母淚汍瀾。白雲親舍千山隔，翠被江風五月寒。歸來喜識慈姑面，調羹視膳安貧賤。琴瑟同心妯娌和，賢聲親黨傳揚徧。篝燈佐讀不辭勞，祇望名題雁塔高。叔寶神清偏善病，庸醫藥誤甚操刀。逝者悠悠呼不起，孀親痛子悲難已。此際葒洲暗斷腸，願作鴛鴦會雙死。衣衾含殮手經營，潛嘫黄金畢此生。父母有男姑有子，泰山情重女身輕。結褵八月分鸞鏡，絶代佳人偏薄命。一死名昭日月光，千秋人仰松筠性。猶憶垂髫乍見時，明眸緑髮愛丰姿。樓頭問字依慈母，花下尋詩喚阿姨。相親未久分襟速，惜别尊前淚盈掬。祇望重逢有後期，誰知凶耗傳書牘？君自從容入九泉，蕭郎弄玉共成仙。傷心兩地萱幃老，化鶴何當慰暮年？吁嗟乎，從來節烈如忠義，獨秉乾坤浩然氣。試看捐軀慨慷人，肯忘君親希富貴？誄詞未寫意先焚，欲表潛幽媿少文。他日西湖放歸棹，寒泉一勺哭秋墳。

送李寄母史太恭人回安邱

六年依膝下，顧復感慈恩。詠絮矜微慧，拈花悟至言。母語人不甚解，惟寶獨悉，殆有夙緣。雀屏勞選擇，鵬翮助騰騫。忽聽歸歟賦，春衫盡淚痕。

投筆班超去，謂雲舫十兄。高堂憶遠遊。囑儂頻定省，爲母解離愁。悶借詩牌遣，疴非藥石

張蘭芬夫人隨宦入都晤余於陳仙九女史敦蕙席上以七律見贈次韻報之

欣從鷲座識閨英，菊秀蘭芳見性情。客路三千隨宦轍，時以運銅入都。雲山萬里共題名。吟來好句如珠潤，别後相思寄月明。羌笛數聲歌一曲，春風楊柳碧煙縈。

附原作

小集瓊筵晤舜英，簡編惠我倍殷勤。雲閒學士新迎面，日下才人舊擅名。蟻酒清談牽客夢，鴻樓豔雪燦春明。萍蹤此後分南北，湘水燕山兩意縈。

龔烈婦朱葒洲女史輓歌

君不見黄山千里來崑崙，摩天峯巘青嶙峋。又不見新安江水清且急，駭浪驚濤捲晴雪。名山大川毓秀靈，紫陽千載垂家聲。鴻儒碩彦代不乏，又看奇烈傳閨英。葒洲少小多才思，蛾眉頗負男兒志。冰雪容顔蘭蕙心，讀書輒了書中意。明詩習禮正芳年，雁序成行侍膝前。泥姊敲棋拈冷玉，邀兄分韻劈蠻箋。緑鬟侍女知音律，閒拍紅牙披錦帙。古今節孝付高吟，進士何妨稱不櫛？葒洲善詩詞，兼工棋曲。王謝門楣世有姻，紅絲仍繫外家親。龔郎早歲游黌序，潘宋才華秀絶倫。隨親遠宦來滄海，館甥特築秦樓待。喜聽瓊簫引鳳皇，更憐鴻案多文采。文

其　四

驥足君先展，燕臺我尚稽。好花分姊妹，宦跡隔雲泥。住日情無限，何時手再攜？眼前良友少，鄉思益淒迷。

歲　暮

臘雪催年去，春風逼歲闌。又憐時序改，愈覺仕途難。故里驚烽火，新愁灼肺肝。捷音何日至，魂夢未能安。

元旦試筆 壬寅

律應青陽轉，天開淑景新。雪晴梅綻萼，風煖水生鱗。寶鼎焚沈水，香車碾麯塵。比年詩思減，握筆寫宜春。

附外子和作

律轉三陽泰，祥開萬彙新。爆聲驚鳳尾，燈影剪魚鱗。雪霽簷開凍，泥融路濺塵。快吟詩句好，花滿管城春。

題畫梅

記得孤山風雪酣，梅林芳信幾回探。湖烟湖水三千里，誰更衝寒踏碧嵐？
回首西泠悵雪鴻，五年駒隙太匆匆。巢居閣外横斜影，應綻南枝幾朵紅？

送季瑛隨任甘肅　太守許吉齋室

同是西湖客，他鄉見倍親。芝蘭投氣味，膠漆勝雷陳。綺閣晨花艷，金尊夜月新。春秋遇佳日，折柬不嫌頻。

其　二

五馬行來速，何愁道路長。地經榆塞闊，秋到玉關涼。美酒蒲桃釀，甘瓜琥珀光。懸魚傳政績，内助賴匡襄。

其　三

陽關三叠罷，揮袂雙淚垂。小别四千里，相思十二時。風霜須慎重，車馬緩驅馳。官閣梅花發，春風寄一枝。

笑我頻歌青玉案，日來卧病，蒙諸閨友饋餉不絕。羡君穩據黑甜鄉。浮生熱惱難消卻，願借蓮花作葦航。《蓮花筏》，陳雲伯大令所著，甚有裨於世道人心。

重陽前謝虛白太夫人惠菊

草木蕭疎徑就荒，東籬遠惠此寒香。碧雲滿地秋如水，白雁横空夜欲霜。也是詩人堅晚節，豈同凡卉艷春陽？西風簾捲應消瘦，漫對名花作報章。

病中感懷

病來無計遣愁魔，漸怯新涼透薄羅。極目松楸千里隔，傷心親舊九原多。年來吴醒香母舅、鬘雲母姨、家庶祖妣金太孺人皆下世。三更幽怨秋蛩語，五載光陰羈旅過。料得有人如杜甫，應嗟時事日蹉跎。

聞杭信感成

舟山重又見烽烟，湖上人家倍惘然。讓畔偏多肥遯志，富民盡室遷移。招商深賴長官賢。時大中丞劉玉坡先生招米商命平糶。傳來風鶴真堪恨，想到饑鴻倍可憐。安得孝侯三尺劍，海氛頃刻靖南天。

傳尺素，讀罷淚痕多。

其　二

湖上聯吟侶，飛瓊共采鸞。謂雲林、蘋香。憐余詩膽大，愛子酒懷寬。秀發階前桂，香舒砌畔蘭。分襟何太促，無計話悲歡。

其　三

宦跡迢迢去，年華冉冉更。相逢真似夢，憶別最傷情。弱女成奇烈，高堂隔遠程。令媳茳洲吞金殉夫，闇齋老伯又遠在杭城多病。遥知青鏡裏，兩鬢素絲生。

其　四

皇都天下勝，琴劍作斯游。舊雨聯車話，余初至都日與雲林同車出入。慈幃掃榻留。入都即蒙安邱李寄母史太恭人除舍相留。豈知萍水客，來結鳳鸞儔。迢遞雲山遠，難消故國愁。

秋夜聽雨呈外

風雨瀟瀟秋漏長，百端交集意茫茫。隱憂家國添新病，時接杭州來書。自酌葠蓍改舊方。

子，賦到《離騷》感美人。一自瑤琴傳雅操，國香千古竟無倫。

孟緹招飲挹爽亭喜晤惲岫雲湘即席作 時六月既望

危亭高占緑陰中，同倚闌干眼界空。曉露香舒紅菡萏，遠山雲鎖碧玲瓏。新詞合譜延秋曲，後十日立秋。古賦高吟避暑宫。孟緹時誦《九成宫賦》，音節鏗鏘，令人忘倦。更幸金銀逢博士，爪痕留印記飛鴻。

爲湯節母楊太夫人題斷釵吟

忠孝傳家德澤長，金閨節孝仰共姜。蠻煙瘴雨曾經歷，唳鶴嘑烏易感傷。畫戟已看榮令子，寶釵猶憶賜高堂。無端玉折增惆悵，吟就新詞鬢欲霜。

虚白老人以夜來香見貽口占

是花是葉兩難分，小朵柔絲翦緑雲。明月欲來燈乍上，一簾香霧散氤氲。

寄瑟君石港

天末涼風起，思君意若何？荷花如解語，離恨托微波。明月羈人怨，秋雲越女羅。雙魚

首夏五日余季瑛姊庭壁招賞芍藥時趙淑芳將賦南歸口占贈別

花前把酒屢談詩，可惜相逢無幾時。今日綺筵重對處，滿園花放是將離。

白芍藥

一枝清影殿芳菲，十丈紅塵見亦稀。妝淡却憐姑射静，香濃何礙玉環肥。神仙偶爾貽瑶珮，宰相由來愛白衣。看到豐台傾國色，不須金帶説腰圍。

夏日過圓明園途中口占

緑陰深處亂蟬鳴，一抹斜陽送晚晴。自笑浮生勞似轂，碧山如畫憶江城。

觀扇子湖蓮

千叠波紋一扇開，紅衣緑蓋共徘徊。花含紫氣盈盈綻，香逐薰風冉冉來。颭葉定知游翡翠，托根何幸近蓬萊。九重雨露增顔色，欲賦慚無康樂才。

題　蘭

夭桃穠李看成塵，幾箭幽芳冠早春。雨葉風枝憐瘦影，湘煙巒翠寫丰神。隱來空谷如君

和虛白太夫人春雪書懷原韻

漠漠同雲合，飛瓊冷莫支。柳煙看乍歛，花信探偏遲。白戰誰能敵，清才自不羈。故山春正好，梅蕊綻新枝。

其　二

瑶華頻許讀，屬和愧微才。玉屑論今古，天花任剪裁。詩真清似雪，人亦瘦於梅。想見拈毫處，吟成笑口開。

杏　花

一枝曾向禁林探，十里東風春正酣。紫陌尋芳將上巳，畫樓聽雨憶江南。銜泥新舞花前燕，沽酒遥停柳外驂。淺白深紅看不足，曉妝買得滿筠籃。

題孤山春曉贈行卷子和虛白太夫人原韻

孤山一别渺天涯，畫出春風洵足誇。如此贈行差不俗，半湖碧水萬重花。

一枝誰寄隴頭梅，展卷沈吟日幾回？樓閣參差花爛漫，畫船何計賦歸來？

鴻雪樓詩草卷八

錢塘湘佩女史沈善寶著

辛丑

立春後三日偕孟緹伯芳謁虛白太夫人即承惠詩依次奉和

香車緩緩過城隈，漸覺風和柳眼開。月姊星妃含笑指，五雲深處是蓬萊。

闤闠龍門有令名，照人冰鏡十分清。飲醅喜入春風座，自古文章屬老成。

徐淑風華蘇蕙才，韋帷問字愛追陪。蛾眉獨抱英雄志，國事關心白髮催。虛白太夫人論時事甚激烈慷慨，直巾幗英雄，恐鬚眉聞之生愧也。

送雲舫十兄從軍東粤即用松亭三兄原韻

珍重驅兵暫枕戈，春深細柳聽鳴鼉。懸知碧海馳名遠，定爲蒼生造福多。虎帳日高飛羽檄，狼星夜落奏鐃歌。平夷廿策無遺算，借箸儒生有幾何？十兄曾著《平夷二十策》。

三喪。骨肉既零替，手足多參商。痛極肝疾作，幸汝還故鄉。癸巳秋日，琴舫自慈谿回里。爲我調藥餌，勸我進羹湯。我愈汝又病，三月臥繩牀。恐汝有差池，中夜起徬徨。不令汝行役，藜藿甘共嘗。患難既共歷，寒暑加周防。願汝承先志，苦口時匡襄。雙親營葬畢，擬爲汝求凰。汝質雖魯鈍，汝心頗循良。奈何悮羣小，竟爾學高颺。一去不回顧，未卜否與康。女嬃縱不念，忍棄梓與桑？我自于歸後，家山路阻長。松楸繫魂夢，棣蕚期輝煌。前年長兄至，元髮漸蒼蒼。操戈深自悔，泣涕沾衣裳。二兄滯京邸，辛苦覔稻粱。惟汝不知所，思之心茫茫。天涯及海角，應已飽風霜。池邊見義竹，根密枝繁昌。園中有杞梓，本茂葉軒昂。對此竹與木，令我殊慚惶。

秋夜聽雨呈外

鐙花紅落碧煙輕，涼入羅幃夜氣清。露白葭蒼羈客恨，橙黄橘緑故園情。容臺聽雨更初定，妝閣敲詩夢未成。莫笑憂多同漆室，恨難踏浪斬長鯨。

小春下浣季瑛姊邀飲緑浄山房賞菊太清命成長律限山字韻率筆成此索在坐太清雲林仲絢佩吉諸君和

秋容爛漫壓塵寰，仙袂聯翩響珮環。喜讀新詞賡北宋，時讀太清新製《醉翁操》。聊憑佳釀祝南山。綺羅香影霏金谷，紅紫花光照玉顔。自笑年來詩思澁，漫哦短句學偷閒。

憶琴舫弟四十韻

弱弟别我去，子影行何方？六載斷消息，撫念摧中腸。憶昔童穉日，歡笑依親旁。親顔未衰老，兒女欣成行。雙珠掌上秀，五桂階前芳。戚里盡成羨，雛鳳聲清揚。何期大椿折，異地遺孤孀。鞠育賴慈母，家學傳青箱。詩書未終讀，飢驅不可當。同氣聯珠璧，雁序分翱翔。小妹最聰慧，二豎偏爲殃。連枝一旦萎，方寸森鋒鋩。老親悼愛女，日夕生悲傷。神緣憂所損，一厦傾萱堂。終天恨同抱，罔極恩難忘。泣血處苫塊，幼弟慘屠亡。我生胡不造，五歲遭林隙，蟬聲聽更幽。

虛白太夫人以荷花蓮蓬見貽並繫以詩即和元韻報謝

十二時中鄉思深，闌風伏雨倦凭臨。分來太液池中品，如見慈雲座上心。翠實含芳朝露潤，紅衣散馥夕陽沈。不題花葉題花瓣，要借清香入短吟。

七夕感懷 時嘆夷攻陷定海

天上何來兒女情，連番微雨晚涼生。願將一掬銀河水，傾向東南洗甲兵。

太清姊贈桂花賦謝

借得吴剛斧，天香散碧空。最憐金粟影，來自蕊珠宫。風露前宵冷，鄉心此日同。謂雲林。膽瓶注新水，芳氣襲簾櫳。

感成呈松亭兄

無端烽火客心驚，誰運胸中百萬兵？杜老憂時空感慨，謝公卻敵但楸枰。拯愚豈料開邊隙，報捷欣傳慰聖明。時聞厦門陳提督擊敗逆夷。願得妖氛俱掃盡，伏波銅柱早標名。

夏夜納涼

驕陽忽西傾，炎威漸消歇。開牖納清風，移牀就明月。涼意透羅襟，清光出林樾。竹露滴霏微，螢光時出没。撫景愛泬寥，結想更超忽。願騎白鳳凰，飛身歷瓊闕。仙人抗手迎，金丹換凡骨。塵俗一洗空，寒暑免侵伐。富貴本浮雲，何勞心慮竭？

孟緹招飲賞芍藥賦謝 四月廿六日，是日酷熱

櫻筍厨開記餞春，清和風景一番新。揮毫竟少催詩雨，時久旱。握手欣逢絶代人。謂董閨媛。金帶圍開花富貴，晶盤冰貯玉嶙峋。閨中亦有陳驚座，坐我春風勝飲醕。

夏日感懷

炎雨薰風晝似年，離懷黯淡病纏緜。紅鱗徧少鴿原信，翠管愁吟棣萼篇。久無家信。十里荷花遲舊雨，六橋楊柳夢歸船。緇塵撲面渾難浣，贏得看雲白日眠。

雨窗漫成

連宵風雨急，暑氣喜全收。竹簟涼如水，蕉窗淡若秋。扇拋明月静，香裊濕雲浮。嫩日穿

開溝歎

長安二三月，桃李無顔色。寒凝白日黄，風捲紅塵黑。驅車出門去，昏不辨南北。但見没踝者，竭盡螻蟻力。荷鍤以相從，揮鋤於道側。旁積土如山，中藏穢如墨。長綆繫轆轤，牽挽去壅塞。壟斷已難行，臭惡復相逼。掩鼻而過之，屏氣似不息。稍自失矜持，哇出亦在即。吾鄉境迥殊，地底伏溝洫。青石排轔轔，雨過净如拭。豈知名利途，阬坎不可測。寄聲捷足人，趨蹌慎傾踣。

浴佛日太清屏山招雲林霞仙及予同遊翠微山作

振衣絶巘快登臨，放眼川原豁素襟。萬壑松濤風雨急，千盤石磴薜蘿深。雲迷古寺鐘聲遠，峯隔斜陽塔影沈。最愛筍輿便捷甚，勝游相訂感同心。

紫繡毬和潘虚白太夫人

葉底團圞月魄同，薰風幻出紫玲瓏。細攢梅瓣胭脂麗，巧奪荷囊剪彩工。翠袖拋來香霧散，錦帷開處瑞煙籠。衣披一品珍花國，醉態尤宜夕照烘。

梅雪雙清證夙因，空庭寒盡漸回春。瓊瑶密灑聲蕭颯，風度重簾入耳新。

新月

金波微映粉牆東，疑是青天挂玉弓。蟾魄乍生痕尚淺，蛾眉從古效難工。柳邊煙暝人初拜，花外光寒雪未融。待得團圓三五夜，桂花香滿蕊珠宫。

女游仙

瑶池曾訂婉凌華，同訪天台玉女家。劉阮不來春又老，碧桃花下飯胡麻。
飛瓊伴侣盡翩翩，跨鶴來探玉井蓮。折得紅情嫌並蒂，一枝分贈掃花仙。
偶向璇宫泛紫霞，銀河清淺月鈎斜。近來雲錦翻新樣，織盡人間未見花。
丹桂香中集廣寒，霓裳舞罷羽衣單。孅娥徹夜開金闕，人世看如白玉盤。
散卻瀛洲萬斛塵，梅花晴雪又逢春。鮑姑分遣羅浮蝶，相約吹簫寫韻人。
白鳳耕煙種紫芝，素麋解角臥瑶墀。不知滄海桑田易，消得星娥幾局棋。

漸放，燭外影幢幢。

幾番思問字，未得破寒來。殘雪皴山骨，新詩豔海苔。頻勞修月斧，漫詡謫仙才。社中詩課屢呈鑒定。珍重西風裏，吟眉望展開。時以感懷之作見示。

張又蘇舅父展覲入都仍回大邑之任賦此送别

遠隔蒼茫已十年，難將離恨訴尊前。雲萍風絮欣重遇，忍聽驪歌促别筵。
零落親知慨故鄉，重逢不異魯靈光。寄生弱草勞存向，豈獨情深是渭陽？
千重雲樹萬重山，從古争傳蜀道難。殘月曉風寒澈骨，長途珍重勉加餐。
驄馬朝天出入榮，親民責任本非輕。仍攜琴鶴飄然返，白叟黄童夾道迎。

庚子

題太清聽雪圖用伯芳原韻

六出花飛絶點埃，紅羅緑萼幾枝開。詩人襟抱清如雪，獨自巡檐索笑來。

提壺提壺，花外相呼。莫惜千金裘，相逢且盡沽。

冰牀

朔風捲地蛟龍伏，琉璃萬頃凝寒玉。蘭橈桂楫凍不行，天教澤國成平陸。此時勇士習冰嬉，別有冰牀製更奇。不借象牙爲藻飾，卻憑鐵齒任推移。水晶域裏塵埃絶，小憩詎容邀熱客？幾度衝寒馳騁來，鑿碎銀沙疑裂帛。岸旁臘鼓催殘年，淩虚縹緲仙乎仙。倘遇桓伊三弄笛，定然踞坐梅花邊。

火炕

花磚巧仿匡牀築，隔户紅爐地底伏。粉壁周遭三面遮，融和先透芙蓉褥。小屏短几鎮相於，趺坐三冬樂有餘。製比薰籠尤熨貼，春生黍谷較何如？熱中休笑依炎燄，有人夢向重衾戀。錦衾角枕爛生光，燕姬果似唐花豔。不須睡鴨爇沈檀，不借靈犀爲辟寒。門外雪花飛六出，正堪高臥傲袁安。

和虚白太夫人雪中見懷原韻

白雪傳高詠，披吟對夜窗。文章欽韋幔，詞賦重潘江。點瓣寒消九，揮毫韻叠雙。盆梅香雞碑雀籙費搜尋，千載仙蹤七字吟。從此湖山名愈重，論功自合鑄黄金。《西泠仙詠》。

碧海驚沈女史星，一杯何處弔芳靈？齊名空説環花閣，惆悵斯人隔杳冥。《汪小韞宜人小傳》。吴蘋香姊素日推重小韞詩才不置，每謂予可伯仲，而卒未晤。今讀此傳，不禁愴然。

自從洗手作羹湯，無意馳名翰墨場。一集秋紅新奪錦，漫勞刮目沈東陽。秋紅社此課勞君鑒定，以拙作冠場。

冬日謝虛白太夫人惠木瓜楊梅

雪花如掌撲簾櫳，冷到燕山客恨同。一縷鄉心無着處，開緘不異坐春風。

宣瓜珍重慰幽居，瑞聖飛穰總不如。領略甜香生斐几，轉慚投贈少瓊琚。

楊家果熟紫雲涼，夢繞吴山卻月廊。今日喜同崖蜜至，故鄉風味感分嘗。

咫尺城闉覿面難，宣文絳帳喜平安。野人絶少珍饈獻，聊摘芹芽爲佐餐。

禽　言

得過且過，寒暄俱可。轉瞬春風來，鳳凰不如我。

行不得也哥哥，行矣如何？山多瘴癘兮，水多風波。

踏，一行遥度塞鴻聲。秋紅更比春紅豔，好記游仙賦赤城。

駐顔丹定乞仙靈，妝出秋山似畫屏。幾日新霜成燕紫，連朝宿雨洗雅青。花明蘆荻舟初繫，客愛烟霞策暫停。叮囑奚童收碎錦，好留潑墨仿《黄庭》。

誰把丹砂付化工，雞楓鴉桕影玲瓏。半帆涼月疏鐘外，一片寒山夕照中。淡映微雲明楚岸，偶隨流水出唐宮。詩人莫歎秋蕭瑟，萬樹晴霞散彩虹。

陳雲伯大令文述以各著作見示索題

海底珊瑚網底收，詞壇碩望重名流。不知表聖麒麟閣，可及元龍百尺樓？

碧城吟館絶纖埃，環佩珊珊問字來。風雅一門誰得似，神仙眷屬謫仙才。《碧城女弟子詩集》、《小鷗波館》、《小停雲館》。

埋香瘞玉集《蘭因》，好古如君雅絶倫。更有婆心堪濟世，蓮花寶筏渡迷津。《蘭因集》、《蓮花筏》。

胸羅星斗氣雲霞，檢得神方駐歲華。自古神仙多吏隱，待看勾漏煉丹砂。

紅牙輕譜紫鸞笙，换羽移宫字字清。卅六鴛鴦雙蛺蝶，消魂不讓柳耆卿。《紫鸞笙譜》。

憶西湖早梅

風雪天涯繫遠思，孤山又是小春時。三年未覓花前句，數點遥憐竹外枝。煙水茫茫人別久，梨雲漠漠夢來遲。暗香疎影情何限，愁讀巢居處士詩。

驛使徒勞問訊頻，空山寂寂定回春。香生玉照三更月，清絶金沙半點塵。翠袖天寒應伴鶴，碧雲日暮可懷人。南枝幾朵當先綻，添我離愁一倍新。

曾向溪橋踏雪尋，任教鶴氅曉寒侵。新醅淺酌紅螺盞，逸韻輕傳紫鳳琴。東閣春光憐勝概，南華秋水任高吟。廣平縱使心如鐵，憶到孤標感不禁。

水邊籬落影縱横，幽絶緗英與緑英。詞客偏多羈旅感，美人空抱歲寒盟。山含薄暝春應早，風送清香雪豈晴。記取段橋西畔路，疎枝冷蕋最關情。

紅葉

聲聲砧杵起遥村，吟到吴江客斷魂。秋借榮枯分草木，天教錦繡裹乾坤。不須步障誇金穀，最好題糕倒玉樽。丹鳳城邊霜信早，歸鴉幾陣破黄昏。

大樹將軍久擅名，西風真著錦衣榮。江天圖畫宜朝爽，金碧樓臺愛晚晴。滿徑時聞山鹿妙，雁聲斷續鷩沙旋。流泉潺湲，天風縹緲。鳳舞龍吟，峰迴路繞。志和音雅淑且匀，海波不動扶桑曉。天孫促住愴別情，泠泠腕底悲風生。忽然調作霹靂引，雷殷雨驟來訇訇。又若沙場金鼓一齊作，千軍萬馬銜枚行。吴聲清婉蜀聲急，非絃非指誰能及？筝琶細響一埽空，激昂慷慨能爲雍門泣。飛瓊仙子今之琴高流，移宫换羽含深愁。青天迢迢碧雲合，美人日暮憑高樓。思歸曲初終，幽絶梅花弄。翠禽枝上語啁啾，月明未醒羅浮夢。吁嗟乎，從來古調識者稀，高山流水傷鍾期。《廣陵散》絶焦尾碎，千秋寂寞龍門枝。今日何日得聽鈞天奏，彷彿成連海上情爲移。

尋遼后梳妝臺故址

燕雲千里何蒼茫，契丹自昔稱豪强。五花迎月多樓閣，惟餘故址傳梳妝。楓葉疑紅宇晴碧，指點瓊華説遺跡。遥知太液秋波深，定染脂香與粉澤。當年宫殿倚雲開，妝樓百尺高崔巍。珍珠簾幙文犀押，芙蓉寶鏡盤龍臺。三千宫女如花貌，妝出春風花欲笑。簇擁花王整曉鬟，翠鈿鳳串朝暾耀。玉椀先呈酪乳香，金盆徐進紫蘭湯。雲盤膩髮柔荑滑，黛染纖眉柳葉長。衮衣初换早朝設，鴛班鷺序成行列。常哥翰墨意辛賢，巾幗名臣亦奇絶。無端鼙鼓起悲風，天遣金兵渡混同。雌龍遠竄不復返，此樓竟作完顔宫。吁嗟乎，紅羊换劫千餘載，遼耶金耶復誰在？曾見驚鴻照影來，窗外西山青不改。

初秋訪太清新居聞屏山雲林鼓琴

金閨絶調遇鍾期，底事偏操寡女絲？十二簾櫳春寂寂，月明人静自敲詩。太清顔其内室『月明人静之室』。

黄鵠歌來不忍聞，花開花落感離羣。勸君多種忘憂草，瘦到吟腰已十分。

案頭金石映輝煌，倒薤懸鍼手澤長。二十一篇《鴻烈》在，淮南賓客也神傷。太素貝勒工篆書，善石刻，著作等身，遺稿盈尺。

一泓秋水凝寒碧，滿架藤陰覆緑苔。好借琴書消歲月，王孫雖小卻多才。

讀太清雲林游萬柳堂詩奉和

景物澄清愛早秋，吟朋折柬勸同游。西風偏抱維摩疾，未得拈花一唱酬。時游拈花寺。

細讀新詩似畫圖，風前感慨説榮枯。平蕪一片秋蕭瑟，不見當年柳萬株。

聽琴曲 暮秋下浣，太清、雲林、伯芳集屏山翰墨和鳴館，聽屏山、太清、雲林鼓琴

秋林葉落秋花妍，瑶清墨會逢羣仙。霓裳詠罷逸興發，金徽玉軫調冰絃。上元夫人指法

和松亭三兄感懷原韻　時左遷水部

萬里長空月影孤，撫膺莫漫唱烏烏。十年人望金臺隗，一代詞豪玉局蘇。璞在不須傷往事，琴焦未免慨今吾。平生報國忠君志，事業文章豈異途？

聽雨蕭齋感百端，檢書漸覺燭光殘。杯銜鸚鵡詩懷壯，匣鎖芙蓉劒氣寒。水部人文今古盛，瀛洲樓閣畫圖看。笑儂不及闢家妹，愛讀陽春和卻難。

夏日偶成

嫣紅姹紫盡成塵，緑樹陰濃覆四鄰。閒借丹青描豔影，百花顔色四時新。

紗幮竹簟映玲瓏，午睡初酣一枕中。忽聽風濤起天半，跳珠白雨打涼篷。

夏日對雨即用松亭兄韻

庭前雜花歇，新柯成緑陰。濃雲蔽酷日，宿鳥投芳林。驟雨忽澎湃，如聞戛玉音。炎威霎時絶，羅袂涼風侵。塵慮淡相忘，琴書聊宅心。高吟意殊得，莫更問朝簪。

虛白夫人以元夕購牡丹作見示索和

緑陰庭院寂無譁，製錦才高出大家。讀罷新吟香沁齒，筆端應有妙蓮花。

銀燭金爐夜不寒，買春卻好月團圞。神仙富貴誰兼擅，衹有名花許共看。

和外子感懷原韻

何須搔首對斜曛，漫羨高騫鸞鶴羣。但使精金能百鍊，定然彩筆掃千軍。詩成愧我非徐淑，客至從他笑子雲。榴火吐紅蒲酒緑，開樽正好細論文。

雨後苔痕緑上扉，幽居喜與軟紅違。絲纖雪繭春蠶老，簾卷風漪乳燕飛。萱室春長閒亦福，蘭臺夜永靜忘機。時春曹直宿。兒童解紹箕裘業，莫問旁人是與非。

和章曲江大兄原韻并祝五句壽誕

釀熟蒲桃笑口開，烟霞笑傲異凡才。二千里外賡新曲，化作添籌海鶴來。

殿春花逐鼠姑開，琢句曾無白雪才。聞說桃源風景好，漁人有日放舟來。

鴻雪樓詩草卷七

錢塘湘佩女史沈善寶著

己亥

長安燈詞

天衢烟景甲塵寰，寶馬香車任往還。壁月一輪輝鳳闕，春星萬點映鼇山。
九華七寶爛生光，百歲魚龍更擅場。聽澈太平簫鼓奏，踏歌争唱《荔枝香》。
蓬萊宫闕五雲中，萬户千門蠟炬紅。好是執金吾不禁，衣香人影豔春風。
傳柑佳節月華新，看徧人間富貴春。鶴燄龍燈風淡蕩，萬年枝上動香塵。

和汪瑟友恂見贈原韻

猶記金尊畫閣開，乍親笑語絶嫌猜。羡君韋幔傳家學，詠絮無慚道韞才。
翩翩縞袂快重逢，疑在羅浮明月中。七字殷勤勞惠寄，春光回首惜匆匆。

晰義》。

別卻蒲團下泰安，寄父自言遇陳仙降乩云，前身係泰安山僧。軟紅塵裡閱悲歡。薳堂耄耋孤兒幼，多恐黃泉撒手難。

舞綵曾依膝下來，麥舟歸櫬感憐才。十年空抱銜環志，未報涓埃倍可哀。

讀聊齋志異作

偶憑幻誕破清聊，靈鬼靈狐寄興遥。此際不堪重展讀，青燈如豆雨蕭蕭。

頭飛耳食續《齊諧》，古豔新香字字佳。絶好鳳樓修史筆，此才不合老茅齋。

題徐貞女徵詩啟後

南州傳望族，闔閣異庸流。寡鵠瑶琴冷，孤鸞寶鏡愁。生逢無一面，死别竟千秋。大節誰堪匹，曹姬雅可儔。

恭輓姚樹堂寄父

音容遠隔路三千，離緒惟憑雁足傳。今日披函真痛絶，大椿摧折暮秋天。

痛抱西河淚未乾，又逢幼女泣孤鸞。桑榆晚景何堪此，一夕天風鶴背寒。長子武景、六壻譚某於夏秋先殁。

生平厚德被人多，鶴算增來一紀過。丁亥病劇時夢神人云：『陰騭事多，延壽一紀。』醒即霍然而起。纔了向平婚嫁願，忍教薤露發悲歌。

當年宦跡寄杭州，嘯詠湖山春復秋。三百梅花萬株柳，新詩都付錦囊收。

襟懷曠達等蒙莊，術擅青烏啟秘藏。不向空山託遺蜕，早營生壙傍書堂。早於書屋之側築生壙。

校讐細探五車書，點畫無愁誤魯魚。輯柳編蒲多著述，問奇誰過子雲居？寄父著有《韻府

題孟緹澹菊軒詩集

班香宋豔格風流，開卷如登百尺樓。詩到中年偏有味，人非絶代不工愁。水邊亭榭峯三面，花裏簾櫳月一鈎。麟閣高標慚野戰，論功可許列公侯。

孟緹見和原韵依次奉答

門對西山翠欲流，秋風瑟瑟懶登樓。欣從文苑窺三絶，聊共騷人賦《四愁》。駿馬超羣空冀市，神龍小隱化吴鈎。掃眉才調如君少，不愧家聲博望侯。

瀟洒丰神異俗流，五銖衣薄月當樓。同深寸草春暉感，難遣秋聲夜雨愁。道韞清才工七字，茂漪淡墨重雙鈎。左圖右史袪煩抱，何減神仙李鄴侯。

妝臺何幸遇名流，妙手能修五鳳樓。對酒難消才子氣，讀書常抱古人愁。黄花寫影臨珠幌，金鴨焚香掩翠鈎。示疾維摩耽静業，軟紅不到管城侯。

滚滚詞源倒峽流，難將寸木並岑樓。緑波南浦江淹恨，枯樹西風庾信愁。别夢不離邀月舫，狂吟欲藉釣詩鈎。陽春高唱難賡和，八詠虚傳愧隱侯。

虛亭，地幽境逾闊。晴雪翻蘆花，搴芳到木末。撫景思故人，離懷倍忉怛。我亦抱鄉愁，吟魂繞閨闥。自泛綠陰舟，清波未能掇。自丙申初夏與諸閨友泛舟玩皋亭綠陰後，勝遊未繼。日夕秋風多，蒓鱸思若渴。

秋日訪孟緹時適卧病索予贈句口占

眉減青螺鬢墮鴉，伊人標格似梅花。我來繡閣聞名論，多病文園屬内家。
牙籤萬軸錦屏舒，黄絹才高愧不如。爲避俗塵聊示疾，一簾花影半床書。

孟緹見和原韻走筆奉答

夕陽影裏逐歸鴉，鴻集吟來筆有花。昨夜夢中猶握手，清談雄辯論詩家。
一幅瑶華浣手舒，鏤金錯采錦難如。不慚倚馬塗秋蚓，喜换簪花玉女書。

送笙愉之中州

神交乍喜挹丰標，唱和新篇慰寂寥。花落金臺聯綉袂，雲移艮嶽迓星軺。萬山紅樹詩情麗，九曲黄河别夢遥。三疊驪歌一尊酒，客中送客最魂銷。

濺處，花上露晶瑩。

贈郭笙愉潤生并題梧笙館詩集

一卷詩騰寶劍光，大家才調冠瀟湘。笑余凡骨無丹换，喜遇仙人郭密香。掌上擎來照乘珠，薪傳慈母亦名姝。雞窗姑婦同談笑，似此風流世所無。令嫒月裳、令媳智珠俱能詩。

一夕清談勝十年，粲花妙論吐青蓮。他時紀取題襟會，同醉瑶池阿母筵。天風偶爾聚閒雲，卻幸追隨大雅羣。刻翠裁紅多少筆，清才濃福孰如君？

秋日憶理庵六伯

一抔黄土掩才華，寂寞空山噪暮鴉。柳絮春風矜道韞，松楸夜雨泣侯芭。千秋業已成黄絹，一瓣香猶戀絳紗。可惜當年培護意，不曾親見賦宜家。

和雲林秋月登陶然亭懷故鄉閨友作

緑綺發清音，瑶尊酌香沫。撲面軟紅塵，肝膽賴君豁。示我衍波箋，新詞殊渾脱。陶然聳

都中消夏四詠

響竹

擊碎漸離筑，蒼筤正氣憑。聲疑跳白雨，膽已落青蠅。解體勢無敵，虛心始見能。營營趨熱客，雅賴此君懲。

冷布

衣被蒼生外，翻邀卻暑功。疏裁千縷緤，涼沁一窗風。不減輕紗碧，聊遮酷日紅。莫嫌寒女杼，幅幅自玲瓏。

冰盞

無計消煩暑，清音遞午風。一聲涼欲澈，雙盞擊來工。韵似傳銅鉢，時堪語夏蟲。平生有熱血，肯爲爾消融。

花帚

不向瑶階掃，偏多潤物情。洒來涼雨細，揮趁晚風輕。麈尾形相似，龍鬚製獨精。清泉頻

初伏九日太清雲林偕余尺五莊看荷用余前游韻依次奉答

柳陰深處恣徜徉，指點花開較葉長。紅暈曉霞珠露潤，輸他澤國占清涼。清詞麗句錦囊收，叠韵風前詩思幽。安得此花真十丈，海天雲水共乘舟。勝遊最好是今年，聯袂重吟洛水仙。玉骨玲瓏絲宛轉，惹人離緒亦紛然。時太清、雲林詩中懷雲姜。瓊姨月姊下瑶臺，難御晨風跨鶴來。兩姊至俱早，予獨後到。金谷何辭三爵罰，綺筵深羡八叉才。

暑夕不寐與雲林夜話

竟夕不成寐，蚊蝱苦刺膚。汗隨珠露滴，月共客心孤。綠樹蟬聲咽，紅窗蝶夢無。故鄉烟水裏，相對憶西湖。

一宵涼雨暑全收，水佩風裳色更幽。欲唱江南采蓮曲，惜無女伴盪蘭舟。

故鄉一别欲經年，曾向西湖弔水仙。緑意紅情相對處，詩人風貌尚依然。懷蘋香。

看花踪迹半燕臺，又爲蓮花破曉來。花亦含情如索句，多君休負粲花才。

夏夜納涼與雲林同作

夜窗涼意重，瀹茗坐深更。雨過月如洗，風來樹有聲。琴尊論往事，山水動鄉情。不覺鄰雞唱，鐙花落短檠。

題朱小莖葆英小蓮花室學隷圖

漢搨唐碑久不聞，蘭閨嗜古孰如君？玉臺一管生花筆，畫罷雙蛾寫八分。

雨窗展讀理庵六伯遺詩感成

闌風伏雨苦終朝，捲起湘簾坐寂寥。窗外芭蕉牆裏竹，蕭蕭瑟瑟兩無聊。

攲斜墨迹不成行，一展殘箋一斷腸。萬種離愁吟未得，淚絲持比雨絲長。

四月上浣昆明湖紀遊同雲林作

七香飛處碾雙輪，結伴欣偕拾翠人。樓閣參差含紫氣，雲山縹緲隔紅塵。花迎鳳輦風光麗，柳拂龍池雨露新。此日蓬瀛竟身到，愧無白雪譜陽春。

高閣涵虛倚夕陽，離宫鬱鬱樹蒼蒼。迴風喜得羣仙引，是日大風。弱水難教一葦杭。浩蕩烟波横雁齒，彎環石磴繞羊腸。振衣絶頂凭欄望，萬里山河拱帝鄉。

雲林招遊豐臺看芍藥感成

幾度花前載酒過，澆愁不去奈愁何？旅人别有傷心處，豈獨將離惹恨多。

夏日感懷

側身天地奈愁何，萬感填膺一放歌。節過未償書畫債，日長贏得病愁魔。丹青無本憑嗤鶩，點畫何心望换鵞？一自茂先騎鶴去，詞壇誰更挽頽波？

尺五莊觀蓮索雲林和

幽亭曲徑恣徜徉，緑樹陰濃緑葦長。一陣曉風香沁骨，幾枝紅藕作花涼。

貽藥石，分甘常得飽饈珍。又愁蒲柳衰偏早，細輯殘編付梨棗。丙申歲，寶病瘧甚，先生删定拙集付梓，殊可感也。鴻泥偶爾印天涯，風雪頻煩馳遠道。去冬寶經涿州，先生親送入都，臘月又赴京看視。縱使陰陽隔渺茫，雲天高誼詎能忘？此生永抱西州痛，八載親承東壁光。吁嗟乎，公自長眠呼不起，别恨悠悠曷能已？將心寄與月團圓，爲儂照向重泉裏。

題紡績圖　爲陳比部山嵋母仇太君作

家學經綸裕，龍梭惜寸陰。佳兒榮禄養，壽母淡升沉。即此斷機訓，何殊封鮓心？畫圖傳紡織，堪作女中箴。

題張孟緹縚英陶山贈别吟卷

椿茂萱榮樂事全，晨昏繞膝雁行聯。披圖觸我傷心淚，侍養輸君四十年。
姊妹花前秀句多，棣棠枝下共吟哦。塤篪疊奏《陽關曲》，百感中來可奈何？
一門風雅世無儔，彩筆翩翩賦别愁。讀到陶山贈行句，河梁不復擅千秋。
林下高風思不羣，詞壇筆陣掃千軍。即看此日珊瑚網，收盡金閨錦繡文。時選本朝閨秀詩。

題攬鏡圖

裁花作骨雪爲神，畫就雙蛾顧影頻。認取本來真面目，鏡中人是月中人。

落　花

幾日繁華景已非，亂紅如雨逐風飛。杜鵑啼盡三更月，九十春光迅速歸。
緑陰濃淡草芊綿，腸斷燕臺四月天。我自惜花花惜我，鸞飄鳳泊感年年。
聽雨聽風意慘悽，粉香狼藉委春泥。珊珊環佩知難返，蛺蝶多情舊夢迷。
懶向風前酹酒尊，分明倩女乍離魂。草薰風暖愁如織，撲上春衫盡淚痕。

莫春下浣聞張理庵六伯於四月十九日安葬泣賦

東風捲地塵飛揚，燕臺三月無春光。羈人對此心忉怛，那堪死别摧肝腸？一語傳來更愁絶，哭不成聲泣凝血。青山遽爾卜牛眠，從此形消併跡滅。跡滅形消土一抔，平生壯志委蒿萊。斜陽黯淡松楸冷，華表何時鶴馭來？絳帷侍講當年事，獨向嫏嬛問奇字。先生亝名『小嫏嬛仙館』。祥麟威鳳視微才，玉屑金鍼論大義。殷勤訓誨作傳人，顧復提攜若老親。卧疾每勞促，半月光陰别恨新。問歲未曾周甲子，忍教梁木竟埋塵。

彼蒼夢夢問難知，幾度尋思恨不支。勘破浮生同電影，每談近代惜蛾眉。那堪感逝傷離日，偏在他鄉遠客時。一抹愁雲山萬叠，安能築室六年期？

題　畫

剪翠成疏花，細葉凝湘竹。寄語踏青人，采藍勝采緑。

烈婦劉公氏輓詞

在東一賦小星篇，柔淑能教大婦憐。雛鳳疾多憑翼覆，彩鸞影散併軀捐。從容殉節空千古，宛轉從天入九泉。祇有緑珠堪媲美，珊珊環珮話雲邊。

三尺紅羅了一生，泰山應較此情輕。小家碧玉誰堪匹，大節貞姬可共評。骨有餘香留馥郁，心如古井更澄清。已看鴛塚生連理，燕子樓高卻讓卿。

題魏貞女截指圖遺照

三千里外客思家，展對斯圖起歎嗟。博得芳名傳萬古，女貞木是斷腸花。

陳跡，韶華似水流。

高歌傳玉茗，雅什惜伶俜。顧我眉非白，勞君眼獨青。百年原幻夢，一葉等飄萍。最是梅花發，空懷放鶴亭。

恭輓張理庵六伯

空負匡時濟世才，鹽車一負念全灰。青瞳雪髮音如鶴，傲骨孤標性似梅。賸有愁猿啼夜月，可能錦鯉報泉臺。平生恨事從頭訴，知己銜恩倍覺哀。

萬鏃無端刺寸心，斑斑血淚濕衣襟。春風化雨如雲散，碧落黃泉何處尋？病骨難求長命藥，氣絲絕向斷腸吟。臨危尚賦詩贈賓，字已模糊，不能卒讀，哀哉！ 模糊字跡悽涼意，反復重看痛更深。

倒峽詞源意不侔，英姿豪氣壓曹劉。平生事業惟忠孝，身外功名任去留。廣廈萬間胸磊落，長城五字格風流。人間慧眼知難遇，先生十試七薦，卒未獲售。祇合修文住玉樓。

也曾赤手斬長鯨，先生集中語。事遇疑難澈底清。囊不名錢甘淡泊，案無留牘頌廉明。照人肝膽真豪士，勖我詩詞盡正聲。一代典型歸浩劫，絳帷腸斷女門生。

三千里外絮萍身，八載門牆桃李春。張旭書名真入聖，子卿風鑑妙如神。一天風雪歸期

鴻雪樓詩選初集卷六

錢塘湘佩女史沈善寶著

戊戌

元夕

不夜城中景物新，馬蹄踏散六街塵。遥憐鳳闕鼇山盛，坐聽銅壺玉漏頻。璧月縱憐羈客影，梅花已負故園春。年華易换心情減，自展殘編對古人。

和湯海秋侍御鵬見贈原韵

客路三千里，勞生若轉輪。誰憐巢幙燕，已失倚閭人。細草青猶淺，垂楊緑未匀。陽春傳好句，吟罷暗傷神。

漫説才如錦，文詞豔七襄。椿萱委霜露，骨肉歎參商。離思隨雲影，愁懷裊篆香。都將身世感，潦草寄篇章。

昔年游歷處，楚尾與吴頭。登眺一懷古，江山相對愁。春風芳草渡，秋雨木蘭舟。回首俱

題葬花圖

千紅萬紫滿園林，轉瞬飄零感不禁。收拾殘香歸淨土，惜花心較葬花深。

題雲舫十兄觀海圖

阿兄經文緯武才俱全，畫圖又倩良工傳。昔年曾題《三癖圖》。滄溟縱目寄遐想，相從二客何翩翩。一姬雲鬢綽約得非隱娘似，一人仿佛少年磨鏡子。青鋒雙佩意軒昂，小立山頭同指視。但見海天澄碧朝霞紅，魚龍出没波濤中。吞來雲夢已覺小，浮槎直欲乘長風。長風萬里去如駛，快意世間詎有此？祇愁一覽盡扶桑，從今萬事難爲水。

長至懷湘卿

憶昨重陽泛客舟，雁行分翼淚雙流。遥知故里逢長至，定向高堂話遠遊。鷲嶺雲山縈别夢，燕臺風景助離愁。嚴寒且莫勤鍼綫，好折梅花寄隴頭。

且悲，吐語清以淑。鴻章雖乍觀，姓名耳久熟。上策數千言，經貯便便腹。翔步金馬門，揮洒言霏玉。奇氣發長虹，直節掃繁縟。既工逸少書，兼擅子雲牘。徧讀娜嬛藏，細參《金石録》。倏鳳劇金華，倚馬尤神速。宋璟本名臣，賈誼過老宿。宦海偶升沈，蛟龍常起伏。待看擁八騶，節鉞秉紛矗。惠此白雪篇，襟懷迥殊俗。光燄萬丈長，探得驪珠獨。把玩細焚香，披吟重剪燭。愧我筆無花，羨君胸有竹。我生命不辰，少小遭荼毒。椿樹陰早凋，弱息竟誰屬？楊柳減顰眉，芙蓉損肌肉。揮淚杜鵑紅，忘憂萱草緑。乞米走袁江，孤帆書畫舳。詎知慈竹萎，空費明駝足。獨木苦難支，大厦一朝覆。萁豆驟相煎，此舉殊不卜。衰麻如雪時，百感胸中蓄。北阮賴提攜，赤日孤懷暴。敢云字易縑，所遇皆青目。葬親分内事，沽譽轉慚恧。去歲卧沈疴，生計益窘蹙。壯麗慕皇都，買棹騁飛鶩。揚子波浪平，五月片帆逐。秋風穩渡黄，舟似弦離鏃。嚴霜刺骨寒，殘夢車中續。馳驅數千里，蒼茫見嶽麓。悲聞趙女歌，義懷壯士筑。十月抵春明，頓掃愁千斛。《鴻雪》下里詞，公卿蒙賜讀。粉署作寄生，慈幃勝親鞠。阿兄人中豪，望重荒年穀。得附爲雁行，手足誼尤篤。餐飯恤王孫，綈袍矜范叔。奇字問從容，翰墨散芬馥。喜爲蘭傍砌，漫云芝在谷。豈同鷦寄籬，差擬烏依屋。天心獨厚予，異姓承顧復。幾忘羈旅愁，主宰究爲孰？讀君新製詞，雅意相勉勗。翹企德門高，簪纓三致祝。

送雲舫十兄出使灤河

纔賦皇華錦繡篇，去歲使蜀，著《皇華吟草》。又從古北策吟鞭。絃歌雅望高千古，時隨文孔脩司徒同往。雨露恩濃下九天。直節人皆欽李絳，壯遊儂獨羡張騫。白檀山色灤河景，定有新詩次第編。

千里相依感授餐，雁行許附忘孤寒。卿雲燦爛星軺遠，風雪馳驅道路難。榆塞兄休縈别緒，萱堂妹可代承歡。梅花香裹歸期速，句滿奚囊待細看。

雪夜寄懷蘋香玉士用留别原韻

六出霏微散玉塵，爪痕泥印是耶真？近來綺閣寒香綻，可憶花前覓句人？

西湖幾度泛扁舟，飛盞聯吟浣俗愁。花影一簾人絶世，教儂能不憶杭州？

同詠霓裳聚衆仙，鮑家香茗出新篇。三千里外飛瓊問，錦字何無寄日邊？雲林入都後未接玉士之書，一見即問。

和鄂松亭學士恒題拙集韻

朵雲忽飛來，令人增眼福。滿紙堆珠璣，長歌真代哭。先生濟世才，碩望重華族。搆詞壯自恨非男子，遭逢數太奇。椿萱悲失養，荆棘歎多歧。豈有雕龍技，空貽畫虎嗤。韋帷欣在望，斤削願先施。

雲林偕玩金鰲玉蝀雪景

萬頃琉璃凍不消，又看六出洒瓊瑶。天開霽色輝金闕，車走雷聲上玉橋。烟樹寒連南北海，市廛沸似往來潮。樓台掩映真仙境，欲寫蓬瀛未易描。

太清夫人面訂金蘭走筆呈此即用前韻

紫氣欣瞻貝闕來，乍親仙袂笑顔開。大羅天上霓裳曲，羞煞人間詠絮才。健筆雄詞據上流，春明烟景助清遊。龍門千尺容攀附，消盡寒閨羈旅愁。

和文孔脩司徒見題拙集原韻

大雅扶輪慰客思，蕪詞何幸辱公知？文章敢作千秋想，貧病惟餘數卷詩。句可驚人推手敏，才難倚馬笑儂遲。待看黍谷春回處，一路雲山到黛眉。時奉使灤河，道經黍谷山。

和宗室太清夫人題拙集原韻

隨風珠玉自天來，先向晴窗浣手開。纔識七襄真錦繡，鳳樓人是造樓才。
敢將姓氏謁名流，鴻爪無端作遠遊。十丈軟紅塵撲面，何人開卷識儂愁？

入都即蒙李寄母史太宜人掃舍相贈感激賦此

已作無家客，他鄉即故鄉。人情看反復，世態閱炎涼。荆樹開東閣，萱花茂北堂。寄生欣有托，所履盡康莊。

詠龍爪槐

夢境羡南柯，踏雪過蕭寺。龍爪化爲槐，天然出奇致。古幹硬盤空，恍掉凌虚臂。好聽春雷鳴，風雲起平地。

呈潘虚白太夫人

舉案欽閨範，傳經著母儀。康强徵上壽，風雅本天資。富繼青箱學，雄裁白雪詞。扶輪推巨擘，心嚮已多時。

在望，健句憶東坡。

曉渡揚子江

中流擊楫大江開，曉日曈曨北固臺。浮玉有靈應識我，乘槎三度此間來。

雄縣道中

吴江記得揚帆候，夾岸霜楓已亂飛。不道燕南冬日煖，繞堤垂柳碧依依。
平鋪淀水色拖藍，十二虹橋影倒涵。舴艋舟横蘆荻岸，分明風景似江南。

抵都口占

不憚馳驅赴帝京，要將文字動公卿。紅閨弱質知多少，誰學孤鴻事遠征？

喜晤雲林談及都中海棠之盛并承招遊天甯寺

憐君先我整吟鞍，都下名花次第看。見説海棠紅似錦，可曾緑綺月中彈？
浮屠高聳出塵寰，路繞城闉第幾灣。晴翠撲窗雲壓檻，最宜朝爽挹西山。

别杭城感成

遠别匆匆告墓前，杯羹未奠淚雙懸。松聲如雨西風勁，衹恐離愁擾九泉。

檢點琴書買客舟，故鄉無地可埋憂。者番倍有傷心處，誰倚門閭念遠遊？

數載相依翼覆多，膝前無奈聽驪歌。牽衣訓語臨歧淚，腸斷秋風水正波。予自先慈見背之後，依伯母鮑安人居。

緑窗同繡句同拈，覽鏡平分月一奩。今日扁舟輕别去，累君新恨壓眉尖。謂湘卿妹。

臨平道中

皋亭山色接臨平，半幅蒲帆趁曉晴。槲葉微黄楓漸紫，坐聽魚簖刺船聲。

過嘉禾三塔寺

櫂歌聲接采菱歌，水鳥沙鳧兩兩過。湖水倒涵三塔影，夕陽紅處畫船多。

晚泊江口

舊日金焦路，勞勞今又過。草根蛩語細，沙岸蟹痕多。風勁潮移柁，江空月浸波。妙高台如年長晝費消磨，聊譜絲桐展翠蛾。彈到瀟湘雲水曲，微風習習漾簾波。
松陰如水石牀空，棋子閒敲坐好風。但借一枰消白日，不須勝負論英雄。
蓮塘魚戲任西東，潑剌聲中寓化工。方寸欲教機械泯，請看磯上信天翁。
盼得炎歊向晚差，夕陽一角遠山遮。竹林徐覺清飀起，蛛網斜撑罥落花。
晚風庭院絶炎蒸，姊妹紅窗賭技能。碧影玲瓏涼似月，侍兒含笑試瓜燈。
豆花籬落月初明，暑氣全消露氣清。絡緯不知人意倦，當窗故作轉機聲。

入都留别吴蘋香鮑玉士

桂花庭院絶纖塵，主是嫦娥客玉真。知己喜聯文酒會，相逢況有散花人。時飲蘋香齋中，魏暖姝攜花後至。

秋風江上促行舟，一曲驪歌萬縷愁。雪北香南回首處，蘋香齋名『香南雪北之廬』。月明有夢返杭州。

令暉佳句宛如仙，何事愁吟贈别篇？時題拙集。今日匆匆一樽酒，蓮紅水緑思無邊。時西湖秋蓮正盛。

謝道韞

林下高風世所推，聯吟柳絮擅新詩。晉人都被清談誤，殺賊雄心屬女兒。

平陽公主

雄兵七萬振關中，娘子軍成蓋世功。玉佩繡襦臨甲帳，男兒應讓氣如虹。

宋若昭

珠聯璧合共蜚聲，姊妹才華莫與京。《論語》十篇新著出，六宫争拜女先生。

消夏雜詠

晨起呼童汲井華，嫩烟活火自煎茶。瓶笙悟得元音妙，風味何煩問黨家？
羅衣初試曉涼時，閒看紅蓮綻碧池。折得一枝香染指，舒將花瓣寫新詩。
緑天掩映小窗晴，八法潛心入窅冥。筆硯亦歸涼世界，細裁蕉葉倣《黄庭》。
滌煩最是分題好，文戰無聲静不譁。一事傲他諸女伴，詩牌韻喜得尖叉。

蔡文姬

解辨琴絃幼慧奇，中郎有女勝男兒。千秋獨擅臨池妙，八法曾爲太傅師。

王明妃

漢王既殺毛延壽，佳麗甘心出玉門。但使沙場烽火息，酬恩轉覺勝承恩。

江采蘋

芳梅一樹絶纖塵，卻讓楊花擾暮春。可惜樓東空作賦，明皇不是愛才人。

馮　嫽

曾將姓氏重諸夷，天子臨軒問掃眉。想見閨人舒壯志，錦車持節勅昆彌。

緹　縈

縲絏衰親少次丁，自甘代罪入宫廷。閨中純孝誰能及，一紙書除萬古刑。

二丈峰巒役萬夫，徒然高廣抛荒宅。何如此石便取攜，行篋穩貯隨東西。客來呼酒共醉玩，恍惚神遊千仞天爲低。吁嗟乎，勸君莫笑此石小，石小心虚塵不擾。泰山雲起膚寸中，霖雨蒼生周四表。

題鍾進士夜巡圖

終南山映劍光新，節近朱明夜出巡。此日英風猶嚇鬼，當年豪氣定驚人。牛腰穩據欹烏帽，虎爪横排閃碧燐。試問三閭含怨魄，旌旗曾否遇江濱？

續題仕女圖

曹大家

史筆如椽三絶該，阿兄邊塞得生回。金閨七誡真希聖，嘯月吟風那算才？

班婕妤

玉漏沈沈漢苑深，秋風容易惹愁吟。新詞漫説悲紈扇，辭輦原無恃寵心。

精神矍鑠慶慈闈，賦鵬傳來語或非。緑野堂開剛八十，如何箕尾遽言歸？

法相庵中幻外身，三生石證去來因。常言能記前身事，今世乃南屏法相寺從神轉輪。而今了却塵寰夢，夢幻皆空倍愴神。

讀怡堂寄父詩集愴然有感

空庭紅雨燕歸遲，重展殘篇感不支。塵夢竟同風捲絮，愁懷渾似藕抽絲。難忘絳帳論文日，猶憶斑衣繞膝時。大雅扶輪推俊傑，憐才惟重沈家詩。詩集每命校閲，偶爲商易數字，頗爲心折。嘗云，知寶前身爲山左黄柱山，曾從授詩。

楚中孫春臺二尹轉餉黔州於飛雲巖拾一小石山邱壑天成歸浙示客且徵詩予爲賦此

坡仙袖中有東海，方丈瀛洲發光采。米老見石輒下拜，以顛得名擅千載。二公嗜好何太奇，蓋因胸中嵚崎磊落之氣適肖之。孫君愛山修眼福，讀書早在衡山麓。筮仕天教到浙西，鳳巖鷲嶺盤桓熟。轉餉黔陽逸興生，飛雲洞口駐行旌。垂垂鐘乳凝空壁，獅象蓮花勝鑿成。一拳拾得尤精妙，面面玲瓏千萬竅。攜來欲傲飛來峰，如此歸裝初不料。沃以清水供以盆，檻外邱壑徒紛紛。日午炎歊不入室，有時繞座生奇雲。君不見鹽官查氏皺雲石，航海來自羊城驛。

夜雨簾纖曉漲生，輕寒薄暖近清明。天公有意催游棹，特放花林半日晴。

豆葉青青菜蕊黄，柳絲花片拂輕航。皋亭山下波如鏡，好與神姑照豔妝。神女祠在山下。

翠靄山腰夕照懸，漁歌幾處起蒼烟。歸舟更入桃花港，欲訪田園物外天。

恭輓李怡堂寄父

三千里外感離居，慰藉頻煩尺素書。不料榑桑濃蔭缺，寄生枝弱更何如？

自愧焦桐爨下輕，幸逢大匠仰裁成。高軒賦少驚人句，到處憐才説項生。

青齊遠效鯉庭趨，乙丑冬承接赴壽光。培護珍同掌上珠。巾幗英雄辱期望，精於風鑑，然於予獨未驗。至今夢境尚模糊。

月姊金閨雁序聯，謂倚香。棣棠花下比吟肩。謝庭問字傳佳話，那信全成水月緣。

楚山蒼翠楚江清，西夏同深愛戴情。先曾守楚，既而觀察甯夏。保赤寸心常揣揣，敢矜年少早知兵。隨任西蜀，即帶義勇剿賊立功。

湖上重來憶往年，遊人都識地行仙。急流竟決歸山計，滌盡塵心是冷泉。本擬由浙入都作出山計，因憩瀑來亭有悟，中止。

正月下浣孤嶼觀梅

輕陰漠漠雨初晴，扶病衝寒湖上行。香雪霏微元鶴遠，蕊珠爛漫翠禽鳴。雙揮彩筆尋前跡，前歲偕瑟君題詩壁上。三弄瑶琴感舊盟。去歲偕雲林鼓琴花下。獨自看花縈別緒，一枝難寄許飛瓊。

花朝湖上

半篙春水碧盈堤，習習東風颺酒旗。一自西湖比西子，雙峰如髻柳如眉。

嫩日融和雪乍消，芊綿芳草展裙腰。殷勤爲祝花生日，獨自行吟過短橋。

苦　雨

連綿春雨挾風狂，聽徹淋鈴欲斷腸。雲壓峰巒收笑靨，烟凝花柳學啼妝。長垂銀蒜寒侵幙，漸覺青苔繡到牆。入夜空階猶淅瀝，憑誰尺幅寫瀟湘？

清明前五日半山看花兼訪家仲英園林

新晴獨泛木蘭舟，桃李繽紛萬樹稠。小白長紅三十里，看花眼福幾生修？

鴻雪樓詩選初集卷五

錢塘湘佩女史沈善寳著

丁　酉

元日驟晴庭梅舒萼病起喜賦

大地陽和一夜回，晴光先喜到寒梅。花經宿雨迎春綻，香逐東風入户來。漫擁紅爐停藥鼎，好邀縞袂舉霞杯。笑他疎影如儂瘦，鐵幹枝枝向日開。

寄雲林都中

千里燕臺去，迢迢烟水深。鴻稀書未達，夜永夢難尋。憶泛西溪棹，同賡東野吟。知君到都日，鄉思繞梅林。

一自分襟後，無端二豎侵。蕿苓扶病骨，風雨攪愁心。詩思花前減，離懷筆底深。不知羈旅客，幾費短長吟。

難得殘冬日日晴，絶無風雪妬寒英。兩三花放如含笑，太古香從空谷生。

嘉平望日偕雲林探梅孤嶼登巢居閣遠眺懷瑟君姊

緗英玉蝶漸芬芳，同向寒林訪暗香。入畫影宜低貼水，超凡格在飽經霜。山容翠染螺千髻，湖面冰融鏡一方。惆悵廣陵無雁到，折枝誰與寄江鄉？

歲暮感懷

瑟瑟嚴寒逼小樓，朔風吹冷敝貂裘。寄生北院空悲阮，獨活西華未遇劉。海外有犀能去忿，天涯何地可埋憂？聲聲羯鼓催殘臘，袖手看雲淚暗流。

初集擬付剞劂小除夕詩以祭之〔一〕

爆竹聲聲耳厭聽，門庭蕭瑟嘆零丁。窮愁有句灾梨棗，急難無心賦鶺鴒。敝帚自珍千古笑，黄粱未熟幾人醒？一杯清酌當殘歲，願向詩仙乞秀靈。

校勘記

〔一〕此詩原無，據道光四卷本、民國本補。

明月廣陵濤，賞心悦目何如此？鴻印魚書倍溯洄，梅花欲寄心遲徊。遥知東閣紅香綻，應念西泠緑萼開。安能即放山陰櫂，與君聯袂同歡笑。金尊銀燭酒如淮，雪兒執板翻新調。酒酣耳熱鬥尖叉，休把吟情讓謝家。柳絮因風誇慧思，終輸天女散天花。姊婢昭兒善歌。

題黄韵珊孝廉憲清凌波影傳奇

殿上纔吟萁豆篇，歸來形影劇堪憐。若非驛館紅蕤枕，那有神妃到洛川。

璀璨羅衣霧縠輕，神光離合不分明。驚鴻態度游龍致，都自凌雲筆下生。

陳王藻采千秋擅，八斗才華又屬君。偶爲凌波傳豔影，隃麋香幻美人雲。

水中明月鏡中春，花照靈臺意蘤新。他日雲璈天上奏，清平不讓謫仙人。

詠盆中紅梅限牛字

豔質冰姿世罕儔，吟牕位置景清幽。調脂映處朝霞煖，點額粧成絳雪浮。植向青瓷芳影麗，夢迴紫闕暗香留。廣平獨擅生花管，賦就文光射斗牛。

季冬上浣探梅孤嶼口占

孤嶼幽芳繫夢思，喜看春信到南枝。鏤冰爲句團香字，多恐難傳姑射姿。

一卷新詩錦樣工，吟來如坐百花中。金閨俊彦誰能匹，只有璇璣巧思同。時以全藁見示。

我已躭愁如宋玉，君何善病似文園？願將筆陣攻愁病，萬樹梅花倒緑樽。

聞鮑玉士姊染恙詩以詢之

湖上匆匆一笑逢，初冬七日晤於南屏。重來不復遇芳踪。初九再至南屏，未獲重晤。千林紅樹斜陽晚，獨向西風賦懊儂。

傳聞天女染煩痾，未識眠餐近若何。明月當頭梅綻蕚，予懷渺渺託微波。

山樓望雪歌寄懷瑟君姊

朔風捲地號林薄，半夜嚴寒透重幙。長空玉蝶舞繽紛，大千世界瓊瑶作。平明開牕粉本陳，光摇銀海無纖塵。湖山遠近素雲覆，樓閣差參淡墨皴。坐看頓覺煩襟浄，濯魄冰壺窺水鏡。倘教騎鶴御風行，定許鴻濛付吟詠。君不見梁王當日雪苑遊，惠連賦與鄒枚侔。伶人齊舞白翎曲，詞客輕披青翰裘。又不見將軍戰陣弓刀冷，旌旆凍合梨花影。李愬迅下蔡州城，狄青疾破崑崙境。握管操戈盡軼羣，都從六出策奇勳。慙余文武不能學，擁爐袖手心如焚。空懷豪氣三千丈，凌雲剩有遊仙想。何當戲拍九嶷肩，瑶臺玉宇恣奇賞。否則高卧效袁安，門堆三尺望朝餐。堦前脩竹任壓折，屋角芭蕉常耐寒。我歌白雪雪不止，忽憶美人隔千里。揚州

曹娥

江濤危險葬靈椿，急溜沉瓜孝思純。幸有邯鄲操健筆，千秋不斷讀碑人。

趙娥

殺父讐難共戴天，閨中立志在貞堅。相逢狹路施神勇，如雪龍泉試酒泉。

謝娥

巨盜江湖殺父夫，自甘易服作奚奴。寶刀快抉讐人首，夢境都緣孝念符。

岳娥

純孝精忠奕世傳，抱瓶千古仰嬋娟。父兄冤獄甘身殉，不似君王骨肉捐。

雨中訪雲林姊

珍珠小字浣花箋，報説飛瓊病可憐。不速客隨風雨至，同聽檐溜玉臺前。
簾幙重重護洞房，繡屏烟裊藥爐香。釵横髩軃慵梳裹，絶似春風醉海棠。

題朱佩蒼煮字療饑圖璧

夢中丹篆早吞來，字煮翻瀾妙義賅。秀色餐時詩胃浣，調饑慰處筆花開。曹倉膾炙千鍾粟，鄴架珍羞八斗才。讓水廉泉文武火，待君列鼎和鹽梅。

和劉丈笠人雨牕見寄原韻

雨雨風風斷復連，丹楓難染夕陽天。數聲鴻雁催寒信，十里湖山鎖暮烟。詩思空消桐葉下，瑶箋疊展菊花前。羨君獨釣秋江雪，緑笠青簑好放船。

再和前韻

傳來雅什似珠連，霽色欣生浄碧天。豹隱乍收三里霧，隼飛當破萬重烟。好將秋水芙蓉句，吟向清霜楓葉前。莫負湖山美風景，侵晨擬放米家船。

冬初湖上

西子粧成不厭看，筍輿桂楫足盤桓。呼猿僧去猿聲杳，放鶴人非鶴影單。港荻花明秋雪暖，山楓葉暗暮霞寒。雲深寺古林巒秀，多恐丹青欲畫難。

望，新詩賦就等蹄涔。借書恐惹還瓻誚，購異頻償質庫金。家藏萬卷悉遭回禄，偶見異書，輒質衣以購。

棋局無勞策戰勳，嫌他機變太紛紜。沉檀静爇遮雲母，叢菊新栽灌麴君。衰草微雲秦學士，青山紅樹李將軍。選詞讀畫消清晝，鶗絹重裝補斷紋。

滕王高閣舊登臨，南浦西山思不禁。秋水豔留才子句，芳碑香表美人心。萍逢踪跡三生夢，冰雪襟懷七字吟。昔在豫章，與劉箋雲姊味道，姊有『大道還從心内求』之句。千里難忘聯袂日，箋雲遥隔嶺雲深。

雪泥鴻爪憶當年，菰水關心放畫船。昔售詩畫爲負米計。鶯脰湖中銀鱠美，鹿筋祠外玉蓮鮮。櫂飛黄浦千重浪，車歷青齊九點烟。往返雲山供嘯傲，墨花灑徧海苔箋。

籬外烏啼夜有霜，蟹肥菊瘦近重陽。錢江潮逐詞源湧，竺嶺雲飛花雨香。一卷珠璣研李杜，六朝金粉弋齊梁。撫今追昔情何限，且盡茱萸酒滿觴。

愁心時逐斷蓬飛，宇宙茫茫何所依？十二萬年塵刼遠，百千億衆覺人稀。寒蟬聲咽飄黄葉，蒼狗形銷變白衣。證得菩提無上諦，六根清浄是生機。

閒愁壓徧兩眉峯，萬念全灰五夜鐘。剩有麤才嗤畫虎，敢矜健筆許雕龍。訴寒怯聽蛩吟急，無隱徐參桂馥濃。寂寞闌干珠露重，六銖衣合集芙蓉。

焦尾攜來月色賒，許雲林姊攜琴過訪。坐聽閨彦鼓《平沙》。畫屏銀燭遲宵柝，樂品茶經遣歲華。碧蕋香攢鸚翅軟，時以夜來香穿成鸚鵡見貽。白蘋風起雁行斜。藤蘿妙句重披讀，儂亦興懷蘆荻花。

雨洗山容分外青，曉來霽色透疎櫺。折枝花倣邊鸞譜，淡墨書臨《瘞鶴銘》。鴉舅飜紅風颯颯，龍孫凝碧玉亭亭。衍波快展章江訊，慰語殷勤感鶺鴒。近得南昌姚慧卿、淑卿兩妹詩札。

印牕斜月影娟娟，白露迷漫水接天。邱壑趣尋《丁卯集》，蟲魚書註《癸辛編》。夢中覆鹿情常幻，江上征鴻信不傳。久不接松江丁步珊、邗江龔瑟君兩姊來書。欲寫湖光寄縑素，雙峰螺髻鎖寒烟。

領略宣文白雪詩，幸隨月姊侍西池。同社諸彦咸集雲林姊宅中，梁楚生太夫人首倡《夜來香鸚鵡》詩命和。烏絲翠帙瑶珠草，席怡珊夫人著有《瑶草珠華閣詩集》。碧串紅牙《漱玉詞》。吴蘋香姊著有《花簾詞藁》。江夏無雙唐博士，謂黄穎卿夫人。金閨第一漢班姬。謂鮑玉士夫人。同岑更喜同聲應，項絸卿、吴茝香兩夫人兼善詞畫。媿我尖叉步韻遲。

子落琴床月乍臨，參天松柏影森森。未能磨盾舒奇氣，聊學安絃譜正音。故紙鑽來同脉

錢江雨中觀潮

觀濤舊句貯詩瓢，重上江樓景泬寥。沙浦飄隨山勢轉，海門潮挾雨聲驕。風雲怒捲波瀰湃，鼋鼉斜吞影動摇。霸越沼吴成往事，英雄千古恨難消。

秋日感懷

蓮衣漸落暑初消，金井梧桐一葉凋。砧杵聲隨銀箭永，星河影界碧城遥。舊聞精衛能填海，不信芻尼解駕橋。女伴相過邀乞巧，穿鍼樓上晚香燒。

風雨連朝苦未休，孤懷悽惻恰逢秋。疇同嘉樹名無患，翻訝深閨字莫愁。蘿屋補來天地窄，《離騷》悟澈古今憂。齊紈又作經年别，如水新涼怯倚樓。

獨對西風感逝波，幾番凭檻自悲歌。椿萲隔壤書難達，萁豆催詩遇太苛。磨蠍光陰如夢促，弓蛇憂患到儂多。商聲一片來天末，葛帔蕭蕭可奈何？

馬鬣新封淚未乾，實於去冬始克爲雙親營葬。空山木落墓門寒。誰憐弱草當風靡，轉羡枯荆入地安。亡妹蘭仙附葬墓側。歡博夜臺吟絮敏，恨違丙舍飲冰難。應知月冷鵑啼血，回首紅塵鼻亦酸。

蘭花豆

剪豆成幽蘭，碧油開翠釜。不生九畹中，居然芳麝吐。

桂花栗

栗含碧玉房，桂綻黄金蕋。染得一縷香，甘芳清沁齒。

題龔丈蓉溆圖小照即用原韵繩正〔一〕

胸中少城府，履境自貞吉。宅身先宅心，天全務私克。先生達觀者，物我悟消息。蓉溆繪成圖，大千著形色。齊物陋莊周，五行筆能述。水木互滋生，妙緒抽乙乙。拒霜晚節花，凡卉詎能及？況君昆季賢，遠邁竹林七。藏書傲𡟫嬛，牙籤標酉戌。徜徉人鏡前，樂此壺中日。養生裕化機，安用餐蓍术？貍奴聘三四，興寄逸外逸。鶴料本無多，不捕鼠亦得。芝蘭砌畔香，苜蓿盤中食。音聽鍾吕洪，滿驗欹器側。冰心安冷官，皋比舒胸臆。人生貴適志，此意誰能識？知足古有言，令名須副實。

校勘記

〔一〕『繩正』，民國本『繩正』在『龔丈』後。

石榴

花已火齊明，實更珊瑚耀。多子雖足珍，莫作齲齒笑。

花紅 即林禽

譜得詞名好，書成翰墨香。與花鬥顔色，嬌豔勝春芳。

蒲桃

玉椀香醪熟，金梭錦樣工。珠璣千萬串，拋亂碧雲中。

棗

切莫采鄰家，離離一樹斜。神仙不可學，安得覓如瓜？

柿

葉以學書留，霜因理肺收。高低紅欲墮，點綴淺深秋。

蓮　實

珠露濕蓮房，登筵翠影涼。憐他心太苦，不忍打鴛鴦。

芡　實

采芡向西湖，莫怨刺傷手。閑剥助吟思，粒粒明珠剖。

蘋　果

芳柰珍嘉果，婆名孰錫之？瑛盤呈薦後，應廣采蘋詩。

梨

清脆説哀家，詩味此中在。手足最關情，令人思北海。

梧　子

鳳集枝頭穩，花開莢上新。緑珠拈入手，頓憶墜樓人。

七夕前一日 分韵

幾番涼雨洗車塵，蛛盒花鍼打疊新。預望天孫癡欲問，來宵賜巧與何人？

翡翠魚 分韵

三十六紅鱗，何時更緑玉？應是待風雷，青雲看一蹴。

采菱曲 分韵

落盡蓮衣欹櫂歌，采菱重又泛烟波。莫嫌圭角時時露，不比鷄頭隱刺多。

分詠席上諸果

菱角

花明寶鏡中，名重鴛湖裡。借問折腰人，圭角何如此？

藕

纏綿萬縷絲，金刀雪難續。不料淤泥中，有此玲瓏玉。

時同接瑟君石港手札。

攜將緑綺上山樓，湘。弦外風生一葉秋。雲。玉宇瑤宮詩世界，湘。置身如在廣寒遊。雲。

玉簪花　分韵

瑶階秋露涼，玉蕊含芳穎。綰髻代搔頭，月華侵髩影。

詩壇喜雨戲占

濃雲如墨壓樓臺，玉濺珠跳雨驟來。悟得倒流三峽妙，新詩脱口挾風雷。

絡　緯　分韵

正是繅絲夜，何來絡緯鳴？文章有機杼，笑尔織難成。

壺　盧　分韵

不羨青門瓜，只問江東種。日月此中長，壺公借以重。

茂，策驥成名燕翼多。聞説廣陵濤可賦，早將錦句寄微波。

心交幸不薄單寒，一笑相逢萬慮寬。海内零丁憐我獨，閨中風雅似君難。敢矜賦茗才希鮑，差喜登龍面識韓。獲謁尊翁闇齋觀察。帶水盈盈千里别，惹人離緒滿河干。

日　圭　分韵

晴晝六時傳，金針影倒懸。笑他詞苑客，只解視花磚。

楚生太夫人將夜來香穿成鸚鵡架以茉莉見示爰賦七古一章

燭龍西馳火繖收，炎威頓歛輕飈浮。小南强啟玉蕊白，夜來香綻虬枝柔。蘭閨女伴鬥針巧，纖手穿來乙乙好。分明鸚鵡鎖雕籠，休誤瑶池降青鳥。翠羽翩躚映月明，水晶簾畔玉梁横。無言合號多花子，不啄寧虞太瘦生。夜深露重綃衣濕，恍惚神遊衆香國。禽影花光兩渾然，誰參鼻觀真消息？吁嗟乎，竹如意，松養和，不及兹製精巧多。欲飛不飛卓尔立，清沁肺腑消煩疴。君不見紅嘴多知長抱懼，千秋只有才人賦。何如幻化傍羅帷，夜夜芬芳結香霧。

立秋日偕雲林夫人山樓玩月聯句

萬籟無聲月滿江，雲。四圍嵐翠壓山牕。湘。詩人相望懷天末，雲。紅豆初傳鯉一雙。湘。

情倍重，頻揮十指意忘疲。西牕評畫添知己，愧我無才答豔詩。

琵君姊以和作見示疊韵奉答

蘭芳菊秀似丰姿，錦繡羅胸搆麗詞。青眼憐才如子少，彩毫作賦笑儂遲。心傾十載纔輸款，緣結三生許問奇。從此蒹葭依玉樹，緑牕勝讀遣愁詩。

琵君姊以折柳圖小照屬題圖係歸佩珊夫人懋儀別後所摹寄者系詩其上情致纏綿讀之如見兩人交誼企慕之餘率題三絶

波剪明眸柳拂裾，珊珊標格豔芙蕖。痴心欲向垂楊問，張緒當年恐不如。

碧縷烟絲別緒縈，知君相對不勝情。儂今初識金閨彦，莫便攀條唱《渭城》。時將榮赴石港任所。

十載吟壇仰素心，披圖何幸讀清吟。卷中妙旨詩中意，情較桃花潭水深。乙酉春，聞佩珊在杭，欲晤無由，至今悵悵。

送琵君姊之任石港

蓮旌欲去奈愁何，把袂臨歧鎖翠蛾。纔向西湖聯雀舫，那堪南浦唱驪歌？懸魚佐政鴻勳

送春

湖堤柳色緑依依，侵曉驚聞喚秭歸。不識春從何處去，離情祇逐落花飛。

清和望後二日雲林夫人招飲齋中得晤龔瑟君夫人自璋即席賦贈

飛瓊宅裡挹仙姿，柳絮争傳絶妙詞。緑綺快聆魚躍妙，時雲林鼓《三弄》。紅閨恨接麈談遲。藏鈎賭酒風流甚，讀畫論文遇合奇。何幸金蘭許同譜，敢將里句易新詩〔一〕。

校勘記

〔一〕『里』，民國本作『俚』。

附和作

龔自璋

水月襟懷冰雪姿，二王書法六朝詞。追陪已幸生同世，傾倒何嫌恨見遲。胸有良方堪療俗，目能神相更矜奇。扇頭親乞甌香筆，長奉仁風當讀詩。

又

許延礽

絶世才華絶世姿，樽前脱手寫新詞。閨門雅頌留名久，林下風儀學步遲。許訂三生

許雲林夫人延礽寄示和章走筆奉答

彩雲一朵落晴空，何異重親林下風。儂似梅花卿似月，清輝照澈素心同。

題雲林夫人湖月沁琴圖

泉韵松風繞七絃，箇中人是蕋珠仙。二分涼月清於水，十里平湖碧化煙。識曲魚龍時潑剌，解音鸞鶴起盤旋。凌波許共寒簧聽，遲我三潭放畫船。

題寒江獨釣圖爲雲林令似孫松岑作

四圍蘆雪捲寒濤，小艇漁竿興獨豪。他日乘風舒壯志，好從太液釣金鰲。

暮春湖上

六橋烟柳縠紋輕，載酒來聽出谷鶯。偏地春痕呈錦繡，草花紅紫不知名。

鼠姑幾處鬥芳妍，香霧迷離縠雨前。蝴蝶影隨蟬鬢影，東風吹暖麗人天。

新年雜詠分題

龍燈

鏤金錯采勢飛揚，絳𪍿然時看欲狂。功擬爲霖辭北海，性能厭火入南方。笙簫韵借風雲色，鱗甲羞分星月光。一顆驪珠抛不得，盤旋燈市揔相將。

風箏

杏花村外緑楊陰，仰面兒童喜不禁。響叶青筠聽縹緲，絲牽白紵任升沉。風高易遂凌雲志，天近常懷捧日心。楚調秦聲何足喻，直憑少女奏仙音。

春分前一日梁楚生太夫人暨許雲林鮑玉士女史偕看盆梅兼聽吴蘋香黄穎卿兩夫人鼓琴即席口占

白石青瓷次第排，此花端合植瑶臺。霏微香雪横斜影，引得仙姝聯袂來。

高山流水美人心，纖手揮來意更深。絃外梅花如雨落，慚無新句和清音。

不辭屐齒印香泥，芳影繽紛望欲迷。直擬天公開罨畫，半遮樓閣半臨堤。
東風淡蕩拂春衣，花雨隨風撲面飛。姑射九嶷如可證，前身明月是耶非？
空亭曲徑幾逡巡，香國勾留絕點塵。鐵石心腸冰雪句，閨中彩筆屬何人？

自題梅林覓句圖

躭吟成癖本天真，圖畫還留未了因。敢向金閨稱博士，且從玉蝶認前身。暗香疎影超凡格，閬苑瑶臺自在春。試問幾生脩得到，漫教詩思惹纖塵。

孤山探梅歌柬黄穎卿夫人

西泠橋畔孤山麓，和靖先生舊結屋。三百梅花自手栽，春來樹樹開如玉。滄桑屢易海揚塵，老梅幾度摧爲薪。空亭鶴去人民異，高閣雲頹烟景陳。昔歲莆田觀察至，謂林少穆先生。墓前肅拜尊先世。重封馬鬣樹豐碑，再葺雕甍拓故地。冷香寒豔補横斜，傍檻臨流處處花。翠袖金釵迷蛺蝶，紅羅緑萼燦雲霞。雲蒸霞蔚開仙境，不數羅浮與庾嶺。月明願約美人來，三弄瑶琴坐花影。穎卿善鼓琴。

緒，幸入冬後得售畫數十幅，遂克集事。此皆仰賴先靈默佑，事後思之，益深惴惴。

校勘記

〔一〕『拆』，民國本作『折』。

誡琴舫弟

父母生五男，汝居五之中。父母特鍾愛，顯揚期汝躬。與我年比肩，顧復恩從同。稍長共筆硯，書向芸牕攻。隨任之豫章，毛羽猶未豐。大椿遽摧折，無告呼蒼穹。匍匐歸故里，蕭條四壁空。我以畫奉母，聊佐甘旨供。汝依人籬下，藜藿僅得充。詎知母又逝，哀哀恨何窮。艱難誰復恤，萁豆煎偏工。謂大兄、八弟。勉力營窀穸，積累三年功。姊弟苦相守，運蹇待其通。縱不慕遠大，勿遺父母恫。奈何事遊蕩，花柳迷厥衷。廢時而失業，萬事水流東。凡人不有初，鮮克保其終。我恐九原下，雙親血淚紅。願汝念雙親，發憤爲人雄。

乙未

早春湖上探梅

鏡水盈盈綠似苔，雨絲風片放舟來。今年春到孤山早，三百梅花已盡開。

金葬親之遺徽，則余何敢？

宗衰祚薄歎寒門，死未能安生媿存。不是兒家親負土，九原誰更慰幽魂？

大父當年友愛深，途窮南阮又分金。而今弱女爲營墓，了卻先人一片心。伯祖育亭公昔曾入都求名，遇騙流落，先祖親自攜金接回。時伯祖母已殁，復爲納妾，生子女三人，分資嫁娶，後俱相繼徂謝，此支仍難延續。寶敢不克繩祖武，仰慰先靈乎？

提攜襁褓感慈恩，夕課晨梳笑語温。今傍祖塋封馬鬣，前言回憶更銷魂。庶祖母楊太孺人於甲申秋染痢而殁，寶侍湯藥，日夕不離。太孺人心甚不安，危篤之日猶曰：『此日以病累汝，他時不知以葬累誰。』蓋因杭俗停棺擇地，每至因循數十年不葬，故慮及也。嗚呼！此時回憶，竟成語讖。寶敢不引爲己任耶？

六載幽明拆雁羣〔二〕，左家嬌妹最憐芬。珠環當日君貽我，黄土今朝我瘞君。戊子冬，予赴山左，妹將所帶珠環暗置行笥，予至壽光，開篋始見。妹因家貧，無多珍飾，知明贈予必不受耳。迨回杭，妹已早世，不意贈珠之日即屬永訣之時，今日追思，尤深悲悼。

白眉雖小卻聰明，難字殷勤問女兄。憐爾泉臺承色笑，一坏聊盡讓梨情。先嚴殁時善熙弟尚未週歲，稍長即從予讀書。先慈棄養之年，送至宗文義塾，滿望接續書香，不意中邪而殞，殊可惜也。

筆墨生涯敢自矜，積銖累寸費經營。八棺併葬心無憾，赤手何期事竟成？秋深葬資尚無就五，哀哉！

小春八日黄穎卿夫人邀往夏園賞菊

移從三徑植瑶臺，紅紫千枝照眼開。冷豔久邀高士賞，幽香又引美人來。雅宜插鬢留清影，何用餐英晉緑醅？霜露釀成秋色麗，聯吟端讓左家才。

初冬湖上口占

秋盡西湖錦幛開，千林紅紫映樓臺。不知烏桕經霜白，疑是前村放早梅。

仲冬十六日安葬先父母暨妹、弟善芳、熙

典盡圖書又敝裘，經營坏土築山邱。孤兒力竭先靈妥，敢説劬勞此少酬。

白楊蕭瑟淚縱横，冷雨悲風萬感并。得侍膝前憐弟妹，仍依左右入佳城。

先伯祖育亭公暨庶伯祖母邵孺人歿俱二十餘年，停柩未葬。道光壬辰仲夏，綸新叔又復病逝。宗支零替，承嗣乏人。先庶祖母楊太孺人歿亦十年，近歲蘭仙妹及善熙弟相繼而亡，俱未營兆。寶因雙親未卜佳城，終宵惶悚。年來售詩鬻畫，稍積葬資，於敬安窀穸之日，八棺併葬，聊以仰承先志。若謂遠希隋文帝時孝婦鍾覃氏及唐太宗時楊李氏積

遊理安寺

叢桂沿山引客遊，梵王宫殿正清秋。奇峰叠嶂看難盡，流水鳴琴韻轉幽。層樓屈曲萬松遮，鐘磬無聲晝不譁。似恐塵襟消不盡，一杯法雨薦春茶。

虎跑寺

名山留虎跡，曲徑入烟蘿。古木濃陰合，交藤落子多。泉香清齒頰，桂老發巖阿。此地即仙境，塵氛奈若何？

和黄穎卿夫人履見贈之作

何幸鈞天下界聞，幾時煮茗細論文？掃眉久羨黄崇嘏，當代才華又見君。漫誇鏤雪與團香，展到瑶箋喜欲狂。自笑麤才難倚馬，薔薇浣手讀鴻章。

先慈二週冥忌泣成

刺骨霜風淚滿巾，黄泉迢遞隔紅塵。十年慈母兼嚴父，兩載孤兒失老親。寒暖關心頻入夢，劬勞莫報倍傷神。一坏恨未安窀穸，闤闠文章不救貧。本擬售畫積金爲葬親之費，至今十未及

七月七日湖上觀蓮重過蓮池菴

羅紋雲影縠紋波，四面雲山擁髻螺。緑意紅情迷畫舫，鵲橋鸞駕豔星河。重登樓閣風光改，偏倚闌干秋思多。吟對雙松聊自慰，海棠無恙桂婆娑。

中秋夜無月

高燒絳燭捲簾櫳，縹緲爐煙散碧空。漫説有情惟夜月，從來多恨是秋風。冰壺濯魄光非昔，金粟遲香景不同。今歲中秋，桂猶未蕋。欲向嫦娥尋舊約，浮雲偏蔽蕋珠宫。

前詩成而月出復占一絶

燭盡香銷漏點沉，新詩吟破碧雲深。嫦娥不負秋風約，特放清光照素心。

以素心蘭秋海棠供瓶

碧玉風神紅綫姿，一窗秋雨且吟思。國香國色清相對，彩筆應裁豔體詩。

脂輕粉淡儘嬌柔，看遍羣芳孰與儔？拋盡相思千點淚，如何生不識春愁？

鏡

寶鏡蒙塵垢，菱花久不呈。還余真面目，賴爾現光明。

題仕女圖

木　蘭

短後弓衣十二年，無人解道是嬋娟。尚書不受雙親老，孝烈芳名萬古傳。

冼夫人

兒庸夫弱賴維持，叱咤風雲仗掃眉。細柳營開酋虜靖，嶺南六郡擁旌旂。

韓夫人

南朝忠勇屬傾城，宗社安危此一行。揚子江心千尺浪，至今猶作鼓鼙聲。

秦良玉

不分憂危逼紫宸，空將厚禄豢庸臣。梨花鎗與桃花馬，辛苦沙場只美人。

壯，驄馬朝天雨露榮。時適入覲。欲藉薪傳疑夢授，雛鶯多類鳳鸞聲。集中之作頗有與拙藁意見相同之處。

夏夜聽雨

讀罷《南華》意渺茫，倦來擬憩黑甜鄉。簟紋涼展琅玕細，枕岫清飄茉莉香。暑氣全消拋扇影，雨聲不住擾愁腸。西湖菡萏應相憶，打叠新詩付錦囊。

驟雨

白日突如暝，雨隨風勢斜。濕雲堆屋脊，飛瀑挂簷牙。電閃金蛇走，雷殷羯鼓撾。虚堂涼意足，詩思渺無涯。

雨過

雨過山容淨，林梢明夕陽。濕烟飛不定，空翠撲衣裳。

劍

光蘸七星紋，芙蓉出匣新。摩抄三尺影，幽憤幾時伸？

步珊姊雨中過杭未獲一晤悵然有感

惜别匆匆憶去年，元龍聞已卜牛眠。經明韋幔三珠樹，箴寫曹家五鳳箋。咫尺又教風雨阻，相思難倩雁魚傳。茫茫後會知何日，拜到瓊瑤倍惘然。時承遺餽多珍。

弔蘇小小墓

舞袖歌衫久作塵，青驄油壁句猶存。湖山已醒鴛鴦夢，金粉空銷蛺蝶魂。寒食梨花思髩影，春風楊柳認眉痕。西泠松柏仍依舊，杯酒何人酹墓門？

六月菊

數枝摇曳暑全收，采采東籬逸興幽。人不熱中花性淡，平教六月似深秋。

黄武陵寄父由江西回杭出詩文集見示率題

不覩慈顔歲八週，趨庭今喜慰離愁。一編鴻製超班馬，萬丈龍光射斗牛。花滿河陽春載酒，秋高彭澤夜登樓。襟懷何止同湖海，轉陋潯江九泒流。

歸歟暫賦學淵明，似憶莼鱸借病行。未遂西湖開緑野，只緣南國繫蒼生。龍蛇繞筆風雲燕，漫焚龍腦辟癡蟫。紛紛蠻觸争何益，又看林梢日影沉[一]。

校勘記

〔一〕『梢』，底本、道光六卷本、民國本均作『稍』，民國本附勘誤表正爲『梢』，因據正。

杭城櫻桃三月暮即熟今届五月中旬桃杏盡登而枝頭火齊猶懸人皆異之賦此以紀

餞春初摘薦春醪，璀璨瑛盤價自高。已羡芳聲儕玉筍，更留豔影伴冰桃。緑雲入夏籠紅玉，白傅當年擅彩毫。翻出薰風新樂府，唇脂微綻和檀槽。

詠　蚊

豹脚斑斑鉞喙長，乘機竊發毒非常。不慙微細偏成市，得飽脂膏便遠颺。柳絮身輕潛繡幙，櫻桃顆重伏銀墻。秋風何待羞丹鳥，拊掌看渠已滅亡。

睡　起

一榻蕭然午夢長，輕雷隱隱送微涼。碧紗牕啟風初入，吹落瓶花幾瓣香。

婁　逞

干戈偏地擾東陽，竟易紅粧入宦場。録事揚州儒雅甚，女兒才智豈尋常？

吴絳仙

黛掃長蛾秀色誇，紅箋染翰擅才華。君王枉賜同心果，塵世偏無稱意花。

黄崇嘏

久抛鸞鏡作男兒，機變横生進士詩。幕府不教爲坦腹，誰知廉吏是娥眉？

校勘記

〔一〕『壚』，民國本作『爐』。

碧　桃

看朱成碧誤芳名，開傍瑶池倍有情。梅瘦杏繁誰得似，十分穠豔揔輸卿。

初夏漫興

搔首雲天感不禁，借將景物豁幽襟。雨肥梅子紅香静，風暖桐孫緑意深。白捲蝦鬚通乳手跡留微茫。排衙石在山頂介亭，有蘇、蔡兩公石刻，字多漫滅，不可復識。迴看蟻垤笑城市，遊心直欲窮八荒。羊腸九折下層坂，猶疑彩鳳雲中翔。西峰横峙慈雲嶺，嶺前圖畫開千頃。八卦田中黇菜花，乾連坤斷標新穎。桃紅柳緑映參差，點綴高卑造物奇。大塊文章真假我，願從雲漢界烏絲。

題仕女圖

卓文君

甘爲當壚情獨深〔一〕，卻勞遠寄《白頭吟》。相如不作《長門賦》，定負求凰一片心。

衛茂漪

玉女簪花格獨新，千秋筆陣仰夫人。右軍殫盡臨池力，名噪蘭亭已後塵。

蘇若蘭

機杼文章自一家，胸羅錦繡奪雲霞。璇璣能貶陽臺寵，才到連波亦足誇。

絳桃

穠華獨賦倍鮮妍，銷恨銷魂信果然。色染朝霞呈窈窕，豔留夕照鬥嬋娟。一年人面縈崔護，三月春風屬絳仙。看到緋衣輕浥露，託根應在大羅天。

題杜鵑花

踏青時過聖湖邊，一路春山叫杜鵑。不道染成花影麗，被風吹出豔陽天。

三月望日登鳳皇山小憩南宋御教場玩排衙石歸由慈雲嶺看八卦田菜花作

丹山巢鳳知何處，鳳立丹山名獨著。餘杭山水天下奇，鳳亦飛來不飛去。左襟錢江右帶湖，射潮此地成王圖。江痕三折如雪練，帆影千點同沙鳧。我來山椒一凝眺，龕赭遥指青模糊。嵯岈剗削成平陸，演武廳傳南宋築。弓刀雖足壯風雷，鼓角空煩悲草木。君不見二帝蒙塵去不旋，江山半壁飛狼烟。將軍力戰冤獄死，朝廷和議權奸專。又不見襄陽三載被圍困，平章樓閣開仙境。蟋蟀秋風樂未央，舉朝誰敢傳邊警？教場之設胡爲乎，大讐不復名難符。直以六軍兒戲耳，安於弱小良堪吁。排衙十二秀且蒼，亭亭鵠立經滄桑。細尋斷碣剔苔蘚，蔡蘇

寶珠山茶

光分火齊色凝朱，不媿芳名唤寶珠。桃杏看殘羞傅粉，梅蘭開共笑搓酥。飽經臘雪情方豔，占盡春風品自殊。璀璨曼陀羅一樹，石家枉自重珊瑚。

玉泉觀魚

山色湖光浣俗塵，方塘小憩足怡神。瀠洄波定凝寒玉，物我機忘躍錦鱗。風雨化龍知有日，濠梁解悟果何人？擬乘赤鯉遨遊去，莫漫臨淵羡隱淪。

江瑶柱

春盤頓喜薦芳腴，海屋憑誰問有無？雙柱晶瑩撑夜月，兩丁圓潤燦驪珠。乍離蜃窟沾龍沫，漫借金刀膾玉膚。自酌紅螺還細嚼，截肪風味迥然殊。

題牡丹

百寶雕闌信尚賒，鞓紅歐碧漫矜誇。丹豪欲爲春生色，富貴先開第一花。

玉　蘭

玉立亭亭不染塵，洛川妃子定前身。風來瓊樹香生雪，春滿瑶臺月作神。贈句翻嫌詩綺麗，寫真難貌影清新。漫誇勝跡留珂里，簫引樓前刼火陳。故居簫引樓前有玉蘭一株，高數丈，花時先嚴置酒延賓，登樓吟賞，後於嘉慶二十一年毁於回禄。今對此花，不勝滄桑之感。〔一〕

校勘記

〔一〕民國本此詩注後有附記：『謹按：余家系出竹墩，明末由德清遷杭，六傳而至先高祖也愚公，精繪事，高廟南巡，以奉辦西湖迎鑾大工，點綴邱壑得宜，上邀宸賞，建宅第於金釵袋巷，有池館園亭之勝。暇常招集名流，琴歌酒賦，讀畫談詩，一時稱盛。生子二，長即曾王父石橋公，次爲曾叔祖韻秋公，出繼胞伯節仁公爲後，是即王姑之生父也。嘉慶二十一年杭城大災，被焚者數千户，余家同罹是劫，屋宇珍物盡付一炬，譜牒亦於此役被燬，家道由是中落。石橋公因此抑鬱，不久謝世。其時王父禹卿公與叔祖荇薌公年甫數齡，皆賴曾王母撫養成人，重綿祖澤。敏元自少至壯均居吴山之麓，幼隨先府君登山憑眺，嘗指撫署演武場東偏一高阜語敏元曰：「聞父老言此即余家故址。」自遭回禄，瓦礫堆積，無力恢復，日久廢棄。兵燹後遂圈入撫署，作爲官地。雜樹成林，大且及抱矣。華屋山邱，感喟不置。現在政體革新，曩時撫署又已化爲灰燼。敏元久滯異鄉，他日如歸故里，重復登臨，則是地景象必然改觀，當不禁更有今昔之慨耳。附記於此，以告後人。戊午夏正二月朔日，歸孫敏元記。』

緑珠紫玉各争新，釀就東風第一春。别有畫圖描不得，縠紋波底影横陳。

衣香人影競徘徊，烟霧迷離錦幛開。莫漫亭中吹玉笛，恐驚紅雨落青苔。

供梅

幾度端詳繪影難，一枝標格玉珊珊。膽瓶位置粧臺畔，分得春光鏡裏看。

雨牕漫成

嫩寒如水逼簾鈎，小院苔衣緑漸稠。幾日湖山疏畫課，連宵風雨替花愁。會將撲蝶春還早，詩到吟梅句更幽。只恐韶華容易去，待晴重放木蘭舟。

對梅

燈下風神硯畔姿，清標不許蝶蜂窺。分來孤嶼數枝雪，領署逋仙七字詩。入夢縞衣呈翠黛，凌寒豔影寫胭脂。垂簾鎮日抛書坐，沁骨幽香慰我思。

雨牕對瓶梅因憶孤山有感

當時欲折恐摧殘，聽雨終宵夢未安。香雪滿山轉零落，何如紙帳護春寒？

鴻雪樓詩選初集卷四

錢塘湘佩女史沈善寶著

甲午

元夕偕湘卿妹山樓玩月

霓裳縹緲憶遊仙，紫陌紅塵笑語聯。燈火樓臺春不夜，琉璃世界月新圓。青藜光願分粧閣，緑蕚香宜入錦箋。玉漏莫教催曙色，九華是處燦金蓮。

仲春上浣放舟湖上探梅孤嶼口占六絶

覓句尋芳出畫城，春山含笑遠相迎。嫩寒薄暖西泠路，但向梅花多處行。

楊柳千株繞六橋，黄金爲縷翠爲條。木蘭舟傍蘇堤泊，愛聽新鶯語漸調。

鱗鱗一水漲柔藍，矯矯雙峰擁碧嵐。空翠撲人春淡宕，詩情畫意静中參。

春到孤山春欲分，氤氲花氣漾春雲。幾絲微雨催遊棹，吟對寒香酒半醺。

腸。貧歸故里雖難立，賸有詩魔慰岑寂。紅樹酣霜秋放船，綠梅照雪春題壁。我與西湖有宿緣，誤教人認作遊仙。無端負笈青齊去，戊子冬赴山左怡堂寄父李觀察之召。又寫雲山入錦箋。瓠子寒濤秋有句，妙高夕照人何處？弔古頻添客路情，揚州明月連瓜步。季子言歸只敝裘，慈親痛妹雪盈頭。己丑夏余自山左歸，蘭仙妹已於春間病歿。奚囊急展新詩讀，頓釋高堂別後愁。長篇短韻揮難已，生計艱難翻藉此。無奈重遊覓稻粱，誰知小別關生死？去秋往清江售畫歸，母已見背九日。苦塊餘生欲碎心，未忘結習起哀吟。鬩墻煮豆才雖累，玉尺冰壺譽轉深。聞説躭吟人易瘦，東陽家學吾何咎？又道工詩人必窮，古來窮豈惟梅叟？我今顛沛勝前人，少女緣何合受辛？敢望千秋傳麗藻，自憐一卷聚精神。悲歡離合十餘載，心血嘔乾終不改。茲逢除夕酒醴陳，詞源願祝如潮海。

淺水，相對起長吟。

問雁

人世疇堪語，征鴻破暝烟。寒蘆奚足戀，錦字爲誰傳？卻羨風霜裏，能將羽翼聯。如何人異汝，萁豆反相煎。

除夕祭詩

余性嗜詞章，幼躭翰墨。登山臨水，借蠻箋以紀遨遊；陟屺望雲，托湘管而申哀慕。書刊紫石，學遜金鑾；賦獻彤庭，才慚崇嘏。摹寫六橋烟雨，漫誇白雪之歌；評量三月鶯花，敢賭紅牙之拍。惟是文難奪命，誰憐弱草無依；境足傷心，僅有霜毫可訴。矧然萁而煮豆，悲同趙氏孤兒；賸飲蘗以茹荼，悽勝劉家三妹。今則一歲將闌，一編又竣。敲詩千百首，敝帚自珍；琢句十餘年，金鍼疇度？兹當除夕，難賣癡獃；謹酌屠蘇，聊酬慧業。精神補我，且希坡老之蹤；嗤笑由人，雅效浪仙之祭。

過歲識之無，總角解吟諷。三唐與六朝，過目皆成誦。聞詩獨向鯉庭趨，慈愛真同掌上珠。教辯四聲勞阿母，敢衿七步壓通儒。謝韓飛絮風前起，鮑家香茗誰堪比？隨宦章江擅彩毫，吟成博得雙親喜。忽驚椿樹隕嚴霜，從此裁箋意慘傷。杜宇三年啼血淚，轆轤五夜轉愁芋重，莫漫笑冬烘。

烘　硯

石田耕不得，鴝眼凍雲癡。試借金爐火，來温紫玉姿。冰花融彩筆，墨菭豔新詩。爲惜三餘景，薪然五夜遲。

煮　雪

欲品紅丁味，瓊瑶散九天。掃來梅隝裏，煮向竹牕前。火活蝦鬚細，花融蟹眼圓。一杯詩胃浣，五斗俗塵捐。

釀　醞

家無一頃秫，偏愛築糟床。露滴珍珠細，霞凝琥珀光。梅花春有信，柏葉甕生香。不畏霜風勁，逃愁倚醉鄉。

訪　梅

蠟屐衝寒去，孤山雪滿林。不嫌苔徑滑，爲有暗香侵。臭味神仙侶，丰標天地心。一灣清

消寒八詠

隙駒如駛，葭琯初灰。醫雪爲懷，涉世之心脾冷透；鏤冰作句，工愁之翰墨緣多。既觸物以生嗟，爰拈毫而寄興。題成《八詠》，學愧家丞；趣反《七哀》，才輸子建。姑先春蚓之鳴，聊繼秋蛩之響云爾。

補牕

欲繪梅花影，無妨隔暗香。和雲裁玉版，移月上銀墻。紅免風欺燭，寒辭雪印床。疏欞勞補綴，清夢穩瀟湘。

贖裘

鷫鸘輕典質，忘卻五銖單。不是嚴霜重，寧知集腋難。青蚨歸子母，翠閣異暄寒。千古綈袍意，重加熨貼看。

圍爐

何處消寒好，然爐複室中。擁吟當雪夜，小坐勝春風。香爇龍涎碧，光分獸炭紅。功名煨

山樓望雪

昨夜嚴寒透碧紗，朝來庭雀寂無譁。裁冰漫擬紛紜絮，剪水真成頃刻花。萬里山河傳粉本，九天珠玉散瑶華。淡粧西子遥相對，幾度凭闌望眼賒。樓面西湖。

琪樹瓊林處處同，果然奇巧讓天公。梨雪夢冷吟飛白，梅萼香清唱《洗紅》。寒注簷牙銀錯落，肥添山骨玉玲瓏。祥霙共喜豐年瑞，欲譜陽春曲未工。

寄步珊姊蘭溪

神交七載繫離思，不道相逢在路歧。我已無依君失意，一杯重話定何時？

寄箋雲姊江西

欹枕不成眠，離懷斷復連。暮雲千里隔，明月幾時圓？落葉西風急，青燈夜雨綿。草蛩吟四壁，底事亦凄然？

緑萼梅

獨受東皇恩寵新，借將柳色染輕匀。不辭青鬢凌霜雪，要占人間第一春。

弱羽勞垂問，難言别後情。蠶絲悲此日，虎口悵餘生。愁借湖山寫，清偕鷗鷺盟。絳幃重侍坐，樗散仰裁成。

天台桃源行 崇文書院課題，代禹卿弟作

天台之高高接天，天台之靈靈久傳。劉阮當年同采藥，曾從絶壑逢神仙。攀蘿倚石無人見，一溪水漾桃花片。桃花深處露嬋娟，風鬟霧髩芙蓉面。含笑通詞無限情，胡麻飯後此身輕。鴛鴦牒上欣同註，鸞鳳岡邊喜共鳴。山中甲子無終始，鎮日遨遊白雲裏。不知靈境再來難，但覺塵心消又起。相看齊唱白駒詩，惜别悲分兩不支。人影衣香尚縹緲，水光山色轉迷離。故鄉風景渾非昔，七代兒孫誰認識？閒邀隣里感滄桑，細話行踪俱歎息。一念紅塵悔不禁，桃花流水且重尋。雙雙仙侣仍逢否，留得仙緣説到今。

先慈冥忌泣成

腸斷髫齡哭大椿，《蓼莪》重展血痕新。含丸未遂生前志，煮豆徒傷死後神。卻羡封人猶有母，誰憐焦女竟無親？音容一載悲難接，轉恨殘宵夢不真。

綠楊圍繞最高樓，獨倚闌干豁倦眸。今夜清輝相照處，更無人上小簾鈎。
心字燒殘恨未灰，離情猶繞水雲隈。桂花陰下玲瓏石，待我吟詩坐月來。
最愛雙松古意深，交柯池畔綠成陰。莫教化作龍飛去，碧海青天何處尋？
叢桂枝頭綴嫩黄，小樓終日挹芬芳。《霓裳》忽換《陽關曲》，金粟飄零滿地香。
秋光旖旎傍銀墻，自劚香泥種海棠。此後有誰深護惜，轉愁風露損紅粧。
葉染微霜錦繡披，暮秋景似早春時。渾疑遠岸梨花發，衰柳枝頭集鷺鷥。
菱葉菱花出水輕，白蘋翠荇不勝情。昨宵夢逐微波去，彷彿夷光帶笑迎。

山樓望西湖

每從湖上望山城，樓閣凭虚翠岫横。今日倚樓凝眺處，滿湖烟水不勝情。

理蕣六伯自都旋浙以書存問賦答

客共霜鴻至，分襟越半年。關河憐跋涉，骨肉喜周旋。蘐室霞觴晉，荆軒鶴夢聯。征塵猶未浣，尺素索新編。

校勘記

〔一〕『闢』，原作『閫』，民國本亦作『閫』，勘誤表正爲『闢』，因據正。

拜于忠肅公墓

寃獄無煩口舌争，鷺鷥謡起禍機萌。竟忘北狩留沙漠，誰向中原厲甲兵？社稷安危憑至計，忠良荼毒果何名？墓門松柏號風雨，應爲英魂訴不平。

秋日登放鶴亭

春風幾度訪寒香，此日重來桂蕋黄。鴻雪有痕留爪印，碧雲無際淡秋光。松聲亂捲千山雨，柏影遲酣五夜霜。自剔蒼苔尋斷碣，美人高士共芬芳。

留别西湖

又逐紅塵去，臨風感不禁。青山生别恨，白水勵秋心。顧盼情難已，勾留意獨深。汀花與岸芷，一併付長吟。

西湖雜憶

小住西湖一月餘，雲山窈窕列牕虚。烟鬟霧髩陰晴易，多恐荆關畫不如。

湖樓對月

無邊清景畫難工，漸見微雲浄碧空。楊柳樓臺秋影裏，桂花庭院月明中。遊魚躍瀉凝荷露，宿鳥飛驚落葉風。遥望六橋烟水外，漁燈幾點映波紅。

謁表忠觀

江山保障留芳澤，殿宇崔巍聳金碧。表忠宋代樹豐碑，云是錢王舊居宅。憶昔殘唐社稷傾，干戈徧地豺狼横。魚鹽之中異人出，一掃全浙烟塵清。故鄉開府何閒雅，父老歡迎酌郊野。奇兆當年著錦衣，曾從石鏡瞻王者。白馬銀山八月秋，怒濤洶湧天爲愁。鳳皇山頭奮神武，鐵弩射潮潮倒流。深明大義蠲私忿，不獨憐才重羅隱。早知天命有攸歸，靖共爾位心謙謹。鐵券丹書褒賜隆，虎符龍節擁春風。金牛湖上人民樂，細柳營中甲士雄。子孫繩武多賢哲，闢土開疆功偉烈[一]。何難逐鹿向中原，爲愛蒼生守臣節。君不見梁唐晉漢祚遞移，帝制自雄曾幾時？骨肉摧殘競篡竊，九廟毁墮徒堪悲。又不見西蜀河東事争戰，道路流亡誰慰唁？石馬銅駝荆棘中，千村萬落青燐徧。惟有東南十四州，百年不識亂離憂。民安衽席時豐稔，覆載恩深孰與儔？吁嗟乎，龍飛天目勢夭矯，靈秀所鍾足儀表。化家而國真英雄，卻嗤南宋朝廷小。我來肅拜感滄桑，畫壁靈旂風雨涼。千載神威猶赫奕，潮聲緩緩落錢塘。

夢，蟋蟀西風攪客情。今古同傷揺落意，詩裁工部賦蘭成。

湖樓對雨

秋雨連朝怯薄羅，曉風拂面奈愁何？千行影亂雙堤柳，一片聲喧萬柄荷。鞠薦水仙懷玉局，家浮梅檻憶烟波。可知西子今來意，嬾試新粧倦掃蛾。

秋海棠

數枝開傍粉墻東，小朵輕盈染淡紅。絶似美人新病起，曉粧無力怯西風。

弔岳武穆王

全由純孝結精忠，南渡賢豪孰與同？誓抵黄龍恢赤縣，難將丹悃挽蒼穹。權奸有獄成三字，天子無心返二宫。弱息尤能明大義，女兒亦是萬人雄。

弔韓蘄王

百戰功勳照史青，一鞭黑衛策西泠。短衣側帽身空健，賸水殘山夢獨醒。臣憤忍消閒歲月，君心甘作小朝廷。當年鼙鼓勞巾幗，江上蛟龍不敢聽。

道，寶刀空解憶徐君。瑤臺風景蓉城月，從此仙凡路永分。

香案前身侍玉皇，偶來塵世閱滄桑。半生客路艱難盡，一載功名性命償。遺稿拋殘應飽蠹，羈魂飄泊類亡羊。孟光豈料龍蛇厄，纔向春江買短航。步姍姊於三月北上。

海上成連調忽沉，天涯能不感人琴？歌成黃鵠悲青髩，書斷紅鱗憶素心。讀畫更誰參粉本，論文何處覓金鍼？衹餘一卷傳千古，題罷哀詞血滿襟。

感 懷

已將熱血付東流，身世真如不繫舟。滿地梨雲縈舊夢，一天梅雨釀新愁。文章解隱才輸豹，生計難謀拙等鳩。欲借蒲團消宿孽，只憐弱水隔瀛洲。

聞絡緯

機杼頻拋夜欲闌，一聲聲度曲欄杆。豆花籬落月初白，桐葉階除露漸寒。只覺離懷驚起易，轉憐文綺織難成。春蠶已盡青蛩老，繅我愁絲千萬端。

秋夜聽雨

簟紋如水夜涼生，自撥爐香對短檠。看到瓶花憐豔影，掩將書卷聽秋聲。梧桐疏雨驚吟曾記文通賦緑波，攀條深惜態婆娑。雨絲風片詩情麗，古道平原旅恨多。三月差池憐燕影，一生消受只驪歌。年年閲盡輪蹄客，青眼相看有幾何？

萬縷千條綰送迎，曉風殘月可憐生。玉谿彩筆新題就，李固青袍待染成。茅店有人頻繫馬，江樓無日不聞鶯。渭城唱罷河梁晚，酒旆斜陽照眼明。

寄理庵六伯都中

八月邗江浪拍天，辭親曾泛米家船。勞君垂念封人母，鶴俸分遺邁昔賢。

捧檄無端到豫章，片帆來去兩重陽。關心弱羽摧殘甚，千首詩添滿鬢霜。慰唁之詩成帙。

曉風殘月赴京華，四牡馳驅薄笨車。千里關河數行雁，傳來好句燦朝霞。

色笑承歡壽母慈，孟光舉案樂齊眉。燕臺風景供吟嘯，穀雨初過芍藥時。

寄輓兩橋先生 三月初十日殁於京寓

慈竹初凋棣萼殘，半年血淚未曾乾。那堪鱣室頽山岳，又望燕雲泣杏壇。千里招魂空剪紙，一聲傳語欲摧肝。春初猶寄平安札，尚慮孤兒獨活難。

黄卷青燈十載勤，頭銜纔得署司勳。雕龍吐鳳才如海，俠骨仙心氣似雲。玉樹未栽悲伯孤露無依欲斷腸，秋風江上望歸航。母歿九日，余始回里，弟望余甚切。荊花最小深培護，不料摧殘一夕霜。

多感鄉賢絳帳開，春風化雨育英才。高堂未遂丸熊志，期爾書香接續來。

忽把鴻毛視此身，變生頃刻究何因？黄粱未夢先消念，定向泉臺覓二親。

雁影分飛各一天，二兄、四弟遊幕在外。愁生風雨對床眠。雲箋未寄心先碎，死別生離恨更牽。

伶仃我已不勝悲，痛汝青年數太奇。灑盡傷心千點淚，天荒地老見無期。

題蔣退葊孝廉驛柳圖即次原韻

驛路韶華九十時，春光占盡是新枝。乍眠乍起吟腰倦，籠雨籠烟舞袖垂。金縷歌殘縈別緒，玉關人遠繫離思。天涯莫漫傷羈旅，好借濃陰到鳳池。

長板橋連送客亭，緑雲如幔復如屏。眉痕初展三分碧，岫影遥添一抹青。獻賦羡君摛麗藻，披圖觸我感飄萍。余己丑夏歸自山左，經郯城，道中有句云：『道傍垂柳碧毵毵，慣把離情綰再三』。今披是册，恍憶昔遊。夕陽芳草銷魂路，南北勞勞笑寓形。

棹，玉笛聲中淚濕衣。翹首慈雲天際遠，孤兒從此復何依？

萁豆相煎欲斷腸，夢魂無處覓高堂。舊遊曾上仙人館，新恨將登古佛場。榑木濃陰遥借蔭，麥舟古誼永難忘。鯉庭再侍知何日，贏得綿綿別恨長。

清明展先慈墓泣成

禁烟時節雨綿綿，獨向空山化紙錢。何日一坏封馬鬣，當年枉費教三遷。

年年隨侍作遊仙，緑水青山放畫船。麥飯澆殘千點淚，教兒回首倍凄然。

清明後十日掃墓歸經孤山見落梅滿地有感

緑波渺渺縠紋新，杜宇聲中又一春。花霧柳烟渾似昔，白雲何處望慈親？

一天風雨洗鉛華，萬點胭脂散落霞。踏徧春泥香滿徑，斷腸人對可憐花。

哭小弟善熙 三月十二日卒於義塾

劇憐襁褓喪嚴親，阿母如擎掌上珍。弟生甫百日，先君遺世，母特憐愛之。舞勺纔過悲失恃，母歿於去秋。麻衣染透血痕新。

癸巳

自傷

敢矜筆墨作生涯，菽水難謀事可嗟。椿樹無陰留几席，荆枝半誤是烟花。衝寒遠踏三齊雪，戊子冬月遠赴山左，丑夏始回。破浪危乘八月槎。去秋赴清江，適逢河決。負米歸來親棄養，傷心血淚染衰麻。

送理莽六伯轉餉入都

得學彭宣侍絳紗，青藍冰水漫相誇。已悲世味同虀臼，猶幸春風護玉芽。二月鶯花帆影遠，一江烟雨柳絲斜。關河迢遞應珍重，鷲嶺燕臺望眼賒。椿蘐萎盡百憂煎，七步空吟祇自憐。立雪正當愁病日，看花偏是別離天。魂銷南浦新題句，夢繞西河舊講筵。白髮倚閭親望慰，東風得意整歸鞭。

送樹堂寄父回里

承歡未久又言歸，伏室傳經意已違。今日枯魚沾厚澤，何時寸草報春暉？緑波江上人催當日明珠掌上看，此時誰復恤艱難？十年無父今無母，濕透麻衣淚不乾。

詠絮深憐小妹才，曇花隱後恨成灰。教儂今日翻相羡，得侍雙親在夜臺。五妹蘭仙，母所鍾愛，惜於己丑春病殁。

嚴霜一夕隕忘憂，罔極深恩何日酬？心事都從身後了，應知兒輩已依劉。母因諸兄弟失館，焦灼五中，今俱暫借一枝，母已不及見矣，悲夫！

弱鳥褷褷羽未豐，憂心悄悄恨重重。蘐幃月冷慈雲杳，欹枕愁聽澈夜鐘〔一〕。

月夜霜天雁幾行，雪泥猶記别高堂。從今筆硯俱焚卻，何用孳孳覓稻粱？近年鬻詩售畫，原爲甘旨計，兹已抱恨終天，筆墨復何所用？

自憐病骨日支離，佛力無從乞護持。相對僅餘形與影，九原能不憶孤兒？

校勘記

〔一〕『澈』，民國本原作『澈』，勘誤表改爲『徹』。按二字通用。

欣隨杖履步芳塵，水態山容到眼新。料得西湖吟社裏，蓴鱸也是憶歸人。

感懷

載得愁千斛，扁舟不覺輕。關河遊子淚，風雨倚閭情。柔櫓驚鷗夢，疏砧和雁聲。青山紅樹裏，秋色送歸程。

述哀

牽蘿補屋又今年，菽水無由侍膝前。腸斷霜風勞望眼，竟賫離恨到重泉。母彌留之際呼賓名者再。

親幃甘旨苦難周，轉使辛勤累白頭。賣賦天涯思負米，誰知篤疾盼歸舟？賓自八月初赴清江售畫，九月中母感寒疾，竟至不起。星速遄歸，已遲九日，哀哉！

蕉鹿功名夢幻奇，大椿竟折早春時。先嚴以官事歿於任所，年甫三十有七。燕山五桂空林立，謂兩兄三弟。業紹書香果是誰？

旅櫬歸來感麥舟，先嚴柩滯江西七載，賴姚樹堂寄父助資搬回。靈輀今又厝湖樓。佳城不少牛眠地，赤手難營土一邱。

舟行即景

無邊景色望中賒，倚徧船牕六扇紗。別有秋容堪畫處，紅蜻蜓立白蘋花。

袁江返棹呈春畹觀察

安得乘槎到斗牛，離懷渺渺水悠悠。西風吹冷雙蓬鬢，負米無多又放舟。

呈竇松軒司馬

德望燕山洵足侔，才同砫石砥中流。子雲奇字人争問，文舉豪情刺競投。竚聽升華傳五馬，欣看著作定千秋。笑儂未有金釵贄，一幅詩箋當束脩。

重九日侍樹堂寄父登平山堂

千里尋詩汗漫遊，又從袁浦返揚州。金迷紙醉何堪問，一片西風蘆荻秋。
登高作賦羡滕王，媿我無才繼盛唐。今日平山凝眺處，題糕恰好是重陽。
青山隱隱夕陽斜，萬樹垂楊噪暮鴉。太守風流遺澤在，幾行墨跡走龍蛇。

阻風瓦窰口

倦矣拋書卧，依然夢不成。搴帷窺月影，欹枕聽濤聲。心已隨歸雁，風偏阻去程。遥知北堂上，定亦坐深更。

過高郵湖

一望蒼茫意惘然，高郵湖水遠連天。鄉村半坐馮夷宅，烟水何來米芾船？激浪魚龍思變化，忘機鷗鷺少周旋。蕭蕭蘆荻西風緊，贏得愁懷欲化烟。

舟　夜

燭未成灰淚自零，惹人幽思感飄萍。波摇殘月半輪白，爐裊餘香一縷青。叢菊又開驚雁至，蒼葭欲老悵雲停。西風不爲吹愁去，併作秋聲與客聽。

舟中書畫刻無暇晷宵又躭吟詩以自嘲

鎮日揮毫腕未停，新詩又向枕邊成。吟眉瘦減吟腰削，不媿東陽舊有聲。

夜過塘西

挂席塘西路，離鄉第一程。涼風吹袂薄，孤月向人明。燈火高堂夢，烟波旅客情。吟成誰與和，村柝正三更。

即景感成

遥看暝色起林端，客路鄉心兩渺漫。但覺離懷添黯淡，劇憐明月漸團圞。白蘋香細秋風勁，紅蓼花疏夜露寒。繞岸蛩聲急如雨，今宵歸夢又成難。

中秋夜過常州

蟾光何皎潔，水調發清吟。對此一輪月，難爲百感心。江濤來浩渺，身世悟浮沉。回首鄉關杳，松風振遠林。

夜　坐

入夜江聲急，挑燈人未眠。疏鐘來遠寺，澹月照孤船。鄉思詩中集，秋心畫裡懸。那堪分雁翼，回首倍凄然。時琴舫弟先回里。

登舟歎

遠人來虎林，豔羡金牛湖。今我别湖去，僕僕胡爲乎？少小躭吟詠，東抹與西塗。既而學丹青，聊復以自娱。豈知陶情舉，翻作謀生圖。我父仕豫章，宦海多齟齬。一旦嚴霜隕，兩袖清風俱。吾母攜雛歸，家苦四壁無。井臼雖親操，奈乏擔石儲。釜甑日有塵，菽水時不敷。豈無戚與串，難望危能扶。炎涼判貧富，今古情無殊。昔之趨奉者，今反來揶揄。嗟余雖不櫛，反哺心願攄。與其坐待斃，無寧將伯呼。負米百里外，曾傳聖人徒。矧兹劣筆墨，敢詡懷璣珠。但冀易升斗，何必論錙銖？袁江千余里，不少高人居。燕石與贋鼎，鑒别良非誣。牽裾别吾親，攜弟辭吾廬。秋水浸帆影，心跡同冰壺。

放舟口占示兩弟

無端姊弟遠相將，千里盈盈水一方。篷背夕陽篷底雨，都供詩料入奚囊。

傳聞秋漲決洪流，時值奸人陳端挖堤致灾。高寶湖連大地浮。如此驚濤真險絶，笑儂一葉下揚州。

遊金沙港小憩延青水榭

四圍山色撲簾櫳，小憩渾疑入畫中。誰見金沙沉夜月，空懷玉局坐春風。采菱歌起烟波緑，曬網船歸夕照紅。笑我倚闌吟未倦，鐘聲已度梵王宫。

理蓀六伯爲余點定詩稿賦謝

脉望求仙衹自癡，漫勞相賞謝家詩。從今敝帚千金享，全藉吟壇一字師。華國文章欽抱負，凌雲氣誼快心期。點睛妙筆人争仰，月旦榮偏及掃眉。

立秋後一日西湖夜泛

月如明鏡水如銀，水底平分月一輪。不辨人間與天上，蓮花世界絶纖塵。河漢盈盈界斗牛，涼風吹袂覺新秋。凭牕四顧吟眸豁，差擬乘槎博望侯。

别家 八月初十日

百拜辭高堂，遠棹袁江水。不櫛媿非男，跋涉求甘旨。豈矜書畫能，勢處不得已。聊分白髮憂，瓶罍維罍耻。回頭語小弟，攻苦博親喜。力學端初基，爲山一簣始。

紅拂

不畏深宵風露涼，紫衣烏帽易紅粧。天教慧眼諧鴛侶，心有靈機認雁行。一自美人歸衛國，遂令公子紹唐皇。功成圖畫凌烟閣，獨惜蛾眉姓未揚。

紅綃

相顧難酬一注情，侯門如海鎖傾城。瑶階引手傳心曲，寶鏡懸胸記月明。竟使姻緣成俠客，不教薄倖誤書生。遥知化作鶼鶼去，九院笙歌定妬卿。

紅綫

神如秋水氣如虹，天遣仙娥助薛嵩。千里程途勞瞬息，三年鄰境靖羆熊。牙籤甘溷青衣隊，金盒能成白戰功。閨閤由來多義俠，漫將妙手説空空。

題桃花便面

偶借胭脂寫折枝，瑶池春色少人知。消磨日月三千歲，猶是東風爛漫時。

鬟抱，低按紅牙十指涼。記得《欝輪袍》倖進，由來此樂勝文章。

仲春下浣孤山探梅

西湖湖水碧於烟，二月孤山好放船。此地真成香雪海，不知誰是九嶷仙？

瓊英爛漫蕊珠香，縞袂紅羅鬥豔粧。高士千秋留宋土，一樓花影送斜陽。

虞美人

虞兮歌罷殉重瞳，雉彘都應媿漢宮。千古芳魂悲夜月，數莖豔影舞春風。美人香草名原合，流水桃花調不同。幾度倚闌添感慨，當年空説大王雄。

春夜對月

春宵三五鬥嬋娟，寶鏡誰從雲外懸？香霧空濛花正倦，晚煙濃淡柳初眠。瓊樓玉宇仍千古，碧海青天又一年。我欲乘風蓬島去，好將靈藥乞神仙。

題孤山香雪圖

庾嶺春猶淺，羅浮夢未醒。誰圖高士宅，香雪滿西泠。

鴻雪樓詩選初集卷三

錢塘湘佩女史沈善寶著

壬辰

元夕坐雨

絲絲微雨散香塵，三五初逢又一春。飄灑但添梅頰潤，空濛欲展柳眉顰。難期火樹銀花豔，不見紅樓夜月新。安得摹天千丈筆，浮雲掃盡見冰輪。

理菴六伯以詩文集見示奉題

經術天人早貫通，嫏嬛金鑑製同工。詞流三峽文如鳳，筆掃千軍氣似虹。當代騷壇尊北斗，何時絳帳坐春風？由來涿鹿鍾靈秀，一石才華合讓公。

詠琵琶

檀槽《金縷》迥非常，賀老當年最擅場。一曲春風憐塞北，半規秋月憶潯陽。斜遮粉面雙

送　窮　小除夕

世間惟爾最狡獪，相逢頓使人無奈。自從與我作周旋，金釵典盡明珠賣。牽蘿補屋良苦辛，雙眉蹙損不得伸。高堂菽水每無奉，陋巷簞瓢常有塵。冬缺裘，夏少葛，西風刺骨渾如割。吟腰瘦去帶圍寬，冷眼看來豪興遏。况我絶非韓柳才，何勞愛慕相追陪？一腔熱血半消滅，姓名不上黄金臺。十年潦倒已如此，此日所餘惟一死。桃符將更歲又新，濁酒生芻特薦爾。爾今速去勿復留，念我與爾非仇讐。《陽關》唱罷請長别，九州四海隨遨遊。

又送窮　除夕

昨日送窮窮不去，今朝依舊窮如故。唤取窮來再告陳，求君作速出迷津。自君之來何所見，愁壓眉峯淚界面。室如懸磬釜生塵，四壁蕭條惟筆硯。自君之來何所聞，呼癸呼庚不絶聲。炊厨烟斷人長歎，避債臺無夢亦驚。所聞既如此，所見又如彼。問君何樂乎見聞，戀戀弗忍賦離羣。世間知己貴相得，嫌隙一開交道絶。誤我生涯日漸非，依形附影徒周折。於陵織屨原憲寒，與君共處心方安。天涯豈少貧無告，願君早往同艱難。我言已盡君應悟，從此無勞再相顧。眼前萬物總無常，何如竟返來時路？

聞雁

一聲聲斷九迴腸，嘹唳晴空雁幾行。歎我艱辛謀菽水，憐伊羽翼飽風霜。棲來淺渚蘆花白，飛去荒村槲葉黄。萬里雲天書欲徧，誰將青眼惜文章？

寄春畹觀察清江

自媿仍如原憲貧，何期小草被陽春？未消塵海艱難刼，遥望雲天感戴頻。績奏安瀾推柱石，書成平準仰臣鄰。願移豸繡來靈鷲，好與香山作替人。

詠盆中古梅寄步珊姊

碧雲縹緲西風寒，玉篴一聲驚歲闌。忽見南枝逗春信，幾回索笑凭欄杆？羅浮美人九嶷客，仙骨珊珊耐冰雪。當頭明月悟前因，較徧羣芳獨清絶。移得孤根植瓦盆，青苔白石助精神。渾疑彩鳳飛來影，絶似蒼龍蜕後身。細嚼寒香讀《秋水》，吟脾沁得清無比。廣平去後又逋仙，問花究與誰知己。詩成我更起離愁，望斷雲間十二樓。欲折一枝寄岑寂，憐他翠羽聲啁啾。步珊姊居十二梅花連理樓。

感懷

堂上霜華兩鬢生，青蚨飛盡祇吞聲。受恩媿乏千金報，分痛難言斗粟情。生不逢辰悲歷刼，死雖易辦惜無名。氣絲未斷腸先斷，忍聽饑烏繞屋鳴。

理菴六伯自台州晉省過訪

秋雨初晴日，高軒過草堂。甘棠留化域，風景話殊方。豪邁情逾昔，謳吟健勝常。爲憂民疾苦，兩鬢又添霜。

長至

令節傳長至，西風透薄棉。未能容鬼笑，那肯乞人憐？睡鴨無紅炭，炊厨斷緑烟。梅花如我瘦，相對意蕭然。

劉湘畹表嫂失所天屢次輕生皆被救免賦唁

月老空煩綵綫牽，無端結此短姻緣。嫁衣典盡思身殉，精衛難將恨海填。結褵僅一載。

鳳去秦樓夢已賒，歌成黄鵠淚如麻。西方好種菩提樹，莫更傷心薄命花。

曾遭毁掊。豈緣頑冥竟無知，風雷不瞰人不取。抑或靡他矢不移，不來濁世蒙塵垢。否則天公惜至寶，卻教神鬼常相守。吁嗟乎，海不竭兮山不崩，石不爛兮鼓不朽。吟成我媿未能文，安得詩同此鼓壽？

校勘記

〔一〕『糢』，民國本作『模』。

題步珊姊十二梅花連理樓小照

昔我夢遊羅浮巔，快逢縞袂殊翩翩。歲寒盟願永相守，玉琴三弄調朱絃。斗柄參横鳴翠羽，夢迴紙帳途修阻。安得吟魂化蝶飛，美人香國常容與。暗香疎影倍相思，惆悵南枝與北枝。幾度尋芳遲驛使，空教索笑懷仙姿。春江迢遞春波緑，釀就離愁千萬斛。今日披圖幸見君，蛾眉蟬鬢顔如玉。月地雲階絶點塵，如來金粟好傳神。冰肌雪貌兩輝映，知是名花是美人。手撚寒香伸直指，東皇會得無言旨。花開朵朵自同心，樹密枝枝復連理。同心連理幾生修，得傍君家十二樓。緑萼胭脂争爛漫，紅羅玉照空千秋。清才本是瑶臺謫，眼前豔福誰能匹？何當攜我坐春風，與梅共話三生石？

恭輓簫樓師

書劍年年賦遠遊，玉簫聲斷淚盈眸。師母徐秋娥夫人歿於丁亥秋。芙蓉城易芙蓉幕，鸚鵡才歸鸚鵡洲。靈鷲三生餘片石，新詩一卷足千秋。曩時疾病維持切，不料紅顏哭白頭。

石鼓歌次坡公韻 劉翁笠人索作

辛卯六月日己丑，吟題寄自寒江叟。囑我同賡《石鼓歌》，多君筆底龍蛇走。自顧蛾眉少見聞，辨疑那得懸河口？昌黎尚推李與杜，揮毫恐落前人後。黃鐘彝鼎何處存，當年十物已無九。篆文漫滅不可識，二十四字留魚柳。日銷月鑠倍糢糊〔一〕，鳳翥鸞翔雜星斗。豐城寶劍已化龍，諸侯金印誰懸肘？埋没山阿孰問奇，嘉禾未免同莨莠。青山緑水結良儔，夏柏商松成契友。萋萋衰草走兔狐，寂寂荒碑飛鷇彀。中興天子騁雄姿，特選從臣勒蝌蚪。濟楚冠裳盡俊豪，鏗鏘劍佩皆英耇。一時四海息烽烟，北伐東征隨指嗾。大開明堂受朝賀，成句。争向彤墀拜圭卣。鑿成固足紀功勳，擊罷還應啟矇瞍。髯蘇興酣摇五岳，作文直可齊岣嶁。激昂慷慨情獨深，氣韻沉雄意尤厚。卻笑石鼓寂無聲，閲盡興亡别誰某。秋雨摩抄光怪無，春風拂拭英靈有。苔花暈碧繡斑斕，那復金繩繫鐵紐？桑田滄海尚成塵，何況浮雲幻蒼狗？從來物理總一轍，玉碎珠沉終不偶。才人遠謫美人死，驥材伏櫪空低首。何如此鼓得逢時，萬古未魂。修眉皓齒寧非福，風絮霜蘭總莫論。波明如鏡濃如酒，照到卿卿何不偶？方欣金屋叶鸞飛，那料蘭幃觸獅吼？獅吼聲中心膽驚，春花秋月可憐生。結鄰已分依蘇小，顧曲何難遇長卿？琴心箏語都堪鄙，檀郎情重甘爲死。月明幾度夢揚州，二十四橋悲故里。憐才青眼感尤深，半幅蠻箋血滿襟。珍重遺容酬舊愛，凄涼短札謝知音。吁嗟乎，千秋薄命知多少，傷心只有焚餘草。留得西泠土一坏，芳名不逐春光老。

送理菴六伯之台州

律吹黍谷陽春回，移將妙手調鹽梅。向客檀州，有《題黍谷山》詩。簪纓閥閲家聲舊，燕國文章京兆才。才華日下知名早，陸海潘江齊抹倒。白眼看人無古今，青松傲雪同懷抱。雕蟲吟卷衹工愁，慙媿家丞八詠樓。采藻未能方道藴，品題何幸識荆州？纔欣講席參同異，劇憐衰柳牽離思。一痕帶水隔鴛湖，五色雲箋勞雁字。梅花香裏快重逢，説劒論文意更雄。笑我拈毫同畫虎，羨公點筆欲飛龍。慈雲一朵争延領，借寇紛紛民上請。桃花水繞赤城霞，合教仙吏除仙境。波緑錢江送畫船，峰青天姥迓吟鞭。嗅咻丁甯經綸裕，衽席蒼黎意念專。緑肥紅瘦春將老，膏雨隨車潤枯槁。海澨山陬起頌聲，歸來好讀輶軒草。三疊驪歌百感生，波流雲散不勝情。何時立雪酬前願，聊把加餐祝去程。

問鶯

出谷偏宜趁曉晴，綿蠻何事太多情？飛來紫燕應相識，喚作金衣合有聲。一串驪珠疇唱和，三春花柳費經營。定憐陌上多離別，故使遼西夢不成。

問蝶

落花時節瘦人天，鳳子翩翩雅可憐。幾度滕王傳彩筆，何年謝逸賦新篇？羅浮化去真耶幻，秋水飛來夢也仙。豈爲海棠風露冷，南園緑草又留連。

花朝憶蘭仙妹

蘭窗繡倦鎮無聊，纔罷圍棋又碧簫。記得春宵同對月，新詩題徧緑芭蕉。別來夢境也迢迢，剩有茶烟伴寂寥。腸斷落紅啼杜宇，惹人珠淚灑花朝。

弔小青

段家橋畔草芊芊，冷雨凄風又禁烟。放鶴地原巢處士，踏青人共弔嬋娟。梅花樹樹飛香雪，枝頭杜宇啼紅血。想見當年題曲時，柔腸輾轉愁千結。千結柔腸寫淚痕，桃花一片暗銷

題蛺蝶圖

草暖莎柔二月時，吟窗幽夢正迷離。試將璀璨江淹筆，寫出纏綿謝逸詩。蘛化羅浮便欲仙，穿紅度翠影翩翩。東風揭亂滕王譜，飛入南園緑草邊。

辛　卯

問　桃

劉阮天台遇可真，武陵果否又迷津？如何修得依金母，底事開偏近玉人？飛逐楊花應有恨，化爲紅雨詎無因？不言轉説成蹊易，息氏當年豈效顰？

問　柳

靈和殿裏舊丰情，欲訴離愁可耐聽？眉黛當時緣底緑，眼波此日爲誰青？豈因風起頻翻浪，孰料花飛便化萍？十五纖腰初解舞，春風應許鬥娉婷。

心　花

一笑春從天上來，靈根端合種靈臺。但羅星斗當胸列，自有芳菲繞臆開。結實定徵如意果，含香應屬吉祥胎。千紅萬紫翻新樣，方寸基原勝九陔。

鏡　花

人面芙蓉迥絶倫，幻來空色鬥丰神。紅愁碧怨都如夢，絮果蘭因又豈真？金鑑書呈千歲蕊，玉臺月護一枝春。虚堂寂寂高懸處，芳影繽紛不染塵。

墨　花

香借隃麋氣似蓮，栽培卻藉石爲田。飛來柳絮痕初合，題上芭蕉態轉妍。縷清芬縈彩筆，二分春色落苔箋。淋漓莫笑安期醉，應與江淹夢並傳。

浪　花

萬朵瓊英漾碧流，方圓隨暈遞沈浮。未容蛺蝶探消息，只許鷗鳧共宴遊。波燦明霞紅蓼岸，風翻豔雪白蘋洲。春潮浩淼秋濤急，幾度搴芳獨放舟。

地，當時曾記緑成陰。榮枯轉眼皆塵夢，消長何堪論古今？

曾向芳叢歎落花，鸞飄鳳泊又天涯。劇憐多恨惟吾輩，翻覺無情是歲華。滿徑堆來風欲舞，數枝疎處月初斜。秋容似較春容淡，擬倩雲林寫畫紗。

極目蕭條怯倚樓，紛飛無計可遮留。時聞鴻雁偏多感，節過茱萸便倦遊。斜日照殘吴岸影，西風吹老洞庭秋。那知春水桃花外，別有題紅出御溝。

乾聲鹿踏隔窗知，霜信連番未易支。懷國凋零庾信賦，登臺棖觸少陵詩。非關夜月蛩音促，休怨江城笛韻吹。好待緑天垂蔭日，向榮應是早春時。

呈張理庵六伯

斯文宏奬仰儒宗，一顧曾教冀北空。快論有如窺朗月，襟懷真擬播春風。魚珠容列冰衡内，燕石都收珊網中。不是熱腸兼俠骨，誰知才子本英雄？

造物於儂數太奇，凌雲有志限蛾眉。燈青陋室貧難送，頭白高堂病不支。柳絮何能吟好句，梅花祇解慰愁思。閨中菽水頻憂缺，慙媿盤餐飽德時。時家慈抱恙，承餽多珍。

余素少夢偶一夢率多生平未見事今夢遊大海澄波萬頃須臾日出五色迷離憑眺間忽巨浪如山波濤中躍起一龍俯視余舟作欲攫狀驚寤賦此

乘風壯志慕宗子，破浪何由行萬里？多少英雄牖下終，況予碌碌蛾眉耳。無端就枕作遊仙，海上三山到眼前。天雞未鳴六鼇伏，琉璃世界空澄鮮。波光萬頃連天碧，碧海青天同翕闢。十丈樓船畫鷁飛，遐情欲訪支機石。須臾日出扶桑東，海水都作胭脂紅。綵雲朵朵四圍合，分明錦繡裁天公。神怡心曠塵埃絶，離奇頓慰烟霞癖。馮夷忽啟水晶宮，銀濤雪浪飛千尺。黄龍躍波欲上天，海雨跳珠散如烟。揚鬐鼓鬣頻下視，金光閃鑠摇星躔。瞬時驚醒方知幻，幻中情狀殊難判。烟痕一髮定蓬瀛，可惜不曾登彼岸。

步珊姊書來問訊走筆奉答

雕蟲篆刻逐年華，却喜毫端春色奢。長日小窗扶病坐，自和水墨寫梅花。

落　葉

木落天風感不禁，商聲颯颯助愁心。迷離秋色隨流水，黯淡青山露遠林。此日竟同金布一曲迴風舞落暉，凭闌幾度拂春衣。瀠洄水面文章豔，飄泊枝頭蛺蝶飛。碧草黏天愁黯黯，緑楊踠地影依依。不知杜宇緣何事，剛覺香濃便唤歸。

夜雨聲聲不忍聽，金鈴摇曳酒初醒。暫抛天女辭崑閬，漫逐風姨撲繡屏。碧串誰歌珠錯落，紅牙空按玉瓏玲。較量肥瘦尋芳陌，細數殘英眼倍青。

粉褪香銷劇可憐，晴絲猶解綰纏綿。鶯銜曾説來仙苑，燕蹴偏宜落舞筵。歷盡繁華成幻境，但留枝葉悟真詮。金閨應有關心侶，好譜新聲入彩箋。

題牡丹帳沿

第一名花數洛陽，寫來穠豔冠羣芳。但教錦幃重幃護，何用雕闌百寶裝？金屋朝酣蝴蝶夢，玉樓春擁綺羅香。韶華不老顔常駐，蓬島還應遜此鄉。

夏　夜

欲借雲山豁倦眸，自呼雛婢上簾鈎。黄梅雨過塵襟浣，紅藕風來溽暑收。詩不求工聊遣興，花原易謝豈關愁？銀蟾相對生惆悵，縹緲簫聲何處樓？

除夕憶蘭仙妹

去年當此夕，念我客衣單。佳句鵑啼血，深情鴨爇檀。去年予在山左，妹寄詩有『歸期須在柳含烟』之句。高堂重語此，不覺淚闌干。杯酒殷勤奠，西風心倍酸。

庚　寅

題海棠

乍暖輕寒二月時，粉痕脂影逞芳姿。捲簾惟恐春光老，珍重幽窗寫折枝。

春　暮

簾櫳寂寂日遲遲，繡倦無聊小立時。梁燕巢成春晼晚，緑雲紅雨釀新詩。

落　花

風催廿四太無情，吹落胭脂蝶夢驚。南浦緑波春欲去，西窗紅淚蠟同傾。算來宴賞時多促，待到芬芳歲又更。豈是神仙好離别，步虚聊學許飛瓊。

遊雲林寺瀑來亭和怡堂寄父作

撲地涼雲樹影濃，泉聲鎮日響淙淙。新詩更比山容峭，也似飛來天外峰。

題竹梅

湘水羅浮夢未真，卻從圖畫結芳鄰。一林明月春無價，幾處風簫墨有神。雪霽縞衣聯玉筍，天寒翠袖倚青筠。幾生修得干霄侶，桃李紛紛總後塵。

寄倚香姊壽光

猶記春宵風露寒，海棠花下共凭闌。而今明月圓如鏡，一樣清光兩地看。
折得幽蘭憶素心，三生夙契問苔岑。早知别後思難已，轉悔當時情太深。

中秋憶蘭仙妹

倚偏樓頭十二闌，愁心宛轉似闌干。那堪明月懸孤影，添得離懷感百端。濁酒未能澆塊壘，文章祇是釀酸寒。年來事事成蕉夢，況復閨中雁羽殘。

畫圖重展粉痕新，檢點遺詩欲斷魂。寂寂簾櫳人獨坐，一天梅雨又黄昏。
志負凌雲願竟賒，金針繡線度年華。罡風未免無情甚，偏折階前姊妹花。
攀柳臨歧淚滿衣，玉簫聲斷雁分飛。彌留嗚咽難成語，猶是凝眸盼我歸。
論到才華羨左芬，挑燈問字倍殷勤。斷箋殘墨依然在，弄筆人偏化彩雲。
失怙傷心已十年，芳魂今得侍重泉。入門賸有人琴感，一榻松風冷七絃。妹善鼓琴。

題徐星谿總戎慶超洗硯圖小照

擊劍投壺復嗜書，將軍風雅古今無。名標麟閣修文事，自寫《春波洗硯圖》。

夏日侍怡堂寄父泛舟湖上

西湖邀我侍吟筒，一棹扁舟入畫中。沉李浮瓜當永晝，儘人消受藕花風。

題　畫

眷屬行囊共一車，鞭驅繩束走天涯。世人不爲謀生誤，誰肯風塵閱歲華？

侍怡堂寄父遊平山堂

每臨名勝憶當年，偏值風斜雨細天。金粉繁華餘蔓草，樓臺寂寞鎖荒烟。樊川空抱三生恨，明月何曾萬古圓？笑我泥鴻偶留跡，追陪杖履作遊仙。

楓橋夜泊

蜀魄啼殘四月天，歸來依舊被愁牽。石尤恐擾思鄉夢，不放鐘聲到客船。

舟過虎邱

衣香釵影豔横塘，劍氣消磨霸業荒。廛市珍奇誇十里，惜無一物利農桑。

抵家哭蘭仙五妹 妹歿於二月初九日

形影相依十八年，何期緣盡在離筵？牽衣小别成長别，深悔三齊遠著鞭。

誰信華年似夕暉，乍聞傳語尚疑非。搴帷一慟腸俱裂，底事儂歸汝不歸？

幽明雖已歎殊途，卻怪連宵夢也無。今日招魂空作賦，淚痕將共筆花枯。

題畫芍藥留别倚香四姊

齊樹吴雲路渺漫，相逢不易别尤難。將離花向臨歧寫，無限清愁繞筆端。

留别也園

朝朝詩酒對芳菲，聽到《陽關》淚溼衣。三月春風憐小住，一天花雨竟同歸。重來雖有雲鴻志，此别偏如海燕飛。寄語臨歧休折柳，岱宗回首倍依依。

燕語鶯啼别恨長，分來珠玉豔歸裝。時劉嘉蔭、張學圃兩先生製《南歸》詩見貽。媿無彩筆酬雲錦，賸有詩魂伴海棠。轉眼紅塵千里隔，關心青帝一春忙。殷勤更向花神祝，珍重東風護衆芳。

郯城寄倚香姊

道旁垂柳碧毿毿，慣把離情綰再三。憶别也園纔十日，雨絲風片已江南。

題盟鷗榭圖

萬頃烟波一葉舟，四圍山色望中收。玉壺朗映冰心澈，記取清盟問水鷗。

曲，社燕飛飛話豔陽。看到杏園春似海，不禁離緒憶江鄉。

垂絲海棠

瀟灑丰神豔冶姿，教人難賦比紅詩。華清夢醒猶含醉，紫玉烟銷尚吐絲。香霧如雲籠錦繡，東風和露染胭脂。劇憐窗畔横陳影，明月多情寫折枝。

題怡堂寄父村居雜詠

修禊纔過上巳時，梨雲如夢柳如絲。東風歷亂飛紅雨，青帝來催絶妙詞。
芍藥闌干薜荔牆，藕花多處水雲涼。主人竟日閒無事，自剪芭蕉搨硬黄。
紫蟹初肥菊蕊黄，相邀吟侣共飛觴。夕陽遠映楓林晚，收拾秋光入錦囊。
笑索南檐雪未消，梅花香裏挂吟瓢。眼前景物皆詩料，黑衛何須策灞橋？

題雨中墨竹

千个琅玕墨影濃，渭川淇水寄高踪。無端一陣蕭蕭雨，只恐干霄欲化龍。

汪鳳英姨母以瓶梅穿餉粧台詩以謝之

檢點殘英不忍捐，玉纖寒沁曉頻穿。若非天女將花散，春色何緣到鬢邊？

送笛舟大兄回杭

相對轉無語，相看淚滿衣。生憐一行雁，同出不同歸。千里風霜苦，還須慎燠寒。高堂應念我，好爲説平安。

題山水畫

幾曲清溪幾疊山，便分仙界與人間。白雲遮斷紅塵路，只許松風自往還。

梨　花

困倚東風倦不支，如雲如夢總迷離。飛來白燕渾無跡，聽徹黄鸝合有詩。青女丰姿輸素女，雪兒清豔勝紅兒。重門深掩鞦韆静，好待溶溶月上時。

上巳與李倚香四姊同遊也園

施朱傅粉競芬芳，花氣蒸成百和香。草展裙腰迷緑夢，藤牽衣角妒紅粧。乳鶯款款賡新促，平沙千里雁聲酸。回思前日紅閨裏，寶鴨香温夢未闌。

翻車自嘲

地覆天翻亦太危，死生此際判幾希。驚魂未定神猶怖，應笑廬山面目非。

壽光除夕

行盡山程與水程，故鄉風景已全更。一年又向今宵盡，萬感都從此夕生。悵望白雲遲雁字，燒殘紅燭聽雞聲。遊秦季子裘空敝，倍覺文通賦有情。

己　丑

元旦立春

錦箋吉語焕重門，共坐華堂倒緑樽。歲月又從今日始，爐香猶是隔年温。待看春色回青柳，已覺東風動彩幡。幾度巡檐對疏影，南枝紅綻倚朝暾。

度，瀟灑襟懷磊落胸。一卷珠璣騰虎氣，快吟新句豔芙蓉。

題雲舫先生三癖圖

先生意氣凌層霄，襟懷伉俠人中豪。雲烟落紙珠璣跳，那數蘇海與韓潮？封侯投筆羨班超，霜天走馬欲射鵰。不令青蛾按緑腰，卻將劍術親手教。凝思成癖殊難療，畫工解爲驅無聊。美人駿馬與寶刀，一一都付丹青描。崑崙掣繮玉驄驕，嘶風千里同扶摇。駿骨空珍笑燕昭，何如馳騁奔秋濤。侍兒環立粉黛嬌，得非紅拂與紅綃？青霜紫電風蕭蕭，芙蓉出水寒星飄。豐城龍光射斗杓，佩之涉江可斬蛟。三者備矣塊壘消，無勞濁酒千鍾澆。竚看經綸展六韜，姓名會向凌烟標。

渡黄河

寒濤滚滚水湯湯，都作離人九曲腸。我欲乘槎遊碧落，不愁無路問銀潢。放開眼界山川小，付與文章筆墨狂。更有思親兩行淚，隨波流送到錢塘。

車中感懷

雙鬢蓬飛粉黛殘，征衣如鐵淚闌干。不知客路風霜苦，翻訝生平骨相寒。明月半輪雞唱事未定。何如放頭眠，吾將以義勝。

清河呈春晼李觀察湘莛

爲仰宫牆賦遠遊，今朝先幸識荆州。龍門聲價人争羨，水部才華孰與侔？碧草池塘欣入夢，春風花萼快登樓。慈雲遥芘窮途客，何異身披白傅裘？

和春晼觀察見贈原韻

曾從東浙仰卿雲，披讀鴻章勝所聞。豪邁情懷蘇學士，清新格調杜司勳。筆花絶似梅花豔，吟草還同蘭草芬。深媿緑窗才思弱，瓣香爇處轉情殷。

再和春晼觀察原韻即以告别

瞻韓自昔抵封侯，况復尖叉許唱酬。魚目也勞分鶴俸，蛾眉長此祝鴻庥。詞壇獨樹騷人幟，筆陣頻攻旅客愁。來日衡寒輪跡遠，五雲回首思悠悠。

呈雲舫先生

偶然負笈學萍踪，行盡江南路幾重。已分關山悲阮籍，何期湖海識元龍？雲霞氣誼陽春

吴江舟次寄蘭仙妹善芳

風透疎篷刺骨寒，誰憐遠道客衣單？雁鳴永夜思鄉切，楓冷吴江行路難。異地悵儂嗟陟屺，高堂仗汝勸加餐。此行莫謂歸期杳，來歲梅花當共看。

舟次望金焦兩山

江闊沙平四望遥，舟師指點説金焦。雲團樓閣凌霄漢，風擁魚龍捲暮潮。學士放歌天欲問，畸人真隱影俱消。嗟予挂席匆匆去，孤負烟鬟霧鬢招。

阻雨

聽澈風聲又雨聲，風風雨雨阻行程。不辭客路千重遠，爲感師門一往情。燈火孤篷愁黯淡，天涯斷梗淚縱横。鄉心已共梅花發，惆悵鄰舟唱《渭城》。

舟中失竊笛舟大兄急欲追捕口占數語止之

行李纔一肩，圖書乏半乘。偷兒中夜來，風雨無從聽。窗隙效猱升，捷足闖蹊徑。盈虚理有常，得失數難罄。蘇子散黄金，上卿印翻稱。敝裘雖無存，綈袍或有贈。況彼挺走險，反噬古，寂寞難消淚數行。不信紅顔都薄命，慣留窠臼舊文章。

李雲舫先生在清江見拙集題詩寄贈依韻奉答

自憐生小不知愁，千里隨親作宦遊。薄俸未分椿蔭缺，羈孤從此淚痕留。全家落魄貧兼病，十載傷心春復秋。投筆請纓空有願，安能巾幗覓封侯？

豈有文章海内聞，頒來尺素感情殷。英雄肝膽遥相照，潦倒襟懷轉似焚。敢望點睛施妙墨，卻勞堊鼻運風斤。流傳縱少千秋句，高誼何殊泰岱雲。

李觀察怡堂師以書見召并命作螟蛉女感激賦呈

洙泗門牆繞夢思，又勞青鳥唤追隨。謝庭問字師原父，伏室傳經父即師。辭壘媿非豐羽燕，依林幸作寄生枝。關山千里休相憶，開到梅花是見期。

秋海棠

輕紅淺白態温柔，砌畔牆陰點綴幽。千古癡情原有種，一年離恨恰逢秋。夢迴宫闕霜華冷，修到神仙品格優。閒倚闌干頻覓句，忽驚雙蝶起枝頭。

岱峰遥望五雲深，景仰何時慰夙心？千里魚書傳白雪，媿無彩筆和清吟。

秋夜

日暮倚層樓〔一〕，珠簾懶上鈎。瑶琴彈《子夜》，玉笛按《涼州》。花影一庭月，蟲聲萬户秋。壯懷忘巾幗，絶域夢封侯。時西陲四城失守。

夜色清如許，行吟步緑苔。暝烟依嶺合，明月破雲來。不盡悲秋意，都緣逸驥才。古今同一慨，撫檻自低徊。

校勘記

〔一〕『層』，《兩浙輶軒續録》卷五十四作『城』。

小游仙

十分春色競天涯，閒理絲桐閲歲華。瑶島偶看紅爛漫，三千年放碧桃花。

重重樓閣白雲扃，門對蓬萊作畫屏。太液澄秋涼意滿，優曇花下讀《黄庭》。

讀紅樓夢戲作

無端煉石笑媧皇，引得癡人入夢鄉。争羨春風眠芍藥，誰憐秋雨病瀟湘？纏綿獨抱情千寫罷幽蘭倚曲闌，紅酣緑嫩思漫漫。碧桃滿樹春如許，獨惜雙成不共看。

山左李怡堂觀察世治來杭過訪即蒙收爲弟子賦此誌感即以送別

雕蟲一卷寄愁吟，何幸今朝遇賞音。榮到御車欽北海，語貽良藥即南金。緑窗自分才華淺，絳帳遥依福澤深。欲識高山流水意，冰絃試聽伯牙琴。

河橋風笛倍凄然，垂柳依依綰別船。立雪乍稱詩弟子，蟠根原屬地行仙。蒼茫烟水金牛月，浩落鬚眉壽鶴年。聽到也園花事好，瓣香供奉悟前緣。

題紅緑梅

碧雲縹緲絳霞寒，粧罷胭脂翠袖單。殘雪已消春欲暮，一齊留向畫中看。

山左李雲舫孝廉湘棻以説劒山房詩稾寄示奉題

聲如金石氣如虹，寶劒光騰一卷中。倒峽詞源璀璨筆，青蓮原是舊家風。

罡風吹下衍波箋，顆顆珠璣耀翠鈿。料得霓裳同詠處，大羅天上集詩仙。

自譜愁吟寄寂寥，謬勞大匠採芻蕘。也知附驥三生幸，只恐千秋笑續貂。

鴻雪樓詩選初集卷二

錢塘湘佩女史沈善寶著

戊子

次步珊姊見憶原韻

雪深陋巷寂無譁，正憶仙人萼緑華。豔福三生推趙管，新詩滿幅走龍蛇。飲醇夢繞千山月，盥露函開五色霞。瑶島遠煩青鳥使，幾回珍重問梅花？

送琴舫弟之餘姚

惆悵落梅天，臨歧送阿連。相逢纔匝月，此別又經年。春草池塘夢，東風南浦船。雁行分翼去，寒暖自周旋。

答步珊姊

禁烟時節嫩寒天，雙鯉傳來錦字箋。捲起湘簾重展讀，柳絲花片鬬清妍。

遠，詩留粉壁凍雲癡。焚香展對疎斜影，想見春風第一枝。

題文姬歸漢圖

一拍《胡笳》淚滿衣，玉關生入勝明妃。如何不學梁間燕，攜得雙雛緩緩歸。
腸斷中郎土一坏，只餘弱息委蒿萊。阿瞞此事差爭勝，不惜黃金解愛才。

湖樓望雪

一夕飛瓊景不同，青山頓改舊時容。不知今日憑闌處，身在瑤臺第幾重？

陳兩橋先生甫歸浙水旋赴雲間賦此送别

訓語諄諄頓啟蒙，絳幃剛幸坐春風。無端圖畫開行色，又棹扁舟風雪中。
數行衰柳别情牽，何日重親舊講筵？白雪紅梅滿官驛，好吟新句寄彭宣。

題白梅

羅浮風景憶當年，縞袂相逢態度妍。疎影橫斜清入夢，一枝自寫九嶷仙。

讀吴蘋香夫人花簾詞稿

緑窗耽翰墨，閨閣少知音。不道梅花裏，傳來柳絮吟。歌真高白雪，品欲重南金。從此闌干畔，臨風思不禁。

雲間丁步珊夫人來浙耳余名繪桃花册頁見贈未謀半面遽訂神交賦此報謝

東抹西塗笑此生，誤教大雅重浮名。調脂贈我三春色，展卷縈君一往情。共羨唫壇傳盛事，由來閨閣應同聲。卿雲歸岫緣何速，未許空山掃雪迎。

步珊夫人歸帆已掛猶寫梅花見贈賦謝

傳來芳訊已堪憐，譜出寒香分外妍。久矣金閨推畫聖，何時粧閣拜詩仙。霏微香雪思何極，咫尺天涯夢未圓。從此離愁千萬縷，恐難盡付衍波箋。

題步珊夫人紅緑梅横幅卻寄

顔色輕勻寫玉姿，歲寒藉此慰相思。卻憐翠袖生寒日，正是紅羅鬥豔時。人去孤山清夢樓夫子。槐市春風坐幾年，樓高百尺得薪傳。閉門覓句花初落，按拍填詞月正圓。絳幃偶論詩壇將，當代詞宗推顧況。落筆能開萬朵蓮，拂縑頓湧千層浪。沉雄蒼莽擬少陵，風霜矯健飛秋鷹。縱横逸宕謫仙匹，神龍馳逐烟雲騰。側聆斯語心景仰，荆州未識神先往。祇恨青山隔萬重，難憑緑水浮雙槳。今春夫子賦歸歟，攜將詩草投冰壺。冀免貽譏題鳳字，敢邀相賞到鴻儒。孰意先生留月旦，珠璣貫若明星燦。不薄金閨脂粉詞，轉勞玉律宫商按。我聞張旭點龍睛，滿壁風雲頃刻生。又聞神仙有異術，化鐵成金非故質。先生慧眼何茫茫，燕石居然七寶裝。手浣薔薇重諷詠，涔涔汗溼五銖裳。吁嗟乎，真賞那得眸如燭，魚目混珠仝一哭。蕪詞何幸得垂青，敝帚從兹抵結緑。憐才不盡意綿綿，紙尾重貽藥石言。鶴瘦豈同雞鶩食，梅高方共雪霜妍。扶輪大雅如今少，況儂祇解蛾眉掃。無怪元龍義氣豪，瓣香只薦南豐老。

湖樓暮景

沉沉暮山碧，淼淼波光白。烟靄罩疎林，冥濛忽有迹。我欲灑隃麋，信手圖成册。無奈朔風寒，垂簾情脈脈。不知何處笛，吹落楳成雪。雪落鶴惺忪，梅落香飄擎。明月自穿簾，照我殊清絶。舉首問姮娥，愁懷向誰説？

布，曉粧初罷怯春衣。韶華又是清明近，南陌何人拾翠歸？

感　懷

彈指流光又一春，强憑曲檻遣愁新。梅花逸韻同高士，香草前生是美人。賸有詩魔消慧業，詎容清夢染纖塵？明知泡影終虚幻，歷刼難忘幻裏身。

梅　影　分韻臨水

分明洛浦遇嬋娟，寒蕊凌波態倍妍。掬水溪前香黯淡，尋詩江上意纏綿。照來瘦影人如昨，映到東流夢亦仙。獨惜孤山三百樹，未曾樹樹種湖邊。

懷箋雲女史

蓮漏聽將殘，排愁强倚闌。月明林影瘦，霜重雁聲寒。秋水人千里，春光指一彈。感時與惜別，恨又上眉端。

甬上顧君白先生逸爲予點定詩稿賦謝

八詠樓中一女子，繡餘約畧通書史。傳經久已失椿陰，問字還欣到槐市。予近年受業於陳籥叨附門牆忽數年，殷勤衣鉢許心傳。吟來黃葉秋多感，余詩每多感慨，師常謂非少年所宜。按到紅牙句未圓。余喜填小令，師每稱之。綵筆幾時開夢境，碧雲終是擁詩仙。玉臺久屬徐陵咏，學步騷壇媿不前。徐藍珍女史先列門牆。

蘆　花

蘆荻花明水國秋，無邊晴雪豁吟眸。白蘋紅蓼長隄外，斜照西風古渡頭。一望平沙迷雁影，半遮小港冷漁舟。霜楓幾樹仝蕭瑟，回首潯陽憶舊遊。

丁　亥

桃　花

調脂弄粉曉含嚬，曾向瑶池伴玉真。露井夕陽迷倩女，天台明月醒劉晨。無言但覺春風豔，著意争翻人面新。寄語東皇須護惜，莫教零落逐芳塵。

春　陰

漠漠輕陰護翠微，嵐光雲影辨依稀。釀成花事紅千種，染得苔痕緑四圍。夜雨乍收喧瀑正蕭瑟，腸斷向誰論？

秋柳次陳相之老伯原韻

綿蠻久歇舊鶯歌，幾樹蕭疎奈若何？青眼縱能窺夜月，翠眉難禁斂星河。誰憐張緒風流減，空使桓温感慨多。客舍漫云秋色老，折來持贈尚婆娑。

關心疎縷宿烟浮，秋晚情添脈脈愁。摇落有時迷石逕，依棲倍覺憶瓊樓。一彎涼月郵亭外，幾處寒蟬古渡頭。回首三春歌舞地，芳姿嫋娜尚存不？

轉瞬韶華紀授衣，風前少女尚依依。洗將金粉饒餘韻，舞罷纖腰損舊圍。羌笛幾聲離客遠，寒烟一片夜烏飛。可憐寂寞西泠路，淡影猶籠白板扉。

剩有殘條映酒旗，箇中消息倩誰知？情縈杜老詩多感，愁損潘郎鬢已絲。哀草斜陽凝望處，曉烟疏雨挂帆時。來年重被春風拂，新緑層層蔭鳳池。

題陳簫樓師詩集

湖海狂瀾變幻奇，筆花璀璨墨淋漓。春風桃李千杯酒，秋水芙蓉一卷詩。兩晉風流今再見，三唐格調世争推。文章聲價由來重，顧我何脩列絳帷？

中秋懷柳源師〔一〕

秋風添别思，對景倍淒其。千里全明月，三年隔絳帷。分甘曾此夕，學步又何時？翹首雲天遠，從誰乞護持？

校勘記

〔一〕『源』，諸本皆作『原』，民國本勘誤表正作『源』，據改。

孤雁

萬里孤征振羽翰，西風瑟瑟路漫漫。隨陽未必淩雲易，唳月其如行路難。客館夢回黄葉下，畫樓曲罷素琴寒。數聲飛向秋江晚，無限青山照影單。

秋夜懷劉箋雲女史

病骨倚愁城，懷君對短檠。如何今夜雨，都作斷腸聲？秋水蒹葭冷，天涯歲月更。何當重剪燭，隍鹿話三生。

秋海棠

底事相思淚，能生連理根？三更孤館月，一縷美人魂。態醒華清夢，姿融玉露痕。西風一捻纖纖憶楚腰，嬌柔無限足魂銷。灞陵煙雨秦淮月，占盡風流讓六橋。

也向門前植五株，青帘低颺望糢糊。湖隄舊有酒肆，名『五柳居』。不知昔日陶彭澤，三逕何如西子湖？

十五腰肢舞態工，相攙桃李笑東風。愛才若箇垂青眼，只有枝枝夕照中。

題葬花圖

自憐消瘦不禁春，强起攜鋤病後身。燕子不來紅滿地，葬花人是散花人。

楊　花

飛過朱闌又碧紗，夕陽影裏送年華。蜂捎蝶舞情無限，撩亂春愁是此花。

疑是飛瓊下九天，東風裊裊欲留仙。紅樓十二春如海，何必爲萍恨始捐？

題緑楊深護倚樓人便面

垂楊萬樹緑陰稠，紅袖誰家凭畫樓？正是封侯人未返，依依空鎖一窗愁。

濃淡烟痕深淺愁，漫將眉嫵鬥風流。暮雲一碧湖山晚，長笛聲中獨倚樓。

縫，琢到瓊瑶體倍豐。最好梅花明月下，門寒應許夢相通。

江西姚樹堂寄父昀以寶父柩久留章水慨助麥舟俾羈魂得歸故土

感泣賦謝

七載羈魂泣路窮，關山千里夢難通。生前知己何堪問，死後高情竟獨隆。深感脱驂歌露薤〔一〕，免教旅櫬等飄蓬。不才願作銜環雀，他日飛投緑野中。

校勘記

〔一〕『露薤』，原作『路薤』，據民國本改。

丙戌

西湖柳枝詞

嫋嫋柔條踠地輕，段家橋過又西泠。自從蘇小臨妝鏡，都學眉痕一樣青。

萬縷千條繫畫船，依依情緒想當年。東風被爾句留住，十里湖光分外妍。

浪疊輕紋映緑波，雙柑斗酒聽鶯歌。如何一個張京兆，畫出蛾眉爾許多？

意，搴芳須待素心人。天涯遥望思何極，夢到池塘筆有神。

白　蓮

不與羣芳鬥豔陽，獨留本色在横塘。輕盈漫傳何郎粉，雅澹應羞西子妝。出水分明冰作骨，臨風皎潔玉生香。洗紅唱罷心俱素，贏得清芬襲縞裳。

譚柳源師庭錫寄書見憶感答

蒹葭秋水動遐思，九曲腸迴十二時。欲坐春風難負笈，此生苦恨是蛾眉。

昔時桂院共傾醅，此日秋風桂又開。獨對花枝倍惆悵，閒雲何事不飛來？柳源師常以閒雲野鶴自喻，每有來杭之意。

雨　窗

酸風冷雨最無聊，偏助松聲鼓怒濤。繡綫懶拈人意倦，碧紗窗下讀《離騷》。

雪美人

姮娥忽降廣寒宫，一種風流迴不同。眉黛羞分新柳碧，芳容怕對夕陽紅。裁來縞素衣無渡，五兩輕風助壯游。幾度帆從天際轉，悮他少婦日凝眸。

寒夜感懷

吟蘂如豆恨迷茫，一縷愁仝蓮漏長。已怯西風欺病骨，争禁疎雨斷柔腸。蕭條往事成塵夢，黯淡羈魂滯異鄉。先君靈櫬尚寄江西。風木縈懷嗟罔極，幾回廢讀《蓼莪》章。

門庭寂寞冷青苔，幽思愁魔撥不開。江樹漫教雲影隔，時久不得江西之信。朔風偏送雁聲來。隙駒歲月留難駐，蒼狗人情豈易猜？獨倚闌干腸萬轉，傷心寸寸欲成灰。

消寒閒詠

朔風凜冽怯衣單，景物蕭疎一倚闌。四野彤雲濃似墨，不知釀雪釀嚴寒。

雪滿羣山路渺漫，疎林如在白雲端。尋梅我欲償詩債，只恐香寒句亦寒。

乙酉

春草

莫問山村與水村，芊芊碧色總如茵。要傳大塊文章妙，不數尋常旖旎春。賦別每傷遊子夢，四壁人亭隔院箏。賸得愁懷同向秀，那堪聽澈短長更？

隣花

檢點春光强半殘，隔園花好幾時看？未曾明月仝三徑，分得香風恰一闌。宴賞縱無琴酒會，飄零也覺別離難。多情最是雙飛燕，幾片銜來露尚溥。

隣雞

聞聲起舞説當年，寒夜攤書坐未眠。欲與談元嗟院隔，幾時伴鶴到窗前？板橋茅店霜如雪，竹逕松關月在天。爲報曉籌三唱罷，有人身惹御爐烟。

書燈

寒檠摇曳夜遲遲，尚對雞窗笑我癡。四壁蕭條留影在，十年攻苦賴君知。映來黄卷凝神處，想到青藜照讀時。金粟如來堪自證，不妨相對暫低眉。

客船

年年飄泊逐浮鷗，無數青山任去留。春水緑波人賦別，秋江紅樹客生愁。一篙新漲迎前

予患胃寒經年不愈老嫗以艾炙之感賦

揉艾成綿別一方，團團分得麝蘭香。膏肓未去經年病，皮肉先教此日傷。分痛有誰敦友誼，毀膚難免負高堂。伐毛洗髓尋常事，莫道平生骨未剛。

宵來置茉莉于枕畔清夢乍迴芳沁肺腑不知此身之化蝶歟蝶之化此身歟笑占一律

何必羅浮夢始通，誰知紙帳即芳叢？此時笑我真如蝶，明日將身定御風。幻境秋生仙世界，冰壺涼沁玉玲瓏。詩魂已共花魂化，香雪霏微一枕中。

隣歌

徘徊花逕繞迴廊，何處清音風送將？不是壯懷歌易水，分明豔曲譜霓裳。倚闌悮我時延佇，對月知誰共抑揚。卻怪玉簫無與和，空餘嬌韻度東牆。

隣笛

誰家幽韻動淒清，吹出臨風腸斷聲。落盡梅花緣底事，折出楊柳最關情。一天月破高樓

甲申

送春

正喜簾櫳日漸長，梨雲夢暖燕泥香。不知轉盼鶯花老，卻恨無情歲月忙。芳草斜陽愁黯淡，落英流水路迷茫。只憐樓外垂垂柳，留得清陰緑過牆。

無端幾杵曉鐘聲，頓使東皇去就輕。滿徑飛花縈別緒，數枝垂柳綰離情。且將杯酒殷勤餞，不用陽關感慨生。來歲梅邊重問訊，莫教林下月空明。

燈花

細草含花吐豔新，不關風露不關春。栽培縱藉膏油力，開落寧沾陌路塵。棋子閒敲消永夜，金錢暗擲卜行人。幾番欲剔還防護，仙蝶無勞入夢頻。

荷露

萬柄新荷擁緑雲，露華濃淡燦成紋。風前宛轉珠難定，月下空明色不分。幾度擎來清可浥，有時瀉處暗還聞。累他桂楫蘭橈女，曉起臨流濺碧裙。

舟中吟望

望裏人家半掩扉，梳風殘葉尚依依。幾重烟樹凝寒碧，一片征帆帶夕暉。山好無名篷隙過，鷗閑於客水邊飛。白雲嶺上難回首，倚徧船窗事事非。

桐江夜景

暮山凝紫水連天，秋老楓林葉葉妍。七里寒煙迷古渡，滿江明月放歸船。眠鷗已穩蘆花夢，征雁猶書帶草篇。高閣桐君棲隱處，是誰横笛弄清圓？

抵　家

離鄉無歲不思鄉，到得家山意轉傷。旅櫬尚覊千里月，孤懷空斷九迴腸。麥舟誰繼當年范，葛帔同悲此日羊。回首西風頻感慨，白雲流水兩茫茫。

題閨友拈蘭圖

採得幽蘭坐曉風，珊珊丰格有誰同？要知無上真如諦，只在拈花微笑中。

奉慈回浙舟次感懷

渺渺離懷脈脈愁，關河迢遞棹歸舟。恨如遠岫千層疊，淚逐長江九派流。愧説曹娥能覓父，空悲趙女欲尋讐。雲山盡是蕭條景，棖觸心情總未休。

獨倚篷窗暗斷魂，波光蟾影漾成紋。幾聲欸乃驚鷗夢，一片淒涼感雁羣。四弟留滯西江。人事竟隨流水去，秋心直共篆香焚。滿腔憤懣憑誰訴，空對寒江泣暮雲。

七載章江笑宦居，歸裝祇剩一囊書。自憐弱質同秋燕，誰向窮源問涸魚。蒼狗變遷真莫測，羣狙喜怒究何如？緹縈救父傳今古，看取吴鈎恨有餘。

麥舟慷慨説當年，高誼誰能邁昔賢？千里關河悲阻隔，一家骨肉自周旋。窗延山色秋容瘦，天印波心月影圓。惆悵難尋蕉鹿夢，較量恩怨倍淒然。

夜過瑞洪鎮

旅坐不成寐，徘徊夜色清。沙明知月上，帆飽覺舟輕。漁火參差見，賓鴻斷續鳴。故鄉歸有日，屈指數行程。

癸未

春日閒吟

湘簾數幅晚風輕，坐對酴醾待月明。裊裊爐煙香不斷，海棠初睡莫敲枰。

幸得詩魔送病魔，奈他詩不敵愁多。妬花風雨無情思，又把春紅送緑波。

簾波

卻下晶簾波萬重，層層斜映水流空。縠紋輕漾桃花浪，練影横拖楊柳風。捲起暮雲秋淡宕，蕩來涼月夜玲瓏。誤他燕子頻窺視，似點瀟湘緑皺中。

秋日書懷

痛髫齡之失怙兮，落魄西江。望鄉關之迢遞兮，水遠山長。嗟跋涉之維艱兮，我心憂傷。我心憂傷兮，淚灑千行。一解。對蕭條之景況兮，摧折心肝。悵西風之乍勁兮，吹我衣單。無狡兔之三窟兮，何處能安？何處能安兮，進退俱難。二解。

茶花有名東方亮者

歷盡風霜不染塵，芳姿遠勝玉樓春。香融曉露天將曙，粉膩冰肌夜嚮晨。瀟洒風神應絶代，妖嬈桃李揔難倫。凌寒仙品誰堪侶，只許梅花作主賓。

憶　蘭

如何芳訊竟遲遲，九畹名香繫遠思。夜雨空階憐素質，春風幽谷想仙姿。披榛定有相逢處，紉佩應無自獻時。萬頃瀟湘千里月，夢魂飛繞翠迷離。

憶　梅

久别東風第一枝，暗香疏影起相思。春回孤嶼情牽我，月滿羅浮夢屬誰？願向歲寒堅舊約，聊將瑶想譜新詩〔一〕。連朝豔雪開圖畫，玉骨珊珊冷可支。

校勘記

〔一〕『瑶想』，民國本作『瑶瑟』。

游百花洲

紅橋迤邐繞芳塘，暑意全消竹逕涼。畫舫乍依茳芷岸，薰風先送芰荷香。一堦流水鳴虚筑，幾樹新蟬噪夕陽。更上翠微亭畔望，緑楊無數罨波光。

紙　帳

香囊四角玉鈎斜，幅幅輕柔勝碧紗。一片寒雲懸竹榻，半生清夢繞梅花。海苔色膩應凝露，絳雪光浮欲泛霞。翠羽紅羅空爛漫，高風端合讓蘇家。

秋日晚眺

白雲黄葉襯紅樓，難畫江天淡蕩秋。一抹煙痕凝遠黛，半窗波影瀉清愁。踈林晚唱來樵徑，古渡斜陽泊釣舟。我是憑闌無限思，忘機畢竟讓沙鷗。

秋　感

秋風秋雨釀秋涼，秋色蕭踈秋葉黄。四壁秋蛩驚客夢，半窗秋月斷人腸。秋聲已惹歐陽恨，秋日徒增宋玉傷。無那秋懷消未得，羡他秋菊傲秋霜。

怨，燕睇疑含故國愁。聞説暮煙春樹外，謝家詩思擅南州。

絮　影

縹緲誰憐倩女魂，紛飛幾點過重門。閒隨野馬渾無跡，偶逐春駒乍有痕。夜月化來香共杳，梨雲約處夢難論。夕陽滿地韶光晚，掩映山村又水村。

弔婁妃墓

不共劉安妄學仙，美人雖死耀重泉。須知蕙折蘭摧日，未是紅顔薄命天。黄土一坏埋豔骨，蒼波三尺葬花鈿。大書屏翰留芳蹟，江西藩署爲寧王邸，大門『屏翰』二字即婁妃所書。豈藉香碑第二傳？蔣心餘太史有《一片石》、《第二碑》傳奇。

端午感懷

欲學曹娥媿不如，當年空費父傳書。五絲續命悲何益，一賦招魂恨有餘。椿蔭不堪歌楚些，蒲觴猶記教之無。傷心忍把靈符佩，且伴慈幃話索居。

東籬又見菊舒黄，颯颯秋風度野塘。憶得繡幃簾乍捲，鏡臺相對試新粧。

菊影

映來籬落影芬芳，照見繁枝又一行。幾度移燈頻對酒，有時索笑但聞香。秋容帶月描尤淡，傲骨臨風偶似狂。如有如無空色相，何煩耐冷與迎霜。

感懷

窮途失路復何求，坐對寒檠淚暗流。蓬鬢蕭疎荆挽髻，茅簷低小屋如舟。綿綿細雨來長夜，惻惻西風送暮秋。脩竹窗前緣底事，琤琮徹曉助儂愁。

壬午

春柳

碧玉垂絲色乍勻，幾聲羌笛暗銷魂。一年離緒縈前度，六代宫愁感舊恩。暮雨斜梳青有跡，曉煙深鎖翠無痕。風流記取靈和殿，誰向新枝問宿根？

絲絲無力弄輕柔，舞徧長堤又畫樓。緑舫風和人乍去，紅橋雨細夢初留。鸝鳴似訴陽關

與劉箋雲女史味道

何須騎鶴上青霄，暫借蒲團慰寂寥。色相本來參已透，世情底事苦相撩？綺羅金粉原非福，水月松風即此宵。一笑無言都莫問，碧雲深處好吹簫。

新秋夜坐柬箋雲女史

金風剪剪怯衣單，蓮漏沉沉夜半闌。未有新詩遲贈答，且隨明月共欄干。一堦梧影消殘暑，四壁蛩聲起嫩寒。欲寫秋心調玉軫，幽篁深處幾回彈。

辛　巳

寄趙蓉裳表姊

别來不覺五經春，水遠山遥入夢頻。憶得凭闌曾疊韻，手持紈扇鬥詩新。
一聲横竹淚輕彈，明月邀來照影寒。憶得香温茶熟軒名處，玉簪花墮小闌干。
芭蕉分緑映窗紗，目斷鄉關道路賒。憶得月明涼露下，瑶堦同採海棠花。

庚辰

題莊瑞紅女史詩集 有序

庚辰暮春，莊瑞紅女史以《感懷詩》寄示。琢句清新，不媿《玉臺》之咏；選聲哀感，恍聆《子夜》之歌。浣手溪前，余香灩灩；閉門花裏，秀致翩翩。幾疑蘇蕙迴文，行行錦繡；如入鮫人宫室，串串珠璣。讀幸百回，未親淑範；神交兩地，恰喜同時。予也生長浙西，隨親江右，笑貽鳴蚓，謬學塗鴉。三載章門，痛大椿之頓折；一棺蕭寺，嘆慈竹之無依。陟岵心悲，望雲腸斷。迢迢浙水，歸旅櫬以何年；渺渺吴山，滯孤魂于此日。一様蓬飄異地，何當共慰風霜；於今結縞同心，應許唱酬閨閣。偶因情觸，用誌心欽云爾。

翰墨盈箋涙未收，東風習習入高樓。柔腸一日回千轉，一轉都添一縷愁。

唫成團扇歎紅顔，蹙損雙蛾涙自潸。蝴蝶夢迴千里月，故園幸不阻雲山。

敢矜詠絮與吟椒，無奈悽情託素毫。讀罷新詩低首拜，輸君丰骨等秋高。

潯陽江上水連天，黯黯離愁託杜鵑。極目江山雲樹裏，不知何日是歸年。

蘭

蘭生空谷裏，蕭艾列其旁。不入瑶琴曲，誰知王者香？

天竹

洛川曾寄跡，分得琅玕碧。爲有鳳來儀，故結珊瑚實。

佛手柑

來從衆香國，佳節正傳柑。佛説現身法，拈花妙意參。

述哀

我父入縣城，路僅百餘里。牽衣問歸期，言别數日耳。詎知凶問來，奇禍降尺咫。昊天胡不弔，命忽鴻毛比。匍匐奔縣城，呼搶曷能已？九閽叫不聞，五絲續難起。浩浩氣塞胸，磊落絶偏倚。直以七尺軀，欲挽世風靡。亂民何足責，政體毋乃弛。我思覓吴鈎，願學趙娥技。左揕仇人胸，右抉讒人齒。自恨弱草質，不櫛非男子。況扶病母身，泣血骨欲毁。設我殉父亡，更誰承菽水？海竭岸已移，山崩土亦圮。哀哀抱痛恨，終天長已矣。

月，已抱凌雲一片心。他日冰霜舒勁節，歲寒擬對碧森森。

茉莉花

小朵輕盈雪作魂，香風時送月黄昏。晚妝初罷花初綻，兩鬢斜添玉一痕。

冰壺誰剪玲瓏玉，香襲梅花到骨清。惟恐詩魂真化蝶，夜窗邀月護盈盈。

夜來香

朵朵玲瓏綴玉釵，緑毛么鳳漫疑猜。半簾涼月香初逗，一枕游仙夢乍回。芳氣似曾裁蕙質，幽姿原不借梅胎。烟鬟霧鬢迷離處，令我頻思薛夜來。

新　筍

庭前新竹筍，今尚短於闌〔一〕。待到干霄日，人皆仰面看。

校勘記

〔一〕『闌』，民國本作『蘭』。

鴻雪樓詩選初集卷一

錢塘湘佩女史沈善寶著

己卯 是年十二歲，所有十一歲以前詩散佚未存。

白牡丹

姚黄魏紫漫矜誇，冰雪裝成第一花。富貴翻能存本色，神仙原不尚鉛華。消來豔福清如許，占盡春光淡更賒。他日移栽瑶島去，縞衣應未涴塵沙。

緑蝴蝶

幽恨千秋未易捐，化爲鳳子尚翩翩。粘將竹粉衣初濕，染得苔痕色轉鮮。曉霧香迷花逕裏，夕陽低襯柳陰邊。莫教團扇輕相撲，緑夢纔成亦可憐。

新竹

此君風格絶塵侵，个字纔分緑未深。玉筍聯班真拔萃，龍蓀轉眼便成林。初篩幽逕三更道光十六年丙申孟夏中澣，長白謹堂佟景文拜撰於皖江薇署。

校勘記

〔一〕『序四』，民國本作『原序二』。

序四〔一〕

余忝以館職旬宣，輶軒所至，首以採訪人材爲汲汲。每搜輯閨閣中詩文求其可傳可誦，如國初之朱遠山、張于相諸夫人，往往難之。因思武林擅天下山水之勝，必當有靈秀之氣所鍾之閨彦爲巾幗生色者。去歲寓書於友人張子理庵，囑訪杭之閨秀，如顧和知、林亞清輩，以厭予望。今春理庵報書寄皖，附其女弟子沈湘佩初集詩來，且索序於予。晴窗展讀，頓浣俗塵，不意閨閣中有此如椽巨筆，不特掃盡脂粉之習，且駕蕉園七子而上之，是又予初念之不及此也。

女史天生宿慧，秉承鯉訓，方垂髫時即有聲於豫章。顧才豐而遇嗇，處境困阨而宅心平坦。集中如《述哀》、《葬親》、《哭妹》、《誡弟》諸作，至性至情，懇摯悱惻，令人讀之油然生孝弟之心，其有關於名教匪淺。至如弔古、詠物、遣興、感懷諸作，揆度事理，言中有物，一空前人窠臼，尤徵卓識，非尋常裁紅刻翠者所能望其肩背。此才也，豈惟巾幗中不易得，正恐翔步木天，入金馬玉堂之選，亦不數數覯也。積厚流光，否極泰至，即此日之盤根錯節，愈以徵異日之富貴壽考，理有不爽。望勿介意於眼前之境，更益精進，則所詣詎有涯耶？特是予足跡半天下，楚、粵、滇、黔游歷殆徧，而獨未至浙，意者武林山水甲於天下，故其靈淑之氣所鍾，尤獨出而冠時讀女史詩，益神往於六橋三竺間矣。

奇，尚虛心而師竹。衹以忽忽返棹，倉卒時未酬白雪之歌；更恨草草赴松，咫尺間又值秋霖之阻。四年契闊，五内懷思。兹幸遠惠一編，不啻榮瞻七寶。深慙淺學，何敢弁言？惟是忝居雁序，韋絃之助良多；快讀鴻篇，雷岸之書宜報。竊悲茹荼之賦命不辰，磨蝎之立宫特舛。鳳臺人去，鸞鏡形單。已傷伯道無兒，漫説中郎有女。久焚筆硯，早知識字爲引恨之媒；無意詩歌，益悔聰明乃種愁之果。覽君巨集，令我開顔。福慧雙修，一洗儷白妃青之習；德言兼備，迥殊裁紅刻翠之詞。爰綴瓦礫以攄忱，堪笑蠡量翰海；尚冀瓊瑶之續輯，争聆樂譜鈞天。謹序。

道光十有六年丙申春日，愚姊歸潁川郡雲間步珊丁佩拜撰。

校勘記

〔一〕民國本作『原序一』。

〔二〕『蟠』，原作『蟠』，據民國本改。

序　三〔一〕

原夫絳幔傳經，韋宣文輝增巾幗；彤廷續史，曹大家筆勝鬚眉。然皆皤髩蜚聲〔二〕，未必青年擅譽。至若椒花製頌，柳絮聯吟。數言播美，歎全豹之難窺；片羽流芳，悵雕龍之罕覯。是欲求風華於妝閣，卜淹雅於冲齡，誠戛戛乎其難之，而於是知我沈湘佩賢妹爲不可及也。

湘佩閥閱名家，詩書世冑。舊居霅水，祥光靄於浮暉；遷吉錢塘，淑秀占乎靈鷲。垂髫隨宦，秉訓鯉庭；總角知書，承歡燕寢。霞舒雲捲，掃眉誇七步之奇；電掣風馳，不櫛擅八叉之敏。既而悲生陟岵，啼鵑灑血以三年；哀述望雲，澤雁淒鳴於五夜。竭丹青之綿力，迓旅櫬於章江；籌菽水之豐腴，奉慈闈於珂里。點金乏術，耕以硯田；乞米有方，責諸鶩絹。煙霞點染，聚春色於豪端；風月平章，繪秋聲於腕底。方謂女兼子職，稍盡烏私；何期天降鞠兇，復驚蓼折。衰麻如雪，偏逢萁釜之吟；勁草當風，更迫鴒原之困。歎弱息而獨承喪葬，佳城之馬鬣崇高；處窘鄉而廣植松楸，墓木之龍鱗斑駁。是蓋純孝篤於性成，而博學猶其餘事也。

佩神交七載，訂金蘭於未面之前；把晤片時，攜玉腕於傷心之頃。豐肌膩理，豔質端莊；皓齒明眸，丰神韶秀。言霏玉屑，欽星宿之羅胷；帖悟金釵，覩龍蛇之滿紙。評騭人材，於廿一史冰鑑平懸；討論文體，於三千年驪珠獨握。闡五車之精蘊，猶遜志於爲山；摻二酉之新道光戊子歲六月上澣，山左閆邱七十又二老人怡堂李世治書於虎林旅次。

校勘記

〔一〕『序二』，民國本作『原序三』。

序二[一]

錢唐擅天下山水之奇，其靈秀之氣往往鍾於閨閣。余嘗讀西泠七子詩而心嚮往之。今年夏五來杭，得見湘佩女史詩，卓然成家，浣薇雒誦，如奏鈞天之樂，掃盡世間凡響。因揖訪之，吐屬風雅，學問淹博，與之談天下事，衡量古今人物，議論悉中窾要。間或試以詞賦，倚馬立成，不假思索。以是知前代之詠絮吟椒，猶淺才也。

女史系出吴興望族，蘐堂吴浣素夫人亦一時名媛，才藻富麗，著有《簫引樓集》。家學淵源，秉承有自，徽音克紹，真可謂不櫛進士矣。廼女史謙沖自抑，不棄衰朽，執弟子禮甚恭，輯其古今體詩就正於余。余才疏質鈍，萬不及一，殊自愧焉。憶少時隨任西川，喜弄文翰。通籍後，供職春明，間有吟詠，然皆箏琶細響，不足以言黄鐘大吕之音。迨出守楚北，監司西夏，簿書鞅掌，車馬馳驅，塵積硯池，此事遂廢。

今老矣，跋涉來遊，初意不過冀觀錢唐山水之奇而止耳，而不圖於巾幗中得遇此奇偉之才，使久荒筆墨之人見獵心喜，頓忘布鼓雷門之誚。則僕僕二千里，不惟得覩山水之奇，並得覩山水靈秀之氣所鍾之一人，是此行洵屬不虚，實余之厚幸也。爰識數言於簡端，以誌傾倒云尔。

序一〔一〕

余兩至浙省，耳女史沈湘佩名。今春友人陳簫樓將其詩來，展讀一過，齒頰生香。既而索其全稿，諸體悉備。胷羅經史，秀韻天成，而逸氣豪情溢於楮上，有如九嶷仙人珮環雲表，迥非人間服烟火食者所能企及，又豈尋常閨閣篆刻雲霞、雕摻風月之所可擬耶？聞女史年纔及笄，穎悟絶倫，性篤孝友，故詩中至情流露，得温厚和平之旨。具此雋才，福慧雙修，他日所造奚可量哉？爰綴數言於卷首以歸之。

道光丁亥清和既望，長白海飄富呢揚阿拜題。

校勘記

〔一〕『序一』，原刻本諸序次序不一，且有失收丁佩、佟景文二序者。今以撰作先後相次，並分題『序一』至『序四』，以清眉目。此序民國本作『原序四』。

鴻雪樓詩選初集

名媛詩話

鴻雪樓外集

鴻雪樓外集拾遺

鴻雪廔詞

鴻雪樓詩草

附

題詞

卷十五

辛　亥

卷十三

卷十二

丁未

卷十一

卷十

卷九

癸　卯

目録

卷八

辛丑

庚　子

卷七

己　亥

卷六

卷五

卷四

甲午

庚寅

卷二

目録

鴻雪樓詩選初集

注釋

〔一〕所敘沈善寶事，參《清代女作家沈善寶年譜前篇》，鍾慧玲著，臺灣東海大學《東海中文學報》第十九期，二〇〇七年七月，第一九五至二二五頁。

〔二〕關於其詩文集版本，可參《沈善寶存世作品的版本與流傳》，崔鍦子，《饒學與華學　第二届饒宗頤與華學暨香港大學饒宗頤學術館成立十周年慶典國際學術研討會論文集》，鄭煒明主編，上海辭書出版社二〇一六年，下册第一〇二〇至一〇三〇頁。

〔三〕《書寫自我、書寫人生：沈善寶性别化自傳／傳記的書寫實踐》，方秀潔著，邱于芸、王志鋒譯，收入姚平主編《當代西方漢學研究集萃　婦女史卷》，上海古籍出版社二〇一六年，第二〇一至二三四頁。

整理之初即對沈善寳存世詩文集版本多所指教，讓筆者受益匪淺；又於新冠肺炎期間對小書精校而細勘，匡我不逮，不愧沈氏功臣。限於學識，疏漏之處或在所難免，還請海内方家不吝指正。

譚勤　識於浙江師範大學江南文化研究中心

二〇一九年八月八日初稿

二〇二〇年五月十四日二稿

二〇二一年一月十二日三稿

館藏民國十三年鉛印本(八卷,省稱爲民國本)參校。

集後附有集外詩文(已入《名媛詩話》者未輯)、序跋、師友唱和等資料,以備學界參考。惟作者交遊廣闊,其師友應酬附和之作多已載入《名媛詩話》,故附録僅輯入與其關係密切之顧太清、吴藻等詩文集中唱和之作以窺其一斑,餘不贅及。

此次整理儘量遵照底本,部分生僻異體字易爲通行規範字,底本空缺或難以辨識之處,儘量參考不同版本或其他材料補出,並以校勘記説明。文獻難徵,實在無法補出者,以『□』標示。

整理初稿完成後,得路偉兄及北京大學藝術學院博士後朱俐俐、浙江師範大學講師陸穎博士等熱心相助,得以補入沈善寶爲閨友張孟緹著《澹蘜軒初稿》所撰序文;上海圖書館沈從文先生、北京師範大學朱聖潔博士協校《名媛詩話》部分異文,拙荆浙江大學古籍研究所張敬霞博士代爲複印附録相關資料,中山大學圖書館張紅女史、蘇州圖書館卿朝暉先生、紹興圖書館唐微女史、浙江師範大學江南文化研究中心肖婉琴女史、浙江師範大學鮑宗偉博士、中國人民大學俞風博士等對書影貢獻頗多,使本書生色不少;友生俞樾、盛葉、謝雨晨、丁雨萌校讀了部分樣稿;録文得江南大學講師熊湘博士、路偉兄相助;沈善寶《墨梅》卷録文承浙江師範大學講師王挺斌博士、李義敏博士細心勘正;書稿出版得到浙江師範大學人文學院張涌泉教授、李聖華教授、宋清秀教授等大力支持,慨予資助,於此統致謝忱。責編路偉兄博學而多識,主張百花齊放，以神韻有無論詩藝高低，似見王漁洋神韻説之遺響，不失爲一家之言。宜乎其《詩話》能博采廣收，隻眼獨具，或表彰其氣節，或網羅其佚文，或稱頌其文采，或讚揚其風範，使古代閨秀得以因節義、才華而名揚後世，德被古今名媛，可謂功德無量。同時亦惠及己身，其自身作品之保存，與此類詩話著述亦結下不解之緣：民國期間，其侄孫沈敏元因沈善寶詩集難覓，恐先祖詩文散佚，多方搜尋，得《鴻雪樓詩選初集》四卷、《名媛詩話》八卷，並從《閨秀詩話》、《閨秀詞話》輯録其逸出集外詩文爲《鴻雪樓外集》一卷。

是集收有《鴻雪樓詩選初集》、《鴻雪樓詩草》、《鴻雪廔詞》、《鴻雪樓外集》、《名媛詩話》五種。其中，《鴻雪樓詩選初集》以浙江圖書館藏道光刻十五卷足本爲底本，校以上海圖書館藏道光十六年（一八三六）刻本（四卷，省稱爲道光四卷本）、《清代詩文集彙編》第六二八册影印本（六卷，省稱爲道光六卷本）、民國十三年鉛印本（四卷，省稱爲民國本）；《鴻雪樓詩草》以上海圖書館藏《鴻雪樓詩草》爲底本；《鴻雪樓外集》以民國十三年鉛印本爲底本；《鴻雪廔詞》據徐乃昌刻《小檀欒室彙刻閨秀詞》本爲底本，校以南京圖書館藏《鴻雪樓詞》抄本（省稱爲南圖抄本）；《名媛詩話》據《續修四庫全書》第一七〇六册影印中山大學圖書館藏光緒鴻雪樓刻本爲底本，以《中國詩話珍本叢書》影印本（省稱爲四卷本）、國家圖書館藏寓言報館鉛印本（八卷，省稱爲寓言報館本）、國家圖書館藏十二卷本（省稱爲十二卷本）、浙江圖書玉，秋陽赤。把蓬窗倚遍，唾壺擊缺。游子征衫攙淚雨，高堂短鬢飛霜雪。問蒼蒼、生我欲何爲，空磨折。』有徐乃昌刻《小檀欒室彙刻閨秀詞》本及南京圖書館藏抄本。

《鴻雪樓詩草》一卷，抄本，藏於上海圖書館。卷首有湯家衡序，所收爲詩人早年作品，多未見於《鴻雪樓詩選初集》刻本，或雖見於《初集》而文字亦頗有異同，對考察其早年文學創作及經歷有重要意義[三]，因全文採入，以備研究者參考。

《名媛詩話》之緣起，作者《自序》曾加以交代：『竊思閨秀之學與文士不同，而閨秀之傳又較文士不易。蓋文士自幼即肄習經史，旁及詩賦，有父兄教誨，師友討論，閨秀則既無文士之師承，又不能專習詩文，故非聰慧絶倫者，萬不能詩。生於名門巨族，遇父兄師友知詩者傳揚尚易，倘生於蓬篳，嫁於村俗，則湮没無聞者不知凡幾。余有深感焉，故不辭摭拾蒐輯而爲是編。』前此之女性詩話著作，或附驥於男性詩話之中，不過寥寥數語；或僅戔戔小册，『蒐采簡畧，備體而已』。《名媛詩話》則專録閨閣詩文，增至十二卷，《續詩話》上、中、下三卷，總計十五卷。無論是篇幅，還是所涉詩人，皆遠邁前賢。採擇遺逸，發潛抉幽，有功昔賢不可謂不大；兹後閨秀類詩話蜂出，踵事增華，蔚爲大觀，沾溉後學不可謂不深。由附庸而成大國，此類詩話遂成爲清代文學大觀園裏一道亮麗的風景綫。《名媛詩話》雖多録歷代閨秀詩文，然對當時詩壇分門別派的風氣似不無微言：『余常論詩猶花也，牡丹、芍藥具國色天香，一望知其富貴。他如梅品孤高，水仙清潔，杏桃穠豔，蘭菊幽貞，此外則或以香勝，或以色著，但具一致，之詩迥然不同，秀美而外每多慷慨之氣。如《渡黄河》：『寒濤滚滚水湯湯，都作離人九曲腸。我欲乘槎遊碧落，不愁無路問銀潢。放開眼界山川小，付與文章筆墨狂。更有思親兩行淚，隨波流送到錢塘。』豪放與婉約並重，逸興與壯懷齊飛，讀來自有一番英偉之氣。

其生平著述甚豐，有《鴻雪樓詩選初集》十五卷、《鴻雪樓詩草》一卷、《鴻雪樓外集》一卷、《鴻雪樓詞》一卷、《名媛詩話》十二卷、《續詩話》三卷〔二〕。

《鴻雪樓詩選初集》十五卷，以『鴻雪』名樓、名集，其取意蓋淵源於蘇軾的《和子由澠池懷舊》一詩：『人生到處知何似，應似飛鴻踏雪泥。泥上偶然留指爪，鴻飛那復計東西。老僧已死成新塔，壞壁無由見舊題。往日崎嶇還記否，路長人困蹇驢嘶。』大概沈湘佩對蘇軾此喻極爲青睞，故於詩文中致意再三，如《秋日登放鶴亭》：『鴻雪有痕留爪印，碧雲無際淡秋光。』《秋日感懷》十二：『雪泥鴻爪憶當年，菽水關心放畫船。』《舟行雜詩》：『雪泥何處尋鴻迹，記放蘭橈十二年。』以此名集也就在情理之中。其詩先有《鴻雪樓詩選初集》四卷，後續刻二卷增至六卷，後又增刻《鴻雪樓詩草》數卷，遂總爲十五卷，仍以《鴻雪樓詩選初集》爲題。

《鴻雪樓詞》一卷，爲其摯友吴藻編選，譽者以爲『有裁雲鏤月之妙，湔香滴粉之奇』（《閨秀詩話》卷一）。此外尚有不少聲情激越、悲壯蒼凉之詞，其豪邁之氣亦是曲子詞中縛不住者。如《滿江紅·渡揚子江感成》：『滚滚銀濤，瀉不盡、心頭熱血。想當年、山頭擂鼓，是何事業。肘後難懸蘇季印，囊中賸有文通筆。數古來、巾幗幾英雄，愁難説。望北固，秋煙碧。指浮

前言

沈善寶（一八〇八—一八六二），字湘佩，號西湖散人，錢塘（今浙江杭州）人，江西義寧州判沈學琳女。母爲如皋吴世仁，字浣素。前半生命運坎坷，九歲時家遇杭城大火，家中屋宇珍物、萬卷藏書俱毁於一旦，家道由是中落，後賴善寶以詩、畫潤筆維持生計。嘉慶二十四年（一八一九）沈父自戕於江西義寧州判任所，是年沈善寶十二歲。道光九年（一八二九），妹善芳殁；道光十一年（一八三一），師陳權病逝；道光十二年（一八三二），叔父沈綸新病故，母逝；道光十三年（一八三三），師陳毓橺殁於京寓，弟善熙病卒。道光十四年（一八三四）始湊齊葬資，終得償所願，將親屬遺體八棺並葬，爲時人所稱，年僅二十七歲〔一〕。道光十七年（一八三七）奉義母史太夫人之命入京。次年，歸吏部郎中武淩雲爲繼室，始有安身之所，得以從容度過生平最爲安定的一段歲月。道光二十八年（一八四八），完成《名媛詩話》初稿。咸豐四年（一八五四），隨夫宦遊山西。同治元年（一八六二），隨夫自山西返京就養，不久辭世，時年五十五歲。

善寶習詩，受譚庭錫、陳權、陳毓橺、李世治、張理庵諸師熏染，賞奇析疑；復得顧太清、吴藻、丁佩（陳毓橺妻）等閨友砥礪，步韻聯吟。兼以閲世之深、遊歷之廣，故其詩風與尋常閨閣

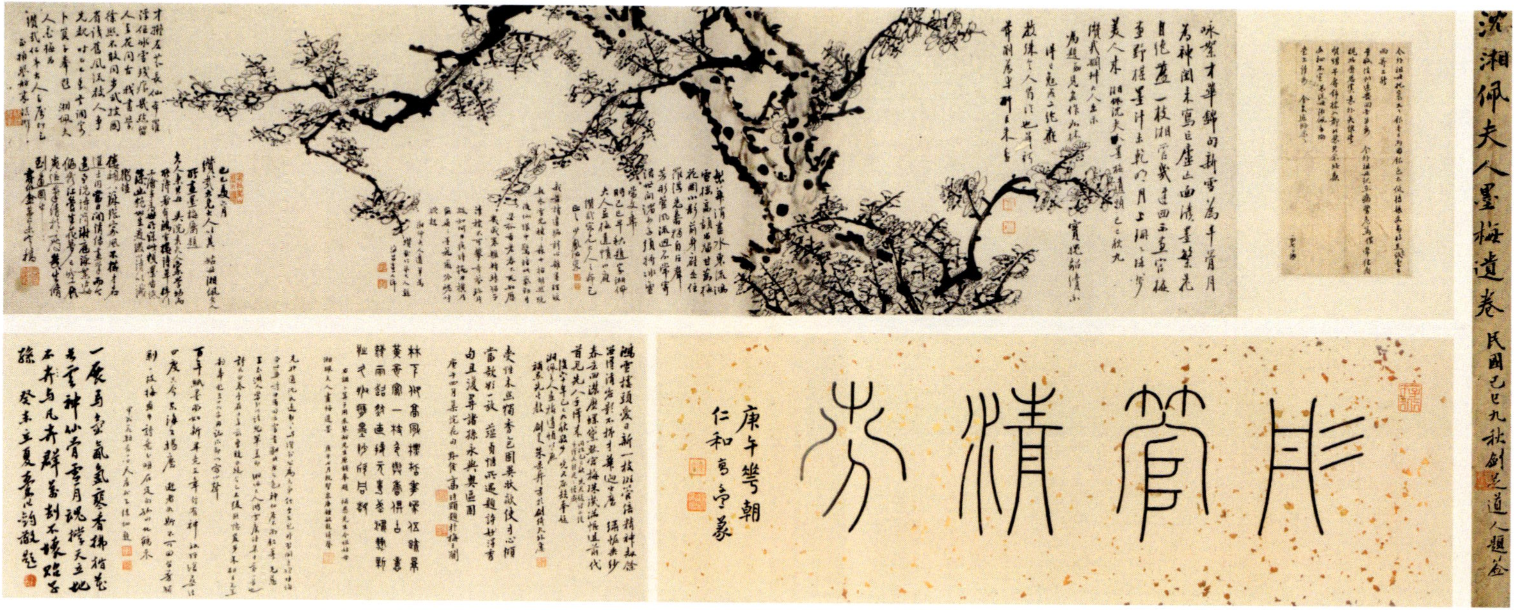

沈善寶繪《寒梅清芬圖》

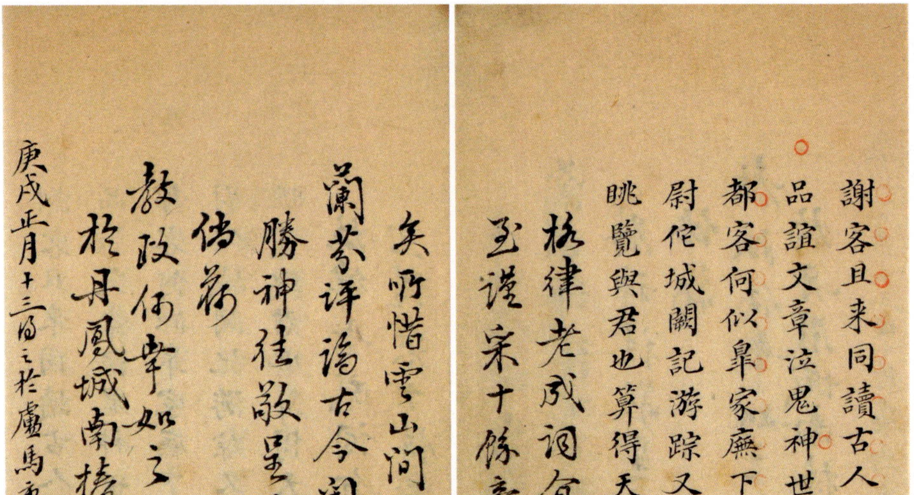

國家圖書館藏陳葆貞《綺餘書室詩稿》沈善寶跋

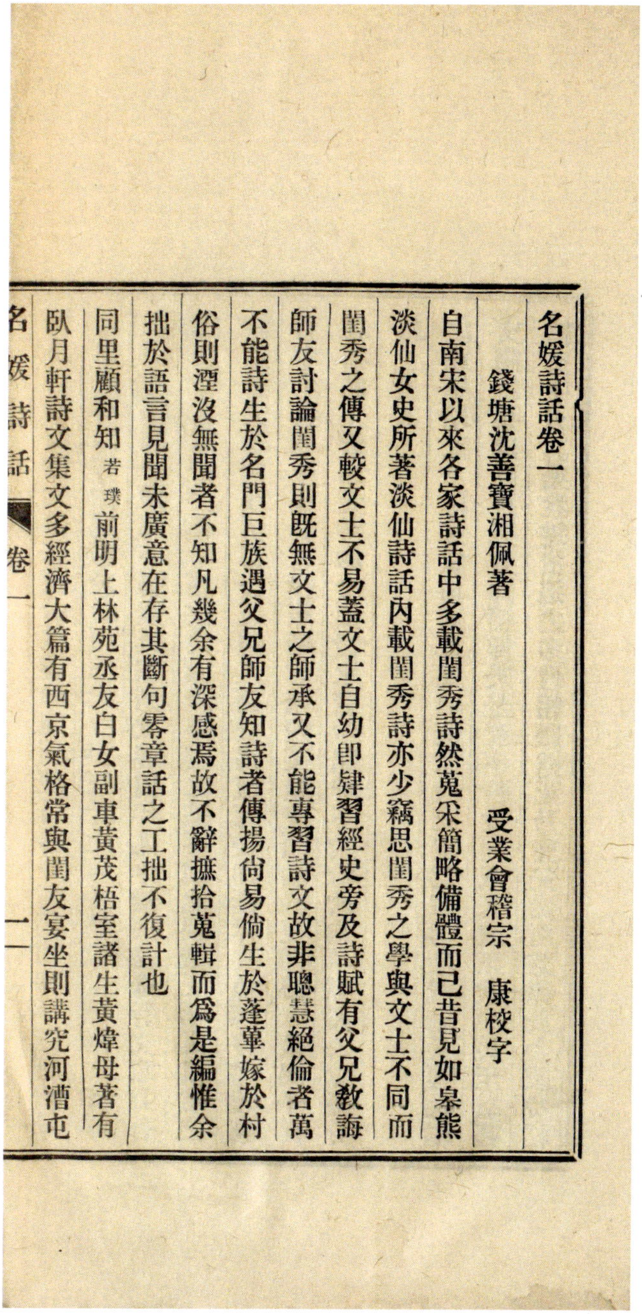
名媛詩話卷一

錢塘沈善寶湘佩著　受業會稽宗　康校字

自南宋以來各家詩話中多載閨秀詩然蒐采簡略備體而已昔見如皋熊淡仙女史所著淡仙詩話內載閨秀詩亦少竊思閨秀之學與文士不同而閨秀之傳又較文士不易蓋文士自幼即肄習經史旁及詩賦有父兄教誨師友討論閨秀則既無文士之師承又不能專習詩文故非聰慧絕倫者萬不能詩生於名門巨族遇父兄師友知詩者傳揚尚易倘生於蓬蓽嫁於村俗則湮沒無聞者不知凡幾余有深感焉故不辭摭拾蒐輯而爲是編惟余拙於語言見聞未廣意在存其斷句零章話之工拙不復計也

同里顧和知（若璞）前明上林苑丞友白女副車黃茂梧室諸生黃煒母著有臥月軒詩文集文多經濟大篇有西京氣格常與閨友宴坐則講究河漕屯

名媛詩話　卷一　一

浙江圖書館藏《名媛詩話》民國十三年鉛印本

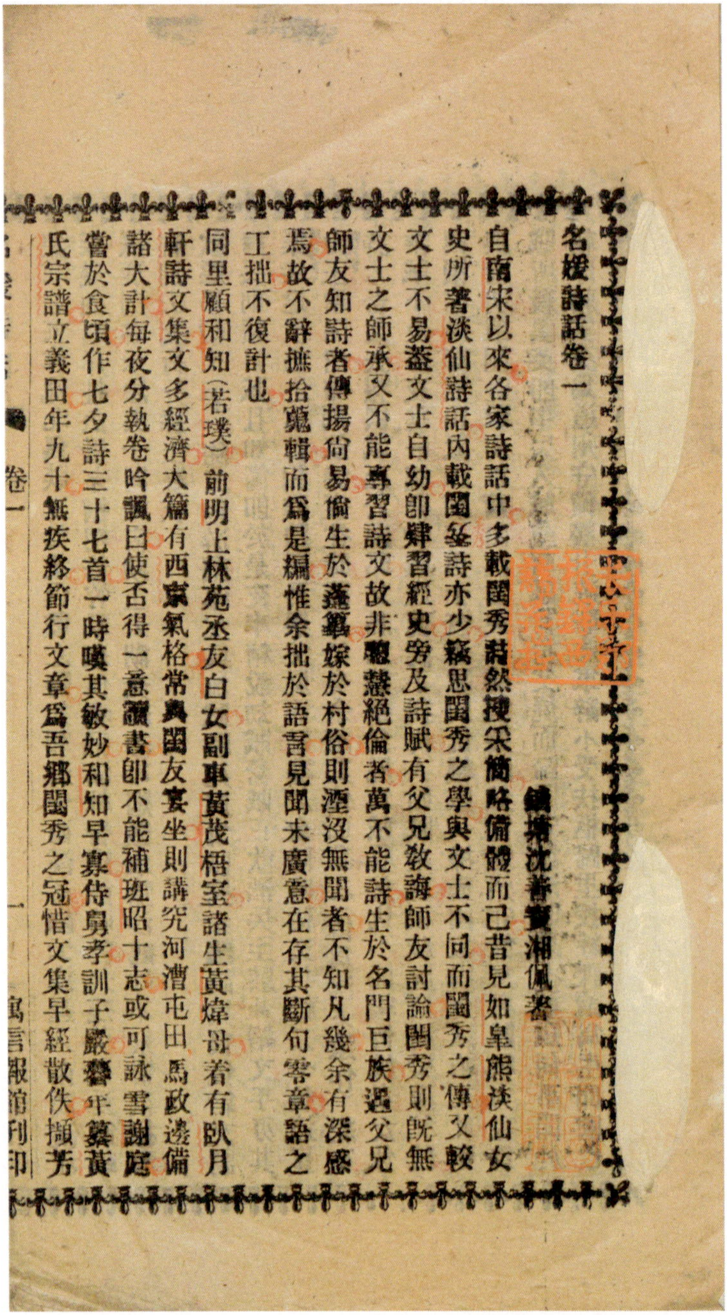
名媛詩話卷一　錢塘沈善寶湘佩著

自南宋以來各家詩話中多載閨秀詩然搜采簡略備體而已昔見如皐熊淡仙女史所著淡仙詩話內載閨秀詩亦少竊思閨秀之學與文士不同而閨秀之傳又較文士不易蓋文士自幼即肄習經史旁及詩賦有父兄教誨師友討論閨秀則既無文士之師承又不能專習詩文故非聰慧絕倫者萬不能詩生於名門巨族遇父兄師友知詩者傳揚尚易倘生於蓬蓽嫁於村俗則湮沒無聞者不知凡幾余有深感焉故不辭撫拾蒐輯而爲是編惟余拙於語言見聞未廣意在存其斷句零章語之工拙不復計也

同里顧和知(若璞)前明上林苑丞友白女副車黃茂梧室諸生黃煒母着有卧月軒詩文集文多經濟大篇有西京氣格常與閨友宴坐則講究河漕屯田馬政邊備諸大計每夜分執卷吟諷曰使否得一意讀書即不能補班昭十志或可詠雪謝庭嘗於食頃作七夕詩三十七首一時嘆其敏妙和知早寡侍舅孝訓子嚴犁年纂黃氏宗譜立義田年九十無疾終節行文章爲吾鄉閨秀之冠惜文集早經散佚擷芳

國家圖書館藏《名媛詩話》寓言報館鉛印本

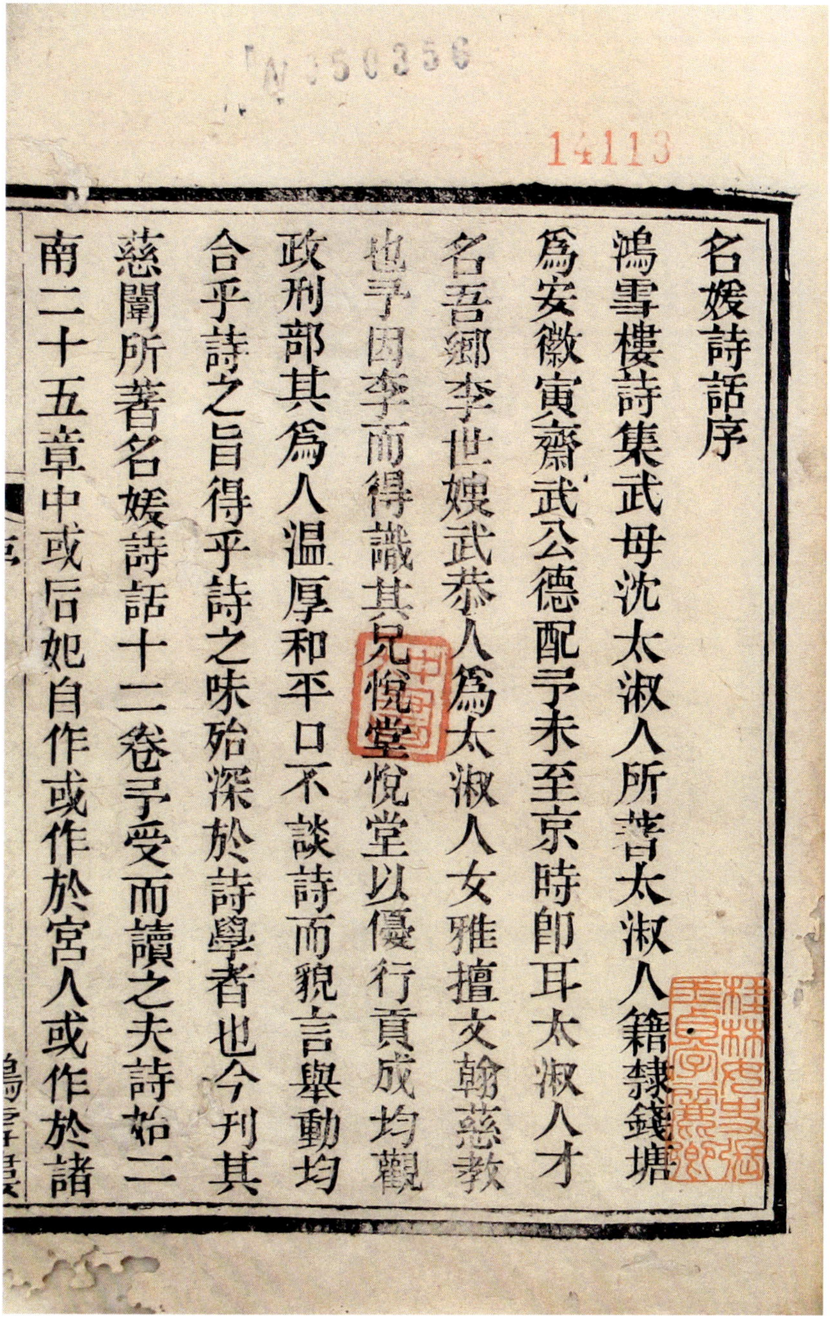

名媛詩話序

鴻雪樓詩集武母沈太淑人所著太淑人籍隸錢塘爲安徽寅齋武公德配予未至京時卽耳太淑人才名吾鄉李世嫂武恭人爲太淑人女雅擅文翰慈教也予因李而得識其兄悅堂悅堂以優行貢成均觀政刑部其爲人溫厚和平口不談詩而貌言舉動均合乎詩之旨得乎詩之味殆深於詩學者也今刊其慈闈所著名媛詩話十二卷予受而讀之夫詩始二南二十五章中或后妃自作或作於宮人或作於諸

中山大學圖書館藏《名媛詩話》光緒刻本

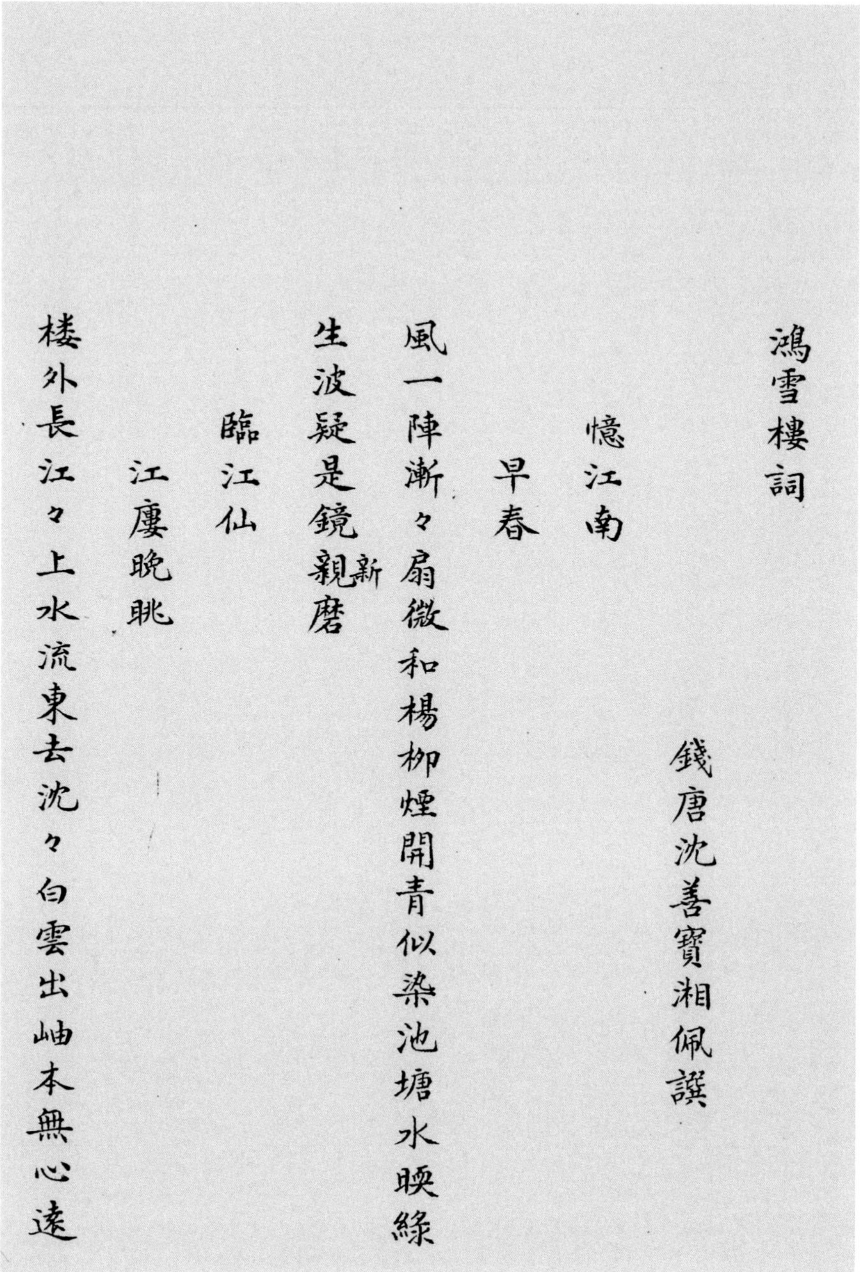

鴻雪樓詞

錢唐沈善寶湘佩譔

憶江南

早春

風一陣漸々扇微和楊柳煙開青似染池塘水暎綠生波疑是鏡新親磨

臨江仙

江廔晚眺

楼外長江々上水流東去沈々白雲出岫本無心遠

南京圖書館藏《鴻雪樓詞》抄本

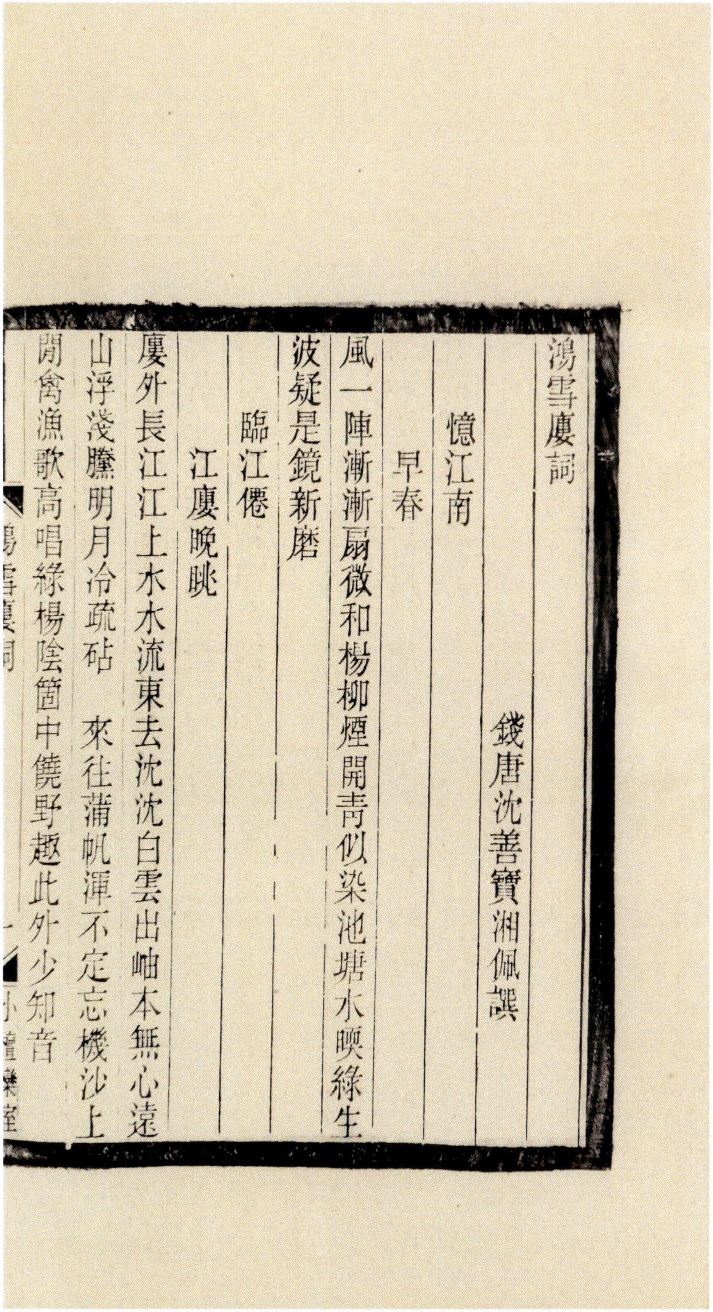
鴻雪廔詞

錢唐沈善寶湘佩譔

憶江南

早春

風一陣漸漸扇微和楊柳煙開青似染池塘水暖綠生波疑是鏡新磨

臨江僊

江廔晚眺

廔外長江江上水水流東去沈沈白雲出岫本無心遠山浮淺黛明月冷疏砧　來往蒲帆渾不定忘機沙上閒禽漁歌高唱綠楊陰箇中饒野趣此外少知音

蘇州圖書館藏《鴻雪廔詞》光緒徐乃昌刻本

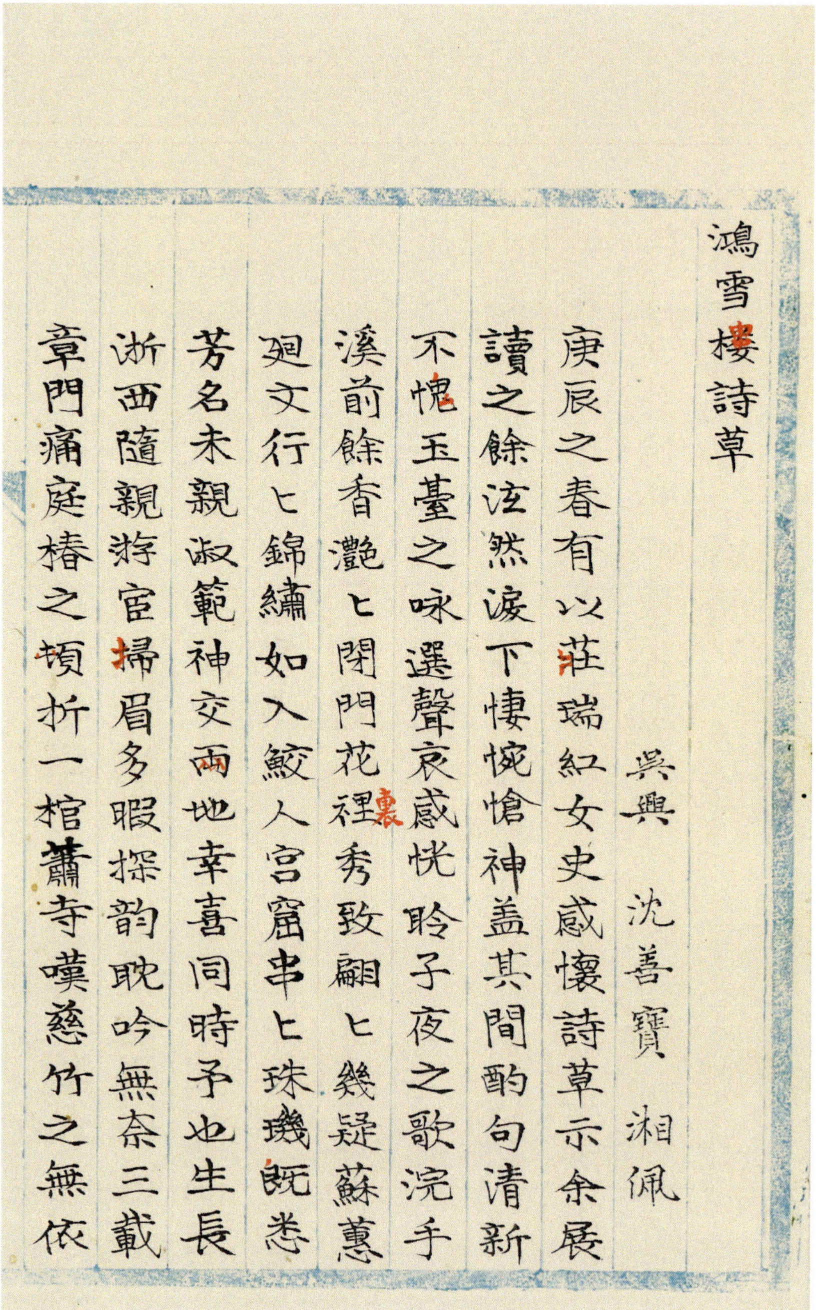
鴻雪樓詩草

吳興 沈善寶 湘佩

庚辰之春有以莊瑞紅女史感懷詩草示余展讀之餘泫然淚下悽惋愴神蓋其間酌句清新不愧玉臺之咏選聲哀感恍聆子夜之歌浣手溪前餘香灧灧閉門花裡秀致翩翩幾疑蘇蕙廻文行行錦繡如入鮫人宮窟串串珠璣既卷芳名未親淑範神交兩地幸喜同時予也生長浙西隨親游宦掃眉多暇探韵耽吟無奈三載章門痛庭椿之頓折一棺蕭寺嘆慈竹之無依

上海圖書館藏《鴻雪樓詩草》抄本

鴻雪樓詩選初集卷一

錢塘湘佩女史沈善寶著

己卯是年十二歲所有十一歲以前詩散佚未存

白牡丹

姚黃魏紫漫矜誇冰雪裝成第一花富貴翻能存本色神仙原不尙鉛華消來豔福清如許占盡春光淡更賒他日移栽瑤島去縞衣應未涴塵沙

綠蝴蝶

幽恨千秋未易捐化爲鳳子尙翩翩粘將竹粉衣初濕染得苔痕色轉鮮曉霧香迷花逕裏夕陽低襯柳陰邊莫教團扇輕相撲綠夢纔成亦可憐

紹興圖書館藏《鴻雪樓詩選初集》民國十三年鉛印本

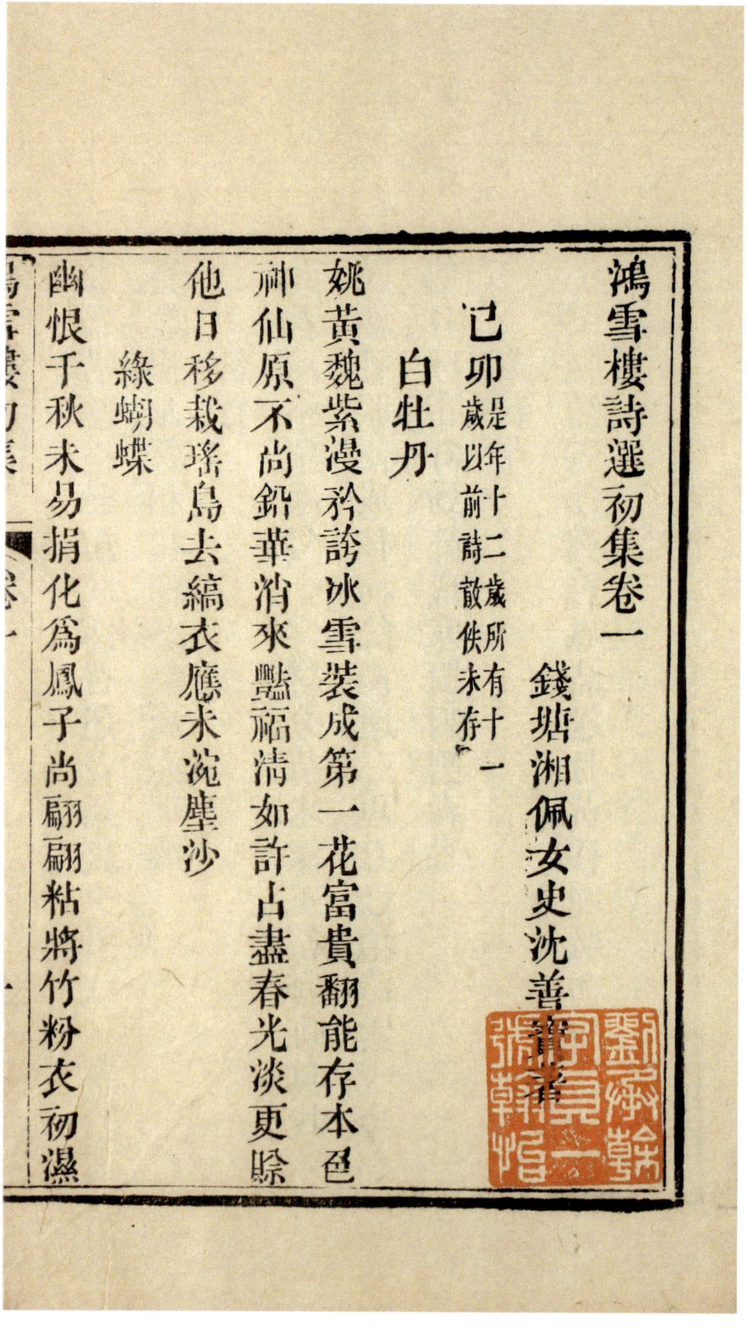
鴻雪樓詩選初集卷一

錢塘湘佩女史沈善寶著

己卯（是年十二歲所有十一歲以前詩散佚未存）

白牡丹

姚黃魏紫漫矜誇冰雪裝成第一花富貴翻能存本色
神仙原不尚鉛華消來豔福清如許占盡春光淡更賒
他日移栽瑤島去縞衣應未涴塵沙

綠蝴蝶

幽恨千秋未易捐化爲鳳子尚翩翩粘將竹粉衣初濕

浙江圖書館藏《鴻雪樓詩選初集》道光刻本

圖書在版編目(CIP)數據

沈善寶集 / (清) 沈善寶著 ; 譚勤整理. —杭州 : 浙江古籍出版社, 2021.3
(浙江文叢)
ISBN 978-7-5540-1686-2

Ⅰ. ①沈… Ⅱ. ①沈… ②譚… Ⅲ. ①古典詩歌—詩集—中國—清代②古典散文—散文集—中國—清代 Ⅳ. ①I214.92

中國版本圖書館 CIP 數據核字(2020)第 016330 號

本書爲浙江師範大學
中國語言文學一流學科建設成果

沈善寶集

(清)沈善寶 著 譚勤 整理

出版發行 浙江古籍出版社
(杭州市體育場路 347 號 郵編:310006)
網　　址 www.zjguji.com
zjgjcbs.tmall.com(天貓旗艦店)
責任編輯 路 偉
文字編輯 祖胤蛟
封面設計 吴思璐
責任校對 吴穎胤
責任印務 樓浩凱
照　　排 浙江時代出版服務有限公司
印　　刷 浙江新華數碼印務有限公司
開　　本 710mm×1000mm 1/16
印　　張 50 插　頁 6
字　　數 520 千
版　　次 2021 年 3 月第 1 版
印　　次 2021 年 3 月第 1 次印刷
書　　號 ISBN 978-7-5540-1686-2
定　　價 300.00 圓

ISBN 978-7-5540-1686-2

浙江文叢

沈善寶集

〔上册〕

〔清〕沈善寶 著 譚 勤 整理

浙江古籍出版社

浙江文叢

沈善寶集

〔下册〕

〔清〕沈善寶 著　譚勤 整理

浙江古籍出版社

名媛詩話

名媛詩話序

《鴻雪樓詩集》，武母沈太淑人所著。太淑人籍隸錢塘，爲安徽寅齋武公德配。予未至京時即耳太淑人才名。吾鄉李世嫂武恭人爲太淑人女，雅擅文翰，慈教也。予因李而得識其兄悦堂，悦堂以優行貢成均，觀政刑部。其爲人温厚和平，口不談詩，而貌言舉動均合乎詩之旨，得乎詩之味，殆深於詩學者也。今刊其慈闈所著《名媛詩話》十二卷，予受而讀之。

夫詩始『二南』，二十五章中，或后妃自作，或作於宫人，或作於諸侯夫人，或作於大夫妻，或作於婦人女子，誦者每疑詩章何以多出於閨人。予曉之曰：古者丈夫勤於王事，迫在功業，略在詞章，故感時覩物，智慧生於静境，涵泳觸於閒居，詩固婦女事也。特後世詩教不明，工風雲月露之詞，失『興觀羣怨』之義，而閨閣能此者日少，實於風俗人心所關非淺。況徵詩閨閣極難：或祕不示人，或遠莫能致；富貴既無因索稿，貧賤更無力付梓。唯太淑人才極大，心極細，量極虚，十二卷中所載，信乎『德必有言』：性情之章，修齊之助也；學問之什，陶淑之原也；贈答之文，道義之範也；感慨之語，名節之箴也。傳在古人，勸在今人，覺在後人，厥功偉哉！悦堂以是編公之天下，孝子之事，其即仁人之心也夫！

光緒丙子山陽秦焕謹序。

名媛詩話卷一

錢塘沈善寶湘佩著　受業會稽宗　康校字

自南宋以來，各家詩話中多載閨秀詩，然蒐采簡畧，備體而已。昔見如臯熊淡仙女史所著《淡仙詩話》，内載閨秀詩亦少。竊思閨秀之學與文士不同，而閨秀之傳又較文士不易。蓋文士自幼即肄習經史，旁及詩賦，有父兄教誨，師友討論，閨秀則既無文士之師承，又不能專習詩文，故非聰慧絶倫者，萬不能詩。生於名門巨族，遇父兄師友知詩者傳揚尚易，倘生於蓬篳，嫁於村俗，則湮没無聞者不知凡幾。余有深感焉，故不辭摭拾蒐輯而爲是編。惟余拙於語言，見聞未廣，意在存其斷句零章，話之工拙不復計也〔一〕。

校勘記

〔一〕『話』，寓言報館本作『語』。

同里顧和知若璞，前明上林苑丞友白女，副車黄茂梧室，諸生黄煒母，著有《臥月軒詩文集》。文多經濟，大篇有西京氣格。常與閨友宴，坐則講究河漕、屯田、馬政、邊備諸大計，每夜分執卷吟諷，曰：『使吾得一意讀書，即不能補班昭十志，或可詠雪謝庭。』嘗於食頃作《七夕》詩三十七首，一時歎其敏妙。和知早寡，侍舅孝，訓子嚴，暮年纂《黄氏宗譜》，立義田。年九十，無疾終。節行文章爲吾鄉閨秀之冠，惜文集早經散佚，《擷芳集》言之甚詳，《池北偶談》、

《正始集》俱載之。詩如《和夫子西溪落梅》云：『迤邐入西溪，溪流深幾曲？斷岸挂魚罾，茅檐覆修竹。翠羽何啁啾，滿林香撲簌。晴雪飛殘英，坐愛傾蟻緑。鹿門跡未湮，與子同歸宿。』《湖上》云：『湖光渺渺冷煙微，水鷺沙鷗竚不飛。恰欲抱琴輕別去，芰荷分緑上羅衣。』

歙縣畢韜文著，隨父宦游薊邱，父與流賊戰死，屍爲賊擄，衆議請兵復仇。韜文謂：『請兵則曠日，賊且知備。』即於是夜率精鋭劫賊營。賊正飲酒，兵至，駭甚。韜文手刃其渠，衆遂潰，追之，多自相踐踏死。乃輿父屍而歸，葬於金陵。時韜文年祇二十。後適崑山王聖開，裙布荆釵，無復往時義勇氣矣。余讀其傳而慕之。傳爲沈來遠作。《紀事》詩云：『吾父矢報國，戰死於薊邱。父馬爲賊乘，父屍爲賊收。父仇不能報，有媿秦女休。乘賊不及防，夜進千貔貅。殺賊血漉漉，手握仇人頭。賊衆自相殺，屍横滿阬溝。父體輿櫬歸，薄葬荒山陬。相期智勇士，慨焉賦同仇〔一〕。蟻賊一掃盡，國家固金甌。』韜文此事與前明道州遊擊將軍蕭山沈雲英事同。雲英隨父宦道州守備，父與賊戰，力盡，爲賊所殺。雲英即率兵入賊壘，斬賊首，搶父屍而歸，固守城池，賊兵不敢窺伺。事聞於朝，即勅雲英爲道州守備，尋升遊擊將軍。辭不受，扶柩歸里，授經課讀爲生。聞國亡，赴水以殉，爲母救免，終身疏布，不言國事。

校勘記

〔一〕『賦同仇』，民國本作『同賊仇』。

山陰商嗣音景徽，徵士徐咸清室，著有《咏雎堂詩草》。嗣音年八十，容貌如二十許，猶吟詩讀書不衰。詩如《子夜歌》云：『弄水恐湔裙，采蓮畏傷手。花欹半面粧，願得花間藕。』『五彩織薰籠，爐灰皎如雪。不棄爇殘香，爲愛心中熱。』深得樂府體裁。女昭華伊璧，諸生駱加采室，著有《徐都講詩集》。工楷隸，善丹青，幼承母教，名重一時，爲毛西河太史高弟。《塞上曲》云：『朔風吹雪滿刀鐶，萬里從戎何日還？誰念沙場征戰苦，將軍今又度陰山。』

山陰祁修嫣德瓊，前明祁忠惠公彪佳女，諸生王鍔叔室。母商媚生夫人景蘭，姊弢英德淵，著有《静好集》。妹湘君德茝，諸生沈萃祉室，著有《寄雲草》。一門風雅，皆有才名。修嫣《和黃皆令遊密園》云：『十年往事悲星散，千里交情共月圓。』湘君《新粧》云：『一奩秋水寒無影，十樣春山淡有痕。』弢英云：『繞徑黃花歸故里，滿堤紅葉送秋聲。』嫂氏會稽朱趙璧德容，諸生祁奕喜室〔一〕。《送黃皆令回鄉》云：『青青楊柳枝，飄摇大道旁。大道多悲風，遊子瞻故鄉。執杯送行客，淚下沾衣裳。憶昔弭遠棹，明月浮景光。杯觴極良宴，歌舞開華堂。好鳥得其侣，舉翼雙翱翔。膠漆兩不解，金石安可方？分袂起倉猝，永夜生悲傷。吴山何渺渺，越水何茫茫。芙蓉憑秋波，熠燿吐幽芳。採以奉所思，所思難可忘。』

校勘記

〔一〕『祁奕喜』，原作『祁奕禧』，據清李元度《國朝先正事略》卷四十六魏耕《祁奕喜先生事略》：『先生諱班孫，字奕喜，小字季郎，山陰人，祁忠敏公次子也。』又清毛奇齡《西河集》卷一百七十五《祁湘君傕粧有序》：『楚纕、趙璧，奕慶、奕喜配。』因據正。

秀水黃皆令媛介，楊世功室，著有《湖上草》、《如石閣漫草》。楷摹《黃庭經》，畫法吳仲圭。幼字楊，楊久客不歸，會有大力者艷其才，欲奪之，父兄勸改字，誓不可，卒歸楊。順治初城破，同楊播遷於吳越間，名噪兩浙。每至西泠，僦居斷橋小樓，賣詩畫以自給，稍有餘便不作也。《自敘》云：『家世中落，生蓼長荼。饑不食邪蒿之菜，倦不息曲木之陰。』其品學可想。《湖上秋日》云：『憂危只有客心微，贏得湖光蔽竹扉。囊有千詩聊寄賞，家無四壁亦懷歸。青山斷處饒紅葉，黃菊開時少白衣。近水陰晴容易變，忽驚風雨打窗飛。』姊皆德媛貞《立秋》云：『涼到半庭分夏去，夢將一字許秋成。』

莆田黃漢薦幼藻，孝廉林恭卿室，前明通判議女，與妹漢宮幼蘩俱擅才名，而漢薦尤工文章。夫亡，以清節稱，著有《柳絮編》。《咏孤雁》一律沈着悲涼，詩云：『渺渺高秋外，長空一雁遲。哀鳴關底事，淡遠寫相思。瘦馬征夫淚，迴文少婦詩。明年樓上過，莫向夕陽時。』漢宮《詠月》五古云：『清切空階月，相依欲二更。寂喧非一致，千秋同此明。蕭蕭庭中女，俯仰觸中情。對此令人遠，況乃兼秋聲。淺深各有感，今昔甯無驚。秋在孤雲外，愁從何處生？人生有代謝，萬物有衰榮。茫茫乾坤裏，相積爲愁城。欲挽西江水，一洗襟懷清。虛窗來素影，清淚落寒檠。』兩人詩筆頗清，似工於愁者。

嘉定侯儷南蓁宜，諸生龔元侃室〔一〕，前明文節公岐曾女，著有《宜春集》。儷南遭家變，歸龔，貧甚，閉門辟纑，有偕隱之志，人稱『梁孟高風』。《病中述懷》云：『秋風策策雁來遲，病况纏綿强自支。有藥難醫貧到骨，無錢可買命如絲。燕臺夢隔三千里，槐枕腸回十二時。兒女關情誰判遣，聊憑一紙寄君知。』妹若英懷風《感昔》云：『黄河流水響潺潺，當日腥風戰血殷。大地盡拋金鎖甲，長星亂落玉門關。居延蔓草縈枯骨，太液芙蓉失舊顔。成敗百年流電疾，蒼梧遺恨不堪攀。』感慨沉雄，各極其妙。

校勘記

〔一〕『諸生』，底本、十二卷本作『詩生』，寓言報館本原作『詩生』，朱筆改爲『諸生』。據民國本、寓言報館本改。

無錫龔鶺紅静照，前明殉難中翰佩潛女，工書善畫，所適不偶，境甚淒楚。《乙丑歲暮雪窗感成》云：『謝庭咏絮記承歡，極目沉香付逝湍。去國事存翻野史，孤臣魂斷返遥灘。攤書讀映晴光異，煮茗嘗嫌水味寒。高卧未妨衾獨擁，小鬟驚報雪漫漫。』《清明》云：『桃花春水漾愁紅，作意新苔繞畫櫳。酒覺多情偏入夢，花憐有刧尚隨風。難消蠹癖依千帙，未了蠶絲結一叢。幾念先人青塚路，紙錢飛蝶隔墻東。』《贈周寶燈女史序》云：『寶燈名炤，江夏人。父某，爲山東按察司僉事，死闖賊之難，炤嘗作《悼懷賦》。後歸漢陽李生以篤。自寫《坐月浣花圖》，圖末小印篆曰「絡隱」，蓋又字絡隱云。』詩云：『藥房新詠氣如芬，柳絮名高自不羣。握管獨吟詩博士，畫眉爭識女參軍。嬌藏金屋音猶遠，緩步香塵意自殷。祇爲天涯消息杳，幾番愁摺石榴裠。』海甯陳靜閑守範，給諫存理女，諸生顧宜曾室，著有《靜閑遺詩》。有《寄鵑紅》二絶云：『詩狂心性與君同，遺世搜奇興不窮。見説緑窗諳劍術，白雲深處禮猿公。』『自入秋來興味闌，客窗酬和墨雲殘。壺中别有閒年月，篋裏陰符夜夜看。』味此詩，鵑紅爲人亦頗恢奇也。

益陽郭純貞，爲前明中丞郭都賢女。幼字某生，遭亂失散，貞節自矢，以『驛梅驚别意，堤柳暗傷情』十字，仿離合體製《閨怨》詩。事載《益陽縣志》。詩選二，云：『馬蹄踏破板橋霜，四顧無人暗斷腸。幸有香魂縈妾夢，驛門深鎖五更床。』『木蘭初發送雲軿，人去南州路幾千。毋謂滇池迷雁跡，梅花傳信待君還。』四川富順劉氏，參將蕭某室。氏流寓滇南，夫官雅黎。順治十六年己亥，明桂王朱由榔走緬甸，滇南兵亂。氏以七歲兒付家奴，遣之蕭任，自取壁間『驛梅驚别意，堤柳暗離愁』十字，仿離合體題十絶句，欲自縊。聞兵至，急攜幼女赴井死。尋郡守上其事，入祀節孝，事載《富順縣志》。詩選二，云：『馬革何人能裏屍，四維不振笑男兒。幸存碩果傳閨閣，驛使無由到雅黎。』『木偶同朝祇素餐，人情説到死真難。母牽幼女齊含笑，梅骨稜稜傲雪寒。』二人遇亂同，貞烈同，而詩體又同〔一〕，事亦奇矣。

校勘記

〔一〕『又』，民國本作『亦』。

廬陵朱遠山中楣，前明宗室議汶女，兵部侍郎李元鼎室，尚書振裕母。著有《石園隨草》、《文江唱和集》、《鏡閣新集》，有『枕稜劃得金釵響，爲記深宵夢裡詩』二句爲人傳誦。

同里柴如光貞儀，前明孝廉雲倩女，諸生黄介眉室。如光工丹青，《圖繪寶鑑》稱其『花卉翎毛，無不超妙』。《題烟江疊嶂圖》云：『誰將素練染霜毫，幻作空濛萬里濤。一片孤帆何處落，千山雨色暗江皋。』妹季嫻静儀，諸生沈漢嘉室，著有《凝香室詩鈔》、《北堂詩鈔》。季嫻工寫竹梅，嘗與閨友林亞清、顧啟姬、錢雲儀、馮又令、張槎雲、毛安芳諸君結蕉園吟社，羣推季嫻爲女士祭酒。詩如《與冢婦朱柔則》云：『深閨白日静，熏香垂羅幬。病起罷膏沐，澹若明河秋。自汝入家門，操作苦不休。蘋蘩既鮮潔，户牖還綢繆。丈夫四方志，錢刀非所求。惜哉時未遇，林下聊優游。相對理琴瑟，逸響隨風流。潛龍慎勿用，牝雞乃貽羞。寄言閨中子，柔順其無憂。』諸子問詩法，口占云：『四傑新吟開正始，高岑諸子各稱能。英華歛盡歸真樸，太白還應讓少陵。』季嫻詩落落大方，無脂粉習氣。

同里朱道珠柔則，號順成，諸生沈方舟用濟室，著有《嗣音軒詩鈔》。道珠爲季嫻冢婦，工詩善畫，性復賢孝。《寄遠曲》云：『恨少垂楊柳，殷勤繫玉鞍。夕陽鴉背暖，春雪馬蹄寒。入世逢迎拙，依人去住難。痴兒啼向我，昨夜夢長安。』『獵獵風初勁，沉沉雨未闌。因憐兒被薄，轉念客衣單。栖燕將雛去，征鴻失侶寒。居家與行路，同是一艱難。』《河渚觀梅約顧女春山》

云：原註：女即方舟妾。『相期河渚玩春華，一棹迎風路未賒。樓外有梅三百樹，美人不到不開花。』道珠情深於詞，筆妙如環。

同里錢雲儀鳳綸，進士安侯女，侍御肇修姊，貢生黄式序室。著有《古香樓集》、《散花灘集》。雲儀爲顧和知曾孫婦，能嗣其音。嘗以楊子雲作《二十五箴》不及女史，遂作《彤管箴》以補之。《哭伯兄》云：『在昔皇天傾，覆卵無完理。兄不即身殉，感奮良有以。摩挲雙匕首，一夕再三起。千鈞重一發，恐復憂天只。荏苒歲月間，隱痛入骨髓。未揕讐人胸，抱疾忽焉死。尸床目不瞑，不繼非人子。尚有娥親在，李壽汝莫喜。』《秋日簡林亞清》云：『城闉咫尺即天涯，惆悵離羣兩不知。日暮涼風棋散後，夜深微雨雁歸時。窗前橘柚隨多少，檻外芙蓉發幾枝。同入清秋不同賞，却憑青鳥寄相思。』

同里林亞清以甯，進士綸長女，侍御錢肇修室。工文章，善書畫，尤長墨竹，著有《墨莊詩鈔》、《鳳簫樓詩集》。《憶父禹都》云：『曉登百尺樓，遥望中條山。天際有白雲，日夕自往還。去來何寥邈，引領難追攀。誰云生女好，少長違親顔。豈不眷庭闈，安能事問關？問寢久疎濶，視膳良以艱。回步循南陔，躑躅淚汍瀾。』《寄啟姬雲間》云：『泖上浮家小結廬，水軒竹檻稱幽居。問人新借《簪花帖》，教婢閒抄《相鶴書》。蟻子避潮緣硯席，蠏奴拾月上階除。清閨事事堪題詠，刻玉鏤冰恐不如。』《穀雨》云：『草草深閨度歲華，生平不解問桑麻。沿籬野豆初牽蔓，繞砌山桃半著花。細雨漬成楊柳色，暖風催放牡丹芽。村姬結束新螺髻，傍曉比鄰唤採茶。』亞清詩筆蒼老，不媿大家。

同里顧重楣長任，號霞笈仙姝，徵士林以畏室，著有《謝庭香詠》、《梁案吟》。年十二，即能應聲詠梅花，云：『小閣月初斜，東風透碧紗。枝頭應有信，春意在梅花。』惜早世，未與蕉園之社。妹啟姬姒，諸生鄂幼輿室。啟姬精音律，所製詞曲有『一輪月照一雙人面』爲王阮亭尚書所稱，宋牧仲尚書最賞其『花憐昨夜雨，茶憶故山泉』一聯，惜全集未見耳。

同里馮又令嫺，大令仲虞女，諸生錢廷枚室。讀書過目成誦，下筆文如夙搆，尤工繪事，著有《湘靈集》、《和鳴集》。《和夫子》云：『李廣當年亦未侯，書生何必苦悲秋？舌存待執咸陽柄，志遠曾歸石室囚。滿目雲霞俱是幻，半庭松竹儘堪收。同君翰墨閒消遣，已覺身居百尺樓。』襟懷恬淡，頗得隱居之樂。

同里張槎雲昊，字玉琴，孝廉義壇女，諸生胡大瀠室，著有《趨庭詠琴樓合稿》。槎雲幼慧，七歲學詩，即有『白馬嘶風秋草寒，殘風殘雪斷橋邊』之句。後與柴季嫺等倡和，稱焦園七子。年僅二十五而卒。《觀潮》云：『風急秋江晚，潮生落照前。遠疑千練白，高並一山懸。孝感曹娥志，忠留伍相賢。千秋遺恨在，故令怒濤傳。』妹玉霄昂，洪文蔚室，著有《承啟堂吟稿》。《哭姊槎雲》云：『憔悴與心傷，無言秪斷腸。淚從今夜盡，別是此番長。滄海渾難問，泉臺不可將。芳魂心杳杳，何日更同行？』一往情深，不堪卒讀。

毛安芳媞，諸生先舒女，徐鄰室，著有《静好集》。安芳幼承庭訓，刻苦吟詩。年老無子，嘗自持其詩卷，曰：『是我神明所鍾，即我子也。』《詠雪》云：『天涯一望茫茫白，積玉堆瓊亘長陌。興來何處子猷船，高卧誰家袁安宅？』『山中千樹噪饑雅，自掃冰鱗自煑茶。不怪滿身寒起粟，只愁壓折老梅花。』

《觚賸》載桐城吴氏所居名『棲梧閣』，世遂稱『棲梧閣吴氏』。秉性高潔，好讀歷代史鑑。《金陵懷古》詩最佳，《南齊》云：『六貴同朝激虎彪，横江勒馬下西州。銀燈酒市春雙靨，玉屧蓮臺月半鈎。趙鬼西京諳漢賦，阿兄東閣擅通侯。誰知講武旄頭入，芳樂笳聲碧麝秋。』《梁》云：『同泰一人歸佛地，壽陽千騎渡江波。盟成自取金甌缺，蔬絶空陳鷄子多。五月誰勤君父難，七官先反弟兄戈。江淮廢後襄陽促，秋草臺城放橐駝。』《陳》云：『臨春閣上萬花妍，寶帳朱簾裊蕙煙。鼙鼓飛衝朱雀路，軍書壓損繡床邊。嫦娥入月昏銀鏡，狎客還家碎錦箋。賸有景陽宫畔井，胭脂春水咽殘絃。』《南唐》云：『江南一劍捲秋霜，半壁江山入洛陽。百尺樓空蓮葉碎，翠微亭冷鳥聲荒。臨城悽愴填宫曲，辭廟倉皇聽教坊。日夕淚痕誰洗面，錦書封恨報紅粧。』又載桐鄉顔宛在，適非其偶，悒鬱而逝，遺稿二絶云：『秋入重門夜似年，麝蘭香燼不成眠。梧窗坐聽瀟瀟雨，挑盡殘燈獨黯然。』『黛痕銷減兩眉峰，强起臨妝意已慵。對鏡尚疑非是我，可能描取舊時容。』悽楚之音，令人酸鼻。宛在姊柔仙芳在《送春詩》有『緑酣鶯語老，紅瘦蝶魂癡』之句，亦頗清麗。

武進沈采蘋，周浣初侍郎青原室。夫人事親最孝，詩筆亦清。《秋思》云：『花陰滿地影纖纖，入夜風來怯卷簾。掃盡浮雲天宇浄，動人秋思是銀蟾。』

奉天鐵嶺許氏，爲鎮平將軍一等男謚襄毅徐治都室。夫人精韜鈐，善騎射，偕襄毅公出兵，每自結一隊，相爲犄角，以故戰功居最。康熙十三年，吴逆犯湖南，襄毅往援彝陵，夫人駐防江口。十五年，鎮將楊來嘉叛應譚洪，夫人脱簪珥犒師，曉以大義，沿江剿殺，屢却之。八月，猝犯鎮署，夫人中礮殁。將軍蔡毓榮具狀以聞，特旨優卹，予雲騎尉世職，以次子永年襲。事載《正始集》。《馬上歌》云：『快馬輕刀夜斫營，健兒疾走寂無聲。歸來金鐙齊敲響，不讓鬚眉是此行。』俠氣豪情，溢於楮墨。

漢軍蔡季玉琬，將軍毓榮女，尚書謚文良高其倬室，有《蘊真軒詩草》。夫人才識過人，魚軒所至，幾半天下。文良名重一時，奏疏移檄，每與夫人商定。《隨園詩話》載文良公與某不合，屢爲所撼。公詠《白燕》第五句云『有色何曾相假借』，沉思未對，夫人至，代續云：『不羣仍恐太分明。』蓋規之也。閨閣中具經濟才者，詩筆極其雄健，如《關鎖嶺》云：『山從絶域勢遥分，天限西南自昔聞。烽静戍樓狐上屋，風喧古木鶴驚羣。横盤石磴危通馬，深鎖雄關冷護雲。叱馭昇平猶覺險，揮戈誰憶舊將軍。』《九峯寺有感家大人》云：『蘿壁松門一徑深，題名猶記舊鋪金。苔生塵鼎無香火，經蝕僧廚有蠹蟫。赤手屠鯨千載事，白頭歸佛一生心。征南部曲今誰是，賸有枯禪守故林。』《江西坡》云：『西嶺千重簇劍鋩，曾麾萬騎蓦羊腸。鬼鐙明滅團青血，野塚荒涼嘯白楊。夢斷層霄空漠漠，事隨流水去茫茫。只今賸有殘兵卒，指點空山説戰場。』《辰龍關》云：『一徑登危獨悯然，重關寂寂鎖寒煙。遺民老賸頭問雪，戰地秋閒郭外田。聞道萬人隨匹馬，曾經六月墮飛鳶。殘碑灑盡諸軍淚，苔蝕塵封四十年。』

曲阜孔蘊光麗貞，博士毓埏女，戴文諶室，著有《藉蘭閣詩草》。以節賜旌，《縣志》入《賢淑傳》。《春暮懷劉氏表姊》云：『閒庭梧影静，曲徑落花鋪。地僻微風響，天空片月孤。新詩懷舊侶，短楮寄長途。不識清宵立，猶思小閣無。』同里顔氏號恤緯老人，郎中光敏女，孔興焯室，著有《晚香堂集》。《贈别藉蘭主人歸濟南并序》云：『孔麗貞，字蘊光，博士宏輿公女，太僕卿戴公兒婦也。精詩畫翰墨，結褵甫一載，夫旋死，未幾，其同産兄亦死。博士公無子，復逆蘊光歸居里第。其兄先聘李氏，未成婚，矢志不他適。蘊光與同事博士翁媪，無閒言。時有「兩家奇節，萃於一門」之稱。迨博士翁媪謝世，喪葬如禮，乞於大宗爲立嗣焉。蘊光復以在魯無所依，返之夫家，還濼水上。瀕行矣，遣老婢來，贈余畫箑一、《藉蘭閣詩刻》全册，用爲留别，且索余詩。余自夫子亡後，四十餘年茹荼集蓼，與蘊光同其悽楚，而蘊光之天親骨肉凋零欲盡，則視余爲更烈。晚牕脱稿，遂成悲風怨雨之音；素紙寄將，誰和别鵠離鸞之調？當世不乏名媛，睇觀此詩，庶知余兩人苦衷云爾。』詩云：『蓬轉信無定，人間多别離。曰歸愁短髮，分手易前期。閨閣神仙品，綺羅冰雪姿。長成惟嗜學，生小自吟詩。黄鵠歌何速，青鸞舞已遲。既傷慈母背，旋痛阿爺隨。黽勉營喪葬，倉皇誓墓碑。一門同作鬼，兩世竟無兒。婦烈箕裘重，女孀繼述奇。剪刀收破碎，書篋理殘遺。返魯尋田宅，辭齊閲歲時。蕭條君與我，邂逅友兼師。就正疑難字，還傾深淺巵。曉葵和露折，香糯共煙炊。事往常中變，途窮每遇歧。駕車辭里閈，秣馬向天涯。洗黛換行色，賣琴充路貲。昨朝詢媪婢〔一〕，來日賦驅馳。留贈團欒扇，重題絶妙詞。庭篁存密節，河柳挂長絲。看劍孤懷迥，牽衣獨淚垂。他鄉應健飯，故國總相思。未卜鷦鷯穩，難逃斥鷃嗤。遥知明月夜，新有夢參差。』

校勘記

〔一〕『媪婢』，民國本作『婢媪』。

直隸豐潤顧芬若荃，中丞謚文毅馬雄鎮側室。芬若工書善畫。康熙甲寅，文毅公撫廣西，值吴逆叛，不屈被害。芬若偕諸眷及同伴自縊。夫人李氏視棺斂畢，北向再拜，舉火自焚，婢妾十八人殉焉。詳《一統志》。蔣苕生太史演爲《桂林霜傳奇》。芬若《題自畫梅竹》云：『欲寫孤山處士詩，幾回握管費尋思。水邊籬落真清絶，萬个琅玕玉一枝。』

沅陵杜小英，遇吴逆亂，爲營兵所掠，立志堅貞，衆莫敢犯。舟至小孤山，投江死。其屍逆流三日，浮至故居水濱。夢訴於父母，驚起跡之，獲其屍，並得其懷間絶句，云：『少小伶俜畫閣時，詩書曾奉母爲師。波濤向夜悲何急，猶記燈前讀楚詞。』『狂帆慘説過雙孤，掩袖潛潛淚欲枯。葬入江魚浮海去，不留羞塚在姑蘇。』又有耒陽鄭啟秀，年二十未字。順治甲午遭兵亂，爲游卒所掠，投湘江死。七日後屍始浮出，顔色如生，臂繫紅綾一幅，書《辭世》詩云：『當年畫閣重如珍，誰道離羣向水濱。寄語雙親休眷念，入江猶是女兒身。』廣州李氏，順治庚寅兵亂，夫投珠江死。氏被掠，義不受辱，因於土室，乘間題詩於壁而縊，詩云：『恨絶當時步不前，追隨夫壻越江邊。雙雙共入桃花水，化作鴛鴦也是仙。』又有陽朔秦玉梅，被掠，題詩伏波巖，自沉潭中者。多才奇節，皆可傳也。

蓋州劉夫人，侍郎謚忠毅陳啟泰室。夫人隨忠毅官福建巡海道。康熙十三年，耿精忠叛，僞檄傳至，公拒不應。會海寇攻城急，度不可支，乃偕夫人，令妾、婢、子女二十一人先就縊，夫人題詩，從容殉節，公隨自經。詩云：『厄運逢陽九，妖氛起自東。力難除大逆，情願效孤忠。祇爲君臣重，還將兒女同。闔門齊死孝，含笑九原中。』危迫之中，詩能如此工整，平素學力可想。

海甯陳閒軒永静，侍郎謚忠節葉映榴室。忠節公官湖北糧道，時值康熙二十七年裁兵，夏逢龍作亂。公命大夫奉母穴牆出，匿民間，公罵賊自剄。夫人侍姑家居，孝養備至，時盛稱之。

《與圓明女冠談禪》云：『不落機鋒豈鈍根，茶瓜留客話桑門。蓬壺色相依然在，龍鬣經函且共論。幾杵霜鍾消白晝，半龕燈火定黄昏。繁華勘破真生受，我亦生平拜佛恩。』

《婦人集》載顧和知子婦丁連璧玉如，慷慨好大略，嘗於酒間與夫論天下大事〔一〕，以屯田法壞爲恨，曰：『邊屯則患戎馬〔二〕，官屯則患空言，鮮實事。妾與子戮力經營，倘得金錢二十萬，便當北闕上書，請淮北閒田墾萬畝〔三〕，好義者出而助之，則粟賤而餉足，兵宿飽矣。然後仍舉鹽筴〔四〕，召商田塞下〔五〕，則天下可平也。』其大言如此。連璧繼母張姒音，才學與和知匹，嘗作《討逆闖李自成檄》，詞意激烈〔六〕，讀者如聽易水歌聲，惜未見也。

校勘記

〔一〕『嘗』，陳維崧輯《婦人集》（《海山仙館叢書》本）作『常』。

〔二〕『戎馬』，周亮工輯《尺牘新鈔》（《海山仙館叢書》本）卷十顧若璞《與張夫人》作『傍擾』。

〔三〕『淮北』，《婦人集》作『淮南北』。

〔四〕『鹽筴』，各本作『鹽莢』，《婦人集》、《尺牘新鈔》卷十顧若璞《與張夫人》作『鹽筴』，因據改。

〔五〕『召』，《婦人集》作『名』。

〔六〕『意』，《婦人集》作『義』。

莆田周明瑛庚，諸生陳承纘室。生平著撰未見流傳，尺牘數則頗覺清老。《與仲嫂》云：『感念化者欲爲陳立傳，以之才之美，無子無年，搦管垂毫，惟聞猿哭。是以更端未就，當續成之，敢不誠於陳也。』又云：『《三國志》經嫂點定，庚應窮其贊辭，但不解於古人何所厚薄，只覺此心爲劉。』《與外》云：『《離騷》之所以妙者，在亂辭無緒，緒益亂則憂益深，所寄益遠，古人亦不能自明。讀者當危坐誠正以求，然後知其粹然一出于正，即不得以奥鬱高深奇之也。』又云：『林媛《松石圖》已見歲寒之志〔一〕，欽其至性，以一絶風之畫首矣。亦不敢展玩，恐風雨悲鳴也。』仲嫂能定《三國志》，林媛能作《松石圖》，新婦俱於此不凡。明瑛有《繡美集》。

校勘記

〔一〕『歲寒』，民國本作『歲華』。

又載吾鄉吴柏舟柏，未嫁而夫卒。柏舟衰麻往哭，遂不歸母家，苦節十餘年，遘疾夭殁。著有《柏舟集》數卷，詩極鍛煉，詞尤富而長調更工，不減徐湘蘋夫人也，古文、尺牘在明瑛之上。

無錫顧文婉，自號避秦人，工詩詞。《浣溪紗》云：『風雨妨春苦不寬。開簾怕見嫩紅殘。錦屏深護早春寒。　新嬾一身扶不起，愁痕萬點鏡慵看。空拈斑管寫長歎。』又云：『曉日凝粧上翠樓。惱人春色偏枝頭。湘簾風細蕩銀鈎。　燕子未歸寒惻惻，梅花初落恨悠悠。重門深鎖一天愁。』文婉爲主事侯麟勳母，著有《棲香閣集》。

長洲湯畹生淑英『暮春』《南鄉子》云：『天氣最無憑，乍雨還晴又做陰。時候困人三月也，清明。暗買韶光柳釀金。　杯酒恣閒吟，寂寞春庭鬭草心。院落黄昏簾幙静，深深。獨坐譙門又起更。』筆致與顧文婉相似〔一〕，晼生爲休甯吴翻室。

校勘記

〔一〕『顧文婉』，原作『顧文晼』，據上文及民國本改。

吴縣徐文琳，陳子長聘室。文琳本湘蘋夫人族姪女，幼字其子。後陳隨父謫戍瀋陽，卒於戍所。文琳矢志母家，或勸他適，答曰：『富貴而許，患難而背，我不爲也。』越四載，湘蘋夫人得請而歸，文琳曰：『我有家矣。』遂歸陳，孝養以終。《過蓮池庵訪圓明女師》云〔一〕：『精廬屈曲倚雲根，松樹周遮不二門。頓使塵緣都洗滌，懶將世綱一評論。山花遶徑名難辨，齋磬聲沉日又昏。小衲壇前閒指點，賜旛曾得沐君恩。』

校勘記

〔一〕『蓮池庵』，原作『蓮他庵』，民國本、徐世昌《晚晴簃詩匯》卷一百八十三均作『蓮池庵』，因據改。

元和吴氏，鄒延玠室。延玠因案繫獄，應籍家口。氏度不免，投繯死，面色如生，一手持自畫小像，一手握袖藏其夫獄中所寄書。女秀姑，年十歲，痛母亡，不食死。氏《題竹》云：『愛看窗外蕭蕭竹，未許閒窗盡日扃。煙雨却添新染碧，冰霜不斷舊來青。家貧已自無開謝，春去何因有醉醒。最是夜闌殘月裏，伴他疎影立空庭。』有才無命，可爲歎息。

如皋范洛仙姝，孝廉李延公室，著有《貫月舫集》。《聞蟋蟀》云：『秋聲聽不得，况爾發哀吟。遊子他鄉淚，深閨此夜心。已憐粧閣静，還慮塞垣深。蕭瑟西風緊，行看霜雪侵。』詩頗警策。

常熟沈素君綺，諸生殷增室，有《環碧軒集》。素君讀書，數行並下，博通經史律歷之學，所著文集四卷、四六二卷、《唾花詞》一卷、《管窺一得》十二卷、《徐庾補註》四卷。年二十一而卒。著作等身，筆情超邁，弱齡夭折，其夙慧天授歟？《大風泊舟包山》云：『石脚插波心，東西水衝擊。我來風正號，浪花大如席。萬頃奔騰來，觸此崖腹窄。拗怒不得騁，咆哮相鬭格。飛珠濺青林，迸雪灑丹壁。砰訇走雷聲，震蕩動心魄。少焉月東上，風定湖一碧。』寫奇險之境歷歷如畫，詩亦蒼勁。

松陵周羽步瓊，一字飛卿，詩才清逸，有名士態。《贈蘇貞女》云：『一架薔薇滿院香，同行誰不羨紅粧？生平最愛清幽事，肯惜凌波遶曲廊。』羽步後遭家難，爲女冠，號性道人。

鴛湖黄月輝德貞，司李守正女孫，孫曾楠室。工詩賦，與歸素英爲詞壇主持，共輯《名閨詩選》行世，著有《劈蓮詞》。余僅見『西湖懷古』《鶯啼序》，詞長不録。

陽湖惲清於冰，諸生鍾嶐次女，毛鴻調室。年十三，工畫，與姊究心六法，尤善花卉翎毛，賦色運筆，能傳南田家學。詩亦蒼秀，《題白畫菊》云：『秋花繞砌錦斑斕，爲寫秋花獨閉關。

天欲老時君正少，不妨霜雪鑄紅顔。』乾隆初，尹文端公繼善曾以清於畫進呈，聲譽大起，踵門求畫者無虚日，名播海内矣。

江都陳爽軒，進士黄巹圃室，有《和鳴集》。爽軒《送黄君謁選》云：『太平天子文章重，清白家風夢寐安。』又云：『非因家計貪清俸，却爲蒼生做好官。』曰：『吾以做好官爲君當山盟耳。』爽軒有『風嫁一園花』五字亦佳。

名媛詩話卷二

錢塘沈善寳湘佩著　受業會稽宗　康校字

元和戈孝女貞，孝義元鑰女。生有至性，矢志不嫁，孝事父母六十年。《言志》云：『昔有北宫女，闔閣終其身。至老貞不字，立志在養親。鞠育恩罔極，當思報三春。侍奉依左右，勿間昏與晨。居恒承意旨，婉愉容色真。設有疾痛癢，湯藥先沾脣。百年如一日，萬念惟二人。非敢云竭力，非敢云盡倫。區區寸草心，藉兹稍吐申。願學嬰兒子，愛日殊堪珍。』又宛平韓孝梅，知縣藻女。痛父早卒，矢志不字，侍母終身，母卒，絶粒以殉。事載《懷甯縣志》。《詠早梅》云：『摇落衆芳菲，庭前始放梅。甘居百花後，反道最先開。』又華亭袁清湘寒篁，布衣玉屏女，著有《緑窗小草》。清湘早喪母，守貞侍父，境遇苦厄。《自遣》云：『療飢自有忘憂處，樂此衡門水一灣。漫訝家貧無四壁，家無四壁好看山。』又吾浙石門聞楚璜璞，庫使譽彦女，著有《醉鶴樓集》。譽彦無子，令楚璜效男子裝，從師授經。年十四，工時藝，父欲令應試，或勸之曰：『與爲黄崇嘏，何如爲曹大家乎？』乃止。此後仍服男服，不復見客，奉養父母，終身不字。《雨晴》云：『雨過蒼苔潤，風迴院落凉。露濃秋草瘦，日薄晚花香。愁以長貧集，詩緣久病荒。遺懷時小立，屋角又斜陽。』又常熟趙若韞秉清，知府貴栻女，以貞孝請旌，著有《寄生館吟草》。按：貴栻爲福甯守，有廉名，移疾歸，貧不自存。若韞守貞不字，爲女塾師以助薪水。《重午有感》云：『痛失慈親後，飄零類轉蓬。未從親地下，又屆節天中。萱草徒看緑，榴花不耐紅。魂誰招逝水，愠豈解薰風？繫縷和愁結，浮觴與淚融。苟延殘喘在，堂上有衰翁。』此數人，方之嬰兒子，可無媿焉。

桂林張義姑，父官參將，有子四，皆隸麾下。康熙十二年，吴逆犯廣西，將軍孫延齡叛應，參將抗節不屈，父子同殉難。義姑聞之，抽刀欲自刭，既而曰：『吾不忍死者之未藏也。』乃遣人潛覓父兄屍瘞焉。竊諸嫂無守意，又哭曰：『吾不忍死者之祧斬也。』會仲嫂娩一男，甫彌月即擲之去。義姑爲糜粥哺兒，相依惟一嫗，晝夜紡績，幸得存活。兒稍長，督課甚嚴，遂成名，以母事。姑殁，建祠奉祀。郡人重之，稱曰『義姑』，許鴻磐爲之立傳。義姑工詩。《贈沁水孫節婦》云：『析山高峻忠臣操，沁水清寒節婦苦。楊公有女嬪於孫，卓哉是女稱是父。父既作忠女象賢，早喪所天淚如雨。之死靡他誓柏舟，斷機又見今孟母。冰霜獨勵三十秋，兒乃成名孫繼武。一身裕後更光前，不同庸碌委黄土。輶軒太史來采風，丹鳳翩翩銜詔舞。我持彤管拈瓣香，千里遥將懿徽譜。西望縹緲仙雲飛，或在析山之崖兮，沁水之滸。』全州蔣蓮姑，父母早卒，弟甫四歲，守貞不字，撫弟成立，爲娶胡氏，而弟又卒，復爲立嗣，以延宗祀。胡氏亦守節以終，鄉里重之，請合祠節孝，事載《一統志》[二]。此二貞女皆出廣西，皆能吟詠，吁亦奇矣。蓮姑《焚香》云：『乍寒乍暖早春天，一剪香焚小几邊。爲惜名花薰不得，湘簾半捲任飛烟。』

校勘記

〔一〕『請合祠節孝，事』，民國本作『請合祀節孝祠』，亦通。

會稽孟仲齊思光，教諭稱舜女弟。《弔鸚鵡塚詩并序》云：『元時有張玉孃者，松陽人，文章博雅，詩詞得風人旨，時以曹大家比之，自號一貞居士。侍兒二，曰霜娥、紫娥，皆有才色，善筆札，所畜鸚鵡亦辨慧，能知人意，因號「閨秀三清」。年及笄，字沈生佺，佺旋卒，父母將另卜佳壻，玉孃聞之，曰：「妾所以未亡者，爲有二親耳。」守志至二十八歲，夢沈郎迎之而殁。父母哀其志，請於沈氏，合窆於附郭之楓林。侍兒皆哭之慟，霜娥以憂死，紫娥曰：「兒忍獨生乎？義當以殉主也。」遂自經。詰旦，鸚鵡亦悲鳴而殞〔二〕，鄉人異之，咸以殉葬，名其塚曰「鸚鵡」。順治初，余兄任松陽校官，數過其地，遺址漸湮，因爲之封樹立碑。又訪得張大家《蘭雪集》，囑余重校付梓。相傳元時有攜其「山之高、月出小」詞至京師，爲詩人虞伯生、歐陽元所嘆服，後乃有以松山葉根長事污衊之者。吁，玉孃貞女，亦才女，從一而終，此事有無，何俟復辨！或者依草附木，塋鬼興妖，亦未可知。要以松地靈秀，不鍾於男而鍾於女，乃有一女子而輕自污衊，亦知其俗之匪古已。因爲長歌以弔之，云：「千年恨骨葬秋山，一片楓林葉染丹。豈是霜花夜凝紫，相思淚血成斑斑。一生貞潔心如玉，幽居長向蘭房哭。綵絲繡作沈郎容，生不相從死相逐。山高月小何皎皎，我有所思在遠道。所思不見將何如，玉容一日秋風槁。聞道沈郎不勝衣，夢裡依稀覺也非。却恨朱顏不相見，可憐白首空相期。翠頰雙鬟共生死，緑衣好鳥重悲啼。墳畔樹棲比翼鳥，窗前花長並頭枝。碧窗人杳花無主，好把鴛鴦比鸚鵡。鸚鵡墳前月色黄，鴛鴦塚外斜陽暮。茫茫宿草起荒烟，苔蝕殘碑臨大路。淒凉落照滿楓林，今古傷心在此處。〔一〕』此詩足以彰貞節而白訛傳，有關世道人心匪淺。

校勘記

〔一〕『殞』，底本、十二卷本作『降』，民國本、寓言報館本、潘衍桐《兩浙輶軒續録》卷五十二孟思光《弔鸚鵡冢詩并序》作『殞』，因據改。

山陰王玉隱静淑，號隱禪子，爲前明僉事思任女，著有《清涼集》。夫亡，清節自守。《秋日菴居》云：『空齋度深夜，高卧一床秋。苔老寒無色，溪清淺欲流。塵隨紅葉掃，心付白雲收。蕭瑟聞征雁，添將萬斛愁。』妹玉映端淑，號映然子，諸生丁肇聖室，著有《玉映堂集》、《吟紅集》，所輯有《名媛文緯》、《詩緯》。玉映天資高邁，楷法二王，畫宗倪、米。幼即博通經史，父季重嘗撫而憐之，曰：『身有八男，不易一女。』毛西河選浙江閨秀詩，偶遺其作，玉映遂寄以詩，云：『王嬙未必無顔色，争奈毛君筆下何？』西河亟索其集而選定之。《題黄皆令畫》云：『孤亭秋樹色，即是雲深處。寫此數峯青，倒逐扁舟去。』

太倉王蘭韞慧，學道長源女，諸生朱方來室，有《凝翠樓集》。筆情朗潔，不著纖埃。五言如《冷泉亭》云：『人世熱何處，我來清到心。』《夏日》云：『紈扇三更月，緗琴五夜霜〔二〕。』七言如：『纔過輕雷收笋箬，旋斟新水試茶芽。』『楊柳溪橋初過雨，杏花樓閣半含烟。』『柳絮飛殘青滿徑，豆花零亂緑成圍。』『幾處溪山留薜荔，一枝風雨在芭蕉。』『花深雞犬疏籬外，潮落魚蝦小市中。』王阮亭《漁洋詩話》稱之。其《謁禹陵》五言長律沉雄深厚，尤爲傑搆。詩云：『明德彌蒼昊，神功邁大庭。懷襄方盡力，輴欙極勞形。草木開蒙昧，龍蛇滌穢腥。鑄金九土貢，誌怪八方經。倉水先呈簡，防風後至刑。相傳弓劍棄，此地隧泉扃。三古遺祠廟，千秋共薦馨。璧牲前代典，碑版列朝銘。深殿從羣后，空山走百靈。舊聞雲罕駐，今見翠華停。心法傳河洛，天章焕日星。殊恩沾後裔，異數出明廷。肅穆瞻新像，登臨泊小舲。堿垣辭鏤琢〔二〕，户牖炯丹青。莫覓藏書穴，徒看窆石亭。蘿長鼯竄跡，松老鶴修翎。衆水環襟带，諸峯列嶂屏。橋山同故事，寂寞對秋坰。』

校勘記

〔一〕『緗琴』，民國本作『瑶琴』。

〔二〕『堿垣』，民國本作『城垣』。

《婦人集》載徐湘蘋燦，大學士陳之遴室。才鋒遒麗，小詞絶佳，南宋以後閨房之秀一人而已。如『道是愁心春帶來，春又歸何處』，及『衰楊霜徧灞陵橋，何處是前朝』。又有『感舊』《西江月》云：『剪燭閒思往事，看花尚記春游。侯門東去小紅樓，曾共翠蛾杯酒。　聞説傾城尚在，可如舊日風流。匆匆彈指十三秋，怎不教人白首。』金沙王朗亦工小令，《浪淘沙・閨情》

云：『幾日病淹煎。昨夜遲眠，强移心緒鏡臺前。雙髻淡烟低鬢滑，也自生憐。不貼翠花鈿，懶易衣鮮，碧紬衫子褪紅邊。爲怯游人如蟻擁，故揀陰天。』『疎雨滴清簌。花壓重檐。繡幃人倦思懨懨。昨夜春寒眠不足，莫捲湘簾。　羅袖護纖纖，怕拂粧奩，獸爐香倩侍兒添。爲甚雙蛾長鎖翠，也自憎嫌。』又有『學繡青衣鬧刺鳳，自把金鍼，代補翎毛空』之句，纏綿妍麗，可銷讀者之魂。

宗室養易齋女史，一等男珠亮室。《北山別業》云：『沼水添松色，山花補竹痕。』《夜坐聽泉》云：『境杳通秋旨，天高得月情。』蘭軒女史，莊親王女孫，嵩山室，都統能泰母，有《蘭軒遺集》。《夜坐》云：『花與月俱老，夢隨詩未删。』《遊城南王氏園》云：『再來只恐春難住，更繞池臺三四週。』頗得閨人遊園之情致。

古詩閨閣擅場者雖不甚少，而暢論時事恍如目睹者甚難多得。漢軍高景芳，總督琦女，一等侯張宗仁室，著有《紅雪軒稿》。夫人工駢體文，兼善詞賦，有集三十六卷，筆力雄健，巾幗中巨擘也。如《輪租行》云：『驢駝口袋牛挽車，天陰防雨宜重遮。農人惜米如珠寶，官府視米如泥沙。不辭淋尖與加耗，早賜收取容歸家。願存升斗買粗布，聊與妻兒補破袴。盡情傾倒實堪憐，羞澁反遭官吏怒。驅牛出城口吻乾，無錢沽酒當風寒。辛苦回家夜將半，細嚼筐中草頭飯〔一〕。』此詩切中民間疾苦，與四川西充馬韞雪士琪《大梁霪雨吟》相似。《霪雨吟》云：『濕雲壓風風無力，白日茫茫光閉塞。老龍怒吸江水渾，三春霪霖足三月。蛟黿得志走高堤，濤翻浪湧墜天低。大河南北皆澤國，郊原一望没田畦。梁園改革稱貧甕，比户曾無三斗穀。春麥秋禾委巨波，井烟處處聞啼哭。哭之淚盡繼以血〔二〕，有司敲撲還摧裂。憂國惟知督賦租，餓莩誰慮靡遺孑？吁嗟吁嗟真可哀，驅車無計鬻嬰孩。一女千錢男五百，逢人便售敢求益。兒女悲號不肯行，阿母含愁佯加責。兒去母孤悲不止，强持兒價糴珠米。無何米盡復思兒，將身潛縊緑楊裏。早知兒失母難存，悔不當時一處死。我聞此語心痛酸，監門思得鄭公官。救民重繪當前像，多恐君王不忍看。君王神聖真無極，蠲賦恒逾千萬億。減膳徹樂憂思殷，蓬萊殿上無顔色。安得彼蒼施高厚，雷雷倏忽爲星斗。陰陽和燮雨無乖，永令斯民歌大有。』韞雪爲知縣雲錦女，知縣張應坦室，著有《片石齋燼餘草》四卷、《漱泉集》二卷。又歙縣黄克巽《棄兒行》中云：『昨夜良人死空屋，阿翁今日填空谷。先死猶得飼飢烏，遲死鄰家賣子肉。棄兒與君君勿辭，但得兒生死亦足。毒哉遭此凶年苦，皇天殺人不用斧。吁嗟乎當年得兒如黄金，今日棄兒如糞土。』高夫人寫官吏之横暴，馬、黄二夫人寫小民之流亡，皆不失忠厚之旨。

校勘記

〔一〕『草頭飯』，民國本作『草具餐』。

〔二〕『血』，底本、四卷本、十二卷本、寓言報館本作『皿』，據民國本改。

高景芳《題米海嶽山水》云：『亂峯高下擁雲鬟〔一〕，烟樹迷離水郭間。記得舟從京口過，雨中細認米家山。』《題董文敏畫卷》云：『青山疊疊水溶溶，遠樹微茫近樹濃。曾在東佘山下見〔二〕，并刀親手剪吳淞。』二詩對而生情〔三〕，頗覺別致。

校勘記

〔一〕『下』，民國本作『小』。

〔二〕『佘』，底本、四卷本、十二卷本作『余』，民國本、寓言報館本、高景芳《紅雪軒稿》卷五、清蔡殿齊《國朝閨閣詩鈔》第四册《紅雪軒詩稾》卷十均作『佘』，董其昌有《東佘山居圖卷》、《佘山游境圖》，並有《題東佘山居圖》詩傳世，因據改。

〔三〕『而』，四卷本、十二卷本、寓言報館本、民國本作『面』。

漢軍李松岑扶雲《菊影》云：『月色照殘三徑夢，燈光畫出一屏秋。』吕静齋坤德有《襄平女子詩稿》，《感懷》云：『識字更添今日障，散花恐惹後人愁。』孫氏《感懷》云：『病後琴書幽興少，夢中松菊故園多。』余静昭性涫有《蘭馨集》。《行路難》云：『旅舍露凝銀燭冷，征途風動客衣單。』四人筆致亦同。

偶讀滿洲思柏之之《七夕》詩云：『渺渺銀河風浪多，一年一會尚蹉跎。人間更有黄泉別，鵲去橋空可奈何？』因憶先慈《七夕》之『紈扇輕羅趁晚凉，恰逢烏鵲駕橋梁〔一〕。縱然天上歡娱短，猶勝人間別恨長。』又讀兆佳氏之『孤鴻啼冷夜，殘雪壓枯枝』，因憶先慈之『寒蟬抱枯葉，瘦蝶媚秋花』，二詩意境相似。按：思柏爲永侍郎壽室，兆佳氏爲納蘭生室，早寡，以苦節稱。

校勘記

〔一〕『恰』，民國本作『卻』。

江西蓮廳賀秋安桂，舉人士昌女，知縣龍有珠室。工琴善書，著有《竹隱樓詩草》。《科兒公車北上寄懷》云：『金鞭續夢月初低，石路霜濃滑馬蹄。絲冷輕裘風面面，竹連古驛霧迷迷。匏樽酌酒分童僕，土屋開扉見犬雞。革盡寒威春到眼，木榮遲早聽鶯啼。』《八音》詩亦頗自然，録此以備一格。

桐城張柔嘉令儀，大學士張文端公英第三女，少詹廷瓚妹，文和公廷玉、侍郎廷璐、廷瑑姊，姚湘門室〔一〕，觀察孔鋠母。工古文，著有《蠹窗詩集》。《蠹窗》云：『沉水香中夜漏餘，月光冷浸一床書。百城未敢誇南面，且乞閒身作蠹魚。』嗜學之勤，亦可概見。閨閣書痴，與余似有同情。

校勘記

〔一〕『姚』，底本作『沈』，後改作『姚』。四卷本、十二卷本、寓言報館本、民國本作『沈』，非是。

江蘇興化李芬子國梅，號韞庵隱士，瀚第三女，舉人國宋妹，解舉鼎室，著有《林下風清集》。古詩最佳。余喜其《將進酒》云：『朝吟薤露歌，夕進新豐酒。黄鵠舉翼四海窄，鷦鷯齷齕夫何有？樽前有酒盤有餐，請君秉燭游夜闌。我聞人生不滿百，何用行憂坐歎凋朱顔？君不見漢家丞相富貴時，賓客傾蓋如雲馳。片言不合詔下獄，折辱翻遭小吏欺。又不見田蚡竇嬰相傾奪，公卿半屬門下客。一朝勢盡歸武安，魏其筵前誰避席？人情反覆多如此，世路羊腸宛相似。周公大聖有流言，鄒孟遭讒誰見理？高牙大纛專城居，不如閑行隴上把耕鋤。鳴鍾列鼎食萬户，不如閉門安坐酒一壺。流光駒隙亦易過，咄嗟身世徒邱墟。試看紛紛行路者，覆車折軸將焉如？』

漢陽紀藴玉瓊，同知陳淞室。八歲授《女孝經》，輒成誦。長通文義，工詩詞，德行純粹，學識淵源，著有《繡餘草》。嘗獨坐堂上〔一〕，見一婢有所挾，逡巡中門外不進，藴玉即避入婦室。婦愕然，迎曰：『姑來何急？』曰：『外廂碾米，一婢自外來，負重窺探，必有所竊，故避之。』婦曰：『盜者爲誰？姑不察而避之，何也？』曰：『米失幾何，如廉得其寔，彼終身難爲人矣。且既隱其事，焉用識其人？吾家忠厚世傳，汝輩不可不體此意也。』因爲四言詩四章訓婦，今録二首，云：『我聞仁厚，齊家之樞。小人多怨，其可深誅？昔人有言，水清無魚。』又云：『松柏之下，可以息陰。察察爲明，福豈來臨？告我後人，勿替仁心。』余性卞急，録此以代韋絃之佩也。

校勘記

〔一〕『上』，原作『土』，據民國本改。

歙縣徐閒雅七寶，諸生芳沅女，曹榜聘室。生時母夢仙姬送銅雀硯、龍賓墨、琅玕紙、珊瑚架、玳瑁筒、水晶池、玉鎮紙，曰：『此七寶也，以供閒雅用。』次日女生。三歲識字，五歲解字義，性愛宋詩。于歸前一日卒，卒後詩皆散失，其佳句如《山居》云：『山色有無疎竹外，詩情濃淡落花前。』『女蘿葉密全遮屋，稨豆花多半礙門。』『石界雙流横作澗，山圍一掌窄成村。』『山嘴忽明松吐月，隴頭生黯柏經霜。』《蔚然居》云：『怕雨不教蕉放葉，驗風常看柳摇絲。』《舟過梅溪》云：『一尺短帘沽酒店，幾堆殘燒打魚家。』置之《劍南集》中，幾不可辨。

歙縣吴喜珠，方如麟室。喜珠早寡，侍老姑，撫稚子，以苦節稱。詩極雄麗，《粤城懷古》云：『仙人不跨五羊來，碧海丹山次第開。洗氏談兵名將氣，尉佗稱帝匹夫才。功留銅柱存冤魄，骨掩花田轉刼灰。此是炎方冠帶國，書生曾請棄珠厓。』『月明夜夜聽潮雞，豈有珊瑚樹可棲？不嫁誰憐何泰女，成仙真愧葛洪妻。鱷移炎海驚濤静，蝶到羅浮好夢迷。只有包公賤巖石，五丁前此葬端溪。』『趙家塊肉付厓門，王氣憑他海氣吞。誰念宫人皆北去，可憐丞相尚南奔。江山豈許偏安藉，珠貝堪爲貨殖存。莫檢新書添悵惘，唾壺敲落玉釵痕。』

同里徐淑則德音，爲總督謚清獻旭齡女，進士許迎年室，同知佩璜母。《夜聞鬼嘯》云：『静夜生虚籟，幽齋怯病身。燈前觀蠹簡，窗外動青燐。附草聲逾厲，因風嘯更頻。巇嶮誠火宅，勸爾莫爲人。』又見番禺劉蘭雪《斥野燐》云：『臨池躭訪衛夫人，銜鼓銅龍已報寅。曲檻騁光金馬影，畫屏曦耀碧雞燐。久將正氣留天地，豈有文章泣鬼神。花際漫勞誇伎倆，然犀曾照本來身。』一以定力勝之，一以莊語斥之，同臻妙解。淑則著有《緑浄軒詩鈔》，蘭雪有《梅妝閣詩集》，余喜夜談，時聞鬼嘯，因采二詩焉。

余有《秋懷》十五律，頗爲一時傳誦。今見《緑浄軒集》中亦有《秋懷》十五律，而一種沉鬱頓挫之氣尤勝於余，録其尤者六章，云：『小葺茅堂似瀼東，小秦淮水望連空。伴人愁坐三更月，和我微吟一葉風。墜露却能驚野雀，張羅猶是弋高鴻。漫言性癖躭奇服，翠袖閒凭修竹中。』『鵾雞啁哳雁嗈嗈，扶病閒吟倚短笻。浪擲精神蒐四庫，難將窮達恃三冬。石家金谷鳴騶盛，揚子元亭蔓草封。蕭艾敷榮偏載道，涉江吾欲采芙蓉。』『銀河射角玉繩低，一卷縹緗手自攜。秋水涵空沉雁影，疎林脱葉歎烏棲。握瑜七澤猶懷楚，抱瑟三年枉謁齊。終古每多惆悵事，寒螀徹夜助悲啼。』『西風落葉罨池臺，身世凄凉志可哀。怙恃無依雙淚竭，《蓼莪》忍讀寸腸迴。蜀中杜甫羈愁絶，榜下劉蕡壯志灰。千古才人遭厄運，彼蒼何似不生才。』『又是重陽秋禊辰，原注：范石湖以重陽爲秋禊。多情秋色酷憐貧。園翁滿把分籬菊，溪女盈筐餽澗蒓。獄劍豈甘終是鐵，爨桐未必竟爲薪。深慚薄俗矜功業，欲覓烟蘿一采真。』『朱絃調古賞音難，抛却金徽不再彈。緱嶺昇仙思子晉，淮山拔宅羡劉安。遺銘須記三緘口，大藥當求九轉丹。徒倚危樓展遐矚〔一〕，秋空較與壯懷寬。』佳句如《過吴門》云：『白舫輕鷗外，紅亭細雨中。』《法螺庵即事》云：『泉活朱魚躍，花飛翠鳥過。』七言如《秋夜寄外》云：『碧雲縹緲初飛雁，翠袖高寒獨倚樓。』《探梅》云：『驢背尋來人入畫，江邊歸去雨催詩。』《繭子花》云：『葉從秦女機邊吐，蕊向吳蠶箔底開。』《春日園居侍母》云：『排悶始知詩有力，看花休歎膝無人。』《出都》云：『驚飈眯目邊沙白，衰草黏天獵火紅。』《遺疾》云：『自敲石火蒸雲朮，旋汲山泉瀹乳茶。』《送春》云：『無可奈何香夢冷，最堪惆悵雨絲微。』《綠淨軒》無體不工，古風、樂府尤爲擅長。淑則爲徐清獻公獒女孫，父早歿，母樓太恭人餐霞，亦工文翰。

校勘記

〔一〕『徒』，民國本作『徙』。

凡由王家營入都，一路塵沙撲面，飲食粗惡，風霜途路之苦，不特無物可口，兼且無景可目〔一〕，惟趙北口之十二聯橋，垂楊拂水〔二〕，魚艇參差，頗覺眼界一清，而鮮鯽肥美，價又極廉，行客到此，莫不飽啖。此饌更宜於南人。余至趙北口食鯽，口占云：『僕痛馬瘁倦長途，今日登盤樂有餘。寄語朱門彈鋏客，從今莫更嘆無魚。』今見《綠淨軒集》中亦有《行次趙北口》詩，云：『征衣冒絮怯嚴霜，土飯塵羹亦飽嘗。斫得銀絲鮮鯽美〔三〕，愛他風味似家鄉。』

校勘記

〔一〕『目』，民國本作『玩』。

〔二〕『楊』，底本、十二卷本作『陽』，據民國本、寓言報館本改。

〔三〕『斫』，底本作『研』，據民國本改。

南滙陳南樓書，錢香樹太傅謚文端陳羣母。賢孝慈祥，著有《復菴吟稿》，畫得陳白陽之神，遒逸過之。家貧，常賣畫以給。文端公既貴，乃繪《夜紡授經圖》志慕，高宗純皇帝題詩旌獎，洵爲閨中非常榮遇。詩稿未見，《正始集》載《題自畫秋葵贈鄒太夫人原注：鄒爲侍郎一桂之母》云：『葉出裁青玉，花舒染淡金。不存脂粉態，自有向陽心。』命意不凡，亦可概見。姊穀，觀察程兆麟室，著有《寓書樓遺稿》，詩筆超脱。《潤州》云：『落木風高氣欲秋，嗚嗚吹角古城頭。荒烟葉拂藏春塢〔一〕，殘月虚涵望海樓。百戰餘威存古壘，六朝遺恨咽寒流。當軒惟有三山色，吞吐雲霞萬古留。』文端公少時最蒙賞識，喜其《入翰林》云：『異時勳業名臣傳，少日文章大雅宗。』後文端公輯其遺稿，敘而梓之。

校勘記

〔一〕『葉』，民國本作『遠』。

滿洲堃秀，輕車尉佛隆峩室，德松如侍郎齡母。侍郎幼時家貧甚，經書皆太夫人口授。乾隆八年，年八十，上聞其賢，製詩賜之，藝林艷稱。《冬夜偶成》云：『一篝燈火歲將除，寒素家風稱素居。細剪剡藤三四幅，爲兒黏補讀殘書。』其清況可想。

長洲顧蘭谷若憲，大令張笠亭之項室，有《挹翠閣詩鈔》〔二〕。《送夫子北上》云：『杜鵑喚春歸，和風吹芳芷。何堪對斯景，把酒送吾子。分手即天涯，惜此須臾晷。別緒如繭絲，柔情似潭水。離懷寄孤鴻，相思托雙鯉。征途勉加餐，努力拾青紫。上慰高堂心，下酬賢伯氏。君行既雅醕，君才復俊美。但保金石心，豪門勿投趾。桃李易凋殘，松柏豈朝萎。行矣勿悲嗟，風雲從此始。』笠亭初爲印江令，以事牽連，禍且不測，蘭谷遣子鳳孫具呈請代〔二〕，且營贖鍰乃得釋，不僅以章句之才也。女張于湘藻，畢秋帆尚書沅母，著有《培遠堂集》。幼詠梅花云：『出身首荷東皇賜，點額親添帝女粧。』後子大魁，人以爲詩讖焉。比開府陝西，貽詩作誡，云：『讀書裕經綸〔三〕，學古法政治。功業與文章，斯道非有二。汝宦久秦中，洊膺封圻寄。仰沐聖主慈，寵命九重賁。日夕爲汝祈，冰淵慎惕勵。譬諸欂櫨材，斲小則恐敝。又如任載車，失誡則懼躓。捫心五夜懃，報答奚所自？我聞經緯才，持重戒輕易。教勅無煩苛，廉察無猥細。勿膠柱糾纏，勿模稜附麗。端己勵清操，儉德風下位。大法則小廉，積誠以去僞。西土民氣純，質樸鮮靡費。豐鎬有遺音，人文鬱炳蔚。況逢郅治隆，陶鈞綜萬類。民力久普存，愛養在大吏。潤澤因時宜，樽節善調理。古人樹聲名，根柢性情地。一一踐履真，實心見實事。千秋照汗青，今古合符契。不負平生學，不存溫飽志。上酬高厚恩，下爲家門庇。我家祖德詒，箕裘罔或墜。痛汝早失怙，遺教幸勿棄。嘆我就衰年，垂老筋力瘁。曳杖看飛雲，目斷秦山翠。』《松徑》云：『曲徑彎環石級高，滿庭山色綠周遭。松聲似厭泉聲小，自瀉雲門百尺濤。』庚子，高宗南巡，尚書居憂里門，謁於行在，具陳母氏賢行，御書『經訓克家』賜之。古來賢母教子成名者頗多，而無詩文著述見於後世，惟國朝賢母之詩流傳頗盛，而若此煌煌巨篇，無懈筆、無泛句者亦不多見也。又見桐鄉孔瑶圃繼瑛，沈觀察啓震母，工書善畫。夫遠遊，課子讀書而身率小婢終夜紡織。嘗有句云：『窗下看兒談魯論，燈前教婢揀吴棉。』又云：『夜枕先愁明日米，朝寒又典過冬衣。』皆當時實事也。觀察成進士，以賜綺爲母裁衣，太夫人訓云：『賜錦初披新樣紫，遺氊莫忘舊時青。』

校勘記

〔一〕『挹翠閣』，底本、四卷本、十二卷本、寓言報館本作『把翠閣』，據民國本、清馮桂芬《同治蘇州府志》卷一百十九、施淑儀輯《清代閨閣詩人徵略》卷三改。

〔二〕『蘭谷』，底本作『蘭合』，據民國本及前文改。

〔三〕『經綸』，民國本作『經論』。

常熟蔣蘋南季錫，謚文肅庭錫女弟，侍郎王興吾母，著有《清芬閣集》。太夫人工書精奕，畫法娟秀，得虞山宗派。《示兒》云：『鄴架詩書應徧讀，董園花鳥不須窺。』《至大兒興吾豫藩署中》七古末云：『今朝三郡被水災，征鴻滿目啼聲哀。汝爲方伯實司命，努力撫綏毋務財。』

餘干鍾守箴令嘉，號甘荼老人，蔣新畬太史士銓母，著有《柴車倦游草》。太史四齡，太夫人斷竹攢字教之〔一〕，口授經書，後入詞館，就養京師。既而曰：『吾兒才非適時者，不如歸也。』太史承命告歸，詩工議論，筆亦遒勁。《金陵》云：『難爲子孫守，不是帝王居。一片風流地，千秋醉夢餘。刼灰塵久積，金粉氣難除。只有秦淮上，笙歌六代如。』《題自繡梅花詩圖》

云：『屈鐵孤梅葬古苔，巡檐寒萼凍難開。分明一幅鵞溪絹，繡出詩人小像來。』《自題歸舟安穩圖》云：『館閣看兒十載陪，慮他福薄易生災。寒儒所得要知足，隨我扁舟歸去來。』『一艇平安幸已多，胸中原未有風波。團欒出又團欒返〔二〕，兒領鬚長母髮皤。』『書聲纔歇笑聲連，乞棗爭梨繞膝前。自笑老人多結習，課孫不及課兒專。』『三十隨夫四海遊，江山奇處每勾留。誰知老去清緣在，還坐東南輭水舟。』湖南湘潭石氏，號慈石老人，知縣張力行母。《七十誕辰自壽序》云：『余就養四兒力行官舍，四載於兹。今七十生朝，力行薈萃所乞壽言，歌以侑觴。老婦何幸，得爲大人先生齒録，顧其詞類多侈頌，愧不敢當，棖觸余懷，容有不能自已於言者，因仿杜少陵《寓同谷縣》詩體作歌七首〔三〕。少陵以飄流嗚感，而余以數十年備嘗荼蘗之境，詞不相襲，遇若近之，吾子孫能喻此意，庶幾知所勉焉。』録四章，云：『憶昔憶昔初作婦，鬖髿白髮娱大母。舅扶鳩杖晨上堂〔四〕，捧羹小步君姑後。』『秋風獵獵動地來，蔆凋椿瘁養何有。嗚呼一歌兮歌已哀，孝子有後栽者培。原注：鄉人稱先舅爲張孝子。』『有妹有妹矢從一，女而不婦老於室。青燈紅淚五十年，博得烏頭耿暾日。蜾蠃負子教誨勞，他年入地心堪質〔五〕。嗚呼五歌兮歌正長，相思不見天茫茫。原注：妹幼字曾氏，所事者不幸而夭。妹年才十九，誓不再適，力請於母氏，素服哭奠曾氏子之墓，歸扃一室，勵志守貞。母憐之，予田數畝以給其養。今妹年六十餘矣，方得嗣子相依朝夕。嚮余就養力行官舍，欲邀妹，不果行。白首天涯，每一念及，輒爲淚下也。』『我來就養愁轉劇，鞭扑悲夫！聲中簿書積。循良肆應良復難，聖主深仁在保赤。官名父母須慈祥，家有子孫要蕃碩。嗚呼六歌兮歌思遲，筵前肴酒民膏脂。』『予季鞅掌閩海邊，諸孫文戰留湘川〔六〕。人生何能晨夕聚〔七〕，所求無忝繩其先。我家祖德方綿綿，我今老健天所憐。嗚呼七歌兮悄終曲，蟾窟風香落金粟。』悱惻纏綿，調高語摯。

校勘記

〔一〕『太夫人』，底本、十二卷本、寓言報館本作『太安人』，據民國本改。
〔二〕兩『團欒』，民國本作『團圞』。
〔三〕『首』，民國本作『章』。
〔四〕『晨』，民國本作『晚』，非是。
〔五〕『入地』，清鄧顯鶴《沅湘耆舊集》卷一百八十一石老人《七十生辰作并序》作『九地』。
〔六〕『文戰』，清鄧顯鶴《沅湘耆舊集》卷一百八十一石老人《七十生辰作并序》作『較藝』。
〔七〕『晨夕』，清鄧顯鶴《沅湘耆舊集》卷一百八十一石老人《七十生辰作并序》作『麋鹿』。

桐城姚景孟德耀，通判馬書香室，鹺尹培章祖母。博學工詩，著有《清香閣詩鈔》。《寄遵貞太夫人并序》云：『嫂氏遵貞能詩善畫，敬繪白描羅漢册頁。姪棻入覲進呈，仰蒙聖主品題，入於内府秘苑珠林，俾得與古名媛墨蹟並傳不朽，誠異數也。予聞之，喜而賦此，云：「白描妙手重當時，百拜焚香獻御墀。試問鳳城千命婦，幾人翰墨九重知？」』

貴筑陳昭陽淑秀，一號玉芳，觀察法女，給諫慶升妹，諸生周承元室，著有《玉芳亭詩集》。

《燈籠》云：『絲絲入扣盡文章，囫圇中涵太乙光。代月頻教星退舍，濟人頓使霧收藏。十分虛鑑通千里，一點丹心照四方。普渡慈航何處問，好當靜夜細思量。』是題詠者甚少，此詩頗爲雅切。

上虞張品香淑蓮，知州鳳翥女，知縣夏琳母，著有《澄輝閣吟草》。幼承庭訓，博通經史。《九十自壽》云：『八旬剛喜集華裾，花裏頻年奉綵輿。身閲平安還是福，耳聽歌頌恐嫌虛。養生有術惟知命，遺與無方只看書。九十光陰行萬里，儘憑白髮笑盈梳。』『猶記親闈問寢忙，春風柳絮滿庭芳。傳經錦水依妝閣，執饋灤河侍畫堂。塞上雲山都入稿，嫁時衣帔尚留箱。燈前笑把平生話，應比開元舊事長。』『故園親手課蠶耕，繞屋東山曉翠横。慈教敢誇貽禮法，書生須不負科名。清芬世守先廬舊，章服身慚異數榮。一事差强人意處，年來耳目尚聰明。』『官閣香濃對綺筵，喜聞輿論使君賢。承平井里舒民氣，羅列曾元慰暮年。翠柏霜濃知閲世〔一〕，紅梅日暖好傳箋。他時得遂期頤望，還乞羣公祝壽篇。』富貴壽康，閨中罕有，詩亦和平工整。

校勘記

〔一〕『柏』，民國本作『柏』。

如皋熊淡仙璉，字商珍，又號茹雪山人，著有《淡仙詩鈔》、《淡仙詩話》。淡仙兼工詞賦文章。幼字陳生，嗣生得廢疾，翁請毀婚，淡仙堅不可，卒歸於陳。貧不能給，半生依母弟居，晚爲塾師。余幼時常聞鬘雲從母云：『淡仙境甚困厄，老更無依。』《送春》云：『一花一草何曾見，却道來朝是送春。』《螢火》云：『背燈兼背月，原不向人明。』其遇可想。《感舊》云：『嘆我浮生不自由，嬌癡未慣早知愁。弱齡已醒繁華夢，薄命先分骨肉憂。親老偏逢多病日，家貧常值不登秋。眼前俱是傷心事，幾度臨風淚暗流。』『刺繡餘閒就塾時，也從花裏謁名師。貪看夜月憎眠早，倦挽春雲上學遲。琴案屢吟秋柳句，錦箋頻寫落花詩。而今回憶皆成夢，悵望當年舊董帷。』同里顧希昭淑齡，朱章令室，著有《閨中倡和集》。《書熊淡仙詩後》云：『無情天亦妬娥眉，博得才名不療飢。莫怪紅閨諸女伴，只工刺繡不工詩。』

崑山唐菊圃其玉，諸生國緒女，諸生方蔚室，以節賜旌，著有《夢留吟草》。《對雪懷雪廬》云：『木落秋容老，庭空夜色明。燈殘羣籟寂，月冷一心清。未踐黄花約，難忘白首情。遥知吟望久，詩思定縱横。』小姑方雪廬筠，諸生家鼎女，顧某聘室，以貞節賜旌。《菊窗雜詠》云：『最愛黄花好，其如病體何。愁懷憑酒遣，佳句到秋多。手倦頻抛卷，心閑且放歌。由他塵世事，滾滾眼前過。』雪廬兼精繪事，姪女黛如元恕，亦善詩畫。

奉新宋婉仙鳴瓊，涂愛庭室，有《味雪樓别稿》。婉仙早寡，以詩自遣。集中《煮茗》云：『呼鬟汲碧泉，獸炭紅爐熱。推出落梅風，關門煮香雪。』《寫畫》云：『意中新竹樹，胸次舊煙霞。信是丹青薄，難描富貴花。』《秋思》云：『庭院秋來百感生，風翻露葉一蛩鳴。月明萬里家何處？腸斷關山玉笛聲。』《後山春望》云：『滿山春樹尋常見，獨撫孤松未忍回。黛色參天陰覆地，曾經歷盡雪霜來。』真乃閱歷之言。婉仙有『無端撞入玲瓏網，授我皆非如意珠』之句，境亦可慨。

每見史籍所載，時值夫君子退而小人進，即有一二正人必抑制之，使其才位不稱，然後得暢行小人之志，迨至身敗名裂，衆口交譏，徒貽千古之唾罵，豈不可笑？宿遷倪瑞璿詠馬士英詩，結句云：『賣國還將身自賣，奸雄兩字惜稱君。』可爲確論。然往古來今，足當奸雄之稱，實無幾人也。瑞璿爲進士徐起泰室。

太原張古什學雅，貢生佚長女，著有《繡餘遺草》。姊妹七人皆工詩。古什生不茹葷，愛持經咒，字金壇于氏，未嫁而卒。《閒詠》云：『竹院蕭森人語空，夜來風雨太匆匆。侵晨獨倚闌干角，閒數池蓮數朵紅。』四妹羽仙學典，字古政，諸生楊易亭室，有《花樵倡和吟》。十歲爲《採蓮賦》，兼工繪事，與妹淩仙孿生，尤相憐愛。《寄書》云：『欲把音書寄，躊躇向筆端。恐添離別恨，難使旅懷寬。蘇蕙機中錦，秦嘉鏡裡鸞。迢迢憑一紙，何以慰加餐？』五妹淩仙學象，字古圖，諸生沈載公室，有《硯隱集》。以苦節著。家貧，依姊羽仙爲生，日手經史，自課其子。後益落，乃爲閨塾師。《雜詠》云：『夙昔愛鳴琴，流泉指下生。子期今已没，誰聽斷腸聲？』七妹古明學賢，于星緯室，有《華林集》。《閒望》云：『波動風來後，花殘雨過時。』

名媛詩話卷三

錢塘沈善寶湘佩著　受業會稽宗　康校字

山東德州宋素梅，乾隆十六年聖駕南巡，素梅年甫十二，迎鑾獻詩云：『海晏河清代，堯天舜日時。不辭川路遠，肯慰士民思。紫氣欽皇輦，黄雲護聖騎。迎鑾來獻頌，萬壽浩無涯。』應詔作云：『山左羣情切，江南望幸頻。九重深保大，五載舉時巡。浩蕩韶光麗，葱蘢物色新。彩雲晴有象，瑞靄静無塵。淑氣迎仙仗，祥風繞御輪。衢歌擊壤徧，共祝萬年春。』惲珍浦太夫人云：『從古帝王巡幸，多士獻詩，向已侈陳盛典。逮我高宗純皇帝恭奉孝聖太后，駕幸山東、山西、河南、江蘇、浙江等省，孝養優隆，超邁往代。素梅以綺歲女童拜進詩册，尤爲千古奇聞，設非應運而生，何以得此？』誠哉是言。

桐城方仲賢維儀，諸生姚孫棨室，有《楚江吟》、《歸來歎》、《清芬閣集》，工白描大士。年十八守節，八十四而終。《旅夜聞寇》云：『蟋蟀吟秋户，凉風起暮山。衰年逢世亂，故國幾時還？盗賊侵南甸，軍書下北關。生民塗炭盡，積血染刀鐶。』莆田方少君琬，性極孝。《避亂舟中寄弟》云：『野樹鳴蟬咽未休，蓼花蘋葉晚來秋。干戈滿眼驚殘夢，風雨傷心逐去舟。喪亂相依吾弟在，艱危無奈老親憂。更憐宿草青青塚，寒食新烟望裏收。』二人詩旨一何相似。按：仲賢姊名孟式，字如曜，從夫殉難，亦工詩。妹名維則[一]，字季準，有《茂松閣集》。與仲賢俱早寡，年亦八十餘，白首往來，商量文學。編輯《古今宮閨詩史》，分邪、正二集。

校勘記

〔一〕『維』，民國本作『緎』，誤。

濡須許儼瓊燕珍，有《黹餘小草》，古風、近體無不佳妙。《題長江萬里圖》云：『畫圖披拂誰執筆，雲濤寫作長江色。放眼寥濶天宇高，包籠泓量河汩汩。岷山之源導百川，青衣汶洛涪漢連。白澧沅湘沔水合，潯陽九派波滔天。黄氏《今水經注》：『資江亦名中江，源出汶山，自洛口分支入簡州資縣界。』六川四瀆同宗海，納黿吐貝無不采。衆流總括坤靈首，波旬孰見桑田改？忽爾鼓怒烟霧横，崩沛滈汗馮夷驚〔一〕。有時瀲灩淨如沐，波光一鑑輕舟行。名牽利涉自今古，飛檣矗矗誰能數〔二〕？荒汀隻堠人跡稀，老樹槎枒白雲吐。我聞宗慤乘長風，子安曾借神帆通。布帆仙查便可傍牛斗，揮橈直去滄溟東。』《倚樓懷蔚亭夫子》云：『伊人遠別去，日日凭高樓。望斷江邊舟，欲語不語春黛愁，東風陣陣吹簾鈎。』佳句《蝴蝶》云：『東風金谷夢，細雨玉鈎魂。』《識舟亭》云：『潮聲朝夕長，山色古今青。』七言《詠酒》云：『歌催綺席月初上，花撲玉缸香正濃。』《雨窗書悶》云：『事都過去心纔悔，情到忘時意早癡。』《聞雁》云：『酒醒孤館三更夢，燈暗重門五夜霜。』儼瓊有《松窗詞草》，『詠謝道藴』《鳳棲梧》云：『羣從清新誇謝氏。林下風高，裊裊饒幽致。五字珠璣傳柳絮〔三〕，瓊閨千古誰爲繼？　儂有一言聊爾戲。何事王郎，不洽佳人意。若使多才生此際，畫眉更少王郎輩。』後半闋語近於謔，令人失笑。儼瓊號靜含，知縣其卓女，諸生汪人鎮室。十二歲作《鸚鵡賦》，爲時傳誦。

校勘記

〔一〕『崩』，民國本作『滯』。

〔二〕『矗矗』，民國本作『轟轟』。

〔三〕『五』，民國本作『七』。

澧州雷半吟玉映《戲詠掃晴娘》云：『叢竹斑斑江上村，頻傾玉女洗頭盆。欲將娘子忘憂帚，掃盡瀟湘古淚痕。』東莞熊瑶月《閨情》云：『歡愁不定意遲遲，别有幽情緑水湄。玉手折來堤上柳，結成如意寄相思。』吾鄉陸么鳳《秋閨》云：『湖烟漠漠晚歸鴉，自掃楓香坐煮茶。一帶芙蓉寒映水，不知秋思屬兒家。』吾鄉陸竹雲筠《春日感懷》云：『屈曲園亭半種花，依山傍水幾枝斜。春來相對應相賞，我憶天涯客憶家。』常熟時宜幽嫺《夏閨》云：『清凉無暑扇輕紗，小汎扁舟岸影斜〔一〕。蓮浦風來香夢淺，月明凉醒一池花。』歸安汪蘭雪韞玉《春晝》云：『春晝陰陰繡懶拈，鷓鴣聲裡雨廉纖。多愁怕見東風面，一任花飛不捲簾。』昭文鮑尊古印《春閨》云：『玉鏡初開卷繡簾，紅襟燕子影纖纖。春風碎剪樓頭柳，葉與娥眉一樣尖。』琴川席養卿田《秋雨》云：『凉風瑟瑟白雲飛〔二〕，向晚憑闌暑氣微。忽聽梧桐有疎響，飄來雨點濕羅衣。』江都劉淑秀《詠眉》云：『鏡裏春山兩點青，由來不許俗愁侵。每逢花落春歸後，宛轉閒顰不自禁。』吴縣范柏年齡《山樓晚眺》云：『幾家茅屋疎林外，一徑幽花落日間。野老不知身入畫，踏殘黄葉下秋山。』妹恕成德《晚步小圃》云：『遥峯翠潤初消雪，綺陌烟塵半入雲。月在梅梢風在柳，可憐春色已三分。』吳江吳曇素雯華《秋閨》云：『庭梧葉落氣蕭森，砧杵千家碎月明。何處小樓人不寐，孤燈相對聽秋聲。』荆溪薛浣香娟《得兄揚州手書》云：『韶光淡沲柳依依，社後寒輕燕子飛。十里珠簾隋苑路，杏花如雪糝征衣。』金匱丁采芝芝潤《秋月》云：『碧天清影上東樓，獨起離鄉百種愁。籬畔蛩聲簾外月，鬢絲添上一痕秋。』晉陵毛紉菴秋佩《寄外》云：『空庭冷月挂清輝，風捲殘花繡地衣。杜宇催歸歸未得，江南江北燕雙飛。』如皋冒燕婉德娟《夏日》云：『芭蕉深緑映疎窗，高柳鳴蟬晝景長。悶捲珠簾看日影，鴛鴦相並立池塘。』此十六章清詞絡繹，故併録之。

校勘記

〔一〕『汎』，民國本作『岸』。

〔二〕『凉風』，民國本作『風凉』。

香山陳仁嬌，自幼絶粒，身輕如羽。有《詠挂蘭》七律云：『不沾凡土謝栽培〔一〕，九畹名登却草萊。劍葉能驅清露去，靈根偏逐好風來。久無湘女江邊夢，幸有東君天半材。讀罷離騷翹首玩，幽香冉冉下瑶臺。』按：挂蘭即風蘭，產於滇粤山中，不須土培，用籃筐挂於風中，花葉即繁。予在里時，有赴滇回者曾攜兩籃見餉，懸於簷下。夏間花放如九節蘭，惟不甚香耳。

校勘記

〔一〕『謝』，民國本作『顯』。

常熟許玉仙在璞〔一〕，號冰壺老人，陸叙臣室。有《小丁卯集》、《迴文梅花百律》、《茹荼百詠》。冰壺工文善弈，守志六十年，以苦節稱，族孫女陸姒賢爲梓其集。《冬日雜感》云：『由他世路似羊腸，秉性生成百鍊鋼。修竹受霜能抱節，凍梅經雪尚含香。窗前刺繡嫌時短，燈下敲詩喜漏長。自笑閨中徒好學，末由功業振高陽。』

校勘記

〔一〕『許』，民國本作『殷』，誤。

蘭陵董節母吴文璧永和，董玉蒼室。有《苔窗拾稿》，不特詩佳，而賦亦古雅，惜不多見。五律最高。《苔窗夜坐贈外子玉蒼》云：『不惜黄金盡，何妨白眼看。但留吾道在，且遣百憂寬。雨過茶烟濕，風多竹影寒。微吟聊慰藉，殘月上闌干。』《感懷》云：『有姊湖邊住，相望又一秋。憂勞兒女計，辛苦稻粱謀。静裏攜書卷，閒中檢酒籌。孤村三十里，烟水隔扁舟。』佳句如：『疎雨兼花落，歸雲雜鳥飛。』《山居》云：『路侵松葉暗，徑長藥苗肥。』《贈莊表姊》云：『論文春酒緑，對弈夜燈紅。』《雨後》云：『亂水衝籬過，斜陽隔樹懸。』七言如《秋夜》云：『花氣衝簾深院静，松陰覆榻小窗幽。』《語外》云：『風外鳥啼移晚竹，雨中客至剪春蔬。』《遣興》

色，茗椀平分橄欖香。』

《詠柳》云：『藏船曉岸村村雨，落剪春衣葉葉風。』《同莊表姊池上納涼》云：『瓜盤遥借玫瑰

云：『累少底須需富貴，病多終計學神仙。』《漫興》云：『前溪水漲生魚子，昨夜風多近楝花。』

震澤沈畹亭蕙玉，貢生倪學涵室，有《聊一軒詩存》。畹亭性至孝，姑亡欲殉，不得，遂遘心疾。明年母卒，竟以哀痛死。讀其《自箴》四章，知其情性端淑也。詩云：『天生烝民，有覺其性。陰陽肇判，含元達順。琴瑟載詠，蘋蘩攸司。夙夜用敬，猶懼或虧。無曰深閨，莫余云覯〔一〕。淑慝在躬，指視暗室。維椒與蘭，植於中田。我思君子，淑慎塞淵。』又云：『先民有言，言不出閫。牝雞司晨，厥家用損。節以應佩，琴以和神。辭或苟發，甯默而存。勿尚爾舌，寸心是弛。既悔而追，不脛千里。嗟嗟愚盲，慎其德音。鸜鵒多言，祇名文禽。』又云：『紵纊在笥，焕乎有爛。凄其以風，滋我永歎。維織與紝，爲坊厥心。舍業而嬉，淫慝相尋。野有絡緯，振迅其翼。爾安用媮，微羽所疾。雖有孔翠，不如春蠶。之子纂組，不如布縑。』又云：『冀妻如賓，孟光舉案。夫豈矯情，媮惰斯遠。啼眉折腰，邦國之妖。彼昏罔知，反以用驕。幽閒貞静，曰配君子。載色載笑，若佐之史。敬而能和，穆如清風。修身準此，維以令終。』

校勘記

〔一〕『覯』，原作『覯』，清蔡殿齊《國朝閨閣詩鈔》第四册《聊一軒詩稿》卷七、清沈德潛《清詩別裁集》卷三十一、清王藴章《然脂餘韻》卷五、楊鍾羲《雪橋詩話》三集卷六所録《自箴》詩均作『覯』，因據改。

廣東陽山李氏，貢生王騶室，拔貢安福母，著有《一桂軒詩鈔》。氏孝事翁姑，詳載縣志。書法遒潤，詩格樸老，不輕示人。卒後子安福裒集授梓，集中如《婦誡》、《訓婢》諸作皆可爲閨中格言，今并録之。《婦誡》云：『出嫁事舅姑，恩義同父母。云何事人親，因我爲人婦。天合使之然，順逆視所受。愛子多愛媳，慈愛什八九。愛者情之常，不愛事之偶。不問慈愛無，問我能孝否。竭吾事親心，可以占无咎。出入敬扶持，奉養勤左右。祀先肅蘋蘩，燕客潔漿酒。服勞本婦職，勿厭執箕帚。姆姒須和顔，姑叔莫多口。持躬務勤儉，接物尚寬厚。三從徽婦德，百行孝爲首。作善天降祥，積慶裕爾後。』又云：『夫爲妻之綱，妻亦與夫齊。敵體均伉儷，恩愛兩不疑。紅絲一繫足，終身不更移。無違著聖訓，至順昭坤儀。男以剛爲貴，女以柔爲宜。雞鳴切戒旦，舉案思齊眉。肯效不賢婦，琴瑟乖唱隨。悍戾與嫉妬，不顧衆口嗤。常諧偕老歡，匪徇床笫私。變守柏舟操，益堅冰雪姿。古來多淑媛，一一垂芳規。賢豪克樹立，半出内助資。翟茀荷光寵，彤管揚休辭。人生寄一世，百年有盡期。惟留不朽名，萬古恒在兹。』又云：『爲孝苦不足，爲慈苦有餘。愛而不知勞，禽犢之謂與？女則課紡績，男則課詩書。課女與課男，父母心非殊。高樓峙平地，植基恒於初。孟母切教子，斷杼三移居。良田不耕耨，沃土成荒蕪。勿謂此父職，有咎豈在予？撫摩過姑息，玩好隨嬉娱。飾非代隱疚，揚善加虚譽。庭内日蒙蔽，鄉鄰空嗟吁。是謂賊其子，厥罪當何如？賢母篤義訓，心殫志自舒。熊丸佐苦讀，褵戒申芳模。上可答宗祖，下可光門閭。』《訓婢示長媳耿氏暨姪女慧芳、孫女文瑛等》云：

『貴賤固有異，賢愚亦有分。若從一律觀，詰責徒紛紛。此輩多拙戇，任事常畏勤。鞭扑直忍受，誥誡如不聞。厥性本重濁，燕雀非鸞羣。譬之樗櫟材，匠石費斧斤。矜愚加訓誨，赦過策勞勳。自然久與化，瘠土堪耕耘。寒冬擁薄絮，暑月愁饑蝨。殘羹與冷炙，竈下潛悲辛。誰無父母恩，愛之如掌珍。家貧兩不活，棄置難相親。念此愴我懷，彼亦人子身。爾曹須體恤，慎勿輕怒嗔。』

當塗吴巖子山〔一〕，縣丞卞琳室，著有《青山集》。巖子工草書，善畫，中遭患難，轉徙江淮間，有《西湖》、《梁溪》、《虎邱》、《廣陵》諸集。暮年好道，得奇疾，疾作則右手自運動，日夜作字不休，或濡筆書紙上，悉成元理。疾止，不復記憶。凡二年而愈。白髮朱顔，奕然有丹砂之色，遂不復作詩矣。後築室石城、清溪間，以静修終。《清明》云：『而今何處覓桃源，風雨蕭條且閉門。春草萋萋歸不得，江南多少未招魂。』《幽居》云：『獨尋幽處結孤茅，泉石膏肓疾未消。放鶴啟扉欹醉竹〔二〕，通泉鑿石跨飛橋。露香秋老收蓮種，花雨春深課藥苗。食罷行吟循澤畔，櫂歌聲引夕陽潮。』

校勘記

〔一〕『巖子』，底本、民國本作『巖千』，據震均輯《國朝書人輯略》卷十一、徐世昌編《晚晴簃詩匯》卷一百八十三改，下同。

〔二〕『醉』，民國本作『翠』。

古吴董節母莊端人德芬，知府思駉母，著有《晚翠軒遺稿》，古風、連珠神似《文選》。《秋風》云：『嫋嫋度霜空，凄凄入樹中。吹黄小山桂，翻赤大江楓。金屋悲紈扇，沙場捲斷蓬。天邊多錦字，著意送歸鴻。』《簾影》云：『遠絲疎散近絲清，一桁依依縱復横。怪煞玉鉤鉤不起，畫闌干畔水盈盈。』《聽雨》云：『揞枕微吟夢不成，江樓玉笛夜三更。窗紗緑映新蕉葉，正好敲詩聽雨聲。』《春日》云：『雨中花事老，風外柳綿多。』《夜雨》云：『樹梢千葉競，花穗一燈昏。』《交城》云：『地有古風歌蟋蟀，村當落日嘯於菟。』《山雪曉行》云：『千里暗雲屯石徑，五更疲馬怯金銜。』

莊端人《晚翠軒稿》中附母荆氏《移居》七律云：『暫向蘭陵玩物華，數椽茅屋托生涯。門前春水通千里，樓外晴烟見萬家。好夢猛驚城上鼓，旅愁偏對雨中花。朝來底事添吟興，竹放清陰上碧紗。』詩甚工整。端人有連珠言母氏才德，嘗因隣火延燒房柱，母立不行，待熖始出，惜未見其詩集。

毘陵錢冠之孟鈿，號浣青，尚書謚文敏維城女，觀察崔見龍室。有《浣青詩草》，集中五、七古縱横排奡，直入唐人之室。七律如《潼關懷古》云：『潼關天險鬱嵯峨，天外三峯俯大河。六國笙歌明月在，五陵冠劍夕陽多。時來傑士能捫蝨，事去將軍竟倒戈。終古丸泥憑善守，英雄成敗感如何？』《昆明池懷古》云：『昆明池上夕陽開，從此旌旗萬里來。瀚海名王空繫頸，祁連高塚已成灰。徒聞虎旅徵兵急，不見龍沙有騎回。當日若誅馮奉世，何須烽火悔輪臺？』詩格亦甚悲壯。他如《華清宫》云：『池上鴛鴦憐並宿，天邊牛女笑長生。』《蜀中》云：『可憐衰草沙場日，忍見黄雲白骨堆。』《秦中》云：『細柳營荒收苜蓿，二陵雨過出崤函。』《畢素溪表姊以圖扇見貽，次韻贈别》云：『雲侵月魄光難掩，人去天涯恨莫償。』

鎮洋畢素溪汾，號繡佛女史，秋帆尚書沅女弟。《留别浣青》原倡云：『並向天公乞冷香，並依虚幌並迎凉。清緣有分裁詩補，别思無端倩畫償。收與羅衾添夢寐，散將瑶砌立風霜。雲階月地低徊處，肯信流光爾許長。』姪女智珠慧，號蓮汀。《踏青詞》有『一樣春風弄顔色，桃花含笑柳含愁』句，人争傳誦。吴縣張霞城絢霄，秋帆尚書沅側室。《踏青詞》云：『平原芳草乍芊綿，巷陌人家例禁烟。一陣風來聞笑語，緑楊樓外有鞦韆。』

閩中何梅隣玉瑛，有《疏影軒遺草》。梅隣爲女時，侍母隨兄任番禺尉。兄解滇餉，卒於途。梅隣聞訃，恐驚母，因秘而不言，託所親歸兄柩，詭詞安母，奉母歸里，集戚黨謀立兄嗣。知滇柩歸有日，乃哭以聞，母得無恙，鄉里稱孝女焉。子鄭松如太守鵬程刻其遺稿，《詠史》諸作頗見特識。《勗兒》云：『殖學精於勤，取法貴乎上。功無一息寬，志欲千古抗。臨渴而掘井，及泉烏可望？置身賢豪間，男兒何多讓？』又云：『六經爲根柢，諸史亦藩籬。不知千古事，倀倀欲何之？源遠流浩瀚，膏沃光陸離。有本者如是，吾兒知未知？』《還鄉喜晤筠町姊》云：『幾回緘字問平安，執手悲歡訴夜闌。雁序五人行乍缺，枕痕一路淚初乾。强歡娱母腸先斷，設畫登舟力已殫。原注：挈眷時詭云兄因目疾乞假，令眷先歸，恐母老途長，痛子情切也。』今日故園煩阿姊，北堂晨夕勸加餐。』《寄外》云：『儒者治生原急務，古人隨地有師資。』有學有識，小儒咂舌。

吴江沈蕙貞茝紉，年十二即工吟詠，早賦《柏舟》，臨殁，謂弟浣桐曰：『頃得詩二句：「病多未得專醫肺，瘦盡何須更論腰。」』遺稿散失。《詠月華裙》云：『輕薄冰綃六幅寬，空留閒步玉珊珊。素娥應是嫌孤寂，百道雲華護廣寒。』裙以五采間色爲之，末句比喻最當〔一〕。

校勘記

〔一〕『最當』，民國本作『尤切當』。

會稽李是庵因，號龕山女史，晚號今生，有《竹笑軒吟稿》，葛徵奇側室。矢志柏舟，藉丹青以自給。余見其水墨花鳥清妍蒼古，書法似之。詩如《長安秋日》云：『高樹秋聲入夢遲，夜來風雨篳凉時。季鷹自解歸來好，縱乏鱸魚也繫思。』《鷲嶺尋秋》云：『閒搜怪石秋林晚，獨聽殘鐘曉月遲。』《晚泊》云：『秋水空明千里月，荒烟暝鎖萬重山。』可謂閨中之鄭虔也。

吴縣金德人順，著有《傳書樓集》。夫亡守節，後以哭姑嘔血數升而卒。《對月漫興》云：『水晶宫外色蒼茫，七寶修成玉宇凉。徑欲乘風天上去，廣寒深處聽霓裳。』『一片琉璃碧海横，倚闌偶爾意難平。嫦娥縱使貪仙去，肯受人間竊藥名。』《題管夫人畫竹》云：『王孫若解凌霜節，合署鷗波老畫師。』詞嚴義正，郭獨吟堪與後先彷彿也。

吾鄉金雪莊士珊，雨粟尚書甡女兄。幼從母讀，嘗誦至『竹爐湯沸火初紅』句，笑曰：『湯已沸矣，火始紅耶？』真慧心人語，令人頤解。長嗜吟詠，有《紅餘草》。《月夜獨坐》云：『小閣沉沉玉漏長，閒焚螺甲坐黄昏。湘簾半捲邀圓月，疎影横斜識暗香。』《陽春謝端方初到崖州》云：『輕車遥駐洗兵亭，十里蒼烟廓外扃。古路半荒毛牧洞，遺聞空記趙公銘。畬田米熟椰升小，亥市魚歸血網腥。冷落衙齋懸海外，鄉關遥隔五峯青。』容奇陳静齋廣遜，教諭次文女，諸生何勤良室。《老將》云：『驚看矍鑠舊時顔，幾度長驅出玉關。萬里邊塵風組甲，十年戰血染刀鐶。威名早任窮荒識，部曲生從朔漠還。書牘怕逢刀筆吏，重攜孤劍斬樓蘭。』二人下筆皆極老鍊。

琴川屈茝湘凝，有《心閒館小草》。《春日雜詠》云：『姊妹花間姊妹禽，花開並蒂鳥同心。阿儂自有紅閨侶，共譜松風一曲琴。』妹夢蟾敏，有《松風閣詩》。《合江亭》云：『晴江如練雨如絲，鼓枻中流任所之。忽聽畫眉啼不住，合江亭畔卸帆時。』可謂閨閣雙丁，詩亦颯爽。

鄭城莫蘭心，農家之女，生而明慧，工詩，有『春生白下金吾夜，水汲丹陽玉汝泉』，遂名其集曰《丹白集》，餘作不能稱是。又有上海沉沙港漁婦潘素春《雜感》云：『墜樓魂返珠還緑，記曲人遥豆不紅。』居然登作者之堂。又有句容絹山農婦賀雙卿者，詩詞、四六無一不工，而從無筆墨，得句輒以粉書花葉、花朵上，蓋恐流傳也。夫爲佃户，姑爲乳媪，待之甚虐，雙卿事之惟謹。《書海棠葉》云：『離魂附草爲螢火，幽恨如冰化水晶。』『書芍藥葉』《浣溪沙》云：『暖雨無情漏幾絲，牧童斜插嫩花枝。小田新麥上場時。汲水種瓜偏怒早，忍烟炊黍又嗔遲。日長酸透小腰肢。』又『書玉簪葉』《望江南》云：『春不見，尋過野橋西。染夢淡紅欺粉蝶，鎖愁濃緑騙黄鸝。幽恨莫重提。人不見，相見是還非。拜月有香空惹袖，惜花無淚可沾衣。山遠夕陽低。』《書蕙花瓣上》絶句云：『柳絮多情已化萍，素魂紅怨淡無聲。似聞燕子三更語，月過花梢又不明。』《西清散記》載雙卿德容兼備，惜生鄉僻之間，珠埋塵土，爲可慨也。

安徽和州蔣氏，父業縫皮，夫業箍桶，氏獨通文墨。《昭關懷古》云：『潰楚復親仇，當年氣吐不？英雄知父子，臣道失春秋。山自無今古，祠誰定去留？不知經此者，又白幾人頭？』筆致老鍊，殆天授也。

烈婦申屠希光，廣東長樂漁户女。善詩詞，被豪强某艷其色，使人誣殺其夫，欲强娶焉。希光佯諾，令葬其夫，挾匕首入室，刺殺豪强，持首祭夫墓畢，自刎死。有《送兄釣魚海上》云：『生計持竿二十年，往來秋望水連天。詩成酒醴臨江廟，浪静燈明過海舡。隱隱嗚螺分港釣，閒閒抛纜枕霜眠。莫辭一棹風波險，平地風波更可憐。』奇節清才出於海邊漁户，殊可敬也。

莆田吴絳卿荔仙，貢生陳蔚側室，有《蘭陂剩稿》。《牡丹》云：『名花未放覺春遲，航海新添四五枝。國色由來描不得，世人空自買胭脂。』《春日偶成》云：『深巷賣花新雨後，開門插柳嫩寒初。』《隨園詩話》載絳卿本庖人女，幼敏慧，有潔癖，歸陳二載而亡。

《正始集》載雲南蒙自胡蒨桃生有異秉，不食人間烟火，工畫山水，筆墨超妙，芳年羽化。《題畫》云：『四圍山色翠交加，竹樹蒙茸一徑斜。此去仙源知不遠，前溪流出野桃花。』廣西崇善李筠仙，諸生劉可則室。十六而寡，守節八十一年。《詠竹》云：『亭外漪漪碧幾竿，清姿勁節耐霜寒。舞風影作飛鸞勢，嘯月音疑老鳳翰。自是主人甘淡泊，不勞童子報平安。』階前那有孫枝秀，寫出淇園獨坐看。』又有甘肅靖邊潘波玉玥《遠眺》云：『登眺情何極，催寒起曉風。秋生萬山外，人老一樓中。驛柳微留翠，池蓮早墜紅。妖氛今未净，笳鼓正從戎。』波玉爲提督樊勇毅庭室。哈密趙明霞，諸生王秀亭室，有《繡餘詩草》。《春閨》云：『雙魚音信隔横江，花外無人自吠尨。金屈戍摇風滿户，錦檀槽撥月當窗。只容鏡裡形相對，却恨燈前影共雙。别院按歌聲調苦，一般心事未能降。』此皆生長極邊而詩才清卓，不易多覯。

烏程姚元吉益敬《夏日作蓮莊題》云：『人家都在藕花中，枕水窗開面面春〔一〕。日暮輕雷過前浦，冷香和雨入簾櫳。』酷暑時讀之，不覺神往。元吉爲進士董暨室，著有《芬陀利居小稿》。

校勘記

〔一〕『春』，出韻，疑當作『風』。

吾鄉沈振蘭畹《春日》句云：『草生舊緑羞殘黛，花放新紅憶故枝。』江寧胡試香《詠梅》云：『恰使人心憐舊雨，最開多是隔年枝。』意似相同而胡較勝。試香《秋夜》云：『金燈閃閃映書樓，銀蒜沉沉押畫鈎。一夜西風吹落葉，波濤都在樹梢頭。』尤覺真切。試香爲諸生秦際雲室。詩人少達多窮，故有窮而後工之語，不幸閨中亦蹈此轍，如江州許宜媖權之『飢餐螬食精神減，病卧牛衣感慨多。富貴生前原夢幻，文章死後亦虚名。』武進湯慕雲太夫人仲純之『典衣并及芙蓉帶，脱珥還增翡翠鈿』，桐城左松石慕光之『春衣似笋層層褪，質券如書日日翻』，長洲薛素儀之『三旬九食吾家事，不獨明朝是禁烟』，奉天劉氏之『歲除不比清明節，底事廚中也禁烟』，蓋牽蘿補屋，大都如此。

古人詠柳者多矣，後人另標名目，愈出愈新。吴静香《新柳》云：『有客乍添懷遠恨，何人剛動畫眉思？』長洲吴咏陔云：『細雨鶯聲離别路，夕陽人影短長亭。』上虞陳繡庄淑旂《初柳》云：『西泠雪後無全翠，南陌風前有嫩黄。』吕韻玉《春柳》云：『十里濃陰青灞岸，一隄春水緑蕪城。』海鹽徐雪軒妙清云：『紫笛嫩寒催暮雨，紅亭小蝶舞春雲。』太倉王艷雪静儀云：『折到長條應感慨，呼來小字記娉婷。』德清徐德馨云：『一奩春水眉痕淺，二月東風髩影空。』金匱顧點梅含英云：『淺深意緒傳詩影，新舊情懷認指痕。』平湖李重文《夏柳》云：『隱現蓮塘還綽約，低徊客路倦駈馳。』許定生《秋柳》云：『畫裏腰肢憐瘦損，鏡中眉黛減春痕。』江甯戴雪心文蓮云：『綠條別去芳陰少，黄葉飄來瘦影多。』張掖陳蘊齋《寒柳》云：『記得春和眉盡展，旋經秋冷黛全消。』俞漱珊《冬柳》云：『無限春愁回首遠，尚餘秋葉向人飛。』先慈《柳影》云：『春水倒涵游舫外，夕陽淡寫大隄邊。』可謂刻劃殆盡。又見朱曙雲《衰柳》云：『瘦盡纖腰幽夢冷，不將青眼鬭蛾眉。』則憔悴不勝，感慨無限矣。嘉定印幽谷白蘭《詠柳》云：『商庚語碎燕差池，攀折愁聞玉笛詞。只有九華春殿裡，人間離別不曾知。』高華典麗，風致頗佳。按：幽谷爲布衣李寶函室，有《繡餘草》。市隱虎邱，作雕竹器，老而無子，日以吟詠爲樂，佳句爲人傳誦者頗多。

悼亡之作，閨中甚多，而山陰商媚生景蘭五律一章最爲冠冕。媚生爲明祁忠惠公室，忠惠殉國，故云：『公自垂千古，吾猶戀一生。君臣原大義，兒女亦人情。折檻生前事，遺碑死後名。存亡雖異路，貞白本相成。』一氣呵成，詞旨正大，非後人所能及。然亦有至情不可磨滅者，如華亭章玉筐有湘之『赤繩虛繫三生約，紅淚惟餘兩袖斑』，『最傷薄命分鴛侶，猶幸高名占鳳池』，『無復形容還故國，空餘旅櫬返長安』，『不死丹心終化石，餘生青髩總成霜』，按：玉筐爲龍眠進士孫振公室。振公捷南宫五日卒。金壇于氏之『堂上有人垂白髮，膝前若箇繼青氈』，『北方有藥如鈎吻，西域無香爲返魂』，天台陳藴璞奕珍之『愁臨破鏡蛾眉淡，痛檢殘詩血淚垂』，江蘇姚翠蘿之『鳳去碧梧秋瑟瑟，香消繡户夜漫漫』，及先慈之『可憐兒女盡童孩，短幅縗麻稱體裁。燈下依然作歡笑，不知哀處更堪哀』，沉痛已極，讀之酸鼻。

穎悟絶頂之人必具夙根，故遇事了然，雖塵網糾纏，其靈臺方寸間静中時有慧光發越，警覺之言時時流露於詩文，不自知其然而然者。如元和江愫齋銘玉《聞鐘聲》云：『敲落寒窗月幾檽，機絲一段冷於冰。而今更悟聲聞諦，緣覺空來是上乘。按：愫齋十九而寡，以苦節聞。』太清之《静坐偶成》云：『一番磨鍊一重關，悟到無生心自閒。探得真源何所謂，繁枝亂葉盡須删。』陽湖莊蓮佩盤珠之《有悟》云：『乍聽鴉啼散曉霜，又看樓角挂斜陽。神仙海上垂垂老，日月何須恁地忙。』蓮佩幼即穎慧，詩多幽麗悽惋之句。後得廢疾，垂絶復甦，語家人曰：『余頃見神女數輩，抗手相迎，云須往侍天后，無所苦也。』言訖遂卒，年才二十五耳。《病起》云：『依窗蕉葉能分月，入檻花枝礙捲簾。』《對月》云：『畫角吹低殘夜月，明星摇動一天風。』《即事》云：『名花著雨低頭放，雛燕迎風側翅飛。』《病中》云：『霜華欲下秋蟲覺，節序將來病骨知。』余謂此語見於多病人，尤覺其妙。

吴縣蔣芳佩蕙，諸生許其湝室，有《玉樹樓詩集》。《詠瓊枝曼仙事序》云：『瓊枝、曼仙，名隸樂籍。張獻忠破武昌獲之，令侑酒。瓊枝罵曰：「我雖下賤，豈肯從賊？」因以琵琶奮擊，遂見殺。曼仙曲意承歡，陰置鴆酒中伺賊，賊故迫先飲，乃中毒死。』詩云：『狂貐横噬縱九州，欃槍星朗真宰愁。劇盜洶洶莫與抗，羣黎脂血瀟湘浮。楚中塗炭慘於囚，驅人入江江斷流。蟲沙猿鶴同時休，翻令志節歸青樓。兩鬟窈窕好眉嫵，羅綺叢中鬭歌舞。國色還餘國士風，陽城下蔡何足數？戎幕遭逢凝碧秋，一鬟毅血衅刀頭。一鬟婉轉迎賊意，深沉智略悲難酬。此時成敗誰爲主，千載荆卿心共苦。君不見廣陵一枝風鶴驚，紛紛卻走經與撫。』《出關八詠序》云：『余垂髫時，隨先大父宦游大子州、吉木薩諸地，耳聞目見，詭異殊常，惜時方稚弱，不能記述。今歸吴門，瞬將十載，偶一追憶，得詩八章，聊誌舊游風土，若云文獻足徵，則吾豈敢？』今録四章，《火山》云：『烈澤焚山用火攻，千年地脈尚流紅。任他絶世孤寒骨，到此都應變熱中。』《白沙河》云：『一望荒寒馬跡深，覓鉏愁煞老農心。雪泉百斛沙千斛，布穀何如去揀金？』《土鼠》云：『磨牙也似凍鴟蹲，半穴平沙半草根。怪爾原非田鼠族，不曾具體便狼吞。』《雪蛆》云：『竟尺腰支六出凝，除煩大好滌炎蒸。夏蟲莫便從旁笑，笑汝何曾可語冰。』

昭文吴味梅守嫺《花影》云：『試看紅紫渾難辨，較勝丹青更有情。』可謂翻陳出新。長女程瓊芝端秀《春日寄外》云：『燈餘瘦影三更淡，淚點殘痕一枕留。』次女小芝端穎《詠菊》云：『花意憐人俱冷淡，秋心知我最分明。』

山東齊河郝秋巖豐，貢生張醒堂繼室，著有《碧梧窗小草》、《蘊香閣詩鈔》。佳句如《示子》云：『襟抱狹宇宙，形骸束閨閣。』《詠硯》云：『惟兹一片石，知我萬重心。』七言《夏日》云：『棋本怡情輸亦得，詩惟寫意拙何妨。』《讀史》云：『時來屠狗亦王佐，事去卧龍非將才。』頗有奇氣。

漢軍韓氏，自號端静閒人，法梧門祭酒式善母。有《帶緑草堂詩集》，内有《雁字》十律，渾成超脱，今録三章云：『辛苦鴒原顧影齊，天涯未怕道途迷。孤飛斷港偏鋒出，倦掠寒汀一筆低。蕭館停雲分舊榻，榆關落葉送新題。書空咄咄真何謂，往事凄凉雪後泥。』『逸氣沉酣映夕曛，冥冥横掃五花雲。秋潭倒卧龍蛇影，晴磧新增蝌蚪文。一畫直同天地老，六書何待古今分。祇因上界留真本，不許流傳鳥雀羣。』『天與雲霞作剡藤，横空腕力得風增。瀟湘清怨詩千首，羅刹晴潮墨一升。小住鷗波同浩蕩，幾時鳳闕許飛騰。迷離苔蘚黄昏蝕，細辨碑陰月是燈。』

萊陽周淑履，著有《峽猿草》，家貧苦節，教子成名。《擬古》云：『軋軋機杼聲，漠漠空天雪。操作入中宵，十指皆皴裂。積絲豈易成，不忍中道絶。著此縞素衣，怡然歸同穴。』與仁和許蘊輝元涫《秋閨有感》一樣沉痛。許詩云：『風飄黄葉滿庭飛，寂寞深閨晝掩扉。鴻雁不傳泉下信，空勞刀尺製寒衣。』韞輝結褵數月而失所天。甘泉顧六昭瑞麟，自號角里畸人，亦年少苦節。《雨中詠荷花》云：『空濛細雨暗重湖，翠蓋紅蕖望有無。已辦藕香殘作粉，忍看清淚迸如珠。』休寧范勔淑滿珠《述母》云：『争奈壻亡留女在，可堪兒死更孫無。』覽茲苦語，悽惻不堪。

丹徒趙凌霄鳳，大令陳國華室，著有《巢雲館詩集》，筆致遒俊。《惠陵》云：『江山開勝地，將相得賢臣。』《武侯祠》云：『心期恢漢室，策早定隆中。』《食蟹》云：『雙戈嫩玉瑩虚白，半殼凝脂凸硬黄。葦斷一燈摇石岸，稻花千里憶江鄉。』

虞山屈宛仙秉筠，趙子梁室，著有《韞玉樓詩草》，清麗圓穩，巧於發端。《春雪》云：『窗影似棲雲，窗中聲不聞。梅花纔有信，昨夜正思君。香茗寒冰煮，宣爐活火薰。遥憐畫檐際，飢雀自紛紛。』《落梅》云：『影亂不可數，香來無處尋。古今同此怨，天地是何心？歷歷樓中笛，淒淒壁上琴。一場幽夢醒，落月更横參。』七言如《詠雪》云：『風非送暖偏吹絮，樹不飄香盡著花。』《初度》云：『未甘緑鬢隨時改，辛苦黄花太瘦生。』《題天香蟾影照》云：『本來金粟原如影，何必瑶臺始是仙？』《避暑竹田弟别業》云：『半村小徑兒家熟，一水當門祖屋連。』《自感》云：『身病方知名是累，家貧衹覺事多難。』《消暑》云：『香嫌火氣移花代，詩愛風神倚竹吟。』《緑珠》云：『墜樓肯向君前死，不是明珠買得來。』《白蓮》云：『纖影自臨秋水照，白描一幅美人圖。』

吾鄉袁素文機，子才太史枚妹，有《素文女子遺稿》。所適非偶，大歸，侍母，一女又啞，命之薄，抑才之累耶？《聞雁》云：『秋高霜氣重，孤雁最先鳴。響遏碧雲冷，燈含永夜清。自從憐隻影，同是作離聲。飛到湘簾下，寒衣尚未成。』《有鳳》云：『有鳳荒山老，桐花不復春。死還憐弱女，生已作陳人。燈影三更夢，曇花頃刻身。自傷明鏡裡，日日淚痕新。』《寄姑》云：『欲寄姑恩曲，盈盈一水長。江流到門口，中有淚雙雙。』《偶作》云：『難逢千日酒，且煮六班茶。怕引游蜂至，不栽香色花。』妹綺文杍有《樓居小草》，韓思永室，諸生執玉母。執玉九歲能詩，十二歲入學，十五歲秋試，後病，病危，目且瞑，忽視母，問唐詩『舉頭望明月』下句若何，母曰：『低頭思故鄉。』曰：『是也。』一笑而逝。綺文哭以詩云：『容易芝蘭膝下生，一朝緣盡夜三更。阿娘知汝《離騷》熟，苦誦《招魂》坐到明。』『頃刻書堂變影堂，舉頭明月望如霜。傷心擬拍靈床問，兒往何鄉是故鄉？』悼亡後又遭回禄，境遇困厄，遂依兄以終。從妹秋卿棠，字雲扶，汪孟翊室，有《繡餘吟稿》、《盈書閣遺草》。《哭素文三姊》云：『諸兄來説淚紛紛，無限傷情不忍聞。歸夢難尋他日約，招魂空奠隔江雲。半生辛苦狂夫怨，中路淒涼弱女分。剩有千秋遺稿在，清風林下弔斜曛。』《寄懷夫子》云：『此去輕帆惜暮天，水明山碧又經年。照人清影月邊夢，映柳碧波池上烟。隔歲燕回嬌似昔，入春人病瘦如前。催花風雨聲幽咽，知我江南有畫舡。』皆俊逸可誦。

吴江汪宜秋玉軫，工詩善書，所適不偶，乃賣文以自活。《偶吟》云：『風飄柳絮雨飄花，多少新愁上碧紗。借問過牆雙蛺蝶，春光今在阿誰家？』其境困厄，於此可見。

名媛詩話卷四

錢塘沈善寶湘佩著　受業德清俞德秀校字

《織雲樓合刻》，爲歸安葉氏姑婦姊妹之作。葉聞沚，方伯佩蓀原配。同里周皖湄映青有《梅笑軒集》，繼室晉甯李蘭貞含章有《蘩香詩草》〔一〕，長女淑君令儀有《花南吟榭遺草》，長婦陳景生婦生有《繪聲閣詩稿》，次媳何閬霞若瓊有《雙煙閣詩草》，他如附刻之次女淡宜令嘉、三女蘋渚令昭、次婦周星薇諸作皆卓犖不羣，信乎家學淵源，非尋常淺學者可比。《梅笑軒集》中《詠梅》五古四章，最爲清麗。他如《揚州》云：『三千殿脚如雲散，廿四橋頭自月明。』《渡河》云：『初日閃波無定影，迴風激浪有悲聲。』《晚香玉》云：『香在玉奴迴枕後，花開月姊破雲時。』《秋樹》云：『摇落深愁大司馬，悲歌今識故將軍。』《蘩香集》中《讀晉史》云：『蛙鼓官私未足癡，屠沽斤兩盡能知。阿翁此座原無恙，只怕南風烈烈吹。』『金谷園林化紫烟，銅駝荆棘總凄然。自從七尺珊瑚碎，引動秋風蒓菜船。』『裙屐風流宰相功，深源夷甫讓從容。小兒輩不能平賊，高閣先應束謝公。』『書畫船多壓上流，三山烽火使人愁。長星勸汝一杯酒，已有真人起荻洲。』《都門四時景·秋》云：『畫榼人家齋月兔〔二〕，雕籠懷袖響霜蛩。』《冬》云：『暖室通宵添石炭，官河侵曉走繩牀。』《詠梅》云：『十年風雪勞相憶，萬里江湖見古香。』《讀王孟詩》云：『月中楊柳詞人去，雪後梅花野客閒。』《望岱》云〔三〕：『金銀氣湧樓臺壯，琴筑聲寒草木秋。』《秦始皇》云：『車載轀輬山有鬼，舟行縹緲海無仙。』《華嶽》云：『下界風雷生半嶺，中天日月駐雙丸。』又有《慰兩兒下第》，結句云：『當年蓬矢桑弧志，豈爲科名始讀書？』不特詩筆超超，胸襟亦復不凡。淑君爲諸生錢慎室，著有《花南吟稿》。《汴梁旅次》云：『戍樓落日陳橋驛，野草寒沙博浪城。』《自吴之浙》云：『地湧江山開兩浙，天分牛斗屬三吴。』《孤燕》云：『夕陽古塚懷紅縷，疎雨空樓怨白楊。』《歲暮寫懷示兩妹》云：『琴書動作經年别，井臼慚無卒歲謀。』淡宜爲舉人沈昌培室。《寄姊》云：『病多漸識君臣藥，别久愁看姊妹花。』蘋渚爲侍講邱庭瀣室。《寄姊》云：『曉月鳴雞驚昔夢，夕陽歸雁感殊方。』星薇《悼鷴鵡》云：『洲邊芳草年年恨，渡口琵琶事事非。未必驚鴻同入夢，欲銘瘞鶴竟無人〔四〕。』

校勘記

〔一〕『蘩香詩草』，原作『葉香詩草』，據清潘衍桐《兩浙輶軒續録》卷五十二：『李含章字蘭貞，雲南晉甯人，湖南巡撫因培女，葉佩蓀繼室，著《蘩香詩草》。』因據改。

〔二〕『兔』，原作『免』，據民國本改。

〔三〕『望岱』，民國本作『岱宗』。

〔四〕『竟』，民國本作『個』。

陳嫦生，號秋縠，爲吾鄉句山太僕兆崙女孫，巡撫葉紹楏室。家承有自，綿麗雄渾兼而有之。《春園偶賦》云：『樓外軟風鶯夢暖，籬邊疎雨蝶衣凉。』《詠貓》云：『花徑春深驚蛺蝶，畫廊日午看鸚哥。』《雨餘漫興》云：『晴鵲催殘梧葉雨，乳鶯啼澁杏花風。』《黄陵廟》云：『花深紺殿飛蝴蝶，月冷青山叫杜鵑。』《春曉》云：『柳絮輕烟迷曉幌，柳花細雨綴春衣。』《夜坐》云：『茗椀潤添蘭葉露，金鈴低語柳絲風。』《春夜》云：『濕雲壓樹暝烟重，淡月入簾花氣微。』《遣興》云：『半榻好風吹白紵，一瓶新水落紅蕖。』《薔薇》云：『香浮薄霧珠簾外，人在春風錦帳中。』《寄蘋渚》云：『藏鈎暖泛梨花酒，聽雨寒生杏子羅。』《登岳陽樓》云：『帆來遠浦春潮外，人在重樓細雨中。』《泗川舟次》云：『雲外鐘聲樊口樹，雨中燈影渡頭船。』《渡揚子江》云：『濤湧金焦山作柱，地分吴楚海爲屏。』《茅津渡》云：『空山版築餘王佐，野渡焚舟想霸才。』《初夏》云：『沸鼎茶聲疑作雨，隔簾花氣欲生雲。』

何閬霞，筠潭方伯葉紹本室，有《雙烟閣詩草》，神似晚唐。《淀河道中》云：『滄波萬頃浸琉璃，一鏡空明擊楫齊。楊柳摇風巢翡翠，菰蒲響雨起鳧鷖〔一〕。千家白板臨漁浦，十里紅橋隱畫隄。絶似江南烟景好，垂虹亭北武塘西。』

校勘記

〔一〕『鷖』，原作『鶯』，出韻，據民國本改。

長洲李晨蘭佩金，滄雲府丞女孫，諸生何仙帆室。晨蘭有《生香館詩詞集》〔一〕，《詠秋雁》有『千里歸心隨月遠，一年愁思入秋多。入世豈容矰繳避，就人終覺羽毛輕』之句，爲人傳誦，稱『秋雁詩人』。《生香館詞》律最細，深情雅韻，足可與《漱玉》抗手。如《露華・詠殘月》云：『星疎雲斂，正蓮漏將殘，樹影低轉。忽逗惺忪，依舊一痕秋淺。憐渠那忍先眠[二]，夜夜照人清減。還知否，眉梢恨多，偏是儂見。　小庭暑褪紈扇。便誤拜深深，香裊心篆。争奈一回憔悴[三]，一回長歎。剩得前度閒愁[四]，掛在寶簾銀蒜。羅衣冷，花魂和夢黯黯[五]。』《沁園春・秋夜病中書感》云：『清夜迴腸，百緒紛紜，淒然淚零。覺天涯離恨，癡魂黯黯，宵深肺病，短夢惺惺。霜葉辭枝，寒螿咽露，粉月玲瓏上綺櫺。孤光冷，偏照人庭院，別樣分明。　屏山瘦影竛竮，見背壁殘燈死復醒。嘆身如年歷，暗知淒節，心同刻漏，記盡長更。生小工愁，從來善哭，何況而今寥落情。無悰極[六]，倩喘絲半縷，扶住黄昏。』《金縷曲・寒夜同楊蕊淵話舊》云：『蕭瑟閒庭院。掩文窗、薄寒料峭，暗燈頻剪[七]，縱道宵長蓮漏永，比似閒愁還短。化萬縷、縈纏如繭。款約輕魂隨夢去，遶天涯、不怕風吹斷。簷鐸語，又驚轉。　一丸冷魄霜華滿。算年年、照人如鏡，幾般淒怨[八]。惆悵家園心縹緲，多少海思霞念。恐此日、遂成虚願。可惜江南花月好，到春來、空付鶯和燕。歸路杳，碧雲遠。』《前調・仲春四日寄林風姊松江》云：『斗室青燈夕。釀花天、濃陰如墨，韶華堪惜。何事春來秋又去，絮亂蓬飄無跡[九]。回首處、烟波遥隔。蝴蝶不來香夢杳，照儂愁、一線彎彎魄[一〇]。疎花溜，篆香熄[一一]。　愁多翻道心兒窄。洗殘粧、淚珠鏡汐。柔腸暗織。花氣迷離春影瘦，懷抱離情千疊。檢那樣，愁心寫出[一二]。悄囑東風飛燕子，寄相思，來往傳佳什。須鄭重，春消息。』《采桑子・冬夜書懷》云：

『玉梅花下凝情望，碧海青天。十二闌干，風露人間一樣寒。含愁悄對姮娥説，纔見團欒，早又彎環。那得清光夜夜圓？』《賣花聲》云：『眉影控簾釘〔一三〕，花補苔痕。滿身香霧嫩寒侵。怨入杜鵑聲裹血，獨自愁吟。　玉笛咽離情〔一四〕，草長紅心。月鈎空弔美人魂〔一五〕。憐爾爲花猶薄命〔一六〕，何況儂今。』《一半兒詞·秋閨》云：『涓涓涼露下高梧，螢火星星逗綺疎。蛩繞秋聲伴讀書，撼庭除。一半兒風聲，一半兒雨。』

校勘記

〔一〕『集』，民國本作『草』。

〔二〕『眠』，《小檀欒室彙刻閨秀詞》第一集《生香館詞》作『瞑』。

〔三〕『憔悴』，吴衡照《蓮子居詞話》卷四作『凝竚』。

〔四〕『前度』，原本脱，據《蓮子居詞話》卷四補。

〔五〕『黯黯』，《生香館詞》、《蓮子居詞話》卷四作『銷黯』。

〔六〕『無悰』，《生香館詞》作『無憀』。

〔七〕『頻』，原脱，民國本作『□』，據《生香館詞》補。

〔八〕『淒怨』，《生香館詞》作『愁怨』。

〔九〕『無跡』，《生香館詞》作『蹤跡』。

〔一〇〕『彎彎』，民國本作『灣灣』。

〔一一〕『熄』，《生香館詞》作『熱』。

〔一二〕「愁心」，《生香館詞》作「深愁」。

〔一三〕「釘」，原作「訂」，民國本作「□」，《生香館詞》、《蓮子居詞話》卷四作「釘」，因據改。

〔一四〕「咽」，《蓮子居詞話》卷四作「擫」。

〔一五〕「弔」，民國本作「釣」。

〔一六〕「薄命」，《蓮子居詞話》卷四作「命薄」。

《吴中十子詩鈔》者，張滋蘭允滋與張紫蘩芬、陸素窗瑛、李婉兮嬿、席蘭枝蕙文、朱翠娟宗淑、江碧岑珠、沈蕙孫纕、尤寄湘澹仙、沈皎如持玉結清溪吟社，號「吴中十子」，媲美西泠〔一〕。集中詩詞文賦俱佳，洵可傳也。張滋蘭號清溪，别號桃花仙子，諸生任兆麟室。幼受業於徐香溪女史之門，工詩文，善寫墨梅，于歸後偕隱林屋山中。琴瑟倡和，詩學益進，有《潮生閣吟稿》。《秋後懷心田夫子》云：「雨霽銀燈夕，纖雲入暮天。芙蓉還寂寞，秋水自嬋娟。寒雁聲疑斷，虚窗夜不眠。思君在高閣，清夜撫冰絃。」

校勘記

〔一〕「西泠」，原作「西冷」，據民國本改。

張紫蘩，號月樓，舉人曾彙女，州同夏清河室，有《兩面樓偶存稿》。姊桂森蘊，著有《别雁吟草》。紫蘩《秋夜懷寂居禪友》云：「樓空秋思迴，凴眺獨蕭森。月境開靈覺，霜鐘警道心。可憐黄葉落，無奈白雲深。想得安禪處，天花正滿林。」《楊花和碧雲王妹作》云：「柳絮飛來風片斜，牽人魂夢散梨花。淡烟明月迷隋苑，玉燕珠簾憶謝家。鶯舌好翻新樂府，蛾眉新却舊韶華。綿綿欲斷渾難斷，萬縷離情怨暮笳。』

陸素窗，貢生羅康濟室，有《賞奇樓草》、《蠹餘稿》。《十愁吟》云：『殘照西風碧樹秋，行雲望斷楚江樓。不知何處吹横竹，喚起新愁與舊愁。』及『五噫歌斷牛衣泣，今古才人一樣愁』。素窗工填詞，得宋元〔一〕人神韻。余曾録尤者數闋，今稿失去，殊覺悵然。

校勘記

〔一〕『宋元』，原作『元宋』，據民國本改。

席蘭枝，號芸枝，知縣紹元女，有《采香樓詩草》、《自怡集》。《杜陵草堂》云：『萬里橋邊結伴遊，草堂景物倍清幽。斜陽衰草成荒徑，老樹寒鴉變暮秋。潦到半生悲患難，文章千古擅風流。先生遺址誰題句，憑弔重教旅客愁。』佳句如『楊柳曉風人别後，杏花微雨燕來初』，『青山城郭斜陽外，黄葉人家細雨中』，元人佳境不能過此。

尤寄湘，字素蘭，有《曉春閣集》。《讀武侯傳》云：『經世推王佐，伊周共瘁勤。君才能一統，天意定三分。飲血承遺詔，攻心静徼氛。英雄終古恨，灑淚出師文。』一氣呵成，格韻蒼老。

沈皎如，號佩之，有《停雲閣稿》。皎如父母無子，事親以孝稱。《落花和江碧岑姊韻》云：『笛裏誰家怨，吹來總斷腸。六朝春夢短，終古别愁長。天地老烟景，江山空夕陽。尋芳歸路晚，贏得馬蹄香。』筆亦遒秀。

甘泉江碧岑珠，自號小維摩，諸生吾學海室，有《青藜閣詩鈔》。自序中有『生世不諧，痴頑彌甚。窮年痼疾，匿影於寒衾；終日坐愁，藏身乎針孔。孰云酒可忘憂，不信犀能蠲忿。中懷悲愴，莫敢告人；滿腹牢騷，誰堪共語？茹齋繡佛，徒懺他生；附贅懸疣，其如今日。寸心欝欝，何能容萬斛之愁；弱骨蕭蕭，焉可罹百千之病？』《遣興》云：『甘來蔗尾甜終薄，香到梅花味亦酸。』《病中》云：『喻身敗葉應知幻，食字痴蟫信可仙。』絶句如《讀顔宛在遺詩》云：『謝娘嬌小病來慵，咄咄生涯落落胸。造物疾人知有種，文章終古吝蛾眉。』張桂森蘊《感懷》云：『唧唧蟲聲亂雁聲，風吹鐵馬戰愁城。怪他永叔三秋賦，不賦深閨別後情。』二人悲從中來，同一酸楚也。

長洲朱翠娟宗淑，字德音，諸生雲驤女，有《修竹廬吟稿》，集中《朱烈婦行》最佳。《月夜聞笛懷清溪》云：『天寒露重不勝情，遥夜披衣坐月明。何處樓中還弄笛，落梅如雪滿江城。』與吴縣李婉兮孅《秋夕》之作相似，而風神稍遜。婉兮《秋夕》云：『十二層樓夜月明，美人簾底坐吹笙。芙蓉露冷秋衣薄，翻到霓裳第幾聲？』婉兮爲諸生陸㬎室，有《琴好樓集》。

沈蕙孫，號散花女史，教授起鳳女，諸生林衍潮室，有《繡餘集》、《翡翠樓詩文集》。蕙孫善洞簫，製有《簫譜》。《阻風黄浦和夢韓韻》云：『帆影落波光，迢迢水一方。潮聲飛雨白，風色挾沙黃。海日生蓬島，江蘺裛楚裳。騷人無限意，高詠獨蒼涼。』《題二喬觀兵書圖》云：『舳艫焚盡仗東風，應借奇謀閨閣中。曾把韜鈐問夫壻，誰言兒女不英雄？陰符偷讀妨描黛，繡帙雙開見唾絨〔一〕。一十三篇勞指授，螗磯餘烈本吴宮〔二〕。』蕙孫有『聽殘紅雨到清明』之句膾炙人口，咸稱『紅雨詩人』。著《浣紗詞》，秀逸無比。《送春》云：『梨花春雪，杏花春雨。畢竟春歸何處，問春春不語。』

校勘記

〔一〕『唾』，民國本作『吐』。

〔二〕『螗磯』，底本、十二卷本、寓言報館本作『螗蟣』，據民國本、徐世昌《晚晴簃詩匯》卷一百八十五《題二喬觀兵書圖》改。

吾鄉孫碧梧雲鳳，春巖廉訪嘉樂女，詩筆蒼老，爲隨園弟子之翹楚。《巫峽道中》云：『蜀門西望處，直是上青天。路出重雲外，人來夕照邊。秋風三峽水，暮雨百蠻烟。丞相空祠在，千秋一黯然。』『秋江木葉下，客子獨徘徊。瘴起濃雲合，灘鳴驟雨來。凄凉庾信賦，寂寞楚王臺。俯仰乾坤裏，悲歌亦壯哉。』《漢陽》云：『半帆雲夢雨，一片洞庭波。』《道中》云：『晚風牛背笛，殘雨馬頭雲。』又《出峽》七絶云：『兩岸啼猿厭客聞，西風霜葉曉紛紛。櫓聲一夜出巫峽，十二碧峰空白雲。』不減唐人。碧梧妹蘭友雲鶴，詩格不讓乃姊，可稱閨閣二難。《送伯兄東歸》云：『登高兼送遠，客淚一沾裳。歸棹隨流水，鄉心帶夕陽。秋高山落木，風急雁分行。

叢菊何情緒，籬邊依舊黃。』《旅樓》云：『旅樓高不極，過客足徘徊。暮色隨烟起，春寒逼雨來。壯心尊酒在，鄉思嶺猨哀。目斷巴陵路，衡陽雁獨回。』

余見詠螢佳句，如思柏之『平池映處天流火，團扇招來月帶星』，爲之歎絶。平望吳珊珊瓊仙亦有『月黑移來星一點，風高扶上閣三層』之句〔一〕，雖遜於思柏，頗得其神。珊珊有《寫韻樓詩草》。《寄妹》云：『有妹清才好，别來今幾時。最憐身瘦削，不改性嬌癡。嫩碧翻鶯脰，湖名。新紅繞畫眉。橋名。遥知修禊日，懷我定裁詩。』《題花天月地册》云：『三分纖月影，一樹小桃花。』《對月》云：『薄寒如此春三月，殘夜分明水一簾。』

校勘記

〔一〕『珊珊』，原作『珊瑚』，民國本作『珊珊』，清陳文述《頤道堂外集》卷六有《吳江弔吳珊珊女士瓊仙》、清吳錫麒《有正味齋集·續集》卷一有《吳珊珊寫韻樓遺詩序》，因據改。下同。

吳縣席韻芬佩蘭，字道華，一號浣雲，庶吉士孫源湘室，有《長真閣詩鈔》。《白蓮》云：『鑑爾亭亭影，波中一片霜。潔連根盡玉，清到葉俱香。殘月墮微白，野風生嫩凉。須知蓮界净，才好坐空王。』《送外入都》云：『風花有句憑誰賞〔二〕，寒暖無人要自知。』《喜外歸》云：『指上正輪歸路日，耳邊已聽到門聲。』余愛其《十四夜月》結句云：『萬事將圓未圓好，此情説與素娥聽。』刻劃無痕，亦復新穎。

校勘記

〔一〕『風花』，原作『風生』，民國本作『風塵』，《長春閣集》卷三、清蔡殿齊《國朝閨閣詩鈔》卷三《長真閣詩稿》作『風花』，因據改。

吳門金纖纖逸，諸生陳竹士基室，有《瘦吟樓詩草》。《月夜》云：『積水一庭白，梨花寒不寒。東風扶病起，偏繞雕闌干。烟明苔積暈，露重林生瀾。羅袂薄如此，抱琴時一彈。』《中秋雨後見月》云：『秋雨洗秋苔，秋城二鼓纔。碧雲捲地盡，明月上天來。風定孤烟直，蛩寒玉漏催。素娥好酌汝，莫負桂花杯。』《閨中雜詠》云：『坐愁燒燭到深更，雨點疏疏風又生。不信鴛鴦禁得慣，池荷葉變秋聲。』《病中次韻》云：『二分春教鸚哥惜，一縷寒先燕子知。』及『世上有情春似夢，病來無睡夜如年』。詩極輕清，惜不永年。

華亭張清河玉珍《看蠶詞》云：『陰陰村落養花天，浴種歸來穀雨前。記得去年春較暖，早蠶此際已初眠。』『閒聽食葉最關情，彷彿詩人下筆聲。懊惱鶻鵃偏喚雨，箇儂心事要春晴。』隨手寫來，不粘不脫。

烈婦陳蕙卿淑蘭，爲庠生鄧宗洛之室。鄧溺死，蕙卿聞信，自經而亡。余閱其稿，中有：『病體支持倚竹牀，未甘同夢媿鴛鴦。多君自捲青袍袖，手拂雲鬟代理妝。』其平日伉儷之篤，亦可想見。

句容駱佩香綺蘭，號秋亭，龔世治室，有《聽秋軒詩草》。佩香早寡無子，課螟蛉女以自遣，有《秋燈課女圖》。《登木末樓》云：『載酒獨登樓，凭闌四望收。江光初過雨，山意欲成秋。霸業隨流水，孤城起暮愁。微茫烟樹外，帆影落瓜州。』《登天平山甜白雲菴》云：『身在雲中不見雲，登臨忘却日將曛。回頭欲辨來時路，只有泉聲隔樹聞。』頗有悟境。

嘉興戴瑶珍蘭英，袁恩母，著有《瑶珍詩草》。《春日雜興》云：『得句怕忘隨手寫，消閒無計借書抄。』二語妙甚。

京師寓居偪窄，圖書卷軸與箱籠雜貯室内。偶讀山陰王梅卿之『縱横書卷難容鏡，羅列牙籤半近牀』，及吾鄉袁綺文之『爲尋古集書抽亂，多繡繁枝線放長』，眼前語拈出竟成絶唱。梅卿名倩，字雅三，諸生陳基繼室，與纖纖後先媲美。

蘭陵胡芳卿錦，性敏捷，一題輒數十首，年十七卒，有《繡書樓詩草》。《湘潭舟中即事》云：『有情天地詩中拓，無象風雲筆底生。靈均定有懷沙恨，帝子偏多鼓瑟愁。』《雨泊》云：『雲影亂垂天襯碧，燈光倒射水摇紅。』《抵馬公岸》云：『洞口雲騰龍帶雨，巖頭霧起豹添斑。』味其詩筆蒼老，不類夭折者。吴江姚棲霞有《剪春集》，《寄懷鄰姊》云：『秋老江關木落初，登樓凝望渺愁余。遥峯雨洗螺痕淡，只恐愁眉更不如。』《黄梅》云：『晴還疑雨昏昏過，天亦如人黯黯愁。』語意不祥，卒年亦十七。殁後父岱摘其集中『燕剪剪春愁不斷，翻含愁入小窗來』句名集。

吾鄉方芷齋芳珮，巡撫汪新室，有《在璞堂詩稿》。《山居》云：『市遠山深興自饒，數椽聊得避塵囂。閒分鳥跡尋花徑，曲引流泉種藥苗。户外何知有雞犬，閨中亦復樂簞瓢。幽窗喜與秋江近，欹枕長聽上下潮。』《竹陰》云：『午陰輕轉碧琅玕，筠粉飄香露不乾。坐久漸知衣袂冷，一庭秋氣逼人寒。』五言如《净慈寺》云：『松瘦龍鱗古，苔深鳥跡明。行雲飛不盡，凉葉落無聲。』《題春篷聽雨圖》云：『潮迴兩岸白，烟歛萬山青。』《清明遇雨》云：『雨消紅杏火，烟鎖緑陽痕。』七言如《送叔父之閩中》云：『七里定經嚴子瀨，片帆先趁伍胥潮。』《與坤元表妹話舊》云：『梅花半白開晴崦，楊柳微黄隔畫樓。』《湖中暮泛》云：『烟迷山失浮屠影，風緊帆歸盞飲僧。』《山行書所見》云：『田因晴久龜紋拆，樹爲陰多鳥語和。』《夏日偶病》云：『半窗花影慵欹枕，一院松風静掩帷。』《春興》云：『寒侵楊柳三更月，春盡桃花一夜風。池塘有夢因芳草，庭院無人盡落花。』《春寒》云：『嬌鶯學語聲全澁，稚柳含愁夢未闌。』《哭翁霽堂先生》云：『四海長留知己感，一生秖有愛才忙。』《白石榴》云：『自詡託根同玉蕊，故教結實盡珠璣。』《秋桑》云：『黄蝶飛來梯影寂，紅蠶夢斷剪刀閒。』或云：『《在璞堂詩初集》最佳，《續集》次之，《再續集》則老手頹唐〔二〕，性靈盡失矣。』余謂此係境使然耳。當其在室時，雖簞食瓢飲，依父母膝下，天倫之中自有至樂，且得一意操觚，出筆自然和雅。迨于歸後，米鹽凌雜，兒女牽纏，富貴貧賤，不免分心，即牙籤堆案，無從專講矣，吾輩皆蹈此轍。讀《在璞堂詩集》，不覺感慨係之。

校勘記

〔一〕『手』，民國本作『態』。

山陰胡玉亭慎容，別號卧雲子，諸生馮烜室〔一〕，有《紅鶴山莊詩鈔》，超曠凌空。五言如《雲海》云：『霞氣昏潮影，風聲壯海瀾。』《出峽》云：『雁影風中斷，人聲水上還。』《病中》云：『扶行驚地軟，倚卧覺頭空。』《歸猿洞》云：『白雲横古意，明月老禪心。』七言如《題望江樓》云：『蘆葉捲風聲似雨，浪花翻雪色如煙。』《瀑布》云：『翠巒珠濺銀河動，蒼壁雲噴雪浪浮。』《答許素心》云：『竹幹已高門裡節，原注：素心一字竹軒。梨花空幻夢中雲。』《送蔣太夫人》云：『儂無蓮性超凡骨，君有慈雲大士風。』姊采齊慎儀，號石蘭，又號鑑湖散人，駱烜室。石蘭早寡，撫幼子。未幾子卒，家益落，乃爲閨塾師，歷四十年，受業女弟子前後二十餘人，多以詩名。有《石蘭詩鈔》，詩多凄楚之音。《嶺南道中》云：『五槻十三人，艱危仗此身。經年淚洗面，百感痛傷神。塞北無茅屋，燕南有老親。如何千樹雪，不是昔時春。』《歲暮感懷》云：『歲暮催寒景，凄然自掩扉。眼花看字小，身瘦覺衣肥。異地人情薄，家鄉魚雁稀。一心無著處，空復憶庭闈。』女馮睿之思慧，爲侍郎劉秉之室。睿之本玉亭女，幼繼石蘭，遂從馮姓，著有《繡餘草》。《秋江晚眺》云：『夜泊秋江上，西風漾客槎。野蘆棲旅雁，衰柳噪寒鴉。白浪新翻月，青山遠帶霞。渡頭漁唱晚，烟水渺無涯。』妹駱思敏，玉亭次女，《秋山瀑布》云：『横空百丈銀河瀉，挂壁千尋雪浪浮。』皆有詩名。

校勘記

〔一〕『馮』，民國本作『駱』。

仁和杭清之澄，號筠圃，編修世駿妹，趙萬暻室。境遇坎坷，晚年患拘攣之疾，孤苦無依，與方芷齋爲金蘭友，時存恤焉。又序其遺稿刊之，且稱其艱窘中營葬舅姑以上三代入棺，蓋生平備歷勞苦拮据，詩筆酸辛，境使然耳。《五十悲吟》云：『十載傷心淚，何曾一日乾？老深無後痛，貧覺立孤難。寂寂墓門草，深深眢井瀾。此身原已死，休作未亡看。』《春雨》云：『柳綰柔條籠畫樓，梅霏輕雪上簾鈎。細風吹作絲絲雨，織就深閨一片愁。』《曉起見梅開》云：『牆角數株催曉放，水邊一樹冒寒開。分明雪在枝頭見，不辨香從何處來。』清之古風最有魄力，老婢守貞不嫁，年七十餘，清之作《女貞木歌》紀之。

長洲曹墨琴貞秀，教諭王芑孫室，有《寫韻軒集》。墨琴以書名噪於當代，所臨《十三行》石刻，士林推重，而詩筆亦甚高超。集中如《從妹瓊娟未婚守志勵節甚高寄詩言志並見懷之作答之》云：『幾年消息渺天涯，不道秦簫换魯髽。黄鵠浩歌傳白雪，紫鸞孤舞爛紅霞。湘筠有淚多成節，古柏留春不在花。千里裁詩寄珍重，相思聊當折疏麻。』

三山許素心德瑗，以苦節聞於當世，有《疏影樓集》。方芷齋隨任之閩，耳名往訪，詩篇倡和，時有餽遺。素心愛寫梅菊，晚年窘甚，售詩畫以自給。殁後，芷齋序其遺稿而梓之。其投芷齋詩有『千仞龍門非易到，布裙來拜衛夫人』。芷齋之居貴不驕，愛才若命，亦可敬也。又有《題畫贈芷齋》云：『冷淡生涯二十年，枝枝葉葉鎖寒烟。與君載去西湖畔，記取愁人閫海邊。』

丹徒鮑茝香之蕙，同知張舷室，有《清娱閣詩鈔》。《隔院梨花》云：『吹氣銀雲渾似夢，飄殘玉雨寂無聲。』《自題烟波共泛圖》云：『疎慵性癖輕鐘鼎，山水緣深重別離〔一〕。』《欈李道中》云：『漾水霞如金鯉赤，飽風帆似玉驄驕。』《烟雨樓》云：『近海樓臺疑蜃市，蕩舟兒女愛鴛湖。』《游華山》云：『踏殘黄葉剛逢寺，飛盡白雲纔見僧。』《過江上諸道院看牡丹》云：『花壓一欄酣酒豔，樓高三面受江多。』《登北固山》云：『爽挹樓臺千嶂合〔二〕，勢吞吴楚一江分。』皆可誦也。茅蕊仙《題清娱閣》云：『秘書筆硯偏傳妹，賦茗才華不讓兄。』茝香爲海州徵士臯女，雅堂郎中之鐘妹。姊畹芳之蘭，妹佩芳之芬，俱擅才華。畹芳爲運判何澧室，有《起雲閣詩鈔》。《和論山兄城樓寫望原韻》云：『古堞依川迥〔三〕，蕭辰一倚樓〔四〕。市聲臨暮沸，江影抱城流。緑樹將軍寨，烏篷釣客舟。多情惟宋玉，摇筆賦清秋。』《鰣魚》云：『一江腥雨長潮天，雪白銀鱗出網鮮。大府嘗新争早得，南風五兩送冰船。』佩芳《詠簾鈎》云：『分明擘破玉連環，釵股還敲玳瑁彎。有意參差邀半面，無心舒卷任雙鬟。空閨似擲流黄速，隔院頻窺屈戍閒。不鎖芳春偏鎖恨，一聲驚恐隔蓬山。』清逸可喜。

校勘記

〔一〕『緣深』，民國本作『因緣』。

〔二〕『挹』，原作『把』，據民國本改。

〔三〕『迴』，原作『迴』，據民國本改。

〔四〕『蕭辰』，民國本作『蕭晨』。

善化王瑶窗玥，以貞孝聞。瑶窗本蘇州西洞庭人，父吉人，遷善化。母氏早卒，兄遊幕閩中，家故貧，瑶窗與妹綺窗留養其父，不嫁垂二十年。父病瘋，又十餘年，始卒。二女布衣疏食，終身不改。兄卒於閩，嫂陳氏矢志撫孤，二女助之，教養至成立。瑶窗居一室，終日不言笑，外人罕見其面，嘉慶癸亥卒。妹綺窗文羽，工畫墨竹，因號竹居，善書能賦，名亞乃姊。瑶窗《題野菊》云：『野性天然爛漫開，和烟和雨映荒苔。自甘冷落秋風裏，免向東籬月下栽。』綺窗《詠落葉》云：『孤飛半逐疎鐘度，成陣還同驟雨過。』《落花》云：『洗盡鉛華三月雨，銷磨紅粉五更風。』《春柳》云：『絲縈曉雨全垂地，絮惹晴烟半舞空。』《秋柳》云：『林疎已露全溪月，影瘦難遮夕照樓。』俱有蕭閒之致。

荆溪黃香冰蘭雪《秋病》云：『吟情蕭淡久無詩，日上簾鈎任網絲。欲寄故園書一紙，碧雲迢遞雁來遲。』姪婦毘陵呂静閒淑《秋夜》云：『寒燈香夢淺，新月碧窗虚。』姪女伍麗卿蘊芬、佩霞湘君皆工詩，麗卿《窗前》云：『六窗風定畫簾開，滿地花陰罥緑苔。疑雨疑塵春過半，一雙蝴蝶隔牆來。』佩霞十二歲爲寫梅詩云：『玲瓏花影好，小坐晴聞香〔一〕。照眼還同雪，枝枝借月光。』筆皆清婉。按：香冰爲諸生伍陽燦母。

校勘記

〔一〕『晴』，民國本作『静』。

香冰《蘇臺柳枝詞》極清脆可愛，詩云：『少女風微次第吹，姑蘇驛畔碧垂垂。望中恰喜黄昏月，一線蛾眉映柳眉。』『一種鵞黄拂緑波，飛花如雪水如羅。吴娃柔櫓蕩舟去，愛唱彎彎月子歌。』

仁和孫苕玉蓀意，號秀芬，貢生高穎樓第室，觀察高枚母。十歲能詩，著有《貽硯齋詩稿》行世。集中《詠夕陽》有『流水杳然去，亂山相對愁』一聯最爲洪稚存先生所稱賞者，全集亦卓犖不羣，美不勝指。《丁仙閣》云：『野鶴去不返，空山留至今。我來尋往跡，曲徑快登臨。松柏荒祠冷，烟霞古洞深。神仙那可作，倚樹一長吟。』《登鳳凰山》云：『鳳凰形勝鬱嵯峨，俯仰乾坤一浩歌。遠浦潮迴寒雁下，空山秋老夕陽多。銅駝寂寞埋荆棘，故殿荒凉鎖薜蘿。日暮凭高重回首，千年王氣已銷磨。』五言佳句如《飛來峯》云：『秋高山露骨，石瘦樹盤筋。』《冷泉亭》云：『觸石水如怒，破空山欲飛。』《暮歸》云：『夕陽明古驛，新緑擁孤村。雨晴山翠活，風暖燕巢乾。』七言如《夜坐》云：『滿空明月白於水，一樹老梅寒有香。』《遺興》云：『春風淺水桃花發，斜日疎簾燕子回。』《玫瑰花》云：『甜香旖旎偏宜蝶，紫玉嬌癡最惱人。』

長沙羅芸閣淑芳，著有《效顰草》。《送父遊粤西》云：『鬢白未消兒女債，年豐猶作稻粱謀。』《晚眺》云：『江上櫓摇秋色裏，人家門閉水聲中。』《春日感懷》云：『楊柳葉深寒食雨，蕙蘭花委夕陽烟。』《落葉》云：『空憐風冷吴江水，留得烟藏處士家。』『年豐』句寫貧士生涯入神。

錫山鄒蕊珠蕙貞，知縣鳴鶴姪女，諸生温容城室，有《慎餘齋剩稿》。識高氣爽，清絶纖塵。《詠伍子胥》云：『美人一笑君王喜，君王一怒大夫死。抉目東門望越師，甬東恨不重鞭屍。寄語大夫勿怨毒，恐教怨毒闔閭知。夫差誰立嚭誰薦，九泉那不更相見。』《宋太祖》云：『香孩兒生雀兒死，黄袍檢點作天子。趙家太后笑口開，吾兒大志素如此。咄嗟太后笑何爲？寡婦孤兒慎勿欺。不見匡山一塊肉，前人歡笑後人悲。』《金陵懷古》之二云：『十四妝樓鎖寂寥，風華誰與續南橋？板橋烟雨蕭疏柳，畫舫春波上下潮。名士舊邀桓子笛，美人近憶嫩兒簫。多情留得當時月，冷照清溪碧未銷〔一〕。』《秋雁送舄堂兄北行》云〔二〕：『鐵笛何人倚戍樓，一聲吹破碧天秋。雪泥了了尋前跡，烟樹茫茫動遠愁。獨夜易驚湖海夢，他鄉多爲稻粱謀。浮生自此工飄泊，穩卧閒汀讓白鷗。』『庭陰漠漠罨平除，料峭寒生落照餘。錦字已緘孤露恨，銀箋早寄大雷書。高齋客去琴牀静，别浦人歸水榭虚。二十五絃彈不得，玉徽清怨更何如？』《題畫》

云：『小樓四面緑雲遮，一剪春風透碧紗。涼雪滿山香似海，月明何處認梅花？』《題南浦圖》云：『日易斜暉雨易昏，天涯底事問王孫。請看一碧東風裏，春草春波總斷魂。』

校勘記

〔一〕『銷』，民國本作『消』。

〔二〕『烏』，民國本作『寫』。

文人筆墨皆喜迴護同類，亦自占身分，閨閣亦然。如吴縣鄒朗岑溶《讀漢書》云：『信史偏從女弟成，漢家巾幗擅才名。等閒莫笑裙釵侶，一代人才待品評。』吾鄉戴衣仙《讀明史》云：『三傑孤危八虎强，對山能不救三楊。攤書更讀《婁妃傳》，一曲淒清片石荒。』『養士恩深三百年，國殤能得幾人賢？紅顔力弱能誅賊，長向思陵泣杜鵑。』陽湖劉撰芳《詠昭君》云：『琵琶一曲總堪哀，環珮何嘗夜月回。春草有靈青作塚，幾曾生向李陵臺？』吾鄉顧螺峯韶《詠昭君》云：『紫臺人去最銷魂，冷抱琵琶出玉門。太息麒麟高閣上，漢家諸將也承恩。』尤覺冷峭。螺峯家貧早寡，藉丹青爲生計。

長白納蘭氏有《繡餘吟稿》。《詠四皓》云：『商山四皓復何求，羽翼空爲老雉謀。産禄尚存如意死，只成安吕未安劉。』《孟嘗君》云：『幸舍空存説好賢，畫堂食客滿三千。雞鳴狗盗皆能用，只少高人魯仲連。』昭文吴定生静，爲項肇基室，著有《飲冰集》。《詠史》云：『不學何須詆霍光，託孤寄命報君王。匡張孔馬多經術，青史於今若箇芳。』『更有名儒莽大夫，紫陽書法勝南狐。當年奇字人爭問，曾識綱常二字無〔一〕？』滿洲瓜爾佳氏，自號吟香主人，《讀漢書偶題》云：『鴻溝割據各東西，楚漢爭雄震鼓鼙。試聽劉家《大風曲》，何如垓下泣虞兮？』『不聽蒯通言至此，龍門妙筆表純臣。淮陰功業空千古，生死偏由兩婦人。』長洲吴冰仙綃，號素公，通判水蒼女，巡道許瑶室，著有《嘯雪菴詩鈔》。《詠古》云：『公子翩翩信絶倫，擬將豪舉却狂秦。不知賓客成何用，枉煞樓頭斬美人。』亦皆言近旨遠、詞直意曲者。

校勘記

〔一〕『二』，民國本作『兩』。

平湖張含珍鳳，别號蒹葭女史，高蘭曾室，有《讀畫樓集》，各體皆佳。《擬王摩詰渭川田家》云：『落日淡餘輝，迢遥望林麓。指點竹籬中，時露幾間屋。耞板喧前村，倉庚催布穀。牧笛牛背横，桑葉牆頭緑。對此忘世情，翛然愜所欲。』《成山觀海》云：『巖巒一帶明殘陽，林花掩映春風香。籃輿得得忘路長〔二〕，九峰遥嶂波汪洋。成山屼嵂臨中央，振衣直上登高岡。海天渺渺雲水黄，陡然突起濤頭狂。海風吹水勢莫當，憑空壁立千丈强。馮夷擊鼓魚龍翔，銀樓十二隨飛揚。仰觀俯矚何茫茫，須臾捧出玻璃光。白波萬頃摇扶桑，蜃樓鮫室爭輝煌。潮平忽見遥山蒼，數峯若與船低昂。吁嗟乎，潮汐往來那可測，安得假我淩風翼，飛向瀛洲問消息。』《明唐解元作花月吟戲效其體》云：『花滿園林月滿池，花晨月夕每相隨。看花月下宜春早，玩月花間得句遲。小院月明花弄影，空庭花落月横枝。絶憐花月無邊景，正是烟花三月時。』『評花弄月悟前身，卧月吞花意轉親。濃露繁花迷月色，曉風殘月得花神。花開月夜月争潔，月到花階花倍新。自笑年來花月癖，花爲四壁月爲賓。』

校勘記

〔一〕『籃輿』，民國本作『藍輿』。

平湖張蘭君寶珊，舉人湘任女，諸生沈嗣昭室。《春陰》云：『墻角溟濛徧緑陰，斷無人處畫廊深。掠殘香絮看雙燕，嚦破春愁聽一禽。芳草青摇烟漠漠，落花紅壓晝沉沉。闌干幾曲罘罳密，料峭輕寒夢裏侵。』妹子瓊文珊，貢生謝沂室。《詠王嬙》云：『雁門關冷月明中，環珮翩然氣自雄。絶塞琵琶新樂府，長門團扇舊秋風。但將辛苦酬天子，敢爲飄零怨畫工。家國安危兒女淚，漢庭奇策是和戎。』詠王嬙之作甚多，惟此首有温柔敦厚之旨。

崑山陳淇園治筠《詠筆》云：『自拜中書令，斯文獨在兹。管裝青鏤巧，毫吐緑沉奇。五色才人夢，雙彎少婦眉。惟君能領取，此外有誰知？』工麗非常，咏物妙手。

婁縣陳髻儒敬，諸生周忠炘室，有《山舟紉蘭草》。髻儒嘗輯《古今名媛考畧》，裒然成帙，未竟業而卒。《游山寺示侍兒》云：『輝煌金碧寶蓮臺，每占溪山勝處開。儂自耽幽爲泉石，上山原不拜如來。』余性不佞佛，讀此覺有同情。

仁和蘇梅友芬，教諭許大綸室。《詠懷》云：『逝水韶華又幾旬，綺窗贏得兩閒身。移花自是關心事，覓句生憎敗意人。春夢無憑成一笑，世情提起即長顰。與君且進杯中物，坐待西軒月色新。』讀『覓句』七字，人人意中欲道者。

吴縣錢凝香蕙，通判珍南女，貢生徐燨室，有《蘭餘小草》。凝香能以髮代絲，繡古佛大士像及宫裝美人，不減龍眠白描。《吴山別墅漫成》云〔一〕：『竹籬三徑遠塵氛，澗柳垂垂挂夕曛。詩思閒中多健句，蘭芽午後發清芬。窗臨青嶂留寒月，路繞丹崖入亂雲。山野不知名利事，笑人車馬自紛紜。』

校勘記

〔一〕『吴山』，民國本作『金山』。

歙縣汪吟香玉英，訒菴郎中啟淑女，中書洪榜室。有《吟香榭初稿》、《瑞芝堂詩鈔》。吟香詩才清麗，佳句如『一縷沉烟消永晝，半簾花影漾微風。』『晴日烘梅香意透，春風拂水碧紋圓。』『一聲遠雁羈人思，數點青山故國心。』『石松少土偏饒翠，盆藕無花却有香。』

姑蘇王紺仙碧珠《詠紅梅》云：『修竹斷霞三徑曉，空山香雪一枝温。』同伴朱寶才意珠《詠黄梅》云：『天寒衹合藏金屋，心淡誰知托玉壺。』皆能刻劃。二珠爲汪訒菴郎中啟淑側室。訒菴選《閨秀擷芳集》，二珠分任校讎，故所學日進。太倉胡畹芳佩蘭，亦訒菴側室，有《國香樓詩鈔》。畹芳工畫蘭竹，兼精聲律。《寄主人》云：『珍簟生涼感別愁，閒聽風竹滿庭秋。惟應團扇情相似，空對山樓月一鈎。』《春日》云：『柳深鶯語巧，簾捲燕飛輕。』《獨坐》云：『快雨驅殘暑，清風送晚涼。』

名媛詩話卷五

錢塘沈善寶湘佩著　受業德清俞德秀校字

陽湖惲珍浦太夫人珠，號星聯，晚號蓉湖道人，完顔方伯岱子婦，曙堧太守室，麟見亭河帥慶、庫長吕、知州書母。誕生之夕，祖母唐夢老媪授珠，遂名之。嘗自夢前身爲妙蓮菩薩侍女，護書紅香島中，因繪《紅島侍書圖》，著有《紅香館詩鈔》。幼穎慧，從父尉肥鄉，十歲工詩，兼精繪事。方伯公適宰肥鄉，眷屬往來，姑索綽羅氏器其才且賢，一日試以《錦雞》詩，援筆立成，云：『閒對清波照彩衣，偏身金錦世應稀。一朝脱却樊籠去，好向朝陽學鳳飛。』大蒙賞鑒，遂爲太守公聘定焉，卒以賢孝稱。河帥年十九成進士，太夫人以詩訓之，有『科名雖并春風發，心性須如秋水平』。河帥初入中書，太夫人自繪《紫薇夜月》便面，題詩賜之，曰：『金帖傳名，青錢入選。薇省森嚴，鳳池清淺。夙夜勿怠，匪躬蹇蹇。叨列清班，勉躋通顯。』迨河帥出仕太守，洊升巡撫，節鎮南河，所至輒著循聲，皆秉慈訓也。太夫人慈祥樂善，常製藥輯方，濟人無算；從宦就養，所至修葺道途祠宇不可勝計。於經濟治體無不通達，尤明心學，慕李二曲先生以孝子爲醕儒，重刊其集，製序行世。又刻《遜菴語録》，以述祖德。嘗論古今世運有治亂，維持不敝者全在綱常，乃仿《列女傳》，博採史志，纂《蘭閨寶録》六卷，先孝行、賢德、慈範、節烈，而以智略、才華殿焉。又廣搜國朝女士之作，選爲《正始集》。二書可爲閨中之文獻。太夫人畫得南田家法，受於清於——族姑冰也。儀徵相國論爲女中之儒，豈虚言哉。集中如《老松》云：『萬古鬱葱蘢，何人種此松？蒼濤聲一片，圓蓋影千重。鶴骨擎丹壁，虬枝秀碧峯。只愁春令節，雷雨化爲龍。』《夜坐》云：『清夜當軒坐，輕風送晚凉。林深遲鳥夢，院静覺花香。徙倚隨欄曲，徘徊趁月光。長空萬籟寂，雲影漫横塘。』七言如《春遊》云：『芳草芊芊没馬蹄，春光最好帝城西。桃花浪暖魚苗長，楊柳陰深燕子低。一片明湖如鏡朗，幾重遠岫與雲齊。雅遊終日渾忘倦，暖促香輪月滿溪。』《畫蘭》云：『興酣走筆快迴翔，滿幅傳神竟體芳。不待月來方寫影，分明雨過也生香。摹他秋到抽心細，願爾春來放箭長。幽雅自然成色相，仙姿水墨兩微茫。』《憶江南》八絶之二云：『花落花開總怕知，幽閨坐怨雨絲絲。無情最是天涯客，錯過江南三月時。』『柳絮抛殘江岸頭，一篙鴨緑釣魚舟。河豚應似蓴鱸美，愁説春潮帶漲浮。』諸作情深於文，意味雋永。

滿洲完顔悦姑兑，都統穆理瑪室，著有《花堁閒吟》。曾輯古今閨閣瑣事爲《花堁叢談》。詩亦雄渾。《寄外》原注：時鎮右衛。云：『見説榆林塞，雄藩作壯游。深林晨射虎，大雪夜椎牛。君抱酬恩志，儂含寄遠愁。邊風寒最早，珍重襲輕裘。』

華亭朱靈珠，知縣廖古檀景文室。古檀以詩名，與靈珠深得倡和之樂。嘗攜筆硯游虎阜〔二〕，乘舟半塘，隨所至輙賦一詩，人指爲神仙中人。《聞雁》云：『萬里清宵月似銀，數聲嘹嗅寄情真。不知多少金閨女，斜背寒燈憶遠人。』女廖織雲雲錦，著有《仙霞閣詩草》，兼工八法，詩尤敏捷。《喜高平表妹至》云：『爾我襟期喜共知，笑言頻到漏殘時。開奩會看將完繡，剪燭閒敲未定詩。金鴨灰深香篆細，晶簾風定落花遲。晚來又恐輕言別，月底燈前繫夢思。』頷聯神情如繪〔二〕。

校勘記

〔一〕『虎阜』，民國本作『虎邱』。

〔二〕『神情』，原作『神清』，據民國本改。

宛平林佩環，方伯儁女，張船山太守問陶室。瑟琴諧和，得倡隨之樂。詩如《夫子爲余寫照戲題》云：『愛君筆底有烟霞，自拔金釵付酒家。修到人間才子婦，不辭清瘦似梅花。』娣遂甯楊繼端，同知輯五女，主簿張問萊室，有《古雪詩鈔》。《進峽》云：『川曲疑無路，峰高直入雲。船從山底出，水到谷邊分。樹影臨流見，猿聲隔岸聞。行行將百里，回首夕陽曛。』格頗老健。

遂甯張淑徵問端，船山太守女弟，知州丁耦仙室，鹺尹丁廷楷母。《和次女采芝紅樓夢偶作韻》云：『奇才有意惜風流，真假分明筆自由。色界原空終有盡，情魔不着本無愁。良緣仍照釵分股，妙諦應教石點頭。夢短夢長渾是夢，幾人如此讀《紅樓》？』余素聞宜人秉性慈淑，工詩詞，著作甚富，惜未見其全稿。女無錫丁芝潤采芝，縣佐鄒延敭室，著有《芝潤山房詩詞稿》。集中如《抵夔門望八陣圖》云：『怪石列江岸，先生垂遠謨。龍蛇隨變化，水石助馳驅。早定三分業，空留八陣圖。濤聲千古恨，相望已糢糊。』《浣花草堂》云：『萬里橋西路，乾坤一草堂。無家尋弟妹，報國在文章。春暖梅爭孕，風和竹有香。仰公吟興健，端肅拜詩王。』佳句五言如：『山翠衣邊落，濤聲足底浮。』『山川餘舊恨，風雨釀新寒。』『陋室無人住，寒燈有夢還。』七言如：『十載離家愁見月，一身多病怕逢秋。』『加餐稍慰慈親意，諱病愁防愛壻知。』『雞唱五更殘月白，車行一路曉燈紅。』『事因太好違初願，人到無聊覓舊吟。』『事因太好』七字，閱歷人語。

丹徒順氏〔一〕，教授黄掌綸室，知縣鳴盛母。道光丁亥冬，氏年八十一，曾元繞膝，例旌『五葉衍祥』額。氏繪《家慶圖》，題云：『久住析津爲舊宅，又來中土沐皇恩〔二〕。承家孝友先賢訓，教士端方古道敦。幸有長男偕長婦，又看曾祖抱曾孫。一堂五世沾天澤，深媿人言積德門。』氏祖姑韓、姑吴俱以節孝著。

校勘記

〔一〕『順氏』，民國本作『顧氏』。

〔二〕『沐』，原作『沭』，據民國本改。

餘杭陳煒卿爾士，字靜友，給諫錢儀吉室，孝廉保惠、悒醕母。有《聽松樓遺稿》，内載《授經偶筆》，序述記贊跋論、家書諸著作，議論恢宏，立言忠厚，詩猶餘事耳。《授經偶筆》中，如論《内則》子事父母及婦事父母、舅姑一節云：『此篇所載，每朝施於己身者，無不整齊端肅，然後適父母、舅姑之所。蓋婦人不飾，不敢見舅姑，朝夕恒是，以云敬也。俗敝禮衰，陰教不修，婦人驕惰性成，起居無節。或不夙則莫，廢禮於尊長；或俾晝作夜，見譏於邦族。棄齊莊之色，爲嬌小之容。綺羅之服日新，金翠之珥彌侈，以爲飾〔一〕，亦已惑矣〔二〕。古之所謂「婦容」者，在衣服則澣濯整齊，在首面則盥漱櫛縰，在佩帶則刀觿鍼線而已，何必若是靡也？蔡中郎《女訓》云：「心猶首面也，是以甚致飾焉。面一旦不修飾，則塵垢穢之；心一朝不修善，則邪惡入之。人盛飾其面，而莫修其心，惑矣。夫面之不飾，愚者謂之醜；心之不修，賢者謂之惡。愚者謂之醜猶可，賢者謂之惡，將何容焉？故覽照拭面，則思其心之潔也；傅脂，則思其心之和也；加粉，則思其心之鮮也；澤髮，則思其心之潤也；用櫛，則思其心之理也；立髻，則思其心之正也；攝鬢，則思其心之整也。」此又修飾者所當知也。原注：中郎《女訓》見《東漢文紀》，今以《文選注》、《太平御覽》諸書校正，《女訓》一作《女誡》。』又論『及所，下氣怡聲，問所欲而敬進之，柔色以溫之』云：『曾子所謂「養，可能也，敬爲難；敬，可能也，安爲難」。氣之下，聲之怡，色之柔，斯父母安之矣。《四禮翼》曰：「侍父母之側，無戚容，無怨容，無惰容，無莊容，無思容，無昏忽之容，無不足之容。怡怡溫溫，與與恂恂，載笑載言，承在意先。夫氣血調於喜懽，疾病生於惱怒。壽親之道無他，一『悦』字盡之矣。」』至哉是言也！　又論《葩詩·采蘋》全章云：『古者女子生十年，始習祭祀之儀矣。《記》曰：「觀於祭祀，納酒漿、籩豆、菹醢，禮相助奠。」至於二十而嫁，少成習慣已歷十年，然後爲大，夫妻能循法度，可以承先祖而共祭祀矣。禮教之衰，人不知敬，至於祀事，猶或偷惰。奉羞而進，或委之婢僕；拜起之際，臨以忽畧，言動任意，雜使經前，漫無誠敬之容，焉有感格之理？男既若是，女更可知。宗室之教不修，禮儀之節不講，逮其嫁也，烏能循法度於夫家，有齊尸奠，以答神休哉！　吾家祖訓，每令節忌辰，雖蔬肉不豐，而堂必潔静〔三〕，薦必躬親，幼子童孫以次凝立，無敢涕唾謦欬。女子隨於母側，使觀於祭祀，抑亦公宫之遺意也。』又論《邶風·燕燕》之詩，喟然歎曰：『莊姜之賢而能，逮下三代以來，未之有也。』『或曰：「《樛木》、《螽斯》、《小星》、《江汜》之詩，豈不如《燕燕》，子何獨贊美此耶？」予應之曰：「太姒之德固美矣，而文王化行天下，豈獨遺於后妃？《大雅》云：『刑于寡妻，至于兄弟，以御于家邦。』然則太姒之德，文王有以化之也。《江汜》之詩，方媵待年於國，而嫡不偕行。其後被后妃之化，乃自悔而迎之，其始實有闕焉。《小星》之詩，夫人雖無妬忌，然肅肅宵征，下情彌苦，亦非和柔之盛德。夫以衛莊公之無道，惑嬖妾，寵庶子，莊姜賢而失位，不見答於莊公。謔浪笑敖，祇攪我心，其無《思齊》之化可知也。《日月》之詩云：『胡能有定，甯不我報？』即石碏所言將立州吁，乃定之矣。莊公不能用其言，至於桓公弒，州吁立，而戴嬀大歸於陳。於是莊姜作詩以送之，每章重言『燕燕』者，傷己與戴嬀不能如兩燕之相從，頡頏下上而不相離也。其卒章曰：『先君之思，以勖寡人。』夫以莊公之無道，而戴嬀猶以先君之思勉其夫人，可謂難矣。莊姜又美其温惠，嘉其所勖而咏歎之。嗚呼！自古以來，妾媵之於夫人，恩義相信，未聞及此者。故曰：『莊姜之賢，三代以來未之有也。』〔一〕』余見歷來閨媛通經者甚尠，矧能闡發經旨，洋洋灑灑數萬言，婉解曲喻，援古誡今，嘉惠後學不少，洵爲一代女宗。因擇尤切閨閫者四條於此。集中載有《婦職集編序》、《輯歷代后妃表成詩以落之》。此兩書必然大觀，惜未得讀耳。

校勘記

〔一〕『以』，民國本作『以是』。
〔二〕『已』，民國本作『云』。
〔三〕『静』，民國本作『浄』。

聽松樓詩筆亦覺静氣迎人。《題湛華老人畫水仙》云：『伊人不見渺湘波，一夕寒窗夢澗阿。琴語漫隨流水去，仙情終覺在山多。招來春氣生冰雪，抱得冬心謝綺羅。等是南樓貽畫學，萬蒼翁法較如何？』《題二吴畫扇》原注：俱先姑戚恭人遺物。云：『静拈澹墨寫深叢，空谷相於攬佩中〔二〕。三十年來香不滅，卷舒日日坐春風。原注：吴孺人恒雙鈎墨蘭。孺人適海甯張氏，乾隆戊申七月寫此。』『湯湯流水去何之，寫韻樓中夕照遲。長憶北堂披拂處，霜邨烟岸語歸期。原注：吴宜人玖疏林茅屋。宜人適桐鄉程春廬職方，寫韻樓，其所居也。』《讀林德陽集》云：『半壁湖山夕照冥，一聲樵唱出冬青。歸來空樹春風筆，京洛花魂喚不醒。』

校勘記

〔一〕『於』，民國本作『與』。

山陰商雲衣采，諸生羅夢青室，著有《花閒草》、《緑窗草》。《落花》二律云：『走馬迴塘細草齊，有情常自逐春蹄。且教天上看成雪，敢恨人間踏作泥。紅板幾條村徑杳，青烟一片酒旂低。紛紛蜂蝶還無數，翠閣朱樓路已迷。』『淡抹斜陽欲暮時，看花猶是惜歸遲。餘香不信全消日，瘦影重疑未放枝。草滿長隄成遠望，山圍故國賸相思。清尊短拍年年事，腸斷春閨祇自知。』感慨生情，低徊無限。

四川綿竹李月樵錫桂，趙東垣室，著有《紅蕉碧梧軒稿》。《題蜀中閨秀浣花濯錦集》云：『閨閣鍾靈秀，天教蜀國多。詞源開帝后，原注：首塗山氏。花樣學星娥。江漢風同化，巴渝女亦歌。生成雲錦爛，何待浣春波。』月樵與德陽曾靜香宏蓮同輯《國朝閨秀所知集》，刊而行之。靜香有《瓣香閣詩鈔》。《述懷》云：『夙興思婦職，中饋事何如？雞黍嘉賓餉，蠶桑卒歲儲。奉親慚菽水，教子樂詩書。豈敢辭勞瘁，終朝自拮据。』靜香爲舉人德琮女，姊素蓮，妹碧蓮，俱能詩。

桐城姚委羽鳳翽，方雲旅室，有《賡噫集》。佳句如『窗管月明開不閉，簾因風急捲還垂。』

『無錢可買歸時卜，有恨難傳別後詩。』『薄田收儉徵呼急，病骨愁深經理難。』『金釵半付舟車價，綵筆多題離別篇。』皆眼前景寫得入情。

漢軍楊瑞芝瓊華，春巖廉訪重英女，孝廉姚明新室，浙江同知德豫母，著有《緑窗吟稿》。憶余幼時曾隨外王母洪太孺人晉謁，嘗聞洪太孺人云：『太宜人性至孝，姑目雙瞽，百藥罔效，太宜人朝夕舐之，竟得復明。』父春巖公，於乾隆三十三年隨剿緬甸，被執，訛傳已降，實抗節不屈，緬人囚之僧寺。越二十一年，緬甸投誠，始送還，卒於途次。奉旨褒獎，釋其子長齡出獄，授三等侍衛。太宜人當父陷緬甸時，素服持齋，焚香籲天，願得冤雪生還。弟在獄時，遣人周卹之。教子嚴肅，愛民如子，所到之邑，莫不稱頌。彼時余纔數齡，不知太宜人能詩。今讀《吟稿》，知太宜人深於學者。如《緬甸投誠送父還朝》云：『廿載棲遲寄緬僧，孤臣心跡玉壺冰。九重明詔稱蘇武，萬口訛言説李陵。地拆金沙雲盡黑，天開金壁鐵爲繩。白頭辛苦青蛉驛，痛哭迎親苦未能。』《聞弟長齡蒙恩釋出獄》云：『聞道金雞下赦竿，廿年今始脱南冠。淚凝狴犴傷公冶，血灑弓衣媿木蘭。絶域丹誠生馬角，九重雷雨洗忠肝。遥知多病垂衰母，應爲嬌兒進一餐。』二詩從性情流出，一氣卷舒，悲喜交集之神情畢現紙上。他如《瞻園老樹齋》云：『簷際濃雲重，蟠根半蘚苔。枯枝龍化去，老幹鶴飛迴。古瓦秋聲落，虚堂夜雨來。徐公不可作，嗟爾棟梁材。』《感懷》云：『荏苒年華改，思親淚泫然。歲憐殘臘暮，月自異鄉圓〔一〕。笑語三更夢，雲山萬里天。登樓無限意，可有雁書傳？』《寄妹》云：『玉樹凋零感謝庭，風波回首幾曾經。綠窗粉本應翻樣，不繡鴛鴦繡鶺鴒。』小姑姚素玉《題綠窗吟草》云：『蘇家巧思謝家才，浪博芳聲豔玉臺。識得温柔敦厚意，抽思須本二南來。』

校勘記

〔一〕『自』，原作『目』，據民國本改。

武進王采薇薇玉，號玉珍，知縣光燮女，觀察孫星衍室，有《長離閣集》。采薇愛讀道書，時有出塵想，歿年僅二十四，詩亦清超。如《舟過丹徒夜半與夫子登山岸行》云：『幽行已三里，村落半𣝶扉。雙鳥時依樹，孤螢不上衣。月高人影小，潮定櫓聲稀。沿水星星火，歸鷺宿鷺飛。』佳句如：『蟲依香影垂簾網，蛾怯晨光墮帳紗。』『一院露光團作雨，四山花影下如潮。』

陽湖劉撰芳琬懷，編修嗣綰女兒，少尉虞朗峰室，著有《問月樓草》。撰芳幼承慈訓，早有詩名。《重九寄諸兄弟》云：『杞菊花前秋興豪，未知佳節可登高。好邀明月成三影，休使新霜感二毛。門外更無人送酒，籬邊剩有我題糕。邇來懷抱從誰訴，倚徧西風讀楚騷。』母金壇虞藹仙友蘭，有《樹蕙軒集》。《贈影》云：『脉脉挑燈夜，寥寥對月時。苦衷千萬緒，惟爾最深知。』藹仙古詩甚佳。

長洲陶月樓太夫人善，號慶餘，主事彭希洛室，編修蘊輝母，著有《瓊樓吟稿》。太夫人生有夙慧，十四歲成《百花詩》。愛讀佛書，手書《金剛》、《彌陀》等經，撰《慙媿吟》三十首。歸彭一載，因娩而卒。《詠鸚鵡》云：『一夢喚回唐社稷，千秋留得漢文章。』一聯小題大做，未有如此雄麗者。

崑山顧絳霞太夫人蘊玉，主事彭希涑室，詠莪相國蘊章母，著有《芸暉閣吟草》。太夫人工書，結體遒整，酷肖率更。《白燕》云：『銀剪輕風送曉寒，穿來飛絮訝春殘。那知暫向林間宿，猶作枝頭霽雪看。』詩有畫意。相國與外子同譜。

吾浙石門吴筠仙《詠陶彭澤》云：『挂冠歸去閉衡門，三徑蕭疎松菊存。識得先生胸次濶，人間到處有桃源。』使陶令有知，必爲首肯。

仁和陳牧祥慶熊，諸生應廷鍔室，著有《牧祥學草》。《春日》云：『風和日麗一塵無，小院春來似畫圖。柳帶薄烟花帶霧，礙他歸燕也糢糊。』牧祥與歸佩珊、段淑齋太夫人唱和詩甚多，此首尚非其得意者。

崑山李畹耘德純，號樹蘭，署正李存厚女，訓導蔣如沂室，有《蘭韻樓草》。《詠吉貝花》云：『圓鈴箇箇綴疎條，白比蘆花雪未消。百畝秋收同穀穗，一年生計怕風潮。經繙梵國方言譯，圖會揚州職貢饒。休列江南閒草木，回春力不讓豐貂。』畹耘爲吴静香女史子婦，工篆法，善寫蘭，詩筆能追乃姑。

吾鄉吴韻卿芳珍，號清馨，大學士瑚女，副指揮李增厚室，有《清馨閣吟草》。《爲畹耘姪女畫蘭》云：『半池花雨慣修書，越樣清才我不如。玉筯規模追鐵線〔一〕，莫教汗簡誤蟲魚。原注：姪女工篆書，善寫蘭。』

校勘記

〔一〕『玉筯』，原作『玉筋』，據民國本改。

臨桂朱静媛太夫人鎮，舉人況祥麟室，少吴觀察澄、雨人主事澍母，有《淡如軒吟草》。《詠米》云：『一粟來非易，三升食已豐。飯抄雲子潔，匙捲雪花融。秷秷看秋穫〔一〕，穰穰驗歲功。素餐天下是，不獨繡閨中。』《詠菜》云：『種菜誠良策，披吟旨蓄詩。咬根憐爾輩，學圃得良師。生意饒三月，嘉蔬備四時。蒼氓多此色，灌溉莫遲遲。』頗有深味。《詠蘇若蘭》云：『織錦迢迢寄遠方，迴文端合訴迴腸。才思獨創新奇格，難向人間索和章。』結句最妙。外子爲少吴觀察門下士。

校勘記

〔一〕『秷秷』，民國本作『桎桎』，誤。

長安杭玉輝温和，縣尉崇德女，諸生徐枚室。十九歸徐，三載夫亡，欲以身殉，母姑阻之〔一〕，得不死，孝侍舅姑，殁後殯葬如禮。晚年孤苦無依，間日一食，好吟詠，不以示人。年至七十，其戚白觀輯其《息存室吟稿》，爲開州馬大令允剛見之，歎賞，序而梓之。集中如《繳奩》云：『紈綺榮身物，簪珥飾容具。兒身無所託，紈綺安所附？兒容不復修，簪珥何所顧？空餘此糚奩，衣笥閒藏注。飲泣奉高堂，留充嫁與娶。姑聞亦心傷，涕泣零如雨。含淚勸姑前，兒安命所遇。從今不出闥，釵荆與裙布。』《賊情》原注：嘉慶十一年九月初一日，教匪出山谷。云：『兵戈困已久，災沴復相侵。世亂憂思積，家貧老病深。艱難憐薄命，計慮碎愁心。恨被詩書誤，桃源何處尋？萬衆流亡盡，零丁獨閉門。鼓鼙鳴四野，烽火照孤村。喪亂拋親故，烟塵隔弟昆。何人問消息，生死任乾坤。』《寄楊甥》云：『骨肉半蕭條，窮途獨寂寥。病來眠盡日，愁去坐通宵。衰老年遲暮，荒村路不遥。親情惟有汝，足跡莫迢迢。』《述懷》云：『廚寒日日少炊烟，獨背閒窗聽雨眠。一院涼風人寂寂，滿庭落葉暮秋天。』《謝南鄰送米》云：『伶仃誰念此孤貧，無食無兒哀病身。高義感君如杜老，猶能撲棗任西鄰。』悽惻蒼老，格似少陵。

校勘記

〔一〕『母姑』，民國本作『姑母』。

浙江富陽黄卣《詠愁》一字至七字體云：『愁。旅館，重樓。閑處惹，冷相勾。曲傳心孔，重壓眉頭〔二〕。鵑啼黄葉雨，鈴語白楊秋。鬻栗軍中按拍，琵琶江上停舟。金釵暗卜人千里，玉杵敲殘月半鈎。』『鵑啼』一聯尤覺貼切。

校勘記

〔一〕『眉』，民國本作『肩』。

寶應成素庵紉蘭，觀察觀宣女兄，諸生劉履儁室，著有《素菴詩鈔》、《焚餘集》。《平山堂懷古》云：『蜀岡高居海西頭，勝跡登臨似舊游。楊柳陰中風不斷，芰荷香裏雨初收。六朝臺榭雲烟渺，一代文章江漢流。回向萬松亭上望，萋萋夕照古揚州。』

德州盧蓉洲介祺，大學士蔭溥女，同知焦家麟室，著有《妙香閣詩稿》。《夏夜即景與碧筠姊聯句》云：『今夕團欒月，蓉洲。何辭澈夜看〔一〕。天空諸品静，碧筠。人坐廣庭寒。古寺鐘初動，蓉洲。深閨篆未殘。簾垂銀蒜押，碧筠。燈結蕋珠攢。雪藕傾瓊液，蓉洲。朱櫻薦玉盤。調冰宜水榭，碧筠。容榻近琅玕。草際螢光閃，蓉洲。花間蝶夢闌。風清吹袖薄，碧筠。簸静覺衣單。斷續簫聲遠，蓉洲。丁東漏點珊。吟詩賦棠棣，原注：去歲静儀、碧筠三妹赴保陽。聯句憶金蘭。聚散驚時换，蓉洲。迢遥悵路漫。音書雖有達，碧筠。離緒總無端。强説談心易，蓉洲。偏慳晤面難。絳河初耿耿，碧筠。珠露漸溥溥。催曉鄰雞唱，蓉洲。穿林宿鳥安。明星看已没，碧筠。清興有餘歡。』蓉洲長女焦吟雅學漪，著有《竹韻軒詩草》。《白菊》云：『老圃一何淡，超然傲衆花。暗香團曉露，本色古秋華。籬畔霜痕浄，階前月影斜。白衣添素釀，三徑興彌賒。』次女筠石希淑《牡丹》云：『畫簾日影動遲遲，羨汝東風第一枝。花滿瑶階春似海，烟籠綺帳雨如絲。太平富貴名臣業，絶世才華學士詞。十二闌干凝望久，洛陽真品幾人知？』皆能克紹家學。吟雅、筠石兼工六法。

校勘記

〔一〕『澈』，民國本作『徹』。

仁和黃蘅卿雲湘，知縣春渠女孫，諸生陸瀾生室，著有《涵碧樓稿》。《春日書懷》云：『瘦盡丁香倦不支，杏花春雨捲簾遲。玉釵不换元稹酒，紈扇慵裁柳惲詩。家事瑣同琴百衲，愁心密比網千絲。夜來更覺無聊甚，剔起銀釭讀楚詞。』《醃菜》云：『緑蟻新浮蟹正團，嘉蔬堆上水晶盤。壓殘霜露色逾淡，脆入齒牙聲更寒。秋末晚菘名士句，雨中春韭故人餐。何如入甕饒滋味，也與花豬一例看。』清新熨貼，工於賦物。

雲南趙州蘇竹窗，侍御霖渤女，拔貢龔錫瑞室。《村居》云：『山罨嵐光水蘸霞，村居風味足清華。一籬鼠跡桃花米，滿鼎松風穀雨茶。黃髮拾薪恒事業，蒼頭種菜老生涯。論文也或高軒過，笑拔金釵付酒家。』《村居》頷聯如畫。

太倉奚伯琴音，高聲振室，著有《夢香詩草》。伯琴涉獵經史，平居喜談風節，慷慨若古烈士。夫歿，引刃自裁，脰已殊，家人環救得蘇，仍以哀慟死。《雜詩》云：『桂子入户秋風香，迴廊小立聽啼螿。美人去矣天一方，遺我機錦毋相忘。雙星熒熒隔河梁，天青月白愁中腸。波寒木落思故鄉，遠砧悠悠更漏長。』甘泉毛貞祥，知縣夢蘭女，諸生陳壽祺聘室。通經史，工小楷，字陳生，未嫁而陳卒。訃至，女請素服往夫家，翁姑不可，乃歸母家，不食死，道光壬辰年事也。《題惲宜人湘飛白水仙便面》云：『苕溪溪水淡如烟，雪月中宵狀宛然。粉本翻新留子固，至今墨妙繼南田。』二人節烈皆足千古。

海鹽朱蕊生美英，朵山修撰昌頤〔一〕、訓導美繆、美鑾妹，賡元姊，諸生蔣施勤室，著有《倚雲樓遺草》。《苔痕》云：『東風二月麗人天，匝地莓苔分外妍。濃緑層層緣砌畔，遥青點點貼階前。雜將芳草痕難辨，襯到殘花色倍鮮。正是當窗無箇事，終朝相對擘吟箋。』《紙扇》云：『裁雲疊雪總相宜，誰剪湘筠費巧思。出手正當三伏候，聚頭要訂百年期。粘將蝶粉春歸後，撲到流螢月上時。出入願隨懷袖裏，奉揚也許繡閨知。』《題蕊仙叔母凝香閣遺稿》云：『夢斷吴淞天一方，哦松相與伴凄涼。可憐借樹軒中月，曾照當年覓句忙。』

校勘記

〔一〕『頤』，民國本『頤』後有『女』字，誤衍，當删。

長沙毛素蘭國姬，選《湖南女史所見集》，未刻已作十章。《冬夜》云：『寒風瑟瑟入深閨，試捲珠簾一雁啼。笛裏梅花何處落，夢迴鄉路月凄迷。』深情綿邈，略見一斑。

陽湖莊蓮佩詩，已見前卷。今見《秋水軒詞》甚佳，如『柳絮』《蘇幕遮》云：『早抽條，遲作絮。不見花開，只見花飛處。繞砌縈簾剛欲住。打箇盤旋，又被風吹去〔二〕。　野棠村，芳草渡。離却枝頭，總是傷心路。待趁殘春春不顧。點向空池，恨結萍無數。』『海棠』《浪淘沙》云：『夢斷小紅樓〔二〕，宿雨初收。鬪晴蜂蝶上簾鈎。一院海棠春不管，儂替花愁。吟賞記前游，轉眼都休。風前扶病强擡頭。知道明年人在否，花替儂愁。』

校勘記

〔一〕『吹』，原作『扶』，據民國本改。

〔二〕『紅』，民國本作『江』。

昭文王素卿韻梅，有《問月樓藁》。素卿工琹，善填詞，適非文人，抑鬱早卒。詩極悽婉〔一〕，藁爲同里孫心青太史序而傳之。《春暮病起》云：『瞥眼芳時事事非，暖風斜日柳棉飛。瘦紅庭院鶯聲嬾，暗緑簾櫳蝶夢稀。一病纏綿忘歲月，百花開落到薔薇。愁懷欲説何人共，腸斷吟成淚滿衣。』《白海棠忽綻一花作鮮紅色感賦》云：『孤館淒清欲睡難，涼風瑟瑟月姗姗〔二〕。玉闌干外秋痕澹，紅淚花梢一夜彈〔三〕。』

校勘記

〔一〕『極』，民國本作『激楚』。

〔二〕『姗姗』，民國本作『珊珊』。

〔三〕『梢』，原作『稍』，據民國本改。

元和高湘筠篁，舉人朱酉生綬室，有《繡篋詩詞小集》，古詩甚有魄力。《錢貞女詩序》云：『錢湘舲，侍郎女，名淑，字冰如，許字王利謙，未嫁夫卒，請命于父，歸夫家守貞。翁病危，封臂以進得痊。家事操勞，歷盡艱苦，曾爲西債所逼，投繯幾絶。余欽其節，哀其遇，爲作是詩。』云：『嗚呼！士生重氣節，女生重貞烈。貞女十八歸太原，三十餘年殫心力。死喪婚嫁任一身，拔釵典珥無餘困[一]。高天不照白日黯，坐使貞孝名沉湮。西人何揚揚，纍纍子母相權將。負汝數十緡，追呼暮登堂。妾生貴家女，妾心凜冰霜。疾風暴雨且不入，此輩意態何披猖？語汝且歸去，作計將汝償。償之不得[二]，入室心傍徨。殘燈飄焰，鵂鶹泣宛轉。朱絲梁上結，貞孝豈能從此畢！一室驚呼若有神，貞女回生重嗚咽[三]。親族無言鄰里悲，令我傷心感疇昔。汝之祖母我曾姑，我父與汝稱叔姪。數稱貞女才，飛絮吟春風。數稱貞女孝，剜臂療而翁。父望重臺閣，母儀式女宗[四]。嗟嗟識字憂患始，詩誦柏舟貴彤史。閨中豈乏辨琴才，惋惜悲笳發微旨。噫嘘嚱，文姬失行詎足傳？孟德憐才尚如此。汝父先皇舊侍臣，文章孝行推鄉里。豈無故舊在朝堂，風化維持爲君起[五]。嗚呼貞女汝毋死。』按：冰如爲三元棨女，工詩善畫。《自題畫梅》云：『愁對横窗玉一枝，墨雲和淚寫清姿。寒心久抱冰霜慣，笛怨風催總不知[六]。』其立意堅貞，亦可知矣。

校勘記

〔一〕『困』，原作『困』，據民國本改。

〔二〕民國本『不』下有『可』字。
〔三〕『咽』，底本、寓言報館本作『姻』，十二卷本原作『姻』，改爲『咽』。據民國本及十二卷本改。
〔四〕『母』，原作『女』，據民國本改。
〔五〕『持』，原作『恃』，據民國本改。
〔六〕『催』，民國本作『摧』。

風人之詩長於言情，故得絃外之音；學人之詩晦於用意，轉少天然之韻。從古如斯，不僅閨閣。

婁縣王澹音韞徽，知府春煦女，鹺尹楊紹文室，鹺尹淞母，著有《環青閣詩稿》。古詩感時敘事，委婉有情；近體弔古懷人，蒼涼多致。如《己未八月川匪竄逼宜境城中僅文職數人家大人督率士民防守羽書絡繹援兵不至感作》云：『烽火連圻西復東，紛紛將士枉論功。傳來風鶴聲偏警，化徧沙蟲刼未終。野哭千家秋草外，悲笳幾處夕陽中。書生籌敵原非分，借箸聊存鐵石忠。』《偕外入都次韻酬別綺思》云：『河橋楊柳緑絲絲，惜別還傾酒一巵。客枕定多春草夢，離懷偏感棣華詩。平生甘苦嘗相共，此後艱難各自持。忍説倚閭愁白髮，天涯悽斷望雲思。』佳句如《荆州道中懷古》云：『千古詞章開屈宋，三分事業創孫劉。』《寄故鄉姊妹》云：『關心風雨憐同聽，到眼鶯花感舊游。』《望江樓野眺》云：『雲起横連巫峽雨，江流直接海門秋。』《寄肅亭綺思》云：『鴻雁幾時從北向，鶺鴒終日望南飛。』《偕外省先君墓》云：『丙舍三年頻繞夢，申江一棹乍乘潮。』妹綺思崑藻，諸生陳炌室〔一〕，有《挹翠軒詩稿》。五古直追王、孟，近體沈鬱悲涼，可稱閨閣二難。《送耀卿小叔歸里》云：『憶昔燕京地，嬉游童稚年。乍驚顔狀改，始覺歲時遷。聚散隨風絮，行藏逆水船。相看俱落魄，何以慰重泉？汝兄貧且病，汝姪幼還癡。門户我多累，艱難孰護持？庭闈天末遠，音信日邊遲。差喜傳消息，秋風報一枝。原注：時得香士小叔秋闈捷音。』《九日北樵署中感作序》云：『夫以節届題糕，時逢簪菊。正逸士登高之日，騷人覓句之秋，緑尊紅袖，争裁豆蔻新篇；紫蟹黄花，競作茱萸佳宴。莫不人欣高會，徵來一部笙歌；況當天惜良辰，不送滿城風雨。迺有羈人，獨深秋感。值金風落帽之期，興客子無衣之歎。聊吟短什，用寫旅懷。』詩云：『難將消息寄歸鴻，惆悵誰知吾道窮。汗漫心期千古上，酸鹽味盡一杯中。蘆花有恨先驚白，楓葉多愁秪暫紅。日暮吴江景蕭瑟，幾人於此感飄蓬。』

校勘記

〔一〕『炌』，底本、民國本作『价』，誤，今據錢大昕撰《誥封中憲大夫湖北宜昌府知府冶山王君墓志銘》正。

《環青閣集》中《贈女史唐墨蘭并序》云：『墨蘭女史姓唐氏，名桂凝，適毘陵孫少尹芸卿。芸卿名繼元，與外爲世交。庚辰仲夏，應常鹺使聘來津，館于余寓，因出女史所繪扇爲贈，並爲外及余寫《藝蘭課子圖》，侍妾子女均入圖中，無不神似。墨蘭之畫圖已名布京師，而贈余者尤爲工麗。余喜其畫之精而惜其遇之蹇也，爰賦長歌以贈之。』云：『墨蘭女史顔如玉，家住吴門出名族。生小聰明失怙寒，阿母劬勞親教育。十歲辭家事舅姑，相看絶愛掌中珠。金鍼七夕穿絲縷〔一〕，黛管三春學畫圖。逶欄諦玩調顔色，傅粉研硃還吮墨。弱腕濡毫寫折枝，圖成没骨工無匹。荏苒笄年入洞房，洞房燕婉勝尋常。畫眉夫婿如周昉，妙手佳人似趙昌。秋毫獨竊天工巧，雙管齊含春澤好。已見榴英結子多，忽驚椿樹凋霜早。萱草秖承堂北歡，棣華豈意亦摧殘。堪憐獨活柔枝弱，原注：芸卿有嫂，年十七而寡。轉覺全生門户難。倡隨同調誠佳事，無那長安居不易。十指辛勤聊濟貧，一官淹蹇長需次。却倩丹青是筆耕，翻教聲價重京城。家家粉箋求描景，處處冰綃乞寫生。芳名遐邇流傳遍，聞名悵未能相見。憑將翰墨結因緣，貽我團欒兩紈扇。開函朱碧倍鮮明，氣韻殊非俗筆成。穠英半吐迎風艷，瓊蕊方開帶露清。因知名實無虚讓，珍藏什襲承佳貺。久慕長康擅寫真，貌出全家入屏幛。披圖笑貌共依然，叢桂幽蘭點染妍。坐間因復談家事，爲道生涯絶可憐。初看名畫已難得，復聽斯言還太息。由來造物忌生材〔二〕，當時應悔抛心力。往往名高坎坷多，如居絶藝奈君何〔三〕？投桃深感美人意，報乏瓊瑶爲作歌。』

雲南大理王堯華《題雙松圖》云：『濃淡生枯落筆難，龍鱗皴起墨雲蟠。草亡木卒知多少，

校勘記

〔一〕『鍼』，民國本作『釵』。

〔二〕『材』，民國本作『才』。

〔三〕『居』，民國本作『君』。

矯矯雙松傲歲寒。』頗有勁氣。堯華工書善畫。

合河康畹滋瑞蘭，總督基田女，有《留夢軒詩草》，筆致工麗。《牡丹》云：『可是天心矜富貴，遂教國色殿繁華。』《柳絮》云：『晴逐游絲縈别浦，暖隨流水入孤村。』《梅花》云：『梨雲縹緲難成夢，烟雨空濛欲斷魂。』《憶菊》云：『别來南國人應瘦，吟到西風夢亦知。』

崑山沈德淵珠，字散華，有《删餘草》，詩情清逸。《題貽硯齋集》云：『荷氣入珠簾，微風度深竹。涼波曲沼生，鱗鱗皺寒玉。愛此冰雪詩，攜對芙蓉讀。讀罷心正閒，數峰湖上緑。』《登快閣》云：『傑閣臨天境，凭闌正夕曛。湖光初過雨，山氣欲生雲。疎磬林間出，清歌柳外聞。勝游懷往哲，千載賸遺文。』絶句如《天香館坐月》云：『簾捲蝦鬚夜色微，疎螢幾點逐人飛。涼風吹散桂花影，香霧一身秋滿衣。』

吾鄉湯湘緑繡娟〔一〕，有《蘭雪軒遺草》，汪問樵室。《喜席妹怡珊書至》云：『去從蜀道泝江行，今見齊烟九點輕。人覽山川誇眼福，天教脂粉壯詩情。傳來尺素殷勤甚，宛轉清揚笑語傾。何日香温重把袂，水雲長與白鷗盟。』

校勘記

〔一〕『娟』，原作『蜎』，據民國本及《（民國）杭州府志》卷九十四改。

名媛詩話卷六

錢塘沈善寶湘佩著　受業德清俞德秀校字

吾鄉多閨秀，往者指不勝屈。近如梁楚生太夫人德繩，及長女許雲林延礽，次女雲姜延錦，項屏山紃，項祖香紉，汪小韞端，吴蘋香藻，黄蕉卿巽，黄穎卿履，鮑玉士靚，龔瑟君自璋，諸君詩文、字畫各臻神妙。楚生太夫人爲許周生駕部宗彦室，有《古春軒詩稿》。《落葉》云：『秋風蕭瑟度寒林，摇落關河警客心。立馬秖愁斜照澗，聽禽猶記暮烟深。亂吹野外蓬蓬去，獨舞池心得得沉。望斷金微霜月白，可堪急響間疏砧。』『山紅澗碧已都非，賸有空林挂落暉。煮茗香清三徑掃，曳笻聲碎一僧歸。』『詩人老去留高格，仙子閒來補故衣。誰道摧殘無可惜，攀條有客尚依依。』《坤孫赴閩感賦》云：『未老慈親鬢有絲，宦游端爲草堂資。莫愁冬月江寒重，不碍霜風山徑遲。原注：時冬旱，暖甚。顧我傷心多感觸，幸孫勉力自維持。道逢驛使書頻寄，好與南枝報歲時。』雲林號伯孫，又號因姜，休甯孫子勤承勳明經室，詹主簿壽銘母，有《福連室詩稿》。性情伉爽，與余最契密。在里時，春秋佳日，湖山勝處，二人必偕遊吟玩。先余一年入都，次冬余亦北至。雲林喜甚，招游天甯寺，余贈詩二絶云：『憐君先我整吟鞍，都下名花次第看。見説海棠紅似錦，可曾緑綺月中彈？雲林善鼓琴。』『浮圖百尺出塵寰，曲繞城闉路幾灣。晴翠撲窗雲壓檻，最宜朝爽挹西山。』雲林和云：『聞君纔得息征鞍，賜出新詩子細看。君刊《初集》見惠。知己忽從天外至，何愁古調一人彈？』『軟紅一載逐塵寰，每憶西泠水一灣。客舍重逢如夢境，西山影裏話湖山。』《福連室詩稿》中如《題蝴蝶花館詩存》云：『秋扇吟餘恨轉賒，筆床墨匣了生涯。蘼蕪豈是忘憂草，蝴蝶真成薄命花。機上迴文空錦字，天邊幽怨託匏瓜。羅浮冷伴寒梅葬，惆悵蠻風蜑雨斜〔一〕。』《西溪觀蘆花》云：『十八灣環曲港幽，平橋古木引扁舟。臼迷兩岸蘆花影〔二〕，瞥見雙飛掠水鷗。』『寒鴉急陣捲西風，晴雪漫天壓短篷。雲水光迷融一色，溪灣莫辨路西東。』《與玉士夜話》云：『廿年舊事燈前影，百分閒愁鏡裏眉。』《柳絮》云：『畫出謝家詩思好，一簾晴雪舞春風。』皆俊逸可喜。

校勘記

〔一〕『風』，民國本作『烟』。

〔二〕『臼』，民國本作『白』，疑當作『目』。

項屏山，號規卿，大司馬許滇生乃普室，仁山學士彭壽母。工詞賦，善畫，有《翰墨和鳴館詩稿》，筆致輕靈，蓋由天分之高。《題畫竹》云：『年時避暑憶江鄉，爲愛蕭蕭竹一牆。今日移栽紈扇上，無風無雨自生涼。』《秋紅社中詠雁來紅》云：『已著西風又著霜，耐寒猶作女兒妝。瀟湘雲水人何處，草草題紅字一行。』

屏山詩、畫、文詩無一不佳〔一〕，余嘗讀其《祭錢孟端文》一篇，悽惻纏綿，不知是墨是淚，令人增蘭譜之誼。今録於此，文曰：『嗟乎孟端，來耶珊珊。愛而不見，涕淚汍瀾。孟端之生，禕惟女士。系出彭城，家於長水。奕世通德，匪曰紈綺。阿爺無兒，惟女是視。長眉自掃，居然才子。曹家著述，左芬文史。作耦阮郎，黻佩匹比。阮郎貴胄，清望日起。阿翁使相，持節萬里。君任京師，與我咫尺。我族小姑，爲君伯姒。我往從之，君見而喜。少我十年，呼我以姊。君畫致佳，詩極清美。挈我同調，笑言亹亹。感君藴藉，媿我吝鄙。風流在目，形影相倚。於時相公，述職莅止。阿姑在滇，遺塵如屣。君也雞斯，縞衣髽纚。隨翁及夫，車馬南指。我送於野，泣涕纍纍。自此遂遠，銷魂而已。言從辛卯，迄於癸巳，聚首三年，兩年餘耳。自與君別，歲月殊駛。欲慰我思，遺我雙鯉。發書再誦，如環終始。平生之歡，詎意止此。一日小姑，來告君死。將信將疑，或云不似。繼訪甚確，所傳復詭。搆疾何由，殆其致毁。蒼山高高，洱海瀰瀰。欲成報書，俄驚哀誄。傷心故人，遽爲新鬼。啟我藎篋，見君遺珥。詩篇字説，猶復數紙。出詞瓊琚，吐氣蘭芷。孟端孟端，華盛方爾。九天九淵，豈宜若是？音塵宛然，已矣休矣。嗟乎孟端，豈徒悲酸？重君才地，丈夫所難。而君勿矜，績學自殫。重君門閥，海内穹官。而君勿驕，淡然自安。重君風儀，翩重静嫺。君尤自持，勿敖勿謾。尊章孝敬，先後和顔。相夫勤禮，謹於帨鞶。吁兮阮郎，中道以鰥。無子無女，誰繞牀間。蕭條天末，竟蓋一棺。長日彌促，温風乍寒。雁行幾輩，聞言潸潸。奠君桂醑，荐君椒蘭。嗟乎孟端，魂其來還。遥天冥漠，幽泉潺湲。化爲黄鵠，毋巢神山。倘能挾我，游戲人寰。』

汪小韞，號允莊，著有《自然好學齋詩鈔》行世。小韞博學强記，穎悟非常，九歲工詩，吐屬已過老成。歸陳小雲別駕，時有金童玉女之目。小雲即陳雲伯文述大令之子，一門風雅，討論切磋，得竟其學。詩派神似乃舅，專以選色鍊聲爲主，而用意亦能深婉，因人論明詩多沿歸愚舊説，尊李夢陽、王鳳洲而薄青邱，小韞非之，竭數年心力，選明詩初、二兩集，參以斷語，多知人論世之識，集出，海内詩家莫不折服。如《三十家題詞·顧亭林》云：『燕趙悲歌騎瘦馬，山陵酹酒拜啼鵑。』《陸桴亭》云：『新蒲細柳孤臣淚，流水桃花野老家。』《陳忠裕》云：『風凋玉樹宮嬪淚，雲暗蒼梧帝子愁。』《夏節愍》云：『鶯花有恨平陵曲，滄海無家楚澤吟。』《陳元孝》云：『雪飄六出悲貞魄，燐化全家弔國殤。』《題方正學集》云：『松經雷雨空山刼，梅歷冰霜太古春。』小韞史學既深，其激揚忠孝、表章貞烈之詩取材宏富，比例精當，即鬚眉大家亦當卻步。如《元遺臣詩》中《弔戴叔能》云：『行吟屈子常懷楚，避地留侯矢報韓。』《顧仲瑛》云：『僧帽儒衣逃世感，殘山剩水故宮愁。』《張吴紀事詩》中《張士德》云：『蜀道流人悲李特，秦家壯士哭符融。』《王元吉》云：『柴桑甲子遺民録，薇蕨壬辰野史亭。』《曹太妃》云：『孟昶偏親遲入宋〔一〕，陳嬰賢母解尊秦。』《劉夫人》云：『烈性難凋霜裏柏，貞魂應化火中蓮。』《劉節婦》云：『新婚慘別辭巢燕，古戰場空啄肉烏。』《齊雲樓殉難諸宮女》云：『銅仙淚下春難駐，玉女星明

校勘記

〔一〕『文詩』，『詩』字疑衍。

夜有霜。』集中佳句如仙，不能偏録。《悼姬人紫湘》云：『雲中紫鳳長離鳥，池上夭桃薄命花。』『淡墨似烟書有淚，遠天如水夢無痕。』《秋柳》云：『鏡檻春歸愁遠黛，妝樓人去瘦纖腰。』《聽雨》云：『鶴磵荒苔聞遠雁，虎山踈樹急清砧。』悱惻芬芳，閨中罕有其匹。

校勘記

〔一〕『入』，原作『乂』，據民國本改。

聞小韞自賦柏舟即奉道教，諷經禮斗，修煉甚虔，常語人曰：『名士牢愁，美人幽怨，都非究竟，不如學道。』《自然好學齋》末卷有飄飄出塵之致。《病中留别袁蘭雲師管静初夫人小姑茗仙》云〔二〕：『聚雪摶沙感百端，天風吹我羽衣寒。一生惟有修行好，萬事無如懺悔難。青玉合鐫王妙想，黄金應鑄魏賢安。白頭翁已年衰矣，眠食應須著意看。』《口占告逝》云：『四十餘年了夙因，乞翁文字爲傳神。華嚴法界波羅密，知我來朝去路真。』小韞議論古人，具有特識。集中《論古偶存》五首，第一《論吴蜀》云：『三國以荊州爲樞機，蜀失荊州，人多歸咎武侯，余謂此昭烈之過也。昭烈既定蜀，遣一介之使迎孫夫人，正位中宫，則吴蜀交固，荊襄之勢成而漢業可復。乃惑於法正之言，别立吴后，致無以服吴人之心，荊州失，猇亭敗，永安託孤，而漢業從此不振矣。人必先疑也，而後讒入之。法正，賣主小人，豈真有愛於昭烈哉？實欲乘隙弄權耳。觀於立吴后而武侯不諫，其情事可想。法正不死，武侯君臣之際未可知也。千金之隄，潰於蟻穴。女子小人之際，其慎之哉！』詩云：『一失荊州漢業休，曹劉兵刼換孫劉。本來借地緣婚事〔二〕，何事寒盟啟寇仇？魚浦至今遺石在，蟂磯終古暮潮愁。負心畢竟君王誤，莫以疏虞議武侯。』余常讀《三國》，每恨昭烈不迎孫夫人而別立吳后，孫夫人仍爲昭烈死節，而後主亦未加尊謚，後人亦未有論及者，不勝扼腕。茲讀所論，不禁五體投地。他如論唐高祖之不立太宗，明高祖之不立成祖，致啟爭端，喋血禁庭，傷殘骨肉，若以太子太孫爲藩，以太宗成祖爲儲，必無爭奪之患，議論英偉，可破拘墟之見。

校勘記

〔一〕『蘭』，民國本作『闌』，誤。

〔二〕『婚事』，民國本作『婚媾』。

吳蘋香最工倚聲，著有《花簾詞稿》行世。詩不多作，偶一吟詠，超妙絕塵。丁酉秋仲，知余欲北行，約玉士餞於香南雪北廬。蘋香室名。時晚桂盛開，周暖姝攜花適至，蘋香即留共飲，四人縱談今古，相得甚歡，余即席走筆留別三章，云：『桂花庭院絕纖塵，主是嫦娥客玉真。知己喜聯文酒會，相逢況有散花人〔一〕。』『秋風江上促行舟，一曲驪歌萬縷愁。雪北香南回首處，月明有夢近杭州。』『令暉佳句宛如仙，何事愁吟贈別篇？此日匆匆一尊酒，蓮紅水綠思無邊。』蘋香、玉士、暖姝皆爲黯然，各有贐贈，卻之不得。次日蘋香和章至，云：『寒梅高格出風塵，一笑相逢愛性真。原注：余晤君於夏氏園看盆梅〔二〕，一見傾心，遂成莫逆。多少西泠名媛作，環花閣外更何人？原注：吾杭閨秀除汪小韞外〔三〕，無出君右者。環花閣，小韞齋名。』『嬾上河梁送客舟，淡烟衰柳黯然愁。故人知我長相憶，夢繞燕雲十六州。』『半生歷刼似飛仙，辜負才華賦茗篇。此去油窗花户裏，離愁莫更到吟邊。』後玉士寄和云：『襟懷冰雪迥超塵，雅愛論交意率真。愁絶花簾相對處，西風應念遠遊人。』『如水離情逐去舟，秋光滿眼只添愁。軟紅十丈春明路，又見才名動帝州。』『游戲原知屬散仙，河山壯麗入新篇。故園縱有琴尊樂，別恨無由寄日邊。』暖姝寄和云：『泬寥晴宇四無塵，休擲重陽語最真。重九日小園致爽臺登高，東坡云：『寒食、重九不可虛擲。』屋上青山下流水，登高還憶北行人。』『茱萸且自酌瑶舟，登眺家園不散愁。差勝當年陶潛與孟嘉，陸沉空復感神州。』『鮑令暉同吴絳仙，沈雲英去贈詞篇。今朝望遠增惆悵，忽動離懷到酒邊。』暖姝爲錢唐魏滋伯廣文謙升繼室〔四〕。

校勘記

〔一〕『散花』，民國本作『賞花』。

〔二〕『於』，原作『與』，據民國本改。

〔三〕『杭』，民國本作『省』。

〔四〕『暖姝』，原作『暖妹』，據民國本、寓言報館本改。

吴蘋香《花簾詞稿》刊行已久，曾爲余書横披《湖上春暮》四闋，尚未付梓。近聞奉道甚虔，懺除綺語，亟録於此。《點絳唇》云：『二月春寒，放船河暮西泠去。垂楊縷縷，未是藏鶯處。　撲面尖風，不許吴儂住。無情緒，讓他鷗侶，自作湖山主。』《蝶戀花》云：『石磴穿雲修竹繞。未到羅浮，只説西泠好。眷屬神仙春不老，玉龍呼起耕瑶草。試向初陽臺上眺，日月跳丸，擾擾紅塵道。鶴夢千年迷翠窈，香泥何處尋丹竈。』《浪淘沙》云：『徑曲石闌空，窗户玲瓏。試香池館費春工。吹落梅花殘照裏，撲面東風。點屧響弓弓，嬾去移篷。湖光只隔一牆紅，却被青山濃笑我，枉作吴儂。』《生查子》云：『閒中秀句多，静裏塵襟少。泉石助琴材，清響琅然好。臨水卷書帷，隔竹支茶竈。幽緑一壺寒，添入詩人料。』清老無塵，造詣益進。蘋香《消夏詞》十章，頗能描摹真景，余與玉士和之。今録原倡二章云：『喜得朝來女伴添，曲房深下水晶簾。呼盧喧雜圍棋静，愛把南唐葉子拈。』『三絃彈唱近風詩，半似楊枝半竹枝。體貼家常兒女話，繡屏側坐聽南詞。』玉士和云：『爲愛涼蟾坐夜分，羅衣旋换罷香薰。幽蘭不見花開處，葉葉風枝剪翠雲。』玉士最賞余之『碧影玲瓏涼似月，侍兒含笑試瓜燈』之句。玉士題余《鴻雪樓詩稿》云：『闊心菽水貧而樂，放眼雲山壯且悲。』可爲知己之言。玉士爲諸生許傳書室。

龔瑟君，號圭齋，鹺尹朱檢之祖振室。藴藉風流，工書翰。故鄉一别，忽爾八年，近有書來，云愛女莊洲叔龍吞金殉夫，尊人闇齋觀察麗正、長兄定菴祠部鞏祚相繼棄世。瑟君悲不聊生，和余《寄懷》詩四章，可謂短歌當哭。詩云：『不覩南來雁，離愁積幾何？頻勞京國夢，遠憶越江波。雅抱同徐謝，豪情淡綺羅。尺書如面話，厚意故人多。』『多才更多福，夫壻喜鳴鸞。身以馳驅健，心因閱歷寬。詩懷清似水，交誼臭如蘭。何日西窗燭，銜杯續舊歡。』『惡夢頻年擾，悲愉事屢更。傾珠方抱恨，陟岵重傷情。硯又空傳富，書看竟付程。何堪霜信促，荆樹報催生。』『千里志猶在，偏難結壯遊。身經諸刧老，跡爲一官留。玉塵懷芳度，金蘭憶舊儔。傷心難寫出，十斛寄新愁。』瑟君昔侍尊人闇齋觀察上海署中，延歸佩珊授詩，故佩珊集中附刊《燈花》二首，未著姓名。《正始集》選佩珊詩，并及圭齋，註云：『未詳里居姓氏也。』圭齋母段淑齋太夫人詩筆卓絶，余常笑謂圭齋云：『子非羲之、獻之乎？』然家學親承，正復相似。

余向屏山索祖香詩稿，屏山云：『吾妹素不存稿，當寫書往問，今僅記其詞數闋，子可採擇。』余讀一過，芬芳婉轉，可與《生香》頡頏，《花簾》軒輊。如《江南好・西湖》云：『西湖好，侵曉出春城。花片片飛三月雨，柳陰陰處一聲鶯。人在畫中行。』《減字木蘭花・西湖懷古》云：『宫車曉趲，全宋山河輸一半。安穩杭州，回首中原唱莫愁。西湖花月，雲裏帝城雙鳳闕。多少官家，雨冷冬青咽暮笳〔一〕。』《搗練子・送春》云：『花帶淚，柳含顰。風雨無情只送春。一片杜鵑啼不住，傷心多少倚闌人。』《木蘭花慢〔二〕・詠蝶》云：『整翩翩粉翅，愁燕子、避鶯兒。向細草闌干，游絲庭院，雙宿雙飛。腰肢，瘦來一搦，愛紅香影裏鎮相隨。花底可憐蹤跡，夢中何處天涯。深閨，風景正芳菲，長自傍簾幃。早倚窗人見，繡上羅衣。依依。似嫌春晚，更幾番縈繞緑楊枝。忍把泥金小扇，等閑追過墻西。』

校勘記

〔一〕『冷』，原作『泠』，據民國本改。

〔二〕『慢』，原本、寓言報館本作『幔』，據民國本改。

黄蕉卿，號順之，梁晉竹孝廉紹壬室，有《聽月樓詩稿》。《偶成》云：『滑笏春葱臨晉帖，玲瓏小几供唐花。』《寄穎卿妹》云：『家遠愁看花姊妹，病多難配藥君臣。』《不寐》云：『蛩語鬧於牛馬鬬，雞聲難似鳳鸞鳴。』《病中偶成》云：『竹徑亂敲風似剪，蕉窗不住雨如麻。』頗得元人風致。

黄穎卿詩既秀整，字亦雅潔。《淮陰釣臺》云：『釣臺無處拜真王，逐鹿功名太渺茫。絳灌早知羞與伍，笠蓑何苦脱輕裝？感恩有志酬高祖，辟穀終教羨子房。千尺碧波留片石，川流嗚咽話興亡。』《嚴陵釣臺》云：『羊裘著後便身輕，留得人間大隱名。半夜客星驚太史，滿江征棹拜先生。雲臺誰識烟波趣，笠澤終尋鷗鷺盟。歷歷翠巖看不足，一竿春雨畫眉聲。』

言爲心聲，吉凶動静往往無意中先露，每見佳句成語讖者不一而足。如項祖香幼時夢中得句云：『五月六月有秋意，三更四更聞雨聲。』爲時傳誦，而詩境過清，是以《柏舟》早賦。元和陳素安瑞《送女于歸》云：『此日獨憐慈竹瘦，當年空望好花開。』不數年女殁，素安孑然一身，晚爲太清教授叔文、以文兩郡君，幸依賢主，得免困厄。猶記戊寅冬日，先慈和先君《彈琴》原韻云：『已成絶調君休訝，不慣循聲我亦癡。』次年先君棄世，先慈每自悔恨，常謂實云：『作詩不可有頹喪氣，不哀而戚，大非佳兆。』故衡人詩文，即可定其人終身之通塞也。

先慈吴浣素太孺人世仁，先世如皋，後外王父宦於杭，遂家焉。太孺人天資敏悟，凡爲詩詞書札，揮筆立成，不假思索。著有《簫引樓詩文集》，於嘉慶丁丑燬於回禄。後因先嚴見背，家務紛紜，無意爲詩，故存者不及百首。寶常請付梓，先慈以爲不經意之作，不允所請，云：『俟願了向平，仔肩稍息，當温故業，有可觀者再刊未遲。』詎意此願未償，旋即棄養。太孺人存心慈惠，克己厚人，親黨有告匱者，不惜典質以應。先嚴即世時，兄弟等長猶未冠，幼尚嬰孩，撫孤十餘載，以養以教。後各游幕餬口，家計蕭條，入不敷出。太孺人井臼親操，心力交悴。壬辰秋仲，寶赴袁浦，借筆墨爲負米計。及至歸來，太孺人已不起九日矣。終天抱恨，罔極難酬。猶記庚辰僑寓章江，太孺人有《悼亡》詩數十章，爲長親鄭雪鴻參軍見而悲之，云：『不減劉令嫺之作。』序而付梓。後詩板失於水，稿亦無存。今集中諸作，皆太孺人棄紙中寶兄妹拾存及記憶者録之耳。樂府如《采蓮曲》云：『一棹入横塘，花明亂妾妝。芙蓉欺粉面，荷葉妬羅裳。黛映遥山緑，波開明鏡光。停橈逢女伴，欲采又相商。采蓮莫采藕，藕斷素絲長。采蓮莫采葯，葯有苦心藏。采蓮莫采葉，留葉護鴛鴦。同向花深處，紅情繞指香。歌聲聞極浦，歸路已斜陽。』《寄長女善寳壽光》云：原注：時因山左李怡堂觀察寄爲螟蛉女，接赴壽光。『偶寄青齊去〔一〕，深憐道路難。星霜親鬢短，風雪客衣單。爾負奇男志，吾將孝子看。得逢喬木蔭，鄉思暫宜寬。』《清明哭次女善芳》云：『春陰漠漠雨綿綿，冷節江城又奈烟〔二〕。兩月何曾乾老淚，一杯聊且慰重泉。紙錢麥飯悲今日，詩句桃花憶往年。原注：去年女詠桃花，甚覺詞意不祥。偶過妝樓倍惆悵，鏡奩硯匣尚依然。』《避暑湖莊與鬟雲諸妹月下觀蓮》云：『年年惆悵負芳期，緑意紅情繞夢思。今夜六橋風露下，相看却好半開時。』《秋日寄鬟雲》云：『遠山疊疊水盈盈，桐葉初飄秋思生。正是離懷無著處，誰家樓上又吹笙。』佳句如《供蘭》云：『晨夕素心從古少，天涯芳草有誰同？』《白蓮》云：『飛來沙鷺渾無跡，蕩去蘭橈覺有香。』《春雨》云：『何人綺陌尋芳草，有客天涯歎落花。』《秋雨》云：『黄葉聲中千里恨，碧紗窗下一人愁。』《春柳》云：『野水平橋孤驛外，酒旂村店夕陽中。』《聞雁》云：『風霜自古征途事，飄泊誰憐逆旅身。』太孺人每訓寶等學詩須從《文選》入手，不至粗鄙，倘從唐以下入手，必失之淺薄矣〔三〕。表姑周三英填諱。

校勘記

〔一〕『齊』，原作『齋』，據民國本改。

〔二〕『冷節江城又奈烟』，『冷』，原作『泠』，據民國本改。『奈』，民國本作『禁』。

〔三〕『之』，原本無，據民國本補。

舍妹蘭仙善芳，性甚敏慧，玉貌珠顔，端莊静默，女伴見者無不稱羨。余素性落拓，案頭書卷狼籍，筆墨縱横，妹每辰必爲檢拾整齊，恐侍兒不當余意。先慈嗜琴，屢授余姊妹，余習之茫然，妹則勾挑按撥，過目不忘，如《平沙落雁》、《高山流水》、《嗜唵咒》等長調，不過一月節奏純熟，花晨月夕，時一鼓之。年十四學詩，初作有『撲將蝴蝶過隣牆』句，余甚賞之。妹由是喜拈管吟哦，然每每艱於結句，此其夭折之證耳。妹至性過人，能得先慈歡心。兄弟五人，姊妹二人，自長至幼，均極友愛。戊子冬，余探親山左，妹送别時握手痛哭，爲料理行裝，私以珠環置余行篋，余至壽光始知。己丑仲春，妹患痧疹，庸醫誤投寒劑，於初九日坐逝，殁後顔面如生。先慈冀其復活，不忍即殮。次日滿面發出紅點，親戚赴唁者皆泫然歎惜。妹病殁時，適琴舫、詠樓兩弟由餘姚幕中染傷寒歸家，小弟雪舫亦患此症，三人連榻呻吟，先慈無從措手，請兩醫並視，論如冰炭〔一〕，各立一方，不知何者爲是。沉思未決，倦極成寐，見妹侍案側剪燭，執方而觀，先取三方視之，摇首，置於桌左〔二〕。次取三方，頷之，曰：『此方甚妥。』先慈驚寤，見藥方果置兩處，即依妹語，取藥與弟等服，汗出而愈。先慈愛妹如掌珠，不忍一日離。妹亡數月，悲痛過甚，雙鬢皆白。有《哭女詩》數十章，内有『今日檢兒遺稿在，珍藏留待姊歸來』之句。妹詩雖不多，句頗娟秀，殁年僅十九，所學未竟，殊可惜也。《春日彈琴》云：『古調誰能會，須從指下求。梨花春雨細，楊柳晚風柔。流水泠泠去〔三〕，餘音嫋嫋留。金鑪香未燼，雙燕蹴簾鈎。』《對雪》云：『玉戲天開六出花，疎疎密密舞風斜。鋪成銀海三千界，幻出瓊樓十萬家。簾捲珍珠窺凍鶴，簷敲冰箸煮新茶。謝庭好句誰能續，幾度吟哦手自叉。』《元夕燈詞》云：『捲簾女伴笑喧嘩，隊隊笙歌隔絳紗。怪底無人愛幽寂，一輪明月照梅花。』《踏青詞》云：『幾日深閨約伴行，鳳頭鞋子繡初成。柳條青嫩桃花綻，宛轉新啼出谷鶯。』寄余壽光云：『萱堂雖茂近衰年，况復離心日夜懸。草草報君惟一語，歸期須在柳含烟。』

校勘記

〔一〕『論』，民國本作『議論』。

〔二〕『左』，民國本作『右』。

〔三〕『泠泠』，原作『冷冷』，據民國本改。

先慈姊妹五人，惟鬘雲五從母世佑最耽吟詠，工畫牡丹，爲外大母所鍾愛，不忍遠嫁。在室時以詩畫自娱，性情瀟灑，吐屬風雅。年三十，于歸武進卜子安參軍詢，從宦往來。兒女既多，筆墨遂廢。每謂余云：『欲作雅人，必須終身在室。近日偶得一二句，思欲足成，輒爲俗事敗興，無怪「滿城風雨近重陽」秖傳一句也。』嘗記與先慈湖上觀蓮云：『折得荷花指亦香，無端驚起睡鴛鴦。紅衣翠鬣雙飛去，仍向深深葉底藏。』《湖上春日》云：『粉蝶紛紛撲鬢鴉，也知春在碧桃花。遠山如扇波如鏡，不見蘇娘油壁車。』《湖上晚眺》云：『一枝柔櫓衝烟去，幾點漁燈傍岸明。』《七夕立秋》云：『金風吹到銀河畔〔一〕，恰好新涼第一宵。』臨殁，朗誦生平所作詩詞，氣息漸微，奄然化去。時舉家患疫，稿遂失散不存。

校勘記

〔一〕『畔』，民國本作『伴』。

余從妹湘卿善禧，風度閒雅，敏慧不羣。先慈見背後，余依伯母居，室甚隘，與妹同榻五載，授妹唐宋五七言詩，朝夕講論。誦過不忘，偶作小詩，亦有韻致。如《山樓晚眺》云：『暮霞遥映夕陽紅，閒倚闌干眼界空。自有青山環四面，不須周昉畫屏風。』『山容樹色遠難分，一片西湖罩暮雲。可惜藕花千萬柄，嫦娥獨自挹清芬。』妹最柔婉，余有悲愁疾病，曲意慰解。余丁酉赴都，妹依依垂泣，不忍分襟。辛丑，吾鄉大雪，妹書來，云：『仲冬大雪六晝夜，空山聞積至盈丈，孤嶼梅花盡遭凍損。今春未見著花，殊堪惋惜，恐姊知之，鄉愁轉深也。自別後，筆墨荒蕪，欲作小詩奉寄，僅得二句云：「欲寄梅花花不發，故園多少可憐春。」』余讀之，悵惘累日，和云：『綿綿離緒遠難伸，又爲梅花感慨頻。雪虐風饕何太甚，枝南枝北待回春。』『一株紅映繡窗前，月助丰神雪助妍。不識數年離別後，春風花發可依然？』妹窗外余手植紅梅一株，來書未及，不知尚無恙否？

丙申初夏，蘋香、莒香姊妹偕澠池席怡珊慧文、雲林并余泛舟皋亭，看桃李緑陰，新翠如潮，水天一碧，小舟三葉，容與中流，較之春花爛漫、紅紫芳菲時，別饒清趣。將近皋亭，泊舟橋畔，聯步芳林，果香襲袂。村中婦女咸來觀看，以爲春間或有看花者至，今則城中人罕有過此，蓋從未見有賞緑葉者。余誦屈宛仙『惜花須惜葉，葉好花始茁。花有幾時紅，葉自經年碧』之句，相與一笑。導至村舍，桑麻徧地，雞犬迎人，正繅絲煮繭之時。莒香曰：『此間風景不減桃源，只恐重來又迷向路。』主人以黃梅贈客，情意殷殷。留連半晌，重上小舠，推篷笑語，隔舫聯吟，歸來已六街燈火上矣。斯游之後，怡珊歸吴，雲林與余先後入都，遂如雨散星飛，皋橋側畔無復問津人至。偶檢舊篋，得是日聯句一章，云：『繅絲煮繭熟梅天，湘佩。萬樹清陰覆水邊。遠岫緑侵詞客黛，雲林。夕陽紅入酒人船。蘋香。水鄉風景渾如畫，怡珊。林下襟懷望若仙。茝香。同倚篷窗賡好句，掃眉才調盡翩翩。湘佩。』

庚子暮秋，同里余季瑛庭璧集太清、雲林、雲姜、張佩吉及余於寓園緑淨山房賞菊，花容掩映，人意歡忻，形跡既忘，觥籌交錯。惟余性不善飲，太清笑云：『子既不勝涓滴，無袖手旁觀之理。即以山房之山字爲韻，可賦七律一章，逾刻不成，罰依金谷，勿能恕也。』時已薄暮，太清因城闉阻隔，車駕欲行，同人頗代爲難，余即援筆率書云〔一〕：『秋容爛漫壓塵寰，仙袂聯翩響佩環。喜讀新詞賡北宋，聊憑佳釀祝南山。時太清出新製和東坡《醉翁操》。綺羅香影霏金谷，紅紫花光照玉顔。自笑年來詩思澁，漫哦短句學偷閒。』詩成，交相稱賞。次辰，諸君和作至，太清有『寒香有意催詩句，銀燭無緣照醉顔』，季瑛有『賴有晚香娱酒客，快吟新句對秋山』，雲姜有『玲瓏花疊一房山』之句，新詩疊出，亦一時之勝會。次冬，季瑛隨宦西甯〔二〕，關河修阻，魚雁沉浮，離索之感，徒勞夢寐矣。季瑛性情温雅，與余至契，寓居頗饒花木，每當春華秋月，輒招共賞。瀕行，余贈詩有『綺閣晨花艷，金尊夜月新。春秋遇佳日，折柬不辭頻』，蓋紀實也。季瑛爲許吉齋太守乃安室。佩吉名祥，徐石林比部夔典室，工琴善畫。

校勘記

〔一〕『率』，民國本作『索』。

〔二〕『次』，民國本作『此』。

許雲姜，號仲絢，爲阮賜卿郎中福室。有《魚聽軒詩稿》，詩不多而靈警不可磨滅。如《遊昆明湖登大觀樓》云：『萬山圍海海圍樓，樓在昆明海上洲。太華三峯來爽氣，疎簾四面捲高秋。西湖花月江鄉夢，南詔烟波邊徼游。返棹入城尋舊路，碧雞風雨送歸舟。』《題蘆雁》云：『黄蘆白葦滿陂塘，點綴偏宜雁幾行。驀地平添三尺水，夜來秋雨滿瀟湘。』

同里夏仙珮伊蘭，諸生之盛女，有《吟紅閣詩鈔》。仙珮數齡即解四聲，書卷筆墨外無他好，閒居寂處，常飄然作跨鶴想。臨殁前三日，晨起沐浴更衣，作膜拜狀。呼母前，耳語曰：『兒欲去。』母亟問：『女將安往？』曰：『兒謫限已滿，仍歸雷廟去。天上差樂不苦，毋以兒爲念也。』母泣下，反勸慰百端，絶無悽楚之色，且以塵世久居爲無味。越日遂卒，年僅十五歲。乃翁松如茂才痛女之夭，刊其遺稿數百首，新詞麗句，清氣盎然。五言如《睡醒》云：『蟲聲侵夢短，燈影逼窗凉。』《題湖心亭》云：『波空天地白，山自古今青。』《秋宵書懷》云：『秋聲一籬竹，凉雨幾枝花。』《題大洞經閣》云：『斜陽萬山静，孤磬一聲閒。』《借静》云：『游魚碎花影，飛鴿亂鈴聲。』《即景》云：『秋聲晴在樹，花氣溼成雲。』《過小有天園》云：『凉生松子雨〔一〕，秋到藕花風。』七言如《山家》云：『睡鴨池塘花落早，浴蠶天氣客來稀。』《古渡》云：『于今姊妹無桃葉，終古津亭此柳花。』《夜窗》云：『凉月疎燈分夜色，寒蛩落葉亂秋聲。』《落花》云：『貼地别開香世界，點波誰悟妙文章。』《紫蝶》云：『蹴到荆花同爛漫，颭來薇省鬬翩翻〔二〕。』《閒賦》云：『茗香人亦沾秋氣，木落天教露好山。』《梅花》云：『雪滿空山春有影，夢回紙帳月無聲。』《漫吟》云：『詩格清於水楊柳，春光紅到野薔薇。』仙珮有庶母楊素書者，亦工詩，《吟紅閣稿》中附刻唱和數章〔三〕。如《桐子》云：『銜到鳳雛同竹實，點成雲乳悟琴心。』《閨詞》云：『戲擲魚仙停玉箸，閒燒橄欖放蘭花。』亦造放翁佳境。

校勘記

〔一〕『雨』，原作『路』，據民國本改。

〔二〕『翩翻』，民國本作『翩翻』。

〔三〕『吟紅閣稿』，原作『吟紅館稿』，據上文及民國本改。

同里鎖佩芬瑞芝，舉人吴兆麟室，著有《紅薔吟館詩草》。佩芬至性過人，母病劇，曾刲股和藥以進，母賴以愈。後佩芬以瘵疾卒，孝女而不永年，殊堪悼惜，詩致清新。《西湖嬉春曲》云：『孤嶼前頭春水生，鶯聲鶴語媚新晴。梅花罩面蒼苔底，一幅羅裙繡得成。』『欲眠西子逞丰神，夾岸春山溼翠皴。倚著夕陽看新月，脂痕眉樣兩無倫。』《花影》云：『天留畫稿風來處，地有春痕月到時。』《秋雁》云：『一行掠水江涵影，幾點橫空秋有聲。』《靈隱寺》云：『樹遮高閣遠疑畫，風壓層巒險欲飛。』《簾》云：『宛轉劃成香世界，分明畫出晚瀟湘。』

余幼從甬江陳簫樓先生權受詩，先生嘗言，女弟子徐藍珍甚明慧，年十三能爲小詩。後隨父遠宦，音問遂絶，僅記其『爐留宿火星』五字耳。余近讀曹艮甫侍御楙堅《曇雲閣集》，内載前室吾鄉蔡蓉嬛竇珠，稍通文翰，早殁，曾吟『畫簾芳草色』五字。二人皆以單句流傳，可與『楓落吴江冷』鼎峙。侍御與外子同譜。

同里梁玉姬小玉，號瑯環女史，著有《瑯環集》三卷。玉姬七歲能詩，八歲能摹大令書，長極博雅。《詠篆章》云：『揮灑霞箋寄隴頭，雙鈐題處紫雲浮。兒家曾掌司花印，總領層城十二樓。』

《蘭因集》係陳雲伯大令爲小青、菊香、雲友修墓於西泠，徵諸題詠而彙刻者，閨秀詩最多。如汪逸珠之『翠冷香銷二百年，梅亭明月鶴亭烟。羅裠久化飛莊蝶[一]，彩筆重題感杜鵑。一徑落花紅灼約[二]，兩堤芳草緑芊芊。春泥都化媧皇石[三]，補滿情天補恨天』。桐城方若徽之『情天恨海兩茫茫，如此蛾眉合斷腸。春水尚留仙子影，桃花猶學美人糚。魂依素柰心無累，死旁寒梅骨有香。吟徧西泠芳草路，一杯梨汁酹斜陽』。琴河錢蓮因守璞之『烟柳絲中淺碧流，露桃花裏小紅樓。填平愛海三生願，消盡情天萬古愁。瘞玉深深紅雨暮，埋香鬱鬱碧雲秋。春山如黛人何處，惆悵蘼蕪土一坵』。五律如鴛湖沈采石穀之『吹徹三姝媚[四]，聲聲玉篴凉。樓仍倚鸜鵒，碑不篆鴛鴦。玉是嬋娟字，花仍姊妹行。西湖比西子，辛苦爲埋香[五]。』七絶如梁溪華芸卿玉仙之『應是羅浮夢裡人，落英滿地葬羅裙。一坏香土嬋娟塚[六]，長伴梅花處士墳』。吴門黄蘭卿曼仙之『菊香寂寞小青孤，又築紅樓傍後湖。樓上闌干樓下舫，玉梅花裏吊蘼蕪』。方外韻香浄蓮之『短碣重題倚夕陽，春山香塚盡埋香。隔湖倘喚香魂起，都是金釵弟子行』。『春山如畫睇雙蛾，花葉題詩寫衍波〔七〕。我向夢中傳彩筆，也同天女讚維摩』。小宓曇雲之『飛來蝴蝶舊羅裙，草長平湖日又曛。記取玉梅花一樹，美人樓下美人墳』。皆極幽艷，足爲湖山生色，亦一時盛事。佳句如鮑玉士之『泥深蛺蝶紅蕪路，碑冷蝦蟆碧蘚塵』，張雲裳之『詞客定能參慧業，美人纔合葬名山』，粤東黃蘭娵之淑之『浮梅檻散春波晚，快雪堂空夕照斜』，秣陵陳友菊秀生之『暝烟月上梨花塚，疎雨寒生燕子家』，吾鄉吴仙芝淑娥之『流水年華成感逝，桃花時節總銷魂』，汪小韞之『仙子玉爐三澗雪，美人湘管一枝花』，陳苕仙麗娵之『泥融碧幻鴛鴦瓦，花落香銷翡翠裙』，孫嫻卿雲鵬之『林間翠碣朝烟染，花外紅樓夕照新』，德清朱湘姮紋之『修到梅花仙眷屬，懺來桃葉佛因緣』，俱工麗雅切。

校勘記

〔一〕『羅裙』，底本作『落裙』，民國本作『繡裙』，《武林掌故叢書》本《蘭因集》、清王蘊章《然脂餘韻》卷一作『羅裙』，因據正。『久』，《蘭因集》作『已』。

〔二〕『一徑』，《蘭因集》作『一院』。

〔三〕『媧皇』，《蘭因集》作『皇媧』。

〔四〕『三姝』，民國本作『三珠』，誤。

〔五〕『埋香』，民國本作『誰香』。

〔六〕『香土』，民國本作『黄土』。

〔七〕『花葉』，民國本作『花裏』。

吴蘋香仿金元院本最佳。《步步嬌》云：『金粉難銷湖山路，草緑裙腰露，荒陵落日初。一片傷心，美人黄土。何處弔蘼蕪？把香名一例兒從頭訴。』《醉扶歸》云：『一箇葬秋墳，冷唱逋仙句。一箇對春山，閒臨西子圖。一箇簾垂畫閣緑陰疎，怎蓮胎生迸的蓮心苦。最憐他，零膏冷翠强支吾。最傷他，蘭因絮果難調護。』《皂羅袍》云：『日日畫船簫鼓，問湖邊艷跡，説也模糊。桃花三尺小墳孤，棠梨一樹殘碑古。春烟楊柳，秋風荻蘆。粉痕蛺蝶，紅腔鷓鴣。玉鈎斜，誰把這招魂賦。』《好姐姐》云：『有箇謫仙人，轉蓬萊故都，愛一帶青山眉嫵。平章花月，把嬋娟小傳摹，詩禪悟，重留片石將情天補。欲倒狂瀾，使恨海枯。』《尾聲》云：『珊珊環珮歸來否，早註入碧城仙簿。則問他，曾向詩人下拜無。』

乙未夏日，梁楚生太夫人見有以夜來香穿成鸚鵡形者，茉莉爲架，製絶工巧，遂作《小啟》徵詩，首唱一絶，啟中有『直疑分自雕籠，身霏暗麝；還羨移來香國，舌吐妙蓮。荷榭風涼，待喚茶而岑寂；篘簾月到，看堆雪兮玲瓏。用是補綴禽經，偏徵鴻什；鬘華璀璨，慧語通靈。借張鎡嬌勝之詞，釵猶挂鳳；續老鐵手擎之句，花亦名鵑〔一〕。』詩云：『何處飛來翠羽涼，金絲架護小南强。晚風浴罷輕紗揭，巧舌輸他一段香。』啟出，和者如雲，余賦七古一篇。同里邵宛生七律云：『闌干斜倚伴昏黄，脉脉如含愁思長。夢醒酒邊疑解語，月明簾際欲生涼。緑雲幻影心都慧，素韻流風骨自香。招得花魂糊鏡畔，玲瓏妬煞雪衣娘。』孫菊如七絶云：『翠襟紅嘴傍簾帷，午夜芬芳夢醒時。空説四絃花底滑，深藏柳色想難知。』菊如早寡無依，終老母家，生平手不釋卷，惟喜吟詠。晚年目盲，猶與弟姪等論文不倦，録此以存其人可耳。

校勘記

〔一〕『鵑』，民國本作『鵾』。

吾家嘯珊仲兄喜書鍾鼎文、古篆，余暇日常集《積古齋鐘鼎款識》字，得五七言楹帖數十聯。五言如『文魚游緑藻，乳燕戲朱華〔一〕』，『柳邊雙燕語，林外一鴻歸』，『佳文重彝鼎，夙志樂山林』，『圖書宜静日，尊斝樂嘉賓』，『静得禽魚樂，閑參鐘鼎文』，『園林來鳳子，雷雨長龍孫』。七言如『幽蘭静圃天三月，古木平泉地一弓』，『左圖右史閒居樂，夏鼎商彝静友宜』，『金柳環亭招燕子，石蘭近水戲魚兒』，『山平水遠王維畫，禽語華香杜牧詞』，『緑柳閒亭宜上巳，黄花老圃正重陽』，『園中華柳環千樹，室内圖書富五車』，『門前地小剛容馬，室内尊陳好射雕』，『八斗才華追子建，千秋書畫繼長康』。《詠梅》云：『亭外山中千樹月，水邊林下萬枝華。』《元夕》云：『畫燭千枝民共樂，金燈萬樹月同明。』《江樓》云：『山川一覽延朝爽，雷雨初來起夕陰。』《秋眺》云：『川平緑水生魚子，雨足秋田長稻孫。』《夜泛》云：『兩行雁度青山外，一葉舟行明月中。』《秋夜》云：『金盤露重月初午，寶鼎香温夜未央。』《壽外》云：『廚中薦饌黄魚好，花下稱觥緑酎香〔二〕。』

校勘記

〔一〕『朱華』，民國本作『朱粱』。

〔二〕『緑酎』，民國本作『緑蟻』。

《紅蝠山房詩集》附吳香輪女史《遊茅山》詩四律，情景如繪。富春周芸皋廉訪凱爲繪《游山圖》十四幅，并和其詩，一時傳誦，和者如雲。閨中佳句如廣陵汪湘霞之『烟穿蘿徑裙拖翠，露立苔磯襪染青』，白下魏素貞之『雲霞樓閣懷前度，風雨簾櫳怯曉寒』，吾鄉顧螺峯之『嬋娟誤畫偏呼癸，風月摩厓尚識丁』，富春周素芬之『如雨松花飛錯落，倚風竹韻響丁東』。香輪即飛卿，詩見卷十。《紅蝠山房》，仁和王香雪州判乃斌集名。

名媛詩話卷七

錢塘沈善寶湘佩著　受業德清俞德秀校字

高密史太夫人爲安邱李金臺訓導于京先生室，諸生湘荃、監生湘芝、雲舫漕帥湘棻母，爲寶義母。博學强記，性復慷慨慈祥。年近八旬，神明不衰，議論天下事，瞭如指掌，恤親族，拯貧乏，見善如弗及。孀居數十載，惟以誦經課子爲事。令子雲舫漕帥具文武才，道光壬辰進士，入詞館，改部擢員外，從戎東粤。臨行，太夫人訓以『盡力王事，勿以我爲念』，聞者賢之。太夫人素日治家整肅，漕帥得無内顧憂。夷務平，漕帥以守城功擢知府。入覲，洊升太常寺少卿。時夷犯長江，奉命守禦江北。會夷就撫，署漕運總督。太夫人於是春已率眷歸里，聞署漕督之信，寄書與寶云：『棻兒以太常奉使南河，已屬意想不到，今又升署漕督，天恩高厚，報稱維艱。欣喜之餘，又生恐懼，所以子姪輩聞信躍躍，而余心獨轉輾往來，他人不能知。吾女想能默喻耳。』即此可見太夫人高懷卓識，非流輩所及。寶於戊子歲始識太夫人於袁江，太夫人撫之爲女。後聞先母棄養，復召至京寓相依，爲擇配遣嫁，恩禮備至，逾於所生。于歸後常遣婢僕促之歸省，蓋數日不相見，即思之不能釋。太夫人詩學深得六朝神韻，感時叙事皆從性靈中來，無一毫柔靡之音，惜稿存甚少。别後見懷，寄示四章云：『秋月照庭階，秋風入我懷。懷中有明珠，遠在天之涯。天涯一何遠，白日一何短。念此掌上擎，中夜腸九轉。』『我昔在袁江，爾適來錢塘。一見寄膝下，事我以高堂。高堂爾有母，爾能承顧復。覩爾境艱難，使我心振觸。』『别後赴京華，寓居苦岑寂。忽聞吾女來，喜氣動顔色。爲爾洗征衫，爲爾理嫁衣。吾盡吾責耳，爾何感泣爲？』『人生有聚散，骨肉無久歡。春明逾五載，愴然返故山。故山不可見，寸心託鴻雁。願言釋離憂，努力加餐飯。』四詩文情兼至，令人不能竟讀，寸草春暉，益深孺慕。太夫人又示寄雲舫詩一章云：『欲織苦無棉，欲耕苦無田。我家本寒素，惟望爾能賢。猶記爾幼時，爾父守青氈。遠自館中歸，爾將母衣牽。告我父已來，歡笑承膝前。忽忽成昨夢，回首四十年。爾今得成立，叱馭揚長鞭。東粤稱翼長，西楚統兵權。莫負九重命，勿忘四牡篇。作忠惟移孝，我心無憾然。年雖近八旬，孱體幸安全。食少學辟穀，坐久愛逃禪。婦能代子職，奉養在意先。寄爾語諄諄，知我心綿綿。爾其無念我，報國宜勉旃。』

雲間丁步珊佩與余神交七載，方得一晤，而七載之中，音問不絶，此唱彼和，不啻聚談一室。著有《繡譜》行世，尺牘最佳。猶憶初次寄余一函，題爲《梅訊》，内云：『佩耳芳名久矣。月下暗香，水中疎影，第彷彿遇之耳。昨寄呈便面，草草塗抹，殊覺赧顔。迺承寵賁瑶華，情詞斐亹，古香新色，沁人心脾。班史伏經，不能獨擅千古，始信姑射仙人，果爾秀絶人世也。惟是匆匆放櫂，一面緣慳，林下清風，山中幽抱，未獲詳悉一二。南枝消息，尚少端倪，回首孤山，益增惆悵。差喜得通芳訊，如挹清芬，便覺此行不負，而扁舟風雪，驛使稀逢，轉增一段相思滋味矣。承囑繪事，倚裝點筆，聊贈一枝，寄供妝臺一笑。大作芬芳悱惻，實足弁冕閨英。全集如有副本，尚乞寄賜一觀。當於雪後園林，紙窗竹屋，焚香細讀，快何如之！月落參横，時聞翠羽，安得如槐廻聚首，相守弗離。欲結歲寒之盟，尚未識此生修到否也。』又有立春新霽，接余手書七律云：『怪底簷前鵲語譁，一天晴雪拜瑶華。書來宜附凌雲鶴，歲晚渾如赴壑蛇。笑我癡情憐夜月，多君佳句燦朝霞。宵來恰喜春風到，開徧庭前姊妹花。』步珊爲蘭溪陳兩橋吏部毓棡室。兩橋赴試春官，步珊寄詩有『陌上不知楊柳緑，樓頭惟盼杏花紅』之句爲人傳誦，惜兩橋成進士一年，病殁京寓，嗣續無人。步珊撫三女，藉女紅以度日〔一〕，境遇困厄，殊可慨焉。

山陰潘虚白太夫人素心，爲吾鄉汪兩園宫詹潤之德配。幼侍親官江右，十二齡即工吟詠，近已八旬，容貌如五十許者，日手一編，好學之心老而彌篤。往來書札題詠，必親筆揮灑。令子五人，四登賢書，一入詞館，乙酉同捷京兆者三人，海内豔稱。太夫人精神福澤、德行文章可冠今古，著有《不櫛吟》及《續刻》、《又續》等集，行世已久。余未入都之前，太夫人見余《秋懷詩》十五章，深爲激賞，訪問殷勤。迨余北至晉謁，即蒙刮目，奬許過當，嗣後一詩脱稿，隨録示之，璞玉渾金，絶無雕琢，未刻之稿甚夥。如《辛丑初冬病愈感時示兒輩》八章云：『故里傳風鶴，原注：時夷逆據甯波。松楸恐未安。夢迴千里外，鐘響五更殘。詩厄魔難伏，愁深粥未餐。爾曹知喜懼，莫作等閒看。』『病裏驚時序，聊將拄杖扶。牋紅難辨字，髮白不勝梳。生死天隨

校勘記

〔一〕『以度日』，原作『以度』，脱『日』字，據民國本補。

付，榮華夢久誣。頻年高誼在，寒重有元狐。原注：余年來藥餌之需皆係陳叙齋觀察功所贈。今又製狐裘見餽，陳乃先宮詹所取之士。』『蓬室居尤苦，風高汴水寒。養親供薄饌，求禄歎微官。路迴音書慢〔一〕，民饑撫字難。聖朝恩澤沛，轉瞬慶安瀾。原注：時黄河水決，四兒鶴珊調赴河工。』『五葉靈芝草，相求惠未成。時危屏藥餌，門閉減逢迎。黄紙求賢詔，紅旗禦海兵。妖氛驕悍甚，何必覓長生？』『牽衣曾惜別，十載送征鞍。哀樂因時感，音書欲寄難。原注：送大女隨壻之官已十載。手遲因筆鈍，眼倦怯燈殘。耿耿窗將曙，烏飛噪樹端。』『薄宦嗟同榜，全家往郭東。鶩戈防迅砲，微禄好從戎。歸去因親老，乘時待奏功。一鞭徒惜別，涕淚惜匆匆。原注：童肖軒甥與五兒楓人辛卯同榜。母老南旋，投効海疆。楓人時補北城指揮。』『悔却詩書棄，隨班此備員。馬疲卅里路，裘敝五更天。案有争民牘，囊無糴米錢。羨他同學者，衣惹御爐煙。』『客子歸來日，巢空燕去時。勞形身似葉，憂感命如絲。八秩魂猶返，三生夢醒遲。憐他嬌小女，葠藥善扶持。』《春日雪霽偶成》云：『社鼓街頭響，亭皋雪尚寒。目昏憎字小，夜永惜更殘。肺病愁攻急，身衰藥力難。宵來猶拄杖，明月隔簾看。』『穀雨催花信，清光吐素蟾。但聞鶯出谷，未見燕窺簾。世路風波險，城頭鼓角嚴。文章原有命，莫向此時占。原注：兒輩出闈候榜。』《即事感成寄張孟緹及余》云：『誰論天邊見晝星，原注：時聞太白晝現。半窗風雨不堪聽。笛聲莫更吹楊柳，難覓枝頭一葉青。』『人隔蓬萊遠近中，峭寒勒住牡丹風。樓頭聽雨江南憶，閨閣輸他詞翰工。』因余《杏花》近作有『畫樓聽雨憶江南』句。太夫人晚年自號殘夢老人，詩境日進。少陵云『老去漸於詩律細』，信然矣。次女恂如恂，亦工詩，題余《鴻雪樓詩稿》云：『蓼莪讀罷暗傷神，窀穸能安效古人。廿載辛勤承子職，此生不媿女兒身。』恂如一號瑟友，州判陸憲曾室。太夫人嘗言妹正心能詩，少年苦節，《和歸甯韻》云：『故里魚軒賁，鳴鉦負弩時。人皆稱大位，我獨重新詩。老手無凡艷，終身有孝思。臨岐猶戀戀，夜半上舡遲。』

校勘記

〔一〕『慢』，原作『漫』，據民國本改。

湘潭郭笙愉潤玉，字昭華，一號壺山女士，知縣雲麓先生女，李石梧中丞星沅室，梅生太史杭母，有《簪花閣詩草》、《梧笙館聯吟》。笙愉爲人温柔敦厚，藹然可親。生平嗜詩若命，《梧笙館聯吟》者，即伉儷倡和之什，琴瑟之篤，可繼秦徐。手刊湘潭郭氏三代閨秀詩集，以誌家學。女李月裳楣、長婦郭智珠秉慧，皆工吟詠。戊戌春暮，笙愉自粤入都，把晤於李太夫人處，小詩贈答，一往情深。秋間，石梧中丞爲汴梁觀察接眷赴署，余往送別，袖詩以贈云：『神交纔得挹丰標，倡和新詩慰寂寥。花落金臺聯繡袂，雲移艮嶽迓星軺。中丞由漢中府轉汴梁糧儲觀察。萬山紅樹詩情麗，九曲黄河別夢遥。一曲驪歌一杯酒，客中送客最魂銷。』笙愉讀之，淚沾襟袖，到汴梁寄和云：『金臺半載挹清標，贈我瑶華慰寂寥。閨閣乍欣聯雁序，關山忽遣度星軺。燕雲縹緲離情切，洛水馳驅驛路遥。忍憶河梁臨別語，西風殘柳黯魂銷。』春初，忽傳笙愉姑媳於臘底正初相繼而逝，不勝悲駭，閨閣中失此良友，能不傷悼哉？聞笙愉臨殁前數日，夢吐絲盈掬。其平生纏綿細膩之思，盡在集中。《秋日懷六芳姊》云：『玉簫宛轉答清歌，明月當庭一鏡磨。想到微吟倚修竹，秋風翠袖晚涼多。』《偶成》云：『風摇翠竹影參差，低拂南窗暑不知。小榻夢回人意淡，一簾花氣一篇詩。』《梅影》云：『一鈎新月破黄昏，翠羽翩翩恰到門。喚起梨雲同一夢，緑雲滿地了無痕。』《題環碧園》云：『玻璃四面影縱横，細草含香恰嫩晴。一幅春山好圖畫，花藏樓閣柳藏鶯。』五言如《奉姑命入都》云：『薄宦敢云貴[一]，故鄉依舊貧。』《别姊》云：『秋花開正好，鴻雁又分飛。』《和石梧韻》云：『似我離懷遠，知君鄉思多。秋色淡如許，砧聲不可聞。緑酣胡蝶夢，紅暈海棠枝。』《過潯陽江》云：『秋老傳霜信，林多作雨聲。』七言如《雪花》云：『散來天女纖纖手，飛作春城處處花。』《憶父》云：『啼烏繞樹尋巢苦[二]，征雁横天帶露寒。』《車行曉起》云：『一枕荒雞催夢醒，五更殘柝逼人寒。』《和石梧》云：『浮名不過當場事，知己何愁異日無？』『偶隨時樣梳新髻，爲喜家常著故衣。』『嬌兒習字移燈影，弱女敲詩愛月華。』『花影拂窗知晝静，月光臨几覺宵長。』《涿州道中》云：『一路麥花秋色裏，數椽茅屋夕陽中。』《春日環碧園》云：『柳因風軟嬌無力，花到香濃静不聞。』笙愉詩皆性靈結撰，無堆砌斧鑿之痕，爲可貴也。月裳五律《峽山寺》云：『鐘聲何處起，古寺在高峯。緑樹生寒意，青山似舊容。水隨巖石轉，日出洞雲封。猿鳥應知我，三年兩度逢。』《夜坐》云：『竹徑清如水，蕭然暑不知。彈琴閒對月，煮茗静敲詩。緑影横虚牖，朱華護碧池。夜來涼露下，鶴夢最高枝。』清氣撲人，纖塵不染。月裳爲何子貞太史紹基子婦，諸生慶涵室。

《湘潭郭氏閨秀集》中佳句甚多，如《獨吟》之《冬夜》云：『嚴霜欲下星河淡，殘月猶懸鼓角悲〔一〕。』《哭女文秀》云：『總爲死生關骨肉，極知人世有悲歡。』『歲華老我頭將雪，時事消人心已灰。』《菊》云：『荒徑自甘香冷淡，西風不礙氣蕭森。』猿啼鶴唳，秋氣逼人。姪女素心友蘭，諸生譚鳳室，著有《嘯雪山房詩草》。《次三妹秀娟寄懷韻》云：『病多離思苦，春老落花愁。』《尋梅》云：『斷岸留殘雪，疏鐘破暝煙。』妹芳谷佩蘭，諸生王德立室，著有《佇月軒詩草》。《送竹溪弟赴雲麓兄鄠縣官署》云：『深羨天涯姜被暖，轉憐湘浦雁行單。』《得雲麓兄陝西書却寄》云：『離情倍覺中年切，骨肉翻因遠宧疎〔二〕。』修竹疎梅，頗饒逸韻。姪女六芳漱玉，知縣汪璨長女，諸生羅喬年室。笙愉胞姊有《繡珠軒詩鈔》，絶句最佳。《歸安舟中作》云：『曾經有夢到瀟湘，夢裏歸家路渺茫。今日聽風兼聽水，轉疑儂又夢還鄉。』《舟還長沙》云：『儂家家住雨湖東，十二珠簾夕照紅。今日忽從江上望，始知家在畫圖中。』集中附刻表妹王浣香繼藻《敏求齋詩鈔》。按：浣香爲芳谷女，學博才清。五言如《落葉》云：『山潤月初滿，林空煙不生。』《和月卿兄九日見懷》云：『秋心梧葉老，雁序楚江分。』《送別郭笙愉姊》云：『關山離思苦，風雪客程寒。』《蘆花》云：『明月淡無影，曉霜清更寒。』七言如《送雲麓舅氏之江西》云：

校勘記

〔一〕『宧』，原作『宦』，據民國本改。

〔二〕『啼烏』，民國本作『夜烏』。

『客路風塵雙鬢短，天涯迢遞尺書遲。』《衡嶽》云：『江合瀟湘朝漢水，地包荊楚拱群峯。』《晚晴》云：『人行曲澗憐幽草，天爲桃花駐夕陽。』《柳枝詞》云：『怪煞東風多孟浪〔三〕，柔條空與致纏綿。』味此詩，其境遇可想矣。

校勘記

〔一〕『猶』，民國本作『尚』。

〔二〕『宦』，原作『宧』，據民國本改。

〔三〕『多』，原作『名』，據民國本改。

郭智珠秉慧，爲笙愉女姪，李梅生太史杭室。幼失恃，依諸姑，習詩文，明慧絶倫，過目了了。既長，歸笙愉長子梅生，孝賢婉娩，琴瑟酬唱，頗似舅姑。笙愉棄世，智珠寒疾未瘳，力疾經理，哀毁過甚，不半月亦卒，年僅十八。有《紅薇吟館遺草》。姑慈婦孝，竟以死從，殊不易覯，何造物與清才而不與濃福耶？遺稿清婉絶塵。《竹》云：『露滴晴疑雨，風生暑亦凉。』《過洞庭和梅生》云：『始知天地濶，不盡古今愁。』《月夜泛舟》云：『櫓聲摇月落，帆影逐波行。』《曹州道中》云：『遠樹著秋色，荒城帶落暉。』七言如《春柳》云：『新水半灣微雨後，輕煙一帶乍晴天。』《種梅》云：『掃開積雪千重影，種得東風第一枝。』《留别月裳姊》云：『花滿雕闌春共繡，月明畫閣夜忘眠。』《紅拂》云：『英雄何處無知己，難得傾心是美人。』

湘潭王湘梅瑞，主事夏恒室，著有《印月樓詩詞稿》。《秋月》云：『一庭花氣乍凉天，露冷香濃月正圓。料得天涯當此夕，滿懷秋思不成眠。』浮梁吴閨懿《月夜》云：『十二銅壺漏點遲，流螢低度紫薇枝。蟾光不爲關河隔，千里愁懷兩地知。』無錫顧文婉，主事侯麟勳母，著有《楓香閣集》。《寒夜》云：『小屏人静玉笙寒，一點殘燈伴夜闌。爲愛焚香消永夜，滿庭明月不曾看。』對月懷人，低徊無限。又見善化羅麗生金淑《春夜》云：『空明如水轉迴廊，滅燭閒房夜有光。漸到中庭花影亂，一春鶯燕夢中忙。』見花影而想入鶯燕夢中，固已新矣，然不如湘陰李伴霞星池《池上口占》之自然也。李云：『流螢無數故飛飛，閒步西池露氣微。却愛數枝荷葉影，忽隨明月上人衣。』人皆知用花影，此獨用荷葉影，立意更新。伴霞爲石梧中丞妹，梅生太史姑母。

余常論詩猶花也，牡丹、芍藥具國色天香，一望知其富貴。他如梅品孤高，水仙清潔，杏桃穠豔，蘭菊幽貞，此外則或以香勝，或以色著，但具一致，皆足賞心，何必泥定一格也？然最怕如剪綵爲之，毫無神韻，令人見之生倦。讀湘潭郭六芳《論詩》云：『玉溪獺祭非偏論，長吉鬼才亦妙評。儂愛湘江江水好，有波瀾處十分清。』『廚下調羹已六年，酸鹽情性笑人偏。近來領略詩中味，百八珍饈總要鮮。』『今古才人一例看，端莊流麗並兼難。桃花輕薄梅花冷，占盡春風是牡丹。』可謂實獲我心矣。

太谷温潤清如玉，號梅君，又號秀羣，總督承惠孫女，侍講學士啟鵬女。風神絶世，與余最爲莫逆，歸徽州鮑敘眉刺史時基。刺史謁選京師，潤清偕至，歸省其母李太夫人，居京師者八載。潤清兩妹，一早殁，一遠嫁閩中，常慮刺史選授遠地，嗣姑恐不能就養，老母又難遽離，以是悒悒心憂，居恒多病，余每勸慰之。壬寅春，刺史選授黔西州，潤清住恐違姑，去愁别母，憂形於色，不得已别母就道，臨歧執余手痛哭，瘦骨支離，容光憔悴，殆難爲别。五月抵和州，奉嗣姑赴任。初，刺史之叔充淮商，眷屬居揚州，姑依焉。至是以夷警遷避和州。時方炎暑，將俟秋初行，而夷警日逼，江南北皆震恐，向之避和者，又紛紛他徙。姑皇懼，乃隨夫弟眷屬回徽。潤清偕刺史於七月朔赴黔，時夫婦俱病痁，停舟安慶，覓醫診治〔一〕，於八月二十六日卒於舟次，年三十有四。潤清體素孱弱，加以别離悲感，烽火驚憂，觸暑餐風，遘疾必重，余得其舟次所寄書，心竊憂之，果遂不起。傷哉！潤清生平以禮自持，無一嗜好，惟愛書畫。見余片紙隻字，皆珍若拱璧。笑言不苟，疾惡甚嚴，而待人接物必誠必敬，同儕多以道學氣嘲之。每言他日結鄰邗上，作閨中之元白，討論詩文以娱暮景，於願足矣。余與潤清交久，聞其夭逝，悲痛欲絶。母病三月方愈。憶《送潤清詩序》中有云：『五載交深，性情俱洽；一旬不晤，餽問頻貽。扶持於疾病之間，關切乎寒暄之外。交誼若此，豈易遘哉？』凶問至京，李太夫人爲位於法源寺諷經追薦。余哭之以詩，有『素腕瘦來無一握，風霜早已爲君愁』及『數年返哺情空切，争奈慈姑戀故鄉』，『剪紙招魂腸欲斷，忍看白髮哭紅顔』，蓋紀實也。潤清詩不多作，然娟浄可誦，又深子平之學，曾和余《梅林覓句圖》韻七律云：『幾生修到夢難真，香海花天結淨因。獨向此中參妙諦，好從箇裏證前身。畫檐共索千枝笑，彩筆先開十月春。疏影參差寄清賞，拈毫那復惹纖塵。』他日當搜其遺稿傳之。

校勘記

〔一〕『診』，原作『胗』，據民國本改。

畢節邱雲漪蓀，朱建卿助教善旂室。工四體書，而行楷出入鍾王〔一〕，姿妍骨勁，秀色可餐。每乞書尺幅，愛玩不能釋。自余入都後，即承相訪，交誼頗深。近年書法愈進，縱横變化，直有香象渡河、羚羊挂角之致。詩筆沉著，爲書名所掩，遂不多作。余因《詩話》中各相知皆以零珠碎玉見投，而雲漪獨無，亟往索之，復云：『足下以閨秀詩壇盟主，編集海内同人之作而爲詩話，自是不朽盛事，樂附驥者定不乏人。承關愛下徵俚句，心感之至。惟蓀素不工吟詠，少時偶作，手録存之，今不知向何處覆瓿。近則米鹽累人，即間爲之，亦隨作隨棄。自知無足存，不自愛惜，憶《即事》題有云：「空橐尚能勞鼠齧，焰燈那復禁蛾投。」皆隨所見書之而觀者以爲譏時之作，在蓀實無容心也。近游法源寺，得句云：「坐禪竊喜僧無語，觀世翻憐佛有情。」此却有意言之耳。昔年初訂交時，有奉題大集及乞畫各一律，以無出色處故置之，今録另紙求教，倘不加削正，殊非見愛之道矣。』今録一章，《題鴻雪樓初集》云：『一編冰雪淨聰明，蕙質蘭心氣味清。腕底簪花傳妙格，風前柳絮暢幽情。掃眉果見真才子，不櫛依然太瘦生。想到拈毫人寂處，推敲五夜剔殘檠。』獎飾過情，令人顔甲。

校勘記

〔一〕『鍾』，原作『鐘』，據民國本改。

京都夏間售冰梅湯，其人一手持小銅盞二，敲之，名曰冰盞。予與雲林消夏社中，曾拈冷布、冰盞、響竹、花帚等題，雲林填《賣花聲》四闋，予爲擱筆。《冰盞》、《響竹》二章最爲警妙，因録於此。《冰盞》云：『午睡正瞢騰，渴思難禁，雪來凉藕待調冰。猛聽一聲聲脆響，入耳先清。深巷緑槐陰，弛擔停停。弄丸妙手太瓏玲。絶似夜深銅盌擊，幻作龍吟。』《響竹》云：『半劈翠雲枝，鳳羽襹褷，湘筠光滑稱柔荑。恰好水晶簾捲處，響逐蠅飛。櫻拂罷輕揮，冰簟初移，沙沙入耳夢迴時。恍似短篷聽急雨，棖觸鄉思。』余《詠冰盞》結句云：『平生有熱血，肯爲爾消融。』李寄母賞其豪邁，然方此清詞麗句，不免陳腐可嗤矣。

壬寅仲秋下弦之夕，夢乘小舟，見渌水澄空〔一〕，垂楊拂岸。舟行甚駛，至一處，樓閣參差，岸邊有屋，臨水三楹。入右室，見費莫門富察太夫人面東坐炕〔二〕，懷抱嬰兒約三四月者，膝前立一小兒，頭枕於膝，約三四歲。寶笑云：『太夫人左提右抱，頗似送子觀音。』太夫人笑頷之，慰勞如生平。室中東偏開窗兩扇，倚檻望之，恬波萬頃，彷彿西湖之湖心亭，惟四面未見山色，凝竚之間，聞傳賜食而寤。情景歷歷在目，因憶戊戌春日，隨李太夫人往謁太夫人，拂拭獎許，此後顧復優厚，寶亦依戀若老親焉。太夫人生於富貴，因遭家難，備歷艱辛，爲外英春圃公療疾，自刲股肉二次。孀居後，長齋繡佛，教子成名，治家嚴肅，内外穆然。性復慈祥愷悌，樂善好施，如合藥捨材、捐衣修廟、助人婚喪、拯人水火，莫不竭力爲之。寶于歸後，太夫人訓云：『爾今作婦，非在家時比，尤須孝賢勤儉，勿恃才華而生傲慢。』後聞寶處上下皆無間言，太夫人見而喜曰：『爾能孝慈，無負吾心，甚慰。』太夫人於辛丑十一月十一日卒，臨終口誦佛號不絶，聞者無不傷感。忽忽至今，十閱月矣。兹忽見諸夢寐，豈結想所致，抑太夫人垂注所及，均未可知。因賦二絶以記云：『拂岸垂楊映緑波，仙山樓閣望嵯峨〔三〕。入門添得慈顔喜，慰藉殷殷款語多。』『披拂春風感昔年，今從幻境示真詮。慈航一業遥相引，雲水光中拜妙蓮。』太夫人薨後，寶擬作輓詞未就，讀李太夫人所作五律二首，覺情真語摯，包括生平，遂不敢落筆矣。李太夫人詩云：『桃李公牆植，原注：小兒湘菜爲令子文孔修尚書門下士。閨中結契深。登堂披蕙帳，略分話苔岑。俊逸神仙骨，慈祥古佛心。彌留無一語，訣别惜分襟。』『一笑仙山去，芝儀不可求。紅塵功行滿，白髮故人留。縹緲諸天隔，縱横老淚流。衹憑香一瓣，爇向鷲峯頭。』太夫人爲英春圃侍衛華室，文孔修尚書慶母，外子爲尚書門下士。

校勘記

〔一〕『渌水』，民國本作『緑水』。

〔二〕『莫』，民國本作『黄』。

〔三〕『望』，民國本作『狀』。

虛白老人云：『乾隆辛丑，侍父令廣昌。彼處風俗，上元之夕，女眷觀燈，即入内衙觀玩，相沿日久，遂不之禁。是歲上元，得遇廣昌閨秀黄連城玉潤、妹素芳玉蘊，系出儒家，彼此倡和，相得甚歡。後别經數十年，往來書札不絶，尚憶初晤時唱和之作「連城寄虛白老人」《憶秦娥》云：「春歸早，枝頭漸覺鶯聲老。鶯聲老，紅稀緑暗，踏青人少。　惜花每向芳叢繞，韶華九十難長好。難長好，東皇一去，飄零盡了。」「蓬萊島，紆迴遠隔無青鳥。無青鳥，尺書寫就，鴻魚猶杳。　春歸小閣推敲少，詩成每憶知音渺。知音渺，至今贏得，愁思縈繞。」素芳十九而孀，孤寒無子。《六旬述懷》云：「少年勵志矢艱辛，鐵剪金鍼度此身。雙鬢白來猶力作，怨天不敢豈尤人。」「北望燕雲路幾千，可憐白骨葬荒阡。一盂麥飯無人奠，意慘魂銷四十年。」』

虛白老人又出其祖姑蘇蘭谷太夫人遺草數頁見示，如《秋蝶》云：『籬邊忽見影翛翛，團扇攜將遺寂寥。人道莊周初入夢，原來風弄軟枝條。』《瓶梅》云：『分得西湖處士花，芬菲插向膽瓶斜。朝來胡蝶穿簾入，題罷紅箋漫瀹茶。』遺草中夾有陳玉賢《送别蘭谷表姊》二首云：『描金整理舊衣箱，三月連牀度影忙。瀲灩莫辭分袂酒，從今一日九迴腸。』『一尊開向桂堂前，惜别依依轉自憐。五月石榴紅似火，與誰相對看花天？』又以姪女潘蕚亭佩芳太恭人詩命採詩，如《寄虛白姑母》云：『柳色青青舞嫩條，梅花香裏駐星軺。山川到處供吟筆，閩海歸來句轉饒。』三人皆予同里。蕚亭號香海，諸生從父學曾先生室，助教祖望、司業祖懋、編修祖諫母。

詩言志，讀其詩，可識其人之性情。如湘潭郭獨吟步蘊《詠萍》云：『誰道根苗寄未深，春來點點泛波心。憑他無限風波惡，只可高低不可沉。』讀之令人凛然。後閲笙愉《敘》中云：『祖姑生性孤介，不惡而嚴。』又讀山陽陳玉岑《飼蠶詞》云：『重帷篝火護春寒，晝永慵多午夢酣。睡起裁詩先匿笑，緑窗人更嬾於蠶。』余謂其人必然倜儻者，惜無處訪問。玉岑有《來鳳樓集》，許志進室。

壬寅初秋，家夢蘅以吴香蘇所畫《秋芳圖》索題。展卷視之，知即當日吴蘭雪中翰與法梧門學士换曹墨琴所臨《玉版十三行》者，圖中秋葵、海棠顔色雖減，而筆情娟秀，楚楚可人。旁有墨琴題句云：『豈非抵鵲問塗鴉，敝帚千金享太賖。誰道凍蠅書一紙，化成天女手中花。』李晨蘭云：『仙姿不著一分肥，展向晴窗映翠微。人意蕭疎花自淡，夜深涼月曳秋衣。』『霧鬢風鬟絶點塵，秋涼恰到五銖身。如何奪得徐黄筆，曾是當年寫韻人。』予即題二絶云：『聞説延陵筆似椽，閨中才調亦清妍。秋芳圖换簪花格，韻事流傳五十年。』『香蘇六法墨琴書，珍重詩龕錦不如。滿目秋光誰是主，牙籤今伴美人居。』

《秋芳圖》上又有金鏡清蓉題《減蘭》云：『殷紅淺碧，一幅閒園芳草色。籬外香飄，翠管銀箋著意描。　露華秋早，杏子羅衫初試了。風格誰如，只有簪花玉女書。』楊蕊淵芸和云：『一庭涼露，姹紫嬌紅争媚嫵。彩筆傳神，原是妝臺寫韻人。　簪花標格，换得芳叢幽豔色。翠袖生寒，涼到秋容轉耐看。』蕊淵爲郎中芳燦女，同知秦承霈室。博學工詩，曾輯閨閣古今詩話爲《金箱薈説》。

吾鄉西湖佳處，全在真山真水，所以四時風景及陰晴朝暮，姿態不同，月夜更爲清絶。煙波浩渺，一望無際，偶見數星漁火，出没蘆汀菱溆而已〔一〕。蓋限於城闉，無人作秉燭游也。先慈在時，每年六七月之望，必招姊妹攜兒女泛舟游玩，觴詠達旦。家兄等亦邀一二至親之善音樂者〔二〕，别駕一舟〔三〕，相離里許。萬籟皆寂，竹肉競發，歌聲笛聲得山水之助，愈覺空靈縹緲。維時月明如晝，荷氣襲人，清風徐來，水天一色，想廣寒宫闕《霓裳羽衣曲》不是過也，令人有飄飄出塵之致。今則先慈見背已經十載，余復遠離鄉國，即欲一覩松楸，亦不可得。回憶萊綵承歡時，恍如游仙夢醒矣。偶見蘋香《花簾詞》，集中有『四月十六夜泛棹北山，月色正中，湖面若鎔銀，戲拈小石投水，波光相激，月纍纍如貫珠。時薄酒微醺，繁絃乍歇，浩歌一闋，四山皆應，不自知其身在塵世也。譜《喝火令》云：「放眼壺天隘，當頭璧月圓。玻璃十頃不嫌寬，金管玉簫檀板，齊奏木蘭船。片石投如矢，層波漾作圈。明珠散走水晶盤。那得山靈借我，仙掌小於拳。那得虹霓成綫，萬顆一齊穿。」』覺湖中風景宛在目前，棖觸舊游，不覺惘然。

校勘記

〔一〕『菱』，民國本作『茭』。

〔二〕『邀』，民國本作『招』。

〔三〕『駕』，民國本作『駛』。

南昌劉箋雲，爲大刀將軍鋋後。深通《易》理，兼精拳法，性亦剛毅，頗有家風，與余最爲莫逆。時余年尚幼，箋雲長十餘齡，比屋而居，倡和時頗多，皆不記憶。後忽悟元功，日以煉神養氣爲事。與余相見漸疎，詩亦不作，氣質爲之大改。余僅記其《味道》首二句云：『大道還從心內求，六根淨處絶無憂。』進境可想。余與箋雲別已廿年，無從問訊，而落月屋梁，甚形寤寐，不知何日再能握手，爲我力斬塵障也。

南昌姚慧卿武瑛、淑卿武珍姊妹，美秀能詩。慧卿十二齡作《西湖十景詩》，極其妍麗，爲時傳誦。余最愛其《春日偶成》絶句，今僅記『花滿瑤階蛺蝶飛』七字矣。淑卿十三歲贈余七律，有『書畫竟能供菽水，才名直欲動公卿』之句。今則遠隔數千里，音問不能時至，回首前期，不勝感慨。慧卿姊妹爲姚樹堂鹺尹昀女〔一〕。

校勘記

〔一〕『昀』，民國本作『之』。

蘭溪王文娟曇影《夏夜》云：『雨向堦前滴，愁從靜裏多。聊傾殘茗飲，無可奈愁何。』余近年因時事家事，種種拂意，夜窗聽雨，讀此不禁掩卷太息也。

詩本天籟，情真景真皆爲佳作。毘陵陸君淑《暮春》云〔二〕：『日暖雲俱困，春和意反慵。』

桐城左信芳如芬《初夏》云：『不知春色老，但覺落花多。』吾鄉陳定林素安《小園》云：『瘦竹雙禽語，疎花一蝶飛。』許雪芳元潔《秋曉湖上》云：『山巒煙霧裏，樓閣水雲間。』徐素存《春夜》云：『更靜鳥聲怪，山空樹影稀。』張詠雪嗣謝《游五畝園》云：『朱闌紅芍藥，翠幙紫蘭叢。』張柔嘉《北郭》云：『秋隨人意冷，雲共客心閒。』上海趙茀芸《雜題》云：『煙霞秋自在，山水興如何？』曹采荇錫淑《秋夜》云：『梧桐今夜雨，蟋蟀去年聲。』揚州任靜宜婉《即事》云：『山雲含雨氣，林鳥變春聲。』《遠望》云：『冷煙癡蝶夢，細雨醉春花。』武城顏鉶《山居》云：『危巖飛雨色，古樹咽蟬聲。』泰州陳傳姜《山行》云：『亂竹不知路，好山多抱樓。』嘉興褚繡餘《秦溪舟次》云：『日暖野花馥，春遲碧草鮮。』全椒郭芝田芬《秋暝》云：『涼意泉中靜，秋聲林外喧。』范秀林淑鍾《隨夫子之茗塘》云：『碧蘿蒼薛宅，紅樹白雲村。』宛邱王氏《夜坐》云：『秋心增半夜，雨氣滿孤燈。』上元黃季雅嘉《小園》云：『亂藤穿石隙，老樹立雲根。水暖魚吞絮，花香蝶抱鬚。』烏程董嶧蘊琹《潯溪道中》云：『舟行如岸轉，山靜覺雲閒。』武陵陳夢棠玉祥《聞雁》云：『關山千里夢，風雨一聲秋。』番禺張蘭士《雨過》云：『萬綠淨含潤，一花妍欲殘。』湘陰左季蘭壽玉《月夜》云：『烏寒巢暗樹，人定倚高樓。』趙豔貞淑《午睡》云：『泉流蛙徑活，花落鳥窠香。』張巘舟瑶英《秋齋》云：『雨霽蛛營網，林疎鵲補巢。』又見姚鳳儀《孤鴻》云：『數聲和漏永，隻影共星稀。』長興丁靜嫺瑜《即事》云：『歲月愁中老，關山夢裏歸。』休甯金太霞宣哲《病起》云：『親慈增食品，弟慧改醫方。』崑山孫九儀鳳召《新婢》云：『遲回來任事，羞怯出應聲。』

善化勞月移文桂《夜紡》云：『燈影寒依壁，江聲夜入樓。』又琴川趙少蘊貴瑶《春暮即事》云：『鶯花因雨困，親串爲貧疎。』《有感》云：『家貧僮僕散，花瘦蝶蜂稀。』《醉後》云：『乾坤容我老，湖海笑人忙。』《覺老》云：『聰明隨歲減，顛倒逐時生。』皆有味乎言之。

校勘記

〔一〕『淑』，民國本作『溆』。

益都馮如蘭儀，諸生陳師錫室。《登晴川閣》云：『萬家煙火山連郭，一派江濤水接天。』與大興孫芝香玉樹之《登黄鶴樓》云：『兩峯雲氣連三楚，萬里江聲聚一樓。』氣格相似。

屈芷湘凝録庶妗謝雪卿《遺詩》云：『花凋梔子心難結，露盌薔薇手替編。』王絮卿謝《春雨》云：『三日東風紅杏雨，一池春水緑楊煙。』詞面同一嫣潤。陳傳姜《秋眺》云：『千里關河初過雁，四山風雨獨登樓。』上元紀阿男《幽居》云：『流水穿林尋野鶴，夕陽歸樹護棲鴉。』番禺張蘭士秀端《游珠江晚歸》云：『返棹便和花共載，尋詩擬約月同行。』德州何氏《初晴》云：『斜陽鴉閃高低影〔二〕，遠樹蟬吟斷續聲。』王瓊瑶《詠梅》云：『一枝籬落黄昏月，半樹溪橋暮雪天。』上海謝麗娟《秋懷》云：『長空白雁西風急，隔岸青蘿落日低。』石城富隱蘭夢琴《秋夜》云：『空庭風落數聲葉，老樹霜棲幾點鴉。』

『飽逐布帆斜挂處，亂喧山雨欲來時。』無錫曹采蘩錫珪《詠愁》云：『明月黄昏人乍别，落花簾秋。』卞元文夢鈺《落梅》云：『因追灞上初春日，轉念孤山二月時。』衢州文奎耀星《詠風》云：蟬徐斷梗〔一〕，歸巢夜鵲訝空條。』餘姚聞人徽音《詠夢》云：『槐國既無分晝夜，漆園那復論春嵰雪若瑛《古劍》云：『久埋茂苑應騰虎，偶過延津定化龍。』婁縣張箏芳介《落葉》云：『抱樹寒霜月夜，荒園人静夕陽時。』吾鄉梁素書《秋草》云：『凄惹寒煙籠蟋蟀，冷和明月葬琵琶。』戴張淑華英《雁字》云：『畫裏雲煙原有態，人間波磔盡無痕。』烏程温慕貞《秋蟲》云：『孤館酒醒即事言情，楚楚有致。嘉善家孟端榛《詠藤花》云：『鬣鬣影隨華蔓動，纍纍香貫蕊珠斜。』甘泉『曲逕茶香留夜月，朱闌雀下看圍棋。』妹幼玉琰和云：『纖眉畫就春山色，素紙裁成白雪詩。』蘭主人，《雨夜不寐》云：『三徑有花判夜雨，五更無夢聽春雷。』海鹽彭映玉琬《懷王辰若》云：薰繡佛女維摩。』鄧烈婦《遣悶》云：『梧葉秋風寒翠袖，梨花夜雨掩柴門。』石門孫畹蘭自號愛州》云：『却爲劉蕡猶下第，遂令王粲又登樓。』方澗濱敷《輓陳懷玉》云：『粉膩蓉箋詩博士，香火紅。』桐城徐素存惠文《漫興》云：『儘有烏啼將落月，杳無人問未開花。』吴坤元《送壻之和爲愁貧容易白，詩因懷遠忽然成。』會稽劉守拙淑慧《焚香》云：『暫留裊裊春煙碧，漸化星星刼

揚州吴佩芳蕙《書懷》云：『待月未來聊散步，抛書無那睏欹眠。』安慶盛氏《夜話》云：『髪

校勘記

〔一〕『閃』，民國本作『閉』。

幞雨初收。』刻劃無痕，秀麗清切。

校勘記

〔一〕『徐』，民國本作『餘』。

華亭孫淡霞《閒居》云：『松窗日瘦閒臨畫，薙簟風清倦枕書。』如皋范節婦一柏貞儀《春日經緑雪山房》云：『頻逢風雨花應瘦，久廢删鋤草漸肥。』丹徒張采芣《中秋與諸妹玩月艾蒳亭》云：『芳徑草衰蛩語切，碧天雲浄雁行齊。』妹采蓮和姊韻云：『雲影散空如水拭，月輪當午與樓齊。』蒙陰張孝女《抒懷》云：『翠竹長留終歲色，嬌花且種及時妍。』金壇楊端一淑貞《病起柬汪井桐姊》云：『五夜挑燈燒豆蔻，三秋覽鏡減芙蓉。』湯蕉雲朝自號華嚴女子，《春夜》云：『半枕蝶魂春夢杳，一簾花影夜窗虚。』安邱梁秀中頎，自號袖石道人，《夜坐》云：『梨花夜月原同色，風竹流泉不辨聲。』皆有劍南風調。

吴縣戴松琴令儀，字德珈，翰林葆營女，諸生汪獻玗室，著有《蓉鏡樓詩鈔》。《渡黄河》云：『九曲源誰探碧落，千年壽幾俟澄清。』十四字老鍊清切。

名媛詩話卷八

錢塘沈善寶湘佩著　受業德清俞德秀校字

甯古塔如亭夫人，字竹軒，有《如亭詩鈔》，爲鐵冶亭尚書保淑配。工詩，善草書、蘭竹，兼能騎射，識見過人，詩致清峭。《游西湖》云：『嶺自棲霞一脉分，水仙王廟按重雲。閨中也仰精忠烈，不拜花神拜岳墳。』《聞夫子小恙以詩致問》云：『百里飛鴻去，匆匆問恙遲。憑誰丹藥好，民病最難醫。』《舟中偶成》云：『香味小舟中，漁婦作羹好。勞勞是魚鷹，空看他人飽。』意甚深微。

如亭夫人《紀嘉慶元年正月五日交泰殿朝賀禮成》四詩云：『疎星耿耿玉階環，銀燭輝煌識御顔。漏盡雞人紛報曉，九天傳語列朝班。』『簾啟金鈎鳳輦迴，繡幢寶蓋倚雲開。畫樓十二春風暖，環珮聲中御樂來。』『翟衣初試拜昭陽，香霧氤氳裊殿廊。朝罷金鑾傳御語，親承鳳旨賜茶湯。』『霏霏瑞雪降嘉辰，袖惹罏香御座春。回首瓊樓金闕遠，九重天上步芳塵。』典麗喬皇，如聞黄鐘大吕之音，似唐人早朝詩。

滿洲棟鄂少如珍莊，成新泉觀察山室，妹修篁武莊，宗室祥竹軒輔國公林室。少如、修篁皆如亭夫人少女，並能詩畫。少如《詠寒硯》云：『弄月吟風實未能，耐寒石硯亦爲朋。尋題每喜留餘墨，落筆猶嫌呵凍冰。窗外幾曾烘暖日，案頭常自伴青燈。笑余未盡磨穿力，空負毛錐歲月增。』《寒林》云：『響盡秋聲景物移，階前落葉幾參差。嚴霜催老林千處，凍雪凝成玉萬枝。春信將臨梅便覺，東風未到柳先知。空山生意何曾盡，松柏原爲絶世姿。』家學淵源，殊爲盛事。

滿洲西林太清春，宗室奕太素貝勒繼室，將軍載釗、載初之母，著有《天游閣詩稿》。才氣横溢，援筆立成，待人誠信，無驕矜習氣。予入都，晤於雲林處，蒙其刮目傾心，遂訂交焉。贈詩有『巾幗英雄異俗流，江南江北任遨游。蕭條行李春明路，半載新詩半載愁』之句。此後倡和皆即席揮毫，不待銅鉢聲終，俱已脱稿。《天游閣集》中諸作全以神行，絶不拘拘繩墨。《題畫桃花》云：『柳半垂條草半芽，輕寒輕暖欲烘霞。瑶池自有三千歲，錯被人呼薄命花。』《中秋寄仲兄》云：『茫茫四海少朋儔，應似東坡念子由。今歲秋來寒特早，西風和淚寄羊裘。』《題桃源圖》云：『一棹春波去路深，夕陽又下碧山岑。重來縱有漁郎問，滿澗桃花無處尋。』《自題梅花》云：『風帷小影抱寒梅，忽訝低枝近水開。不許飛花驚鶴夢，月明人逐暗香來。』《遊山歸答六女叔文》云：『十二十三偏落雨，月明十五漲溪流。貪看秋色歸來晚，竟作南山十日留。』《雨後游净業湖》云：『一泓積水繞靈祠，荷葉荷花香滿池。稽首潮音觀自在，莫教花葉兩離披。原注：湖上有祠曰『滙通』，有閣曰『潮音普覺』。』『雨後湖光事事幽，緑楊風軟似清秋。水天濶處荷花少，照見當年帝子樓。湖南岸臨莊敬公主妝樓。』佳句如《瓠觚》云：『長柄幾經勞畫手，細腰不待減宫厨。』《次夫子見示原韻》云：『下愚富貴萌驕念，上善工夫好讀書。』《經先塋有感》云：

『大字已無書屋匾，原注：丙舍有先文端公書『雙籐書屋』。長松半隱墓門牆。』《祝夫子四十壽》云：『萬言詩句垂千古，一氣洪濛合大鈞。』《送釗兒往完縣勘地》云：『飽看山水多加飯，乍歷程途要早眠。』《海淀車中口占》云：『一條官路朝初散，五月新蜩耳乍鳴。』《雨中用清秘閣韻》云：『野卉短垣紛落瓣，瓦盆積水小生波。』《夢中得句》云：『種桑未必能供繭，樹蕙無非暫養心。』太清詩結句最峭，如《寒江》云：『最憶富春灘上客，一竿無恙老羊裘。』《秋柳》云：『難禁最是瀟瀟雨，冷到紅闌第幾橋。』妹霞仙旭有《延青草閣詩草》。壬寅上巳後七日，太清集同人賞海棠，前數日狂風大作，園中花已零落，諸君即分詠盆中海棠。霞仙是日未到，次日寄四詩至，頗堪壓倒元白。今録一首云：『山中風信尚遲遲，三月含苞綴滿枝。聞説天游閣下樹，業經開過看花時。』『新題遥寄暮春天，姹紫嫣紅劇可憐。爲問社中諸姊妹，阿誰曾作海棠顛？』女以文郡君載道《浄業湖觀蓮和余原韻》云：『十里紅蓮香滿漪，湖光山色碧參差。同游佛地消長夏，樹映濃陰暑不知。』『身居浄水號清香，蟬繞垂楊水繞塘。古刹殷勤留客坐，天公今日送陰涼。』以文年僅十五，而才贍學富，已見一班矣〔一〕。

陽湖張孟緹䌌英，爲翰風大令琦女，仲遠大令曜孫長姊，吴偉卿員外贅室。詩筆幽峭，工於感慨，著有《澹菊軒詩詞稿》。《留别弟妹》云：『聚首既云樂，每憂分手時。分手忽在即，離思

校勘記

〔一〕『班』，民國本作『斑』。

何可支。堂上白髮親，容顏日以衰。大人雖强飯，辛苦獨自持。慈母况抱病，常藉藥餌資。荏苒卅八年，骨肉長相隨。一旦欲睽隔，戀戀不忍辭。視彼投林鳥，回翔繞故枝。嗟余獨遠行，何日重牽衣。舉頭見明月，啞啞慈烏啼。溪流爲嗚咽，花影亦離披。弟妹設酒筵，殷勤勸一巵。舉醆屬弟妹，揮淚重致詞。遊子日以遠，親心日以悲。承歡慎朝夕，步履謹維持。親身日以康，子心日以夷。千里雖云遠，魂夢常相依。丁甯再三屬，不必問歸期。努力事高堂，慎莫說相思。』《己丑仲秋自館陶至京師途中阻水》云：『秋氣集百憂，原野自蕭瑟[一]。西風帶霜威，吹我一何烈。去親遠從宦[二]，千里適京邑。忍念割親歡，掩面離親膝。庭闈日以遠，離思日以鬱。征鴻呼其群，離獸索其匹。中心摧以愴，涕淚下還咽。行行重行行，人馬苦饑渴。微雨灑薄暮，斜照忽西没。積水浩縱横，道路失軌轍。衝波愁震盪，陟阜欲顛蹷。我馬爲悲鳴，我僕爲戰慄。夜深猶曠野，昏月暗如漆。蕭蕭空響動，閃閃秋燐出。野鬼嘯林間，鴟鳥號木末。模糊藉燈影，閃熠乍明滅。平生處深閨，未識世途仄。坦夷尚如此，險阻安可說？何當賦歸與，偕隱結蓬室。舉案樂自長，娱親志堪悦。山川契幽賞，朱紫那可及？一任夷毗人，磨碎輪蹏鋏。』《病感仿天真閣體》云：『死别生離不復哀，此生悟澈刼餘灰。有心學佛身仍累，無福看書病即來。乍熱乍寒神已亂，非煙非霧眼慵開。欲憑靈藥扶衰景，更漏敲殘苦未回。仲遠爲人治疾，常夜半不歸。』《仲遠入都悲喜交集賦贈》云：『五載傷離别，相逢各愴然。鬢絲予漸減，風骨爾猶堅。喜極翻成淚，來遲約屢遷。可能長聚首，聊以慰重泉。』『跋涉未經慣，誰憐病裏身。風塵顏色異，歌嘯性情真。閱世空夷險，浮名有屈伸。不妨聊小隱，寒谷自回春。』『此地欣重聚，江鄉悵遠違。池塘應有夢，碪杵謾懷歸。良會嗟難合，前塵迹已非。何時結茅屋，相與共忘機。』『且莫悲生計，相依共唱酬。浮雲身世感，明月古今愁。白眼看流俗，青山待壯遊。清時漫投筆，何處覓封侯？』孟緹因《擷芳集》收閨秀詩太濫，《正始集》選閨秀詩太簡，故另選閨秀詩一集，搜羅甚富，尚未付梓。

校勘記

〔一〕『自』，原作『日』，據民國本改。

〔二〕『從宦』，原作『從宦』，據民國本改。

孟緹姊妹四人皆能詩詞，仲緯青𦅾英者早世，有《緯青詩草》，久已刊行。叔婉紃綸英、季若綺紈英、弟婦包孟儀淑娣善八分，婉紃能作擘窠大字，詩筆極蒼老，姊弟同居一宅，友愛最篤。姊妹姑娣臨池倡和，極天倫之樂事，繪有《比屋聯吟圖》。母湯太夫人瑶卿，有《蓬室偶吟遺草》。去歲婉紃、孟儀各寄一聯贈余，寫作俱佳，閨中罕覯。孟儀贈聯云：『卷中柳絮傾心久，夢裏梅花識面時。』

張緯青，爲江陰諸生章政平室，歿年祇三十，遺詩雖不多，而神似六朝。《詠蘆》云：『一夜西風冷，江蘆瑟瑟秋。雪翻溪鷺失，月動浪花浮。煙景迷前渡，疎枝拂釣舟。祇因憐歲晚，詩思滿汀洲。』《別諸姊妹》云：『落日催征棹，相看涕泗流。迎風牽翠袂，何日問歸舟？杜宇豈無意，浮雲不自由。含情耿不語，腸斷下汀洲。』《誌夢》云：『鄉關望不極，離別日已久。不盡倚閭情，空餘淚盈袖。東風滯歸鴻，離思苦相逗。颯颯北窗風，迢迢水添漏。轉輾不成眠〔一〕，遥夜長如晝。霜天啼杜宇，澹月下窗牖。虹橋在何許，縹渺不能渡。嫦娥憐寂寞，指點虚無路。朦朧雲霧起，倏忽百餘里。不聞風濤聲，歸心静如水。扶桑標旭日，浮霞散羅綺。迴看半掩扉，依舊蒼筤裏。繡闥尚依稀，屏開篆縷微。簾櫳鸚鵡報，阿弟笑牽衣。連袂趨瑶砌，承歡出錦幃。矞尼晨報喜，燈蕊夜懸輝。寒梅燦東閣，話雨西窗宿。新茗瀹龍團，瓊芝泛蒼柏。日暖畫堂前，飛觴醉綺筵。椿萱同介壽，姊妹各披箋。酒酣擕紫佩，飛花點衣袂。散步下堦墀，風細鳥聲碎。草色漾新痕，松風拂深翠。流連心神怡，此樂不可再。雲煙倏渺渺，驚雷墮天表。肅然動魂魄，曙色横窗曉。鄉國杳何之，帳冷殘燈小。似聞慈母語，絮絮猶未了。』

校勘記

〔一〕『轉輾』，民國本作『輾轉』。

張婉紃，諸生孫叔獻劼室，著有《緑槐書屋詩詞稿》。婉紃刻苦甚於諸姊妹，才容兼備，性復純孝。尊甫翰風先生疾，亟於弟婦包孟儀不約而同〔一〕，刲股和藥以進。詩筆深沉，凝鍊而出。《送孟緹伯姊入都》云：『涼風動高梧，哀蛩響幽咽。攲枕不成眠，攬衣長歎息。瞻彼連枝樹，蘢葱多歲月。視彼林間鳥，衆雛常比翼。嗟我雁行違，迢遥望薊北。再拜送君行，欲語心戚戚。憶昔別姊時，回腸幾碎裂。馳驅二三載，神魂日飛越。幸得重聚會，承歡兩無極。倏忽數年間，又當遠離別。離別復何言，泣涕沾胸臆。君今六翮振，翱翔自安適。而我若梁燕，秋至催歸急。焉能避風塵，穩住瑚檐側。身世等浮雲，勞逸詎能測？自今一揮手，何時見顏色？努力慰親心，善保軀金石。』《題雲峯山鄭道昭石刻》云：『巍巍雲峯山，千仞不可極。猿猱愁攀援，飛鳥苦難越。壯哉鄭將軍，振衣造雲闕。峭壁恣揮豪，雲崖滿真蹟。怒濤腕底生，迅雷筆端出。落落星辰張，矯矯龍虎活。豪蘊天地精，墨灑山川澤。盤挐山靈驚，使轉鬼魅慄。軼氣淩飛仙，剛鋒劚璆鐵。深沉李程規，堅勁鍾張骨。煙雲常呵護，風雨不敢蝕。千載仰遺規，神彩猶奕奕。斯山藉公靈，海内憑研習。愧我性庸愚，摩效空彷彿。不克窺藩籬，焉能得奧賾？展卷徒留連，抗懷長歎息。』《讀史偶成》云：『冬雷殷殷夏雪飛，錯逆陰陽變新律。長鯨拔浪海水渾，黃塵暗天激白日。古來争戰能幾時，百萬蒼生慨枯骨。殺伐原非上帝心，凶殘終藉王師滅。九州蕩蕩四海一，虞頌唐歌久洋溢。大地春回萬物昌，空山杜宇休啼血。』

校勘記

〔一〕『於』，疑爲『與』之誤。

張若綺，太倉諸生王季旭曦室，善詩古文詞，著有《友月鄰雲館詩草》，筆情深婉，不下諸姊。《送孟緹伯姊入都》云：『秋風動簾帷，皎月照離色。中夜不成寐，念此千里客。離別亦恒有，我心獨悽惻。京國多風塵，吾姊當遠適。清霜被原野，道路苦間隔。寒蟬號枯林，蟋蟀鳴四壁。相離一何速，憂思徒脈脈。』二云：『別情已紆結，太息念我親。育姊將卌載，形影未忍分。寒煥厪親慮，咻噢勞親神。一旦舍之去，能不懷苦辛？親鬢日以衰，女髮日以新。顧此遲莫年，曾不侍晨昏？我心尚如此，親心顧可陳。生女誠無益，涕泣亦何云？』三云：『骨肉本同根，枝葉相連蜷。吾生齒最稚，諸姊皆嬋媛。伯兄忽中折，仲姊復棄捐。死者長已矣，生者宜盡歡。人生瞬百歲，欣戚有變遷。視彼同羣鳥，羽翼何翩翻。』四云：『欲去不可挽，心悲徒愴神。今日且歡樂，盡此酒一尊。絲竹激清響，殽核既具陳。良會不易得，驪駕況在門。此行宜燕樂，琴瑟和且均。離居誠足悲，覿面亦有辰。異地殊雲日，遠道多艱辛。隱憂損玉體，何以慰二親？執手重徘徊，語盡意未申。努力各自愛，要我以陽春。』《寄孟緹伯姊》云：『憶弟難爲病裏身，近來離思倍傷神。昨宵喜得平安字，多恐平安字未真。』『老去心情苦著書，紅箋久薄女相如。大家自有名山業，一代文章付石渠。原注：姊著《國朝列女詩録》。』『寂寂閒階何處砧，蕭疏木葉雨中深。定知剪燭西窗下，欲寫秋懷只獨吟。』『憔悴頻年鬢易絲，銷魂最是夕陽時。舊愁新感都陳跡，寥落秋江繫我思。』若綺女王澗香采蘋、筠香采緑秀慧絶倫，十一二齡即工韻語。澗香《詠白荷花》云：『亭亭翠蓋覆華池，綽約芳魂絶世姿。一鏡清波低照影，月明風静露涼時。』《題王飛鸞佇月圖》云：『薄羅衫子砑輕紅，想像丰神小立中。一片銀雲凝不動，鬢絲低颭藕花風。』筠香《古劍》云：『百鍊純鈎照眼明，寒光乍掣鬼神驚。匣中寶氣沉埋久[二]，月黑宵深作意鳴。』《古琴》云：『松濤萬壑入遥林，一曲冰絃海客心。獨坐焚香寫幽意，白雲明月最知音。』出筆不凡，亦緣薰染之深也。婉紃、若綺俱工倚聲，曾於孟緹壁上見婉紃、若綺倡和《秋柳》之《疎影》二闋。婉紃云：『江南春影，賸隋隄寥落，塵夢難醒。歷盡煙光，惹盡閒愁，纏綿密意誰省。鈴旛只護閒桃李，看鏡裏、蛾眉瘦損。恁柔姿、不耐春華，也傍紅樓香逕。　誰是天涯伴侶？只雲圍煙幕，知我淒冷。花落花開，幾度銷魂，都付斷蓬浮梗。孤懷便合依彭澤，算未失、舊時情性。祇消他、碧月江天，照澈一生幽恨。』若綺和云：『芳塘似鏡。看額黃染〔二〕，波面相映。煙籠隋隄，月滿春城，嬌柔合趁情性。眉痕自寫遥山翠，渾未解、征塵離恨。忍禁他，雨雨風風，攪作一天愁影。　容易良辰遲暮，夕陽淺草外，又送歸艇。閱徧炎涼，散盡飛花，輸與閒鷗眠醒。芙蓉耐得霜華飽，還襯我九秋妝靚。但朝來、重整雲鬟，不是舊時青鬢。』余秋紅社中分詠秋柳，曾賦《金縷曲》，閱者許爲抽簪，詞云：『秋到隋隄樹。看蕭條、兩行瘦影，梳煙掠霧。旖旎情懷離別恨，攀折西風幾度。任玉笛、陽關頻訴。畫出江南煙村景，點寒鴉、流水斜陽渡。應有客，傷遲暮。　三春緑夢匆匆去。記聽鶯、畫船曾繫，翠陰深處。十里紅樓妝未竟，換却鏡中眉嫵。莫更問、撲簾晴絮。人去靈和風流盡，任殘蟬、抱葉吟疎雨。《金縷曲》，休重譜。』

校勘記

〔一〕『匣』，民國本作『盒』。

〔二〕『黃染』，民國本作『黃□染』。據《疏影》詞牌，此處應脱一字。

湯瑶卿太夫人《蓬室偶吟》不假雕琢，自然清雅。如《常州至嘉禾道中》云：『碧波渺渺櫓輕分，何處鐘聲隔岸聞？　一抹曉霞螺髻出，舟人指點錫山雲。』『結茅偕隱願猶虚，舉案常隨廡下居。一水茫茫山疊疊，不知何處是吾廬。』余嘗聞孟緹云：『太夫人心思靈巧，工剪綵，爲花鳥、山水無不畢肖。嘗戲以蛋殼爲螢燈，燈上剪綵作溪山圖畫。高峯入雲，懸崖百仞，上建浮屠七級，左倚層臺。晴暉麗景，金碧照耀，山石掩映，斑駁陸離。東麓巨木槎枒，緑葉葱倩，樵子行唱其間。平隄曲澗垂楊，碧桃映帶村落，小舟泝流而入，恍惚如問津人。隔岸層巒疊嶂，三面臨溪，似成山之斗入海者。又東長橋垂虹，林木深隱，山亭翼然，廼在樹杪。傍則傑閣聳立，溪水澄清，遊鱗儵然於萍石間〔一〕，粲粲可數。徑寸之地，凡山之類四，樹之類十八，亭臺房室之類十一，人之類五，橋二，魚二，草石在水中者七，意態殊絶，偃仰向背，宛若天趣，景色暉映，神怡目愕，不可以縷陳。余云：『奇巧若是，足可與桃核舟並傳，惜螢燈不能如桃核舟之可以久留。』孟緹云：『子可於《詩話》中紀之，藉傳不朽，庶不負先慈一番心血也。』余遂諾而筆之。

校勘記

〔一〕『遊鱗儵然』，民國本作『游鮮攸然』。

孟緹詞筆秀逸，真得碧山、白雲之神。壬寅，荷花生日，余過淡菊軒。時孟緹初病起，因論夷務未平，養癰成患，相對扼腕，出其近作《念奴嬌》半闋，云後半未成，屬余足之。余即續就，孟緹笑云：『卿詞雄壯不減坡仙。余前半章太弱，恐不相稱。』余覺雖出兩手，氣頗貫串，惟孟緹細膩之致，予鹵莽之狀，相形之下，令人一望而知爲合作也。今録於此，云：『良辰易誤，盡風風雨雨，送將春去。蘭蕙忍教摧折盡，賸有漫空飛絮。塞雁驚絃，蜀鵑啼血，總是傷心處。已悲衰謝，那堪更聽鼙鼓。』續云：『聞説照海妖氛，沿江毒霧，戰艦横瓜步。銅礮鐵輪雖猛捷，豈少水犀强弩。壯士衝冠，書生投筆，談笑擒夷虜。妙高臺畔，蛾眉曾佐神武。』又以『感事』《念奴嬌》見示云：『秋光正好，甚浮雲翳日，纔晴還雨。做弄秋容狼藉甚，宋玉悲秋正苦。括耳商飇〔一〕，填膺幽憤，咄咄終何補。流波欲挽，可堪更惜遲暮。　極目衰草繁霜，荒煙獨樹，摇落渾無主。啼殺鶺鴒行不得，一片精誠難訴。伍相潮飛，汨羅江闊，祇共冤魂語。沉埋諫草，誰教飲恨千古。』孟緹弱不勝衣，而議論今古之事，持義凛然，頗有烈士之風，與余尤爲肺腑之交。

校勘記

〔一〕『括耳』，民國本作『聒耳』。

武進楊太夫人，知州奁女，楚儒孝義湯荀業室，雨生副將貽汾母，爲孟緹外王母行。乾隆間，孝義隨宦臺灣，殉父難。太夫人時寄寓福州，奉姑歸里，訓子成名，以節孝著。副將秉慈訓，工詩善畫，有儒將風。曾繪《吟釵圖》徵詩誌慕，蓋太夫人有《斷釵吟》二章。序云：『吾幼從王父於滇，十四歲王父偶以玉釵賜之。南北遷徙，歷今三十九年，雙鬌蕭然，惟釵無恙。昨夜就枕，轉側不安，乃戛然以斷，遂不禁有感於中，而復形諸聲也。時嘉慶甲子長至前二日。』詩云：『美便無瑕斷亦休，曉奩宵枕夢悠悠。於今别有思親淚，記與釵時新上頭。』『鏡非臺已悟空門，贈嫁釵簪半不存。三十九年千萬路，髩絲絲斷玉還温。』詩雖不多而至性流露，不可磨滅也。

陽湖程蕙英茝儔，著有《北窗吟稿》，家貧爲女塾師。曾作《鳳雙飛彈詞》，才氣横溢，可謂妙手空空。《自題鳳雙飛後寄楊香畹》云：『半生心跡向誰論，願借霜毫説與君。未必笑啼皆中節，敢言怒罵亦成文。驚天事業三秋夢，動地悲歡一片雲。開卷但供知己玩，任教俗輩耳無聞。』《有感》云：『道旁築室半經年，買得良材亦枉然。非爲崎嶇愁蜀道，已從變幻識桑田。要馴餓虎須成佛，不煉黄金漫學仙。辛苦工師倍惆悵，夕陽風雨聽啼鵑。』《春日過湯氏園有感》云：『桃李新花發舊枝，柳條長日挂游絲。月明風細黄昏景，輸與眠香蛺蝶知。』茝儔又有『四家雪景』《黄鸝兒》最佳，《貧家》云：『薄暮啓柴關，望長途，隔遠山，河冰凍合溪橋斷。鶉衣半單，藜羹半殘，擁爐誰送王孫炭？耐饑寒，采薪無路，何處覓朝餐？』《儒家》云：『雞肋舊生涯，好文章，空自誇。洛陽已減三都價。窗穿玉沙，疎檽紙斜，却添光彩衡門下。且煎茶，客來當酒，呵凍詠梅花。』《田家》云：『百畝計從容，未催征，課早供，餘資飽暖妻孥共。茅茨蔽風，木棉禦冬，盈尊白釀新開甕。語兒童，争看六出，擊壤慶年豐。』《豪家》云：『長夜比春温，展紅氍，對玉庭，花枝舞出迴風陣。羊羔細分，香醪淺斟，歌殘不管黄昏盡。掩銀屏，侍兒私語，沉醉党將軍。』

吾鄉西溪梅竹最多，平橋彴畧〔一〕，流水迴環，掩映竹籬茅舍，境之幽邃，景之清逸，雖善圖者亦難描寫，春日梅花，秋日蘆花，最爲大觀。猶憶丙申試燈日〔二〕，雲林偕余同往探梅，籃輿破曉，翠舫衝寒，每遊一曲則野梅臨水，修竹干雲，冷香撲面，塵慮全消。惟溪面窄甚，一葉蜻蛉，難安茶竈。午刻至茭蘆庵，飯畢返棹，與雲林聯句云：『一篙春漲盪晴空，廿里溪橋煙水融。湘。兩岸梅花香雪冷，茭蘆庵在白雲中。雲。雁齒平橋曲水流，暗香如霧壓扁舟。雲。九嶷仙子應相笑，游興吟情兩不侔。湘。』同行者爲雲林子婦俞漱珊。漱珊詩筆秀雅。

校勘記

〔一〕『彴畧』，底本作『彴畧』，硃筆校改作『約畧』，恐非是。

〔二〕『燈』，原作『證』，據民國本改。

德清俞漱珊德秀，有《積翠軒詩草》，貌既富麗，人亦明慧。集中如《冬草》云：『鵲噪雲低釀雪天，枯根燒盡尚含煙。緑藏生意明窗外，黄入斜陽古道邊。助我豪情驕獵馬，容伊快眼下饑鳶。東風不負經年約，臘鼓聲中訂夢緣。』《菊影》云：『三徑孤芳欲繪難，幻中色相静中看。斜陽寫出秋容淡，明月描成瘦態寒。花借新霜傳粉本，影移淺墨上朱欄。采采東籬興未闌。』《種竹》云：『斫破蒼苔補緑陰，清風拂檻碧雲深。佇看指日淩霄起，應異當年咒筍心。』《鳳仙花》云：『繞徧迴欄處處栽，珍珠環珮夜徘徊。玉葱換得紅鸚嘴，流水桃花絃上來。』會稽宗穆君康，美秀而文，才復敏捷，精於岐黄，著有《采藥齋詩草》。如《芍藥詞》云：『吟窗睡起日遲遲，剛欲拈毫寄遠思。忽覺濃香穿繡箔，玉盤盂放兩三枝。』《盆竹》云：『煙梢露葉影娟娟，點綴偏宜石一拳。只恐化龍離緑盎，幾竿移近繡簾前。』穆君古風勝於近體。二人青年向學，筆致翩翩，見余執弟子禮甚恭，每以詩稿見質，偶爲商榷一二字，莫不心折。他日青出於藍，亦可知也。潄珊爲知府恒懌女孫，知州進麟女，詹主簿孫壽銘室。穆君爲給諫稷辰女，壽香女史子婦，府參軍王時敏室。

汪小韞《題翁大人滄桑花月録》序云：『所録皆明季及國初宫闈人物姓名事跡，旁及方外、青樓、流賊、眷屬皆在焉，因得鈔本野史百餘種，仿迦陵《婦人集》例推廣之。甫成初稿，留鷗隱園〔一〕，爲無賴子所竊，致無從再爲訂正，檢點殘編，頗有《東京夢華》之感，因題四律。』云：『花天月地感茫茫，墨瀋毫枯寫斷腸〔二〕。兩后旌旗歸斗極，原注：熹后、烈后同日殉國。六宫劍佩從軒皇。原注：宫人魏氏二百餘人自沉太液池。美人虹起花飛雪，原注：費貞娥刺賊自殺。帝女碑殘冷卧霜。原注：長平公主墓在彰義門外。讀到梅村諸樂府，苦將心事託紅粧〔三〕。』『北都弔後弔南都，瀹粉輕煙舊鼎湖。環珮盡歸青塚去，琵琶曾聽玉京無。蘼蕪小榭仍飛燕，楊柳高樓又曙烏。一曲秦淮嗚咽水，桃花扇底月輪孤。』『粉圍香陣起雲臺，多少蛾眉上將才。精衛有心填海去，媧皇無術補天來。碧含玉質層層璞，紅墮花英點點苔。閒與麻姑話遺事，一杯清淺隔蓬萊。』『元康龍漢幾經年，零落殘香賸此編。雲掩瓊窗遲玉女，露寒鈆水泣銅仙。蒐羅滄海揚塵後，惆悵恒河浩劫前。光碧靈開同紫極，芳魂衹合住瑶天。原注：才女、賢婦隸西王母，節女、烈婦隸斗母。』余謂是書必有可觀，亦可考証勝國遺事，惜乎失去。題詞四律，極哀艷蒼涼之致。

校勘記

〔一〕『鷗』，民國本作『聽』，誤。

〔二〕『枯』，民國本作『拈』。

〔三〕『苦』，民國本作『若』。

癸卯初夏，穆君以《芍藥詞》來相質，余亦賦四章云：『月如風貌雪精神，浩態狂香擬未倫。幾度拈毫吟不穩，瑶華仙子絶紅塵。』『粉蕊盈盈帶露新，鼠姑猶遜好丰神。玉顔酣酒紅潮暈，絶似沉香亭畔人。都中牡丹絶少重台，遜芍藥遠矣。』『艷事曾誇金帶圍，朝霞翦就瑞煙霏。胭脂顔色嫣然好，端重應披一品衣。』『霓裳紫袖足風流，鎮日端詳豁病眸。却怪可離傳小字，看花易觸旅人愁。前歲花前送趙淑芳回皖，去歲送温潤清赴黔。』四詩甫脱稿，瓶中白芍藥忽盛開，内有一大朵如玉盤盂者，中間紅瓣一層，團團圍繞，嬌艷異常，余名之『霓裳紫綬』，蓋異種也。詢之諸閨友，皆未前見。屏山云：『昔年手植盆花，曾開金帶圍一朵，紫花中間黄瓣一層，識者知爲佳兆。今子瓶中開此異花，必主將來吉慶，曷弗誌之？』余細玩各朵，種種不同：有大瓣作淺緑色，中起樓臺，似翠盤之堆白雪者；又有純白朵中，隱含紅氣，似寒簧舞倦，喘息未定者；又如皎月初升，微霞掩映〔一〕，更有雪瓣碧紋，絲絲如繪，若翠帔罩於冰縠者；有潔白之朵，瓣上微有一二紅點，如素面之有朱痕者。盡能極妍，各吟一絶，云：『一枝初綻玉玲瓏，鏤雪裁雲狀未工。紫綬風流金帶艷，白衣宰相可相同。』『翠盤堆雪雪輕盈，似笑如顰最有情。不爲豐臺著花譜，西河枉是負才名。』『霞際初升白玉盤，撩人秀色欲忘餐。霓裳舞罷渾無力，自御天風出廣寒。』『結綺仙妃絶世姿，鮫綃翠帔倦粧時。花前莫漫傾婪尾，好譜瓊枝璧月詞〔二〕。』『花瓷芳潔注清泉，領畧穠香欲破禪。玉頰晶瑩風韻好，一痕獺髓更鮮妍。』

校勘記

〔一〕『微霞』，民國本作『微雲』。

〔二〕『璧月』，民國本作『碧月』。

滿洲冷齋冰月，著有《冷齋吟初稿》。冷齋少寡，子女早亡，清節自勵。叔弟桂圃侍郎選梓其詩。《彈琴》云：『漫學稽中散，閑心静後生。月明隨性定，松韻入絃清。身外萬緣寂，雲間一雁鳴。元音真太古，愁忤世人情。』又《春感》結句云：『此味近來頗自適，空閨兀坐趣悠然。』詩境頗似劍南。又有夢月者，别號四焉主人，總督莊恪喀爾吉善女孫，總督定長女，舉人宗室綿成母。以節賜旌。著有《竹屋詩鈔》。《楞伽吟》云：『松風潮藥鼎，石髓瀹蘿春。留得西窗月，參經洗六塵。』亦似悟道語。

陽湖徐嗣昭璇，監生鈞女，通判準宜女弟，著有《藕香軒詩草》。工古文，精史鑑。《雜詠》云：『別有英雄感，來登廣武城。千秋遺恨在，豎子竟成名。』『南渡長城在，誰教脱虎符？英雄憐失意，老去亦騎驢。』《燕子樓》云：『妝臺鏡閣盡成灰，燕子樓空賸碧苔。貞操久應拚一死〔一〕，不關白傅贈詩來。』可謂工於詠古，善於尊題。

校勘記

〔一〕『拚』，民國本作『拌』。

滿洲富察棣樓華萼，人甚風雅，性嗜吟咏。《中秋感懷》云：『山深遲見月，樹老早知秋。』《讀正始集》云：『集裒匡九鼎，織錦具三襄。』七言如《叠韻》云：『能消塊磊千杯酒，可與周旋滿院花。』《東郊訪菊》云：『花含冷露鋪三徑，人背斜陽立九秋。』皆清婉。棣樓原名蕊仙，曾晤於太清處。

虛白老人云少作《和矢音集》數章未刊，寫示數聯，囑爲採入。《瓜》云：『手削方離蒂，盤堆便集蠅。』《荷》云：『葉動波中翠，花開鏡裏香。』《蟬》云：『身高含曉露，韻遠咽輕颸。』《蛙》云：『柳外波紋細，堤邊草色深。』《雨》云：『蟬嘶涼滿樹，蛙鬧水平池。』《月》云：『林鳥棲還起，流螢定不飛。』俱有作意。

太清工倚聲，有《東海漁歌》四卷，巧思慧想，出人意外。《惜分釵・詠空冲》云：『春將至，晴天氣，消閒坐看兒童戲。借天風，鼓其中，結綵爲繩，截竹爲筒。空空。人間事，觀愚智。大都製器存深意，理無窮，事無終。實則能鳴，虛則能容。冲冲。』《浪淘沙·春日同夫子慈溪紀游》云：『花木自成蹊，春與人宜。清流荇藻蕩參差。小鳥避人棲不定，撲亂楊枝。歸騎踏香泥，山影沉西。鴛鴦冲破碧煙飛，三十六雙花樣好，同浴清溪。』《醉翁操·題雲林湖月沁琴圖》云：『悠然，長天，澄淵。渺湖煙，無邊。清輝燦燦兮嬋娟，有美人兮飛仙。悄無言。攘袖促鳴絃，照垂楊素蟾影偏。羨君志在，流水高山。問君此際，心共山閒水閒。雲自行而天寬，月自明而露溥，新聲和且圓。輕徽徐徐彈，法曲散人閒，月明風静秋夜寒。』《南柯子·山行》云：『絺綌生凉意，肩輿緩緩游。連林梨棗綴枝頭。幾處背陰籬落、挂牽牛。遠岫雲初斂，斜陽雨乍收。牧蹤樵徑細尋求，昨夜驟添溪水、遶村流。』《早春怨·春夜》云：『楊柳風斜，黄昏人静，睡穩棲鴉。短燭燒殘，長更坐盡，小篆添些。紅樓不閉窗紗，被一縷、春痕暗遮。澹澹輕煙，溶溶院落，月在梨花。』

己亥秋日，余與太清、屏山、雲林、伯芳結秋紅吟社。初集詠牽牛花，用《鵲橋仙》調，太清結句云：『枉將名字列天星，任塵世、相思不管。』雲林云：『金風玉露夕逢秋，也不見、花開並蒂。』蓋二人已賦悼亡也。余後半闋云：『花擎翠盞，藤垂金縷，消受早凉如水。紅閨兒女問芳名，含笑向、渡河星指。』虛白老人大爲稱賞。末社白海棠屏山《東風齊着力》一闋輕圓清脆，雅韻欲流。詞云：『簾影移香，池痕浸緑，那更今宵。燕支洗盡，素質倩誰描。莫遣東風吹散，孤負煞、明月無聊。眠未足，玉兒春睡，知爲誰嬌？　銀燭幾回燒？人去也、花間猶憶吹簫。輕陰漠漠，最好是今宵。多少鶯啼燕語，題起怕魂銷。深院静，碧闌干外，月轉花稍。』

陽湖家陔蘭善慶，知縣金生曾孫女，助教培孫女，知縣樹信女，侍御伍仲常恂室。賦性風雅，喜吟詠。《陶園唐荆山先生讀書處也地近城南八妹近寓於此即景賦贈》云：『潘岳閒居宅半隅，小橋流水逕縈紆。女墻一帶連春草，好補青山繞屋圖。』『碧梧深巷緑楊煙，是處人家淺水邊。小雨乍晴漁市出，釣竿揭得白魚鮮。』『曉霜暖酒吟紅樹，春雨烹茶賦緑苔。底事山中人最樂，小窗無事報花開。』『莎堤偏種先生柳，花塢新栽處士瓜。半榻清風醒午夢，朗吟秋水註南華。』母秦太孺人，亦工翰墨。

張緯青詞亦清麗。『芊綿』《菩薩蠻》云：『柳絲窈窕闌干曲，微風吹送薔薇落。蝴蝶一雙飛，階前碧草迷。　雕梁雙燕舞，窗外黄鸝語。花暝正寒時，開簾折一枝。』『春夜』《前調》云：『春山月皎銀屏翠，鷓鴣香暖羅襦醉。一徑落花低，露溥梅子肥。　蒼筤摇嫩影，斜倚薔薇冷。隨意撥金猊，流鶯窗外啼。』

名媛詩話卷九

錢塘沈善寶湘佩著　受業完顔佛芸保校字

同里袁柔吉嘉，天長諸生崇雲埜室。早寡，子女亦殤，歸依母家，假隨園以終老焉。現已年逾五旬，著有《湘痕閣詩稿》一册，《詞稿》一册。其族孫崇海秋家鏊進士欲付梓，以詞稿問序於予，并囑選定。詞皆清麗纏綿，與《生香》、《花簾》可爲伯仲。『對鏡』《沁園春》云：『圓冰之中，似是疑非，端詳欲驚。恁兩眉恨鎖，潛消蛾緑，雙鬟愁擁，暗换鴉青。水剪瞳寒，花摶頰艷，昔日憐伊此日憎。傷憔悴，問今吾故我，誰駐真形。　晶瑩枉自通靈，只難卜、團圞過一生。歎憑人幻象，隨悲隨喜，泥人癡坐，如醉如醒。簾捲春風，奩開秋月，獨舞吟鸞感不勝。重磨拭，照瑕疵無媿，心共澄清。』『嘔血戲占』《金縷曲》云：『湧出蓮花舌。驀猜疑、九霄咳唾，霏成紅雪。噙玉懷冰寒不沁，肝胆生來原熱。是半世、胸頭凝結。舉目蒼凉無處灑，看星星、點點沾襟濕。還比較，淚痕赤。　羅浮縹緲尋仙跡。怨天公、未容化蝶，偏教磨折。冷雨敲窗魂又返，也似短檠明滅。只聽取、傍人相惜。説道虚名今古累，甚嘔心、奇句邀人識。塵寰夢，轉輪掣。』哀艷沉鬱，讀之令人百端交集。

《湘痕閣集》中無體不工，洵爲克承家學。有《柳棉曲》爲少蘭弟作，輕清綺麗，長慶遺音。詩云：『柳棉三月飛如雪，柳色青青未堪折。艷曲誰歌金縷衣，柔條只綰丁香結。託根原是舊章臺，稺緑初匀費剪裁。糝徑花香人醉後，罨樓春暖燕飛來。乳燕飛來棲正好，穠華忍被罡風掃。生憐入溷與飄茵，那得金鈴常護保？朱門有客嘆沉淪，願贖蛾眉别贈人。消得石崇珠一斛，未拈郭璞豆三升。從今金屋深藏貯，不向豪家歌白紵。貼翠難排鶯燕行，拈花笑侍神仙侣。已是盈盈碧玉年，雪膚花頰鬪鮮妍。楊枝合使櫻桃配，錦字都憑紅葉傳。鄉是温柔人是玉，消魂那不情相屬。争買花鈿助豔妝，慣裁冰縠爲春服。剗襪香階月影低，鴛鴦翡翠總雙棲。一朝金谷繁華歇，南北東西送馬蹄。雲散風流成轉瞬，天涯何處緘芳訊？密語難將叩叩通，鍾情猶是心心印。蓬門冷落少經過，翠減紅消幽恨多。願把金鍼供玉粒，幾曾補屋怨牽蘿？回頭已是銀潢隔，廣袖還留陲華碧。宛轉情絲枉自牽，零星脂粉無人惜。和雨和煙倍可憐，靈根生小便纏綿。漫教春色隨流水，化作青萍箇箇圓。』七律如《寄妹淑筠》四之二云：『自别江干唤奈何，詩情酒思漸消磨。家如風絮摶來少，人是霜華落處多。原注：吉甫弟客游都中，受三、錫堂在豫，淑儀于歸袁江，儀吉妹，師霓裳王静儀，兩弟婦並下世。馴鶴有心棲枳棘，幽禽無分老松蘿。炎凉閲盡愁擔盡，一任年華委逝波。』『片語傳來劇可憐，一灣銀漢限情天。蕉心百折愁難展，蠟淚千行怨不蠲。掩鏡怕窺人似玉，開簾偷拜月如弦。因何纔露團圞影，便咏班姬紈扇篇。』淑筠和作四之二云：『自悲風木不相離，淺燠輕寒賴護持。芍藥香酣停繡早，海棠春嬾捲簾遲。怕違儀範親教禮，爲惜憨癡更課詩。最是青鸞來報吉，累君心力盡斯時。』『幾曾憔悴感乘鸞，惟祝秋風振羽翰。烈日不妨花並蒂，閒雲終碍月團圞。茶煙滿院翻書嬾，雁陣横空寄恨難。但囑重回江上棹，西窗剪燭話更闌。』淑筠才德兼備，殁年僅二十六，絶命詩有『壓繡每因誰刺鳳，畫眉枉説壻乘龍』及『枉拋心力難酬姊，未盡劬勞更囑姑』，味其意，頗有天壤王郎之感。柔吉有『同懷姊妹憐君小，癡黠相兼尤窈窕』，紅顔黄土，讀其詩，亦可想其風貌，惜哉！淑筠名管。

儀徵江漱芳，爲烏程鄭夢白中丞祖琛室。《由武林歸苕上》云：『篷底看山色，微雲淡素秋。歸心移柳岸，涼意足蘋洲。水浄宜開鏡，舡輕不載愁。西湖樓外月，還照遠人不？』女鄭雲芝慶英、素石浣雲皆工詩。雲芝《春閨》云：『蘭閨盡日無多事，手寫新詩贈百花。』素石《殘菊》云：『黄葉秋高霜盡後，白衣人去酒闌時。』清雅可誦。

大興胡智珠相端，知府文銓女，諸生許蔭基室，有《散花天室詩稿》。中有云：『家有古琴，愛弗忍離，與同卧起，已數年矣。每當人静，和絃三弄，音韻凄清。稚女夢回，猶怪泠泠未已，爰成三絶以紀癡情云：「焦桐三尺韻秋泉，伴我紅閨已數年。紙帳羅衾清似水，宵來常共一床眠。」「欹枕和絃偶一彈，寂寥衆响静更闌。幾回驚破胎仙夢，月墮西窗露氣寒。」「玲瓏撫偏七條絲，忽到銅壺漏静時。我本善愁常不寐，年來却被鞠通知。」』韻人韻事，洵不多見。

金谿劉芳愫淑《詠芍藥》云：『殿春花好放偏遲，紅到庭西第幾枝？不肯移栽粧閣畔，嫌他名字是將離。』嘉興徐文漪簡云：『沉香亭子玉闌杆，偏植名花次第看。第一莫栽紅芍藥，此花開日已春殘。』二詩幾令芍藥減色矣。而胡智珠詠云：『粉淡香清引蝶來，四圍濃緑罩樓臺。東皇怕洩春光盡，最好花教最後開。』使芍藥有知，必狂喜不禁。芳愫爲吴蘭雪刺史嵩梁原配。

瑞安項若眉瑱，同知林用光室，有《脂學樓初稿》，古詩勝於近體。《白紵詞》云：『美人勸酒攜霞觴，和風嫋嫋輕袿揚。七寶釵拂雙珠璫，游龍夭矯驚鴻翔。金蓮花燭爛終夕，八珍絡繹陳瑶席。請君徧召傳杯客，月明未是東方白。』《車遥遥》云：『車遥遥兮適他方，心思君兮不能忘。君在旅兮妾在機，織得紈素爲君衣。君衣成兮妾顔悦，起捲珠簾望明月。』

周季華絜《天啟宫詞》百首，有：『高鬟窄袖自成行，内苑看來迥異常。惹得旁人都竊笑，不隨時世鬭新妝。』注曰：『張后性淡静，愛憎稍與衆異。客氏教宫人效江南作廣袖低髻，尤爲后所厭薄。暮春佳日，駕幸西苑等處，坤甯宫侍從多不踰三四十輩，其裝束如圖畫所貌古人像，客氏往往目笑之。』又云：『閒拈難字課深更，勤惰初分誦讀聲。長夜最憐師父寂，燈前幾個小書生。』注曰：『張后擇宫人之秀慧者，口授唐宋小詞，孤燈長夜，羅侍左右，課其勤惰。能習者微語之曰：「學生子當拜謝師父矣。」』又云：『獨坐深宫花落時，抛書長夜自尋思。閒宵絮絮惟何語，祇有青天夜月知。』注曰：『張后既疎宸眷，絶不露怨望之色，惟以文史自娱，或清坐絮絮獨語而已。』可見終風之感，千古同情。余見孟緹《詠古》云：『終始恩誰驗淺深，長門愁坐漫沉吟。九天珠玉都無補，何必虚縻買賦金？』又見上元朱菊如景素《題迴文詩後》云：『始信連波解愛才，肯因錦字遣陽臺。當年若只憐歌舞，就是迴文也枉裁。』余嘗云：『使漢武不能愛才，《長門賦》雖工，何能感悟？竇連波不知翰墨，迴文錦雖巧，亦復何益？』二君之作蓋有深意焉。

巴邑向烈婦，爲農人王如義室。臨殁，自書『名節江中現』五字，又留《絶命詞》十章并序云：『妾涪陵向氏女也，嫁巴邑王氏長郎，未一年，郎死，昨歲不幸，翁又病亡。近有無知之輩以不入耳之言來相勸勉，俯思衣食事小，名節事大，欲全此身，惟有赴清流葬魚腹。但孀姑在堂，羣季尚幼，身死不明，未免遺累。冷夜掩淚，題《絶命詞》十章，藏諸笥中，他日燒燭檢閲，妾死既明，妾之姑亦無累矣。』詩録四首，云：『幼讀詩書雖不多，也知東作與南訛。蒸梨炊黍三更績，敢怨微軀受折磨。』『屈指于歸未一年，兒夫倏爾喪黄泉。耕田供職緣何罪，妾欲焚香一問天。原注：夫因夏日刈禾，田中得病，半日即亡。』『吾家兩弟並艱辛，能歷艱辛自不貧。創業守成誰箇事，須知嫂是未亡人。』『阿翁服制未周年，又别孀姑各一天。此是兒家心恨處，披麻一綹到黄泉。』此係道光癸卯五月内事。

孟緹古詩最佳，集中美者已不勝指。近有《送大兒似漢赴永甯州吏目任》之作，文與情深，似箴似訓，賢慈愷悌，可與畢太夫人頡頏也。詩云：『我昔初見汝，翩翩未冠時。讀書頗穎慧，酬對嫻禮儀。汝父困名場，衣食事奔馳。顧此失母雛，煢煢獨何依。我懷黯然傷，我母尤憐之。愛女而及孫，提攜至青齊。母子樂晨夕，甥舅同書帷。呵責未忍加，愛憐常恐遲。學業未有成，其過當誰辭？陶邱居六載，乃復來京師。荏苒廿一年，未嘗暫別離。苦爲禄養謀，一官赴黔西。飄飄萬里行，相見未有期。我心摧欲絶，汝悲不可支。男兒志四方，豈得戀恩私？汝父能强飯，有弟堪娱嬉。我衰艱步履，汝婦能扶持。辛苦惟一身，寒暖當自知。出門宜擇友，聽言宜擇詞。内外宜肅清，恩威宜並施。勿以禄秩微，謹慎循良規。勿以道里遠，天高而聽卑。人生常聚散，日月遞盈虧。人欲天必從，團圞待來兹。秋風肅寒成，長途勞我思。願言勤尺書，慰此區區懷。』

海昌鄭佩香蓮孫，年十四，工詩善畫，詞學三李，其吟稿爲許聽樵孝廉攜至都門，雲林囑余采入《詩話》，爰得披讀，秀逸之氣撲人眉宇。《雨過》云：『碧水溪痕長，青苔砌色寒。閒花半零落，庭院已春殘。』《春閨》云：『妝成下繡簾，行到花深處。花深不見人，春燕雙來去。』詞如《賣花聲·雨夜獨坐》云：『惱煞落梅天，細雨連綿，通宵不住灑連纖。羅帳低垂屏半掩，獨坐燈前。　香餅鴨爐添，倦倚疎簾，芭蕉敲碎緑窗煙。遲漏疎鐘聞斷續，恐不成眠。』《減字木蘭花·題桐院聽琴圖》云：『蒼苔雨歇，石上琴聲清欲絶。竚立空庭，秋露微微暗染襟。　碧梧寫影，明月穿簾人語静。湘水湘雲，一曲和風静夜聽。』氣清神韻，情勝於詞，再加數年學力，他日造詣精進，樹幟吟壇，足張吾軍矣。

德清蔡清華夫人端，同知夔女，楊桂山方伯振麟室。慈祥賢淑，畫法得陳白陽之神，花光禽影，顔色如生，詩不甚作，偶一吟詠，隨手棄去，稿存甚少。賦性愛才，視寶最厚，暇日輒寫小幅花鳥見貽。寶賦詩謝云：『平生不識金銀氣，貪愛難從書畫除。染翠渲朱頻拜賜，焚香吟玩抵瓊琚。』夫人讀之大喜，和云：『緑膩紅酣春已深，繁華轉眼易銷沉。金閨那得徐熙筆，聊寫名花贈素心。』

福山王筠香，于歸掖縣劉氏，五日而寡，侍舅姑甚孝。撫小姑，教養備至，嫁時奩具周備，親戚稱羡。余聞筠香之節操賢淑，已深欽服，且聞才學甚富，善作擘窠大字，行草極佳。余即作書索其詩稿，復札云：『翠竹黄花，久參般若；清詞麗句，無意虚名。』余爲惘然久之。筠香爲福山巨族姑母某，工制藝，善辭賦，惜難一覯耳。

烏程徐德馨，隨父宦于章江，與先慈結社唱和。余時甚幼，見其丰神秀麗，侍母最孝。其母沈孺人與先慈至契，時相往還。及德馨隨翁任山東，母念女成疾，余與先慈尚往視之。後母女相繼而亡，不通聞問。丁酉歲，見《拱璧緣》彈詞紀德馨夫婦事甚悉，惟姓氏稍訛耳。余尚記德馨送别先慈，詩中有『白蘋館驛休聽雨，黄葉山村好賦詩』之句及前卷『春柳』一聯耳。德馨爲知縣徐駟女。

如皋吴玉珍從母，爲優貢外從祖潤田先生雨芳女。先生遊幕江西，廿載不歸，從母寄父七律四首勸歸。余時甚幼，初學吟詠，潤田先生頗爲獎賞，出以見示。今僅記其『誰向緑窗憐蕙草，夢教黄土泣萱花』及『江上縱多鷗鷺伴，相逢萍水却無親』二聯耳。

涇縣包孟儀，爲孟緹令弟張仲遠大令曜孫德配，温恭賢孝，有古淑媛風。當舅姑疾亟時，刲股和藥以進；夫疾，又割臂以療，不令人知。性復好施，人有請者，雖典質不吝。大令極孝友，與諸姊比屋而居，一切家政，皆叔姊婉紃代持。孟儀侍之謹而和。大令貧而好客，孟儀拔釵沽酒，相得益彰。嗜書分隸，習之忘倦。甲辰春，大令赴試禮闈，謁選留都。冬初，孟儀病逝，凶問至，孟緹一慟暈絶。余曰：『其情能感人如此，平素爲人可想。』大令撰事畧數千言，文情兼至。嗚呼！孟儀死無憾矣。余賦輓詞四律，末云：『温潤人如玉，幽閒禮自持。分書摹漢隸，小律愛唐詩。柳絮傾心久，梅花識面時。感君遥贈意，墨跡尚淋漓。』前歲孟儀自書八分及撰句見惠，聯云：『卷中柳絮傾心久，夢裡梅花識面時。』

乙巳春仲，孟緹以若綺《哭弟婦包孟儀哀辭》見示，情真語摯，擊節之餘尤爲感歎。序曰：『孟儀名令媞，初名淑娣，涇包先生慎伯女甥。幼孤，育於外家。包先生撫爲女，許字遣嫁皆主之，因從包姓。包先生與先館陶君交善，吾弟幼慧，包先生愛之，因締姻。年二十一來歸吾弟，歸十六載卒，年三十七。孟儀事舅姑婉順謹飭，與吾弟相敬愛。余姊妹四人，仲姊早卒，余與伯姊、叔姊皆依母家。後伯姊從官京師，弟遭大故歸里，又與叔姊及余同居。孟儀視如同産，緩急相恤，疾病相扶持，與余尤善。以長女字余子，余自幼至今一日未嘗離母家。弟固友愛，亦孟儀之賢，有以成之。古者女嫁，父母歿多不歸甯，亦以兄弟類疎濶，兄弟之妻未必皆能相善，與其近之，毋甯遠之。《毖泉》之詩，所以思歸而不得也。每讀詩未嘗不喟然歎。竊幸余之所遭爲勝於古。乃歡聚方殷而孟儀遽歿，傷哉！弟方謁選都下，余與叔姊視其疾，理其喪，撫其子女，相與憑棺而哭之，不足抒吾悲也，復爲詞以哀之。』詞曰：『天毓淑孄，以儷吉人。云何不弔，遽殞其身。緊此令儀，維家之楨。祚之不延，乃閟其馨。英英吾弟，實難爲耦。天作之合，庶幾不負。吾弟克孝，子佐晨昏。歡迎柔温，以妥二親。吾弟克友，子執禮文。敬事伯姒，俗謂罕聞。及余姊妹，恩誼尤篤。暱如影形，心通涼燠。兒嬉女娱，以煦以噢。分少絶甘，必均必渥。吾弟宏抱，康濟在懷。子遇貧乏，卸珥脱釵。吾弟疋逸，翰墨是耽。子好臨池，分隸相參。室曰儀光，軒名遠儀。筆床琹案，雝雝熙熙。嗚呼孟儀，古有賢女。遇人不淑，抱戚誰語？輝山之寶，非和不知。流水之操，非曠不怡。得意一人，罄無不宜。胡不爲樂，儵與世離。嗚呼孟儀，子有老母。煢煢孤影，賴子相守。痛絶亡生，九京知否？嗚呼孟儀，誰憐吾弟？艱苦備嘗，遠客千里。志士情專，勞人心瘁。戚戚寡歡，曷其有既？嗚呼孟儀，弟將余迎。見弟思婦，若爲余情。嗚呼孟儀，女爲吾婦。見婦思母，我心孔疚。悠悠身世，迢迢歲華。爲欣爲戚，所思靡涯。』

裕東巖制軍泰女□□希孟，號姒音，髫齡即敏慧能詩。《夏夜園中》云：『中夜生明月，西園竹影横。螢光含露氣，蟬響入琹聲。草色隨煙碧，花叢倚石清。山鐘何處發，幽獨自含情。』

甲辰歲，女弟子宗穆君曾授詩於姒音，故得讀此也。

會稽勞鏡香蓉君，孝廉丙堃第三女，諸生陳錦室，工詩善書。如《咏楊妃》云：『一樹海棠仙子夢，三章芍藥美人情。』《寄冰香姊》云：『一雁又隨人北向，雙谿原注：地名。還逐夢東流。』《春眺》云：『一天晴瀉溪光碧，萬樹高攢塔影紅。』《夏日偶成》云：『碧樹陰中眠白鶴，紫藤花下養紅魚。』頗有畫意。

江南本多閨秀，近見常州吕佑甫福稠、壽華采之、蘋芬采芙姊妹三人，幼即工詩，皆已有集。佑甫《春雨》云：『滿院落花春去也，五更殘夢燕歸時。』壽華《聽雨》云：『十分花事紅都褪，一例春愁夢早醒。』蘋芬《春草》云：『池畔有人初入夢，天涯何處不銷魂？』出筆清妍，未可量也。

德化萬篆卿夢丹，梅盦太史蔡壽祺室，有《韻香室詩鈔》。《冬夜即事》云：『南枝開徧影横斜，春在匡山處士家。林下月明閒鶴睡，踏殘香雪訪梅花。』小姑蔡繡卿紫瓊《梅開集諸姊小飲》云：『春影横斜晝掩門，枝頭翠羽動吟魂。梅花萬樹真成海，笑嚼寒香帶酒吞。』皆有逸氣。同里譚鳳芝紫瓔《題篆卿韻香書室圖》云：『曾攜天下無雙侣，共讀人間未見書。』太史曾輯《國朝閨秀百家詩鈔》，以篆卿殿後。

東鄉吴小茶芸華，爲蘭雪刺史次女，善畫墨蘭，有《養花軒詩鈔》。《惜春》云：『桑徑緑稀鬢漸老，杏園紅減蝶初過。』《除夕》云：『柏葉釀成迎歲酒，竹爐煮就祭詩茶。』小茶號石溪漁女，蓋因母蔣錦秋徽號石溪漁婦也。錦秋有《琴香閣詩鈔》。《題岳緑春女史畫蘭遺幅》云：『露葉風枝妙墨多，聽香館是小鷗波。避他一管生花筆，自寫溪漁舊緑蓑。』

吾鄉孫九畹蘭韞，太守高辛才室，著有《卧雲閣待删草》二卷。九畹性極孝友，詩亦老蒼。五律如《喜伯兄來署别後賦寄》云：『憶自家鄉别，相離竟十春。池塘頻夢草，花萼獨凝神。宦轍羈南北，關河阻越秦。秋來逢雁字，觸景涕沾巾。』《憶故鄉諸姊妹》云：『天地郵亭似，人生過客如。閨中一揮手，洛下五年餘。兵火驚瀕海，關河感索居。何時共樽酒，情話寸衷舒。』《秋日思親》云：『紛紛落葉舞堦前，愁思逢秋倍黯然。燈暗小窗蛩語夜，月明高閣雁來天。關河迢遞七千里，骨肉分離十八年。更訝雙魚消息杳，恨無飛翼向親邊。』《閒居即事》云：『滿院秋芳色最嘉，漫將穠豔較春華。瑶箋珊管都清韻，一首詩題一種花。』六言如《新秋即景》云：『雨過涼生石磴，風來竹弄清音。爲惜秋光不寐，梧桐月下鳴琴。坐久香侵翠袖，幽花開向黄昏。天際明河一線，盈盈寫出秋痕。』

蘭陵程梅雪閨貞，性至孝，父疾，亟刲股和藥以進，卒以此致疾而殁，年僅二十。有《竹籬茅舍詩詞遺稿》。《咏新月》云：『杏子衫輕怯晚涼，纖纖新月上東牆。嫦娥不把眉雙掃，只教人看半面妝。』結句頗新。

鴛湖陳静宜葆貞，陸鯤溟州判憲曾室，有《綺餘書室詩稿》。沉鬱蒼涼，浣花遺響。五律《秋夜對月憶外》云：『孤月上林端，秋光滿畫闌。遥憐今夜客，不向故園看。虚幌誰同倚，征衫淚未乾。男兒四方志，所歎爲飢寒。』『豈有封侯願，空教别故鄉。料應思骨肉，誰與話温涼。懷減三年刺，人添兩鬢霜。上堂親已老，何日理歸航〔一〕。』《聞粤中有警寄外》云：『落拓江湖客，行藏不自由。那堪羇旅日，重抱亂離憂。處賤無奇策，依人豈善謀。歸期應早定，北望理扁舟。』『百越愁回首，高堂有老親。頻年無信息，此日又烽塵。長是傷離别，何由共苦辛。願隨飛雁去，重作嶺南人。』七律《秋日寄外京師》四之二云：『長纓欲請願終乖，斯世如君豈棄才。仍見傳烽來海徼，原注：暎夷尚未平靖。枉勞拔劍起蒿萊。奇窮自是詩人例，經濟誰憐國士才？此去幽燕尋古跡，黄金臺下漫徘徊。』『梗泛萍飄歲歲憂，何如歸卧舊林邱。湖山深處宜偕隱，風月佳時好縱游。浮世升沉原夢幻，貧居安樂勝公侯。憑誰寄語京華客，南望江鄉早放舟。』《擬古征人怨》云：『羽檄傳烽歲歲憂，干戈畢竟幾時休。生靈枉墮蟲沙刼，將吏初無守禦謀。淡淡星河千里月，涓涓風露九州秋。軍中刁斗樓中笛，思婦征人永夜愁。』《感懷》云：『静思百事總堪嗟，早息塵機願敢奢。宇宙不磨惟志節，古今難駐是年華。怕看秋水常生浪，閒聽春風自作花。但有簡編常在手，此生生計未全差。』『浮生悟澈已多時，潔己常存世外思。把卷愛看高士傳，含毫羞賦女郎詩。升沉定分何須問，疎懶天成未易醫。習静掩關非好佛，爲嫌塵路太多歧。』《保陽寓中作示外》云：『浮生總爲利名驅，誰識清閒福有餘？儂不鳴機君謝客，且來同讀古人書。』其高懷卓識，殆不可及，惜相隔非遥而無從一晤耳。

校勘記

〔一〕『航』，原作『帆』，據陸以湉《冷廬雜識》卷八、王蘊章《然脂餘韻》卷五改。

同里關小韞奎齡，舉人樅孫女，諸生廷輝女。年十五，詩已成帙，蓋受學於外大母汪蘭史貴珍也。《春日憶父》云：『極目燕雲遠，春暉寸草依。殷勤問來燕，何故信音稀？』《玩月》云：『閒堦莎影碧，羅袂透春寒。皓魄一輪滿，明星五夜闌。静看爐篆裊，遥聽漏聲殘。露下花枝濕，香痕上玉欄。』亦頗娟秀。又以外祖母汪蘭史《看梅》二律見示，云：『啁啾翠羽玉飛鱗，淡寫丰姿遠寫神。瘦影知心惟有月，冰霜澈骨獨超塵。空山殘雪都無跡，流水行雲盡是春。枝北枝南憑索笑，暗香時襲倚闌人。』亦甚超妙。海鹽朱小茝葆瑛，學士方增女，孔繡山侍讀憲彝室，有《小蓮花室詩詞稿》。《自題花裏寫詩圖》云：原注：余以隸體書竹垞《鴛湖棹歌》于册，許定生女史爲繪是圖。『繡罷含毫無限情，故鄉風景櫂歌聲。南湖今夜樓頭月，定有輕舡載酒行。』『自愛新詞寫錦箋，敢誇風致擬花妍。年年學隸躭清興，最憶晴窗放小蓮。原注：余有《小蓮花室學隸圖》。』『百首長吟感不勝，春愁鄉思逐年增。花開十里新歌發，誰采湖頭緑水菱？』『鷗波仙筆擬停雲，繞屋梅花日未曛。似此溪山宜學隸，竹爐茶几絶塵氛。』余丁酉冬曾題小茝《小蓮花室學隸圖》。小茝工分隸，筆情妍媚，詩亦楚楚有致。聞於乙巳歲棄世，不勝嗟悼。

沂水劉慎之汝淑，春臺員外遵和女。垂髫即能吟詠，秀慧無匹。十三歲《詠榆錢》云：『望去枝枝綴，飛來片片圓。天工真富有，徧處撒青錢。』《重陽》云：『屈指重陽今已到，中庭無處去登高。黄花滿目秋光好，散步東籬望幾遭。』慎之出筆娟淨，惜不能專習文翰，今從故紙中録出數章，亟爲存之。

安邱李琬遇，雲舫漕帥長女，中書陳本室。幼而敏慧，性躭吟詠，雖不甚講求格律，而往往出口成章，自然秀逸，蓋秉祖慈之教也。常問字於余，聞余《詩話》將成，寄詩二章至，序云：『乙巳歸甯，家嚴以月涵女史手製桃花粉賜余，云檢其遺篋所得，余不忍用，以贈小雲弟姬人相夢蘭，感成二絶。』云：『昔日桃花面上紅，而今零落付東風。幾回追憶生惆悵，彷彿眉痕映鏡中。』『猶記妝成倚畫闌，嫩紅添暈怯春寒。分明一樣朝霞影，飛上他枝不忍看。』母曹雲錦夫人，亦解文翰，且甚賢孝。

江都史心玉璞瑩，侍郎致儼女，諸生汪彙樞聘室，有《離鸞集》。心玉幼字汪生，親迎有日而生卒，心玉請於父母，往哭成服，矢志守貞。《和美心女史春日韻》云：『連天草色緑無涯，瞥眼韶光感物華。幾樹陰垂春已晚，一鈎簾捲日初斜。淒涼小院憐飛絮，寂寞空庭掃落花。何事流鶯如有恨，聲聲啼近碧窗紗。』余見湘痕閣題《離鸞集》，有『洗面至今惟有淚，掃眉從古不宜才』，同調生憐，沉痛乃爾。

馮太夫人戴氏，江蘇上元人，自號澈道人，吾園侍郎芝母，有《澈道人詩存》、《詞存》。太夫人詩筆高超，録其五律《寒笛》云：『斷續笛聲悠，夜闌人倚樓。梅花三弄調，楊柳一春愁。爲怯朱唇冷，應憐玉指柔。餘音隨客夢，何處是涼州？』

長洲張静芳，知縣若淦女，諸生戈棶敬室，旌表孝子宙襄母，以節賜旌，工琴善畫，博通經史，早寡撫孤，教養成立，壽至八十有一。《題自畫梅》云：『生性耐霜雪，小窗横一枝。願爲松竹侶，羞比李桃姿。鐵骨我能寫，冰心人莫知。清香自珍重，好共歲寒期。』按：孝子字小蓮，有才名。母病，刺血書疏，禱天得愈。後居喪，以哀毁卒。婦元和袁萼仙，監生廷檙女，諸生載母，有《疏影暗香樓吟稿》。《載兒入泮詩以勗之》云：『汝能讀書，志在聖賢。文章其後，品行其先。汝既入學，當成大器。業精於勤，毋自暴棄。内節嗜慾，外慎交游。承先啟後，崇實黜浮。念汝一身，關係匪淺。思貽令名，汝其黽勉。』按：載字順卿，著有《詞林正韻》行世。婦吴縣金玉卿婉，諸生紹溥女，有《宜春舫詩鈔》。《爲外録詞林正韻畢書後》云：『羅襦甲帳愧非仙，寫韻何妨手一編。從此詞林增善本，四聲堪證宋名賢。』女如芬馥華，有《課鸚短句》。九歲《詠鳳仙花》云：『鳳在丹山穴，仙尋碧海家。如何謫塵世，偏作女兒花。』《學詩》云：『聽慣吟哦侍祖庭，唐詩一卷當傳經。花紅玉白描摹易，筆底還須寫性靈。』詩皆秀逸。如芬年十九病卒。

吴縣董綺琴國容，號靈瓊，縣尉如蘭女，巡道國華、州同國琛妹，著有《繡墨軒遺稿》。綺琴幼慧，十歲能詩，塾中讀書時，兄以『闌中蘭』屬對，即應聲曰：『簾外蓮。』事父母孝，侍疾恒數晝夜不寐，未嫁而卒，年纔十七耳。《虎邱山塘泛舟》云：『簫管聲中夕照遲，有樓臺處有花枝。舟人解事雙橈緩，獨爲青山住少時。』《池荷初花》云：『已過清和四月天，玉池碧影畫田田。波忽有冷香動，葉頂一花開最先。』姪女緑英世蓉，字繡霞，州同國琛女，戈昌頤室，有《餐花小榭吟藁》。《和外題九九消寒圖韻》云：『畫樓晚照日初斜，閒展新圖驗歲華。寒意乍來消未得，繡餘著色到梅花。』『有脚陽春畫裡知，淡妝漸漸暈胭脂。休嫌呵凍題詩懶，轉眼花開杏苑時。』緑英爲金玉卿子婦，能承家學，才德萃於四世，亦可欽也。

臨桂朱太夫人姚氏，同知鳳森室，侍御琦母，工詩詞。《三元詩并序》云：『嘉慶二十五年庚辰春，閲《殿試題名録》，見桂林陳繼昌，字哲臣，以解元掇會狀，相國陳文恭公宏謀之元孫也。余昔遊伏波山還珠洞，見前明正德二年雲南按察司副使包裕丞石刻詩云：「巖中石合狀元徵，此語分明自昔聞。巢鳳山鍾王世則，飛鸞峰毓趙觀文。應知奎聚開昌運，會見臚傳現慶雲。天子聖神賢哲出，廟廊繼步策華勛。」後註云：「伏波巖有石如柱，向離石二尺許。讖云：『巖石連，出狀元。』至是石將連矣。」詩後四語，與陳狀元名字適合，一奇也。夫子喜而作詩，余亦效顰云爾：「桂林山水甲天下，歷朝鼎甲冠諸夏。原注：唐乾甯二年甲寅，狀元趙觀文；南漢白龍元年乙酉，狀元梁嵩；宋太平興國八年癸未，狀元王世則；皇祐元年己丑，狀元馮京；開禧元年乙丑，狀元毛自知。榕門相國五世孫，翰苑文章齊董賈。伏波玉柱一枝連，可知狀元生自天。粵西鄉黨爲之羨，小試三元已在先。原注：夫子云哲臣小考縣、府、院試皆第一，時謂小三元。三元古今雖疊有，三千年桃十丈藕。張又新，崔元翰，彤廷對策文章焕。孫何王曾暨宋庠，郁乎一代文明昌。復有楊寘王巖叟，英風勃勃登名場。願爲金室孟宗獻，勿爲元室王宗哲。黄甲由來勸忠孝，此衷何以勵臣節？有名商輅真賢臣，加以黄觀爲兩人。又見何涣陳堯叟，談薈軼事若知否？南部新書武翊皇，亘古文名傳不朽。我朝醲化慶覃敷，五星連珠光海隅。辛丑湘舲錢學士，後先輝映楓宸趨。統計三元十有七，兹喜哲臣名第一。遥望榕門培遠堂，廉吏有後信今日。」』太夫人此詩見於《正始集》，侍御與外子同譜，索全稿不得，遂録此章。

江夏葉柏芳俊傑，知縣孔昭誠室，知縣憲琮母，有《柏芳閣詩鈔》。《黔西道中》云：『險峻憐羸馬，行行路轉迷。凍雲常隱日，寒水不歸溪。石滑人應怯，山空鳥自啼。停輿遥指處，煙露鎖黔西。』女孔漪芬，年二十一卒。《秋雨即事》云：『一雨生微寒，陰雲壓茅屋。疎響閣林鐘，秋聲滿落木。』

曲阜孔叔凝淑成，訓導廣鼐女，賢裔顔士銀室，有《學静軒遺詩》一卷。卒年二十九歲。《題山水》云：『鏡裏山光濃似黛，壺中日影静如年。何人攜手層崖上，一覽長空萬里天。』

虞山屈宛仙秉筠，有《蕋宫花史圖記》云：『柔兆執徐之歲，花生之辰，羣史會於萬花深處。

疏岫欲雲，幽溪蓄翠，竹林以清氣相娛，蘭澤以芳心自愛。瓊闕垂景，瑤真接襟。顧異苕同岑，竟晷不如歷時永也；衆香殊魄，托詠不如標圖顯也。附今於昔，繫月以花，爰召畫工，集而繪之。芳梅照，玉瓔珞，翠裾淡素，若江采蘋撚花索笑者，謝翠霞也；服紫絲，據盤石，撫琴動操，幽蘭繽紛，竊比於謝道韞者，則余也；淺赭仙裾，筠籃荷鍤，如梨花一枝，效虢國澹掃蛾眉者，言彩鳳也；瓔珞霓裳，旋風迴睞，作太真沉香亭北舞者，是吴素芬；淡碧袘揚，榴花映面，指拈雕管，約潘夫人火齊環者，屈婉清也；柳陰延佇，扇藕綃，若玉兒步蓮花來者，葉苕芳也；秋花雙碱，以紅袖連襶，運若蘭織錦巧思者，爲李餐英；其衣緑珞金，如麗華出廣寒桂底，執玉樹歌新卷者，言澹玉也；紫襜褕，被雲肩，髣髴西京賈佩蘭，手泛菊酒者，爲趙若冰；粉黄舞袖，鏤金瓔珞，疑花蕊在芙蓉城，自攜一卷冰雪，是蔣蜀馨也；寶兒憨態，紅繡垂髾，緑玉瓶揷都勝一枝[一]，捧之以當司花，爲陶菱卿；乘靈槎，採元芝，襳瑤珮，神其洛水與渺渺然而至者，席韻芬也。此十二司者，香國新盟，瑤池舊侶，寫花作影，影盡如生，借古稱神，神希于古。月雪之清，煙霞之幻，其姿也；風露之淡，水石之秀，其韻也。涼燠相代，圖中之景不殊也；榮悴有時，景中之人不變也。是耶非耶？仙乎幻乎？人不得而知，又安取人之知？圖成酌酒共祝，而屬余爲記。余則屈宛仙也。時在嘉慶三年歲次著雍敦牂如月古花朝日。』文筆曲折，情景相生，妍妙無倫。

校勘記

〔一〕『揰』，疑當作『插』。

名媛詩話卷十

錢塘沈善寶湘佩著　受業完顏佛芸保校字

雲姜出其姑曲阜孔經樓夫人璐華《唐宋舊經樓詩稿》、生姑錫山謝月莊宜人雪《咏絮亭詩草》、庶姑唐古霞慶雲《女蘿亭詩稿》，見孔經樓夫人《題唐六如同心合意圖》云：『一樣宫商記六如，同心方可賦同居。我家侍者同心處，但使雙雙也讀書。』風雅萃於閨閣，不媿海内名家。《詠絮亭稿》中《蘇堤春曉》云：『山翠乍明殘月落，柳煙初起早鶯飛。』《平湖秋月》云：『秋空只恐星河瀉，夜静還愁樓閣浮。』《女蘿亭集》中《夜坐》云：『雨後新涼飛扁蝠，露中清氣聚圓荷。』《送夫人歸甯曲阜》云：『星含别意將離月，風帶春愁欲送雲。』《夏夜》云：『風從嫩竹稍頭軟，月向新桐葉底圓。』《春雨》云：『曲徑花愁春畹晚，小樓人聽夜分明。』可謂春蘭秋菊，各競一時之秀也。

孔經樓夫人得元人韋珪《梅花七絶百詠》，遂令劉書之宜人、謝月莊宜人、唐古霞女史及長婦劉淵芳蘩榮、長女孔静安同賦五律百首和之，争奇角勝，各有新句。經樓《探梅》云：『淡痕尋水榭，暖意問山家。』《溪梅》云：『人尋橋上樹，鶴渡水邊村。』書之《盆梅》云：『浮香迎畫案，寫魄拂雲箋。』《清江梅》云〔一〕：『古花依水立，明月帶煙流。』月莊《友梅》云：『冰心常作伴，玉榦共爲隣。』《羅浮梅》云：『雲裏寒香影，枝頭翠羽聲。』古霞《夢梅》云：『分明尋瘦影，彷佛繞高枝。』《乍開梅》云：『雪晴初見影，風過忽聞香。』澗芳《憶梅》云：『頓添連夜夢，誰寄一枝來？』《苔梅》云：『鶴去留仙跡，人來印履痕。』《落梅》云：『仙夢浮雲外，春愁玉笛中。』《半開梅》云：『平分春一色，淡寫月三更。』孔静《尋梅》云：『此地初含蕊，前村或帶花。』《月梅》云：『暗香浮檻上，瘦影透簾來。』《樵徑梅》云：『路轉春林遠，山深夕照微。』《官梅》云：『花邊鈴閣暖，雪裏戟枝低。』

校勘記

〔一〕『梅』，原作『海』，十二卷本改『海』爲『梅』，據十二卷本及文意改。

嘉興錢伯芳繼芬，爲雲姜之娣，阮受卿郎中祜繼室，工詩畫。《詠火炕》云：『任教風雪滿窗前，儘有陽和入几筵。錦褥圍成方丈地，花磚薰透小春天。鑪邊茶熟三更後，帳底梅開十月先。瓦背霜華渾不覺，醒來清夢鳥聲圓。』《冰牀》云：『一枝竹箭走通津，顧盼中流自在身。支足但教施寸鐵，掉頭那用轉雙輪。壺中叔寶清如玉，榻上維摩浄絶塵。湅合琉璃趺坐穩，還須履薄慎陽春。』雲姜出李紉蘭介祉題太清畫册詩數紙，内有《詠牽牛》云：『珠露團來枳落，翠雲幻作花鈿。倘是謫從河漢，曾插天孫鬢邊。』紉蘭爲伯芳從嫂，工鐵線篆，錢子範孝廉保惠室。伯芳又出其從姊孟端德容詩一册，孟端爲裴山中丞楷女，阮受卿之原配。余嘗聞屏山雲姜言孟端詩畫皆佳，工容悉備。今讀全稿，至性真摯，傳語非虛。如《寄繼賢弟》五古云：『吾弟就傅時，聰穎性發揚。孝敬事大母，怡色慰高堂。偕余讀詩書，朝夕同文房。不幸遭不造，哀哉痛我腸。吾弟純孝者，口不入水漿。强起節哀性，肅然承天章。原注：先君以巡撫蒙恩賜祭葬，誠爲異數。君恩與祖德，拳拳曷敢忘。勤儉以持家，敦厚聞於鄉。浮雲陋青紫，勵志窮縹緗。腹滿書五車，目下字十行。怡怡一室中，古歡正未央。無何我遠游，隨侍來南荒。天涯共地角，五載更星霜。聚苦歲月短，離苦歲月長。每夢歸安事，中夜起徬徨。朔風自北來，萬里鴻翱翔。報我以德音，惠我以文章。談笑藉尺素，終各天一方。何當理歸棹，薄澣我衣裳。入門拜阿母，手足相稱觴。見子新掌珠，啟我舊詩囊。樂此至性情，和順洵足慶。時哉不可知，江海空茫茫。』佳句如《清齋初夏》云：『小盎新香生菡萏，疎櫺濃緑透芭蕉。』《送春》云：『垂楊射圃鶯聲老，芳艸花田蝶夢疎。』《和受卿冬日陸行》云：『小溪凍合雙輪健，野樹風狂萬籟鳴。』『燈殘驛路三更黑，霜勁江村萬木黄。』

又於雲姜扇上見同里藍湘陰静琴《贈别》詩六章，低佪宛轉，不減《陽關三疊》。今録其三云：『緑楊城郭動離愁，春滿皇都作宦游。三月煙花好時節，銷魂人又别揚州。』『長淮波暖碧粼粼，畫舫牙檣一色新。紅偏桃花青偏柳，如何不解款行人？』『離思黯黯意重重，寫上齊紈墨未濃。一笑置君懷袖裏，天涯常與故人逢。』

金壇段淑齋太恭人馴，爲同里龔闇齋觀察麗正室，定菴祠部鞏祚母。著有《緑華吟榭詩草》，感慨纏綿。《自題枝園話舊圖》原注：甲戌春與韞亭姪女晤於枝園，喜而作是，家大人親爲製序，以寵榮之，爰題四絶於幀尾。云：『廿年風雨客都門，骨肉存亡幾斷魂。難得歸來還似舊，白頭人笑勸開尊。』『兩桂三桐漸拂雲，石橋南畔記湔裙。中年不盡蒼涼感，同話長安尚有君。』『良常山色夢中青，同記吟詩在謝庭。君正垂髫儂遠嫁，卅年事訴老松聽。』『嚴親指點繪斯圖，水榭風廊小卜居。又是一番鴻爪跡，悲觀他日更何如。』

琴川歸佩珊懋儀，著有《續繡餘草》行世，聞佩珊風神美秀，頗類其詩，惜余生晚，未獲締交。《繡餘續草》僅全稿中十之二三耳，《詠古》諸作氣韻深沉。五律《詠梅》云：『小閣簾初捲，中庭月正明。一聲瑶鶴警，滿地瘦枝橫。韻極何妨淡，香多轉覺清。相思隔煙水，無限隴頭情。』《驛柳》云：『如此風流説贈行，客懷蕭瑟怕牽情。聽殘玉笛剛三弄，送過陽關又一程。古渡月明春有影，長隄風定浪無聲。郊原日暮行踪少，斜拂青帘緩緩迎。』『半是愁絲半淚絲，對他那更説臨歧。旗亭客散春歸後，灞岸驪歌月墮時。瘦到可憐何忍别，青還無際況將離。饒他一種纏綿態，頻觸樓頭少婦思。』《春草》云：『年年披拂賴春風，高下淒迷接遠空。滿目亂愁帆影外，十分生意雨聲中。埋將靈氣千秋碧，染出芳心一寸紅。今日故園荒徑裏，踏青曾記過吴宫。』《昭君》云：『斜抱琵琶淚暗傾，天山硉矶雪風生。一言定使青襟笑，失意翻贏萬古名。』《憶荷》云：『娟娟合受水仙憐，解珮江皋憶往年。料得夜涼成獨醒，一池香影讓鷗眠。』佳句五言如《舟中》云：『霜氣壓篷重，潮聲捲夢寒。』『渡口人呼急，雲頭送雨來。』《感懷》云：『愁多天地窄，情重死生輕。』《海棠》云：『嬌多渾似醉，艷極豈無香。』七言如《秋草》云：『絶塞清笳悲牧馬，西風殘照弔王孫。』『帶雨何人鋤斷岸，履霜有客度長橋。』《白桃花》云：『雲迷玉洞春何淡，花到仙源色是空。』《蘆花被》云：『一枕詩成湖海氣，半宵夢繞水雲邊。』《寄玉芬夫人》云：『天寒翠袖依修竹，古屋青燈映女蘿。』《和毛山人春興》云：『萬里江山窮駿足，天涯詞賦老才人。』『側身天地頭先白，放眼郊原草又青。』《登紅雨樓》云：『滿徑緑陰濃似染，一樓紅雨墮無聲。』《題看劍圖》云：『總是難消才子氣，諒無恩怨到胸中。』佩珊母李一銘心敬，觀察歸朝煦室，著有《繡餘草》。姑楊蘋香鳳姝，號茸城，吴門人，知府李心耕室，著有《鴻寶樓詩鈔》。一銘《寄外》云：『客路三千里，相思一寸心。帆隨春浪駛，情寄海雲深。未遂青山約，聊題紅豆吟。征途慎寒燠，雙鯉慰佳音。』蘋香《讀史》云：『奇哉一婦人，可制億男子。唐也倏爲周，怪事那有此？煌煌太宗業，樹立同山峙。傾覆不須臾，豈復數吕雉？古者母后賢，乃與周召比。地道本無成，宣仁未足美。衆雌而無雄，不卯亦云已。』佩珊親承家學，薰染已深，故爾不凡也。

苕中徐湘生萓，自號南林内史，才媛而兼壽母，惜晚年孤苦，依甥閔貢甫鹺尹以終，卒年九十三矣。余聞瑟君與南林相識，因向瑟君覓其殘稿。報書至，得古今詩一册，山水畫數紙，詩筆清蒼，畫復古秀，水墨蒼茫，頗似海嶽，惜無款識耳。詩如《題雨窗話舊圖》云：『徑竹庭梧拂翠遲，一聲聲滴一枝枝。秋情總屬懷人起，不是尋常聽雨時。』『悵別心情未易描，等閒誰與證無聊。階前蛩語燈前影，記取疏簾第幾宵。』《春閨》云：『碧闌干外畫橋西，十里垂楊水拍隄。

燕子不來春已晚，等閒惟有鷓鴣啼。』《題畫》云：『買得深山便閉門，閒來生計與誰論。行人遥指炊煙處，知在前溪第幾村。』《爲戴柔齋夫人畫桂芬樓圖成以詩見酬即和原韻》云：『每愛捧君詩句讀，不妨索我畫圖看。斗室幾時方話雨，硯田終歲只耕雲。』《梅花》云：『但覺千林添夜雪，從教萬樹轉春風。』《獨坐》云：『人生真幻終成夢，爐火寒溫盡死灰。』《題畫》云：『黄鶴蒼茫由性得，青藤游戲不形求。』《八十五歲題香碧堂合稿》云：『芸閣卿同探二酉，蘭閨我又識雙丁。』工巧如此，强健可想。

偶見《十三名媛詩鈔》，直隸居七。大城劉義羣友義《有感》云：『寄將茅店挑燈淚，併入官齋聽雨心。』任邱李似漪學慎《落葉》云：『招來野色林開處，送盡秋聲雁過時。』李韞華汝瑛《晚眺》云：『林静雅聲晚，風高木葉秋。』《晚泊》云：『征帆飛鳥外，鄉思亂雲邊。』静海李蓮溪培筠《春望》云：『飛鳥來雲外，征帆挂夕陽。』方采芝芬《過洞庭湖》云：『萬頃波連雲夢澤，幾行雁過岳陽樓。』紀巽中《感懷》有『布被生寒夜雨來』七字最妙，詩俱自然工雅。

維揚沈岫雲在秀，有《雙清閣詩鈔》，《弔淮陰侯》兩詩最爲出色，有『大將功名原震主，假王心跡早疑君』及『未必弓藏因鳥盡，早同飛燕啄孫來』二語，直誅吕雉之心，而『假王』句尤未經人道，淮陰有知，亦必首肯。又見香山麥又桂《漢中懷古》云：『儲子恩疏憑輔翼，若翁情薄忍杯羹。』則漢高之不孝不慈，亦不能無媿也。

雲林嘗言，其仲嫂茗溪葉季英能詩，早歿，稿亦不存，僅記其『故鄉山水遠，歸路夢魂邊』二句，今見《曇花小草》一册，即季英所作，稿爲乃父筠潭方伯所刻，故雲林不知。集中詩亦不多，淒楚之音居半，緣受業於生香館耳。季英名福芝，巡檢許延采室。

余最畏北地風沙，每至春花爛漫時，聞風聲如吼，惟有下帷瞑坐，爲羣芳歎息。雖有百尺彩旛、十萬金鈴，亦無可如何也。偶讀嘉興金仲芬孝維《有此廬詩鈔》，中有《燕地春深風沙尤甚偶吟二絶以誌鄉思》，云：『東風日日散飛塵，兀坐垂簾負好春。憶得故園寒食後，花香鳥語最宜人。』『萬花開放雨初晴，湖上笙歌柳外鶯。肯信長安春欲晚，塵沙滿目聽風聲。』已先得我心矣。

癸卯七月既望，月明如水，爽氣宜人，銀河亘天，吟虫滿砌，因憶數月未晤孟緹，不知近况何似，口占一絶云：『渺渺雲羅瑟瑟波，水精簾捲近秋河。成句。昨宵風雨今宵月，料得吟窗秀句多。』詩成未暇録寄。次日孟緹忽惠書，并示『月夜見懷』《虞美人》二闋云：『井梧摇落新凉夜，葉滿銀床罅。長空如水月如規，安得故人攜手共徘徊。分明咫尺城闉阻，似隔蓬山路。一編冰雪足消憂，無奈模糊雙眼轉生愁。』『著書聊借維摩病，塵慮應删盡。别來幾見月盈虧，恰羨素娥常得旁書帷。吟哦未覺清宵永，好學應忘寢。憶君聽徹漏聲長，振觸屋梁落月影微茫。』余讀之不覺駭異，何心心相印一至於此，亦覺我兩人之交情，非同恒泛矣。即和二闋云：『碧雲迢遞銀河静，瘦到梧桐影。捲簾望明月初圓，贏得滿懷秋思不成眠。裁詩欲寄遲鴻雁，俗事紛難遣。開函今日讀君詞，省識懷人同是月明時。』『名山已占千秋業，何敢分瑶席？人如菊淡氣如蘭，安得吟窗日日共清談？紅閨知己如星散，觸緒心悽感。消愁聊且學雕蟲，五色迷離頭腦已冬烘。』

漢陽劉繡餘《即事》云：『皎皎銀河星影疎，花香風送過庭除。綺窗燈火慵挑線，爲愛新涼夜讀書。』新安方青君可《瑟居》云：『懶慢心情稱瑟居，日高鶯囀夢迴初。起來盥漱無餘事，閒對梅花讀道書。』吾鄉汪心庵貞《睡起》云：『連朝風雨薄疎櫺，砌下新苔滿院青。睡起清閒無俗事，幽蘭香裡讀黄廷〔一〕。』閒雅嗜好抑何相同，又有風趣相似者。吾鄉茅小素玉瓊《題自畫扇》云：『信手閒將水墨塗，雲山一片景模糊。自然有个如他處，不必披圖問有無。』宛平韓孝梅《春日與兄垂釣》云：『緑漲春池若畫圖，繞堤楊柳倩風扶。幽人自領煙波趣，莫向竿頭問有無。』如皋叢禧《詠漁》云：『閑來一葉向江湖，七尺絲綸一尺鱸。瀟灑生涯雲水裏，桃源莫問有還無。』三押『無』字。又許定生之『我與春山同小名』，白蓮居士之『我與荷花同日生』句法相同，雋雅可愛。

校勘記

〔一〕『黄廷』，疑當作『黄庭』，謂《黄庭經》。

碧城女弟子合刻，清新華麗，不下隨園。如嘉定王仲蘭蘭修《和壁間蕭我聞韻序》云：『乙亥孟冬朔日，至鄧尉掃墓，晚宿西虹橋慶福庵，見壁上題句云：「孤雁月明樓外響，修蘿風起殿頭寒。」餘字漫滅不可辨識，末署「湘江蕭我聞題」。詢之尼衆，知外邑饑婦逃難至，隨即遠去，不知所往。余嗟歎良久，乃和書於左方。』云：『滿壁蠶眠子細看，不禁擊節爲心酸。定知中澤飛蓬改，何處天涯翠袖單？誰與伶俜千里去，可能棲息一枝安。嗷嗷徧地哀鴻是，更爲蕭娘淚不乾。』詩旨温厚，筆亦老蒼，仲蘭七古最有魄力。

吾鄉汪逸珠琴雲爲陳頤道大令寫《碧城仙館圖》題云：『霧閣雲窗四面開，游仙畢竟是仙才。畫摹院體詩官體，今日江東有玉臺。』『驂來白鳳與青鸞，花滿層城月滿壇。金碧樓臺詩世界，幾時來凭玉闌干。』

太原辛瑟嬋絲《西湖雨泊》云：『雨中聽雨雙柔櫓，山外看山萬翠鬟。』《病後登小樓有感》云：『秋冷蠨蛸行硯匣，夜深蝙蝠響琴絃。』《題管静初碧城覔句》云：『春到牡丹纔國色，人言太白是仙才。』《桃花嶺遇雨》云：『幾片濕雲松樹頂，飛來雨點半桃花。』瑟嬋貌極妍麗，而不永壽，歿後降乩云，爲廬山女仙李騰空度入詠真洞天，才鬼詩仙，無從考証。長州曹小琹培英《哭瑟嬋》云：『蘭葉有情銷蛺蝶，梅根無地葬鴛鴦。』『共説美人能化鶴，本來仙子解驂鸞。』應彷彿一二矣。

金壇吴飛卿規臣《題黄鶴樓壁》云：『天風吹我羽衣單，江上梅花伴曉寒。他日我來横玉笛，月中祇解跨青鸞。』《登蓮花峯訪玉井非井池也蓮尚未花戲搴一葉》云：『絶磴迴梯踏翠煙，飛行又向此峯顛。採來一葉人間世，太華峰頭玉井蓮。』聞飛卿善舞劍，蒙城張雲裳襄善騎射，二人詩皆清絶塵氛。雲裳《和青邱梅花詩》九首，傳誦一時，佳句如『林外亂鴉衝雪去，山中孤鶴破寒來』，『萬樹雪明雲外寺，一籬香護水邊村』，『一桁斷霞松徑晚，幾枝初月草堂春』，『月明樓閣横銀海，日暖園林起玉煙』。聞趙淑芳云：『雲裳數年前隨官入都，悒鬱而逝。』薄命佳人抑何多耶！著有《錦槎軒稿》。烏程陸紉蘭綴芳，詩頗穠艷，如唐人。《古意》云：『誰教錦瑟侍文鴛，祇許文簫伴采鸞。連理瓊枝連理柱，合歡珠樹合歡蘭。寫來宫體沉吟讀，織罷迴文宛轉看。長願將身化明鏡，一生贏得是團圞。』

吾鄉袁小芬姍，爲隨園老人女孫，詩筆輕俊。《夜坐納涼》云：『碧天雲浄露華濃，閒坐迎涼小院中。移榻愛教身近月，捲簾還欲面當風。蕉圍曲檻千重緑，燈閃高樓一點紅。謝却塵氛添逸興，誰家横篴度遥空。』小芬有《靈簫閣詩選》，知縣史璜室。

歙縣何吟香佩芬、妹琬碧佩玉、芷香佩珠，吟香又號蘭卿，《白海棠》云：『煙樹晚涼人獨立，雲廊雨細蝶雙飛。』《餞秋》云：『萬里碧雲江上路，半林黄葉雨中山。』《秋海棠》云：『枝分翠黛秋無影，淚化紅冰鏡有痕。』《晚眺》云：『繞郭山沉三面翠，歸村人荷一肩花。』琬碧又字瓊若，《紅橋秋柳》云：『夕陽紅映花間舫，涼雨青圍水面簾。』《中秋》云：『鶴隨松影眠三徑，人與花陰聚一闌。』《送外侍翁兄赴粵》云：『惜別本無兒女態，聯吟喜與父兄同。』『鄉關日遠鴛鴦水，海國煙寒玳瑁潮。』『屈伸未免依人苦，冷暖應知作客難。』『滿籃香露花含笑，一路春山鳥畫眉。』芳情逸韻，可方劉家三妹。吟香姊妹爲鹽知事秉棠女。

祁門張婉仙儀昭《紅橋春泛》云：『小紅樓閣小紅橋，更小紅闌泛畫橈。一舸鬧紅人小立，小紅低唱我吹簫。』吾鄉陳妙雲滋曾《坐松顛閣作擘窠書贈遊女》云：『螺髻峰高對綺疏，松顛閣外碧天虛。雙鬟遊女簪花笑，看我淋漓潑墨書。』詩境雖不同，而風流自賞，正復相似也。

金壇于蕊生月卿《集唐題梅垞夫子影梅庵樂府》云：『良人的的有奇才，醉後仍將笑口開。珠玉會應成欬唾，綺羅長擁亂書堆。誰言瓊樹朝朝見，莫學遊蜂日日來。花下偶然歌一曲，却思金馬笑鄒枚。』『秋盡江南草木凋，佳人屢出董嬌嬈。紅樓翠幕知多少，羅韈金蓮何寂寥。白歎馬卿常帶疾，偶逢神女學吹簫。傷心欲問前朝事，二十年前舊板橋。』一氣貫串，如出己作。

溧陽史琴仙静，爲蕊生叔娣，亦工韻語。蕊生《百美詩》，於李易安、朱淑貞尚沿舊説，琴仙辯之云：『稾砧風雅重當時，金石心堅那得移。人比黄花更消瘦，何緣晚節有參差？』『手編一卷斷腸吟，采鳳隨鴉恨太深。怪煞廬陵好詞筆，誤人傳誦到如今。』易安、淑貞得知己於百千年後，九原有知，亦當含笑矣。

長洲陳靈簫筠湘《和李晨蘭秋雁》云：『一繩秋影渡銀河，柔櫓聲聲起棹歌。夜色最憐蘆葦遠，秋成應喜稻粱多。紅樓破夢燈初燼，紫塞驚寒月始波。省識江南煙水好，不須更向洞庭過。』可謂工力悉敵。靈簫爲諸生施君珊室。同里管静初筠，字湘玉，有《小鷗波館詩鈔》。静初爲陳雲伯大令箎室，汪小韞庶姑。家庭之中，惟以搜奇博古爲事，海内知名閨秀數十人，問字碧城，時相酬倡。静初嗜學不倦，卓然成家，四六、古風、近體莫不工麗。近聞全家奉道，懺除綺語矣。集中如《弔小青》云：『燕語鶯啼不可聽，楚天哀怨感湘靈。桃花畫舫梅花嶼，寒食何人弔小青？』《夏日遊仙詩》云：『白奈花開助晚粧，天風輕颺五銖裳。冰綃霧縠原無暑，祇覺芙蓉玉骨涼。』《月夜坐梅花下同碧城主人作》云：『春寒凝露露華滋，銅笛吹開第幾枝。記取月明滄海上，滿身香雪詠花時。』《秋夜即景》云：『珠星耿耿横三五，華月閒閒夜當午。天上白雲艷於花，地下虫聲碎如雨。』《蘭陵》云：『蘭陵煙樹欝蒼蒼，帘影春流帶夕陽。今日畫船拚薄醉，爲他春酒欝金香。』佳句如《海上見燕》云：『路徑碧海來原近，春入紅樓語漸多。』《贈李晨蘭》云：『瑶島舊游仙子夢，玉臺新詠麗人詩。』《碧城主人修河東君墓》云：『宰相無心歸赤帝，麗華有血殉黄奴。』《題碧城主人秣陵集》云：『秋風黄葉尋蕭寺，春雨紅闌認板橋。』《過吴江弔葉小鸞》云：『梅花自放疎香閣，峽蝶閒尋午夢堂。』吴門文湘霞静玉，亦陳雲伯箎室，有

《小停雲館詩鈔》，雖遜於静初，然較之尋常頗不易得。《鴛湖曲》云：『鸚鵡洲邊鸚鵡棲，鳳皇山上鳳皇饑。儂家祇傍鴛湖住，時見鴛鴦作對飛。』『鴛鴦湖東暝煙暝，鴛鴦湖西寒雨寒。儂家終日對煙雨，不識世間行路難。』

人情莫不喜榮盛而惡衰謝。偶讀吴門吴静香蕙《落花》云：『傷心金谷樓前事，不惜開時惜落時。』《護花》云：『畢竟人情憐國色，金鈴常護牡丹花。』令人一讀一擊節。静香爲學士蔣錫琳室，著有《静香樓詩草》。

漢陽江梅如峯青，字半嵐。《紀夢》云：『香殘晝永小游仙，路入蓬壺别有天。洞口雲深隨犬吠，山頭鶴懶伴松眠。棋聲半帶風花落，果實新嘗火棗鮮。恰喜靈臺换凡骨，驚回仍在竹樓前。』按：梅如自記云：『歲丁酉三月朔，小倦假寐，夢乘小舟，因風吹泊登岸，緩步憩大樹下，見二青衣云：「君至此，良非偶，欲徧覽景物乎？」余唯唯。隨之入，見林巒聳翠，樓閣縹緲，風鬟霧髩，絡繹來迎，相顧而笑，皆若素識。至一軒，題曰「紫虚飛碧」。其時女樂數十輩，清歌妙舞，盡態極妍，所歌盡唐人樂府。頃之升席坐，琥珀光浮，珍錯羅列，酒數巡，衣碧者呼雙鬟，語曰：「汝所歌乃前人古調耳。近日雅製頗多，豈無可動聽者乎？」於是諸伶停拍。半晌，雙鬟始發聲唱余《楊柳枝》詞。余驚疑，欲有詢，旁一衣絳者曰：「此即近日佳製也。」若不知爲余作者。已而俱起，攜手芳園，惟聞香氣，古洞煙青，果垂丹實，舉手可得，有圍棋石上者，有調鶴松間者。余樂甚，二青衣曰：「可以返矣。」回至軒中，衆知余欲歸，皆弗忍舍，倚闌佇立。忽明瑺翠羽從屏後出，顧同列，謂余曰：「君知某位列仙班乎？上帝不忍其飄零，今得藏身於此者，皆生不同時，時不數覯，而偶然比肩一室，得從容而盡識之，不可謂非千載奇遇也。」乃拂彩箋，走霜毫，成一絶贈余，云：「千里辭家汗漫遊，偶乘煙水駐輕舟。此間便是神仙路，何必天邊問斗牛。」余時亦得二絶，云：「不信靈源是舊游，何因許泛木蘭舟？從兹乞得長生術，欲挾飛仙宿斗牛。」「笙歌隊裡喜同游，恰是漁郎一葉舟。我亦他年來借榻，風薰甲帳卧牽牛。」和畢支頤歡笑，已而歎曰：「今日紅閨之妙手，他年紫府之班頭矣。」遂持所贈詩，攜余手出，方下堦，又囑以明年中秋來會。語未竟，忽狂風一陣，衆俱不見。余亦驚寤而起，則夕陽西墮，月上簾鈎，追憶勝會，歷歷在目，因援筆記之。』余愛其夢境甚佳，遂併《柳枝詞》録之，云：『游絲香暖麴塵天，陌上花飛似去年。殘月曉風人未起，棲鴉啼破一溪煙。』『至今水調怨歌頭，玉笛無聲客倚樓。白傅退閒樊素老，東風曾綰小蠻不？』『君從蘇小門前住，我昔真娘墓上行。若過酒旗歌板地，誰家不解唱新聲？』『上馬空折楊柳枝，出門但歌楊柳詞。出門上馬兩行淚，直到河橋渡水時。』

甯鄉文無非先謐，有《塵奩遺草》，詩脱口如生，多雜謡俗語，閨中劉改之也，而有不可磨滅者。《石楞關》云：『吴蜀紛争古道長，此間誰使一夫當。千年戰壘無遺跡，已墾山田種稻粱。』甯鄉又有秦邦淑者，《感懷》云：『早從蘐閣悲無恃，日倚霜幃淚不乾。』又有宋德崧盛，號補園癯老。《舟中不寐》云：『水碓自舂侵枕響，村尨争吠渡灘聲。』《秋燈》云：『最宜漏永含花紫，却趁風涼入幕青。』皆可觀也。

瀏陽歐秀松《舟中即事》云：『荻花楓葉楚江秋，江水悠悠動客愁。一路山猨啼不住，涼風吹雨入孤舟。』《金銀花》云：『點染薌叢百寶欄，儷黄妃白萬枝攢。生平不識金銀氣，親到花前仔細看。』頗有唐音。

昨於孟緹處借《閨秀詩稿》，内夾一紙，係《感事》詩十首，不著作者姓氏。因向孟緹問之，孟緹亦已茫然。余愛其一絶云：『百五韶光夢刹那，相看逝水奈愁何。誰云少女風柔緩，吹到春江便起波。』婉而多風，與吾鄉朱道珠之《别曲》同一副筆墨。《别曲》云：『三載饑駈走路歧，一春風雨倍淒其。黄金最是無情物，常使深閨怨别離。』

揚州瓦窑鋪開河掘地得古棺，前和刻有『大唐開元蔣夫人之墓』。青浦許定生淑慧感而賦之，云：『回首蘼蕪葬落花，傷心天寶舊繁華。曾無翠碣鐫唐字，何處清溪問蔣家？蛺蝶秋墳金谷聚，鴛鴦春隴玉鈎斜。紅簫吹冷胭脂刼，豈獨隋宫有暮鴉？』此事與吾鄉管静初《鷗波館詩集》中《賦三女岡》詩相似而不相類，三女岡相傳是吴王葬女處。詩云：『館娃人去屧聲閒，秋老梧宫夜雨殘。玉貌誰憐三女粲，青山贏有一邱寒。春銷吴苑愁遊鹿，月上秦臺夢跨鸞。應復成煙同紫玉，瓊姬夢草又闌珊。』詩既成，泊舟南橋，夜夢一女，珠冠玉顔，劍佩都雅，謂静初曰：『妾吴長沙桓王之女，陸遜之妻，瘞此，今二千載。此玉女岡，子前詩誤，舊志亦誤。』遽然而覺。竊念機雲兄弟並居華亭，機山是其故宅，則祖宗邱墓所在，較爲可徵。因更賦一詩以存其跡，並告碧城爲勒碑焉。詩云：『鳳衣翠鏁古宫妝，星眼迴眸一寸光。父業早經傳大帝，壻才原不讓周郎。玉顔阿母歸魂遠，劍佩諸姑舊恨長。莫認埋香同紫玉，英雄兒女管興亡。』同爲埋玉之區，陸夫人能托夢於人以証其誤。蔣夫人寂寂無聞，至遭掘棄，是知鬼神之靈爽與世人之明闇大概相同也。許定生爲女史胡智珠女，知縣鄭海門室。有《琴外詩鈔》、《瘦吟詞》，工琴善畫。歸鄭早寡，因父母年老無子，爲女塾師以盡孝養。集中《詠硯爐》云：『生雖近墨心仍赤，熱縱因人品自端。』其立品可想。

桂林秦鸞枝鳳簫，舉人梁冠臣翰室，有《和聲集》。《讀列女傳》云：『乾坤有清氣，不獨鍾男兒。游心百世間，堂堂多女師。西陵啟蠶織，終古無寒時。后稷得母教，蒼生不嘑飢。亦粤皇與英，姊妹型同垂。至哉西伯妃，四德昭母儀。周南第一篇，千古王化基。嗣是踵而起，賢才分庸奇。或比山之安，或法地之卑。不則抱清節，松柏貞幽姿。不則務淵博，續史而工詩。孝義忠貞志，鬼神天地悲。賦物抒性情，落筆風煙隨。凡此靈秀質，皆造物鍾之。至别聖賢才，是又關人爲。性者學之宗，擴充貴靡遺。人勝天無權，立極成典彝。冥頑負笄珥，恒沙不足訾。雕紅刻翠儔，往往叢瑕疵。閨門習輕薄，淑德爲之隳。白蓮何亭亭，菉竹何漪漪。清芬照簡册，清影光門楣。遥遥幾千載，心傳終寄誰？天地既生吾，敢云不可追。開卷景前哲，芳型俱在兹。』鸞枝詩筆清老，伉儷甚篤，歿年二十五。

上元朱菊如景素，縣丞桂榮女，巡檢單洪誥室，有《絮雪吟詩鈔》。《南昌竹枝詞》云：『梳粧樓外雨霏微，零落殘紅作地衣。未省宸濠成敗事，家家兒女説婁妃。』《春日偶成》云：『隔墻桃李競紛華，門掩青松噪晚鴉。底事東風欠公道，兒家樹上不開花。』《閨詞》云：『回廊小步夕陽斜，一樹紅雲映暮霞。早識飄零同薄命，當年深悔種桃花。』『寒閨人病已經年，夜夜金爐藥自煎。深怪鄰姬不解事，月明猶唱想夫憐。』『晴窗檢點嫁衣裳，千蝶羅裙百寶裝。今日秋風團扇冷，誤他顔色縷金箱。』菊如詩筆微婉，古詩尤妙，而味其各作，琴瑟似不甚諧，彩鳳隨鴉，亦可歎也。

江甯章味琴孝貞，字静儀，俊民第三女，周觀模室。工琹善畫，著有《鏡倚樓小稿》。《憶桐城姚淦溪女史》云：『惜别匆匆去路遥，閨中寂寞暗魂銷。半輪涼月孤舟夜，知泊揚州第幾橋？』《作畫》云：『遥天水長碧迢迢，箇裏人家遠市囂。似絮白雲遮不住，青山一抹露紅橋。』兩壓『橋』字皆妙。

德化苑佩湘漣，字清宜，知縣明德女孫，正衛女，陳蔭園室，有《佩湘詩草》。《秋雨》云：『寒深雲重雁來遲，落葉辭枝感别離。窗外西風蕉上雨，分明秋事不多時。』何感慨之深耶！

江西崇仁甘韻仙啟華，知州實求女，諸生謝蘭馡室，著有《焚餘小草》。《曉起望雪有懷弟婦江》云：『一夜急風雨，曉看山雪橫。遥憐閨閣裏，共此别離情。已覺寒梅破，更添春水明。飛鴻雲外斷，時送兩三聲。』湖口楊小橋舫，典史運綜女，監生汪陶鎔室，著有《白鳳樓詩鈔》。《竹林庵》云：『叢竹遥無際，尋幽上翠微。雲低峯欲合，樹老葉全稀。坐愛青山響，閒看白鶴飛。鐘聲猶未歇，秋色淡斜暉。』青浦張抱珠佛繡，諸生姚惟邁室，有《職思居詩鈔》。《遊横雲山莊》云：『地僻松杉古，寥寥人跡稀。秋花含宿雨，霜葉舞斜暉。山鳥閒催句，溪風冷透衣。笑言深樹底，相對澹忘歸。』江夏張浄因因，一字淑華，舉人黄文暘室。善畫工詞，著有《緑秋書屋詩集》。《湖上》云：『湖上春光麗，風薰日正和。蝶隨芳草集，柳近畫樓多。啼鳥疑絲竹，嬌花散綺羅。誰能攄彩筆，寫出好煙波。』四人筆意相同，余聞浄因曾在儀徵相國家授劉、謝、唐諸女史詩。

衡陽凌興鳳，譚積林室。譚氏家中落，佃田爲活，從夫耕，有餉饁風，尋夫歿，姑欲嫁之，不從。誣以虧節控官，氏抑鬱成疾，絶粒死。其兄檢篋，得血書文一篇，鳴於官，始得昭雪，人皆快之。《鳳凰歌》原注：偕夫畊田，有俗子時來譏謔，作此自歎。云：『鳳兮鳳兮，何時之衰。翱翔千仞兮，下而欲覽夫德輝。阿閣巢隤兮，無處可依，聊向田間而棲遲。命途多乖兮，淚不停揮。忽來弋人兮，四面相窺。網羅隱張兮，鳳自高飛。鳳自高飛兮，弋人空歸。鳳兮鳳兮，何時之衰。』《春閨》云：『欲將詩句寫心裁，握管情無詠絮才。烏鵲自銜嫠婦血，黄鶯空作美人媒。寒衾有夢通泉路，落月無情照鏡臺。一幅湘簾春久鎖，向東窗户未曾開。』『清明時節百花明，觸我胸中無限情。最怕呢喃來紫乙，更愁睍睆聽蒼庚。慈猶現在悲亡父，妹不聊生仗老兄。骨肉拋分今暫聚，那知殘命一毛輕。』

無錫馬誦昭師班，教諭雲題女，楊錫瓚室，有《翠深小草》。誦昭工詞，善畫山水，早寡無子，以清節稱。妹師孟，字誦光，亦工詩。字丁生權，未婚守志，尋以身殉。誦昭《題妹遺照》云：『人生天地間，輕塵棲弱草。孰能無死生，智者自了了。吾妹幼懷貞，齊肩索梨棗。十三始學詩，含毫意綿渺。十四工尺幅，腕底擘雲藻。素德既愔愔，大義更皎皎。嗟乎生不辰，所遇多顛倒。椿樹痛凋零，連枝折何早。琴瑟未諧鳴，鸞鳳分飛杳。矢志凜冰霜，柏舟誓日皦。鬱鬱春復冬，嗚呼竟早夭。訣别忽三秋，悲恨填懷抱。此日對遺圖，風雪青山縞。竹節與松貞，伴爾孤魂悄。慈母淚如麻，思兒心如擣。弱姊裂肝腸，哭君路渺渺。迴飇激悲聲，淒雨添煩惱。我亦未亡人，數載嘗荼蓼。欲從泉下魂，弱息牽衣繞。重傷母氏心，仰視孀姑老。弔影歎煢煢，形存如木槁。吟詠久無緒，苦語焉能好。世有左鮑才，莊嚴圍七寶。庶藉彤管芬，用作招魂旐。』

華陽蔡冷香玉生，同知天培女，工詩善畫。嘗取《蘭閨寶籙》中孝女貞姬百人爲《百至吟》，三十不字，有侍養以終之志。甲辰孟夏，讀余《鴻雪樓詩集》，畫紅緑梅扇，題詩見贈，云：『半生蘭蕙空山怨，一管珊瑚碧海愁。湘水可濺仙子佩，薊門合作錦屏遊。青燈有夢供親饌，赤手多情瘞古邱。陟屺我嗟猶未葬，螟蛉君又寸腸柔。原注：余失恃，聞君因義母李太夫人棄養，爲服期喪，人以爲難。』後聞爲廬江章璧田太史聘焉，丙午春于歸矣。

名媛詩話卷十一

錢塘沈善寶湘佩著　受業完顔佛芸保校字

古歙汪雅安太宜人嫈，程禹和先生調鼎室，鎮北水部葆母，著有《雅安書屋詩集》四卷，《文集》二卷。學力宏深，詞旨簡遠，且能闡發經史微奥，集中多知人論世經濟之言，洵爲一代女宗。太宜人早賦《柏舟》，水部失怙，年纔十一，煢煢孤苦，親自教讀。水部貴寫《秋燈課子圖》徵詠，以誌母訓。水部與外子同譜而兼梓誼，余竟不知太宜人之才德，未曾往謁。今讀《遺集》，嚮慕殊切，且媿見聞之隘也。詩如《己巳暮春送江素英歸皖江》云：『蘭閨交誼重，似我兩人稀。携手一爲别，知心千里違。大江新漲滿，之子暮春歸。明日風帆遠，茫茫對夕暉。』《江上》云：『江上秋涼早，孤舟笛倚聽。客心流水遠，詩思暮雲停。月色有時白，峰痕無數青。雁飛寒悄悄，忽漫過沙汀。』佳句如《落葉》云：『空山人跡絶，古木鳥聲悲。』《夜雨》云：『天空歸雁急，人静落花愁。』《贈夫子》云：『天理全從虚處領，人情須向實中求。』《霜枝》云：『花是烘開都易謝，病非藥誤總能瘳。』《孫夫人》云：『千載傷心望西蜀，一時失計返東吴。』

《雅安書屋·閨訓篇》，足與曹大家《女誡》並傳。詩云：『男兒希聖賢，女亦貴自立。禮義與廉恥，四維毋缺一。千秋傳女宗，在德不在色。德厚才自正，才華本經術。無德才曷取？衾影先難質。我誦三百篇，多出婦人筆。王化起閨門，性情悉純一。柏舟矢靡他，之死身罔衃。男忠偕女節，要各用其極。人生順境少，處順宜自識。家範森以嚴，主饋修内則。富貴戒驕奢，貧賤弗抑鬱。古人樂天命，無往不自得。容貌肅端莊，笑顰氣安輯。長舌維厲階，多言不如默。謹慎采藻蘋，静好御琴瑟。舅姑比父母，孝養情汲汲。曲折體慈懷，乃能盡其力。善處骨肉間，和氣生一室。不幸失所天，無言自悲泣。生死權重輕，撫孤務先亟。冰霜自苦辛，敗絮行荆棘。坤道利永貞，言動衆矜式。循分事女紅，固窮志不惑。避嫌嚴瓜李，防微謹閨閾。保始更慎終，姓名香可挹。教子有義方，父師皆母職。一朝能顯揚，芳烈歐陽匹。常變守此心，綱常力能植。女子賴師教，考亭言足述。蒙養自少時，定性嚴所習。三從有定臬，女戒恒慄慄。熟讀四子書，義理都洞悉。經史苟旁通，萬卷盈胸臆。偶爾歌詠志，無邪協詩律。敦厚而温柔，樸雅去雕飾。亦足舒性真，匪求名譽溢。不則繕名言，終身守勿失。有女養閨中，莫使躭安逸。施衿結褵時，欲學嗟何及！』

《雅安書屋文集》中有《聞蔚如從嫂曹孺人談兵記》云：『嫂爲人明大體，性正直，遇事有斷才，最知兵法。偶論及，皆與古人暗合，《孫子》十三篇能一一得其甚解。如「無恃其不來，恃吾有以待之；無恃其不攻，恃吾有所不可攻」等語，外此引証尤多，不知其幼時何師所授。余之外不與人言，故人皆無知之者。嘗云：「良將用兵以積德擊積怨，以積愛擊積憎，何往不勝？全兵先勝而後戰，敗兵先戰而後求勝，古之善用兵者，必自廟戰，故運籌於廟堂之上，而決勝千里之外。善將者，用民氣之實以制其虚，實在民氣以待人之虚；不善將者，虚其民氣以待人之實，所謂攻堅不如乘瑕也。兵静則固，專一則威，志決則勇，心疑則北，力分則弱，故能分人之兵，疑人之心。千人同心，則得千人之力；萬人異心，則無一人之用。」』吾聞嫂言畢，歎曰：『古人有言：「强國戰兵，霸國戰智，王國戰義，帝國戰德，皇國戰無爲。」其斯之謂與？』余謂曹孺人論兵之精當，太宜人記事之簡潔，皆巾幗偉人也。又有《與兒婦夏玉珍言詩》云：『真州族母方静雲著有《誠堂集》，載一絶云：「閒吟風雅繡餘時，誰道詩非女子宜？不解宣尼删訂意，二南留得后妃詩。」作者自示所爲詩導源三百言，固不媿也。大抵詩寓規勸，隱合「思無邪」一言，乃不虚所作。若止吟風弄月，摛藻求工，而香奩脂粉氣流溢楮間，真性情杳不可窺，不但違三百篇之旨，下筆先自覺無味，後人安得而珍重之？近日閨詠甚多，明此意者少。汝有天分，若無學力，於此三致意焉，思過半矣。』子婦夏玉珍，廣陵人，鎮北水部室。亦解吟詠。太宜人嘗示以詩云：『羨煞神仙福地居，張華博物有誰如？娜嬛二字形從女，閨閣如何不讀書？』玉珍和云：『紗幔相依侍起居，母才咸頌女相如。繡餘頻荷金鍼度，却恨今生始讀書。』

《雅安書屋詩集》中附大弟婦陳孺人《寄懷》詩云：『終年兩地感懷深，想見登樓費苦吟。詩稿羨君成卷帙，米鹽爰我誤光陰。何時往事從頭説，幾度遐思吝足音。有子才如黄叔度，縱然苦節也甘心。原注：黄春谷表叔，翁譽葆甥文學與己少時略同。余聞之喜，堪告慰也。』按：孺人爲汪近垣聶室。又載同邑江素英月娥《詠梅》四律，録一云：『超絶名山第一流，花開花落兩悠悠。爲尋玉蕊來溪口，欲折瓊枝寄隴頭。燭剪西窗陳別緒，原注：前夕雅安姊留宿話别。樽開東閣話離愁。吟成明月清風句，字裏餘香十日留。』雅安太宜人與素英同受詩於張浄因女史，交誼頗篤。素英至性純孝，工詩善畫能琴，適皖江文學張某。在室時，母病劇，嘗刲股和藥以進。母殁，自寫《望雲圖》誌慕。著有《餐菊軒詩稿》。

澠池席怡珊慧文，同知石同福室，舉人峻華母，有《瑶草珠華閣詩鈔》。怡珊工琴善畫，尤精分隸，性喜音律，隨宦吾杭。《課花書屋坐月》云：『清光何皎潔，三五月團欒。覓句渾忘倦，披衣避薄寒。笛聲來别院，花影度迴闌。久倚薰籠坐，更籌數欲殘。』余在杭時共文酒之會，近聞殁於安慶，深爲嗟歎。

雷江邵素文循，有《雙清閣詩草》。《大内出新荔分餉》原注：是日經筵。云：『珍果分來出尚方，青絲籠透紫雲香。海天結就封教密，閬苑攜歸味更長。自保丹心同蠖屈，爲憐素質卸綃囊。當年一笑何堪憶，今日恩沾講幄旁。』頗有唐人神韻。

琴川邵琬章淵潤，有《話月樓詩集》。常熟趙汝玉元成室，鮑尊古女。母病刲股，由是得疾，殁僅二十九歲。集中《詠魏武》云：『一代奸雄霸業基，文王自命世誰欺？漫誇震主威權盛，已有旁觀司馬兒。』深得弦外之音。

吴縣陸琇卿韻梅，侍郎潘曾瑩室。《題自畫桃花折枝》云：『鏡裡暈紅霞，香風透碧紗。曉粧猶未理，和露寫桃花。』余素愛清曉書畫，每每不待粧竟先弄筆墨，自謂積習如此，不料有相同者。《金鰲玉蝀看荷花》云：『柳陰侵曉萬蟬聲，隱約涼風拂袂輕。我欲萬荷香裡住，花間惜少釣船橫。』皆人人意中之語，拈出便佳。

吴縣汪佩之紉蘭，中翰潘曾綬室，有《睡香花室詩稿》。《曉起》五平五仄體云：『水落野鳥散，天高寒風鳴。遠樹日未出，重樓山初晴。塞外雁影亂，江邊蘆花聲。曉起有靜趣，憑闌新詩成。』拗體最難自然，此作通首妥貼，甚不易也。

番禺黄璇卿采璣《題睡香花室詩稿》云：『爐煙輕裊暈紗窗，吟影珊珊伴玉釭。千尺桃花潭上水，清才應不讓潘江。』亦頗雅切。按：璇卿爲侍御韓榮光室。

吾鄉武銕峰懿，著有《訊秋齋詩稿》、《紅樓覺夢》。晚年懺除綺語，皈依佛教，不復吟詠。工六法，得管仲姬神韻。與殘夢老人至戚，爲余言之最悉。余見其《題自畫墨牡丹贈殘夢老人》絶句云：『同是龍華會上來，三生如夢費疑猜。問君可憶瑶臺否，十丈青蓮手自栽。』『墨痕聊寫一枝妍，秃筆頹唐已遜前。不向胭脂借顔色，清華應許共瑶天。』

余表戚仁和李石橋鼎孝廉云：『幼時受業於同里魯小蓮先生，師母鄭夫人工吟詠，生三女而無子，夫婦與女相繼早故，遺稿失散，僅憶其一聯云：「砧急敲回千里夢，月明籠出滿庭秋。」』

陽湖惲岫雲湘，爲珍浦太夫人女姪，工詩善畫，秉家學也。數年前晤於孟緹處，知其孤苦之狀，頗爲扼腕。癸卯夏來訪，始得詳悉，蓋岫雲失所天後即自經，爲家人救免。後二年，翁姑相繼棄世，側生小叔僅四五齡。岫雲有庶出女，亦數齡。兩姬他適，岫雲孑然一身，撫養幼稚，經理喪葬，爲外立嗣，自著行述。翁本靈石巨族，宦於淮揚，殁後遠近親族無人過問。岫雲間關數千里，送五柩至靈石卜兆，而族中貧不安業者需索多端。岫雲不堪其擾，復攜孤弱至都，延師課讀，家雖温飽而刀尺井臼猶親操焉，勤儉如此，尤屬難得。惟傷離感逝，悒鬱悲愁，筆墨漸廢，爲可惜耳。余謂岫雲一嫠婦，爲丈夫所不能爲之事，處人世極難堪之境，殊可敬憫。以《初度感懷》十章見示，録二云：『春夢秋雲五十過，平生銕骨儘消磨。化人城内難休息，何日逍遥脱網羅？』『黄鵠孤飛已十年，茫茫恨海幾時填？孤兒幼弱慈親遠，淚灑燕雲祇自憐。』岫雲爲孝廉方正秉怡女，同知何林室。

宛平黄美心友琴，員外炳奎女，觀察劉師陸繼室，有《南濱偶存稿》。《書雅雨堂重刊金石録序後引》云：『李易安作《金石録跋》，時年已五十有二。國朝雅雨盧公重梓是書，序中决其必無更嫁事，謂是好事者爲之，殆造謗如《碧雲騢》之類。數百年覆盆，遂得昭雪，自是易安可免被惡聲矣。詩以詠之。』云：『李姓本清門，趙亦天族裔。淹通敵儒冠，文采蔑儕類。詎踰就木年，而違汎舟誓。金爲口所鑠，葵竟足不衛。卓哉都轉公，一語抉蒙翳。披雲始見天，湔雪洵快事。詞憐《漱玉》新，圖愛《打馬》慧。曠代有知己，九原當破涕。』

溧陽狄烈婦王恭人甥桐，爲狄侍御聽室。侍御於道光十九年己亥七月病故，烈婦已矢志捐軀，其孤子又於八月夭逝。烈婦即於九月廿五夜自經，留書二封，一與諸年世誼，一與嗣子。處分後事，纖悉畢備。書後附詩二句云：『我是歸家去，人休作烈看。』按：此二句乃錢塘曾如蘭節婦臨終所作。余讀之，心骨皆悲，人能視死如歸，神明不亂有如此者，真所謂從容就義，令人起敬。余聞孟緹云烈婦工詩，嘗賦七古祝婉紃壽，殁後惜遺稿不存。

上元梅竹卿碧蘭，知縣丁日健室，孝廉方正憲鍾母。人甚秀雅，聞名相契，遲至癸卯春初，始得握手。未幾隨任赴閩，臨行出其姊看雲子《看雲閣詩》并《自序》，囑余採入《詩話》。詩如《寄竹卿》云：『雲暗山城境渺茫，子規聲裏轉心傷。官貧莫備三冬粟，歸好難期十畝桑。雁序遥分天外影，蟬絲新點鏡中霜。關心最是兒年少，跋涉頻年學業荒。』看雲子《自序》中有『蕉牕日午，每疊韻以消閒；蓮漏風清，應同聲而唱和。更有盤絲嬌女，在掌明珠，慧弄墨丸，艷裁花骨。曉妝臺畔，擁髻微吟；刺繡牀前，停針默搆。三秋未半，百律告成。乃撚離青之管，細檢瑜瑕；同披虚白之篇，豈煩梨棗』云云。詩文清麗，惜遠宦黔州，無從把晤耳。看雲子爲孝廉冲女，郎中曾亮妹，縣尉朱某室。

韓城師素卿蕙芳，觀察彦公女，主事祖瓊林室。余由素安而識。著有《繡餘吟》一卷，雅韻欲流。《咏蝶》云：『緑草成茵接畫檐，銖衣弄影態纖纖。妝臺剩有殘花片，攔住春風不捲簾。』

《蠟梅》云：『望梅已勘人情幻，嚼蠟曾將世味捐。』《水仙》云：『翠羽乍驚春有信，玉人偏愛水爲家。』素卿又出其姊香國蓮芳——䑮尹范潤室，翰林承典母——《採芝吟遺草》，筆情凄惋。《秋燈課子》云：『燈殘停繡課遺經，不覺深閨月影横。爲語孤兒須努力，可知慈母是先生。』《寄素卿妹》云：『幾行錦字憑誰寄，半載相思各自知。』《病中自挽》云：『了却人間煩惱債，他生記取莫重來。』可謂懸崖撒手，解脱前因矣。

順天陳秀君夫人翠翹，尚書祖之望室，著有《佇月軒詩草》。夫人爲素卿繼姑，詩存不多，殊有逸韻。《復遊赤壁》云：『青山緑舫小春天，泊近江樓月正圓。從此畫圖添故事，兩番赤壁寫嬋娟。』長孫女浦城祖潤香湘雲，知州李宗潢室，素卿女。《詠菊》云：『一歲韶光去已賒，尚留餘艷到黄花。一籬瘦影秋容淡，三徑微霜逸韻嘉。傲骨亭亭開棐几，幽香隱隱入牕紗。閒攜樽酒遥相對，滿眼寒英洵足誇。』次孫女湘雯《江行》云：『雨霽鳩呼急，天高鷺遠飛。桃花千尺水，都爲鱖魚肥。』《紫菊》云：『小橋流水碧琅玕，隔斷紅塵欲見難。一自山人初賜紫，秋風不作等閒看。』詩俱新俊，秉家學也。

江蘇張静芝德凝，縣丞朱錫慶室，姊妹數人皆工吟詠。静芝《春日偶成》云：『多情燕子語窗紗，繡幙低垂静不譁。消受春光閒處好，一杯新茗一瓶花。』妹淑雯德妍和云：『春光又值柳如絲，遣悶惟憑一卷詩。昨夜東風吹正好，今朝紅上海棠枝。』妹静蘭德瑞，字佩雯，有《翠梧吟草》。《夜坐》云：『沉沉簾幙篆煙斜，玉漏無聲静不譁。皓月似憐人寂寞，漸移梅影上窗紗。』妹廉浦德珠，字子珍，縣丞蔡鴻業室，有《問芳軒詩鈔》。《題百花圖卷》云：『百種名花頃刻裁，詩人應自費疑猜。拈毫似有參差舞，展卷猶疑爛漫開。爲愛閨中真妙手，始知畫裏有仙才。風前試把珠簾捲，蜂蝶翩翩悮往來。』静芝姊妹爲素卿女甥，故皆風雅。

湘南張蘭芬聲琇，有《古香室詩稿》，筆致清新，丰神摇曳。壬寅春間，隨宦入都，余得晤於楚北陳仙九敦蕙席上，言談半晌，傾倒平生。時已定期南返，留詩誌别，余亦依韻和之。忽忽三年，頗縈離索。甲辰小春，從滇中寄書來，文情備至，並告令子去秋獲售鄉闈第一，令人爲之色喜，惟歎仙九早逝，不能同讀此書爲恨耳。札後附《寄懷詩》二律云：『池塘春夢幾相催，驛使新逢且寄梅。萬里鴻泥盟早訂，三秋魚箇媿初裁。蓬根莫定長途轍，竹葉頻浮小歲杯。爲語皇都諸姊妹，滇中冷宦等蒿萊。』『憶昔京華袂影分，詩筒歸路瓣香薰。原注：瀕行姊曾爲詩贈别，令人百讀不厭。衣冠優孟應嗤世，硯席知交獨數君。北望蘆溝懷曉月，西踰黔嶺悵層雲。何時得意重攜手，近坐紗幮聽論文。』蘭芬爲宣威州知州余崇本室，孝廉鐨母。

陳仙九敦蕙，秋門給諫光亭女。幼慧，給諫不甚教之，而泛覽書籍，輒通其義，尤好讀史，上下古今，其識見不類巾幗。貌豐碩，亦不似短折者。年二十八，病竟不起。仙九不甚作詩，而有思致。《七夕》云：『一鈎新月掛黄昏，遥望銀河拜禱繁。造物自來能忌巧，女兒何必乞天孫。』又《春日即景》云：『柳舒鶯忽至，簾捲燕初飛。』《秋夕》云：『晚風高度雁，夜雨暗侵蛩。』仙九爲助教劉體瑩室。

會稽莫蕙芳，寶齋尚書幼女，方獻廷比部傳稑室。見其《新柳》四章，旖旎清新。詩云：『落梅風送過江春，和雨和烟緑未勻。暗擲黄金爲贈别，纔開青眼便宜人。縈回水驛愁千縷，點綴郵亭景一新。送客往來憔悴甚，輸君不改舊丰神。』『江天極望渺愁余，幾樹青青照眼初。遊子羈魂何日定，美人愁態未全舒。春波繪出三分影，新月窺來一抹疏。不管歡娱管離别，情根種就待何如？』『美人生小便纏綿，緑髮毿毿半覆肩。隋苑月明初照影，楚宫腰細不成眠。爲愁弱質難勝别，只恐風多欲化烟。對酒緩歌《金縷曲》，同心綰就恰芳年。』『陶家門巷久荒蕪，一夜東風緑幾株。楚楚身輕難繫馬，疎疎蔭薄未藏烏。窺來淺水春疑夢，照到斜陽淡欲無。好待幾番眼起後，爲卿翻作《十眉圖》。』蕙芳早世，未見全集。

古朐湯紫筠清玉，一字藍英，仁山諸生國泰女。生時父夢神媪贈美玉一枚，入手甚重，欲墮，女生即以命名。五歲能誦讀，十四工吟詠，經史諸子過目不忘。十七患脇痛，三載而卒，年才二十耳。歿之前一夕，父於旅館夢紫筠於海外神山領衆仙女唱答松竹間，而女訃至。後降乩於沭陽云[一]：『我今到沭陽，無親亦無故。但得同鄉人，問母兼問父。』紫筠性極孝友，詩筆真摯，言近旨遠，天籟自鳴。曇花一現，殊可惜也。《節烈吟序》云：『道光七年秋，余隨家大人移居牛山東南麓紫竹村。村中族姪九明之女名焕姑者，適李氏，三年而其夫卒，女於葬後三日圓墳，歸遂自縊，其事其人足堪千古，作《節烈吟》以哀之。』云：『朐西有鎮名横溝，嶺凹松柏如龍虬。中有鴛鴦墳一邱，終年鳥雀啼啾啾。烈婦之父吾宗姪，烈婦之家李氏室。嘉慶丁丑年念一，歸夫三年夫病卒，身入夫棺願難必。願難必，妾心憮。妾願同穴死，不願生無主。非無奩中鏡，影不照孤凰。非無匣中琴，聲誰聽斷腸。妾幼嫻閨訓，從一不敢忘。安知生人樂，惟覺死名香。死名香，終何益？明知無益死不惜，郎葬三日妾落魄。浴我金石身，著我嫁時帛。開我舊時箱，穿我嫁時舄。裝罷向堂拜，從容挂牆壁。十洲三島間，芳魂一線碧。己卯臘月念六夕，皇天黯淡慘情迫。李窑村，鄰羽畎。郎名何，李盡善。烈婦誰，焕姑顯。我來孫女恨未逢，作銘筆淚空同鉛。我願千秋萬世閨中媛，見我此詩激勸勉。』《古劍》云：『入匣全吾仁，出匣見吾烈。秋水色無情，恩怨有分別。』《湖上》云：『雲去失山青，雲來壓水黑。可惜去來雲，變却山水色。』《晚庭花下》云：『無烟花不嬌，無月花不美。日落烟籠花，月來花浸水。』《嘆牛》云：『朝耕隴上雲，暮耕原上月。稼好人共誇，牛苦人不説。』《秋夕》云：『黄菊花開淡裏香，坐驚斜照下西牆。閒攜弟妹吟新句，喜替爺娘補舊裳。風擺松濤常訝雨，月篩籬落錯疑霜。天光仰視清如洗，只覺雲歸起夕涼。』

校勘記

〔一〕『沐陽』，疑當作『沭陽』。

蓉江陳慕青蘊蓮，鹾尹左晨室，有《信芳閣詩草》，集中傑作頗多。如《蘭山道中放歌》云：『長空蒼蒼野茫茫，兩旁亂石如牛羊。車聲磷磷石上過，電掣雷轟半空墮。車輿脱輹愁須臾，跼促幾撲轅下駒。馬瘏僕痡色沮喪，百步九折向空上。忽然一躍如飛梭，轉瞬已下千丈坡。又如忽挾王良策，人馬去天不盈尺。又如亞夫將軍降自天，仰視千仞心茫然。此時未免心如擣，此際咸愁不自保。平安辛苦我深嘗，此險真如上太行。雲青青兮日將暮，眼前忽得康莊路。白河没踝水波平，穩渡巾車馬不驚。原注：是日過沂州。心折骨驚疲犖确，如何轉又戀山麓？時時回首望雲林，齊魯山餘未了青。險中得樂聊自快，指日歸帆淮海挂。』履危涉險之狀能一一寫出，可謂筆補造化矣。七絶如《倚闌》云：『枝頭紅豆已含丹，無那離懷悄倚闌。生小不知門外路，夢魂何處覓長安？』七律如《春日漫興》云：『韶光最好惟三月，半是清明半是陰。花影上堦知日午，苔痕滿砌覺春深。茶浮雀舌新攜鼎，笋煮貓頭乍出林。細玩物華堪寄興，援琴幾叠譜閒吟。』《題姜如農給諫硯》原註：背鐫『宣州老兵』四字。云：『勝國當年事盡非，批鱗遑計履危機。但令聖主金湯固，何惜孤臣血肉飛。閫帥生辜關内祭，老兵死戀敬亭薇。研田以外無餘地，想見摩挲淚滿衣。』《秋蟬》云：『何事枝頭訴恨頻，桐陰百尺足容身。生無求世如高士，秋有餘音愧諫臣。露重伶俜棲未穩，風多摇曳聽難真。行當補入維摩畫，添箇紫門倚杖人。』慕青詩書畫皆臻神妙，史學甚深，伉儷情篤，宦隱津門。丙午春來都過訪，唱和頗歡，惜匆匆别去耳。

漢軍程孟梅，麟見亭河帥慶繼室，有《紅薇閣詩草》。夫人爲惲珍浦太夫人長婦，賢孝多才，太夫人輯《蘭閨寶籙》、《正始集》諸書，夫人率諸女勛勷讎校，搜羅無闕，蓋風雅性成也。詩筆亦温厚和平，稿存甚少。集中如《孝烈將軍祠》原注：將軍諱木蘭，姓魏，隋時人。祠在河南商邱縣營郭鎮，即將軍故里。云：『河水濺濺遠近聞，崇祠人重女將軍。脱裝獨許生全父，仗劍還將死報君。環珮歸來隋代月，旌旗捲盡宋邱雲。西川更有黄宗蝦，千古高標武與文。』《題翁繡君女史羣芳再會圖》云：『十尺輕綃絢彩霞，枝枝葉葉鬭芳華。漫勞月姊重開鏡，又見天仙妙散花。前度繁香仍荏苒，這番新樣更横斜。披圖猶記君姑説，此是南宗一大家。原註：夫人曾以前畫《百花圖》卷就正先姑。』長女完顔錦香妙蓮保，同知來秀室，著有《賜綺閣詩草》。克傳家學，能畫工詩。丁酉二月赴選，蒙特賜紅綢二卷、翠花二對，恭紀云：『燈引香車達紫闈，順貞門外響轔轔。兒家也有朝天日，喜值中和二月春。』『階前鵠立静無譁，日上觚稜焕早霞。獨荷龍光傳賜綺，又聞鳳旨錫簪花。』妹華香佛芸保，年十一能寫山水，工吟詠，善琴奕，著有《清韻軒詩稿》。《春夜》云：『一曲絲桐歇，春深夜不寒。小階清似水，花影上闌干。』《白梅》云：『玉骨冰肌實可誇，暗香一縷透窗紗。寒梅自有清高格，不比尋常桃李花。』《自畫山水小幅》云：『一川楊柳迎風舞，千樹桃花冒雨開。偶向小窗閒點染，滿天春色筆端來。』《和璞山兄種竹韻》云：『館號小琅玕，窗前竹數竿。移來陰瑣碎，種處翠團欒。月上疎疎影，風吹淡淡寒。新篁纔解籜，指日出檐端。』《晚晴》云：『一雨花皆潤，新晴景最芳。檐牙仍滴溜，屋角又斜陽。碧染梧桐影，紅浮菡萏香。偶然游覽處，吟興引偏長。』丙午四月朔，惲岫雲招余游半畝園看花，得與華香把晤，年纔十五，吐屬風雅，賢淑可親。出《清韻軒詩稿》、山水小幅見示，詩既娟秀，畫亦清腴，家學能承，閨中罕遇。余以癸卯夢中所作『楊柳四圍山一抹，桃花紅到竹籬邊』詩意囑作小幅，翌日寄來，瀟灑可愛。余賦五古報謝，華亭遂來問字焉〔一〕，告余曰：『母夫人有侍兒甘泉龔綺如者，能作小詩。《桂花》結句云：「莫怪長吟秋露裡，飛瓊本是月中仙。」』纖妍可喜。

校勘記

〔一〕『華亭』，疑當作『華香』。

羅田潘伴霞焕嫡，知縣焕龍姊，諸生郭時潤室，有《漱芳閣詩草》。《游仙詩》云：『女向機中勤織錦，郎於河畔日牽牛。人無一事都堪惜，便作神仙豈自由。』『頻染紅塵集鬘根，人間游戲幾朝昏。紫蘭宫返頭思洗，去借明星玉女盆。』『萬樹仙桃結實稠，園中金鎖付予收。昨宵阿母殷勤屬，莫遣東方得再偷。』『吐飯成蜂驚抱樸，唾盤爲獺説樊姑。漫將狡獪矜奇術，我亦能抛米作珠。』妹綺青焕榮，號仲華，有《韻芳閣吟稿》。《夏日書懷》云：『妝臺塵事少，把卷静焚香。睡穩知宵短，身閒覺晝長。殘紅花亂舞，濃綠鳥深藏。雲樹迷離隔，何由辨故鄉？』妹幼暉焕吉，《月夜憶兄四梅》云：『久與吾兄别，迢迢客帝京。時兄舉京兆。遥知今夜月，定起故鄉情。道遠書難寄，心堅事竟成。何時還故里，笑語一堂盈。』嫂氏鄭蓮卿翠蓉性至孝，曾刲股療翁疾，惜不永年。《寄外四梅都門》云：『離愁萬斛不堪論，千里尋君有夢魂。聽説薊門風雪冷，客中還要自溫存。』綽有深情。歸安楊琴珊清材，貢生知新女，觀察炳堃妹，知縣潘煥龍繼室，有《碧筠樓草》。《共外茶話》云：『自賦夭桃共倡隨，喜君循吏克攀追。好官畢竟民心愜，仕路何妨驥足遲。運有升沉都是命，身爲父母總宜慈。爐香退食呼童爇，小坐烹茶論古詩。』琴珊與綺青、幼暉吟詠無虛日，刊有《官閣聯吟》，殊韻事也。

會稽宗壽香梅，字古雪，知縣稼秋先生霈女，滌樓給諫稷辰妹，知縣王慶齡室，參軍時敏母，有《六竹居詩草》。壽香性極孝，在室時父疾，刲股以進。于歸別母，即持長齋，誓不見母不茹葷也。逾二十七年，省母都門，始奉命開齋。子婦穆君本姪女締姻，穆君賢孝多才，姑婦尤相得。乙巳春，隨宦湖南，卒於旅次。壽香慟悲逾恒，有『十年兩度傷心淚，哭女何如哭婦悲』之句，蓋壽香長女芝馨秀慧能文，年十八而夭。余乙巳冬日與壽香把晤論詩，喜得良友，見其集中如《新月》云：『素娥新出貌，掩映照池塘。不識清輝影，心疑月有雙。』母王太宜人博通經史，年近八旬，猶日手一編。登堂拜母，頗承刮目也。壽香有從姊秋丹桂，游擊史鵬室，著有《秋爽亭詩鈔》。秋丹早寡而貧，吟詠不輟。《冬日偶成》云：『畏冷每常高卧，愛閒懶學塗鴉。爐火守如丹竈，殷勤自煮芽茶。』『妝罷焚香小閣，幽窗寂寂陰晴。不解夕陽何處，但聞日夕雞鳴。』

毘陵安眉仲玥《詠鳳仙花》云：『秋花此最艷，紅白相與鮮。飛來鳳兮鳳，留住仙乎仙。』頗新穎。眉仲爲侍御詩妹。

乙巳春仲，許聽樵孝廉復攜鄭佩香作見示，如《西湖詠古翠微亭》云：『壯士衣冠真社稷，美人桴鼓亦英雄。』《孤山》云：『亭餘放鶴仙禽杳，香度寒梅老樹深。』《姑蘇曲》云：『秋風吹梧落金井，姑蘇臺上秋風冷。銅龍咽寒更漏長，隔簾錦瑟調未央。柳枝凄涼歌一曲，吴王宫中秋草緑。美人已去遠山低，惟有城頭烏夜啼。』諸作皆得唐賢三昧，頗有進境，殊可喜也。

吾鄉汪竹斐愃，爲虚白老人女姪，鄒容閣少尉在衡室，有《研香堂詩鈔》。善於論古，蓋承虚白老人緒論也。《讀毛詩》云：『明星皎月感懷生，一事睽中怨悱成。底事未聆琴瑟奏，關雎夫婦最和平。』『王姬下嫁出天家，雍肅争迎貴主車。挾貴不驕家法美，詩人特地賦穠華。』『報李投桃事往還，木瓜一賦美齊桓。如何霸主招攜禮，静女城隅一例看。』『清風亮節生淇竹，河水淪漣賦伐檀。欲與伶工試勾剔，最宜譜入古琴彈。』

海甯朱蓮卿淑筠，諸生查冬榮室。妹菊卿淑儀，俱工吟詠，後歸查，爲妯娌。蓮卿《哭歸佩珊》云：『人本如花弱，詩真似水清。』恰切其人。《此夕》云：『蕉窗秋似水，小坐夜眠遲。曲院花雙影，新涼月一眉。挑燈方倦繡，倚榻自吟詩。此夕愁多少，階前落葉知。』菊卿早寡，《歲闌》云：『歲闌窮未送，忍凍讀連珠。琢句如梅瘦，彈琴伴月孤。墨凝冰入硯，炊斷雪封厨。添綫勞閨詠，寒消九九圖。』以姊妹而爲宛若，既可盡友于之樂，又得朝夕唱酬，誠閨中幸事也。

金壇于綺如曉霞，有《小瓊華仙館詩稿》，金小覺文淵室。伉儷合集，名《玉連環草》。綺如筆致佳妙。《歸大庾嶺作》云：『山徑路縈迴，憑高眼界開。梅花應識我，今日又歸來。』《納涼和茝若妹》云：『待月坐松風，銀河迴碧空。鳴琴遣懷抱，涼起七絃中。』佳句如《春柳》云：『三月離情春裊娜，六橋烟雨影溟濛。』《冬日晚眺》云：『尋巢凍雀歸林早，釀雪寒雲出岫遲。』《唐山望雪》云：『千山曉樹遠難辨，一片白雲凝不飛。』《西泠放舟至孤山》云：『乍過楊柳佳人墓，來訪梅花處士家。』

次女棧霞友愉，性頗敏給，喜弄筆墨，與侍兒箏鴻晨夕執卷，咿唔研誦。余授以唐宋律絶，稍稍指授，未嘗督責也，不數年皆能成小詩，天籟自鳴，亦可喜也。棧霞年十二，《春日》云：『唐詩讀罷揀香焚，晉帖初臨王右軍。一曲闌干雙燕子，梨花庭院雨紛紛。』《龍樹寺秋望》云：『新霜初染樹陰稀，遥望西山露翠微。一陣秋風涼意重，蘆花如雪滿天飛。』箏鴻《春日》云：『小桃開後杏花肥，滿地榆錢春欲歸。捲起珠簾看燕子，柳陰深處一雙飛。』《游涵碧草堂》云：『平橋依碧水，老樹倚紅亭。獨上平臺望，西山不斷青。』箏鴻，山東安邱人，年十八歸家嘯珊仲兄爲簉室。

幼女紫薇，性明慧，貌端麗，不苟言笑，生數月母病失乳，日就柴瘠。失恃後，祖慈王太恭人朝夕哺之，得延喘息。余于歸時見其目翳神憔，奄奄欲絶，急爲調治，始痊。體日豐腴，稍長依依左右，絶憐愛之。余偶出，或遇風雨，或歸稍暮，則思慮萬狀，嬌聒祖慈遣人逆焉。甲辰春，舉家患喀，女獨重。余晝夜撫視，女知不安，每以詭詞相慰。是歲臘八日，忽嘔吐，身孰三日〔一〕。後眉際現黑泡一片，醫云：『此逆痘十日症也。』百藥罔效，殤於十七日巳時。七年翼復，一旦珠沉，豈不痛哉！女雖八齡，而至性純篤，侍祖慈寒暖，察臧獲勤惰，不異成人。倘天使永年，必有可稱。余悲不能已，復哭以詩云：『憶我于歸日，見爾於襁褓。氣息已奄奄，形容復枯槁。聞此呱呱聲，衹覺心如擣。藥餌與鍼砭，漸使沉疴杳。稍長性温柔，膝下斑衣繞。鞠育賴重慈，關心問寒燠。轉瞬已八齡，丰神日美好。秀髮映眉長，圓頤如雪皎。隨姊誦詩書，愛姪分梨棗。依戀逾所生，純孝出懷抱。憐爾至性真，痛爾夭折早。三尺築孤墳，更悲留遠道。月黑楓林青，誰慰羈魂小。』紫薇與姊牋霞皆前室章恭人出。

梁溪秦小香貞女秉芝，一字孝芽，巡檢熙成妹，諸生顧德培第四子廷鏞聘室。《秋夜吟》云：『寒蛩唧唧鳴疎籬，西風如水侵簾衣。銀河耿耿波欲墮，孤雁繞樓旋復飛。』『疎燈如豆人聲静，攤書不覺羅衣冷。誰家玉笛吹青霜，一庭殘月秋花影。』《示志》云：『七歲隨兄讀古書，也知駒隙重三餘。人生富貴浮雲等，心志終須似玉琚。』『繡閣簾開竹影寒，低徊自閒倚闌干。石何貞白泉何潔，願把余心一例看。』貞女侍母來都，耳余名，屢欲過訪，不果。聞於丙午夏南

校勘記

〔一〕『孰』，疑當作『熱』。

旋矣，録此以誌神交。

余賦命不辰，椿萱早背。于歸時見姑太恭人已逾古稀，克勤克儉，躬親操作。近年筋力稍不如前，神明亦覺漸減，讀蘇州江銘玉《堂上視膳》詩，有『明知温清時時缺，隱懼春秋漸漸高』，不禁怦怦心動，淚爲之墮。余自壬寅春送李太夫人回里，是夏温潤清又隨宦出都，傷離惜别，抑鬱無聊，遂假閨秀詩文各集并諸閨友投贈之作編爲《詩話》，於丙午冬落成十一卷，復輯題壁、方外、乩仙、朝鮮諸作爲末卷，共成十二卷。墨磨楮刻，聊遣羈愁；劍氣珠光，奉揚貞德。詎敢論文乎？

名媛詩話卷十二

錢塘沈善寶湘佩著　受業完顏佛芸保校字

陳坤維，不知何許人。丁巳閏重陽，厨下乏米，檢《元人百家詩》付賣，以供饘粥，手不忍釋，因賦一律云：『典及琴書事可知，又從架上檢元詩。先人手澤飄零盡，世族生涯落魄悲。此去雞林求易得，他年鄴架借應痴。亦知長別無由見，珍重寒閨伴我時。』後有太原辛瑟嬋僑寓吴門，以藏書出售，題詩書頁云：『蕭然四壁掩柴門，典及牙籤淚暗吞。猶喜未經池墨涴，可知曾覆碗茶痕。頻年伴我真同命，此後思君合斷魂。真箇雲烟輕過眼，幾番惜别不堪論。』陳雲伯大令廉知爲舊家寒女，重酬其值，復訪明歸之。

《正始集》末卷載《五色蝶》詩五章，不知作者姓氏。余讀歸佩珊全集，始知佩珊所作，細膩熨貼，工麗非常。詩云：『青陽初轉見來稀，忽訝林間一葉飛。拾翠暗翻游女袖，采藍新染侍兒衣。春疇花細銜鬚瘦，瑣闥苔深側翅肥。香徑未迷河畔草，尋芳時見柳梢歸。』『黄金散盡菜花稀，猶傍芳畦貼貼飛。村裏來時分菜色，枝頭梢去誤金衣。穿從香徑魂俱定，舞入秋林體不肥。勝似蜜房諸伴侣，經營花事不曾歸。』『赤闌干外見依稀，誰剪明霞片片飛。階藥枝頭酣曉夢，火榴花底欲侵衣。自饒香豔胭脂溼，不愛青酸梅子肥。一抹紅妝芳草路，夕陽影裏逐塵歸。』『白粉牆邊風信稀，趁晴時見一痕飛。亂飄柳絮難尋迹，細舞梨花不觸衣。夢裏仙姝全縞素，眼前公子笑輕肥。南園草緑香塵暖，紈扇頻摇晚未歸。』『黑甜鄉裏世情稀，栩栩誰教兩翅飛。入夢争看園是漆，探花偏仗鐵爲衣。沙隄影拂烏紗貴，妝閣香憐鴉髻肥。欲繼元嬰親潑墨，爲君寫照早言歸。』

題壁詩佳者絶少，惟陸娟《津門題旗亭壁》一絶頗清婉。詩云：『津亭楊柳碧毿毿，人立東風酒半酣。萬點落花舟一葉，載將春色過江南。』吾鄉女子《邯鄲客舍題壁》云：『獨坐幽齋夜氣清，可堪風雨作秋聲。典釵沽酒偕君醉，揀史燒燈快我評。事業到頭都未是，英雄當下只争名。自慚弱質非男子，閨閣沉埋負此生。』『英雄』句七字千古。

又有廣東海陽趙璣《和嫂題壁韻》云：『去國竟成千古恨，抱琴應共九泉歸。』維揚賈芷孚《南沙河題壁》云：『如弓明月初三夜，似箭春風十五年。心傷去國三千里，命薄隨人十萬錢。』皆極哀怨，不能多讀。

方外詩人亦不數覯。國初有上鑒、神一、再生諸輩，皆出名門。上鑒，字蕊仙，號佛眉，長洲人，著有《香谷焚餘草》、《佛眉新舊詩》。蕊仙俗姓吴，名琪，適諸生管勳。能文章，精繪事，尤好韜畧。管生死，遭家難，遂爲尼，慕錢塘山水，乃與方外友周羽步爲六橋三竺之遊，西泠諸閨媛争欲識之。周羽步贈句有『嶺上白雲朝入畫，樽前紅燭夜談詩』，其豪情逸致亦可想見。《感懷》云：『煮鶴焚琴事已賒，不堪回首數年華。愁來有句留殘葉，夢去無人問落花。烏惜晚香窺鏡檻，婢憐新病鎖窗紗。柳枝剩有蘇臺曲，未審春風憶若耶。』

神一，字美南，號龍隱，華亭人，著有《龍隱遺草》。龍隱本前明考功郎中夏允彝女，初名淑吉，適嘉定侯洵。年廿一而寡，撫周歲孤檠，後祝髮爲尼。明亡，其翁之兄峒曾及子演、潔殉難，允彝亦自沉，宅第俱爲瓦礫。先是龍隱避兵，結廬曹谿龍江閘，兩家奔命，賴以棲止。已而其翁岐曾復以株連被逮，母龔赴水死。龍隱皆艤舟潛往收其屍，舁置祖塋旁，葬之。孤檠才而夭，龍隱歎曰：『吾數年三百六十骨節，交付太虛，更無繫戀矣。』至康熙壬寅卒。表妹盛蘊貞爲立傳。《憶王菴舊游寄再生》云：『人生聚散本浮漚，回首蒼茫感昔游。曉露未收花力重，午陰欲定鳥聲幽。閒香小坐忘塵世，步月清言掃舊愁。梅影橫斜應似畫，殘英滿地倩誰收？』深得静中之景。

再生，字靈修，長洲人，有《再生遺草》。靈修姓姚，名嫣俞，工書能文，適嘉定侯演。演從父峒曾殉難，遂依神一於曹谿，祝髮爲尼。《仲春望日大人山中言旋即寫別懷》云：『白雲天半和愁低，無限情懷怨曙雞。烟柳河橋殘月小，疎鐘古寺曉風凄。百年幻影花枝老，廿載浮生草路迷。一葦江頭如可折，竺乾西去待相攜。』

静維，號寄竺道人，華亭人，著有《寄竺遺稿》。静維姓盛，名蘊貞，字嘉定侯峒曾三子瀞，未嫁而瀞以亡命死。静維著《懷湘賦》見志，卒歸上谷。本爲神一表妹，旋斷髮，禮神一爲師，與侯演室姚、侯潔室龔同止曹谿，所謂東園歲寒亭也。《贈聖幢師》云：『自是閨中秀，超然遠物華。心能同水月，骨自帶烟霞。翠長真如竹，黄開般若花。寄言劉鐵磨，應識趙州茶。』詩頗超脱。

妙蕙，長洲人，著《曇花軒草》。妙蕙姓范，適李峙岩，年餘李卒，乃祝髮葑溪般若菴爲尼。年八十餘，無疾而化。《招提曉坐》云：『夜雨洗山巖，朝來翠獨溼。趺坐學觀空，清風滿香積。正因字本無，而我好翰墨。心即等死灰，未了人間孽。窗竹皆虚心，庭松多勁節。體此長青樹，原不在虚實。何況鐘魚間，梵理更無得。坐久聞妙香，慈航如可接。』

智生，錢塘人，姓黄名埈，顧和知女孫。幼不茹葷，禮佛甚虔，尋得廢疾，祝髮空門。年十三，從容坐脱，異香滿室。荼毘後，得舍利子二十四，菴衆建塔藏之。《詠雪》云：『霏霏玉屑點窗紗，碎碎瓊珂響翠華。乍可庭前吟柳絮，不知何處認梅花。』

維極，仁和人，著有詩文、語録。順治丙戌，應聘開戒説法，戒律精嚴，間作詩詞，微言清雋，一時名宿推爲蓮臺上品。《題蓮花》云：『幻出是毫間，休作《愛蓮説》。花葉不沾塵，從今莫饒舌。』圓寂後，其徒超越爲輯《語録》行世。超越爲郡丞林杞女，通翰墨，能繼法。余按：雄聖菴在杭城北橋，地極幽僻。現在主持名世鳳，稍解文墨，年少苦修，亦可敬也。

智圓，常熟人，字湛然，俗姓殷。《弔彭娥》原註：娥，南通州人。夫貧甚，命彭鬻乳以活，彭不從，自經死。云：『乍可飢寒死，彭娥苦節貞。將雛憐燕羽，逐婦怨鳩聲。智以窮愁短，身因激烈輕。寸膚如可鬻，涇渭不分明。』此事此詩，俱足千古。

靜諾，仁和人，俗姓林。嘗卓錫河渚，結茅爲廬。每至萬樹梅花、千灣荻雪，自謂此中有真悟處。《春宵即事》云：『野藤花氣暗隨風，狼藉春光大半空。斜向石闌頻徙倚，一庭明月有無中。』

明修，字東悟，常熟人，著有《鑒雲留跡》並語録等書。東悟姓高，生而胎素，長入維摩寺爲尼開戒説法，歷朝峨嵋、普陀、五臺諸名山。《示衆》云：『人因有執機皆塞，物爲無情道盡通。』此聯閲歷語，亦悟後語。

德隱，字子惠，吴縣人，著有《侶雲居遺草》。子惠姓趙，名昭，祖母陸卿子、母文俶皆能詩善畫，一門風雅。子惠適馬氏，遭難破家，遂入空門，結庵洞庭西山中，香林匿影，二十餘年乃終。《新秋晚眺》云：『山中多晚涼，清風厲秋節。遥瞻四五峰，壁立皆奇絶。修竹傍林開，喬松倚巖列。黄菊散芳叢，清泉凝白雪。對此懷素心，千里共明月。願保幽貞姿，歲寒雙皎潔。』詩筆蕭疏，超超元箸。

又有宛仙者，長洲人，姓石，許字某氏子。貧而喪檢，因祝髮洞庭東山爲尼。《寫懷》云：『野鶴去時人少伴，曉雲起處壁添峰。』頗有畫理。

悟情，字石蓮，丹徒人，俗姓翁。幼孤無依，隨姊入都。姊爲和尚書珅侍妾，和歿，姊殉，石蓮南歸，主駱佩香女史家，佩香歿，石蓮祝髮爲尼。《感懷》云：『蒼茫回首萬緣空，漫説平生塞與通。眼見公侯興敗易，命憐姊妹死生同。只留此日袈裟在，不見當年羅綺叢。坐澈蒲團波浪息，心緣穩渡片帆風。』石蓮由絢爛而歸平淡，已入悟境。詩亦沉著。余幼時曾見其姊《絶命詞》十章，哀怨動人，今不復記憶矣。

無錫女尼，三十歲始落髮。余昔年過錫山，爲顧夫人招游永興庵，見其地遠塵氛，器皿精潔。老尼肅客入，有徒侍蓮年二十餘，丰神秀美，吐屬輕靈，知余善詩，出自畫墨蘭箑乞題，余即口占二絶云：『藐姑仙子玉無瑕，第二泉香爲煮茶。從此扁舟歸去後，最難忘處是蓮花。』『空谷無人亦自芳，綵毫也解寫瀟湘。茫茫塵海原難駐，弱水神仙别有鄉。』侍蓮持扇吟誦，喜形於色，告余前永興庵有老尼明修，善鼓琴，能詠詩，同往訪之。明修爲鼓三弄，出詩見示，今僅記其『塵夢删除鶴夢清』七字耳。

余閲《板橋雜記》，見校書中或負奇節，或任俠烈，蓮出淤泥亦復不少。如嘉興柳如是，是號蘼蕪，一號河東君，錢牧齋尚書謙益側室。初隸樂籍，本姓楊，柳其寓姓也。性機警而志豪宕，有俠烈風。順治乙酉，力勸尚書死難，不從，乃自奮身投池水中，急救得甦。後遇家難，遂自經而殉。《游西湖》云：『垂楊小院繡簾東，鶯閣殘枝蝶趁風。最是西泠寒食路，桃花得氣美人中。』蘼蕪能以晚節自蓋，力護孤雛，其識見高於尚書遠矣。

上元徐横波媚，本姓顧，字眉生，龔芝麓尚書鼎孳側室，著有《柳花閣集》。初隸秦淮樂籍，工畫蘭竹，歸龔後尊爲亞妻，改今姓。其元配童氏高尚，不入京，曰：『吾已受前明封，現在尚書當得封典，讓顧氏可也。』横波遂受封。《海月樓坐雨》云：『香生簾幙雨絲微，黄葉爲鄰莫卷衣。粉院藤蘿秋響合，朱欄楊柳月痕稀。寒花晚瘦人相似，石磴涼生雁不飛。自愛林中成小隱，松風一榻閉高扉。』

上元卞玉京賽，工琴善書，精寫蘭，間作山水小幅，喜著女子像，款署『畫中人』。初隸樂籍，後歸良醫鄭保御，築别館自居，持戒律甚嚴，自號玉京道人。刺舌血書《法華經》以報保御，卒葬惠山祇陀庵錦樹林。《題自畫小幅》云：『沙鷗同住水雲鄉，不記荷花幾度香。頗怪麻姑太多事，猶知人世有滄桑。』

如皋董小宛白，號青蓮女史，徵士冒巢民襄側室。初隸樂籍，天姿巧惠，針神、曲聖、食譜、茶經，莫不精曉。少長慕吴門山水，徙居半塘，詠詩工琴，杜門謝客。尋歸巢民，居豔月樓，鑒賞鼎彝書畫，曾裒集古今閨幃軼事爲《奩豔》。《緑窗偶成》云：『病眼看花愁思深，幽窗獨坐弄瑶琴。黄鸝亦似知人意，柳外時時送好音。』巢民又有侍兒蔡女羅含，生而胎素，工畫大幅山水。又有金圓玉玥，工畫花卉，嘗作貼瓣梅花便面，先寫枝梗，後以落梅瓣粘貼，巧思慧想，出人意外。又有吴湘逸扣扣，姿性敏慧，好讀書，《文選》、《杜詩》一二徧即能覆誦。年十九夭。

長洲衛紺雪融香，韋子甫側室。子甫殁，融香雉經以殉。《午日》云：『强向庭闈聚，尊前醉碧觴。心隨人共遠，愁與日俱長。燕引雛歸幙，榴舍子笑房。寸衷多恨事，蘭芷弔瀟湘。』代州蔡小秋閏，一等子趙宏燮側室。《送别》云：『今夜蕭蕭一陣霜，明朝馬上看黄葉。』二人皆隸樂籍，委身知己，矢志不移，一以死殉，一以生從，皆可嘉也。

長安湘雲者，中書關敏側室，遺其姓。父本諸生，流落風塵，委身於關。關殁，杜門守志，二十餘年乃終。《感懷》云：『塗朱暈碧寫春光，弄草拈花益自傷。爨下焦桐檐際竹，人間那有蔡中郎。』味此詩，似未從關時作也。

長洲陳蕙芳，蔡天石側室。工詩善畫，早寡，賦《十孤》以見志。序云：『署紅鸞之牒，未滿三年；歌黄鵠之詞，尚賒一死。爰賦詩以見志，聊假物以抒懷。茹蘖飲冰，竊自附《柏舟》之作；拈毫弄墨，豈敢誇柳絮之才。』《孤月》云：『幾許輕涼透素襟，月明庭院夜初深。人間莫歎孀娥寡，一片清光照古今。』《孤竹》云：『歷盡冰霜節不磨，淚痕多少染湘娥。一竿截作高樓笛，吹澈陶家黄鵠歌。』

吾鄉計梅檐雪香，知府黄圖珌側室，有《梅檐遺稿》。《水閣夜吟》云：『坐久雲遥起，眠遲月正來。』又有漢陽徐琇瑶草如蕙，主事張淑珽側室，詩字皆大婦江淑貞蘭所授。《和淑貞夫人韻》云：『竹籠秋收果，燈窗夜覆棋。鳥聲穿樹去，山色上樓多。』長興沈虹屏，諸生陸烜側室，著有《春雨集》。《春草》云：『南陌踏來香印屧，東風吹去緑侵衣。』又有吾鄉楊倩玉琇《秋感》云：『連雲城郭青山起，傍水樓臺碧樹圍。』長洲袁蝶仙《曉起》云：『鵲占巢争樹，蜂馱蕊鬧衙。』陳彩霞絳綃《秋草》云：『故國魂銷吴苑晚，行人腸斷越溪烟。』皆有娟秀之致。

江都盧浄香元素，錢東側室。《題虎山尋夢圖》：『山徑依然是，重尋點屐苔。相看圖畫裏，不見美人來。一夢何時醒？三生只自猜。泠泠劍池水，嗚咽繞山隈。』浄香與駱佩香唱和甚得，人有『女盧駱』之目。

雲南王玉如，孫春巖廉訪側室。《春陰》絶句云：『東皇愛惜牡丹深，費盡量晴較雨心。雨恐太寒晴太暖，爲花連日作春陰。』委宛有情，慧心人語。

長洲張藕香繡珠，諸生詹聲山振甲側室，著有《繡餘吟稿》。《阻風新安江》云：『清溪洞口水溶溶，水底照見梅花峯。梅花峯高幾千尺，怪石爲骨雲爲容。』藕香早殁，婺源黄荔薌儷祥哭之以詩，并題《繡餘吟稿》云：『太華峯頭玉一枝，當年移種向瑶池。聯珠易綰同心結，獨繭難抽續命絲。浣去香泥消豔福，嚼來冰雪潄清詞。爲郎辛苦留芳實，寄語蓮房好護持。』荔薌爲詹湘亭大令應甲室。嫡庶皆工吟詠，閨門之内倡和爲樂。又有閩縣邱荷香卷珠、黄州張蓮香喜珠先後爲聲山側室。荷香、藕香相繼而殁，聲山乃合蓮香詩編爲《三生堂稿》。荷香《與藺田女史評畫》云：『要把詩家比畫家，豈容俗手强塗鴉。別開生面如抽繭，便學時眉不障紗。意在筆先胸有竹，韻流紙上眼無花。從知此事須書卷，妙訣尤難出齒牙。』蓮香《黄州放舡》云：『鶴影簫聲萬古留，只攜二客過黄州。坡仙不載朝雲去，如此江山負壯游。』詩筆皆佳。

淮陰蘇佩香蘘穋〔一〕，周介存進士保緒側室。著有《貯素樓詞》，筆亦輕清。《虞美人》云：『卷簾不負嬋娟約，暝色連高閣。柳塘還送晚風寒。斜曳繡羅雙袖獨憑闌。　沉吟不見歸來燕，何處尋芳甸？年年此日總花開，底事而今祇遣暗香來。』《前調》云：『昨宵風雨連烟暮，花落猶疑誤。今朝真箇逐東流，何處殘香偏入小樓頭？　天涯消息憑誰問，問也無憑準。含愁把酒待黄昏，雙燕歸來知我共銷魂。』《雨中花·冬至後二日見月寄王潤如袁柔吉兩夫人》云：『小院深沉留鶴影。聽殘漏、畫樓人静。梅蕊横窗，雁聲迴浦，記取年時景。　試問新來誰對詠？料白燕、參差難並。玉闕高寒，凄涼情味，夢喚梨雲醒。』《南歌子》云：『細雨宵潛溼，青桐葉半凋。臨池弱柳萬千條。繫慣離情，繫不住魂銷。　喚起重闈醉，誰家弄玉簫。秋聲怕問廣陵潮。吹入秋心，吹不展芭蕉。』《蘇幙遮·寄贈黄耕畹夫人謝惠墨蘭》云：『寫幽蘭，香不斷。試問何人，替得東風怨。素手纖毫千萬轉。一幅冰綃，九曲湘波遠。　凭朱闌，抬望眼。繡閣簾垂，細裊沉香篆。見説春歸將一半，寄與春雲，擬托雙飛燕。』

校勘記

〔一〕『香』字疑衍。

吴門葛玉貞秀英，秦澹園諸生鍪側室。母夢吞梅花而生，幼時有老尼見之，驚曰：『此青元宫道貞女也。』勸其出家，父母不許。及長適秦，才二年而卒，年僅十九。秦爲其刻《澹雲樓詩稿》。《春夜》云：『碧羅衫子怯春寒，花向閒階帶月看。我與嫦娥原約定，不教孤負好闌干。』又有句云：『人間盡是埋憂地，除却蓬萊莫寄身。』則其小謫紅塵，亦非虛語。詞如《減字木蘭花·詠楊花》云：『楊棉如許，攪碎春魂飄泊去。風約萍開，一半相逢在水涯。　漫天飛舞，簾外斜陽粘忽住。咏絮無才，孤負東風爲送來。』

吴縣姚雲卿秀英，巡撫謝啟昆側室，詩極輕俊。《清江即事》云：『碧雲暮合美人來，官舫銀燈驛路開。底事多愁兼善病，探春懶上禹王臺。』

《卧園詩話》載商邱馬牧集《題壁》詩云：『深閨别母賦新詩，最苦燈殘夢醒時。此日江南楊柳緑，一絲楊柳一相思。』末署『芝仙閣女史』。又云：『襄陽厲以石廣文琢玉，見邯鄲題壁有云：「大風鎮日捲黄埃，口吻何曾得暫開？記得午窗剛罷繡，一聲鸜鵒唤茶來。」末署「臨安紈卿女史」。』二人詩筆妍秀，能寫客途之苦，不知何許人也。

余幼在江西，見菰城莊瑞紅女史《詩鈔》並自序一則，有『寂寞椿萱十載，愴懷霜露；敷棠棣一朝，望斷關山。上滕王之閣，徒怨朝雲；登庾亮之樓，常悲秋月。千重廬巘，盡疊寒愁；九派長江，難流宿恨。綺窗春盡，銷殘蛺蝶之魂；繡閣燈寒，啼破杜鵑之血。天乎難問，曾翻舊案於前人；酒也曾澆，更結新愁於今日。爰吟斷句，泣盡還歌；用賦幽懷，慷當以慨。嗟乎！花原善恨，生成薄命之妝；蟲本可憐，都是斷腸之語。敢謂素毫寫怨，他年籠我碧紗。庶幾白雪賡詞，此日悲余紅粉。』詩如：『由來薄命數紅顔，獨自凭闌淚欲潸。太息浮雲真似我，隨風飛到豫章山。』『流離不獨怨伶仃，回首椿萱涕泗零。苦憶白蘋洲上塚，年年故鬼哭冬青。』『小妹盈盈髮未鬌，曾教刺繡伴鍼樓。去年接得泥金帖，夫婿東方居上頭。』『鄉思曾登庾亮樓，大江九派接洪流。不知何路江南去，直到吳興霅水頭。』『曾編舊事論前人，每爲文君感慨頻。若使相如終薄倖，當爐應是悔輕身。』『高高星月燦如銀，寂寂樓東夜向晨。一斛珍珠猶記得，明皇原是有情人。』『新歌豔舞奏《霓裳》，親賜華清第二湯。豈是六宫無粉黛，輸他一笑惑君王。』『深鎖長門幾度秋，全憑文字達離憂。妾今縱有千金贈，誰賦羇人一段愁？』『迢迢沉速夜焚香，幽恨難平訴法王。不把黄金酬畫士，漢宫畢竟誤王嬙。』『扁舟一葉泛潯陽，五老峰頭望渺茫。大抵詩人憐寂寞，小姑偏許嫁彭郎。』余讀之不勝悽惻，愛其才之幽豔，悲其遇之坎坷，徧訪其人，卒無知者。

又有陳若蘭者，《感懷》云：『瘦削吟肩倚碧紗，深閨月冷暮雲遮。春風料峭吹裙帶，落盡檐前一陣花。』『江潭水碧浄如磨，兩岸芙蓉豔緑波。花下愁人江上影，不知若箇淚痕多。』詩共六章，名《蠶絲集》，亦在江右時見。若蘭本儒家女，早失怙，家甚貧，母女煢煢。後遇安義淩生鳳來，願從以終。淩以有室，格家範不許，遂悲鬱死。

乩仙多才女降臨。尤西堂《木瀆姬傳》云：『武林人娟娟，姚氏，年十五爲某太守妾，雜置下陳中。羣妬其能，誣以他罪，遂罹害華山〔一〕。破雲仙師憐其冤死，教以真訣，遂隸仙籍。今主木瀆爲水神，降壇詩云：「經年憔悴到梅花，木瀆寒風石徑斜。記得相思明月下，爐煙縹緲認兒家。」』有欲爲姬寫照者，問其結束，答云：『深衣幅巾，手拈竹枝。』蓋道裝也。詩亦縹緲無塵。

校勘記

〔一〕『罹』，原作『羅』，據清尤侗《西堂雜組三集》卷六《木瀆仙姬小傳》、清王初桐《奩史》卷六十三衣裳門二《木瀆仙姬》改。

《西清散記》載白羅仙子阮生生降乩賦詩九章，録六云：『吹笙夜至碧蘇庵，洗珮還臨玉女潭。家住洞天渾似繭，滿懷絲緒學春蠶。』『銅官山色翠重重，蝦虎城邊第五峰。洞裏三千花姊妹，娉婷都道不如儂。』『珠爲簾幌乙爲房，築得秦樓鎖鳳皇。夜半方諸清有淚，太湖千里月如霜。』『芍藥無情自有心，欝金宫殿碧沉沉。瑶池昨夜陪王母，乞得飛瓊軟玉簪。』『琳窗自剪白鮫綃，月下穿來色更嬌。曾在青蓮花上立，至今香氣未全消。』『琴譜新翻十二樓，仙家無事也工愁。太清夜召彈神雪，原注：神雪，天上琴名。恩賜人間一度游。』清詞麗句，絶無烟火之氣。

又有碧夜仙娥降乩和白羅仙子韻云：『曾向觀音借小庵，木香村外橘花潭。春絲已斷秋蛾冷，顛倒三生笑緑蠶。』『補清香債幾千重，領得青螺髻子峰。金碧滿天霞瑣碎，萬花遮路不知儂。』亦清絶無塵。

又有娟娟仙子唐夢娘者，初降乩書詞云：『娟娟到此，正天西寒夜。雲白茫茫罩平野。月光昏、隔水人斷孤村，深巷小，黄葉紛紛都卸。碧窗香縷淡，素粉如霜，不道仙娥便來也。今夕是何年、只記春愁，相思字、背人偷爲〔一〕。恐歸去、天風不勝寒。但醉我、瓊漿一杯多謝。』問所居，又爲詞云：『水斜山仄處，有寒花三朵，美人家住。夢醒霜天，又坐銷燈影，亂愁無措。碧海雲紅，只自把〔二〕、疎星遥數。夜永和年〔三〕，煙淡江南〔四〕，雨横風竪。猶記江梅仙渚〔五〕。戲搓碎芳心，剖開嬌蕊〔六〕，小謫人間，被黄鸝時罵，恨纏芳樹。解釋東風，只有鳳凰爲主〔七〕。待雙歸明月〔八〕，深深細語。』夢娘自言宋時人，家本官裔，困亂流散，爲商人劉某妾，遭嫡妬悍，與鄰女蟾娘善，曾爲詞三百首，名曰《懺紅》。蟾娘和者八十首。劉死，不食亡。生時戒殺，死後歸月宫爲侍史。蓋爲薄命佳人，已三世矣，皆貞潔好生。上帝憐之，遂列仙籍。問仙子《懺紅詞》可得聞乎？乃書四章。《春詞》云：『青青染就垂楊線，東皇漸回飈輦。緑意嫌乾，紅情怨濕，誰與陰晴雙便。開時怕剪，費忙裏工夫，繞花千徧。蝶粉羞沾，軟遮輕護夜深淺。春前春後暗數，幾時曾爲我、雨慈風善。小睡和衣，微餐咽淚，静鎖秋千庭院。殘紅自撚。問枝上芳魂，可能重現。花債三千，恐來生未免。』《夏詞》云：『萱解忘憂，榴思孕子，正是單衫天氣。懨懨送、春歸未遠，已嘗透南薰滋味。小闌干，緑影低垂。有幾件、花事關心還記。從雲鬠生香，冰肌無汗，早晚蘭湯梳洗。　欲寫新愁嫌素紙。好題在荷花，楷書精細。江妃恨，鴛鴦知道，嫦娥恨，蟾蜍解未？　但多情、一點流螢，悄飛上裙紗，扇兒驚起。便茉莉裝釵，琅玕製簟，也只黄金虚費。』《秋詞》云：『蓮衣褪秋水，猶泛餘香。留不住、燕辭梁。萋萋芳草碧雲暮，小樓紅退斜陽〔九〕。　西風愛吹瘦影，賴梧桐當却、苦爲蕭娘。紗衾自裹，夜涼多添覆羅裳。無言有淚，恁蛛絲鎖盡淒涼。　向疎蛩聲裏〔一〇〕，閒將舊夢、細細重詳。』《冬詞》云：『雪意殷勤，又漸近梅花，要還是桂花珍重，含蕊待仙郎。暗費商量，腸斷海棠開早，嬌紅帶雨，低傍銀牆。費傷春。　繡幃香暖，時换殘薰，待兒更勸金樽。正夜長無夢，也知我、生怕黄昏。掩重門，任同雲漠漠，飛絮紛紛。　誰禁者番淒楚。想付與紅顔，便算天恩。忍病羞言，逢歡强笑，翠蛾未敢輕顰。待南枝開後，將心事暗訴花神，定消魂。　是多愁多病〔一一〕，原在佳人。』娟娟諸詞，蘭思蕙怨，情勝於詞，讀之令人悒悒寡歡。

校勘記

〔一〕『爲』，《西青散記》卷一作『寫』。

〔二〕『只』，《西青散記》卷一作『空』。

〔三〕『和年』，《西青散記》卷一作『如年』。

〔四〕『煙淡』，《西青散記》卷一作『煙没』。

〔五〕『江梅』，《西青散記》卷一作『紅梅』。

〔六〕『嬌蕊』，《西青散記》卷一作『嬌乳』。
〔七〕『只有』，《西青散記》卷一作『應只有』。
〔八〕『待』，《西青散記》卷一作『待得』。
〔九〕『斜陽』，《西青散記》卷二作『殘陽』。
〔一〇〕『踈蛩』，《西青散記》卷二作『踈蟲』。
〔一一〕『病』，《西青散記》卷二作『恨』。

又有蕭紅者，降時嫌乩重不潔，賦詩云：『香絲欲斷渺牽衣，認是君家恐尚非。月樹語生鸚鵡瘦，雪屏春暖牡丹肥。花孫自媚何須笑，鳳子初嬌未肯飛。薄命三千輕被謫，有情無怨玉人稀。』言夢娘乃梅花之神，居住西湖，有牡丹公主人者，夢娘畏之。明日潔乩，再語。越三日復至，曰：『百花皆有神掌之，有香豔者，神皆美女；無香豔者，男子所司也。西王母以江南梅花三萬樹封夢娘。世人愛梅者少，花數半闕，負花稅，自傭於牡丹公主家。凡花皆有稅，而牡丹獨富貴。花神乏償者，每貸於公主也。』又言牡丹公主配柳絮郎君，郎君性顛貌穢，善咀啼，不曉文字。公主顧憐愛之。問公主才容若何，曰：『雙美。』越日，牡丹公主至，因拜請曰：『蕭姬盛言公主天香國色，冠絶天人，事柳絮郎備極貞婉。懇賜仙章，自陳所以待夫者，爲人間婦訓，可乎？』即云：『妾本姬山怨女，娥里仙人，粉色難秋，鏡光易曉。偶嫌孤月，暫憶雙星。慧舌如鶯，未嘗輕語；明眸似鳳，不敢斜窺。啼時别有纏綿，愁處偏多窈窕。海棠糝枕，瓊腮碎印胭脂；柳絮沾琴，纖指亂揮香雪。珠簾且控，却防蝴蝶偷來；銀漢雖攔，又放蟾蜍逃去。漫撚離青之管，點破霞心；輕旋退緑之丸，磨平日角。賒取西湖作稿，潛於詩裏尋詩；借將東嶺爲屏，暗向畫中描畫。人間芳草，誤絆仙郎；天上靈榆，强催神女。沉沉百夜，冉冉千年。照秋水以含情，柔波自定；昵朝霞而結夢，朝雨非淫。餂蜜蜂銜，詎解三生之苦；繅絲蠶室，徒縈萬丈之愁。繡佛龕前，願刺冰肌書貝葉；美人林下，好盛清淚灑梅花。海霞凋盡扶桑，湘雪壓低斑竹。藕心有節，不嫌紫沼生泥；松性懷貞，已誓丹邱化石。』文甚長，節録數聯，以見一班。

《西清散記》爲進士史震林著。

《西泠仙詠》載柳慧珠，不知何許人。嘉慶庚申，齊梅麓先生在金陵同人輯乩壇詩數卷，將付梓，請仙序之。柳慧珠降壇，筆不停機，文不加點。序云：『春蠶縱死，甯無未盡之絲；秋樹將枯，尚有能鳴之葉。况乎玉樓催促，學士英年；金谷飄零，佳人薄命。恨綿綿其無已，魂恍惚而外淫。無如碧落難通，黄泉易隔，遂使王郎佳句，唱徧秋墳；屈子離騷，咽殘湘水。珠沉淵而有淚，花落地以無聲。千古寸心，寂焉滅矣。所以多情佛子，發無限慈悲；好事神仙，作絶大游戲。欲證盟於今古，爰撮合夫幽明。返魂之香一燒，補天之石重煉。珠璣錯落，滿盤皆夢篆之沙；錦繡繽紛，寸木即生花之筆。於是花間月下，酒半茶初，偶有遐思，遂成幽契。燕斜飛而似織，月直入以無猜。唤出真真，書來咄咄。於是名流閨彦，羽士高僧。世有未名之人，人有未傳之作。咸得留姓名於身後，寄心曲於人間。如是我聞，得未曾有。且夫菩薩出世，肉眼難知；居士談經，塵耳不入。故境緣虚而造實，心以幻而生誠。我佛於時，隨感而至。蓮生舌底，禪在指頭。一喝而三日耳聾，半喝而萬緣心寂。雞園密諦，無非覺路金繩；鷲嶺清辭，總是迷津寶筏。神通廣大，功德無量。弟子默齋，聞諸語言，皆大歡喜，欲付剞劂，以公同人。乞序，辭不獲命。慧珠章臺弱絮，南國夭枝。歌舞爲生，烟花入刼，誦白傅《琵琶》之什，腸斷如絲；聆西湖鐘梵之音，心枯似木。趺坐馬纓花下，長齋燕子樓中。得遇慈航，脱離苦海。嗟乎！蠅頭蝸角，著甚匆忙；蟲臂鼠肝，都非究竟。落花爲美人小影，芳草乃斜陽斷魂。若求無漏之因，莫作有情之物。覩茲逝者，能無憬然？是用抽黄配白之詞，以爲成佛生天之證。塵心未了，無登四大禪床；綺語紛來，又是一重公案。』此序空靈幻邈，悱惻芬芳，足以開拓心胸。《西泠仙詠》，陳雲伯大令文述著。

又見柳依依靈和降壇詩云：『歸去虚空踏月行，冰綃衣重白雲輕。三秋曾飲銀河水，吐向長江一色清。』書舊詞六闋，有：『擬劚愁根，反長愁枝葉淡。』『月鋪窗，亂寫飛花影。』『夜静花枝嬌欲睡，可憐人醒東風醉。』『水底月輪冰樣脆，柳條敲著連波碎。』讀此覺才鬼果勝頑仙。依依，廣陵人，年十八，守貞，順治乙酉城破，被擄，不食七日死。

管静初《小鷗波館》載淩波仙子降雲間詩云：『三泖波平塔影孤，九峰寒色冷棲烏。誰將周昉丹青筆，寫我春江探雪圖。』陳雲伯大令爲寫《春江探雪圖》，静初題云：『彷彿楊林賦洛神，淩波羅襪不生塵。我來正對春江雪，憶爾春江探雪人。』

朝鮮爲古箕子之國，禮樂文章聞與中華不甚懸殊，閨秀能詩文者亦衆，尤西堂《外國竹枝詞》首稱之。婷婷公主詩甚清麗。《送春》云：『韶光春九十，别去覺匆匆。宫柳搓深緑，園桃散碎紅。數番榆莢雨，幾陣楝花風。小立增惆悵，相期隔歲逢。』《古寺尋花》云：『春深古寺燕飛飛，深院重門客到稀。我正尋花花盡落，尋花還爲惜花歸。』又有許蘭雪景樊，進士金成立室，兩狀元篈、筠妹。蘭雪七歲能詩，工於文翰，不見答於金。及金死難，乃爲女冠，守志以終。詩極雄健。《次伯兄高原望高臺韻》云：『層臺一柱壓嵯峨，西北浮雲接塞多。鐵峽霸圖龍已去，穆陵秋色雁初過。山迴大陸吞三郡，水割平原納九河。萬里登臨日將暮，醉憑青嶂獨悲歌。』《遊仙詞》云：『瓊樹扶疎露氣濃，月侵簾室影玲瓏。閒催白兔敲靈藥，滿臼天香玉屑紅。』『閒解青囊讀素書，露風吹月桂花疎。西妃小女春無事，笑倩飛瓊唱步虚。』昔余在《未曾有集》中讀其《廣寒宫白玉樓上樑文》一篇，才華贍美，深爲歎賞。又有李淑媛，號玉峰山人，郡守逢女，學士趙瑗側室，遭亂死難。《自適》云：『虚簷淺溜雨纖纖，枕簟輕寒晚漸添。花落庭前春睡美，呢喃燕子要開簾。』《秋思》云：『翡翠簾疎不蔽風，新涼初透碧紗櫳。涓涓玉露團團月，説盡秋情草下蟲。』又有成氏《書懷次韻》云：『事隨流水遠，愁逐曉春生。野色開烟緑，山光過雨明。簾前雙燕語，林外數鶯聲。獨坐無多興，傷心妝不成。』又有海月者，俞汝舟室。《貧女吟》云：『夜久織未休，戛戛鳴寒機。機中一疋練，終作阿誰衣。』意亦深婉。又有李天香桂生，號梅窗，工詩善琴，縣吏湯從女，有《梅窗集》，年三十八卒。《雨後》云：『雨後涼生玉簟秋，一痕斜月隱樓頭。洞房中夜寒蛩響，擣盡中腸萬斛愁。』《贈别》云：『一笑相逢處，東風攬物華。綠垂池畔柳，紅綻檻前花。孤鶴歸長浦，殘鴉落晚沙。臨盃還脉脉，明日各天涯。』

又有賈曇雲瓊花，自號風絮亭居士，著有《風絮亭小稿》。曇雲姿性温柔，冰雪聰明，工詩，善畫蘭。《冬夜偶成》云：『竹外闌干卐字疎，月移梅影夜何如。深深紙閣蘆簾閉，紅硯青燈細校書。』《秋海棠》云：『淡抹斜陽小院東，一叢嬌豔對西風。回頭暗記相思地，别淚曾彈點點紅。』佳句五言如『花韻晴滿屋，書香時襲人』，『簟膩紅蕉雨，衫涼碧藕風』，七言如『十里鶯花春似海，一船簫鼓夜如年』，『抵死難銷書畫癖，謀生不解米鹽愁』，『蟬髻倩簪花第一，蛾眉自掃月初三』，『紅杏深藏漁舍小，青帘斜出酒樓高』，姸麗工雅，渺焉寡儔。

跋

沈湘佩夫人采本朝閨秀詩詞作《詩話》十二卷，甚盛事也，而余亡女敦蕙零章斷句，亦被采録，其山陽感舊之意乎？敦蕙生數齡即好弄余筆墨，余以其女也，不甚教之。稍長，隨余京邸，輒繙閲架上書，而心知其意，熟於史，余暇即呼與議論以爲樂。道光丁酉，湘佩自西泠來京師，敦蕙聞其才而訪之，讀其詩遂有意於詩，究未能工也。使其早獲從湘佩游，必有可觀者，使不夭而久從湘佩游，亦必有進於此者。乃不幸賫志以没，僅遺此斷章零句，其可悲矣夫。而猶幸識湘佩，采其零章斷句，俾與海内閨秀並列，其可感矣夫。

道光丙午仲春下浣，秋門陳光亨跋。

名媛詩話續集上

錢塘沈善寶湘佩著　　戕霞女武友愉校字

詩人嗜好有不可解者，當今海内閨秀詩集甚衆，而陳慕青獨推許潘虚白老人《不櫛吟》、王澹音《環青閣詩鈔》及余《鴻雪樓詩草》，寄來近作《烟蘿仙館即事十詠》，評詩云：『手追心慕環青閣，夢想神勞鴻雪樓。更有好詞吟不櫛，茫茫大地總無儔。』《懷人》云：『篇篇風雅耐哦吟，緣淺緣深契性靈。我欲繪圖循故事，拜潘揖沈哭環青。』原注：近時名媛惟潘虚白、沈湘佩、王澹音爲最，余至津門，澹音已下世。丙午春入都，得交湘佩，而事多阻，於潘虚白卒未晤。』《出都留别六姒惲蘭生并示從子從女》云：『難得相逢又别筵，離堂情話倍纏綿。能求冰鯉憐兒孝，從女錫蕙、錫璇，親疾，刲股以進。不衣蘆花賴母賢。六法未工慙指授，五車勤讀望騰騫。嫦娥無賴將人妬，月落參横欲曙天。』深情雅韻，溢於楮墨。

善化桂秋芳，孫芝房侍讀鼎臣、璈舟主政頤臣母，工詩文。余見其《題宗壽香江上望雲圖》四絶，録一云：『北望燕雲隱夕暉，單車千里覲庭幃。誰知風雨秋來惡，不盡啼烏繞樹飛。』『幾年蘭梱住瀟湘，忽漫相逢在帝鄉。話舊因君轉惆悵，水雲無際楚天長。』蓋亦深於情者。

慕青小詞亦有佳致，如『寄司蘭六姊』《菩薩蠻》云：『池塘春草如絲碧，同懷千里關山隔。何處是維揚？眉頭暗鎖長。迢迢雙鯉集，慰我時相憶。江上采芙蓉，秋來明月中。』

楚北余淑蘋恭人，爲陳秋門給諫室，仙九女史母也。余丁酉入都，即勞過訪，慈和謙謹，頗相契洽。仙九歿後，悲不自勝，終年卧病，相知者百計勸慰，終莫能釋。丙午春，給諫假歸，攜眷回里，余往送之，潸然出涕。丁未春得手書，文情悽惋，讀之悵惘累日。書云：『十年連襼，良快心期；一旦分襟，曷勝悽戀。流光如駛，倏届三冬。遥維履祉雲蒸，文心霞映。臨風引睇，定愜頌忱。姊出都後，因小郎不耐輪蹄之瘁，中途改赴清江，買舟南返。行邁靡靡，中心摇摇，遲至五月中旬，始抵里舍，大小托芘平安，深慰尊嫜倚閭之望。惟憶戊子春間，隨夫子攜小女由水路入都，每過名勝之區，輒同徘徊瞻眺。曾日月之幾何，吾女已爲異物，傷心一江水，同渡不同歸。言念及此，能不悲歟？抵舍以後，更難爲懷，見兒曹之幼者，則憶吾女幼時；見兒曹之長者，則憶吾女長時。明知悲傷無益，而癡情不能自已。湘佩湘佩，謂之何哉？夫子出山，現未能定，天南地北，把晤何時？每當馳念之時，輒取惠書扇、畫幅，流連展玩，恍然如見故人也。久思箋候，而久客初歸，翻如作客，家具既須摒擋，親串又需應接，兼以情懷振觸，握筆輒不成書，遲滯至今。勉泐奉佈，所望諒其區區耳。』

鴛湖陳静宜詩，已録於前卷。今又『寄題《名媛詩話》』《大江東去》一闋云：『鴻荒初闢，女媧氏、曾把乾坤手補。靈氣常鍾閨閤内，三百篇多婦女。風絮聯吟，璇璣織字，千載咸推許。即看近代，詩人更難僕數。　之子才調無雙，賢名第一，是吟壇宗主。大集刊成，詩話繼，舌底青蓮紛吐。剪腋爲裘，釀花作蜜，慧業超千古。單開娘子，請看何等旗鼓。』譽雖過情，而詞頗雄邁。又《題鴻雪樓詩稿》四章云：『孝親費盡賣文錢，營到松楸力更殫。百行俱完三絶備，閨中人傑似君難。』『龥龥大集許披尋，彷彿成連海上琴。超絶胸襟清絶調，風前一讀一傾心。』『自憑秃管寫離憂，矜寵多君意獨優。絶勝梅花空谷裡，無人把酒慰深幽。』『尺素傳心一載餘，那堪同調尚離居。他年丹鳳城南路，容我長停問字車。』

宗壽香寄其姑周清馥太孺人芬詩稿來，囑爲摘録。《天河》云：『河漢長空見，風清月朗秋。填橋惟待鵲，過渡獨牽牛。應浣天孫錦，堪乘帝子舟。一泓千萬里，星海記通流。』《西瓜》云：『緑浮推上品，素葉結龍肝。種想青門美，人宜朱夏餐。鎮心炎可避，沁齒液生寒。莫辨環中色，金刀剖處看。』頗似初唐神韻。太孺人持躬儉約，夙著賢聲，爲山陰王珠巢大令庚華母，周蘭坡學士長發曾孫女，扶青大令雲翮女。大令官江左，有循聲。蘭坡學士則由鴻博重入詞垣，爲内廷師傅，名重一時。

張孟緹於乙巳冬初同令弟仲遠大令赴武昌，丙午寄詩一册來。《邯鄲題壁》云：『幻緣顛倒總由心，夢境榮枯各自尋。我已觀空無一物，等閒小睡亦沈沈。』《自江夏舟至武昌》云：『歷歷晴川隔漢陽，蒼茫烟樹半垂楊。沉陰一月得新霽，來看江天萬里長。』《久不得家信寄兒婦惲琴芬》云：『深宵成獨坐，短燭照無眠。兒女燈前話，江山客裡緣。别經旬十二，愁逐路三千。目斷征鴻影，誰將尺素傳？』『豐兒應憶我，開子更憐渠。識字從爺好，思親有夢無。全家勞遠望，兩地盼黔書。藉博椿庭樂，牽衣一笑餘。』《除夕》云：『轆轆心初定，匆匆歲又除。鄉書傳惡耗，風雪慘荒廬。原注：妹婿孫叔獻歿於里中。客病欣差減，余懷卒未舒。艱難嗟薄宦，且食武昌魚。』《抵武昌署卧病口占示仲遠》云：『小病纏綿久，三春倏又過。江山空勝跡，歌詠惜蹉跎。花事雨中老，嵐光户外多。訟庭殊未静，折獄意如何？』詩境清老，舒卷自如。而寄余七古一篇沉鬱頓挫，尤稱傑構。詩云：『明聖湖頭靈秀窟，湖水爲神山作骨。夷光老去豔色空，收入簪花一枝筆。天生彩筆無人敵，夢裡春風萬花發。忽攜硯匣來長安，輦下喧傳班左出。鈿車訪我宣武門，我病經月逃詩魂。揮毫賦詩不加點，却病如飲醋醪温。錦繡春明盛羅綺，聯袂星娥邀月姊。看花紫陌豔紅塵，顧曲瓊筵浮緑蟻。倚馬羣誇倜儻才，傾城不羡嬋娟子。我居閴寂性苦拘，落落閉户知交疏。多君相見不相忤，襟抱披豁心神愉。蕭蕭竹樹茶烟徐，傾談終日忘飢劬。君辭灑落我則迂，我語戇直君能俞。飄風烈烈感何極，漆室杳杳悲難攄。簪花如雨淚横迸，往往相對成嗟吁。容臺郎官典三禮，夢兆曾占離合體。舉案欣聯鸞曜歡，哺雛争頌鳲鳩美。辛苦襟纓盥漱餘，怡聲柔色樂君姑。清才畢竟徵嘉行，浮藻甯能永令譽。中饋尤難兼著述，一代詩篇勤論列。彤管新標月旦評，玉臺已就名山業。媿我陳篇插架看，半生心力漸凋殘。三千環珮精誠合，萬卷丹鉛決擇難。原注：拙著《國朝列女詩録》約三千餘家，尚未能編定也。緑樹沉沉棣華館，原注：武昌署齋，舍弟仲遠所名余姊妹讀書處也。么鳳雛皇囀玉瑄。原注：舍姪女、舍甥女輩均工詩畫。對此差堪旅思寬，賡酬益覺吾才短。清絶江山繞縣門，後堂金石訟庭聞。

解圍惜少青綾幛，弄筆都揮白練裙。苦憶涼風起天末，楚天浩蕩烟波闊。雁足空傳惜別詩，鸞飛莫趁淩風翼。安得仙雲招手來，渡江五馬絳幛開。謝庭衆女趨函丈，玉尺量他絶代才。』詩幅爲王潤香女公子隸書，古雅可愛，真雙絶也。

偶於戴峩秋月采年姒扇頭見畫芙蓉一枝，題句云：『芙蓉萬朵錦城披，木末搴來憶少時。今寫一枝圖畫裡，知君亦動故鄉思。』詩畫皆娟浄，款識劉玫，詢知爲主政喬鶴儕松年室叔采作。叔采，大興人，劉寬夫太守位坦女。嘗侍祖宦於蜀，故首句及之。余入都後，頗承叔采尊慈沈恭人推許，而不知叔采姊妹皆工詩畫也。叔采姊仲陔詩筆超妙，深自韜晦，爲吾鄉吴竹言學士福年室。峩秋爲主政伍翰屏輔祥室，四川人。鶴儕、翰屏兩主政，皆與外子同譜。

龔瑟君詩，前卷已録，今翻笥篋，見其《九九消寒吟》，甚爲俊爽，亟録之。詩云：『一九霜花點畫檐，摧殘萬木北風嚴。拈針十指寒於剪，漫道工夫一線添。』『二九嚴寒作意陰，凍雲如墨晝沉沉。釀成一夜廉纖雨，孤負騷人白雪吟。』『三九花飛六出新，江山如畫盡妝銀。紅樓仕女熏香坐，愁殺牽蘿補屋人。』『四九霜風日夜狂，蘭釭無焰月昏黄。一聲遠送悲笳動，思婦樓頭盡斷腸。』『五九流光似擲梭，南枝消息近如何？侍兒笑指雲屏上，染到梅圖一半多。』『六九陽和萬象更，梅開東閣動詩情。花前不惜千回醉，惟願年豐樂太平。』『七九迎年凍已蘇，椒花獻歲换桃符。松盆火活茶烟碧，骰彩飛紅興不孤。』『八九燒燈日漸長，陌頭凝望柳絲黄。林鳩喚雨聲聲急，多少人家農事忙。』『九九消寒報早春，故鄉風景夢來頻。玉梅香透孤山路，應有重遊憶遠人。』《詠醃菜和韻》云：『慣將寒虀佐持杯，也共嘉羞引玉罍。雅愛嘗菘臨歲晚，何須剪韭待春來。酸儕藜藿儒家味，清比鹽梅宰相材。百甕是誰藏獨富，庭堅食籍好披開。』

昭文江閬仙淑則，樹叔孝廉女，著有《獨清閣詩草》。年纔及笄，詩已成帙，且無脂粉氣。《春日閒居》云：『攤書還默坐，花雨亂衝簾。新緑朝來足，殘紅望裡添。畫圖珍墨筆，詩本厭香奩。鐵篴一聲起，虛空萬響兼。』《夏日早起》云：『早起精神爽，推窗分外清。雲歸殘月在，風到葛衣輕。採露惟供茗，攻書不爲名。樹頭朝旭上，小坐聽蟬聲。』《哭陳寶書女史》云：『腕底幽蘭留絶筆，篋中遺墨剩餘香。』《和周佩兮女史緑鳳仙花》云：『儻非弄玉乘今日，合認青蓮是後身。』《秋日雜興》云：『曉鏡涼生雙鬢緑，夜窗蛩語一燈紅。錢爲形圓多得用，琴因調古少知音。』閬仙善賦工詞，如『送春』《如夢令》云：『不解春風歸處，望斷天涯雲樹。啼鴂一聲聲，夢破香塵烟縷。無語，無語，一陣落紅飛去。』『梧桐月』《清平樂》云：『石欄杆外，半畝桐陰靄。怪道晚涼添韻致，却倩嫦娥圖繪。滿庭潑墨依稀，一天詩興飛飛。欲向風前久立，怕他濃翠沾衣。』《獨清閣集》中附吳縣周佩兮日蕙《緑鳳仙花》原唱四章，頗能刻劃，因録二首云：『碧欄干外手親栽，一種仙葩次第開。耀日翔風情淡宕，是花似葉費疑猜。窗前淺色迷青草，階上微痕映碧苔。爲囑玉人簫莫弄，恐他飛上玉釵來。』『臨風瞥眼一枝新，丹穴儀容鬥麗辰。好與春鸚同一色，還疑么鳳是前身。梧桐枝上全迷影，翡翠斑深不染塵。金谷名園何處在，花飛猶憶墜樓人。』集中又附其師言静媛《感時》三首，録二云：『倦眼微開意惘然，數看羣蟻奪腥羶。世間多少閒名利，輸與幽人自在眠。』『負瓢原是放歌人，花報春光鳥報晨。内翰一場春夢覺，果然富貴不如貧。』二詩似有所指。余覽宋尤延之《遂初書目》有徐夫人集，女郎曹希蘊、謝希孟詩集，今皆無知者，由此知湮没者不知凡幾。

山陰韓畹卿淑珍，字信脩，知州衡齋先生慶聯女，華亭縣尉嘉祥樾亭、吏目永福榮亭、從九嘉祺姊，常熟王蓉洲主政憲成室，著有《畫香樓詩稿》。善畫墨蘭，筆力遒媚。戊申春莫，晤於孟緹處，論詩談畫，相得甚歡。出其詩稿，屬采《哭弟》古風二章，爰録於此，亦足徵友愛之重也。《哭樾亭弟》云：『昔我辭家君垂髫，姿容秀雅神清超。賦棋未肯奇童讓，容易雙親歡愛邀。與君一别一星换，我歸吴下君居汴。時時貽我雙鯉魚，魚書只勸加餐飯。遠道看雲繫别思，池塘春草夢應知。青山遥隔三千里，紅豆常懷十二時。梁園重見話深宵，剪盡西窗燭更燒。吐屬非常妙言語，風前玉樹美丰標。雪案螢窗勤講貫，詞華敢詡羣英冠。黄金梯滑上天難，暴顋未遂登龍願。俊鶻一試不再擊，青年早列防河職。相如弱冠作貲郎，賈讓治河陳上策。半年歡聚侍高堂，聯袂同斟介壽觴。君姑一紙催歸急，又作天邊斷雁行。椿庭卧疾呻吟重，長途綿邈誰相送？宦海羈身不自由，朝朝與我愁眉共。潛身假病伴庚郵，紅藕香中過鄭州。成句。瓠子忽驚河岸坼，湯湯平地走黄流。原注：是夏河決中牟。回頭却望來時路，魚登屋脊蛇穿户。悸魄驚魂定未曾，駈車直指前程去。積潦汪洋平馬首，輪膠蹄脱仍前走。夜深寂歷陟空山，山徑縈紆風怒吼。荒村瞥有燈光見，款門暫憩連朝倦。天明更向虎牢登，此行回憶心猶顫。秋風一葉梧桐落，周南又唱陽關曲。同來可惜不同歸，獨飛雁影傷離索。荒凉道路更如何，應比來時險更多。揮手臨歧無一語，盈盈清淚溢黄河。奉使汝州馳騄耳，好來伊闕重停轡。堂前代我乞言歸，致詞親病思儂至。行色匆匆犯朔風，彤雲密密布長空。大野彌漫失軌轍，縱横不辨路西東。盼近家門心漸喜，懊儂又隔横流水。龍門一夜溜全冰，壩頭席舍權棲止。咫尺天涯意似焚，終宵邪滸倍愁人[二]。那知一唱公無渡，不及扶牀含殮親。入門竟抱終天恨，搶呼已誓身同殉。本似東陽瘦沈腰，那堪漿水都難進。平日憐君身骨立，病魔生恐憂心集。言旋無那念慈章，依依尚盼歸來捷。誰知病骨不禁秋，趨鯉相從地下游。惡耗傳來疑是夢，夢回杭畔淚難收。冤禽自掩孤鸞窖，成句。玉臺猶是藏温嶠。不染人間一點塵，悠悠大夢君先覺。當時只悔輕離别，中元明月從今缺。原注：弟殁於甲辰七月十六日。生離悲恨已吞聲，何堪死别連枝折。泉路迢迢良覿阻，四旬分袂成千古。書劍摩抄慘寸心，遺物飄零散塵土。一卷蕉心永不舒，遺容難認畫中圖。多情感汝因同氣，寒暑崎嶇涉險途。痛惜人琴腸欲斷，往事匆匆如掣電。春雲過夢夢無痕，可憐轉瞬滄桑變。脊令原上泣仳離，蠶死終餘未盡絲。東風寒食青青柳，都是當年折贈枝。』《哭榮亭仲弟》云：『草青離家時，握手淚如雨。啼烏戀故枝，離雁傷倦羽。只道襟暫分，誰知首難聚？千里可致辭，九原不能語。蠶僵雖已矣，縈我絲縷縷。豈無骨肉親，我心獨悲苦？豈無歡笑侣，不如我同父。念昔繞親膝，羣烏讙春煦。一旦忽棄捐，驚弓斷雁序。泣我同懷人，玉京靈跡阻。相見恨無時，痛憶摧心腑。涕泗沾衣裳，哀哀情千古。』

校勘記

〔一〕『邪滸』，疑當作『邪許』。

《畫香樓稿》中《金氏節孝詩序》云：『婺源金待聘妻林氏，無錫人，吉安府經歷林蔚女弟。其子凝祥，娶於林，爲蔚壻。凝祥弟文祥娶於祝，亦無錫人。各有子，曰長森、長發。道光壬寅五月嘆夷寇寶山，分道陷上海、鎮江，復竄入江甯，待聘僑寓金陵時，適回婺源。林氏聞變震恐，計避兵歸里，江行七日可達。六月望，至采石磯遇盜，傾囊與之，乃散去。其姪徵祥躍岸呼救，而前盜復至，斫篷索斷，舟不得行。林氏謂二婦曰：「避兵而遇盜，命也。」遲恐受辱，遂投江。其子凝祥、文祥從之。明霞謂祝氏曰：「夫與姑皆死，留此襁褓物何爲？」各抱其子沉於江。明霞，凝祥室也。徵祥返，求屍不獲。越三日，得明霞屍，葬諸磯上。』詩云：『江風獵獵吹菰蒲，泝流一艇如鳧趨。采石磯頭回首望，金陵烽火高浮圖。方謂間關脱兵燹，誰知又遇强梁徒。慾壑雖盈意叵測，斫帆拔舵堪驚吁。江水滔滔去不返，阿母先向江中趨。維時襁褓啼呱呱，子從母兮婦從姑。完節死孝一門俱，視彼曹江應無殊。好摛黄絹鐫瑾瑜，昭之彤管永不渝。』余聞嘆夷入寇，大江南北盜賊因之蜂起，百姓流離，其中死節、死難者甚衆，湮没無聞，亦可慨矣。

晼卿丰神秀美，《曉妝詩》云：『春日融和透碧櫺，雲鬟臨鏡影亭亭。不須彩筆添眉嫵，自逗遥山一抹青。』戊申餞春日，孟緹召看牡丹，藉與岫雲話別，余即席贈二絶，晼卿和之，有『得親絳帳三生幸，閨閣高才第一人』之句。次日又寫《墨蘭》媵詩爲贄，有『何期青睞及，許侍絳帷紗』。余愧其推崇太過，而感其虚衷好學，再摘近體數聯。《秋宵》云：『半幅墨鈎蘭韻淡，一燈香照菊花秋。』《秋興》云：『村中寒杵敲明月，城上悲笳度晚風。』《寄華亭大弟》云：『茱萸偏插君憐我，鴻雁初來我憶君。』《送王佛雲表弟南旋》云：『鴛侣即今欣聚會，雁行忽又悵分離。』皆性靈語也。

戊申清明日，岫雲以《感懷詩》見示，有『愁深夢寐皆悲感，春到貧家轉寂寥』之句，讀之黯然。因賦《浪淘沙》一闋寄之，云：『最是禁烟時，難遣鄉思，離懷黯黯雨絲絲。想到墓門澆酒地，開偏棠梨。　春水又平隄，何日歸期？愁深夢境亦迷離。七字吟成多少淚，懷抱誰知。』岫雲和云：『正在悶人時，喜捧清詞，酸鹹透澈妙心思。讀到襟懷歡洽處，還帶淒其。　與子最投機，無奈將離，停雲落月莫相疑。暫別神京三五載，或有來期。』岫雲詩詞、字畫無一不佳，惜處拂逆之境，生趣全乖，筆墨荒廢矣。

孟緹自武昌返都，出詩一册，讀之沈雄渾厚，似少陵入蜀後所作，益信江山之助不可少也。《舟行逆風迴旋衝激聊寫其狀》云：『一葉如蓬轉，帆檣著水低。峰巒遞隱見，雲日互東西。夷險情爲役，持平物可齊。浮生隨遇好，欣戚漫相迷。』《江行遇雨》云：『山氣蒸雲黑，陰沈人望中。風雷生片刻，天地一孤篷。霑濕牀牀徧，持危念念空。天涯有弟妹，愁緒倘相同。』《夜半遇風》云：『狂飈倏然至，月色暗中宵。鉅鹿千軍陣，錢塘八月潮。蹴天摇地軸，跋浪失星杓。一葉浮生寄，安危任所遭。』《舟泊閘口夜聞水聲》云：『蓄水争流急，潺潺日夜傾。雲屯千澗合，勢挾百川聲。伏枕愁難著，還家夢屢驚。遥知今夜月，幾處計歸程。』

畹卿《畫香樓小詞》，亦頗妍麗。《如夢令》云：『别後情懷依舊，只是因君消瘦。修竹引秋風，凉透雲藍小袖。紅豆，紅豆，一點相思長逗。』《長相思》云：『草青青，柳青青，相送行人長短亭，陽關莫唱聽。山一程，水一程，一片孤帆萬里征，浮雲游子情。』《蝶戀花》云：『曉日融融窺綺閣。一點柔情，先向垂楊著。欲醉流霞誰共酌，離愁只把雙魚託。暖雨和風輕做作。紅杏枝頭，繡出胭脂萼。燕子初來花上掠，銜將春色穿簾幙。』《賣花聲》云：『楊柳思悠悠，芳草含愁，小池緑縐戲魚游。如許韶華春正好，人在皇州。雙燕語温柔，輕蹴簾鈎，曉妝樓上獨凝眸。一種相思何處著，心上眉頭。』余謂『紅杏枝頭，繡出胭脂萼』，千古麗句，紅杏尚書亦當避舍也。

畹卿寫蘭，瀟灑絶俗，余尤愛其《偶成》五古云：『風雨灑秋窗，更蘭初罷繡。愧無雲錦才，區區嗤墨守。舊紙試新毫，石堅蘭亦秀。四壁草蟲吟，幽香正盈袖。』石堅蘭秀，真不媿爲斯言也。

靈石何季質佩芬，知府蘭士先生道生女，知府玉民觀察耿繩妹，毛季海同知瀚室，爲岫雲從堂小姑。詩筆雋雅，性亦温柔。余曾晤於李太夫人處，不知其能詩也。《八陣圖》云：『東去長江自古今，縱横亂石佈江潯。陣圖能識風雲向，臣道安知天地心。草没吴宫斜照外，臺傾漳水碧流深。三分成敗誰非夢，惟有丹忱萬古欽。』《再過赤壁》云：『雄峰壁立大江頭，繞郭濤聲日夜流。業創三分經百戰，文成二賦擅千秋。連雲露樹參差見，浴水閒鷗自在浮。記得舊游渾似夢，紛紛凉雨過黄州。』《汴梁詠古》七絶云：『玉帛空輸竟刼盟，鑾輿從此别神京。可憐一去無歸日，雪窖荒寒五國城。』『南渡君王不解愁，湖山坐對樂優游。長城摧後中原棄，應愛杭州勝汴州。』《渡洛》云：『翩若驚鴻態絶倫，芙蓉出水擬丰神。託詞聊寄思君意，誤被人言賦感甄。』《潼關》云：『今朝至日猶爲客，遥望潼關四扇開。左右山河似襟帶，一天風雪入關來。』尤爲超妙。

季質又以《哭姪女烈婦貞祥》、《贈節婦裕祥》二律囑爲採入，以彰節孝。按：其小引云：『姪女毛貞祥，許字順天陳壽祺，未嫁而陳殁，訃至，女遂不食死。事在道光壬辰，余適在都。甲辰，外子奉諱南旋，余重歸舊宅，撫今追昔，泫然有作。』詩云：『爽朗襟懷絶點塵，妝臺伴我最情親。夜凉杯茗清談久，春暖簪花互送頻。茹雪心堅如鐵石，凌霜節勁比松筠。可憐嬌弱深閨質，甘效夷齊竟殞身。』『姪女裕祥，幼字先姑徐太宜人姪孫龍光，已遊庠矣，而忽夭殁。女聞訃，堅請往夫家守制，遂歸徐氏，侍奉翁姑，婦兼子職，克盡孝道。余憐其遇而重其人，贈之以詩。』云：『勁節凛冰霜，堅如鐵石腸。承歡慰老母，盡職奉高堂。先德真無媿，幽貞仡表揚。他年看綽楔，繼美共流芳。原註：其尊人大椿兄公旌表孝子，姒瞿孺人守節二十餘年矣。』

吾鄉許月鋤雪英，字修梅，諸生淩濟堂室。結褵一載，即抱離鸞之痛。素愛『自鋤明月種梅花』之句，遂圖小影寄意。同里孫梅君子宜題句最佳，云：『綿宵静於水，素魄明若冰。霜華不可拾，畫闌誰與憑？手種古梅樹，勁節同堅凝。攜鋤此延佇，會待寒香騰。』梅君爲家硯農編修祖懋室。月鋤有《讀虚白老人不櫛吟題句》云：『風墮九天珠錯落，雲舒上界錦迷離。』一聯差爲可誦。

金陵王蘭畹培芬，著有《紉香閣詩藁》，饒有韻致。《采菱詞》云：『千頃湖光片葉舟，菱花落盡水雲秋。吴娘去後憑誰問，一曲江南無限愁。』『蓮花狼藉滿汀洲，菱角歌傳水調愁。好趁西風放蘭槳，緑波紅帶夕陽流。』《立秋對月懷諸弟妹並寄金陵四妹時余寓西泠雲藍妹在滇華雲妹在湘南兩弟隨侍武昌》云：『浮萍一散渺天涯，歡會西泠憶昔時。何處高樓吹玉笛？關山無地不相思。』『一輪皎皎月當空，萬里秋光到處同。惆悵秣陵人不遠，片帆何日下西風？』《送素心表嫂赴滇》録二云：『家山幾載雁行分，蘭譜論交尚有君。不道又吟南浦句，片帆江上感離羣。』『六詔風烟總斷腸，天南地北遠相望。此行君若逢吾妹，爲問離情近短長。』

戊申夏間，余以暑疾纏綿，心懷惡劣，偶思《諧鐸》中載湘瑄集《葩經》花名有並頭、並蒂、連理、葉底等式，戲倣爲之，得藥百零八種，皆不出於草木者，用驅二豎，亦如李百藥命名之意耳。《並頭》云：『景行行止，天被爾禄。甘瓠纍之，遂及伯姊。常棣之華，山川悠遠。薄言旋歸，何簑何笠？赤舄几几，黍稷重穋。青青子衿，棠棣之華。三星在户，七月流火。胡然而天，椒聊之實。欝彼晨風，金玉其相。雞既鳴矣，冠緌雙止。桑之未落，條其歗矣。射則臧兮，干戈戚揚。黄髮台背，鞠爲茂草。胡不自南，桃之夭夭。貝胄朱綅，母兮鞠我。白露未已，檀車幝幝。決拾既佽，明明上天。胡不相謂，麻麥幪幪。乾餱以愆，漆沮之從。竹閉緄縢，茹藘在阪。白茅菅兮，蘞蔓於野。天步艱難，雄雉于飛。』《並蒂》云：『福禄攸降，有飶其香。南有樛木，疆埸有瓜。終朝采葛，至今爲梗。首如飛蓬，匪莪伊蒿。極其反側，新甫之柏。八月剥棗，洵美且仁。躍躍毚兔，抱布貿絲。兩服齊首，莫黑匪烏。爲虺爲蛇，載寢之牀。予室翹翹，中心摇摇。我馬玄黄，食野之芩。良士瞿瞿，禾麻菽麥。碩大且卷，施于松柏。采苦采苦，言采其蕡。我取其陳，相鼠有皮。謂地蓋厚，芃芃棫樸。自彼殷商，考槃在陸。屢舞僊僊，露彼菅茅。顔如渥丹，獻其貔皮。自彼氐羌，實函斯活。哀此惸獨，北流活活。食我場藿，幡幡瓠葉。無小無大，修我矛戟。既方既阜，天何以刺。如霆如雷，松柏丸丸。陟彼南山，不可救藥。南山有枸，薄言采杞。悠悠蒼天，邱中有麻。載沈載浮，無食我麥。遠送于歸，人乏其身。滔滔不歸，載疐其尾。莫黑匪烏，侯栗侯梅。采荼薪樗，羔羊之皮。蕃衍盈升，可以漚麻。』《連理》云：『天作之合，昏姻孔云。朝宗于海，帶則有餘。維筍及蒲，黄耇無疆。不績其麻，黄流在中。騂騂征夫，容兮遂兮。百夫之防，風其吹女。浸彼苞蓍，實發實秀。山有扶蘇，子惠思我。白露爲霜，桑之落矣。及爾如貫，衆維魚矣。助我舉柴，胡迭而微。執信連連，翹翹錯薪。有杕之杜，仲氏人只。於昭于天，棘心夭夭。鳶飛戾天，冬日烈烈。不可弭忘，憂心悄悄。方茂爾惡，實維豐年。如塗塗附，子之旋兮。我心匪石，髮則有餘。盜言孔甘，松桷有舄。或黄或白，微子之故。集于灌木，綿綿葛藟。攜無曰益，母氏勞苦。載寢之地，黄鳥黄鳥。北山有萊，服其象服。無將大車，前王不忘。』《葉底》云：『小大稽首，其黄而隕。其甘如薺，何草不黄。有鶯其領，握粟出卜。莫赤匪狐，采苓采苓。彼蒼者天，充耳琇實。四海來格，梧桐生矣。有扁斯石，籩豆有踐。武丁孫子，其香始升。保艾爾後，其葉菁菁。似續妣祖，是斷是遷。如金如錫，觱沸檻泉。佩玉將將，緑竹猗猗。如竹苞矣，其葉沃若。無木不委，蟊賊蟊疾。何人不將，維參與昴。彼澤之蒲，芄蘭之支。維南有箕，明星煌煌。伐木丁丁，炰鱉膾鯉。維石巖巖，萑葦淠淠。何草不玄，瞻烏爰止。既燕于宗，麻麥幪幪。言旋言歸，白華菅兮。碩大有儼，青青子佩。如松茂矣，載脂載舝。東門之墠，無冬無夏。良馬五之，芄蘭之葉。』

常熟王素卿青琴，爲藝齋觀察家相女孫，蓉洲主政憲成長女，俞月卿茂才鍾琨室。善吟詠，工畫蘭菊，書得率更意，歿纔二十二齡。月卿有奉倩之悲，爲梓《絳雪樓遺墨》。《讀書臺懷古》云：『荒臺零落倚山坡，恰對辛峯聳碧螺。惆悵六朝人去後，子規聲裡落紅多。』《觀海》云：『獨倚危闌四宇空，茫茫滄海浩無窮。千層鼉浪翻雲白，萬頃鯨波浴日紅。山峙三神迷蜃市，潮回一線撼蛟宮。蓬萊佳境何由到，願學飛仙跨彩虹。』佳句如《山徑曉行》云：『虎歸山洞風鳴樹，鳥踏花枝露滴衣。』《春晝》云：『深院落花紅不埽，閒門芳草緑初生。』《春雨》云：『片帆江上人歸後，一枕樓頭客夢殘。』《燕剪》云：『一痕斜破桃花雨，雙影初裁柳絮風。』《鶯梭》云：『織成杏蕊千堆錦，抛向楊絲一樹金。』《擬放翁山居》云：『鋤來仙草和烟種，乞得靈芝帶露栽。』《秋夜》云：『高樹影留三徑月，小樓人語一燈秋。』皆清麗可誦。素卿爲晼卿前室女，詩畫皆晼卿所授〔一〕，愛如己出，每向予言其孝慧，惜其早世，嗟悼不已。

校勘記

〔一〕『晼卿』，原作『婉卿』，據上文改。

歸佩珊詩已録前卷，其未刻者尚多，如《花事十詠》，風致嫣然，録八。《護花》云：『嬾將花事課花奴，辛苦拚教手自扶。惆悵廿番風信緊，一春妨却繡工夫。』《祝花》云：『步幛金鈴百寶闌，清尊圍坐慶團圞。人無離別花長好，錦樣韶華歲歲看。』《囑花》云：『經年離別費相思，把酒相看能幾時。識得憐香心事苦，開時宜早落宜遲。』《酬花》云：『滿酌瓊花月下陳，替花爲壽祝長春。月娥含笑花無語，宴客翻教醉主人。』《覺花》云：『惜花每自體花情，一樣纏綿賦性成。偶向鏡中雙照影，頓教彈指悟三生。』《餞花》云：『百計留春恨未能，將飛還住意難勝。香風莫逐東風去，吹上瑶臺第一層。』《誄花》云：『芳菲轉眼已成塵，悄立閒階暗愴神。彷彿月明深樹裏，有人釃酒喚真真。』《溯花》云：『當時紅紫競芬芳，玉鏡臺前伴曉妝。今日相思忘不得，夢迴紙帳月如霜。』《寄茗川徐秉玉女史》云：『碧紗香裊日遲遲，想得妝成出繡帷。笑擲鴛鴦湖畔水，憑闌寫取並頭枝。』《南園訪杏》云：『入耳惟聞鳥雀喧，水雲深處暫停車。薄寒未減春猶淺，扶病還來看杏花。』

余前秋不幸抱西河之痛，偶讀佩珊《悼殤》一律，爲之涕下。詩云：『搔首燈前念念灰，轆轤腸轉百千回。風飄弱絮應難住，絲吐春蠶苦自催。夢假尚貪中夜聚，情癡空望再生來。看花勉受同儕勸，清淚無端墮酒杯。』時閨友爲予排悶，悲從中來，不能自持，益覺是作之佳也。

佩珊詞情致纏綿。《南歌子·題漁笛圖》云：『水國秋涼早，幽人逸思深。漁燈隱隱夜沈沈。瞥見横江一鶴、度遥岑。長笛飄來遠，扁舟何處尋？四山風急老龍吟。吹得一丸涼月、墮波心。』《柳梢青·題倦妝圖》云：『仙貌如花，柔情似水，以月爲家。長爪支頤，香羅覆額，雲髻欹斜。盈盈二九年華，小顰蹙，愁耶病耶？倦繡心情，暮春天氣，珍重些些。』《金縷曲·和淑齋夫人月夜聞笛韻》云：『韻繞樓高處，是誰家、夜涼人静，調宫按羽。天上瑶姬仙夢破，唤起新愁無數。更似水、月華當户。記向露桃花下立，和鸞笙、有個飛瓊侣。聽金箭，焚蘭炷。羅衣太薄愁風露。最凄涼、寒螿金井，伴人羈旅。此味年年嘗已徧，話到同心倍苦。况妙詠、冰壺玉箸。窗外雨聲鈴索響，更銷魂、愁絶難成句。歌郢曲，遣誰譜？』《踏莎行·春暮次語花女史韻》云：『選韻尋詩，背燈無語，黄昏幾陣催花雨。陌頭芳草緑成茵，斷腸回首流光吹烟雨。天欲曉，解維去。』《月夜聞笛》云：『幽韻來何處？聽隨風、淒淒調發，移宫换羽。正如故。屈子英靈應尚在，徹夜魚龍飛舞。試聽取、風濤掀怒。往事蒼涼誰吊問，剩商舡、玉笛不斷，一聲聲、似訴離鄉苦。人不寐，淚如雨。二妃魂魄歸何處？道湘筠、斑斑淚點，於今宵、停舡荒岸，荻花深處。木葉瀟瀟，涼露下、江月半痕初吐。悲此夕、敲殘砧杵。天外征鴻聲仗春宵蝴蝶夢，趁東風、飛去花間住。甚時候，返桑苧？』《湘江夜泊》云：『寥澗瀟湘渚，向秋誤。酒醒時、思量往昔，怎禁酸楚。回憶當年棲息地，彈指遞經寒暑。歎燕子、歸來無主。憑違計、萍踪何處。月冷長河關塞黑，愴征鴻、迷却沙洲路。悲咽事，向誰訴。他鄉零落歸期舊居》云：『風雪吴江渡。憶家山、無端抛撇，勝情消阻。舊事淒涼重記省，浪拍風翻無數。又

段淑齋太恭人詩已録於《前集》，今於歸佩珊《詞稿》中見其《金縷曲》三闋甚佳。《懷金沙今宵。』

靄空濛花夢惹，此景宜詩宜畫。輕寒一縷穿寮，夜深沈水添燒。樺燭清樽昨夕，昏燈冷雨君自憐，著甚來由？』《清平樂·十六夜聽雨次圭齋春月韻》云：『夕陽西下，月向簷前挂。香魚箋密字，紅暈雙眸。悵舊遊似夢，雲散風流。無限悲歡離合，雞唱也、驀上心頭。浮雲命，憐憂。多少鴻泥雪印，思放下、却又難休。更闌後，對將影語，背著燈愁。悠悠。别來消息，看上憶吹簫·次玉芬夫人韻》云：『别恨如潮，行蹤似絮，客中生怕逢秋。正西風吹髩，垂老多暮。短夢成烟，亂愁如絮。羅衣黯淡銷金縷。燒殘寶鴨掩紅窗，三春好景匆匆度。』《鳳凰臺

是二分明月夜，散落梅花無數。暗飄入、碧窗朱户。折柳心情渾莫辨，對銀釭、獨自懷儔侣。掩珠箔，消香炷。花陰寂寂生涼露。到秋來、鳴蛩淒切，易傷羈旅。況是故人離别思，引得愁腸更苦。更難禁、雙垂玉筯。惻惻霜寒衣袖薄，倚樓人、却憶銷魂句。待閒暇，記宫譜。』太恭人隨宦上海觀察署，延佩珊授圭齋詩。佩珊與太恭人詩詞倡和，相得甚歡。圭齋詞亦秀絶。《清平樂·春夜對月》云：『水晶簾下，新月娟娟挂。料峭柳條風暗惹，花影一庭如畫。微風寒透窗寮。畫屏銀燭高燒。寄語海棠休睡，莫教負此良宵。』《金縷曲·呈佩珊師》云：『密雨吹苔砌。正房櫳、黄昏時候，薄陰天氣。才見斜陽明竹外，天末愁雲又起。漸惻惻、自生涼意。撩亂心情渾不定，把常時、鍼線都抛廢。但默坐，碧窗裏。懸知畫閣熏爐際。卷湘簾、山榴火綻，庭萲烟膩。即物總應清興發，引出詩情琴思。問若箇、雅懷如此？聲譽流傳吴越徧，厠門牆、自覺慚葑菲。借霜管，寫高致。』

南林内史亦善小詞。《如夢令·初夏》云：『燕語呢喃清晝，簾捲熏風初透。煩惱自年年，情緒那堪回首。辜負，辜負，簾外薔薇如繡。』《菩薩蠻·題落花人獨立微雨燕雙飛圖》云：『風中雨作斜絲織，落花猶剩胭脂色。有客懶凝眸，東君不管愁。江南春事晚，吟興因之遠。何必怪烏衣，人前故故飛。』《采桑子·春日》云：『晴光一片春光裏，纔見梅花，又是桃花，開徧天涯無數花。出門隨意行將去，閒竚溪邊，小憩亭邊，細聽鶯聲到耳邊。』《浪淘沙·題吹笛美人》云：『静院好風侵，行遍花陰，晝長繡倦久停鍼。記得新翻横玉笛，吹作龍吟。幽韻豁煩襟，三弄何心，調高銀字更流音。閒倚石闌人未起，柳影深深。』頗有南宋風調。

戊申小春月韓淑珍畹卿校讀一過

名媛詩話續集中

錢塘沈善寶湘佩著　受業山陰韓淑珍校字

《瓊樓吟稿》，余昔未覯全集，僅從《正始集》録得《鸚鵡》一章。去歲咏莪侍郎以《簡緣詩草》、《蘭臺遺稿》見貽，内附《瓊樓》、《芸暉》兩吟草，始得披讀，佳篇絡繹，再摘數聯。《瓊樓吟稿・咏臘梅》云：『寒風吹不落，暖日照還香。』《將雪》云：『凍雲初出嶺，寒鳥漸歸巢。』《冬日即事》云：『松子落寒硯，梅花對古琴。』《幽居》云：『花鳥自成友，雲山好卜鄰。』七言《秋莫》云：『莫雨玉樓閒聽笛，秋風金剪懶裁衣。』《野步》云：『曉嶼梅和殘雪落，春江雲帶斷冰流。』《春盡》云：『坐臨流水心無住，門對青山夢亦閒。』《梅花》云：『影近水邊都入畫，香浮月下好吟詩。』《芸暉閣吟草》如《月中聞笛》云：『風高聲共遠，宵寂意俱長。』《雨後見月》云：『半空剛吐月，萬壑悄藏烟。』《山齋》云：『静看白雲起，時聽春鳥鳴。』《風雨中望孤舟》云：『遠踪隨鳥盡，孤影與雲俱。』皆有清微淡遠之致。

余寓春明已十二載，最相契者太清、孟緹，不減同氣之誼。聞余南歸有日，極盡綢繆，以詩寵行，情見乎詞。太清七律云：『十載交情如手足，一朝別我去匆匆。莫因迢遞無書寄，惟願相思有夢通。鄉井久違成過客，雪泥重印認歸鴻。江南姊妹煩君語，細述衰顔更不同。』孟緹五律云：『相攜逾十載，此别最關情。弟妹既睽隔，知交復遠行。送君歸故里，嗟我滯燕京。

寂寞誰爲伴，蟾蜍永夜明。』『春來頻送别，六度聽驪歌。原注：自春迄今，六送行旌矣。衰謝那禁此，離懷可奈何？宵深殘月冷，野曠朔風多。差喜長途裏，江梅正滿柯。』女弟子韓婉卿五律云：『忽聽驪歌唱，臨觴意惘然。天涯多雨雪，驛路渺風烟。伉儷偕于邁，平安頌式遄。抵家梅正放，香徹六橋邊。』『丹鳳城南路，常停問字車。許教牙慧拾，不惜齒芬加。原注：蒙製拙稿序。半載情偏厚，三生幸獨誇。原注：珍有『得親絳帳三生幸』之句。容臺需典禮，願早赴京華。』皆極纏綿，令人心感。孟緹以前詩意猶未盡，復成五絶四章，云：『别離當歲暮，會友更何時。念子衝寒去，迢迢繫我思。』『臨歧握君手，相顧各彷徨。似有千般語，惟餘淚兩行。』『霜威一夜緊，關塞沍寒初。珍重雙飛翼，頻遺尺素書。』『君到西泠日，春從綺陌回。梅花三百樹，應識故人來。原注：西湖，妹熟遊地。』余時方寸已亂，不能酬和爲愧耳。

余於己酉春莫返杭，重晤蘋香、玉士諸閨友，久違暫聚，樂可知也。孫秀玉静筠，爲雲林叔女，許季仁茂才善長室，招余及蘋香、玉士飲湖上。是日微雨，余口占絶句云：『十載燕雲故舊疎，畫船重喜接仙裾。空濛山色溟濛雨，似覺晴湖迥不如。』蘋香和云：『湖烟漠漠雨疏疏，握手登舟緑浸裾。十載歸來詩格老，無人不誦女相如。』玉士和云：『慚媿塵襟翰墨疎，明湖重喜執幽裾。憐他西子纖濃態，畫意詩情兩自如。』次日秀玉亦和四章，云：『魚雁頻年媿太疎，清游今日喜牽裾。殷勤聽徹篷窗雨，話到巴山定不如。』『久别西湖興豈疎，酒痕重上舊襟裾。野鷗似識詩人面，拍水迎來意自如。』『柳影重重人綺疏，青痕濃欲撲衣裾。蘭言偏接渾忘倦，杯酒孤篷信所如。』『酒榼初陳晉接疎，六橋深處集華裾。欲伸後約踟躕計，翹首邗雲轉悵如。原注：家慈就養邗江，有欲來杭之信。』數日後，蘋香、玉士又招爲湖上之游，余成二律云：『紅塵十丈浣幽襟，知己重逢愜寸心。握手乍驚容貌改，論詩倍惜别離深。燕來雁去嗟何及，瑟君於去冬隨任永嘉。月落雲停思不禁。穎卿僑寓金華，雲林就養邗江。聞笛山陽多感慨，梁楚生太夫人、席怡珊夫人均作古。一尊話舊漫相斟。』『緑陰如水草如茵，畫舫湖山適餞春。珠玉盈篇歌雅製，蘋香以新刊《香南雪北廬詞稿》見示。蒓鱸佳味慰歸人。絮雲棉雨初長晝，竹笑蘭言分外親。風景依然堪領略，芳堤同步落花塵。』玉士亦賦二律云：『鳳闕歸來拂軟塵，墨花題徧九州新。故園鶯笋初迎夏，舊雨湖山待送春。雲歛峯頭天作暝，樽開婪尾草如茵。寺門修竹蕭疎裏，認取紗籠昔日因。原注：君於蓮池菴，有『最愛雙松古意深，交柯池畔緑成陰』之句。』『萱萎高堂淚濕衣，篋中詩卷認依稀。原注：先母歿已三年。敢將賸稿歸椽筆，忍聽悲吟付夕暉。原注：君選《名媛詩話》，擬以先母刊《遺草》附入。幸有芳蘭同臭味，喜看銀蠟耀光輝。舊曾游處重回首，多恐朱顔鏡裏非。』蘋香和云：『雪泥鴻爪記前塵，十載歸來彩筆新。詩酒未忘京國夢，湖山不改故園春。相親綺席人如玉，聯步芳堤草似茵。落落晨星三兩點，一尊長感去來因。原注：數年來，楚生太夫人、怡珊皆下世。雲林在揚州，瑟君去甌，穎卿去婺。』『歸路征塵浣客衣，詠懷古跡半依稀。原注：君有《南歸日記》。黄河遠上旗亭唱，舊雨清談玉屑霏。小叙恰當春盡日，重游待卜月流輝。原注：有泛月之約。花龕零落松龕改，回首禪關處處非。原注：瑞雲、蓮池兩菴邱壑甚佳，近皆改成俗狀，可慨也。』

蘋香以《野花和韻》二章見示，云：『榮悴無心壓衆芳，託根何恨寄籬旁。輕紅碎白叢叢艷，野店山橋處處香。高詠方干誇異色，小家碧玉謝華妝。村翁社酒如相賞，也祝金剛不壞王。原注：用《清異録》僖宗祝菊事。』『編槿爲籬插竹闌，却憐紅紫太酸寒。無名可采人難品，寫影同工月借看。長伴桑麻親野老，敢攀桃李附春官。錦幃寶幛香深處，輸與山家雨露團。』小題而能刻劃，殊見巧思。

項祖香與余神交十餘年，今春回杭，始得把晤，相得甚歡。祖香倜儻多才，聰明絶世，於書無所不通，口若懸河，胸藏奇氣，誠閨中傑士也。詩詞曾採於七卷中，今讀全集，再録小令數章。《豆葉黄・夜景》云：『瑣窗風雨一燈青，人倚玻瓈小畫屏。夜永天寒睡不成，隔簾聽，敲徹金釵第幾聲。』《如夢令・蟋蟀》云：『消盡踈風冷雨，緑草蘭干深處。寂寞又黄昏，一片朦朧私語。私語，私語，似把秋情低訴。』《清平樂・元夕》云：『春燈夾路，影躍魚龍舞。料峭風來剛夜午，吹徹千門簫鼓。　半天緑霧紅霞，滿街金勒香車。可惜一庭明月，更無人伴梅花。』《望江南・黄昏》云：『黄昏静，獨倚畫闌前。萬樹秋風鳴似雨，一池新月澹於烟。桂影上踈簾。』七絶如《春晚》云：『畫簾歸燕解相親，病裏方知又過春。一樹梨花一墻月，斷腸時節斷腸人。』五律《秋感》云：『落葉滿窗户，虚堂夜氣深。秋聲已蕭索，况復聽蛩吟。機杼閨中怨，關河客子心。那堪風又雨，響亂一城砧。』

祖香又有《忍字偈》，引云：『丙午六月，製《忍字偈》，贈善男子、善女人，信心持誦，捐除一切多想、妄想、已過想、未來想，須知煩惱自取，雖大慈悲佛力，不能救汝也。』偈云：『心爲身君，刃爲劍鋩。苟或不慎，戕人自戕。合而守之，用罔不臧。以愚應智，以閒鎮忙。人詛人詬，過耳即忘。指我唾我，閉目若盲。我心匪月，不磨亦光。我心匪鐵，雖斫不傷。先民有言，无咎括囊。雲天蒼蒼，冥鴻遠翔。回看黃雀，何處徜徉。』余謂此偈可抵金經一部，其定力可知矣。

同里關秋芙鍈，爲蔣藹卿茂才坦之室，工詩善病。藹卿逸才天縱，舞象之前即有詩名，近未三旬已著作等身，與秋芙倡和，極湖山之樂。余歸杭，秋芙願假湖樓作寓，因匆匆返棹，不果往。乃承以七律二章見贈，云：『福慧三生本夙因，況聞才思逈超倫。劍生湖海雙龍氣，花入樓臺五鳳春。紅粉軍中掌書掾，碧城天上選花人。知名從未瞻山斗，媿我深閨久病身。』『故園春色已闌珊，剗地風猶撲面寒。千里梅花憶官閣，十年裘馬老長安。蒓鱸入夢思歸易，詩酒論交末俗難。底事相逢便相別，皖雲回首正漫漫。』

西湖水仙王祠，一名蓮池菴，又名雙松精舍。有南宋時古松二株，黛色參天，下蔭圓池。池邊山石玲瓏，叢桂、椶櫚、雜花與小橋掩映，迴廊曲折，邱壑絶佳。今春蘋香、玉士偕余重過，則輪奐方新。比邱俗甚，將池規方，雜花與山石皆剗去，廊已成廟，油漆之味熏人，幸雙松尚存，對之不勝滄桑之感。乃訪南山瑞雲禪院，因昔有老僧闢地蒔花，叠石爲山，境頗幽雅。今則老僧荼毘已久，又爲庸僧將花石刪削，另起樓臺，殺風景者，無獨有偶。蘋香歎曰：『有心戕樹木。』玉士曰：『無地不樓臺。』余云：『空王倒海移山力，都付規圓方竹人。』相對浩歎，不樂而出。

仁和高五雲淑人鳳樓，爲吴書農學士敬室，著有《澹宜書屋詩草》一卷，清真温厚。五絶如《獨酌》云：『燈前一尊酒，對影還閒吟。縱然不解語，且喜是同心。』《霜風》云：『漸漸透重幃，處處凋芳草。蕭蕭落葉中，暗暗催人老。』七絶如《小病》云：『爐香微裊上燈時，簾幙重重燕語遲。病起心情無著處，小樓春雨學填詞。』《秋海棠》云：『渾如倩女南樓夢，恰似明妃北塞魂。數盡秋花最哀艷，淡烟斜月伴黄昏。』《憶姊妹》云：『庭前遍種當歸草，籬畔偏開姊妹花。一片鄉心抛不得，清宵有夢忽還家。』《閲世》云：『縷金錯采倩縫人，賴有豪家可養貧。世俗繁華除不得，須知也是活生民。』蓋歎吾鄉服飾之華靡太過也。

京官之清貧，北方之寒冷，五雲淑人『官况』一聯盡之矣。詩云：『仙境一寒真到骨，春明四季總如秋。』又有《重過書畫舫》一絶云：『幾曲紅闌繞砌邊，盆花籬菊似從前。天風吹入黄梁夢，辛苦塵寰爾許年。』游宦歸來，絶似黄梁夢覺。余適南歸，見風景不殊，而人面頓改，愈覺此詩之妙矣。

五雲淑人有《贈丁媪》詩，題云：『丁媪新來，能背誦《阿房宮賦》，令詠瓶花，立成，作此贈之。』云：『自矜獨立見丰姿，金屋能消願太癡。想是康成家法好，泥中老婢也能詩。』並附丁媪詩云：『亭亭獨立筆難描，絶世丰神絶世嬌。我欲移他金屋住，此身可有福能消。』

錢塘王楚芳蘭佩〔一〕，茂才孫載之承福室，著有《茂萱閣》、《静好樓詩草》二卷，《粲花詞》一卷。楚芳幼而穎慧，詩筆得長吉、玉溪之致，歿年纔二十有二，殊可惜也。七古如《女兒曲》，引云：『諺曰：「歲多生男則歉，多女則豐。」蓋謂男子可旅食四方，女子惟深閨自守也。戲作長句。』云：『桃花靧面雛鳳語，綵帨新看設幾許。若祈大有卜年豐，不重生男重生女。農家歲歲誇多穀，憑仗閨中女兒福。共羨朱門燦繡楣，芳名早艷黄金屋。黄金千兩璧千雙，聲價傾城未可量。越俗争傳女兒酒，幽人愛佩女兒香。蛾眉婉孌容婀娜，紅淚香凝石華唾。霞綃霧縠翠雲箱，嫁時賓客盈門賀。生女能似宣文君，定邀鸞誥封夫人。玉帔珠冠耀翟茀，歸寧晝錦娱雙親。女兒女兒生事足，穩向天家持顯禄。願教珍重胭脂唇，好食官倉萬鍾粟。』《游仙曲》云：『綵凰翠鳳紛翩躚，絳霞紫霧共留連。擬向滄溟種瑶草，痴龍今日慵耕烟。』『秦女簫聲洛妃鼓，爲誰珍重長生譜。桃熟千年藥萬年，焉知塵事縈心苦？』『鹽橋渡口一杯漿，玉洞胡麻午飯香。何如同陟仙壇畔，寫韻偏教韻事長。』『巧絲自結飛仙蓋，珠佩空遺連理帶。萼緑來時少定踪，蘭香去後無聊賴。』『高情誰似許飛瓊，不願愚人識姓名。莫倚彤雲看下界，軟紅多處人争行。』『碧桃花下驂鸞路，豈惜凡塵時一顧？衹恐人間薄命兒，聰明反被神仙誤。』『漢武緣慳葬茂陵，稽康仙骨乏嶒崚。頻年青鳥疎還往，孤負瑶臺十二層。』《秋夜吟》云：『西風幾夕吹蘭芷，淒斷秋心愁不死。雛凰小鳳相逐飛，一樹紅桐垂翠子。』『桂香濃襲緑玉佩，手折芙蓉掩紅淚。瓊雲不流璧月明，欲抱濃情對花睡。』『鴛鴦繡褥蒲桃錦，翡翠裁衾夜明枕。嬌魂癡夢渺難尋，何處思香誇媚寢。』『星娥月姊不可招，彩鸞簾額迎涼飈。安得仙軿來絳霄，相逢贈我青瓊瑶。』五古直寫性靈，似長慶體。《思親感賦》云：『生男勿云喜，生女誠可悲。游子志四方，嫁女離庭幃。時懷堂上親，焉得相追隨？我生非不辰，所誤因蛾眉。二十咏桃夭，百兩催于歸。可憐數載來，終日心神馳。靈椿依幕府，遠在湘之湄。雖然勤筆墨，猶得娱文辭。慈萱居陋巷，補屋牽蘿絲。井臼任煩勞，兒女縈遐思。纏綿手中線，寂寞門上楣。里閭雖咫尺，色笑終睽違。望雲言思親，思親當告誰。眉痕背人鎖，暗淚深宵垂。倘得生爲男，棣萼應相輝。阿兄贅甥館，弟足依春暉。胡使困閨中，有志無能爲。日月偏迅速，骨肉長分離。采蘭陟南陔，蘭蕊何芳菲。爲誦補笙詩，字字傷肝脾。』楚芳爲宮保文莊公曾孫女，疎雨觀察女孫，少山贊府女。

校勘記

〔一〕『王』，原作『玉』，據潘衍桐《兩浙輶軒續録》卷五十三改。

楚芳詩善於翻案，如《移居》七絶云：『草色苔痕亦可觀，一般生意到闌干。任教不入時人眼，肯使閒階種牡丹。』《反游仙》云：『瓊漿一飲竟成盟，難得裴郎似尾生。玉杵倘教消息杳，雲翹多事誤雲英。』『胡麻飯飽最清閒，靈藥香桃護碧山。劉阮無情歸意促，仙姬何苦憶人間？鴛機雲錦費辛勤，織徧金梭不記春。十萬天錢償未得，黄姑雖巧奈家貧。』

楚芳《粲花詞》一卷，極幽婉之致。『夏夕寄陳午樓表姊』《疎簾淡月》云：『閒庭風細。被一陣蟬聲，把人驚起。蝶夢方回，添得枕痕紅膩。對菱花、怪儂憔悴，對鄰姬、怪他嬌泥。最難消遣，閒持寶扇，獨臨瑶砌。　憶昔納涼深院裏，碧筒争酌，詩筒争遞。同調相攜，便有許多幽意。捉迷藏、悄行花底，垂髫癡婢今猶記。舊時心境，當時笑語，幾時重諦。』『病起』《蘇幕遮》第二體云：『靨邊紅，眉上翠。鸞鏡無情，只報人憔悴。病起但知因病累。未病前時，早已愁如醉。　倚風蘭，零露蕙。質弱香清，祇恐根莖脆。好向空王求懺悔。花莫芬芳，人也休聰慧。』其人夭折，於此已兆。

同里張素華琪，著有《硯北堂詩草》，筆亦明净。五絶《聽雨》云：『凄凄寒食風，滴滴清明雨。愁絶瑣窗寒，花落應無數。』《春日睡起》云：『芳草緑含烟，垂簾盡日眠。流鶯驚夢覺，無語立花前。』《春草》云：『春水滿横塘，春風蛺蝶忙。昨宵微雨過，緑上古莓墻。』《秋帆》云：『片影落波横，秋風挂處輕。日斜江上望，渺渺故人情。』七絶《題蘆雁》云：『雨暗汀洲雪滿蘆，歸來相顧又相呼。堪傷雁序睽違久，莫寫飛鳴宿食圖。』《西湖柳枝詞》云：『十二橋邊柳萬株，腰肢嫋娜倩風扶。春來學畫雙蛾細，直把西湖當鏡湖。』《春莫》云：『重門静掩篆烟微，草色苔痕繡地衣。燕子未來春寂寂，一庭紅雨杏花飛。』《秋江晚眺》云：『日落烟波莫色横，蓼花葦葉滿寒汀。徘徊悵望江天遠，鴻雁未來楓樹青。』

祖香出新安張彦如詩一卷見示，芬芳悱惻，想見其人。七絶如《季春歸邗舟次懷古蘭》云：『斜日輕帆柳外停，飛花偏繞短長亭。溪山似解人離緒，兩角眉峯慘不青。』《蘭溪》云：『莫雲無際水無涯，客路茫茫感歲華。潮落桐江宵月白，凄涼何處弄琵琶？』《梁溪》云：『九龍山色曉凄凄，黛影嵐光入望迷。半幅蒲帆舟一葉，澹烟踈雨過梁溪。』《瓜州》云：『金焦兩點翠迎眸，路近鄉關漸解愁。十里空江雲樹外，桅檣燈火見瓜州。』佳句如《過鄱陽湖》云：『半天雲氣騰匡嶽，九派潮聲擁豫章。』《懷家大人蘭州》云：『三邊月色侵裘冷，九塞霜痕點鬢明。』《書懷》云：『梅緣傲骨香偏冷，竹解虚心節自剛。』《憶梅》云：『小庭殘雪霏微處，遠驛東風悵望時。』《和黄耕畹》云：『湘簟眠琴吟夜月，雨窗潑墨寫秋聲。』集中附吴陽黄耕畹原作二章，録一云：『記從官閣一聯吟，原注：壬午春晤於小韞自然好學齋。幾閲風霜直到今。越水吴山供逸詠，暮雲春樹隔芳音。開編應補才人集，掩卷難平造化心。我亦紅塵嗟命蹇，恨無清思寫煩襟。』耕畹名之淑，善寫蘭竹巨幅，余曾見之，筆墨蒼秀，清絶纖埃，洵逸品也。

梁楚生太夫人《古春軒詩》已録於六卷中，今雲林以新刊《遺集》見示，詞集中有《金縷曲》四闋爲章娘賦者，纏綿慨慷。序云：『杭有章娘者，故隸山西裴中丞家，通曉音律，從師學琴，以轉授女公子，中丞與高相國、姚尚書密戚也。每宴集，使章娘鼓琴，無不激賞。其後嫁尚書僕某，中丞殁後，隨其夫流轉武林，傭於人，任煩辱之役。偶至余家，爲余鼓琴，因言往事，感喟者久之。嗟乎，才人厮養，念華屋而悲生；商婦琵琶，感青衫而淚下。爲譜斯詞，庶幾有以傳章娘也。』詞云：『簾捲東風冷。正花前、鶯聲漸澁，半凋紅影。花外愔愔藏楚弄，玉手明徽相映。彷彿寫、熙春麗景。忽作清商翻怨調，似秋空朔雁飛無定。沙塞迥，夜霜警。　一時四座無言靜。歛絲桐，逡巡再拜，細陳萍梗。憔悴朱顔今已矣，夢斷紅樓金井。更那望〔一〕、知音傾聽。柳絮浮雲根蒂杳，枉嬌癡、閱盡繁華境。訴往事，意悲哽。』其二云：『甲第河東冠。護芳姿、金籠翡翠，盈盈仙伴。記取雙名書線夾，只許鸚哥偷喚。塵不到、玉娥窗畔〔二〕。香影花光初學步，太憨生時博閨中粲。朝繡幌，莫雲幔。　午橋池館清幽慣。頗憎他、新聲嘈雜〔三〕，穿絲透管。唤取師曹教小玉，指點吟猱抑按。算衆裡、獨推心腕。生結名香焚篆鼎，傍粧臺、細鼓清音緩。三弄罷〔四〕，月初滿。』其三：『姻戚崔盧貴。倒金樽、蘭堂日午，廣筵佳會。軟舞嬌歌都過了，志在高山流水。催一霎、粧成奏技〔五〕。上客低徊頻注目，爲兒家、一洗箏琶耳。嬌顧影，自矜喜。　當時只解眈遊戲。一年年、桃鬟高並，柳絲難繫。弱蔓孤根無處著，隨分縈依荆杞。也算做、花開連理。茵溷飄零原不定，判百年、人事長如此。渾不記〔六〕，電光駛。』其四：『金谷繁華息。更驚心、喬松鶴去，大絃聲急。絲管春風前日事，悲動白楊蕭瑟。對弟子、青娥暗泣。小隊銀箏零落了，玳梁邊、誰管雙棲翼。秋燕影，浪萍跡。　燕飛萍轉錢塘客。鼓飛濤、泠泠江上，尊前髩白。换羽移宫傳别恨，回首蓬萊雲隔。但海水、數峯摇碧。停拂銀鈎增悵惘，坐幽篁、爲譜胡笳拍。詞未盡，淚盈臆。』

校勘記

〔一〕『更那望』，原作『那更望』，據《古春軒詞》（《小檀欒室匯刻閨秀詞》本）、楊鍾羲《雪橋詩話·續集》卷七改。

〔二〕『玉娥』，原作『玉蛾』，據《古春軒詞》改。

〔三〕『嘈雜』，《古春軒詞》作『嘈囋』。

〔四〕『三弄』，《古春軒詞》作『五弄』。

〔五〕『技』，《古春軒詞》作『伎』。

〔六〕『記』，《古春軒詞》作『計』。

雲間王雲芝德宜，爲方芳佩夫人子婦，有《語鳳巢詩草》。余未見全集，偶見《晚泊》一首，殊爲逋峭。詩云：『秋河一繩直，鄉月半弓圓。人静羣凫語，洲寒野鷺眠。泠沽山店酒，暝聚蓼灘烟。信道歸程速，誰裝客裡棉？』

仁和甄鈿卿藍玉，工詩善病，閨友抄示數章，未知其詳。《途中》云：『離家經匝月，異地杳難羣。溪窄常穿石，山高半没雲。孤猿啼遠樹，饑鳥落斜曛。不是因名利，胡爲車馬紛？』《落花》云：『自勸尋春駕，烟光冷緑蕪。濕粘蛛網窄，香盡蝶魂蘇。階冷風猶掃，亭空鳥半租。玉欄多倚徧，世事怨榮枯。』

蘋香出續刻《香南雪北廬詞》見示，『西湖咏古』《滿江紅》十闋敲金戛玉，氣韻沉酣，爲之心折，兹録八章。《白公堤白香山》云：『名宦來游，是第一、西湖知己。平橋外、芳堤界斷，江流無際。桂子天香秋冷淡，繁絃脆管春排比。郡亭中、欹枕看潮頭，詩成未。風華句，錢塘伎。烟波夢，蓬萊吏。坐孤山竹閣，緑楊陰裡。壓擔雲根雙石耳，戀人翠黛三年矣。剩酒痕、襟上説杭州，紅休洗。』《表忠觀錢武肅王》云：『王氣錢塘，看一樣、飛龍舞鳳。保障得、仙州十四，蒼生歡頌。天府丹書京洛賜，名碑玉局行人誦。黯斜陽、無處覓荒邱，英雄塚。銀釭冷，麻膏夢。金櫻薦，青絲籠。歎六陵掘徧，叢祠誰奉。風滿靈旂春柳裊，水沉犀弩秋濤湧。是耶非，還我舊山河，開南宋。』《鳳凰山宋高宗》云：『雪窖刀鐶，只説道、兩宫無恙。消領到、偏安世界，承平氣象。御教場中羅綺隊，釣容部裡笙歌唱。鳳凰山、山色似蓬萊，開仙仗。燈火院，煙波舫。桂子落，荷花放。颶柳絲禁苑，翠華天上。尺五皂紗儂解戰，十三玉版君能倣。紛紛笑官家、不是帝王才，西湖長。』《棲霞嶺岳武穆王》云：『血戰中原，弔不盡、忠魂辛苦。紛紛見、旌旗北指，衣冠南渡。半壁鶯花天水碧，十圍松柏雲山古。最傷心、杯酒未能酬，黄龍府。金牌急，無人阻。金甌缺，何人補。但銷金窩裡，怕傳金鼓。牆角讀碑斜照冷，墓門鑄鐵春泥污。爇名香、歲歲拜靈祠，棲霞路。』《翠微亭韓蘄王》云：『膽落强金，黄天蕩、樓船飛繞。雨點樣、打來征鼓，玉纖花貌。名並千秋思報國，獄成三字悲同調。幾何時、絶口不言兵，無人曉。紅粉瘦，青山老。兒女話，英雄笑。看清涼居士，騎驢側帽。詩句翠微亭上夢，劍瘢春水湖邊照。把中興、事業付東風，閒憑弔。』《蘇公堤蘇東坡》云：『管領湖山，天付與、仙人玉局。能會到、傳神西子，嫣然眉目。終古高風懷吏隱，前身明月尋僧屋。偏長堤、楊柳屬蘇家，垂垂綠。三兩處，軒窗拓。千萬首，詩篇足。記年時放鴿，絮花撲撲。雨濕翠翹雲舫女，涼生金縷瑶臺曲。試參寥、泉水碧無痕，香茶熟。』《孤山林和靖》云：『世外高風，隱君子、當年和靖。早占却、湖天一角，水窗煙逕。殘雪斷橋寒著屐，夕陽孤嶼春迴艇。問幾生、修得到梅花，先生聘。雲木下，鈎輈聽。圖畫裏，笙歌屏。甚泉香薦菊，可曾消領？石老苔荒仙鶴夢，横枝小朵詩人影。月明中、我欲抱琴來，青山應。』《葛嶺葛稚川》云：『勾漏當年，早金鼎、丹砂九轉。無人識、人間仙令，人家仙眷。碧霧衣涼風蝶舞，紅蓮飯熟荷蜂幻。看初陽、臺上又斜陽，苔花滿。占一角，湖山半。望兩朵，羅浮遠。笑曼都未醉，流霞注盌。古井照星雲母冷，靈泉浴日玻瓈暖。想天壇、明月鶴歸來，吹鸞管。』蘋香心靈思巧，善於翻陳出新，如《浪淘沙》云：『病是愁根愁是葉，葉是雙眉。』《前調・冬日法華山歸途有感》云：『千古塚纍纍，何限殘碑？幾人埋骨幾人悲。雪點紅爐爐又冷，歷刼成灰。』

玉士以尊堂王蘭上太夫人《鈿遺草》見示，秀麗天然。如《春草》云：『小院春初至，萋萋遠近同。風迴舒淺碧，花落襯輕紅。曲徑殘陽裏，芳塘細雨中。最憐雙粉蝶，來往過墻東。』《題徐湘生山水畫幅》云：『叠叠遥峯秀，叢叢碧樹鮮。野橋隨水曲，茅屋與雲連。徑古少行跡，山深起暮烟。静觀風景麗，彩筆自天然。』《舟夜》云：『幽行村落裏，極目四山横。明月依人影，楓林作雨聲。江光迷霧重，岸火燭波清。何處笳聲起，頻添旅客情。』《山樓晚眺次韻》云：『攬勝倚高樓，嵐光冷浸眸。夕陽明浦樹，花霧隱漁舟。雲歛長空静，烟凝曲澗幽。忽驚林外笛，天際雁歸不？』七律如《秋宵玩月》云：『葉葉微雲霄漢浮，一輪光滿碧烟收。彩蟾流影侵珠箔，銀浪無聲卷畫樓。寂寂疎花涼繞砌，娟娟修竹静摇秋。紅闌幾曲閒凝望，何處清砧動客愁？』佳句如《詠雪》云：『也同皓月侵羅幌，不似繁花點繡茵。』《秋夜》云：『檀烟細裊千絲篆，花氣平分一院香。』《新月》云：『玉宇風輕吹影細，桂花香冷上弦遲。』《簪菊》云：『疎籬影瘦和霜摘，曉鏡香濃帶露拈。』

丁酉秋仲，余北行時，蘋香、玉士和余留别三章，皆録於六卷中。周暖姝來音亦和而寄之，誤托洪喬，余未接讀，今復以前章見示。云：『泬寥晴宇四無塵，休擲重陽語最真。原注：重九小謁致爽臺登高，東坡云：『寒日、重九不可虚擲。』屋上青山下流水，登高還憶北行人。』『茱萸且自酌瑶舟，登眺家園不散愁。差勝當年陶與孟，陸沉空復感神州。』『鮑令暉同吴絳仙，沈雲英去贈詩篇。今朝望遠增惆悵，忽動離懷到酒邊。』暖姝爲錢塘魏滋伯廣文謙升繼室。余返里匆匆，不及與暖姝一面，有詩懷之。暖姝寄和四章云：『相見初從寫韻人，緣深翰墨總前因。光風霽月襟懷爽，何幸叨陪末坐春。原注：吴蘋香夫人見招，始獲拜識。』『迢遞京華憶遠人，畫梅郵寄證蘭因。紙窗竹屋横斜影，尺幅長留筆底春。原注：前歲在都畫梅見寄。』『幾回葭水溯伊人，難聚雲萍亦夙因。拋却西湖花月雪，歲華荏苒十三春。原注：君自丁酉歲入都，今己酉回杭，首尾十三載。與蘋香夫人有同過敝居近水園泛月之約，以事不果。』『方在璞老人潘虛白老人以後此傳人，福慧雙修夙世因。珍重齊紈藏在篋，揚仁捧袂待來春。原注：承以書畫紈扇見惠。』余讀至『拋却西湖』二句，不覺憮然久之。

余與太清經年之别，思不可支，幸其詩函常至，藉慰離懷。七絶如《白虎港觀耕》云：『杖藜扶過短松岡，楊柳風來拂面凉。忽見黑雲羃山頂，一犂春雨杏花香。』《陳家莊看杏花》云：『照眼連林燦若霞，崎嶇細路一條斜。居人不務耕耘業，高下山田盡杏花。』《新開口看春園》云：『慈溪新水漲春流，隔岸垂楊緑更柔。看到夕陽時更好，賣魚人過斷磯頭。』《三月九日山中大雪》云：『春衣纔換又添衣，甕水成冰晝掩扉。真是深山殊氣候，杏花時節雪霏霏。』《九日書懷》云：『瑟瑟長林落葉飛，西風白日影依微。寒生老圃霜初降，香噀東籬蟹正肥。叢菊有人終淚眼，清砧何處寄征衣。登臨欲賦題糕句，心境年來與世違。』直化去筆墨之痕，全以神行矣。

玉士别後，亦以五律三章見懷云：『倏倏梅雨裏，惜别恨難支。會合曾無幾，睽違又彼時。炎雲朱夏歇，涼月素秋移。多少懷人意，傳書旅雁遲。』『井梧黄葉墜，蕭瑟感離羣。似我蘁鹽累，多君翰墨芬。琳琅行篋貯，錦綺侍兒熏。極目天涯路，江鄉隔莫雲。』『更憐三益友，塵事亦多勞。原注：謂蘋香。文采思千古，年華感二毛。消愁頻琢句，得趣定傳騷。原注：蘋香有《飲酒讀騷圖》。彼美相期處，同余共醻陶。』不特情見乎詞，格調亦復高雅。

陽湖秦訪舟太孺人，巡政沈永福母。有《病中示子子厚》二絶云：『丸熊畫荻盡艱辛，望有詩書步後塵。捧檄本非慈母意，家風淡泊豈憂貧。』『青衫一著乍伸眉，黄卷辛勤冀有爲。何意宦游違膝下，傷心相見竟無期。』蓋子厚游泮即棄書筮仕，非太孺人意也。太孺人爲陔蘭母。

許定生《琴外詩鈔》有《哭高真媛步蔡玉生元韻》二章，序云：『真媛名韻生，字蕊仙，常熟人。幼孤。庚寅年，蕊仙同姊自京南下，路出袁江，舟中一敘，遂成相識。别後數載，又晤敘更番，嗣亦僑寓袁江。從家慈學習詩詞並琴畫，無不專心致志，其聰慧過人，洵非尋常可比。年三十未字。辛丑仲冬，余詣白門過訪，適蕊仙于歸李氏，結褵三日而新婿從征。與余相聚十日，朝夕聯吟，頗有不勝哀怨之意。壬寅四月，忽聞蕊仙自縊，因訛傳其夫婿陣亡，遂相從於地下耳。嗚呼痛哉！蕊仙洵巾幗之完人，標千秋之節義，讀其詩，想其人，有不禁歎息而不能忘其生平之志也，爰爲之序。』詩云：『淒涼一夜曉風鳴，似向粧臺訴不平。適自何來驚惡耗，宛然如昨憶香盟。結褵草草知情厚，蜚語紛紛到眼明。堅不能磨白不涅，真堪成就玉人名。』『浮沉寄跡等飄蓬，質比幽蘭怯雨風。畫到神奇無粉本，吟成珠玉倩紗籠。恨同垂柳千重碧，心共斜陽一片紅。幾度低徊頻灑淚，涓涓常與水流東。』余聞玉生云蕊仙詩筆雋雅，惜未讀其遺稿，而節烈如斯，無藉詞藻傳矣。

許定生《瘦吟詞》亦有思致，如《如夢令·畫竹》云：『石隙新篁半吐，簾底緑雲微度。昨夜小窗紗，添得嫩涼如許。聽取，聽取，可似瀟湘秋雨？』《浣溪沙·題照》云：『衰柳江南感舊游，謝家池館正清秋。不堪回首向西州。　往日風光猶自好，少年心事未全休。緑陰如水恨悠悠。』《清平樂·西瓜》云：『緑瓊圓潔，秋水紅冰結，飽食且須除内熱。莫問豳風幾月。　當年玉椀金刀，分甘曾趁良宵。又是秋期近也，不堪歸路迢迢。』《菩薩蠻》云：『斜暉漠漠東風驟，緑陰影裏雛鶯瘦。羅袖薄如烟，江南三月天。　庭階閒佇立，好句猶難覓。何處按笙歌？聽來愁轉多。』定生以書畫養親，名著南河，聞於戊申去世，有才無壽，殊可惜也。

宛平黄美心詩，曾採於十一卷中，再讀《驛柳次韻》二章，覺筆情沉著，洵是作家。詩云：『道旁摇曳弄春晴，慣折腰支解送迎。别浦緑波殘月影，誰家玉笛曉風聲？　饑鳥乍去餘空壘，老驥長嘶有廢城。莫效桓公今昔感，依依悽斷漠南營。』『千株新緑憶揚州，和雨和風更惹愁。紫陌含颦憐送客，翠樓凝望悔封侯。遠遮酒市飄帘影，低拂漁磯映水流。極目短長亭子外，微黄楚楚又經秋。』

名媛詩話續集下

錢塘沈善寶湘佩著　受業山陰韓淑珍校字

偶閲《稗販》，見茂苑薛貞瑛三絶句，殊有逸思。《從吴江至西湖作》云：『燈宵不見一燈紅，凝煞平江半夜風。到得西湖覓西子，那知殘雪正朦朧。』《寓樓見梅花喜作》云：『樓西望不見西施，樓角寒梅見一枝。從此吟魂得相傍，黄昏捲起暖簾兒。』《抵杭寄姊妹》云：『羊燈照我下長河，吹落梅花比淚多。姊妹今宵休記憶，冷風殘雪到清波。』《稗販》爲吾杭飯顆山人曹斯棟作。

庚戌冬日，余返杭掃墓。闞秋芙集諸閨友宴余于巢園，出所著《花簃集》、《衆香詞》，讀之覺纏綿哀艷，音節淒清。秋芙年才二十餘，丰神秀美，伉儷多才，性躭禪悦，人有金童玉女之目。家擅園林之勝，詩得唱和之樂，而清愁一縷，縈繞筆端，殆天賦歟？余欲以織女謂郭汾陽『大富貴亦壽考』二語轉贈秋芙也。七古《花朝曲》云：『春烟鏤影春波皺，黄鶯啼上湖隄柳。有人日莫倚欄杆，一杯酹向花根酒。酒痕花淚不分明，花自無言儂有情。親寫緑章蝌蚪字，替花歲歲祝長生。春去春來等閒度，去年記踏春陽路。兒家夫婿最多才，黄昏賭説花前句。又見花開滿畫堂，相逢猶是舊紅粧。可憐花發還多感，誰保花殘不斷腸。雲髻風鬟容易改，惜花人尚閨中在。幾生修到此花身，可曾博得東君愛？何况蛾眉情最癡，懨懨減却舊腰支。幾回張得紅旛護，知駐容顏有幾時？驚起貪眠紅蛺蝶，一雙飛向釵頭貼。傍花瘦得不成腰，也應笑損桃花頰。便到春深休自悔，情禪參破原無碍。不化香雲便上天，但隨流水終歸海。莫似深閨薄命人，對花只是淚沾巾。無聊但下猊床拜，日日焚香叩玉真。』七絶《有悟》云：『幻緣泡影證三生，曾説如來住化城。種得梧桐花滿樹，人間傳徧合歡名。』『浄解塵埃不用犀，樓臺三面敞琉璃。雙頭獨有西來鳥，祇揀青蓮並蒂棲。』『玉宇瓊樓夢想中，榆花嫩白棗花紅。昇天莫羡三禪好，只避紅塵不避風。』『掌上分明見衆香，天花飛舞入禪床。有人病倚東風笑，看换釵環舍利粧。』詞如《解珮令・新凉》云：『凄凄一陣，颼颼一陣。又蕭蕭、接連幾陣。打了梧桐，又亂打、半窗花影。是秋風、有心做冷。　冷還不定，熱還不定。便陰晴、也還不定。一味昏沉，但做就、懨懨秋病。甚心情、替人臨鏡。』

南昌裘佩秋有《怡然閣詩草》。《抵家口占》云：『舟人指點豫章城，早見肩輿出郭迎。到岸自憐登故土，進門争欲訴離情。慈姑别久非衰景，稚子相看幸長成。歎我行裝都減昔，尚留心是玉壺清。』『歸來心急恨行遲，倚杖慈親别淚垂。轉瞬已成三載隔，長談不盡屢年思。分明苦海回頭日，好是黄粱夢醒時。一念燕雲懷老父，壁間珍重送行詩。』

毘陵張慧生儀之《春日偶成》云：『梨花淡淡柳青青，芳草和烟緑滿庭。窗出游蜂簾入燕，春來無物得消停。』余愛其《陶然亭》一絶，頗有畫意。詩云：『風静樹無聲，雨晴塵不起。日莫一人歸，步入蘆花裡。』

永康吴絳雪宗愛，諸生徐明英室，有《六宜樓詩艸》。康熙初，耿逆叛，僞總兵徐尚朝陷金、温等府，直犯永康。永康官紳以絳雪居孀，才貌雙絶，謀以獻尚朝，請退兵保境。尚朝艷其色，即許退金華。絳雪是日賺賊出境，行至三十里坑，給從者取水解渴，從者稍懈，遂投崖而殞，從容盡節，保全闔邑人民。事後無人請旌。邇者安徽吴康甫二尹廷康官斯土，得悉遺事，囑黄韵珊孝廉清憲爲譜《桃谿雪傳奇》，以發二百餘年潛德之幽光，詩極清勁。《寄外》云：『落葉颼颼裡，秋燈怯影單。此時瞻遠道，愈覺路漫漫。風雪貂裘敝，關山馬足寒。朦朧憐淡月，兩地但同看。』

秋芙宴余巢園，余即席賦贈一律云：『朔風烈踐雪，春意欲舒梅。水竹園林勝，金尊畫閣開。鮑姑香茗賦，關妹粲花才。更喜羣仙集，新詩珠玉裁。』秋芙和云：『晚來天欲雪，春意到庭梅。幸得良朋集，欣逢笑口開。椒花傳妙詠，柳絮仰高才。媿我詞章拙，煩君爲剪裁。』同席海昌陳湘英和云：『曾將畫眉筆，東閣寫新梅。原註：見夫人畫梅。疑是荒村裏，一枝前夜開。丹鉛傳妙品，錦綉壓羣才。我獨追陪幸，春風仗化裁。』李佩秋和云：『去年風雪裏，勞贈一枝梅。幸未朱顔改，還逢絳帳開。剪燈同聽雨，樽酒快論才。更喜瞻詩什，篇篇錦綉裁。』鮑玉士和云：『掃徑迎幽客，尋春問玉梅。玻璃窗檻合，玳瑁綺筵開。地占園林勝，天成錦綉才。絳帷欣得傍，蕪句待删裁。』

李佩秋言《資江集》載錫味老人絶句云：『病起誰教好景過，粼粼新緑捲微波。紅欄一角無人倚，借與春風長薜蘿。』眼前景寫來極清麗。佩秋名湘紉，美秀而文，其姑母與余幼時頗契，始笄即殁。佩秋性情蕭散，善鼓琴，有林下風焉。于歸馮氏後，秋芙書來告余，有『癡牛非偶』之句，爲之太息。

辛亥春初，余晤鳳陽方鮫鄰年姒，余菊農觀察士環室。性極温雅，愛才如命，湖上探梅，衙齋設宴，蘭誼優渥，良可感也。爲言『無錫丁芝仙，工詩善畫，性情風雅，現隨任嘉興，當寄書介紹，俾與足下珠聯璧合，亦閨中之韻事』。逮余舟至鴛湖，芝仙已遣紀探問數日矣。聞至即官輿相迓，把晤傾談，殊恨相見之晚，遂訂雁行。書一絶以惠云：『相逢未久誼偏長，不惜題詩墨數行。原註：時爲余題《靈飛經》書。比似胸羅廿八宿，彭宣從此爇心香。』余亦口占和之，並邀游金陀别業，爲南宋岳倦翁珂故居。古木連雲，蒼厓叠翠，池横小艇，樓倚修篁。亭榭十餘處，每至一所，别開生面，兩園左右相倚，曲徑通幽，備高低宛轉之致。余賦一律，即以言别。芝仙書得《靈飛》之神，胸有經濟之學，閱歷半天下，洵通才也。爲寶洲司馬女，嘉興令楊子萱炳室，有《雙清室詩鈔》。

余於鮫鄰齋中晤無錫秦宜人，鹺分司劉某室。善吟詠，一面之識即贈余七律二章，云：

『清風林下久心傾，應是神姝謫玉京。斑管一枝花四照，雲箋百幅艷三生。遍傳日下新詩本，小住湖邊故國情。才子掃眉真絶代，衣來畫錦倍鮮明。』『共信前塵接後塵，衛夫人與管夫人。慧心兼擅紅閨福，妙手横生翠袖春。一代騷壇樹旗幟，千秋才調軼冠巾。拈毫不韻深慚我，多感臨岐索句頻。』揄揚過當，未免滋慚。秦宜人爲禮堂都轉鑅曾孫女，漪園太史泉孫女，蘭毓太學生晉林女。

辛亥春日，北上至廣陵，訪雲林、雲姜、伯芳，班荆道故，舊雨情深。雲林爲居停主，皆欲盡平原十日之歡。余感其意，爲留三日。覽東園之勝，話夙昔之情，嘗鱏魚羹，飽車螯饌，珍饈絡繹，貽餽不絶。雲姜、伯芳曉至暮歸，相忘形跡。臨别復以詩壯行，雲姜三章云：『春明聚首幾經秋，分袂匆匆易感愁。正是鶯花懷遠切，一帆烟雨過揚州。』『十載重逢憶舊盟，挑燈閒話别離情。生憎三月長亭柳，不把絲絲繫遠行。』『又是驪歌送别時，何時樽酒慰相思？京華此去春光滿，但觸懷人便入詩。』伯芳四章録三云：『七載京華感舊游，與君重晤海西頭。鶯花三月揚州路，細雨輕帆送客舟。』『計程十八短長亭，五夜鈴聲夢裡聽。千里輪蹄春欲暮，蘆溝草色已青青。』『春明詩社憶當年，酒滿金樽月滿筵。聚散萍蹤無限意，三生翰墨是良緣。』余亦成四絶留别，末二章：『瀟瀟風雨剪燈聽，往事重論感絮萍。别後丰神俱瘦減，怪伊雙鬢獨星星。謂雲林。』『風帆葉葉路迢迢，回首烟籠廿四橋。江上緑波堤上柳，教人那得不魂銷？』又於雲林齋中晤雪溪鄭蘭孫娱清，美秀工詩。雲林出其贈句四章，録二云：『簾捲西風翠袖凉，一燈秋雨送昏黄。疎園久負湖山約，歸夢難尋别意長。原註：余别西湖八載，今春君歸，擬同行，不果。』『鴻爪泥痕感舊游，自憐青鬢不禁秋。吟肩消瘦吟懷減，别是天涯一種愁。』蘭孫爲徐少府某室。

辛亥試燈後十日，暖姝約蘋香及余挈友愉女同往臯亭山下崇光寺探梅。時宿雨初晴，春陰乍歛，萬樹寒香，含苞始放，一溪流水，照影生姿。暖姝具佳肴旨酒，小杭吟笻，酌於梅花道場。飯後同步疎林密蕊中，余起《清平樂》，首句云：『萬梅花下。』蘋香續云：『曲曲疎籬亞，流水一灣青玉瀉。』暖姝續云：『小坐林間茶話。』余又云：『微雲忽漏斜陽，東風吹送寒香。』蘋香接云：『花事二分未到，幾時重集壺觴？』詞成，相與歡笑。縱談今古，人影花光，相看忘暮。余又成七律云：『松邊竹外影横斜，絶勝巢居處士家。仙蹕昔迎雙鳳輦，崇光寺昔爲南宋顯仁太后功德院。香雲今擁萬株花。娟娟縞袂憐姑射，澹澹明粧並緑華。滿地夕陽吟未倦，忽看古樹集昏鴉。』蘋香和云：『萬枝香雪鬥横斜，物外春歸釋子家。成句。滑滑泥衝三逕路，陰陰寒勒半村花。素牋作草書成聖，原註：湘佩書聯於寺。好句如仙氣自華。媿我粗疎慵染翰，小窗無意學塗鴉。』暖姝和云：『林披蒙密徑欹斜，問路還經釣叟家。精舍有誰繙貝葉，道場端合署梅花。崇光寺彌勒殿榜曰『梅花道場』。空山晝静稀塵事，古樹香浮换物華。晷短途長看不足，繩牽何術繫金鴉。』友愉亦賦一章云〔一〕：『雨後泥融石徑斜，紅牆遥露梵王家。釵光鬢影追隨處，飽看寒香萬樹花。』

校勘記

〔一〕『愉』，據前文，『愉』下當脱『女』字。

太清以大興劉梅庄静媛閨詞數十篇相示，《春曉》云：『朦朧樹影射朝曦，侍女添香悄步遲。應是夜來春夢淺，日高猶嚲海棠枝。』《焚香》云：『爐香細細裊氤氲，百合團成手自焚。蝴蝶夢迴愁幾許，盡隨輕篆散朝雲。』《臨帖》云：『瓶花低暎硯雲香，脱釧拈毫雅興長。摹取丰神嬌欲倦，一篇真跡十三行。』《看花》云：『霞明雪艷夕陽遲，春在芳叢第幾枝。笑指丁香珠萬點，謝娘惆悵未成詩。』《粧成》云：『花光冉冉映輕雲，鏡裏難將豆蔻熏。試向畫圖評甲乙，與君春色要平分。』《午睡》云：『半覆羅襦掩碧紗，暖香低墮髩邊花。春酣未足慵移枕，臉暈新添一抹霞。』真可謂香奩韻語也。七律《詠紫白丁香》云：『移得雙株傍檻栽，紫雲香雪艷成堆。露華歷亂珠纔結，風剪辛勤錦細裁。閒倚月明思柳絮，笑拈春色憶玫瑰。輕寒連日窗猶啓，爲引清芬入座來。』《白丁香》云：『暖墮晴雲破曉烟，梨花嬌約玉堂仙。折來夜雨方三月，看到春光又一年。簾捲微風香韻遠，窗含清影雪痕鮮。詩人漫道愁千結，留取粧臺伴翠鈿。』佳句如《白芍藥》云：『香濃小苑初臨夏，雪滿雕闌欲醉人。』《紅芍藥》云：『舞重紫雲風力軟，香霏紅袖露痕新。』《牽牛花》云：『半抹曉烟籠淺翠，一灣河漢照新葩。』《海棠》云：『萬點胭脂花未綻，一林翠幄葉初齊。』皆清麗宜人。梅庄爲醫士室。

偶於鄒佩瓊扇頭見畫西湖之蘇堤春曉，繪極工細，上題《西江月》一闋，音節清脆，愛而録之。詞云：『十里樓臺如畫，兩湖烟水初晴。一株楊柳一聲鶯，啼得游人夢醒。殘月長堤未落，遠鐘古寺纔停。已看魚鑰啟重城，寶馬香車齊趁。』欵署『佩芬芷』，不知何許人也。佩瓊，杭人，名汝卿，知縣某女，虛白太夫人子婦，笠樵孝廉室，亦能詩。

秣陵朱琴仙棻珍，蔡梅菴殿齊太史繼室。丰神秀美，工詩善畫。壬子過訪，見貽一章，和余題梅韻，云：『蘭佩蓉裳不染緇，識荆應悔十年遲。璇閨詩畫何人及，妬煞粧臺筆一枝。』琴仙言《絮雪吟》朱菊如乃其從姊。菊如之女單眉卿師孟，年未及笄已工吟詠，出其近作數章，婉麗無匹，字亦端好。金陵陷後，不知若何，殊深惆悵，爲録絶句四章，以見一斑。《春園即事》云：『淑景暄妍燕到時，碧闌干外日遲遲。紅歸桃杏青歸柳，同是風前得意枝。』《雨後春眺》云：『牡丹亭畔試凝眸，雨過山光翠欲流。未識美人家遠近，緑楊深處有紅樓。』《垂釣》云：『金綫初抛下繡床，春來青艸滿池塘。欲將錦鯉爲親饌，自理絲綸立夕陽。』《題梅花牡丹》云：『强把梅花伴牡丹，東風開放一時難。儂今悟得丹青意，富貴須從冷淡看。』

六卷中蘋香送余赴都詩有『此去油窗花户裡，離愁莫更到吟邊』之句，讀者不知油窗花户爲何物，輒相詫怪。盖北方風寒，凡門外加風門一扇，名『油窗花户』。見吴蘭雪刺史《蒓鱠詞話》。又丁步珊寄余梅訊用『槐迴聚首，相守弗離』，閲者不知何謂，盖未見《江陵志》耳。又余哭幼女詩用『秀髮』二字，或謂髮無秀者，乃未讀《徐陵傳》耳，諸如此類，不可枚舉。

芝仙寄相識投贈之作，命採數章於《詩話》。最佳者有連城楊婉蕙渼皋，著有《榕風樓詩鈔》。方伯簣公女，太守梁恭辰室。《和芝仙招游江心寺》云：『乍尋霞洞最高頭，又泛江心畫裡舟。詩境由來重孤嶼，靈山長此砥中流。萬重海氣平闌出，一派城陰入鏡收。難得良辰偕勝侶，金焦而外此佳游。原註：金、焦皆余舊游。』蓋與芝仙同官永嘉時作也。婉蕙小姑梁筠如蘭香有《夢筆山房詩鈔》，莒林中丞章鉅長女，郡丞祝普慶室。《東園雜詠》録《藤花吟館》云：『雙株非芳花，三間豈舊館？詩老重卜居，復此花纂纂。願依愛日暉，長護春雲暖。』《榕風樓》云：『昔編玉壺詠，許我共鈔胥。原註：家大人鈔閩中閨媛詩，曾命余謄初稿。今綜風雅全，八九將成書。榕風謖謖來，不負好樓居。』《百一峯閣》云：『一閣出塵表，千峯如畫屏。秀出者百一，鬥妍如尹邢。凭闌忽有觸，何如來青亭。原註：余浦城别業中來青亭亦擅一邑之勝。』《荔香亭》云：『少小離鄉井，久不聞荔香。廿年始歸來，一沃冰雪腸。濃陰更消暑，高齋真夏凉。』俊逸乃爾，惜未見其集。

金匱楊佩貞琬，知縣秦恩普室，著有《選雪樓詞草》。《點絳唇》云：『小雨初收，野波清沙明如鏡。荻花千頃，細響穿幽逕。半杵晨鐘，欲被風吹冷。聽來近，寺藏松頂，玉塔玲瓏影。』詞筆甚清，又《夜坐》五古一章，亦有澹遠之致。詩云：『掩袖停青琴，空庭怯幽獨。静夜聞茶香，修凉散花竹。河曙淡如烟，窺户一星緑。』

毘陵吴佩萱，周采茝太守曾毓室，善病工詩。余在都時，屢承過訪，臨别復贈五律一章云：『晉陽舊游地，羨子駐魚軒。户有十年蓄，河來九曲源。褘衣香閣静，繡幰郡樓尊。最好題詩處，中條緑到門。』女公子蓮甫慧芳，秀麗能詩，余暇輒與論古今。余赴晉時，亦賦二絶相贈，云：『三載勞師教，無才率性真。匆匆話離别，山色迓香輪。』『少歲親鞍馬，何言行路難？計程千里近，早寄一書安。』佩萱丰神俊美，寫《寒潭垂釣圖》，背面示人，常囑余題，余曰：『凡寫照者，神傳阿堵，惟恐不肖。今以沉魚之貌，鑒彼清波，但以墮馬之髻，留諸素紙，余實不識誰何，未能下筆。如此翻新，想必别有見解也。』可爲失笑。

蘋香寄《紅豆軒詩詞》一卷，云爲仁和汪采湘蘅之遺稿，輕俊清圓，惜未竟其學而殁。《春日即事》云：『寂寥心事怯春寒，杏子衫輕翠袖單。自卷湘簾通燕子，夕陽紅上小欄杆。』《七夕詞》云：『碧空雲浄織星明，齊起紅窗倚彩楹。莫把纏綿笑兒女，大羅天上也多情。』《庭中老梅爲風雨所傷感而賦之》云：『寂寞閒庭剩蘚痕，荒垣空對月黄昏。春風回首原如夢，玉笛誰招已斷魂。』『修到神仙比緑華，難逃小刼化朝霞。東君薄倖風姨妬，憔悴江南第一花。』《舟中偶感》云：『暮靄蒼茫兩岸收，水天雲影共悠悠。可憐眉樣窗前月，不照紅樓照客舟。』詠物佳句《寒雀》云：『冷噪疎梅香尚早，飢尋香稻倦還飛。』《寒犬》云：『野店解迎曾送客，竹籬冷護未關門。』《橋影》云：『夕陽倒影虹腰側，明鏡虚涵雁齒圓。』《黄葉》云：『孤村蕭瑟餘金粉，古道荒凉賸夕陽。』皆能刻畫。采湘爲許礪卿茂才室，《紅豆軒詞》亦秀婉淒清。《浣溪紗》云：『低掩銀屏護水仙，夜深明月到窗前。姮娥心事没人憐。欲墮燈如紅豆小，未灰心比緑梅酸。避愁不敢畫眉彎。』《生查子》云：『借淚洗紅衫，遣恨填簫譜。驀地覺燈昏，花蕊雙頭吐。難解可憐愁，無奈纏綿雨。不信自今宵，夢向何方去。』采湘與君蘭中表，君蘭爲趙秋舲進士女，采湘爲進士女甥。進士最工詞曲，有《香消酒醒詞》行世。君蘭曾受業於魏滋伯廣文，亦工詩詞。嘗與采湘月夜聯句云：『六曲屏山字跡殘，蘭。吟情如夢帶愁看。湘。碧城有影環霄漢，蘭。紅淚無聲濕畫闌。湘。洛水神光空綽約，蘭。嫦娥心事在團圞。湘。銷魂最是東風惡，蘭。不管宵深翠袖寒。湘。』

佩瓊曾以詩草一卷相示，《壬辰除夕同幼安小姑作》云：『爆竹聲催歲又除，三冬未寄一行書。那堪齊樹燕雲隔，喜見春回臘盡初。佳節豈能心緒減，流光轉覺鬢痕疏。羨君瀟洒詩懷曠，吟到消寒我不如。』《七夕和夫子韻》云：『又傳靈鵲渡秋波，辛苦年年此會何？修到雙星猶有恨，人間莫怨别離多。』《寄恂如小姑》云：『偶抛針黹便攤書，結習知君未盡除。一管掃眉才子筆，稱名應號女相如。』《寄静芳大姊》云：『一自江鄉久别君，深閨惟我歎離羣。西泠何日重聯袂，同向閒窗看夕曛。原註：來詩云『猶是凭闌看夕曛』之句。』卷中附菊如、豐玉兩妹送行詩云：『團欒能得幾時光，何事催人送别忙。弱質風塵猶未慣，一鞭驛路悵斜陽。』『少小深閨共暖寒，那堪相隔影形單。羨君挽鹿長安去，及第花開指日看。』豐玉詩云：『追隨官閣五年留，此去燕都是壯游。喜得封侯夫婿貴，凝粧不上翠樓頭。』『節届三冬增暮寒，趨庭惆悵雁行單。原註：大姊在杭，四姊又將歸省。相思兩地離愁切，珍重傳來尺素看。』

鴛湖陳静宜《綺餘室詩》已録於前卷，不通音信已經十稔。去秋隨宦來晉，並寄近年所作，閲之覺慨慷愈深，時事使然耶？如《秋日觸物興懷感而有作十絶句·秋樹》云：『百里嚴城一火攻，蟲沙刼裹萬家空。血痕赭徧江干樹，不獨霜楓别樣紅。原註：滄洲爲賊屠戮幾盡。』《秋葵》云：『香色雖然未足誇，生能向日自堪嘉。不知帶甲人千萬，可有丹心似此花？』集中《秋柳》二律神韻獨絶，録一云：『曉陌香車晚渡舟，韶光旖旎憶前游。春痕消盡江南夢，笛韻傳來塞北秋。斷雁哀蟬隨處是，澹烟疎雨耐人愁。西風不解相憐惜，又送浮萍過遠洲。』《乙卯仲冬暫寓所親處丙辰正月復將去之并州即事感懷》三章録一云：『乍喜燕幽已戢兵，駈車忽作晉中行。身當失意飄零慣，地是殊鄉去就輕。客旅無花濺别淚，陽關有曲奏離聲。太行西望休愁險，此日人心更不平。』《自題詩卷》末句云：『青燈枉憶兒時好，逝水年華不倒流。』讀之覺悲惻纏綿，令人悽愴。

静宜寄示金陵王雲藍瑶芬《寫韻樓詩鈔》一卷，筆情蒼秀。五律如《巫峽道中》云：『聞説巫山到，峯峯峭插天。江吞三峽水，樹擁百蠻烟。絶壁猿啼緊，寒波雁影連。西風吹木葉，客思倍悽然。』《登黄鶴樓》云：『鶴去樓空在，登臨萬景收。山連荆口遠，水帶洞庭秋。烟樹千家瞑，風帆積葉抽。鄉關何處是，東望思悠悠。』《得蘭畹姊詩札作此答之》云：『客裏思君久，書來已隔年。慇懃懷遠道，鄭重寄新篇。萬里情如見，聯床夢不圓。更聞家計累，展卷一潸然。』《懷華雲妹》云：『四載與君別，相思深復深。洞庭烟水濶，幽夢渺難尋。秋色催征雁，知音感素琴。獨餘江上月，照取兩人心。』

桐鄉陸映樓萼輝，州判憲曾女。孝友柔和而體弱多病，適歸安馮麗泉大令壽金，能得堂上歡，琴瑟亦甚諧，生二子而卒，年未三十也。詩不多作，曾記其《贈外》云：『沙漠宣威正此時，丹青馳譽未爲奇。可能上馬成功業，自寫凌烟閣上姿。』《寄呈家大人》云：『幼讀風詩陟屺篇，今朝身歷倍情牽。一言轉向雙親勸，休爲思兒損食眠。』《病中》云：『弱體未能勝井臼，慈恩何自報翁姑。』《對菊》云：『閨友無多誰送酒，秋容雖淡最宜詩。』《即事》云：『親手澆花嫌婢嬾，有心問字博親歡。』俱有真率之致。

右《名媛詩話》十五卷，先繼慈沈太恭人之所著也。太恭人幼秉異質，博通書史，旁及岐黄、丹青、星卜之學，無所不精，而尤深於詩。來歸先大夫時，先祖慈尚在堂，承歡侍膳之餘，不廢吟詠。先大夫通籍後，歷官中外，公暇課怡等詩賦，太恭人每從而討論，指示作法，至今猶敬誌不忘。太恭人生平譔著已付梓者，有《鴻雪樓詩集》，待刻尚有詩詞、尺牘若干種。《詩話》之作，蓋博採諸家記述，益以郵稿所至，訪輯成編，並附載節烈事實。海内名媛讀是編者，知必有中心嚮往者矣。

光緒五年歲次己卯孟夏朔日，男友怡謹識。

附

民國本名媛詩話題詞

武林沈君補愚久客甬上，出示其祖姑湘佩女史《名媛詩話》稿本八卷，輯清初顧和知迄道光間太清主人，凡閨秀名章秀句、遺聞韻事都萃於此，誠古今詩話所未有也。女史諱善寶，錢塘沈韻秋州判長女。幼隨侍江右，稍長即工詩善畫。逮州判官義寧，以失意鬱鬱死，老弱流滯。越四年始奉母吴浣素夫人回里，旋即棄養。是時，女史至貧苦，以鬻詩畫度日。久之，積資葬其先世八棺，祔於祖墓。大事既終，乃適道光乙未進士、禮部主事、吏部郎中、山西朔平府知府來安武君淩雲。時武君供職京曹，女史從夫僑寓都門。及洪楊倡亂，浙中淪陷，沈氏家燬，有殉難者。嗣是南北隔絶，與女史音問不通矣。沈氏墓在丁家山，亂後祭掃，父老尚嘖嘖述女史營葬事。

女史著有《鴻雪樓詩初集》，刊本四卷，始己卯，終乙未，蓋其十二歲至廿八歲作。有道光十六年丙申雲間丁步珊女士及長白富海颿、佟謹堂諸序。嘗師事吾鄉陳簫樓明經權，明經固以詩書畫名家，當時女史尚在室。《詩話》八卷之末有癸卯初夏宗穆君以芍藥來相貿，有『都中牡丹絶少重臺，遜於芍藥遠矣』之語，則隨宦武君京曹時矣。宗穆君者，宗滌樓給諫稷辰之女，即是編所稱受業會稽宗康校字者也。

沈君先得女史詩集刊本於無錫華君，復就無錫王君蓴農得《日報》附印《詩話》借鈔校讎，以視其兄伯初手録本增至十倍，裒然成帙。惟惜書中有闕佚耳。略讀一過，乃知女史閨閣交游大率名門世族，猶見承平大家風度，而於表章節義貞孝尤再三致意，其所纂録非聊爾流連光景、掞張風雅之作。因勸沈君亟付校印，庶於女學有萬一之助。且此吉光片羽，固經歷兵火僅而得存者也。

辛酉孟夏日，甬上蹇叟張美翊題，時年六十有五。

寓言報館本名媛詩話題詞

《名媛詩話》八卷乃閨秀之吉光也。夫詠絮才高，晉推道韞，嘲風弄月，唐姬雪兒，班婕妤團扇之詩，蔡琰琴絃之辨，翩翩賦茗之才，嫋嫋簪花之格，上官昭容，可使量才，關圖有妹，進士不櫛。紅箋一首，相如翻作女流；花蕊百篇，王建居然國色。書答秦嘉，寫花牋而寄恨；機成蘇蕙，托文錦以傳情。徐惠妃小山之作，白金鑾紫石之文。妙詠新妝，釵鳳鏡鸞之句；代哦白燭，香蘭醉草之唫。歎雲飛而雨散，嗟拂杵與調砧。斯皆才逾鮑妹，韻勝左芬，竝著玉臺之詠，咸誇錦字之能。每筆牀之在手，俱研匣以隨身。信是掃眉才子，豈徒刺繡針神？魚元機漫咏蕙蘭，李清照空懷金石。若是編者，我知免夫。邯鄲道人書。

寓言報館本名媛詩話（八卷本）跋

諺云『女子無才即是德』，此囈讆也。觀斯集，自有明至清朝，類巨紳命婦，抑寒門賢淑，敦詩禮而發歌詞，要皆陶風揚雅，出於性情。嘗謂中國之弱，弱於坤教不講，而子女安之若素，瞢不知書，是誰之咎矣？泰國男女平權，幼令入塾，各習耑門，詩詞一道則殿也。故歐美日蒸月盛，我華日削月蝕，馴至不振，雖然往者已矣，來軫方長。僕敢告同胞，女學之興，烏可忽諸？夫孺童導以師長，不如母教之易，何則？幼孩見嚴師似鼠然，耳提面命似囚然，使師循循善誘，其如頑劣何？若夫母訓因勢而利導，觸景生情，其事半而功倍，不待智者判。世有賢士，諒不河漢，則幸甚。

附録

序跋

沈湘佩詩集序

《葛覃》諸什爲閨閣詩之祖，自此厥後，巾幗能詩者代不乏人，而莫盛于我朝。紅香館主人搜閨秀詩爲前後集，播才女之聲華，誠歷來所未有。沈長洲《别裁》僅登數十首，耳目不廣，竊恐爲主人所笑也。然閨閣之詩大率多平正通達之作，求其激昂頓挫、悲壯蒼涼如前明郭貞順《上俞良輔將軍》詩之氣象與商景蘭君臣大節之言，亦不可多得。新城西曹勉爲苦語，而富貴氣時露于行間，境遇限人，不能强也。

武英齋儀曹室沈湘佩，名善寶，性孝弟，心絶穎，奉養之外專穴書籍，尤酷嗜漢魏唐宋諸大家詩，月向午尚聞吟詠聲。其父爲江西縣右，治獄嚴，同列積恨，謀鴆之。湘佩聞信，争門出，母怪其壯，力阻，搜其衣服，有白刃横裙帶間，光燦爛射人。驚詢厥故，曰：『吾欲碎此人以雪讎。』母噴淚，急呼曰：『汝能報父，固忘母乎？行之則吾族赤矣。』湘佩痛哭乃止。家益落，手足不爲力，日市畫爲甘旨資。士大夫嘉其孝心，常出多金，售後送母，終同日瘞棺八，皆十指力也。故其境遇愈苦而著作愈工，有《鴻雪樓詩》十卷傳于世。其悲風木、慨鴒原諸作，聲淒以哀，如雍門之鳴琴，山陽之吹笛，易水之擊筑，秦庭之哭，首陽之歌，叔夜仰天吐血之號，孫登蘇門之長嘯，一時奔集于詩中，使孝子愷弟與遭逢不幸之人讀之，罔不動魄驚心，至揮淚而不能已。其餘酬應之作，雖風雲月露皆有雅音，不落小家派。使湘佩于艱難辛苦不曾飽嘗，即刻意爲詩，不能激昂頓挫、悲壯蒼涼以至于此，造物窮其人，所以成其詩也。永叔之言，豈不確哉？夫湘佩，一婦人耳，而能自樹一幟，爲我朝閨閣中可傳之人，不讓郭貞順、商景蘭以獨步。余故縷陳其事，以明作詩得力之由，亦使鬚眉之倫有所感發而興起也。

鄂恒撰《求是山房文集》，光緒十年刻本

雜録

孟緹詞筆秀逸，得碧山、白雲之遺。閨友沈善寶嘗過其澹鞠軒，時孟緹初病起，因論夷務未平，養癰成患，相對扼腕。出其近作《念奴嬌》半闋云：『良辰易誤，盡風風雨雨，送將春去。蘭蕙忍教摧折盡，賸有漫空飛絮。塞雁驚絃，蜀鵑啼血，總是傷心處。已悲衰謝，那堪更聽鼙鼓。』善寶援筆續云：『聞説照海妖氛，沿江毒霧，戰艦横瓜步。銅礮鐵輪雖猛捷，豈少水師强弩？壯士衝冠，書生投筆，談笑平夷虜。妙高臺畔，娥眉曾佐神武。』前半闋以幽秀勝，後半闋以雄壯勝。張作是無可奈何，沈作是姑妄言之。宗周嫠緯之思，未必便有此事，却不可不有此志。卷一。

錢塘沈湘佩女史善寳，著有《名媛詩話》。其論詩曰：『詩猶花也。牡丹、芍藥具國色天香，一望知其富貴。他如梅品孤高，水仙清潔，杏桃穠豔，蘭菊幽貞。此外則或以香勝，或以色著，但具一致，皆足賞心，何必泥定一格也？然最怕如翦綵爲之，毫無神韻，令人見之生倦。讀湘潭郭六芳《論詩》，云：「玉溪獺祭非偏論，長吉鬼才亦妙評。儂愛湘江江水好，有波瀾處十分清。」「廚下調羹已六年，酸鹹情性笑人偏。近來領略詩中味，百八珍饈總要鮮。」「今古才人一例看，端莊流麗並兼難。桃花輕薄梅花冷，占盡春風是牡丹。」可謂實獲我心矣。』按六芳字漱玉，著有《繡珠軒詩鈔》，絶句最佳。《歸安舟中作》云：『曾經有夢到瀟湘，夢裏歸家路渺茫。今日聽風兼聽水，轉疑儂又夢還鄉。』《舟還長沙》云：『儂家家住兩湖東，十二珠簾夕照紅。今日忽從江上望，始知家在畫圖中。』卷二。

前記錢塘沈湘珮善寳《詩話》語及詞，而未載其詩，玆録其《秋日感懷》四首，云：『印窗斜月影娟娟，白露迷漫水接天。邱壑趣尋丁卯集，蟲魚書註癸辛編。夢中覆鹿情常幻，江上征鴻信不傳。久不接松江丁步珊、邗上龔瑟君兩姊書。欲寫湖光寄縑素，雙峯螺髻鎖寒煙。其一。領略宣文白雪詩，幸隨月姊侍西池。時集許雲林姊閨中爲詩社，梁楚生太夫人首唱《夜來香》、《鸚鵡》詩命和。

烏絲翠帙瑶華草，席怡珊夫人著有《瑶草珠華閣詩集》。碧串紅牙漱玉詞。吴蘋香姊著有《花簾詞稿》。江夏無雙唐博士，謂黄潁卿夫人。金閨第一漢班姬。謂鮑玉士夫人。同岑更喜同聲應，項緗卿、吴茝香兩夫人兼善詞畫。愧我尖叉步韻遲。其二。滕王高閣舊登臨，南浦西山思不禁。秋水豔留才子句，芳碑香表美人心。萍蓬蹤跡三生夢，冰雪襟懷七字吟。昔在豫章與劉箋雲姊談道，姊有「大道還從心内求」句。千里難忘聯袂日，箋雲遥隔嶺雲深。其三。雪泥鴻爪憶當年，菽水關心放畫船。曾爲養親售畫。鶯脰湖中銀鱠美，鹿筋祠外玉蓮鮮。櫂飛黄浦千重浪，車歷青齊九點煙。往返雲山供嘯傲，墨花灑徧海苔牋。其四。』湘珮又工琴，見《正始續集》。卷六。

王蘊章撰《然脂餘韻》，民國七年上海商務印書館鉛印本

武寅齋太守德配沈湘佩夫人，初及笄時，怙恃兩失。在京師，以詩考壻。武貌不揚，詩亦爾爾。夫人相於驪黄之外，獨與其選。曾讀其《和謙小榆太史〈梅花八咏〉》，頗勝武作。其詩云：『快雪初晴映霽霞，溪橋相訪路偏賒。衝寒雅愛幽香遠，入畫深憐古幹斜。鐵骨冰心雖冷淡，紅英緑萼自風華。孤標只許詩人賞，斑管爭開五色花。』『相對休嫌太瘦生，冰壺濯魄有餘清。舊時月色憑誰問，此日春光感客情。一自廣平摛麗賦，遂偕和靖占高名。幾回索笑凭欄立，試聽雙鬟按曲聲。』『霜鎔雪鍊意遲遲，香滿園林蝶不知。漠漠梨雲尋遠夢，濛濛煙月助吟思。美人日暮依空谷，離客風前寄折枝。自是天然標格好，玉堂茅舍總相宜。』『見説槐蔭别有村，暗香如水襲琴尊。探來玉照苔侵樹，步入巢居雪打門。寒雀枝間留爪印，春山林隙露眉

痕。百花頭上開何早，管領東風造物恩。』『絶世風神謝俗緣，歲寒盟在惜流年。清貞祇合隣山竹，高節端宜偶水仙。微雨斜陽真可賞，石屏紙帳劇堪憐。莫教畫角吹三弄，疏影須將淡墨傳。』『花天香海舊游踪，樓閣千重樹萬重。姑射神姬風雪見，緑華仙子佩環逢。籬邊冬煖延黄菊，嶺畔春寒傍碧松。休道高人耽隱逸，比來歸思爲君濃。』『蠟屐尋春興未殘，攜將棋局對花彈。煙霞性癖逃名易，冰雪情多琢句難。月夜翠禽鳴宛轉，霜高元鶴伴清寒。銅瓶自汲清泉貯，翦取虬枝燭下看。』『珍重東風第一枝，清香天賦豈無知？賞心官閣人重到，點額深宮夢未知。白石詞仙翻舊譜，青邱居士賦新詩。相逢一笑憐疏放，恰好尖叉門韻時。』又《題畫》云：『彈罷明妃又洛妃，無端心事寄金徽。年來人世知音少，獨抱鳴琴何處歸？』

雷瑨、雷瑊輯《閨秀詩話》卷一，民國十一年掃葉山房石印本

沈善寶，字湘佩，錢塘人，山西朔平知府來安武淩雲繼室。善畫工詩，著有《名媛詩話》、《鴻雪樓詩詞》，女弟子百余人。其詞曾由吴蘋香女士精選，皆有裁雲鏤月之妙、湔香滴粉之奇。如《詠秋海棠》調寄《蝴蝶兒》云：『點秋光，傍銀墻。嬌紅淺白鬬新妝，緣何號斷腸？豔極神難寫，吟多齒亦香。紅絲葉背粲成行，西風蝶夢涼。』《寒砧》調寄《河滿子》云：『幾陣金風送響，誰家玉臂生寒？霜裏聲聲聽斷續，攪愁驚夢無端。催得樓頭刀尺，工夫徹夜難寬。共月敲來漏永，隔林傳去溪喧。惹起羈人無限恨，故鄉極目關山。何事年年輕别？卻令遠念衣單。』《風入松·讀〈鏡花緣〉作》云：『瑶池春煖宴蟠桃，仙樂奏雲璈。花神月姊無端甚，

逞機鋒、魔劫先招。上苑群芳已放，山中棋子猶敲。黄粱夢醒鬢蕭蕭，舟泛海天遥。異國神山遊歷徧，老書生、清福能消。纔把奇花手植，誰知仙籍名標。』余尤愛其兩渡揚子江，所作《滿江紅》，悲壯蒼涼，聲情激越，讀之令人興起。詞云：『滚滚銀濤，瀉不盡、心頭熱血。想當年，山頭擂鼓，是何事業！肘後難懸蘇季印，囊中剩有文通筆。數古來、巾幗幾英雄，愁難説。望北固，秋煙碧。指浮玉，秋陽赤。把篷窗倚遍，唾壺擊缺。遊子征衫攙淚雨，高堂短鬢飛霜雪。問蒼生，我欲何爲？空磨折。』其又一闋云：『撲面江風，捲不盡、怒濤如雪。憑眺處，琉璃萬頃，水天一色。釃酒又添豪傑淚，然犀漫照蛟龍窟。一星星、蟹嶼與漁汀，凝寒碧。千載夢，風花滅。六代時，漁樵説。只江流長往，銷磨今昔。錦纜牙檣空爛漫，暮蟬衰柳猶嗚咽。笑兒家、幾度學乘查，悲歌發。』

雷瑨、雷瑊輯《閨秀詞話》卷一，《清代閨秀詩話叢刊》點校本

唱和投贈

陳文述（一七七一——一八四五），字雲伯，號退庵，浙江錢塘人。阮元弟子，嘉慶五年（一八〇〇）舉人，官昭文、全椒等知縣。沈善寶曾學詩於陳。其詩學吴梅村、錢牧齋，博雅綺豔。著有《碧城仙館詩鈔》、《頤道堂集》等。

雲林以太清福晉項屏山夫人沈湘佩安人秋柳殘荷倡和詩詞乞余評定有感三十年前晨蘭蕊淵雪蘭三閨秀倡和事並感寒家去年近事因題二律

京師昔日三閨秀，人海流傳絶妙詞。菊秀蘭芳重結社，粉圍香陣各題詩。吟懷雋似李清照，書法工於衛茂漪。想見羣仙高會處，萬花紅翠影瑶池。

寒家吴下有詩壇，幾輩天風翠袖單。閬苑琴言高格調，碧城墨會舊闌干。玉清雲黯悽黄鶴，銀漢星沉悵采鸞。一卷香奩重點筆，不禁清淚濕汍瀾。

湘佩安人見余於雲林夫人連雲室以鴻雪樓詩集見贈並蒙贈我十絶句奉酬一律即補入西林閨詠

佳俠含光第一流，即論詩格亦曹劉。鄉山近指三生石，家學能傳八詠樓。彭蠡波開明鏡曉，匡廬翠落畫屏秋。花簾有客應相憶，惆悵南湖詠白鷗。

陳文述撰《戒後詩存》卷十五，道光刻本

陳權（一七七一—一八三一），字羿占，號簫樓，浙江鄞縣人。諸生。能詩，工書。曾爲沈善寶點定詩稿。有《簫樓詩稿》二十卷行世。

緑夢詞序

余素不習長短句，戊辰與沈偶堂客山陰官舍，適有離别之感，偶堂譜《金縷曲》一闋示余，余遂倚聲和之，觸緒縈懷，各有寄托，自後無日不譜，亦無日不和，不半月，各得數十闋，後久置。不道年來吴興沈湘佩女史善寶從予學詩，詩甚清雋，尤工曼聲，長于小令，而一種深情逸韻則又具自性天不可及也。今春湘佩索觀舊作，因從故紙中删存二十首，又附近作于後，釐爲一卷，自戊辰去今已十九年，偶堂久爲異物，余亦垂垂老矣，回首前塵，不堪夢想，録之以著一時陳跡之寄。

道光六年丙戌四月，時客浙西臬署。

陳權撰《簫樓詩稿》卷二十《緑夢詞》，道光十一年緑字山房刻本

李湘茝（一七七四—？），字春畹，山東安邱人。著有《碧琅玕館詩鈔》。

和沈湘佩女史韻

謝家小妹木蘭舟，檢點奚囊賦遠遊。字學簪花初入格，詩成咏絮卻工愁。三生夢影泥留爪，千里鄉思雪打頭。九點烟中回首望，白雲多處是杭州。

李湘茝撰《碧琅玕館詩鈔》卷上《淮浦集》，光緒十二年年刻本

魏謙升，字雨人，號滋伯，浙江仁和（今杭州）人。謙升早慧，九歲能文，弱冠後雄長壇坫，書法尤工。以廩貢生選授浙江仙居訓導，辭不就，以著述自娱，垂五十年。太平軍攻杭州時，挈妻子走靈隱山中。後僑寓城中，嘯歌不輟，自號無無居士。杭州城陷，謙升亡於萬安橋下，妻周氏殉節。有《翠浮閣遺詩》、《翠浮閣詞》等。

一萼紅　余今歲看梅之遊，自孤山巢居閣、北山黄龍洞外，兩至皋亭山崇先寺。寺爲南宋韋太后功德院，有千佛鐘，巨製精麗，額曰『梅花道場』。憶辛亥春，暖姝招同閨秀吴蘋香暨沈湘佩、箋霞母女往游，花下聯句，湘佩留題楹帖云『花外數聲啼翠羽，竹間一角露青山』句，則余之急就章也。湘佩即于是春從夫宦京師，自警傳風鶴，消息罕通。余乞張君仲甫製曲紀之，復借白石韻譜此，以寄想軟紅，歸夢必縈繞于故山香雪間矣

野梅陰。記驚鴻淺步，枝蟬礙瑶簪。醉墨題楹，支笻覓句，詞翰猶未銷沈。老僧話、前游勝事，似省識、飛過翠毛禽。四載星霜，萬株冰玉，儂又登臨。　今歲縞衣緣重，向空山索笑，鶴意雲心。佛鎮鯨鐘，仙回鳳輦，南宋陳迹還尋。自花遥、香車去杳，盼天涯、魚素抵兼金。幸得清歌釣徒，一往情深。

魏謙升撰《翠浮閣詞》，咸豐金繩武木活字《十家詞彙》本

顧太清（一七九九—一八七六），名春，字梅仙，號太清，自署太清春、西林春，原姓西林覺羅氏，滿洲鑲藍旗人。清代著名女詞人。有《天游閣集》、《東海漁歌》傳世。與沈善寶交情頗契。

題錢塘女史沈湘佩鴻雪樓詩集二首

輕帆雙槳御風來，示我芸編快展開。佳句讀來嫌太釃，憐君空負濟川才。

巾幗英雄異俗流，江南江北任遨游。蕭條行李春明路，半載新詩半載愁。

疊前韻答湘佩

命駕凌晨輾雪來，欣欣懷抱向君開。初逢宛似舊相識，更羡當筵七步才。

學也如淵汩汩流，海天雲水幾番游。逍遥且作雲間鶴，洗盡鉛華不惹愁。

再疊韻答湘佩

日午忽傳有客來，雲窗翠幕一齊開。從容笑語無拘束，始信閨中俊逸才。

不容漱玉擅風流，一卷新詞記勝游。鴻爪雪泥留印處，悲歌豈效女兒愁。

六月九日邀雲林湘佩尺五莊看荷花座中次湘佩前游韻

冷香豔色自徉徉，曉日籠煙樹影長。宿露未乾苔徑滑，虛亭四面水風涼。

花間清露倩誰收，菡萏欹紅態更幽。荇藻參差流不定，權將水榭作蘭舟。

重見蓮花又一年，臨池難貌水中仙。惜花姊妹憐花色，花也憐人竟不然。

城南韋杜近豐臺，爲看荷花一早來。花好尚如前度色，愧余不是寫花才。

鈍宧曰：湘佩姓沈，名善寶[一]，錢塘人，武凌雲妻，著有《鴻雪樓詩》。見《兩浙輶軒續録》。又曰：湘佩有《閨閣詞話》，録太清詞五首。

校勘記

〔一〕『善寶』，原作『寶善』，今正。

同雲林湘佩游尺五莊懷紉蘭作

韋杜城南近水濱，花田菜圃浄無塵。煙開夏木逢新雨，香滿池蓮憶故人。千里關心應念念，舊游迴首記真真。碧筒且盡今朝醉，斜日鳴蟬送畫輪。

鈍宧曰：紉蘭時客大梁也。

伏日同雲林湘佩尺五莊看荷花過三官廟見桂花已開冷暖相催氣候無準向來北方此二種多不能同時正所謂十里荷花三秋桂子者也歸來賦詩紀之

細路通蕭寺，同人載酒來。交深忘檢束，詩好費徘徊。金粟先秋吐，紅蓮冒日開。炎涼隨氣候，何必更疑猜。

中秋後一日同雲林湘佩家霞仙雨中遊八寶山晚晴湘佩先歸予同雲林聯轡送霞仙回香山留宿延青草閣知己談心人生樂事即次雲林韻成此一律以紀之

高原禾黍晚煙籠，雨後羣山濕氣濛。草閣暗霏秋露白，西窗同剪蠟燈紅。照人明月雲初净，勸客深杯夜已中。信宿來朝又歸去，涼風一路送青驄。

四月八日同屏山雲林湘佩家霞仙游翠微山次湘佩韻

問水登山幾度臨，壯游聊可散煩襟。千巖蒼翠疑風雨，萬木婆娑認淺深。略彴斜通石路曲，遠村遥指夕陽沈。相期更約看紅葉，敢負同來此日心。

冬日季瑛招飲緑浄山房賞菊是日有雲林雲姜湘佩佩吉諸姊妹在座奈余爲城門所阻未得盡歡歸來即次湘佩韻

神仙洞府遠塵寰，小坐瑶池姊妹環。既可留花藏暖室，何須結屋必深山。寒香有意催佳句，銀燭無緣照醉顔。自愧題詩輸沈約，吟成七步竟消閑。

鈍宧曰：季瑛姓余，許青士光卿乃釗之妻也。緑浄山房者，青士讀書之處。

倒次湘佩韻

近日慵慵懶畫眉，曉窗欣誦故人詩。園花零落東風老，況是愁人抱病時。

誤人最是筆頭花，樂事無多恨轉賒。不及空山無所識，放歌隨意傲煙霞。

消寒九首與少如湘佩同作

寒　窗　得風字

斗室虚明暖氣融，坐聞庭樹怒號風。幾竿瘦竹摇寒碧，一角斜陽抹淡紅。敗葉亂敲聲淅瀝，凍雲低壓影朦朧。天光更覺黃昏好，窈窕涼蟾掛半弓。

寒　硯 得冰字

簾風窗紙共淩兢，冷到書帷第幾層？鸜鵒眼昏朝有淚，鳳凰池淺夜初冰。凹藏宿墨寒雲聚，匣啓新晴暖氣升。收拾案頭殘畫稿，閒教呵凍寫吴綾。

寒　燈 得光字

街柝敲殘夜未央，銀釭掩映近藜牀。冷侵翠被三更夢，疏透晶簾一豆光。暗牖風來花瑣碎，短檠煙燼影淒涼。阿誰更向窗前卜，奇吐雙葩喜欲狂。

寒　月 得天字

淒淒如水復如煙，雲淨風高別一天。桂冷無花摇鏡面，梅疏扶影到簾前。烏驚老樹窺霜下，鶴守空庭藉雪眠。此夜不知寒幾許，欲從高處問嬋娟。

寒　雲 得多字

木落空林水不波，凍雲無力被山阿。淡烘斜照迷鴉陣，濃挾寒煙壓鳥窠。漠漠長天歸去懶，沈沈幽谷聚來多。知因釀雪饒情態，滿目氤氳望若何？

寒　山 得嵐字

遥天隱隱接浮嵐，如睡峯巒態更憨。朔雪乍飄疑傅粉，晚煙微漾忽拖藍。崖懸碎薜殷紅亂，嶺秀孤松冷翠酣。此是山靈真面目，衝寒誰與試同探？

寒　江 得流字

丹楓落後大江秋，又見煙波帶雪流。就暖魚鰕浮水面，驚寒鷗鷺聚磯頭。澌澌凍合漁人網，格格冰膠估客舟。最憶富春灘上叟，一竿無恙老羊裘。

寒　鴉 得飛字

三三五五聚成圍，風雪飄摇何處歸？曉角城西聲歷亂，夕陽天半影希微。江楓冷落和霜宿，苑柳蕭條繞月飛。指點寒山煙樹裏，丈人屋在好相依。

寒　林 得枝字

紅葉飄殘又幾時，連林煙樹鬱寒姿。森森遠露峯千點，隱隱低懸日半規。樵徑荒涼人散早，巢痕冷落鳥歸遲。朝來忽覺瓊瑶燦，瑞雪紛紛綴滿枝。

同雲林湘佩游花之寺看海棠即席次湘佩韻

春滿芳郊水繞城，緑楊深處曉風輕。鞭絲細颺摇摇影，蛙鼓初鳴閣閣聲。媚日花光含宿雨，隔牆山色送新晴。自慚老筆無佳句，勉向尊前七字成。

次湘佩春夜對月韻

清影湛長天，疏星幾點懸。最宜窗滅燭，更覺柳生煙。坐久渾忘夜，更深不忍眠。良宵憶良友，相賞衹詩篇。

中伏日游浄業湖次湘佩韻

倒影垂楊媚緑漪，紅衣翠扇舞參差。市聲遠隔蟬聲急，身在塵寰竟不知。

湘佩擬琴棋書畫四題同作

荷榭彈琴

亭亭翠蓋繞虚堂，冉冉紅蕖發妙香。三峽飛泉瀉流水，一聲幽怨奏清商。聚來魚鳥潛身聽，彈到風雷下指涼。最是新蟬如解事，餘音亹亹送斜陽。

松下圍棋

長松偃蓋設楸枰，博弈真如閲世情。徒費機心争勝負，竟同智士鬥縱横。纏綿難解連環刼，進退皆從翻覆成。莫羡中間行捷徑，局終方可定輸贏。

桐陰摹帖

石闌干外影扶疏，兀坐桐陰静若愚。陶冶心情惟翰墨，詳參筆勢足歡娱。簪花妙格終難擬，飛帛狂書未可摹。迴首蘭亭成底事，可憐繭紙世間無。

蕉窗讀書〔一〕

芭蕉分影碧窗横，繞座圖書細品評。老眼静觀峯壑遠，虚心深見水雲平。尋源自有來源處，下筆須知用筆情。識得古人良苦意，臥遊佳趣了餘生。

校勘記

〔一〕《蕉窗讀書》一詩，《顧太清奕繪詩詞合集》原有缺失，今據《天游閣集》補。《天遊閣集》，(清)太清西林春著，金啟孮、烏拉熙春編校，遼寧民族出版社二〇〇一年，第二一六頁。

九日憶雲林湘佩

瑟瑟長林落葉飛，西風白日影依微。寒生老圃霜初降，香噀東籬蟹正肥。叢菊有人驚淚眼，清砧何處寄征衣？登臨欲賦題糕句，心境年來與世違。

次湘佩寄詩韻

似明未明窗影沈，侵晨坐起披衣襟。曉妝纔罷閽者報，故人書至歡吾心。沿途事事敘書裏，冒暑長征苦無比。當此炎天行路難，蔬飯窑居風景鄙。詩酒歡娱憶昔年，春花秋月樂便便。欲探芳信晨相約，共賦涼蟾夜不眠。閨中雅集皆仙侶，詩牌鬥字攢新句。座中牛耳問誰持，詞壇惟許君爲主。有時命駕往城南，方壺小寓每停驂。却因老病偏憐我，不厭嘗爲盡日談。太守榮遷新命下，離筵含淚酬杯斝。把袂牽衣不忍分，真言切語愁無那。一月相思更倒顛，思君彷彿渴思泉。讀罷來書心轉惻，遥知下筆意纏綿。逢人便問君鄉里，傳聞幾處干戈止。但願秋霖洗甲兵，知君情重憐桑梓。兩字平安寄晉城，附將俚句報君情。更有一言堪慰處，秋田或有幾分成。

次湘佩寄梅花詩扇韻

獨立閒庭風颯颯，長藤斜掛小蟾光。雲階月地難同賞，惆悵離人各一方。
吾道艱難今已矣，空囊羞賦一文錢。賞心剩有階前草，無數決明滿院鮮。
白酒初成紫蟹肥，清秋何故燕飛飛。可能銜得青箋去，點綴官衙補壁衣。
積潦平墀水浸楹，京都多雨盛蚊蝱。夜深自起移燈照，更有巡墻毒蠆生。
告我欣游水磨溝，大誇溪壑景清幽。笑余碌碌奔忙者，難附香車作勝游。
新詩如玉浄無瑕，腕底神工老作家。憐我清貧遠相慰，扇頭親寫歲寒花。

次湘佩寄春柳四律以春隄煙絲爲韻

芳信傳來幾日新，東風先送緑楊春。淡黄和月移墻影，淺黛籠煙照水濱。瀟洒陶潛成故事，風流張緒認前身。陌頭自是饒生趣，不管深閨憶遠人。

小桃花外野塘西，煙鎖柔條水拍隄。燕剪細分飛絮舞，鶯簧輕趁曉風啼。樹猶如此情無限，人亦何堪意自迷。轉瞬寒蟬動清響，霜林落葉捲高低。

臘盡春回又一年，沿河柳色散霏煙。即看解舞偏多態，便是横陳亦可憐。輕颺緑綿沾繡幕，軟拖紅索繫秋千。溶溶院落依依影，恰好新晴上巳天。

羡君妙筆寄新詞，示我春隄煙柳絲。飛絮生涯隨處適，化萍踪跡任風吹。想當官廨拈毫日，正是山樓聽雨時。立盡東風成獨笑，澗邊楊柳碧垂垂。詩到予居南谷。

秋日感懷兼憶湘佩少如諸姊妹用杜工部秋興八首韻

捲地西風葉滿林，一輪落日冷森森。漸生暮靄天光暗，初降微霜夜氣陰。寂寞久疏飛雁信，相思遥憶遠人心。拈毫欲寄愁邊句，又聽隣家月下砧。

老去渾如日已斜，殘軀將就度年華。摇摇自比風前燭，泛泛誰憐水上槎？欲破愁顔偏戒酒，怕聽哀韻又鳴笳。東籬辜負秋光好，白髮羞簪鏡裏花。

纔看曉日又斜輝，觀化須當要細微。東海汪洋隨水逝，南溟消息任鵬飛。自知多病因身累，始信無才與世違。不羡膏粱厭魚肉，清齋長飽菜根肥。

今古真同一局棋，萬方多難不勝悲。長征解甲知何日，久戍休兵定幾時。捷奏膚功須及早，馳傳羽檄莫教遲。桂薪珠米生民困，共享昇平是所思。

曾聞累土可成山，知足常存宇宙間。一自青牛逢令尹，至今紫氣説函關。從來文字能傳道，未必丹砂可駐顔。養得谷神真不死，輕身應許列仙班。

疏鐘聽徹五更頭，雨雨風風近暮秋。落葉哀蟬緣底事，青燈素壁易生愁。依人尚有梁間燕，相對難馴水上鷗。最是關心非爲己，何時豐稔徧皇州？

不争毁譽不居功，聊寄形骸天地中。纔聽嬌鶯啼上苑，旋看衰柳落尖風。憂勞笑我頭空白，開謝由他花自紅。學得古人真妙訣，痴聾方可作家翁。

登高遠上路逶迤，天作秋容滿岸陂。不見白衣人送酒，飽看紅葉樹交枝。彫零衆木韶光促，跳脱雙丸日月移。六十年來成一笑，如霜贏得鬢絲垂。

冬日湘佩寄汾酒來書云汾守某乞畫梅花自題詩有好攜庾嶺花千朵細酌横汾酒百壺之句某竟以汾州杏花村酒報之遂分十五斤贈予是以作詩申謝

接到魚書手不停，開封細讀句芳馨。寫將庾嶺花盈幀，换得汾州酒一瓶。情重固然憐我老，病多未必可延齡。近來别有傷心處，惟願昏昏醉不醒。

咸豐庚申重九有感湘佩書來借居避亂數日未到又傳聞健鋭營被夷匪燒燬家霞仙不知下落命人尋訪數日未得消息是以廿八字記之

幾林楓葉染新霜，山色依然未改常。欲插茱萸人不見，滿城兵火過重陽。

哭湘佩三妹

卅載情如手足親，問天何故喪斯人？平生心性多豪俠，辜負雄才是女身。

紅樓幻境原無據，偶耳拈毫續幾回。長序一篇承過譽，花箋頻寄索書來。余偶續《紅樓夢》數回，名曰《紅樓夢影》，湘佩爲之序。不待脱稿即索看，嘗責余性懶，戲謂曰：『姊年近七十，如不速成此書，恐不能成其功矣。』

談心每恨隔重城，執手依依不願行。一語竟成今日讖，與君世世爲弟兄。妹没于同治元年六月十一日。余五月廿九過訪，妹忽言：『姊之情何以報之？』余答言：『姊妹之間，何言報耶？願來生吾二人仍如今生。』妹言：『豈止來生，與君世世爲弟兄！』余言：『此盟訂矣。』相去十日，竟悠然長往，能不痛哉！

言到家山淚滿眶，致教雲影翳波光。關心念念愁先壟，或可驂鸞返故鄉。因杭城屢犯，音問不通，墳墓不知安否，親戚不知存亡，是以右目失明。

年來無事長相見，今日思君無會期。笑貌音容仍在眼，拈毫怕寫斷腸詩。

雨窗感舊

同治元年長夏，紅雨軒亂書中撿得詠盆中海棠諸作。舊遊勝事，竟成天際浮雲；暮景羸軀，有若花間曉露。海棠堆案，紅雨軒争咏盆花；柳絮翻階，天游閣分題佳句。今許雲姜隨任湖北，錢伯芳隨任西川，棟阿少如就養甘肅，富蔡蕊仙、棟阿武莊、許雲林、沈湘佩已作泉下人，社中姊妹惟項屏山與春二人矣。二十年來星流雲散，得不傷心耶？最難解處是縈牽，往事思量在眼前。小院連陰成積潦，幽窗兀坐似枯禪。書能引困消長晝，境不如心促短年。迴憶舊時諸姊妹，幾遊宦海幾歸泉。

壬戌九月十九日妙光閣哭湘佩

寺門遥望已心酸，況是蕭條九月殘。剪紙可能知我憶，碎琴無復爲君彈。半杯香茗和愁奠，兩壁哀聯帶淚看。小院西風腸斷處，一間板屋寄雙棺。壁上有『廿年來深荷慈恩，撫我鞠我更兼教我，抱恨未能酬罔極；兩月内疊遭大故，夫喪母喪今又父喪，傷心何忍戀餘生』。此係湘佩第三女武箋霞手書。因李寶傳於五月十八日病故，湘佩卒於六月十一日，武寅齋先生卒於七月初一日，故有是聯云。

一叢花　題湘佩《鴻雪樓詞選》

雪泥鴻爪舊游蹤，南北任飄蓬。《花簾》昔有吟詩侣，謂吴蘋香女士。喜天游、邂逅初逢。彩筆一支，新詩千首，名重浙西東。　哀而不怨宛從容，珠玉粲瓏瓏。鴛鴦繡了從君看，度金鍼、滅盡裁縫。大塊文章，清奇格調，不減古人風。

金風玉露相逢曲　中秋後一日，同雲林、湘佩、家霞仙雨中游八寶山，晚晴，次湘佩韻

寒煙罥樹，涼風吹面，雲外尖峯屏列。相期不負雨中游，恍若是、山陰冒雪。　東窗望遠，西窗望遠，一片秋光清絶。敲詩把酒晚晴初，臥夕照、殘碑斷碣。

水調歌頭　湘佩屬題《清惠堂遺印詩》

香火歲時祭，湖水似臣心。清流不斷千年，姓字列東林。未了生前遺憾，豈是先生力薄，無計破羣陰。固有浩然氣，天地是知音。　二百載，方寸石，竟難沈。人間萬事憂喜，得失古猶今。天道好還之理，舊物完璞不損，四字抵千金。永錫子孫福，世守此規箴。

惜餘春慢 閏三月三日，邀雲林、湘佩紅雨軒賞海棠，座中分咏，即用有正味齋韻

垂柳藏鴉，海棠迷蝶，淺淺深深難説。春雖逢閏，生怕隨春，輕卸畫闌干外。一夜東風怎禁，撼損嬌姿，嫩枝驚折。撲簾櫳幾點，飛花吹起，滿庭紅雪。　爲留取、有限風光，深憐痛惜，繡作舞衣羅襪。柔枝細韡，彷彿當年，睡起那番標格。舊事休題，且拚共倒芳罇，落花時節。恨春歸夏至，紅稀緑密，有誰留得。

看花回 題湘佩妹梅林覓句小照

忽見橫枝近水開，香逐風來。惜花人在花深處，倚緑筠、幾度徘徊。前身明月是，應伴寒梅。　冰作精神玉作胎，天付奇才。怕教風信催春老，撚花枝、妙句新裁。暗香疏影裏，立盡蒼苔。

菩薩蠻 次湘佩韻

春陰乍合雲偏散，幽窗更覺愁人倦。辜負看花天，黄塵雜柳煙。　三分春正好，弱絮黏芳草。難熨小眉痕，相憐鏡裏人。

海棠倦倚東風重，梨花共結同心夢。階下自徘徊，苔侵金縷鞋。　春光深幾許，共坐花前

語。風動柳毵毵，花酣酒亦酣。

虞美人　雨中答湘佩

秋來比似春時瘦，空度如年晝。嘤嘤蟲語報西風，早又銀牀一葉落梧桐。　經旬霪雨難尋勝，積水連花徑。苔痕草色映羅襟，時有竹梢相觸似鳴琴。

長相思　己酉正月廿四，雪窗寄湘佩二首，用獨木橋體

過新年，賀新年，馬齒空加又一年。浮生能幾年？　是今年，是明年。試問君歸在那年，愁人日似年。

花開時，雁來時，草色遥看是此時。同游記舊時。　憶君時，寄君時，寫到相思兩字時。傷心下筆時。

滿江紅　九日屏山、湘佩招遊憫忠寺

時節重陽，喜良友、相邀消遣。向古寺、驅車訪菊，黄花不見。敗葉凋傷零落舞，殘碑剥蝕摩挲看。葬忠魂、千古此高臺，憑人讚。　如來法，慈悲願。刹那頃，韶光换。憶舊游重到，臨風自歎。迴首竟成今昔感，寬心且作嬉游忭。約明年、此會共登臨，知誰健。

金風玉露相逢曲 謝湘佩寄并州剪

芭蕉敲雨，梧桐墜露，又是新秋到了。無心寫景欲言情，當不得、神魂顛倒。蕭齋兀坐，愁懷難遣，恰好故人書到。并州快剪寄將來，剪不斷、相思縈繞。

以上顧太清、奕繪撰《顧太清奕繪詩詞合集》，上海古籍出版社一九九八年版

吴藻，字蘋香，自號玉岑子、花簾主人。浙江仁和（杭州）人。與沈湘佩同爲陳文述弟子。晚年寡居，皈依佛門以終。著有《花簾詞》、《香南雪北廬詞》、《香南雪北廬詩》。

鵲橋仙 沈湘佩女士屬題紅白梅花卷子，圖亦女士所作

斷橋流水，小窗横幅，一樣黄昏時候。和烟和月寫生難，定寒了、玉人翠袖。紅羅曲罷，縞衣夢醒，枝上霜禽覷透。隨他羌篴再三吹，吹不到、十分清瘦。

吴藻撰《花簾詞》，道光刻本

如夢令 橘瓤作腊，名楊妃舌。湘佩即席賦詩，余亦拈小令以和

誰把洞庭風味，唤作唐宫妃子。齒熱玉魚涼，妙舌粲花無比。香膩，香膩。還勝當年

紅荔。

吴藻撰《香南雪北詞》，道光刻本

送湘佩入都即和留别元韻

寒梅高格出風塵，一笑相逢見性真。余于夏園看盆梅，乃識湘佩。多少西泠名媛筆，環花閣外又何人？吾杭閨秀，除小韞外，無出其右者。環花閣，小韞齋名。

嬾上河梁送客舟，澹烟衰柳黯然愁。故人知我長相憶，夢繞燕雲十六州。

半生歷刼似飛仙，辜負才華賦茗篇。此去油窗花户裏，離愁莫更到吟邊。

己酉春杪湘佩來杭招集湖舫即席口占

湖烟漠漠雨疎疎，握手登舟緑浸裾。十載歸來詩筆健，無人不重女相如。

湘佩家滁州來安其俗耕種皆婦女寄示田家詞二十首率成二絶答之

蓬鬢躬耕事已新，竹枝詞巧善摹神。石湖舊詠田家樂，不信紅閨有替人。

讀書學稼笑樊遲，農士偏皆付女兒。新漲一陂詩思湧，力田辛苦硯田知。

庚戌冬，湘佩自滁州來杭，屢過敝齋止宿，紘詩讀畫，邀月坐花，頗有倡酬之樂。余愧不能詩，勉作數章，以紀一時之勝，名《香雪聯吟稾》。

聽雨示湘佩

纔卜清宵月上弦，依然風雨對牀眠。評詩雅擅量才尺，湘佩著《名媛詩話》。得句真同下水船。東閣梅花期後日，冀其隨宦來杭。西湖春色話當年。一尊莫忘椒盤酒，乘興還來頌百篇。除夕擬招同守歲。

同湘佩守歲疊前韻

歲除臘盡似驚弦，畫燭燒殘夜不眠。頌獻椒花春到筆，香傾柏葉酒盈船。故人會合來千里，暮景飛騰又一年。難得聯吟今夕共，吴興應祭篋中篇。《篋中集》，吴興沈千運冠首。

除夕貧甚戲成

風雪殘年盡，神仙小刼過。歲暮窮愁，余目爲神仙小刼。無靈笑如願，有客自高歌。瓷斗花舒玉，金尊酒泛波。阮囊錢罄矣，奈此歲除何？

歲朝三日雪窗聯句

雪兆豐年瑞，寒梅未著花。草堂人日近，蘋。松徑玉塵加。君譜陽春曲，湘。儂留白鹿車。山陰休訪戴，蘋。時湘佩欲往戴家河下，余止之。分韻鬭尖叉。湘。

立春對雪用聯句韻

小窗同對雪，遲爾詠梅花。生菜春盤薦，紅爐玉炭加。園林開粉本，巷陌斷香車。佐飲無兼味，寒魚未可叉。

暖姝擬於落燈後三日招同湘佩皋亭山探梅賦此踐約

爲報皋亭下，疎梅已著花。乍晴春晝冷，一雨水痕加。蕩漾辭蘭舸，瓏璁走鈿車。主人招復引，莫問路三叉。

探梅遊崇先寺次湘佩韻

萬枝香雪影横斜，物外春歸釋子家。成句。滑滑泥衝三徑路，陰陰寒勒半村花。素箋作草書成聖，湘佩書聯于寺。好句如仙氣自華。愧我麤疎慵染翰，小窗無意學塗鴉。

送湘佩入都疊前韻

葉葉輕帆五兩斜，壓船書畫又浮家。何時更翦西窗燭，此去重看上苑花。香雪滿山懷故里，軟紅十丈客京華。離愁怕見春波緑，惆悵詩成墨點鴉。

寄懷湘佩四首

悤悤驪唱急，催上木蘭舟。千里故人去，一江春水流。山明摹北苑，花落憶西洲。更喜金鑾侍，書鐫紫石不？

難得尊前酒，椒盤餞歲同。河梁分手易，風雨對牀空。長夜盡復盡，短檠紅更紅。詩牌誰共集，香篆冷房櫳。

紅閨詩領袖，筆健擅三唐。舊侶逢京國，懷人話故鄉。吴天雲渺渺，烟樹月茫茫。好語聯吟地，梅花古道場。謂同游皋亭崇先寺坐梅花下聯句。

太息雲泥別，分飛各一涯。愁予偏落莫，之子最清華。小院誰觴月，豐臺合詠花。何時香雪海，重與鬬尖叉？

寄懷湘佩山右

三晉河山快宦游，幾生福慧證雙修。暮雲春樹天涯路，緑水紅蕖幕府秋。謂其自爲書啓。詩卷等身吟日下，酒痕回首憶杭州。梅花落盡情無盡，迢遞何能寄隴頭。

以上吴藻撰《香南雪北廬詩》，咸豐六年評花仙館木活字印本

清平樂　滋伯、暖姝招同湘佩皋亭探梅，輿中口占

嫩晴天氣，緑漲波紋細。一路筍輿行畫裏。先有詠花詩意。　劉樊夫婦神仙，勝游招入青山。更喜湘君同至，香留翰墨因緣。

前　調　花下聯句

萬梅花下，湘。曲曲疎籬亞。滋。流水一灣青玉瀉，蘋。小坐林間清話。滋。　微雲忽漏斜陽，東風吹送寒香。湘。花事二分未到，幾時再集壺觴。蘋。

以上吴藻撰《香南雪北廬詞》，咸豐六年評花仙館木活字印本

姚瑩（一七八五—一八五三），字石甫，號明叔，晚號展和，安徽桐城人。嘉慶十三年（一

八〇八)進士。從祖爲姚鼐。勇於任事,堪爲國之干城。著述甚豐,有《東溟文集》、《東溟外集》、《東溟文後集》、《東溟奏稿》、《後湘詩集》、《康輶紀行》、《東槎紀略》等行世。

女史沈湘佩爲宗穆君畫牡丹紈扇

湘佩,杭州人,工詩,尚氣節,奇女子也。穆君爲宗滌樓少女,從湘佩學詩,滌樓以扇乞題,余方出都,倚裝爲成一絶。

莫問靈均絶妙辭,一天湘水蕙蘭衰。雪溪春色今如許,南國争傳秀女詩。

姚瑩撰《後湘詩集》續集卷二,清同治六年姚濬昌安福縣署刻《中復堂全集》本

關鍈(一八二三—一八五七),字秋芙,錢塘人。錢塘蔣坦妻。有《夢影樓詞》、《三十六芙蓉館詩存》行世。

夢影樓詞序

余學道十年,綺語之戒誓不墮入。于歸後爲藹卿擘率,卒蹈故轍。然閨房唱酬,得亦旋棄。自交沈湘佩、湘濤諸君,椾筒往來,人始有知余詞者。邇來篇章較多,藹卿爲存數十首梓行之,塵世間于是知有《夢影樓詞》矣。噫,一念之妄,墮身文海,《夢影樓詞》豈久住五濁惡世

間者？譬如鳴蜩，嘒嘒槐柳，秋霜既藟，遺蜕豈惜？白雲溶溶，余其去緱山笙鶴間乎？文字贅疣耳，藹卿盍亦棄此而從我遊也？

咸豐四年甲寅六月，妙妙道人關鍈書。

念奴嬌

雪後招同沈湘佩善寶、鮑玉士靚、周暖姝來音、李佩秋湘紉、陳湘英雲妯集巢園妙吉祥室

朔風催暝，看寒鴉點點，翻啄晴雪。一片彤雲西北去，吹得夕陽明滅。瓶水膠花，溪雲冱影，鐙火柴門絶。圍爐人聚，舊情同畫灰説。　衹惜紙閣敲茶，明燈炙墨，我輩歡難得。明日灞橋驢背上，又是一番離別。如此征程，無多舊雨，怎不添華髮。尊前且醉，柳枝還爲君折。

高陽臺　送沈湘佩入都

淚雨飄愁，酒潮流夢，惜花人又長征。見説蘭橈，前頭已泊旗亭。垂楊原是傷心樹，怎怪他、踠地青青。向天涯，一樣纏綿，各自飄零。　開筵且莫頻催酒，便一杯飲了，愁極還醒。且住春帆，聽儂細數郵程。壓船烟柳烏篷重，到江南、應近清明。怕紅窗，風雨瀟瀟，一路須聽。

徵招 湖上感秋，有懷湘佩、湘濤

入秋天氣多風雨，幽懷更添淒楚。楊柳到西風，也飄零無主。蛾眉驚老去。爭怪得、鬢絲如許。休去登臨，亂山衹在，晚蟬嘶處。日暮翠衣單，清霜早、已上碧梧高樹。獨自倚闌干，念荒城碪杵。天涯誰共語。渾冷落、舊游儔侶。只除是、第二橋邊，問那時鷗鷺。

以上清關鍈撰《夢影樓稿》，咸豐四年刻本

呈沈湘佩夫人善寶

福慧如君夙有因，况聞才思迥超倫。劍生湖海雙龍氣，花入樓臺五鳳春。紅粉軍中掌書掾，碧城天上選花人。知名從未瞻山斗，愧我深閨久病身。

故園春色已闌珊，剗地風來撲面寒。千里梅花憶官閣，十年裘馬老長安。蓴鱸入夢思歸晚，詩酒論交末俗難。底事相逢便相別，皖雲回首正漫漫。

寄沈湘佩

十年燕北宦，去歲始歸航。尚未征鞍定，秋風又建陽。勞生真草草，遠樹正蒼蒼。爲子思顏色，淒清月滿梁。

讀到芳蘭集，斯才信絶倫。蒓鱸千里憶，風雨十年人。識字憂能集，如醪淡益醇。名山終古在，好爲後人珍。

所痛余夫婦，頻年賃廡居。况經憂患後，多及病愁餘。賣字嗟何益，謀生百不如。知君重意氣，相對一踟躕。

明朝一樽酒，送子上京華。君將有春明之行。爲數長行日，官梅定作花。春寒正多厲，餐飯尚頻加。何處無離别，相思莫漫嗟。

三十初度有感（其六）

閨中諸彦吾曾識，二沈江南竝擅奇。沈湘濤漣清、沈湘佩善寶。紅粉才名韓玉父，韓菊如瑛。緑窗書畫李文姬。李佩秋湘紉。集中香茗多題句，鮑玉士靚。枕上梅花好繡詩。朱芸樓芬。何怪垂髫兩雛妹，停雲落月繫相思。侶瓊、佩琪兩妹。

送沈湘佩入都

湘佩才名天下聞，文章班昭詩左芬。裘馬作客二十載，壯心欲破燕山雲。去年始返西泠棹，文字相知與我好。宋氏詩名宫禁知，玉英顔面江湖老。巢園夜醼華燭紅，周英暖姝鮑靚玉士才藻同。尖叉競病鬭奇響，李波小妹亦英雄。佩秋。酒酣示我梅花箋，老幹杈枒艷晴雪。時以梅花畫扇見貽。隴上初開第一枝，閨中應許稱三絶。無邊春色天上來，毛義一檄金門催。河陽開到花無縫，況接佳兒板輿奉。時令嗣迎養任所。更向長安策蹇行，一杯清酒還相送。我聞長安山水天下奇，瓊花木葉多翠微。此行若抵豐臺日，應及花開芍藥時。何況金閨盛才德，郎君官貴明光戟。夫婦羣稱鴻案齊，姓名向爲雞林識。嗚呼湘佩聽我詞，酌酒進君君勿辭。人生交遇在意氣，明朝月落應相思。火輪珍重抽身快，相逢尚冀他年在。樽前莫忘送君時，月在庚寅歲辛亥。

寄懷沈湘佩

早歲聞君名，泰山不可望。悠悠萬里橋，相隔如參商。去年駕扁舟，訪我來錢塘。相知未相識，觸目驚琳琅。埽我落花徑，坐我匡壁牀。呼童吸新水，竹爐煮芽槍。荒郊無所有，未敢羅酒漿。約遊金牛湖，湖爲西子粧。買舟聽水亭，急呼邯鄲倡。裙邊兩蛺蝶，釵頭雙鳳皇。婷娉惜不嫁，感慨歌潯陽。清聲發林樾，使我心悲傷。泊舟孤山下，緑柳垂千行。日落西山西，驪歌促歸艎。問君何所之，所期在帝鄉。三月長安道，芍藥豐臺香。天涯不可即，一日如三霜。我乃可憐蟲，思子九迴腸。夜來不成寐，惟見明月光。何時生羽翼，與子同翺翔。

以上清關鍈撰《三十六芙蓉館詩存》，咸豐七年蔣氏刻本蔣坦（一八二三—一八六二），字平伯，號藹卿，浙江錢塘（今杭州）人。善屬文，工書法，肆力古詩文詞。著有《息影庵初存詩》、《紅心草》、《秋燈瑣忆》等。

臺城路　寄謝沈湘佩夫人惠梅花畫扇

是誰染出江南畫，杈枒幹枝如許。短緑皴苔，斷紅圈萼，竹外兩三四樹。溪煙沍處。似寫作空濛，孤山微雨。林下人歸，夜深應有翠禽覷。　曾思幾年作客，江湖襟袖短，何限塵土。東閣琴絲，西谿晴雪，歲歲花時都負。故人紈素。幸點染冰姿，一枝寄與。讀向秋風，舊遊還記取。

蔣坦撰《百合詞》卷下，咸豐七年蔣氏刻本

悼亡八十首（其四十六）

紙閣蘆簾夜煮茶，朔風初放蜜梅花。當年墨會人何在，辛亥冬，婦邀沈湘佩、鮑玉士、陳湘英、周暖姝、李佩秋巢園詠雪，自寫《冬閨雅集圖》。今玉士、湘英俱已下世。一半青楊有暮鴉。

書三十六芙蓉館詩後（其四）

二沈金閨彦，湘佩、湘濤。爲君耐久朋。才情鬬春茗，健語落秋燈。在手無煩鐵，如材一正繩。近來工賦物，尤讓令暉能。可惜才名盛，難辭衆論苛。都疑謝庭詠，出自婿才多。當世真皮相，斯人自不磨。祇看機上字，豈讓竇連波。

以上蔣坦撰《愁鸞集》，咸豐七年蔣氏刻本

汪琳，字蓮浦，號松風，錢塘人。

題女史沈湘佩梅竹畫 女史名善寶[一]，杭州人

仲圭粉本東坡筆，妙手空靈兩得之。想像孤山晴雪後，徘徊淇澳月明時。羅浮夢遠人千里，湘水情深酒一巵。自是此君饒逸致，巡檐索笑故遲遲。

潘衍桐輯《兩浙輶軒續録》卷二十五，光緒十七年浙江書局刻本

校勘記

〔一〕『善寶』：原爲『寶善』，今正。

沈湘佩夫人墨梅遺卷題跋

沈湘佩夫人墨梅遺卷。民國己巳九秋，劍芝道人題簽。鈐印：彝（白）

令外祖母托寄九九銀壹百兩，因銀色太低轉輾更易，得足色紋壹百兩寄上，祈查收。信到

速發回音爲要。　令外祖母現在病勢危篤，僕常往看視，此番恐虞意外矣。　惟望賢孫早辱錦標入都以慰其念，此候文祉。　不宣。　愚從母湘佩手泐。　堂上請安。

全官近好？　念念。

初七日泐。

引首：彤管清芬。　庚午花朝，仁和高豐篆。

鈐印：存道（朱）魚詹（朱）高氏家子（白）

詠絮才華錦句新，雪爲丰骨月爲神。　閒來寫作廬山面，潑墨繁花自絕塵。

一枝湘管幾遲回，不畫官梅畫野棵。　墨汁未乾明月上，珊珊徐步美人來。

湘佩夫人墨梅遺幀，己巳秋九纘哉媚叔大人出示囑題。　勳見名作如林，實愧貂續，不得已勉成二絕應教，殊令人齒冷也，並祈斧削爲幸。　研臣朱大勳。　鈐印：朱大勳（白）硯臣（白）

繁華消盡水東流，鴻雪樓高韻尚留。　甘爲梅花圖小影，前身應是住羅浮。

先春獨自占群芳，彤管風流迴不常。　寄語世間諸女子，須將冰雪當文章。

時己巳早秋題家湘佩夫人畫梅遺幀，以應纘哉宗兄大人之命，乞正之。　少鳳沈嶸。　鈐印：沈（白）嶸（朱）

我昔讀遺編，詩心雜畫理。　皎疑冰雪光，棱棱森十指。　胡然蜕後仙，眼中驚睹此。　氣勁月忽孤，香老春不死。知歷幾歲寒，輾轉竦猶子。清標不可攀，奇芬珍片紙。如何力疾時，捥力横乃爾？英英墨花飛，吟魂呼欲起。

湘佩夫人遺筆，爲纘哉仁弟大人題。海昌查人倬。鈐印：人倬（朱白）筠長（朱）

才擬左芬長，仙本羅浮伍。冰雪殘痕幾點留，人去花同古。我畫學徐熙，不敢同步武。披圖省識舊風流，教人争先覩。

時己巳季冬，調寄《卜算子》，奉題湘佩夫人墨梅，爲纘哉仁弟大人之屬，即乞正拍。琴舫來鎮卿。鈐印：琴舫書畫（白）

己巳夏六月，纘哉大兄大人以其姑母湘佩夫人所畫墨梅屬題。夫人秉其母吴綄素夫人家學，幼而能詩，著有《鴻雪樓詩草》梓行。工繪事，爲世所實。此幀墨香，紙藻幽艷如生，爰綴小詩以識嚮往。

樓開八詠繼家風，不櫛才名進士同。當日閒情傳畫筆，而今遺事説詩筒。謝庭詠絮姿偏秀，江管生花夢已空。展卷追摹清影瘦，幾生脩到畫圖中？

壽伯金藥仁未定稿。鈐印：壽伯未定稿（朱白）家在吴山聖水邊（朱）

鴻雪樓頭愛日新，一枝斑管倍精神。劫餘留得清虚影，不櫛才華迥出塵。

繡幄垂紗春意回，濃磨羅黛默官梅。珠璣滿幅追前代，首見先人手澤來。

同治己巳秋，先君題詩二絶，手澤如新，見之增感。

後六十年己巳九秋，敬步先君原韻，奉題奉題湘佩夫人畫梅遺幀，以應補愚先生教。

劍芝朱景彝書於劍倚天外廔。　鈐印：朱景彝印（白）

受性本幽獨，秀色固異狀。　欻使寸心傾，當歌欲一放。

蘊貞愜所遇，題詩得秀句。　且復尋諸孫，永興奥區固。

庚午四月集浣花句，野侯高時顯題于梅王閣。　鈐印：野侯五十後作（朱）梅王閣（白）

林下仰高風，標格花爲伍。　疏景黄裒寫一枝，色與香俱古。　意瀀兩超然，直接元章武。

鴻漾新詩久服膺，墨妙欣同覩。

右調《卜算子》，用來琴舫先生原韻，奉題補愚先生令祖姑母湘佩夫人畫梅遺墨。　庚午七月既望，泉唐鍾毓龍倚聲。　鈐印：郁雲（朱）

先姊適沈氏遠哉，與纘哉公爲兄弟行，予在兒時習聞吾姊傳誦白牡丹詩中有句云『富貴翻能成本色，神仙原不尚鉛華』，先慈王太淑人嘗引此以詔兒輩，盖即湘佩夫人《鴻雪廔詩集》中第一首也。　詩凡四卷，予在十年前曾題四絶，今已不復能憶。　爰步朱研臣先生韻奉題五十六字用誌爪印，以寫心聲。

百年紙墨尚如新，畢竟文章信有神。　祇怪滄桑經四度，只今東海又揚塵。

逝者如斯不可回，留芳獨剩一枝梅。畫中詩意分明在，定向孤山化鶴來。

甲戌花朝前十日，天虚我生陳栩題。鈐印：天虚我生（朱）栩園居士（白）

一展卷，氣氤氲，寒香拂指花如雲。神仙骨，雪月魂，撑天立地，不與凡卉群，萬劫不壞貽子孫。

癸未立夏，秦以鈞敬題。鈐印：以鈞長壽（白）

録自沈善寶《寒梅清芬圖》，西泠印社二〇一四年秋季十週年慶典拍賣會中國古代書畫作品專場第一一三九號

樊口

傳説潘生酒，争停樊口船。空憐蘇玉局，秋月下前川。

蘄州

艓子如鷺趁急流，奔飛雪浪下蘄州。晴空霧散開閒幔，水國寒生試小裘。八尺簟從秋後卷，三年艾自病中求。眼前人事拋覊束，到處誰馴浩蕩鷗？

槳，夢想題詩上竹樓。詎有利名牽客思，江山勝概未全收。

竹　樓

兀起高樓勝概偏，黄岡取竹大如椽。謫居翻得騷人賞，默坐全將世慮捐。沙冷亂看群鳥下，風高正把一帆懸。明年浪跡知何處，漫叟身同不繫船。

雪　堂

雪下堂成分外幽，遠辭玉局赴監州。霜清應踏黄泥返，月朗重爲赤壁遊。遥酹一杯山色曉，横衝孤艇浪花秋。古今跡並飛鴻似，莫計東西指爪留。

蘆洲哀漁父

秋風慘慄兮，吹叢蘆。白日昭昭兮，寢已徂。蘆中人兮窮士，子不渡兮復何須？子既渡兮，無反顧而踟躕。川波杳渺兮，送子以賤軀。楚江二漁父兮，志趣何殊。一濟艱危兮子胥，一笑憔悴兮三閭。覆舟沉兮恩甚，鼓枻去兮情疎。吾度蘆洲兮，紛涕洟。具壺漿兮，爲楚聲以招之。吾不汝非兮，滄浪之水。吾爲此哀兮，蘆之漪。蘆之漪，悲復悲。

曹一曲並博軒渠大快不？

大别山

南國青煙裊衆螺，霜飛大别奈愁何。楓寒有葉渾如燒，漢廣無風亦自波。檋導内方來疊翠，鎖穿陰穴激盤渦。山之陰有鐵鎖穴。獨携笻杖登峰頂，驚起栖烏動嘯歌。

太白樓

縹緲一樓矗，風流千古長。郎官曾欸識，遷客此飛觴。走拄赤藤杖，沽傾金錯囊。獨斟成爛醉，自得老夫狂。

舟發漢陽

飄然去此汎洪波，帆拂晴川閣下過。鄂渚仝舟仙跡杳，羽觴獨酌客顔酡。沙因寒兔行空皎，風爲江豚拜浪多。好向潯陽覓吟伴，清齋應得和琴歌。

黄　州

衝烟初日照黄州，水樹溟茫翠靄流。雉堞雲生迷曉岫，烏竿風動轉寒洲。眼看破浪飛蘭州督，枯柳滿江洲。

漢陽

郤月城臨夏口開，無情江水碧瀠洄。昔人獨自成千載，老子唯知把一杯。高閣晴川凌駭浪，名山大别湧愁堆。漢皐神女空貽佩，交甫閒情漫往來。

晴川閣

岧嶤飛閣俯晴川，黄鵠磯頭接暮煙。西日影沉三楚樹，北風聲送九江船。揮杯大醉渾忘老，抵節高歌直放顛。何處追尋神女跡，秋空明月漾波圓。

鸚鵡洲弔禰處士

鸚鵡洲，吾弔禰處士，一杯手酹漢水頭，當風起作商聲謳。百鷙鳥不如一鶚，斯言真寔非謬悠。大兒小兒命融修，此外萬萬輩，誰足入君眸？筆不加點賦立就，足使君文名轢萬古，才藻凌九州。吾不恨黄祖殺汝，恨阿瞞老賊謫君爲鼓吏，衣君以單絞岑牟。君揚枹奮擊淵淵出金石，氣高萬丈誰與儔？人皆謂君狂，吾獨謂君效明夷柔順，不獨文采紛葩流。崑山鄧林勞夢想，言語悽惋情綢繆。不堪世齷齪，嫚駡夫何尤？矯首向天仰問君，此辭得與青藤老子駡

浩歌行夜登黄鶴樓作

客言漢江宵景好，鼓勇復登黄鶴樓。重雲如墨蔽皓魄，對岸燈火明星稠。遥知管弦市樓沸，吴商蜀估傳觥籌。大别山頭雜樹暗，夕嵐暝漲寒悠悠。江光一溜白滉瀁，漁榔已息聞清謳。仙人乘隺去不返，三層危構馮虚浮。羽流對客把玉笛，崩雲逸響鳴高秋。横空霆霹倏解駮，吹開白月懸當頭。却看水天色飛動，蟄龍吐珠光不收。慌忽煙中漢女出，微步縹緲凌波遊。洞庭瀟湘一氣接，驚寒遠去鴻聲遒。八十八窻大開闢，空明如在蓬萊洲。我爲浩唱元雲曲，飄飄短袂攜浮邱。南城咫尺庾公榻，亦有人舒清嘯不？凭高四顧有餘興，還思鄂渚移扁舟。

南　樓

睥睨飛凌履響遒，剛逢明月滿南樓。昔人曾發清宵興，今我還爲勝地遊。杯到千巡孤影醉，笛當三弄萬家秋。鼠鬚飽漬留題處，可有人傳老子不？

陶侃宅

言訪陶公宅，蒼苔故跡留。辛勤嘗運甓，慷慨遂登舟。動地秋風落，環城漢水流。誰懷八主，始基一片荆襄土。終看漢鼎得三炎，紫陽老筆書章武。青蓋深嗟入洛陽，黄猿符瑞已消亡。一輪明月照赤壁，烟波浩渺鳴漁榔。

嘉　魚

清霽煙墟歛，孤城水一涯。奔流飛客棹，銜肉舞神鵶。米舶衝風遠，魚罾挂日斜。秋空迥無際，行雁落雲沙。

武　昌

兩涯樓閣對嵯峨，煙靄蒼茫碧樹多。幾日北風淹客棹，一灣西塞競漁歌。歸雲影亂低迷雀，斷岸聲喧倒湧波。却憶東吴雄振旅，照江飛蓋錦盤陀。

黄鶴樓

黄鶴飄飄不可留，凌虚長嘯此登樓。禰衡文字真爲累，陶侃功名亦是浮。帆影帶回湖口月，笛聲催散漢陽秋。扶笻獨往平生願，是處江山作勝遊。

叟，不妨泥飲共濡首。若餉囊中九轉丹，何似風前一杯酒。

燕公樓

如椽誰得把，大手振燕公。助以江山麗，因之翰藻雄。波衝千堞壯，雲散一樓空。獨上凴欄立，遥天數去鴻。

臨　湘

臨湘摇倒影，清曉碧漻漻。秋色渾無際，迷魂不可招。紫蘭叢欲敗，斑竹淚難消。江上峰青處，輕舟眺望遥。

赤　壁

㹠犬兒郎餧虎口，江陵直下夫何有。激昂短歌意氣豪，臨江横槊釃杯酒。凴陵兀起紫髯公，志承破虜雄江東。一劍錚鳴斷很石，奇兵飛出生雷風。將軍智勇年方少，燒天烈焰江波照。北軍百萬舳艫空，衝風疾捲鴻毛燎。踉蹌慬免走曹瞞，猛火翻令心胆寒。吴戈如霜不一擊，那得當塗折老奸。二喬自在雲鬟掠，不爾春深鎖銅雀。風流顧曲有周郎，天借東風振雄略。熒熒光氣標赤烏，勢分鼎足成伯圖。是時英雄迸如雨，我獨心折亮與瑜。騰躍卧龍翼蜀川。平行簟席失險阻，鎔銀走汞翻流連。沅湘自古多香草，九秋已晚芙蓉老。潛夫不替昔人愁，無限騷情付杳渺。孤舟千里若乘空，喜無惡浪翻蛟龍。前洲幾堆白浩浩，後湖一片青茸茸。五湖煙景已得四，只有丹陽尚未至。恒山一岳會深遊，終須攬盡山川翠。岳靈到處放暄晴，川后亦遣濤瀾平。天意俯遂向禽願，肯把幽興辜平生。列子真成御風返，蓬窻屢傾琥珀盌。出口飄飄乍落帆，波聲已小湖光遠。

岳陽樓

三楚標形勝，危樓峙岳陽。天圍秋水白，日倒去聲洞庭黃。屢病清顔老，孤遊野興長。江湖浮大瓠，身世久相忘。

岳陽樓放歌

岳陽樓在城頭起，岳州城脚插湖底。秋鴻嘹唳塞上來，一聲叫斷洞庭水。洞庭水闊兼天浮，乾坤半浸天南陬。暮烟直羃瀟湘浦，落日倒涀辰沅洲。釣艇如萍散復聚，風餐露宿鳴榔去。月明浩渺碧波空，天上人間兩顧兔。飛身直上馮危欄，浩歌聲落層雲間。東盡扶桑西弱水，飄飄欲振凌風翰。芒鞋竹杖衡岳返，木落沙寒秋色晚。乘興耽爲萬里遊，遍踏名山不辭遠。世人生挾名利腸，塵中到死横奔忙。猜疑老夫太曠蕩，獨就仙叟談蜣螂。志趣我亦殊仙

秦王赭山處

馮陵八極遊祖龍，指揮列缺奔豐隆。架橋已驅海上石，避雨復封岩前松。迷離追逐溝兔影，俶詭圖畫江神容。湘神何神弗效順，洪濤洶湧掀盲風。立命赭山恣威力，射天縱暴將毋同。鞭笞四海騁厥志，烹滅六國夷其宗。長城巨防遺北築，金繩玉檢勞東封。豈知徐福工面謾，三千男女浮艨艟。蓬萊明滅絳宫闕，褰裳延睇之罘東。銅柱鏦錚殿陛上，副車糜爛博浪中。沙邱尚未兒爲戲，滈池早已神告凶。湘山萬古留崪兀，有水難洗狂愚蹤。靈妃自鼓雲和曲，江天縹緲攢青峰。

青草湖

四際圍青草，中央洶白波。高秋澄日月，清晝横鼋鼉。懷古釃尊酒，臨風發櫂歌。九疑何處是，吾欲吊湘娥。

洞庭湖歌

洞庭湖波際天闊，紅日波心出復没。渌烟滅盡發清輝，飛湧空明一團月。昨宵湖口泊小船，看波到曉不愛眠。今晨似汎海槎去，令我鼓舞興欲顛。南風正正一帆懸，行歌鼓枻度大一快，輕御洞庭風。

檢行篋得黄莘田任杠札林蒼巖正青贈詩奉懷賦寄用杜公蘇端薛復筵簡薛華醉歌韻即用其起句

文章有神交有道，合并豈復論遲早？烏石山雲傾蓋團，當風結佩紉香草。惆悵春歸人亦歸，飛光倏過經秋昊。故人詩札比琅玕，開篋沉吟見襟抱。相思空對楚江秋，不眠聽徹清砧擣。閩南仙才良有數，長卿枚叟俱黄稿。傾心交結重千秋，垂髮相知欽五老。黄林與游陳劉三君爲五老。乍會俱看吟興濃，將離更覺人情好。高深一曲素琴彈，耆英聯社金尊倒。陳雷膠漆近已稀，羡君古誼終相保。海山月白夢魂來，安能高舘仝傾杯？我今南鼓瀟湘柂，天長水闊何遼哉。形骸雖似失群雁，意氣本屬仝岑苔。天風吹落洞庭葉，助我颯颯吟聲哀。

君　山

秋水明如鏡，單椒秀絶倫。風輕近亭午，林古吊春申。湖色連青草，山光湧白銀。通川流日夜，閲盡古今人。

不與我同謀。懷此都兮宗國，忍他歷兮九州。世溷濁兮難處，從彭咸之所居兮，泝重華而遠遊。緒風寒兮慘慘，煙波夕兮漵漵。體葬兮魚腹，魂飄兮湘流。銜哀傷兮敬弔，具椒醑兮蘭羞。心懭悢兮跽陳辭，靈睠顧兮願少留。乘回風兮倏逝，涕澪湲兮不收。

屈潭

下拜湘纍廟，銜哀一水隅。來應乘白驥，去定哭蒼梧。荃蘘芬芳氣，羌多溷濁塗。靈胥濤噴薄，寃似此潭無？

湘靈曲望黄陵廟作

縹緲黄陵廟，乃在湘中山。舟人遥指點，悵望煙波間。重華竟不返，淚漬江上竹。淺深斑不滅，恨凝湘水淥。九疑連綿似，何處尋孤墳？翠華泣終古，目斷蒼梧雲。月明拊瑶瑟，哀怨曲三變。冰絃清似語，曲終人不見。秋光寒盡落，秋色遠凄迷。黄猿去無跡，唯聽鷓鴣啼。嬋娟帝子靈，杳靄湘江浦。木落水微波，渺渺獨愁予。

湖口

孤棹出湖口，波瀾摇遠空。秋光連下上，川路失西東。入手頻浮蟻，迎眸續度鴻。憑虚成霧。蒸湘緑映石鼓山，雁峰昂首回飛羽。此山兀峙星沙隈，梯登晴日烟光開。直穿楓柏上絶頂，慷慨懷古臨高臺。一筇迴拄青霞立，目盡三湘萬景集。岣嶁碑從古壁探，玉泉水把匏尊汲。文章一片静機入，清氣乾坤恣嘘吸。不羨紅顔羽翼生，浩歌獨放凌崟岌。今晨欲去雲帆張，流連却顧山水鄉。况别儒宗增繾綣，烟波繞郭千徊徨。洞庭浮玉秋水長，何時重到迎清光。魂夢迢遞天一方，長留宇宙吾何有，南遊萬里心茫茫。

舟發長沙

北風連夕苦淹留，喜得波平放客舟。纔别赤沙雲麓去，遄爲青草洞庭遊。江風滿眼迎朝日，洲橘何心頌晩秋。蹤跡不教漁父笑，滄浪有曲和吟謳。

湘　陰

一片湘江水，悲風滿碧潯。秋潭千尺窈，哀怨萬重深。有猘憎芳佩，無人知此心。投書汨羅底，痛淚貫涔涔。

汨羅江

蓀憔悴兮中洲，期黄昏兮靈修。謂信讒兮不寤，徒延佇兮罹憂。國無人兮毀敗，猶嫉妬兮

去矣行疊韻却寄陳君并序

陳君邀予談藝，約掃曲室，不見一客。既赴，主方出而客忽直入。遂行，却寄此篇。

以神爲馬氣爲輿，四海八荒非遠墟。心之紛亂立芟鋤，行雲變幻無定模。須臾立語臨交衢，拉邀乾坤一腐儒。風騷同氣相呵嘘，的的留看盤中珠。晶光皎若明月舒，欲不暱就將焉如。亭午整駕趣疾驅，準擬把臂曹劉徒。倏然野客來前除，芭蕉葉響風中廬。頻進茗椀吸雲腴，子猷看竹繞庭蕪。裵褢幽境登仙閭，清緣欻斷願違初。魯東門外如郊雩，享祀鐘鼓驚爰居。我獨超遥尋冷塗，神雖綢繆形遂疎。原非倦羽慵追趨，衝風吹破難踟躕。他年或到貴竹區，山川瑰奇饜客矑。銅鼓山頭捉雲裾，長嘯林箐消唏吁。金牛湖得雙影俱，兩隄孤嶼如方壺。四時佳景堪吟摹，我試與子言其麤。淺深有得心所須，湖山映發潤不枯。湖心亭子遲君軀，一帶裙腰草色敷。兔毫飽向清波濡，今宵殘月空涵虚。一鴻寥廓冥寒晡，多情勞望青天隅。

別岳麓峰疊韻

幾日小舟泊山麓，跫音舉足鳴空谷。石坳噴落的皪珠，潭心湧出團圞玉。却憶飛上祝融巔，七十二峰羅舄前。閬風連結西崑翠，羅浮摇宕南冥烟。衡岳全身覞處處，迤八百里生雲計，枉殺曲端吁繆盭。中興到底數名臣，功罪不掩春秋例。豈其敗類同汪黃，乃以黨惡詆紫陽。行狀臚陳自取節，寧將罪案陳朝堂。議者之口不内省，濡毫只艷黄金餅。諛墓千言皆子虛，不顧觀者齒爲冷。南軒道脉由五峰，岳麓連夕論中庸。紫巖易義亦炳焕，詎緣子聖蓋父凶？飛矢如蝱有意發，痛啣正學攢誅伐。侏儒觀場亦隨聲，衆毁何曾傷日月。城南書院泝厥初，鬱律門榜張公書。振興文教不具論，感事三嘆增煩紆。

合并行疊韻贈陳君

桑户莫逆視子輿，大都生同水竹墟。蓬蒿三徑時教鋤，遊方内外偕形模。各天遼闊萬里衢，山澤誰尋列仙儒？欻然會合雲龍噓，形穢側近玉與珠。對看雙眼青交舒，誰謂傾蓋膠漆如？騷雅攬轡叨齊驅，寸心並與古爲徒。當前萬事悉破除，豪吟便爾震林廬。壯君才藻殊華腴，湘江秋盡采蘅蕪。高冠切雲追三閭，摛辭豈復輸古初？藝林後輩如禱雩，沾溉詞源動不居。餘波綺麗瀰川塗，一瀉滄溟開鬱紆。念我遽别旅跡疎，苦邀曲室步屧趨。意氣許與無踟躕，知己床闥聯八區。下上千古遥瞪矑，昔人恨不把我裾。悠悠天地動悽吁，喜得並世几席俱。歌呼放志乾千壺，直抒胸臆無臨摹。筆摇五岳寧云麤，王侯將相吾無須。墨瀋滔滔睎不枯，今日委君七尺軀。如蘭之言芳意敷，狂書石上頭髮濡。天寒虹氣亘碧虚，盤桓朝霞連夕晡，夜深月上東江隅。

城南書院疊韻留别陸君

确犖山石來篼輿，城南一徑開荒墟。書田廣闢新芸耡，一準岳麓崇規模。側近睥睨侵虹衢，講堂濟濟盛文儒。兀突樓臺疑蜃嘘，仙才統領集蘂珠。騰踏衆駿意氣舒，剪剔五花伯樂如。隆隆殷耳鑣轡驅，洞主本屬東馬徒。清鏘瑲佩下玉除，飄然謝直承明廬。已箋藻思何敷腴，詞條老手搴繁蕪。我熟君名自里閭，相携高步金門初。當時龍見憶始雩，衝雨遄别長安居。踰時往復軟紅塗，槐街走覓情纏紆。一從賦歸音問踈，客遊稀復下風趨。千里明月望踟躕，衡門水竹抛一區。家居旅食空凝壚，竭來湖南砉把裾。鬢鬚皓白交驚吁，浮蹤喜得暫相俱。苦欲醉我雙玉壺，湘江水墨不可摹。天高沙冷鴻聲麤，捨此煙景更何須。暮天摇落秋林枯，東西仍汎萍蓬軀。子留勝地化雨敷，别淚底用衣襟濡。道故慰藉良不虚，桑榆妍煖看晚晡，招呼吟讌西泠隅。

城南書院有感作并序

城南書院古額，係張公紫巖所題。自儒派别驅，好詆朱子，謂紫巖行狀出朱子手，津津舉殺曲端、敗于符離爲口實。辭成于紫巖，所以周内朱子也，用慨然有賦。

真儒統系繼孔孟，欲詆每苦無其端。偶窺行狀喜得間，牽連指作平生瘢。符離敗將誠失色。三面秋波動蔚藍，雪帆萬疊摇江國。自從闢殿祠江神，神閣綽楔尤嶙峋。鴟吻突高三百尺，水怪屏息波鱗鱗。當中金字書栗主，此意尊嚴最近古。方花柱礎屹丹楹，雄龍捲尾瘦蛟舞。我對江神面不慙，無田早已抽朝簪。自愛青山踏巑巑，寧羞白髮垂髿髿。湍放一葉衝江潭，布帆無恙風西南。晚汀隨處漱餘酣，再拜無求辭神龕。

奉留別陳公疊韻

鼉江星沙歷舟輿，訪公僑寓楚村墟。枉沐旌麾草不鋤，更從談讌親範模。至言引我康莊衢，説書平實崇先儒。一物亦被和風噓，祇恐魚目混明珠。得聞竅要方寸舒，餘山先師陸張如。浙西浙東同途驅，門庭親炙忝爲徒。童齡一心志祓除，講壇當日開茅廬。不曜外美含中腴，只今祠屋躋寒蕪。遺風嚮慕依鄉閭，吾與點意憶厥初。髣髴風浴追沂雩，鉅公椽筆表里居。豐碑光照松阡塗，秖緣道脉心蟠紆。湖南光氣紅扶疎，手導學川横奔趨。昨瞻岳麓千踟躕，中庸亭應掃荒區。多士萬目環矚臚，姚州迢遥仰襟裾。表彰四字欣且吁，燈傳實學精神俱。先生以實學傳燈，匾言題餘山先生祠。歸當潔蠲薦尊壺，銀牓大書恭鐫摹。社櫟生成材地麤，老去擁腫非時須。深山歲月信榮枯，仔肩墜緒慚薄軀。沛然德教甘膏敷，還望他年涓滴濡。往歸今已寔我虚，雲帆欲挂日未晡，離情波繞湘江隅。

流。東風飄送神靈雨，冤魂交語長沙渚。雙斟桂醑酹蘭堂，小招疊放醴浪浪。

橘　洲

香發清秋橘，斜陽照一洲。魚龍寒水蟄，樓閣碧空浮。南岳千峰麓，東吴萬里舟。湘纍曾作頌，寂寞吊高邱。

定王臺歌

定王昔作中天臺，西望宫寢攢崔嵬。漢制分封當就國，秋雲斷碧王心哀。王心纏綿露天性，曠隔晨昏雙淚迸。高臺久圮抔土存，仍教百尺標形勝。我感帝子增忼慷，千秋馮吊臨清湘。今人生從白板屋，偶爾富貴耑淫荒。惟思黷貨兼漁色，意態驕痴恣溺惑。誰能念母默悽傷，綵佩明璫兒自得。倘令生長瓊瑶宫，千乘萬騎裂土封。渚宫蘭臺樂忘死，快意不辨風雌雄。嗚呼此地留巀嶭，唐姬生子名不滅。玉几金堂詎解憂，孝思一片江千折。

江神廟歌

橘洲臺閣凌空起，金碧熒煌映江水。蜃王噓氣似朝霞，鷩遁魚龍窟宅徙。琳宫天半鐵鳳蹲，闍黎鐘鼓鳴朝昏。金地沙鋪大堤估，刹竿燈照湘江魂。一樓侵漢標拱極，簷端夜滉瑶光賈傅乃是王佐伍，區區管樂何足數。道術正是董江都，志慮純如葛忠武。規模悉仿三代前，漢策當與周書傳。君如漢文不得用，古治不復天使然。長沙遷謫纏坎坷，充塞乾坤此恨大。深交絳灌是何言，卑論何曾值一唾。當年大計規治安，風前展書感百端。就中厲俗尚廉耻，令我壯激輪困肝。吁嗟四維由此壞，末流横决吁可怪。衣冠也復闒儒門，聖賢籍裏名空掛。湘川滲浣當高秋，古今天地長悠悠。呼公不起瞻公像，哭抱公足悲涕流。洛陽天生此年少，千古龐眉虚老耄。前席空憐問鬼神，茫茫客思臨江吊。

賈公井

此地俯遺井，差堪湔涕痕。不教王澤竭，賴有古泉存。寒滉星沙影，清通湘水源。馓馨從濯取，拜手薦蘋蘩。

弔屈大夫歌

雲冠璐佩誰徙倚，楚之孫兮庸之子。繁憂浩渺懷君門，君門狺狺猘犬存。江潭孤影誰復吊，女嬃申詈漁父笑。問龜不知仰問天，紫壁淋漓空復然。懷沙吟成日月白，汨羅直下三千尺。夫君去與重華遊，九疑連綿雲爲愁。煙波茫茫葬魚腹，梧楸迷離山鬼哭。帝閽招復遣巫陽，周號上下兼四方。華軒女樂陳鐘鼓，荃亦何能釋愁苦。漢廷遷客唧離憂，哀辭迢迢托湘

陳公以實學傳燈匾言顏餘山先生祠堂仲夏雷公翠庭鋐題山仰餘光額疊韻謹記

鉅力撑扶蓋與輿，昭揭潛德揚幽墟。餘山先生少秉鋤，大闡周易標型模。浩然元氣還霄衢，陳雷二公當代儒。閩粤道氣橫交噓，山輝韞玉川媚珠。正誼明道追仲舒，龇龇踐履前賢如。説經鏗鏗推並驅，大聲振起章縫徒。眼前學蔀悉捐除，如砥直趨周孔廬。紛華不敵道德腴，講壇書院清荒蕪。有嚴祠堂在井閭，禮庭拜跽儼如初。客遊山川過皇雩，長沙有皇雩山。野服入謁專城居。實學傳燈光照塗，龍蛇飛舞點畫紆。表彰相須遇不疎，歸上銀牓群靈趨。感動學子行踟躕，仰瞻輝耀滄溟區。先時仲夏煒射軀，肅捧四字正冠裾。山仰餘光起嘆吁，恨不一堂談論俱。大書雙懸告濯壺，紅印屈盤篆籀摹。梓材樸斲榱桷纚，有生無悶誠何須。精氣不隨草木枯，斯文責在守待軀。廟堧松柏愛芬敷，凄然霜露春秋濡。名賢稠疊表豈虛，日曜群蒙永不晡，小子涕泗天海隅。

悲歌行謁貫公祠敬題并序

祠爲公故宅，並祀三閭大夫。舊有治安堂奉公，獨醒堂奉屈公。今二像並坐，主客不分，是司土者之責也。爲作長歌吊之，別作一詩吊屈。

趨。關山悵望久踟躕，尺書遠道明區區。重臨關中盼雙矑，身隔龍門難捧裾。道山銀榜仰嗟吁，道山書院門牓，先生所題。精魂所結形影俱。湖南煙水如蓬壺，豈徒衡湘清景摹？迎公鎔我氣質麤，鴻罏鑄人殷相須。久遺世故忘菀枯，要乞砭箴施我軀。彤襜初駐文教敷，朱張古澤重沾濡。寸心深患滓太虛，魯陽戈揮晚景晡，老晞有聞侍坐隅。

陳公座上知朱性之家濂消息疊韻

前年冒雨駕馬輿，華遊獨入鶉首墟。西人方秉種麥耡，過訪老友清臞模。有子爲令升雲衢，風流爲政本于儒。哺字凋瘵摩且噓，流離饑歲米如珠。勸賑分濟眉全舒，男負女戴欣欣如。意與杜母名齊驅，筮仕不忝爲吾徒。遣騎迎入躬汛除，解裝幾日淹吟廬。養堂並勸羅甘腴，去登三峰踏秋蕪。昨攀東岱青石閭，逍遥一杖遊如初。還謁孔林過魯雩，遂辭中州返里居。今春轉問南閩塗，扶病往復仙霞紆。關潼阻隔緘書疎，老健遄向衡湘趨。却梯岳麓吟踟躕，喜逢玉節星沙區。引入廣座加青矑，飄飄爲把蘿薜裾。齒及茂宰嘉且吁，蔚然官職聲名俱。皎如清冰瑩玉壺，有碑在口勝鑱摹。當書上考才非麤，遷擢要地時所須。醴泉膏澤物不枯，公府遠念物外軀。只道汴上重席敷，豈知遊屐草露濡？千山萬山凌碧虛，望遠起對西日晡，宵夢馳自天南隅。

岳麓寺不鐫杜公詩碣亦一缺事作此以諗好事者疊韻

詩聖述作綵色殊，裂下星機雲錦紆。手題岳麓道林寺，詞瀾倒翻洞庭湖。玉泉赤沙萬煙景，一氣搏攬投洪鑪。初地金銀爛照燿，飛射顆顆驪龍珠。白毫光尚有興滅，萬丈燄與名山俱。虎岑已入涅盤去，古寺歷劫馳兔烏。鴻篇永永鎮佛國，不隨幻化歸虚無。謂宜洒落龍蛇跡，穹碑卓立人天扶。敲火礪角着牛牧，定遭鬼責兼人誅。大曆到今一千載，胡爲闃寂勞嗟吁？藝林不標一片石，禪窟徒裝丈六軀。未見奇文篆鐘鼎，何異法物抛球圖。誰與好事補勝跡，急礲山石蹲給孤。洛誦響拓定填咽，坐見海衆來于于。嗚呼！何時眼前兀突見贔屓，表出浣花叟句由潛夫。

上陳公榕門弘謀用岳麓書院韻

光氣所貴瀰方輿，文明尤燭南離墟。經訓菑畬千耦鋤，道系專標人楷模。時值昌運騰高衢，榕門先生今大儒。一麾士氣從風嘘，濁水照以明月珠。正史衍義大文舒，炳燿規戒琳琅如。在官亦復範馳驅，陶甄不遺斯人徒。學從妄語先掃除，涑水集散學子廬。一編近思咀道腴，此叙先生纂刻諸書。餘山門下舊學蕪。汴上講席開堂閭，柏臺咫尺拜謁初。諸生童冠隨舞雩，夢繞松楸思林居。二月遄歸雪載塗，叮嚀約還情縈紆。天慳清緣遂闊疎，移節閩嶠失步麓，黑夜雷電驚豹螭。我思包山靈書世莫窺，左神煙霧覆護之。洞門失扃鬼竊去，昔遊臉湧波漣洏。乃知天地大文匪易守，一摹青字消餘悲。

李北海書岳麓碑

名喧李北海，競瞻眉宇奇。碑版走天下，高躋岳麓陲。法書鎮禪窟，龍象生光輝。吁嗟閶邱刦，佛力不脫之。金璧胥唐捐，可用醒氓蚩。

岳麓寺和杜公詩韻

岳麓古寺煙景殊，青嵐縹緲波縈紆。赤火毬躍海中島，白銅鏡拭天邊湖。沙門獅象蹲初地，巨靈橐籥鼓大鑪。塔藏聲聞辟支佛，月湧大寶光明珠。鹿女走沾雨花去，鴿王飛繞風旛俱。琳宮巀嵲森鐵鳳，祇林蒙密遮金烏。優鉢曇開播芬馥，如羅綿散歸空無。鸞嘯忽傳林谷動，猱騰詎用竹杖扶？木芙蓉可供採擷，酒檮杌免施譏誅。未厭羽觴倒霞液，亦愛石銚烹雲腴。魚龍沙水九秋蟄，鳥獸風雨三更呼。須臾瞥過百年眼，滄海淹留一粟軀。閒房坐卧意自得，長生久視誰能圖？屈平沉溺足幽怨，賈誼遷謫傷羈孤。半日偷閒笑局促，一覺清夢安徐于。虎岑堂高且隨喜，扁舟去住憑野夫。

遺緒，絶學復光昌。

謁道鄉祠

崢嶸道鄉字，臺仰紫陽題。岳麓清風接，祠堂古木齊。荒江餘照燿，謫宦不凄迷。獨往空山裏，丹楓滿故蹊。

謁六君子堂

熒煌六君子，先後接芳蹤。岳麓營壇席，書樓振鼓鐘。煙含青草暝，鳥破白雲封。最憶周山長，風雩共景從。

中庸亭

衰周生隱怪，述聖作中庸。講席存餘論，儒門得正宗。荒烟籠遠水，明月下高峰。此地今蕪没，其誰覓舊蹤？

岳麓禹碑

元夷使者收禹碑，洪荒真蹟韜瑰奇。乾坤神物不終秘，倏露至寶沙重披。鐫摹蝌蚪鎮岳

憮然行疊韻并序

岳麓書院講堂爽塏，齋房精整。今生徒遷於城南，此蔓草盈堦矣。觀院外山水盤紆，風氣完固，洵屬藏修隩區。徒使岳麓寺千載鐘板不墜，爲憮然者久之，乃作此篇。

嶽麓書院誰權輿，朱公首闢爽塏墟。五百頃把春農鋤，列屋供饌恢鴻模。黌門十里成亨衢，大開壇席延師儒。育才一氣春陽噓，寔學不求象罔珠。六經抽闡大文舒，紫陽提唱光炳如。駸駸大道追前驅，小大于邁聖之徒。中間摧圮重掃除，六百載並依精廬。星沙此地寔上腴，前賢勝跡寧教蕪。一自城南啟門閭，講堂齋房拋置初。冷落壇墠若廢雩，林木聚散烏鴉居。周垣雖繞草滿塗，山川林壑空盤紆。前時主者作計疎，湘洲風浪愁奔趨。一葦問渡偏踟躕，豈知藏修貴隩區？山深喜不搖清矑，殿呵底用騈簪裾。遂爾中廢良可吁，守祠單丁無耦俱。春秋祇一陳尊壺，贔屭穹碑手孰摹。青苔半蝕點晝驢，掃壁留題拂鼠須。慨思賢聖幾凋枯，但留佛寺黄金軀。祇林葱籠色榮敷，亟復舊觀無淹濡。亭樓丹碧庶勿虚，依然弦誦連朝晡，無力悵望徒向隅。

謁崇道祠

倡道來南極，遂成鄒魯鄉。並延千聖脉，高闢二賢堂。靈爽留天壤，光輝仰棟梁。何人振

道林寺

道林勝地已荒凉，竹徑紆回到梵堂。野鳥争巢亂煙影，殘僧力穡足秋糧。溪山却喜涵真趣，鐘磬何嫌冷上方。岳麓寺猶違十里，玉泉南亘翠屋長。

岳麓書院

雲麓山氣横扶輿，人文上燭朱鳥墟。朱洞闢院茅始耡，山長周式士之模。藏書杰閣捎天衢，考亭南軒古真儒。元精耿耿一氣嘘，碑字照燿千驪珠。瑩入心腑清光舒，長沙講壇洙泗如。廓然大道九軌驅，賓賓衿佩一千徒。泮池流水穿階除，千柱耽耽環齋廬。供饌充給田膏腴，後來古礎纏榛蕪。陳綱掃地開林閭，舊觀差復寧如初。雜蒔竹木規風雩，琅琅絃誦安厥居。黌門坦迤尋修途，秋林晴翠流泉紆。紅垣繚繞落葉疎，崇道祠下恭傴趨。鞠躬拜起心踟蹰，我亦南浮煙水區。祝融絶頂盱精矑，蓮峰方廣雲拂裾。嘉會古堂三嘆吁，二賢跡與穹壤俱。雪月皎皎澄冰壺，當時景光清詩摹。愧我獨吟聲豪麤，徒然老戟霜眉須。打頭颯颯楓葉枯，誰知涉歷經微軀。前賢過化芳澤敷，湖南萬象猶涵濡。惜哉金碧矗紫虚，冷落無人空日晡，回首躑躅蒼山隅。

巔，灕湘南北盡目前。緑滉微茫洞庭水，黝凝晻靄蒼梧煙。回首嶽頂盤旋處，祝融天柱橫煙霧。神輿回轉赤龍鞭，靈臺下拂焦明羽。秋波蕩漾橘州隈，層層宮觀丹霞開。星沙帆落浦中雪，城郭蜃結雲中臺。芙蓉千仞馮虚立，宇宙中間百感集。日車難遣壯士翻，滄海空思長綆汲。萬物元機欻出入，百歲春秋一呼吸。古往今來傾蓋間，有數名賢標巀嵳。燭天光燄騰朱張，如椽大筆題道鄉。道鄉臺高矗霄漢，使我弔古心徬徨。諸公名與天俱長，清遊遷謫留耿光。我獨浪跡經炎方，空洒靈岩一斗墨，日落遠睇天蒼茫。

道鄉臺

臺勢飛淩百仞巔，道鄉名比日星懸。休論風雨孤帆度，且喜龍蛇大字鐫。雲麓標題非偶爾，蠻荒竄逐亦悠然。山僧遇我塵中客，許借匏尊酌玉泉。

玉　泉

名泉涵玉色，石眼漱潺湲。秋氣昇林壑，清流漾麓山。妖精遁形影，幽客净心顔。品第邀桑苧，茶經不可删。

衡山集卷四

詩四　古今體詩六十五首

長　沙

雅愛湘江景色賒，不嫌卑濕到長沙。寺樓映水明於畫，楓葉經霜艷似花。騷客含情須弔古，遊人選勝即爲家。况看雲麓峰頭在，策杖豪吟詎有涯？

南嶽宫

雲樹城南曲徑通，淡烟疎雨曉濛濛。僕收椰栗移行李，僧具袈裟見寓公。茗色泉清涵白雪，鐘聲秋曠響寥空。爲遊南嶽浮湘至，僑舍還教到嶽宫。

嶽麓峰

衡峰盡處攀雲麓，秋林寒碧穿岩谷。篬篢千箇掃穹蒼，玉泉一派飛鳴玉。梯雲鼓勇登其

鵞潭

深窈鵞潭漾碧漪，坳泓不住曉風吹。峰開雲霧髫初㬟，燈映江波星倒垂。夜半猿聲清斷續，烟中鶴影泠迷離。女蘿蒙密神靈聚，上有丹青孝肅祠。

包孝肅公祠

千古威聲震耳聾，森森緑樹繞祠宫。當時關節真難到，在世閻羅孰與同？蒼鼠飛騰掀古瓦，怪鴟叫嘯舞靈風。人間不少黎邱鬼，空見鵞潭賽火紅。

建江湖

一派湖流入建江，望中烟樹碧幢幢。芙蓉薜荔風中亂，鸂鶒鵁鶄浦口雙。舟子喜晴抛箬笠，巴人愛唱叩舲窻。千秋幽恨懷沙賦，不斷騷情繫楚邦。

猴子石

石猴蹲踞肖形奇，誰運鎚爐鑄汝爲。未繫金環歸洞府，猶看玉魄仰江湄。無聲免下巴人淚，失侣還增朔客悲。差幸天高風急候，宛然父子不相離。旁有小猴。

小姑山

月暗小姑山，濛濛隔煙浦。偷嫁荷深憐，不嫌小家女。相與情顛倒，傾身奉郎主。明開江心鏡，羞眉更覺嫵。

大姑山

大姑曉粧成，渾憂嫁不售。一夕忽目成，楚雨飛滿岫。湘水緑綺衾，嬌癡倩郎覆。似聞妬小姑，烟空螺髻秀。

湘 潭

湘潭郭外繞千家，無數檣竿矗水涯。久客藥殘囊裏裏，深秋鬢益鏡中華。鵝黄催瀉盈尊酒，鷺白看分隔浦沙。一片烟嵐含雨氣，青峰何處辨琵琶？琵琶，山名。

昭 山

一山峭崒靄煙嵐，秋樹祇林暝色參。鹿苑層霄隱金碧，蛟宫千尺滉青藍。高邱尚有愁雲覆，清井懸知德水涵。騷客豈如禪入定，可能無意弔昭潭？

湘石

湘石凌空架，突出標巑岏。上有冥冥之烟霧，下有洶洶之波瀾。黑雲狼籍楚雨大，碧樹簸蕩秋風寒。野翁結茅錦石端，坐觀檣帆往復還。客子遠道來問關，舟子盪槳何時閒？唯我蕭然無一事，南浮只爲看山至。晴明杖破祝融嵐，迢遞衣捎嶽麓翠。前行向背窮九疑，瀟湘緑浄摇清漪。斑斕淚竹臨江活，秋蘭紫莖香菲菲。月明爣怳遊湘妃，文魚鱗鱗交媵之。紛吾浦漵沿邅廻，揚舲擊汰歌楚辭。此間窅窕濕翠微，大雨歸去小雨飛。峥嶸黄牛聳翠峽，縹緲燕子凌江磯。山靈川后喜郢客，幻出烟景供娭嬉。

小麥港

小麥港頭秋雨微，數家臨水開荆扉。漁翁嗚榔出口去，水鳥得食凌空飛。遨嬉烟浪忘去聲遲速，寄謝朋儕無是非。薄寒中人趣茗芋，未用倒篋尋生衣。

株州

濩落心情老去孤，愛浮大瓠入江湖。萬形變化從時彦，一醉懵騰得故吾。塞雁風中行斷續，湘山雨裏翠模糊。荒州寂歷煙波晚，待兔何人尚守株。

貫田

貫田雜樹未飄零，氣暖南州耐蔚青。兩岸林廬雲羃羃，一江煙浪雨冥冥。餐將秋菊爲仙餌，讀得離騷是楚經。人事若教都愜適，風應分送往來舲。

四季山

崚嶒數片小山幽，也似蓬壺傍祖洲。飛浪常時穿窈窱，神工底事費雕鎪？景探靈嶽紅輪曉，夢繞長沙碧樹秋。鵬鷃何須論大小，逍遥是處總堪遊。

招靈灘

橫江矗起何孱顔，洶湧欲看波連山。長年三老好身手，客乃寄命超險艱。夾峙巃嵸陡入峽，排列縱橫劍戟插。猛蛟逃遁氣不驕，獰象憑陵勢難狎。半流颯遝掀衝風，黑雨萬點飛虚空。聒浪砰天乍崩砉，勁弩直射冰夷宫。眼看檣傾桅復仄，前舟呀叫無人色。雲濤白日倏晦冥，神鬼蒼茫意莫測。我仗平生忠信存，扁舟不愁波吐吞。沉湘詎少魚腹葬，巫陽不下空銜冤。天陰啾啾哭聲繁，慌排烟霧頭如黿。誰何手奠椒漿尊，秦簫齊縷招其魂。

石灣洲

一葉隨流意渺然，煙波明滉夕陽天。阻風早向灣洲泊，中酒遂偕鷗鷺眠。漫客行程任淹滯，冥心到處總安便。由來踪跡同漁父，飄兀蘆花淺水邊。

三江渚

一色丹楓照遠汀，微風縐碧水泠泠。扁舟艤在三江渚，客子倒殘雙玉缾。缺月蟾蜍偏自白，深秋蘭茝有餘馨。平生夢繫瀟湘好，沙溆從舒老眼青。

斑竹磯

斑竹磯邊檥客舲，炊烟曖曖帶林坰。晚風吹浪回湘浦，明日張帆下洞庭。鐘磬清泠來遠寺，鳧鷗自在汎寒汀。月明誰復彈瑶瑟，腸斷當年帝子靈。

朱亭

騷人往復在天涯，省記江亭散水花。無那清秋阻風雨，未教信宿到星沙。夜深似聽湘娥瑟，月黑難浮海客槎。不斷沉吟哀屈賈，湖南懷古一長嗟。

灊山

灊山亦嶽副，請命于軒皇。輝赫赤蚪車，輔佐臨朱方。我登衡峰頂，咫尺摩穹蒼。萬靈萃南極，霓旓蕩飄颻。灊君秋會讌，神來服紫光。安得飛仙挾，從騎駿龍翔。

回雁峰

回雁峰稱南嶽首，百里雲扃悵失叩。雁麓參差錦樹深，石鼓嶙峋碧苔厚。一峰形勝臨蒸湘，江聲夜聽波茫茫。合江亭洒昌黎筆，萬古緑净流清光。遥想朱陵啟後洞，水簾倒挂煙霏重。太虚有路引仙靈，清夜無聲度鸞鳳。我步靈臺望渺然，珊珊佩響洞門前。月影通明不得入，却怪扃鐍從何年。一杖衝煙我未老，他年靈境終須到。且往梯登嶽麓峰，道鄉臺上晴雲掃。

舟發衡山

晴看靈嶽勢開張，括盡秋容翠一囊。回首雲霞縈萬疊，迎眸波浪破三湘。童蒙香草拈芬馥，仙老星槎汎渺茫。尚惜雁峰虚涉歷，墨花不洒到衡陽。

聆囂譁。

岣嶁追枉詩札却寄兼懷王近顏者輔疊韓韻

論交四海憶孟公，訪我故人南嶽中。所居南嶽嶽南路，光氣盤礴生魁雄。山重水複入幽邃，引我清興方無窮。石梁一道跨虹影，虛濤萬斛鳴松風。雲迷岣嶁最深處，不逢樵者何由通。户外方塘漾碧水，一鏡秋皎涵虛空。豈其到門不見戴，正爾逢人空問融。洒墨敢題凡鳥字，鑑影嗟俯馮夷宫。我已飛躡萬山翠，君猶悵望斜陽紅。尺書忽若獲青字，完璧衹用唧丹衷。謂却所贈。凌雲萬丈詫巨手，滄海一粟捫微躬。等身著作日已富，聯床談笑胡能同？盍簪無緣朋並散，思賢有操歌難終。寧忘三人對影地，正擬一日抽帆功。手書報章自稠疊，眼花蠟炬交朦朧。相思倘命千里駕，幽居寥闊尋墻東。

霍山

南嶽實阻修，三湘憚沿泝。雄侈漢武帝，亦沮登封步。秩祀移霍山，豈謂神靈聚？要當副名嶽，龍虎驂雲輅。起望金斗遥，蒼蒼但煙霧。明辭祝融君，往拂凌霄樹。

雨　虎

於菟因雨出，似蛭非毛群。生擒詎云勇，浪詑裴將軍。

寶露壇

維昔高辛時，丹邱獻甘露。盛以瑪瑙甕，涓滴勝瓊乳。舜遷諸衡嶽，寶壇壓煙霧。南巡賜百辟，有若遍大酺。其下起月館，清宵望顧兔。斯言豈謂然，聖德滋延慕。幽荒拾遺記，聊用資掌故。皓魄麗中天，遺蹤渺何處。

偕隱行奉懷宗少文作

吾慕宗少文，老偕羅氏婦。衡山深處結茅廬，巖壑相將同嚯首。嶽中不用對三花，門前底事栽五柳。祝融天柱隱雲龍，諮議參軍擲芻狗。老來萬里謝闤闠，但令滿壁圖名山。冰絃一鼓動衆響，斗室激耳鳴琮潺。宜言飲酒共醉醒，畢世卧遊于其間。舊隱當年在何處，白石青松藹雲霧。躊躇懷古動深情，獨往荒山淹草屩。老妻亦復捐塵慮，每約相携採藥去。深山何地不桃源，采入蒼蒼烟水暮。葛洪夫婦燒丹砂，劉綱倡隨共仙槎。老夫不希名姓登丹籙，且願挈婦凌青霞。巖扃幽静儘可家，黄精爛煮香漬牙。嬉遊無事隨麇麚，遂與山林成主客，免向城市

祥光峰

鶴鳴晚山空，秋氣動林樾。馳煙來羽人，劚翠闢仙窟。鮮霞巖椒採，巨珀松根掘。石泉瑩清瞳，陽阿晞鬒髮。耽幽虛白生，習静天光發。靈田攬奇輝，晦夕吐明月。

巾紫峰

一往入嵂嵲，層曲盤翠微。遊當秋晃朗，空憶春芳菲。已失杜鵑紫，惟見蝴蝶飛。遐哉古文命，升高睇九疑。重華去冥漠，蒼梧雲不歸。潺湲石澗水，冷赴流杯池。虛亭憩客影，滿眼涵清暉。

開雲嶺

兀突開雲嶺，當年默感通。千峰掃陰晦，一氣展青空。獨往當秋霽，高吟上祝融。野夫荷神貺，亦得御清風。

雲獅

嗟爾含蠕動，如蠶石上栖。之虫竊名號，亦唤小狻猊。

高臺寺

古寺依神嶽，身臨絶頂來。連筒注秋水，一杖卓高臺。日月清暉合，山川曙色開。雲堂擊清磬，空外韻悠哉。

穹林閣和朱子韻

金光一溜炫湘東，海日初凌殿角紅。人在翠微深處立，更無塵土有清風。

獅子泉

狻猊雲際下，翠石巧鐫形。下有寒泉注，淵然德水渟。洗心從澹泞，鑒影俯清泠。侵曉僧雛汲，將花供净缾。

靈禽峰

空山藹和鳴，笙簧鼓仙曲。紅碧競鮮明，秋羽飛翽翽。帝樂張洞庭，韻流湘水渌。靈禽得遺響，清鏘奏巖谷。静聽坐磐石，泊然平衆欲。音寂神亦凝，明月照林屋。

雷　池

雷池倍深窈，寒碧照穹巖。姮影月輪墮，仙書苔石劖。垂蘿猿就飲，落葉鳥争銜。信有神靈在，坳泓迥不凡。

風　穴

欻吸土囊口，訇然開石扉。急催陰雪散，倒送瀑泉飛。山嶽呵噓氣，神靈橐籥機。衝寒吾不怯，一任亂飄衣。

龜　石

衡嶽峰頭石，元龜首欲昂。十朋聲價重，千歲壽年長。氣納雲英足，圖皴蘚色蒼。未須鑽汝甲，吾意信行藏。

虎爬泉

一泓寒滉瀁，傳是虎爬泉。漱玉泠泠白，濺珠箇箇圓。銅餅僧慣汲，瓦銚客親煎。却憶故山寺，酌來清可憐。

壇作藏春塢，此樹此壇並萬古。赤精子與同輩行，歷劫空山相爾汝。

祝融峰和韓韻

祝融峰頂朝雲起，食頃鋪滿乾坤裹。驀地風來迅掃空，一團月墮西巖底。雷池澹澹波不驚，息聲免惹乖龍嗔。雲海收回風穴閉，砑羅萬里秋天清。

乾坤勝覽亭長歌續短歌

昨年我登日觀上，放歌震宕乾坤亭。祝融峰頂今覽勝，七十二峰無剩青。縱目直過天池外，羊角鵬搏何足怪。蓬萊左股指羅浮，離離南斗横空掛。却看瀟湘洞庭青烟浮，秋波一溜寒悠悠。九疑雲氣潑曉黛，重華不返湘娥愁。泰華恒嵩遥拱揖，霞嵐一氣相嘘吸。元嶽怪我遊獨遲，會向芙蓉頂上立。我今行年六十餘，眼看萬事浮雲如。一身漫浪終何得，安問子孫賢與愚？老去同心渺何許，空山麋鹿渾堪侶。恨不雲眠若箇峰，長與林泉成太古。只今衡嶽踏青鞋，白衣山人安在哉？色難塵寰啄腥腐，獨酌虎爬泉一杯。虎爬泉水冽且深，一杯酌我清我心。石室金床隨處有，是非了了判昨今。天台雁蕩吾曾到，石梁龍湫動長嘯。秋光冷漾東海邊，碧雲一片飛晴昊。寸心感慨懷舊遊，衰淚灑空廻白頭。躡風高舉尋吾契，只有平生朱鶴洲。

所得，幽靜愜吾心。

碧蘿峰

瓊輪蟾仰望，澄暉透玄明。奇哉造化手，圓空宛天成。緬想元黄初，一氣分清寧。誰何巧摶换，肖物流真形。詎謂此偶爾，秋魄凝精靈。祝融一逕下，蘿月東光生。

白牛堂在上封寺。

老桂蟠深徑，蒼藤繞古廊。重持玉鳩杖，直上白牛堂。元化松成石，清機月似霜。伊蒲供一飽，甘寢就繩床。

上封寺前老桂歌

上封寺前萬桂樹，太古以來隱雲霧。鐵根糾結石巃嵸，火維磅礴精靈聚。清夜嘯呼風雨來，連山摇動疑奔雷。夢魂驚覺拓牖户，潑天月色鋪青苔。金銀地寫杈枒影，大瀛海移祝融頂。虬龍夭矯出空明，翻波飛舞秋光冷。形模偃蹇枝相樛，清寒地位寒颼颼。吴剛有斧斫不得，盤踞九千七百餘丈之峰頭。樹樹如山鎮巀嶭，鱗皴露漬蒼皮濕。赤帝宫中日月長，元氣溟濛恣呼吸。憶遊泰岱多老松，老松與此筋骨同。天教共秉後凋質，獨喜不污去聲嬴秦封。光天門觀，碧草寒萋萋。松薪樵子拾，芧栗狙公齎。靈源不知處，怊悵夕陽溪。

雙石峰

窈窕秋嵐姿，雙峰天際矗。長松隱雲坳，古寺依巖麓。緣藤竄蒼鼠，俯澗飲白鹿。溪光動危橋，烟氣秀群木。蟹行斗絶徑，螺轉枵空谷。獨立玉虹亭，洗眼看飛瀑。

岣嶁峰禹碑疊韓韻

鴻荒鐫鑱第一碑，神靈創制何恢奇。脛毛既盡荆榛披，火焚山澤驅蛇螭。鄭樵生晚尚莫窺，何况崔融禹錫與退之。我亦懷古情凄洏，湯盤孔鼎器滅没，空誦其詞黯傷悲。

響　石

荒荒岣嶁尖，瓏玲有響石。受命衡山君，輒應嘯呼客。似答語轟轟，亦和笑啞啞。吁嗟時之人，各具喙三尺。有悔舌須捫，無言耳免逆。我欲與石居，高吟共日夕。

後洞山口和朱子韻

繚曲西巖路，松門翠靄深。泉飛雙澗白，雲過半山陰。飢鳥連翩下，清猿自在吟。窮探何

石廩峰疊韓韻

朝三暮四嗤狙公，天物充牣石廩中。紫蓋天柱並巢嵲，連延騰擲俱稱雄。石樓更上覽千里，瀟湘洞庭目可窮。其上天倉閉洞户，萬寶成熟鳴金風。風穴呵噓橐籥鼓，雷泓砰磕源泉通。金仙歷劫有興滅，承天古寺掃跡空。藤徑榛墟撥笻杖，樂遊信意何融融。仙蹤亦隨白雲散，令威難尋玉清宫。藥鑪灰冷文武火，臺傾無復丹光紅。獨往尤資濟勝具，萬緣不入空洞衷。晴暄連日得天幸，承平累世丁我躬。腰鐮既喜黄雲刈，滌場亦慶緑野同。八蜡遄通歌吹起，三時不害農事終。耕收並自普民力，開闔何須占歲功。長腰楚米下江漢，吴商賽火明朧朧。我騎白豹上峰頂，昀昀禹甸瞻南東。

雲居峰

危峰入層雲，鳥道盤空窄。喬林秋色開，幽洞陽光射。樵者久爛柯，仙翁自煮石。寺蹲獅子林，坡剩金牛跡。長松怒簸濤，飄風響裂帛。客心澹無際，一亭坐凝碧。有凝碧亭。

紅花峰

紅花彩焕爛，千丈凌丹梯。神芝晚熓燁，翠鳥秋山啼。崩石蔽乾竇，蒸雲洩坤倪。蕪没洞洞窈，神龍潛深渦。明月上東嶺，白雲生層阿。曲徑無人識，松濤和行歌。

國清寺

三寺頹過半，幽溪入國清。青苔千佛冷，白石一峰晴。巨鑊鐵花繡，古鐘銅字明。行燈僧名今已滅，懷古莫傷情。

雲密峰禹碑疊韓韻

元圭既錫始勒碑，蝌文特較龜書奇。雲密峰頭密雲披，負以靈鼇蟠以螭。用義山句。高辭皇壙人得窺，夏書渾渾顧漏之。却思頡誦仿鳥跡，鬼凍雪夜號漣洏。東序圖書蕩灰劫，祖龍坑外增吁悲。

禹　溪

雲密峰坳水，猶傳大禹溪。寒銜青瑪瑙，清滉白玻璃。古窟龍蛇徙，荒山栝柏齊。秋泉照碑石，曾紀錫元圭。

會日，蘸筆寫新篇。

天台峰

初日照錦樹，振策天台峰。澹白一輪月，敲落東林鐘。依然方廣路，瀑泉鳴淙淙。石梁不可見，風吹落葉松。惟此地有之。青苔鳥争下，碧溪人不逢。迤西入古寺，曉行蓮華中。

天台寺

昔放天台杖，曾經度石梁。一峰飛到此，古寺與相將。樹色寒初照，泉聲落上方。也隣方廣寺，客思極蒼茫。

妙高峰

方廣一區坦，步步升妙高。白雲流磵底，赤日明巉椒。俯臨無縫塔，相輪鬱岧嶤。群烏啄碧蘇，飢語紛喧囂。天風吹短袂，秋氣寒蕭蕭。元鶴海東去，飄忽不可招。

白石峰

林巖映白石，冷翠凝秋螺。頹陽一返照，蒼碧紛交羅。樵收磵底薪，鳥掛風中蘿。潭潭後

謁二賢祠

輝赫二賢跡，來過興樂江。冰花承客屐，雪色照僧窻。吟唱留衡嶽，風徽動楚邦。擇之陪杖履，分獻酹雞缸。

嘉會堂

當年涉冰雪，嘉會遂名堂。共説斯文在，應知吾道昌。清吟鑱石壁，幽興接繩床。詎料真儒跡，翻留青豆房。

洗衲石

人言古尊者，猶留洗衲石。今也愛紫衣，莫浣緇塵跡。

補衲石

細剪山雲補，坐紉舊衲衣。摩挲一片石，知不是支機。

𣗥欏泉

張王𣗥欏樹，清陰覆石泉。一汪澄月魄，餘瀝漬苔錢。洗衲經尊者，添缾貢佛前。懸知嘉泉通，曲磴秋煙羃。颸飛千尺楓，日冷百圍櫪。前睇小嵩山，日與清暉滌。

小嵩山

二室吾曾到，三花手亦攀。停車思舊夢，悵望小嵩山。

蓮華峰

我昔遊西嶽，高登蓮華峰。全秦大物繞跟趾，玉井樓上開心胸。南浮今鼓瀟湘柁，赤帝元精萃離火。火中亦湧碧蓮花，四水灣澴擎一朵。淙淙不斷鳴泉流，千盤石澗何清幽。巑岏八山共根蒂，結成菡萏青浮浮。藕花心藏方廣寺，遊屐曾引名賢至。梵宇横開嘉會堂，雪月千秋弄寒翠。寺前絶壁鐫清詩，龍蛇古篆紛繞之。我亦高吟動巖谷，驚起鳥雀穿林飛。老僧殷勤欵吟客，邀我留題洗衲石。煙暝初動上方鐘，骨冷魂清禪榻夕。明朝直上天台尖，如插雙翅凌巉巗。後來好事誰訪古，話我杰閣臨松杉。

方廣寺

方廣何幽邃，荒階有鳥蹤。泉流香積所，月掛妙高峰。霽雪清吟古，秋苔緑字濃。嗟予生太晚，未得一追從。

輝五雲蔭宸幄。此樟生秉衡嶽精，鬱葱上拂高天青。鴻荒雨露滿柯幹，栝柏讓汝先旉榮。掃雲大書舜樟字，筆運如杠有深意。荒墟特揭重華踪，光耀霞嵐走魈魅。唐槐漢柏焉足誇，張王厓谷彰驕奢。况復祖龍冒風雨，五夫松樹巖間遮。後來南離元氣薄，根株滅没山蕭索。猶存古篆識其處，想像撑空照雲壑。我爲躑躅舜溪傍，元德南薰解阜長。萬古昭回屬典籍，不在草木留炎方。

舜　溪

渟泓堪瑩目，古澤泝重華。不竭瀦甘井，一名舜井。無聲漾碧沙。寒流滋木石，倒景入雲霞。時有野人汲，秋坳清一窪。

雲龍峰

雲龍秋氣冷，栖真留陊基。青城古道士，一去無還期。人命若朝露，迎陽尚未晞。傾身苦障篚，愚者良可嗤。日夕放情志，亦惜空娛嬉。此中默自照，白月涵清暉。

明月峰

明月不下山，長留此巖壁。雲來石房陰，鳥散松林寂。翠坳結小庵，竹聲鳴淅瀝。幽厨筧瑛瓊瑶。惜哉缺響拓，古刻遺叢鈔。

琴　臺

古構掃寒灰，秋波露瀰瀰。當時松風清，遥夕響焦尾。音寂月在天，斗柄插石底。蛟龍蟠紫壁，波礫勁結體。却憶聖湖南，雲屏涷雨洗。手剜琴臺書，逸氣揮顛米。

筆　墟

臨川王内史，退筆瘞煙霞。兹留毛穎墟，過者久嘆嗟。老禿三千輩，祇足供塗鴉。當其銛鋒淬，一一如鏌鎁。巖坳鸞龜篆，落手健畫沙。浮雲冉冉過，古緑皴苔花。

蟾蜍石

活脱一蟾蜍，墮自清虚府。風吹化爲石，老伏雲巖塢。横鑱絶壁詩，雨繡蒼蘚古。偏傍半缺訛，蛟鼉斫快斧。空山風氣寒，秋光蕩玉宇。冷滴方諸水，爬沙月當午。

舜樟歌

若稽古帝舜，五月南廵至南嶽。安上峰頭駐翠華，苞彩葳蕤鳴朱鷟。巨樟亭亭如羽葆，垂衷。膠葛詎牽塵中侶，逍遥且寄物外躬。至誠欲追甫白遠，勞生早謝張邴同。獅子巖前路巉絶，洞叟甘茹芝華終。溺身驕滛他自得，立志曠遠天無功。朱陵羅浮洞窅窅，少微南極星朧朧。青鞋何地不取適，掉頭仰看雲將東。

天柱寺和朱子韻

峥嶸天柱裏，鬰翠竦祇林。背日霜楓亂，盤雲石徑深。秋苔攙虎跡，泓澗起龍吟。墨洒陂陀上，尋幽不動心。

安上峰

衡嶽地荒遠，幸無瘞玉蹤。侈哉秦漢主，未及議登封。有虞南廵狩，曾駐安上峰。書紀如岱禮，祀典稽秩宗。五月緬至止，群后俱來同。舊存古樟樹，密蔭輝山龍。豈等暴風雨，趨避岩坳松。歲久失老幹，末由仰青葱。舜溪有遺澤，終古流無窮。

安上峰諸石刻

兹山多篆籀，鑱鑿散巖嶅。緑蘚蝕點畫，空煩剜剔勞。擘窠偶辨識，佳處時一遭。琴臺想逸韻，筆墟緬銛毫。數行蟾石漶，野火遺山樵。鬱鬱舜樟字，縱書大且豪。窮探出圭竅，如撫汲汲，幾度清水揚黃塵。南天灝氣流冲融，磅磄不挺壯士胸。乾坤養汝有餘力，許汝高眠第一峰。嗚呼！寓形天地獨永久，不騫長並南山壽。

會仙橋

會仙在靈境，一道往來通。壇舊追青玉，梁今跨赤虹。履綦印秋蘚，衣袂動天風。迢遞南臺寺，經過絶澗中。

南臺寺和南軒先生韻

拔起雲峰入碧天，幽人正愛抱雲眠。周旋林壑寧爲我，放浪形骸即是仙。世事前期茫似海，朋遊老去散如煙。香林來往渾無着，好似沿洄水上船。

天柱峰疊韓韻

西居金母東木公，八柱高擎穹灝中。此峰傳聞第六柱，建標撐拄南天雄。青雲梯磴鬼斬斷，猿獮欲上攀躋窮。清秋晴明絶涷雨，碧霄曠闊噓盲風。萬山攢簇劍戟亂，一氣繚繞雲嵐通。巔頂無人表獨立，只有白日懸當空。千年樹石積硍礧，太古冰雪難消融。鍾乳自滴虎豹洞，桂影直拂蟾蜍宫。緱仙吹過鸞笙紫，嶽帝廻㫫龍旗紅。訇然雲扃霞户啟，掃除石室盟幽通。豈惟南溟近跟肘，九點煙都一覽空。日當清曉明且麗，時逗小春温而融。層層樓閣切星漢，憑虛湧現朱陵宫。玉佩輕摇磵松碧，珠簾高捲峰霞紅。真形圖辟鬼魅跡，逡巡酒愜畸人衷。靈山足舒曠宕眼，要路那堪磬折躬。婚嫁已教向平畢，卜築還希宗炳同。子昂古琴不須碎，借鼓元雲曲三終。但得五嶽吟連帙，便似九轉丹成功。恒山君已邀我屐，崆峒戴斗光葱朧。留題石廩紫蓋遍，寄謝神僊東海東。

天尺庵二首

直踞祝融頂，景光晨特奇。日升紫韎韐，水滉黄琉璃。高視收寥廓，冥搜破險巇。去天纔一握，清氣入心脾。

獨立超人表，秋風動客衣。石房寧畏撼，鐵瓦不愁飛。峰簇黟千點，天空碧四圍。望中三楚盡，煙際洞庭微。

祝融峰頂偃松歌

祝融峰頂有偃松，枝柯盤曲如伏龍。峰高九千七百三十丈，倒身蹲踞巔厓中。千年老蟄雲霧窟，九萬里撼扶摇風。鶡視大鵬屼不動，鐵幹偃蹇山岳重。直插孤根厚地底，元氣凝結石巃嵸。東溟積水浩呼洶，金輪團團摶木棒。支離叟卧天半身，早見黑夜騰金輪。三足之烏走融頂，曉景最幽偏。

望日臺觀日出二首

高空圓月在，萬木冷煙參。山影當離次，陽光出卯南。朱氛千道火，碧海一泓潭。晃朗層巖曉，雞鳴不待三。

去秋登日觀，夜起太蕭森。箕斗三霄挂，煙嵐萬嶺沉。飛毬霞氣擁，高殿赭光侵。耿耿今猶昨，陽明燭我心。

望日臺禹碑和韓公韻

唐賢不見岣嶁碑，龍畫螺書意想奇。七十七字長沙出，青天忽覩雲霧披。嶽麓南鎮競分布，春江雷散諸蛟螭。此峰架臺覆青字，五更日躍踆烏窺。大書深刻十三石，古篆釋文並列之。當年文命治昏墊，呱呱遑恤兒漣洏。久旅忘家奔竄舞，羽淵顧慕流深悲。

祝融峰疊韓韻

名譽高揖辭群公，一筇拄到衡山中。兀突雲峰七十二，祝融拔起尤豪雄。橫空飛鶴不得過，侹險走鹿力所窮。不須邱崕接肩袂，兩腋習習秋生風。南天門開徑直上，咫尺帝座良可

衡山集卷三

詩三　古今體詩八十八首

南天門

崎嶇躡萬級，迺上南天門。落照千山動，遊雲一氣奔。彭觥金作策，巇嵲石爲垣。破凍敲冰者，猶留鐵畫痕。石鐫『破凍敲冰，千古奇遊』八字。

上封寺

古寺稽衡嶽，開先是上封。真形圖寶鼎，殿上香爐鑄《五嶽真形圖》。清氣動晨鐘。月靜三千界，雲生第一峰。靈區難再到，欲下且從容。

望月臺

早起登臺望，天西落月圓。移時留玉鏡，許久挂金天。清動銀河浪，寒凝碧岫煙。高凌祝高蹲蹲，翠色欲流五指捫。白雲低映車蓋影，緑樹反走蛇龍根。連延幾疊石浪起，紺滑一片横坦迤。儼作牙鬚虎豹猙，渾如跟脊岡巒歸。我與題名作小山，欲添叢桂蔭孱顔。王孫久留不歸去，嘯吟坐卧于其間。何須俶佹驚人目，愛此幽清枕空谷。泉穿寒溜欲成川，氣吐白虹疑孕玉。東偏鬱若青霞屯，人言中有素書存。留侯已逐赤松去，空留寶氣明西崑。可惜奇章不得見，品評甲乙徒流翫。不捻笻杖遍名山，天地元精空散亂，手爲摩挲發三歎。

飛來船

飛來船已去，遺跡火場存。地名下火場。鼓枻浮元氣，開山屬破門。小庵依石浪，古木入雲根。始悟寧波意，休令蛟蜃喧。

石浪庵

石浪起層疊，祇林開磵阿。試看船去矣，其奈陸沉何。人海驚波定，風輪小劫過。姜公橋畔路，舊夢省狂歌。昨年遊岱至姜公橋，作《石浪行》詩。

丹霞寺

道傍蘭若古，縹緲是丹霞。冷砌飛烏下，空庭落葉賒。曾聞燒木佛，未見雨天花。路指層峰峻，遄行日已斜。

社客，坐愛白雲岑。

己公巖步杜公韻

長留己公跡，端賴少陵詩。僻地寒生早，深巖月到遲。鷗輕時矯翼，蠶老自纏絲。獨往無人識，賡題野叟詞。

兜率寺次韻

木石無心即是禪，風傳齋磬下諸天。緑蕪寒色摇秋竹，白谷清聲瀉瀑泉。窻鳥喧争轉幽寂，檻花孤笑最鮮妍。晴雲與我相期約，愛向空林及早旋。

白雲庵

絶愛茅簷僻，編籬傍嶺根。白雲飛不去，怪石寂無言。獮玃窺生客，蠨蛸網古門。眉毛渾欲白，長老幾人存？

白雲庵外翠石數堆一石鐫中有素書存五字喜而賦此

我從建溪楚江覽奇石，洪波衝激形崩剨。乍踏衡山山半坳，嵚崎邀我停遊屐。數堆蒼潤

絡絲潭

紛綸若絲絡，潭遠百廻縈。瀌瀌衝波下，泠泠漱石鳴。琴彈流水曲，泉愛在山清。十里秋空響，潺湲洗俗情。

半山亭

半山亭已廢，茅店駐孤笻。倦足聊堪憩，清泉故喜供。風聲號萬木，雲氣冒層峰。遥指三霄路，乘凌到上封。

祝高嶺

盤盤祝高嶺，翠磴千紆回。輿夫苦登頓，聲似清猿哀。我下拄緑杖，苔磧衝巖隈。十步九憩息，梯空信艱危。往歲攀太華，幢峽穿雲臺。猱騰一何捷，瑠琅撼蒼厓。人生洵易老，轉眼嗟吾衰。上躋鐵佛寺，啜茗聊褭褭。

鐵佛寺

像教來中國，思堅信者心。空山留鐵佛，法苑演珠林。苔竹諸天净，秋光一逕深。雖非蓮

石囷峰步劉隨州韻

石囷騰彩嵐，翠映斜陽晚。湘江碧如蘿，幾點秋鴻遠。烟含雜樹暝，白月忽到眼。清風掃寒空，餘雲冒螺淺。

大善寺

門徑清疎甚，居隣嶽廟西。黄華笑秋晚，白鴿語幽栖。梵放空堂静，雲凝古木齊。坐來心寂歷，報午一聲雞。

訪曠峋嶁敏本不值留贈

逶迤嶽南路，言訪故人家。階下羅芳草，池邊映晚花。盟心天柱月，歛手玉堂麻。看竹王猷過，山林跡頗賒。

寧波亭

要路當山麓，都無白練澄。陸堪浮作海，谷已化爲陵。大地波全息，空亭石可凭。舊時銀榜在，題自破門僧。破門即彭禹峰所與遊者。

華蓋峰

翠石疊媥駮，土孕炎精溫。金光晝的皪，葉葉靈芝繁。芳甘露未晞，採掇供朝飧。步出華蓋上，相逢古羨門。登真在無欲，要言了不煩。世故莽役役，慨嘆勞心魂。

青岑峰

秋岑含秀色，旋螺入雲青。清泉穿澗下，蒼松抱巖生。鮮飈激虛谷，淡煙沉孤坪。連雁去碧漢，一猿吟翠屏。荒岡覆脱葉，逕晚無人行。西林日初落，東林起鐘聲。

僊巖峰

白雲蔽深窟，静穆留仙居。石凝洞中髓，苔篆巘前書。朱陵啟神牖，劉根遺藥罏。陽光燭幽窈，秋色涵清虛。一尺翠禽尾，百丈喬松株。我欲掃石榻，餐霞眠隩區。

翠鷲峰

迢迢秋月下，一鷲蹲湖西。翩然曳杖出，靈石虛攀躋。南遊攬嶽翠，獨躡青雲梯。彷彿洞壑冷，夢裏清猿啼。巖扃啟仙侶，王生手同携。流霞恣斟酌，未用分刀圭。

集賢峰

日出集賢峰，烟霞匯萬重。霓旌下閶闔，雲構壓芙蓉。唐宋群公在，精靈一氣逢。書堂吾拜謁，亦得比追從。

衡嶽觀

道院流傳古，壇基碧草荒。爽留封嶽地，幽闢降真堂。仙去遺爐竈，雲生繞棟梁。虚簷飛冷翠，紫蓋岌相望。

烟霞峰

烟霞一峰秀，爆翠凌空浮。岧岧晚山碧，秋樹羅清幽。陰厓隱虎豹，陽谷騰猨猴。仙宫嶽靈近，縹緲臨東陬。夜過翠龍駕，玉軑鳴啾啾。松濤起寒塔，月冷小伏牛。

緑蘿庵

振策睇白道，欲上烟霞峰。巖阿隱蘭若，緑蘿曖蒙蘢。清幽儼白社，喜不聞山鐘。石室坐寂歷，一甌茗椀供。飛鳥似狎客，下踏青苔蹤。野雞不復見，碧潭秋溶溶。舊名野雞潭。

嬾殘石

李侯訪嬾殘，夜撥牛糞火。領相亦等閒，半芋啖自可。愛渠辭召詩，脱棄人事瑣。冷笑擲鉢翁，紅塵插脚頗。

謁李鄴侯祠

荒祠繫馬酹椒樽，曾守杭州舊德存。夢省十年爲宰相，空留萬軸與兒孫。星光炯炯輝南極，仙骨珊珊步紫閽。若向青編論往事，千秋只有白衣尊。

書　樓

侵霄危構面雲岑，三萬牙籤那處尋。新軸當年稀觸手，舊樓過客遠開襟。美人終古隔秋水，學士有誰栖故林？飽飯白頭窮典籍，此情未遂一沉吟。

謁胡文定公祠

一出寶章閣，翩然南嶽遊。山居淹日月，家學治春秋。講席蟬聯擁，儒門燕翼謀。窻中五峰列，勝地足遲留。

變，乾坤靈景無初終。眼前吟賞飽新得，方士服食終何功。狂飈欻吸催急景，回睇紫靄交明朧。短笻拄歸銓德觀，華鯨已鏗嶽廟東。

擲鉢峰

翠巚身可隱，雅愛此一峰。泉水清且冷，長留虎跑蹤。澗花秋歷亂，石林晚菁葱。旅衣飄落葉，回飈度疎鐘。高空下夕照，近繚烟霞重。思大擲鉢去，嗟哉落鈍鋒。

福嚴寺和南軒先生韻

古寺躋雲麓，芒鞋破蘇來。蔬枰童子摘，松麈老僧栽。筧水長相接，風扉忽自開。空山秋氣盛，猿嘯極清哀。

寄隱庵

隱身巖畔静，一宇結香茅。浮世原如寄，幽居絶似巢。孤雲喜同住，萬慮已全拋。此處安吟研，秋窻竹樹交。

壽澗

潺湲南嶽水，澗亦以壽名。修帶環嶽廟，穿橋碧泠泠。吾聞古仙訣，有水堪延齡。丹砂映寶色，甘菊浮菁英。吸泉錫難老，洗藥資長生。此澗清不竭，下漑秋田青。生民遂乃粒，歲歲登香秔。用以寧胡考，豈别求聃彭？

赤帝峰

一峰矗起紫霞端，嶽廟當前映曉寒。指點荒墟炎帝塚，抛殘仙着石棋盤。火星燭漢垂光曜，秋隼凌風振羽翰。煉玉仙人何處去，高空惟見月團團。

芙蓉峰疊韓韻

赤精子訪古仙公，一片講石遺此中。苔花濃翳擘窠字，波磔飛動蛟龍雄。勇剔荒榛捫翠石，盤虚一徑旋螺窮。懸崖瀑布亂噴薄，明珠四洒吹天風。久晴尚復老湫拔，渾疑巖竇靈源通。白垂九秋虹飲澗，清奔五夜月照空。攙天萬木未黄落，南極氣暖如春融。仙真一去鸞鶴杳，經壇掃盡無頹宫。下春欲墮黄金餅，翕赫明滅芙蓉紅。選尋幽境此最勝，鬼鑿巖扃洽寸衷。徑欲茅蓬手自縛，卜取菟裘老我躬。餐霞食柏儘足給，嬉遊況有猿麋同。供養煙雲頃刻

棲真峰

兹峰孕靈氣，秀産雲母石。滑潤如琪玗，光瑩明月夕。蒼耳蔚芳叢，真陽萃精液。仙人采作糧，身輕生羽翮。連山如波濤，盤渦隱窟宅。金床此栖真，獨坐清心魄。

靈藥峰

纖塵飛不到，石室鑱空山。鹿跡參芝澗，鳥語喧松關。嶽雲杖頭過，湘煙舄下環。飄飄新野老，挈伴遊此間。泠風杳玄跡，白月留清顔。吾亦謝世鞅，採藥期不還。

石室隱真宫

仙宇塵難到，天然石室幽。風清驅虎穴，煙渺指麟洲。飢煮青精飯，寒紉白鹿裘。隱真懷古老，月夜步虚遊。

壽　嶽

惟南本壽嶽，佳氣浮萬重。鬱律兩大字，鑱鐫紫蓋峰。道君揮御筆，仙巖岌蛟龍。流離青城月，神覎倏已終。聖人自多壽，耄期令德崇。所以伊耆帝，善祝稱華封。

鳳皇峰

桐生在何許，維南有峻坡。炎精煦嫗足，千尋鬱嵯峨。來儀感朱鳳，苞彩栖喬柯。鳴應昭華琯，嗈嗈音最和。淳漓一以判，遐舉崑山阿。高岡舒遠眺，秋烟渺湘波。

碧雲峰

山氣如凝靛，半空青嵬嵬。黛潑兜羅綿，垂光紫金臺。間以霜楓樹，焜燿雲屏開。天公作繢藻，丹碧秋昭回。老人星忽現，掛在東巖隈。行歌下蘿逕，明月松間來。

黄華觀

飄忽黄華老，幽居鍊玉顏。泠風來海上，仙羽蜕人間。丹竈沈雲壑，青松抱石關。支筇歸去晚，乘月弄潺湲。

劉根藥巖

昔汎具區艇，玉壇訪劉根。淹留度殘臘，橘塢清香繁。今來遊衡嶽，復有仙巖存。雲坳采靈藥，寒露晞朝暾。跧跡九真觀，鬱鬱青霞屯。秋泉石上瀉，誰與洗心言？

手卧，一覺墮巾幘。四際天幕寬，瑩眼秋月白。倐然身世遺，萬里對空碧。

香爐峰

香爐雲中秀，秋色明丹峰。縹緲接紫蓋，氤氲連祝融。神光洩乾竇，陽燄昇離宫。有時横絳氣，回薄天九重。金芝燁照夜，琪樹翠凌冬。近隣朱陵洞，瀑響聞淙淙。

朝日峰

踆烏起暘谷，奇彩紛煒煌。窮秋倍晃朗，色净梧桐岡。當時負暄老，坐曝茅簷光。黄綿煦台背，四季如春陽。傳聞赫胥氏，玉體于此藏。今古同邱墟，邈穆嗟鴻荒。

洞靈宫古楓歌

洞靈宫前古楓樹，歲久盤鬱成龜形。鐵根隆起昂首黑，霜皮細坼皴甲青。仙源曳尾岌將動，洞門踏足突欲行。霎時嘯呼大風雨，厓崩谷響晝晦冥。有元衣巾簾雲上，直攀天闕排群靈。帝遣巫陽驅之下，命守古洞依珠庭。鎮兹二十五福地，永免刳剔垂千齡。鄧郁之借靈臺映，魏夫人過飈車停。寒簸海風亂葉落，密洒湘雨交柯横。楚南冥靈結作伴，吐納深息含元精。上覆黄雲蔭靉靆，近倚紫蓋承岧亭。豫且匠石兩不顧，天荒地老全其生。

朱陵洞

虬松歷亂騰秋烟，穿巖絡澗飛清泉。烏藤一枝破寒碧，踏到朱陵太虛之洞天。洞天深窈不可入，水簾倒捲青雲濕。明珠萬斛天半傾，砰轟驚起潭龍蟄。秋飇怒聒勢轉雄，巖頭千丈挂白虹。羲和西來日車仄，炫現五彩羅虛空。虛空明滅金光射，騰騰助湧霞嵐赤。銀河乍蹴巨石翻，聲傳林谷雷崩坼。靈臺牖户遮靈湫，是中一徑通羅浮。我令蝴蝶爲先導，去與博羅老仙共遨遊。遊方信意無内外，遠拂紅桑近紫蓋。笑彼秋田乎青邱，徒吞雲夢不芥蔕。高吟追和白玉蟾，清宵海鏡開塵奩。驂逐青鸞白鶴駕，飛凌七十二峰尖。

水　簾

洞户窺窈曲，掩映瀑水重。飛瓊亂寒碧，濺雪無春冬。石刻『飛瓊濺雪』字。珠霧雜而下，磵壑鳴淙淙。有時老湫拔，陡怒巖坳龍。秋河倒崩決，一洗青芙蓉。群靈就帝讌，天半酣笙鐘。山祇集溟涬，瀆鬼來鴻濛。晶簾挂不捲，出入迷神蹤。蒼茫動落景，急雨拋晴空。

冲退醉石

心清水簾前，愛此一片石。鬼斧削琦玗，翠滑平如席。朱陵老洞仙，醉我流霞液。徑來枕

紫蓋峰疊韓韻

爵位不須封上公，但願跡遍名山中。參錯群峰拱南嶽，紫蓋不朝如争雄。洞天福地廣布列，横空一杖吾能窮。魏夫人此闢絳闕，群仙出入乘罡風。斑龍紫鳳每彙集，洞靈一氣真源通。傳法不希鄧彦達，但借飈輪馳高空。白雲既得穿溟涬，赤氣亦可凌冲融。桂樹扶疎南竹大，並許高攀赤帝宫。閶風影沉弱水黑，赫曦光湧扶桑紅。飄飖遠挹雲霞氣，皎潔全明冰雪衷。曳泥龜尾自適己，曼渌蛾眉不有躬。巢父樊仲近未有，曹蜍李志難强同。造物賦予任厚薄，人生志行期始終。仙舟並謝郭有道，醉鄉要逐王無功。此位南離孕精氣，上映朱鳥光曈矓。道士屢進玻瓈盌，醉看明月升天東。

金簡峰

天帝敵神禹，錫之玉簡書。功成勒諸石，雲霧藏靈區。青苔翳厓壁，大文秘莫舒。穹石剖中斷，神劍揮昆吾。泠泠玉沙水，甘香壓醍醐。暗瀉翠巖腹，鐵瓢不可蚪。仙老惠一啜，沁腑冰漿如。飂然天風過，萬籟鳴笙竽。

仙關

九真巖畔僻，一徑入仙關。日冷青松塢，泉鳴白石灣。乾薪老樵拾，倒蔓黠猿攀。迤度石梁去，山中還有山。

雲岫峰

盤盤入仙窟，一峰滃秋雲。已遠山下路，欲接雲中君。修梁架碧澗，絶磴凌丹雯。嶠寒落飛翠，天静斶游氛。喬松播虚籟，靈草含清芬。白鶴去不息，悵望空斜曛。

九仙關

登真遺勝地，巉絶九仙巖。碁石秋逾冷，簾泉迴隔凡。靈墟散雞犬，幽徑暧松杉。長嘯臨高閣，遄催落景銜。

紫蓋院

空院何人住，丹爐冷舊烟。桃源秋寂寂，松澗月娟娟。壇廢青牛去，宵清白鶴旋。臨風思伴侣，最愛鐵瓢仙。

黄庭觀

黄庭留古觀，傳自魏夫人。鍊玉非無地，馳飈自有輪。靈仝碧霞跡，浄掃紫虚塵。遂使修真女，仙宫入夢頻。

紫虚閣

杰閣何年建，嶙峋切紫虚。松生飛翠處，灰死鍊丹餘。青鳥去瓊島，白雲流玉除。元君一沖舉，孤月冷仙居。

飈輪亭

刀圭何用覓，祗欲乞飈輪。列御都無跡，盧遊迥絶塵。青童候圓月，白鶴去清晨。徙倚空欄畔，寒花與客親。

蘂珠宫

仙山幽絶處，最愛蘂珠宫。紫府無人到，青霄有路通。葱蒨繞琪樹，塵坱斷秋空。古洞臨陽谷，誅茅寄薄躬。

日吉兮辰良，肅祀事兮孔明。潔齊兮視濯，陳犧竽兮椒漿。神之來兮歆赫，晁日精兮袍朱光。乘赤龍兮萬騎從，群官兮下紫閶。熒煌兮絳火靈，安坐兮滿堂。樅崇牙兮樹羽，靈鼉吼兮雲和拊。衆樂兮浩倡，紫螭連蜷兮赭蛟舞。戴參靈兮乘赤蚪，冠啟明兮駕龍虎。霍灊會兮神如雨，齊樂康兮饗尊俎。位離宫兮秩南訛，奠銅柱兮寧珠崖。火鄉兮乃粒，炎海兮不波。銓德兮鈞物，威堂堂兮蔭峨峨。神宴娭兮朱顏酡，曳星旓兮馳電車，千秋萬歲兮擊鼓傳芭。

銓德觀

眼底一清曠，仰看天宇寬。殊憐酌瓊液，聊喜近黄冠。客夢金庭冷，仙音玉笛殘。吟遊終我老，莫問大還丹。

架鶴峰

碧峰秋窈窕，寒翠明霄峥。憩石青樹蔭，梯空白雲迎。澗泉落淺瀨，厓烟散杳冥。細菊發新艷，老桂留餘馨。照巖月鏡皎，滌徑松濤清。真人架鶴去，薜荔懸虚亭。

公禱，雲開萬仞邊。

開雲堂

正直通靈嶽，陰雲萬疊開。火維騰熾烈，天柱兀崔嵬。浩氣還馴暴，雄文獨起衰。丹楹猶聳峙，南極並昭回。

霽雪堂

一自成嘉會，遂令吾道南。雪光凝萬壑，霽景上層嵐。聯屐田心窈，孤臺嶽麓探。此堂存古意，勝跡有誰參？

嶽廟銅鐘

東序銅鐘在，凌虛筍簴懸。洪爐噓橐籥，鉅響徹重玄。神聽朱陵洞，銘標泰定年。仙都經劫火，法物至今傳。

黄帝塩三章并序

古祀南嶽廟神，傳有《黄帝塩》樂章。今其辭亡久矣，作此補之。

花滿，風前笑客忙。

近嶽寺

靈嶽嵐光近，香茅結一庭。圓螺山髻秀，方罫水田青。晴久苔乾砌，風疎葉滿櫺。行人非問法，且爲喫茶停。

擁腫行并序

衡嶽道中，見人有左股大於身者，是造物之沴氣也。予哀之，爲作此詩。

大鈞生物萬不齊，受氣差異成支離。駢枝瘤贅猶自可，未有擁腫如爾爲。蓬萊左股大於地，積蘇累塊失位置。乾坤灝氣廢運旋，萬里磅礴空贔屭。我聞賈子言鬱陶，一股之大幾如腰。豈知蓄眼未曾見，一身沴戾何由消？非關少見多所怪，奇於橐駝呼腫背。恫瘝雖只在汝身，我心惻惻增吁愾。蹣跚不進難比人，平居胡能効屈伸？病非徒腫又跖盭，淋浪涕泗尤傷神。鴻爐銅炭如何鑄，我行欲叩長沙傅。不嫌莊叟太荒唐，無用憐兹五石瓠。

謁嶽廟

衡山最荒遠，絳闕聳旻天。南極神功鎮，重華秩祀虔。火維妖怪熄，奎藻日星懸。未用韓

開雲樓謁韓文公祠用公題衡嶽廟韻

精誠亘古聞韓公，秋雨陰晦千巖中。默禱乍開萬雲族，劃若决斷龍泉雄。當日蠻荒苦竄逐，早知人厄非天窮。不爾青空翳積氣，誰令解駁馳飈風？群陰黯結皇甫李，浮雲蔽日翻難通。公心一片照宇宙，争光日月懸秋空。披呈琅玕叫閶闔，灼然高明攄有融。穹樓爽塏剩舊跡，苔蕪净掃開神宫。我來鞠跽拜階下，靈旂恍裊秋林紅。有生去公一千載，依歸傚慕存諸衷。文章遠仰起衰手，志節尤睎正直躬。昨者曾遊華與岱，跳珠頓止往跡同。今來衡山大暄霽，吟眺清興焉知終？下士倖邀嶽神佑，微物感荷皇天功。知公神靈無不在，泰山北斗標穹牕。七十二峰户外列，晴嵐繚繞南西東。

隱松巖

萬株松影裹，中隱碧瑶簪。曉色連湘樹，晴光映嶽嵐。鳥聲空翠墮，鹿跡石苔參。未用嫌山淺，端須卧草庵。

清涼寺

輿丁翻白汗，小憩已清涼。記剏新開士，安禪古道場。高松入雲碧，老桂倚巖蒼。一院秋吟客，萬象放姸暄。

層巖行迤邐，茗飲憩紅亭。雞犬依村静，松杉夾路青。陽光蕩東極，雲氣接南溟。衣白山人去，誰何萃嶽靈？

千載韓公跡，開雲樓尚存。留題赤帝廟，直上南天門。雁叫高空斷，鵬摶大海翻。寰瀛須一覽，身踞祝融尊。

連峰方陡峻，到耳澗聲清。石廪米如聚，水簾珠倒傾。聞鐘知寺近，扶杖與雲平。老覺吾衰甚，猶餘選勝情。

雲梯千萬轉，纔到半山亭。日氣銜楓赤，秋光倒海青。上封猶渺渺，下界已冥冥。輸爾巖棲者，常看斗插瓴。

寓公誰最偉，方廣過朱張。霽雪明寒日，清詩落石房。衣冠映光嶽，風氣闢衡湘。我亦雲邊坐，空令意激昂。

山行渾不倦，出入破烟霏。海月團團上，秋雲片片飛。神工開石室，吾意卜巖扉。連夕衡峰頂，清光映少微。

清溪三十八，屈曲下高峰。天迥垂朱鳥，潭深隱赤龍。乾坤開眼界，雲海盪心胸。不盡瀏觀意，青霄卓一筇。

槳，吟嘯情豪倒一尊。料得清宵來夢少，仝心白首幾人存？

黄石灣

江水清泠泝北灣，時平斥堠總蕭閒。沙頭一片迷黄石，風際連群下白鷳。蘭茝秋香浮月渚，雲霞晚景媚松關。素書拋擲何須問，看遍湘南萬疊山。

鯶魚灘

濟險先聞戒舵工，一條水檻限西東。舟人呼灘爲水檻。潮聲洶湧疑龍伯，灘勢奔騰識鯶公。月夜消寒宜醉酒，秋江破浪喜乘風。老夫厭作猖狂態，遠涉川塗未便窮。

觀湘洲

兀峙波心氣象殊，一洲林麓莽盤紆。初騰曉日川光湧，乍散秋雲塔勢孤。近嶽千峰連紫翠，觀湘九面汎鷖鳬。經過未插登臨脚，遥問山靈快惘無。

登嶽八首

軋軋籃輿去，星馳望嶽門。蒼山凝黛色，茅屋帶煙痕。紫蓋雲中矗，芙蓉木末繁。秋光媚訇轟那得萬張篙，劖削空思五丁斧。盤踞要津縱復横，東西專礙行人行。巉巖地勢亦偶爾，未必天意欲使檣櫓横摧傾。廣陵潮響驚人耳，砰濤如破雷門矣。誰知澎湃亦虛聲，只緣峭急軒波起。奇哉長年與最能，長篙陡轉仄石稜。巴船恰從峽裏出，雷風戰鬭空憑陵。我從黯淡灘頭過，豪吟不爲驚灘挫。此間直如衽席行，榜人唱歌老夫和。須臾出險波粼粼，扁舟蕩漾浮通津。回頭也閲平陂跡，嶔崎歷落可笑人。

淥口

淥口蒼茫夕照殘，烟波一曲繞紅欄。水晶盤貯淮塩白，瑪瑙盌凝衡酒寒。秋浦遠浮鷗色净，水樓高宴客聲讙。却憐舟子争程去，夜宿月明何處灘？

朱亭

空亭欄檻出層阿，秋水魚鱗皺碧波。寒雁飛飛銜極浦，流萍汎汎聚盤渦。三湘北渚騷情遠，千里南雲客路多。江國扁舟從放浪，孤踪日夜傍鼋鼉。

山門

中天皓魄照山門，深淺沙洲野水昏。策策秋風喧木葉，依依江草漏燈痕。雲霞路近催雙

湘　東

高峰峍兀壓江陲，户似蜂房宛轉爲。橘渚日嫣紅的的，蔗田風戰緑披披。獨遊且倒盈樽酒，舊事休翻幾局棋。恐有湘東遺跡在，欲從荒草覓殘碑。

醴　陵

長虹綿亘接岩陬，月色燈光滿市樓。颯拉神絃喧古廟，悠揚漁笛下空洲。江郎夢裏毫攄彩，角鯉池邊水及秋。思煞清香千斛酒，教人留戀古潭州。

疎　雨

楚江月白暮烟霏，疎雨無端洒客衣。青篛篷邊抛點點，水楊絲下故飛飛。連宵清夢縈靈嶽，一片秋陰接翠微。却憶湖莊孤艇泊，高荷大芋滴依稀。

石坳水歌

君不見石坳水，惡灘亂石堆數里。虎倒龍顛氣不平，霧湧雲蒸勢未已。滔滔江水清且淪，盤渦激怒衝嶙峋。呀啄狼牙自齒齒，崩奔鹿角何侁侁。攢簇江心列島嶼，一舟轉側千巖阻。

香水渡乃楚王得萍實處

古渡流香一水湄，芳萍紅想映朝曦。楚王喜得江中實，杜老思充客底飢。寂寞魚龍回夜壑，飄颻舟楫渺前期。秋風木末芙蓉晚，采采而今欲遺去聲誰？

九疑山因似九疑得名。

簇簇峰巒似九疑，青嵐向背靄迷離。江妃便擬彈湘瑟，山鬼多應詠楚辭。菊影蕭疏明月夕，楓林摇落晚秋時。天邊何處蒼梧野，雲水茫茫繫遠思。

洞仙橋

一夕浮舟訪洞仙，水寒煙淡石橋前。置身邱壑離塵土，濯足江湖動遠天。倒景霞明兩重綺，横空月上九秋弦。眼前萬事俱抛却，但覺禽魚引興偏。

留風灘

喧啾煤市繞長灘，巨石横蹲漱急湍。木落蒼山秋疊翠，風淪白日曉增寒。流萍送客曾何繫，下水行舟了不難。自古騷人愛香草，紫莖零落采湘蘭。

君不見蘆溪兒，昔時憔悴今華腴。迎妻驅柴車，迎妾舁綵輿。妻簪乃用蓍，妾箱疊疊紅羅襦。還爲少妾置少婢，婢堪作妾妾應棄。

高岡

登高恰喜度高岡，盤曲青山夾磵長。遊子消摇乘竹轝，家人想像佩茱囊。利名岐路多楊泣，泉石清歌獨楚狂。烏帽飄飄吹不落，天風送我入萍鄉。

楊岐山乃楊朱泣岐路處

淚洒朱公寄意賒，紛紜南北路横斜。六州應檢心頭錯，千里都由脚下差。但步青雲身易誤，况汙黄土眼重遮。清遊衡嶽從兹去，大道無岐莫嘆嗟。

舟發萍鄉

艓子衝波乍解維，秋江南去路逶迤。休論香水萍流遠，多恐衡陽雁到遲。林壑盤紆還嶽麓，鵾鵬搏擊自天池。平生癖好惟奇古，第一須探岣嶁碑。

衡山集卷二

詩二　古今體詩一百首

蘆溪九日奉懷袁石峰舜裔

野曠天清一倚闌，遨遊不識路行難。東吴船泊蘆溪遠，南浦人來楚水寒。旅思重陽抛酒伴，秋聲萬木動江干。還追昨歲登高會，雲散中州感百端。

古歌三章并序

江行得軼事，作歌志之，以遺采風者。

求婢得妾，掘溝得鐵。此鐵乃具神鋒姿，一投大冶忽復躍。曰莫邪願以我爲。恰喜君心有鐵一寸，鑄作干將妃匹之，雌雄相合無參差。

求金得妾，得妾勝得金。美人窈窕戴玉簪，年未破瓜情更深。長妾爲翔風，少妾爲續命，愛窺嬌面江心鏡。江心鏡，面生光，團團照妾還照郎。

林家坊

燈明酒肆始維艭，秋菊香清撲玉缸。無賴浪花飛水碓，多情月色到篷窻。冰絃隔屋撩羈客，烟柳籠村護吠厖。明發萍鄉知不遠，便含騷思下湘江。

留頑果。乃知灝氣不可量，造物變化成文章。嶔崎歷落衆格備，獨教體魄舒磅礴。我尤對此心神壯，魁奇突過丈人行。一柱中流砥激衝，四面横空絶依傍。閒中却憶柳柳州，楚南多石談謬悠。豈知鴻鈞蓄餘力，元精汗漫不遺收。飛來白鵠頂上遊，恨無壯丁鑿梯鈎。安得敲鏗一杖上上頭，呼嘯萬里天風秋。

西村

西村岸傴仄，翠石何巉巉。數片青瑪瑙，引輿梯空嵌。櫟樹蔽犛牛，修枝不可芟。悲泉下日馭，遠岫孤光銜。隔江深谷黑，樹色迷楓杉。荒墟遊魍魎，非仙亦非凡。沙上見人影，波底印秋毚。離家已匝月，海鏡重開函。

淺灘引

邪邪。惡灘阻者淺邪。短長篙斷折，左右槳攲斜。以身拽舟，艱於拽車。邪邪。長年三老衆口呀，十步九頓興歎嗟。灘水淼淼如長蛇，雄飛雌逐翻鶬鴐。悲風淅瀝，哀壑杈枒，安得洪波汎海槎？後灘浪峭激，前灘石交加。天寒日暮，手脚爬沙。十里路，百里賒，踏波齊進搴浮苴。邪邪。

袁江落日歌

袁江落日半天赤，倒影空明千百尺。誤認扶桑夜半暾，裨瀛萬道鋪輝赫。須臾澶漫開金光，帝孫五色雲錦張。流蘇瓔珞綴纚纚，變現華蓋垂天閶。珠宫貝闕入紫邏，疑放陸賁山上火。魚龍驚踔赤鱗燒，眼倒魂翻亂掀簸。深紅不隔武陵原，氣瀰遠近蒸霞繁。欲喚漁舟撥棹去，潛行隈隩尋其源。幔亭將散紅雲宴，霓旌翠羽光零亂。萬里蒼然暝色來，素娥乍覿嬋娟面。瓊霄皓魄將上弦，寒生潊浦摇秋煙。清光一幅展蘄簟，江妃漢女愁不眠。我漾白蘋停舴艋，江湖浩淼收清景。宜春美酒倒渴羌，晚汀酣漱玻瓈冷。沙平水息萬籟静，蘆灣漁叟響笭箵。下士默塞老軒屏，妬我吟遊怒生癭。

江心石并序

宜春南可三十里，有巨石當江心。上廣下削，石脚嵌空，遠望如鼓，不詳何名也。此石又具一變態，爲賦長歌。

江心磊嵬矗，合喚小金山。芙蓉一朵爛秋旭，孤根衆竅穿潺潺。厓窽稜層疊皺緑，仙山縹緲浮群玉。削成石脚插崩濤，煙靄成堆盤九曲。遠看笴簴架龍宫，鼉鼓高懸倒景中。風饕浪涌怒澎湃，大聲震蕩鳴蓬蓬。形模鐫鑱厭細瑣，手摶巨塊當空墮。大地風輪歷幾回，剥落乾坤

昌山洪

繚繞昌山翠，奔洪亦有名。煙波一回薄，秋氣滿縱横。黄菊重岩綻，霜髭滿鏡生。授衣時已到，僇慄楚江清。

袁　州

一棹沿洄郭外堤，宜春芳草緑萋萋。高風催葉秋空裏，白鳥迎人楚水西。老訪名山比膠漆，寒衡遠道豈塗泥。此間亦有桃源洞，子驥幽尋定不迷。

袁山乃高士袁京隱處

吾愛袁高士，岩居不世情。山川因得姓，隱逸獨留名。白日林泉曠，浮雲富貴輕。投簪何可得，只見縛塵纓。

震山乃詔君彭雲隱釣處

白石滄江路，幽棲有詔君。誰於塵網外，獨以釣臺聞。萬事抛流水，孤懷寄片雲。獻嘲謝南嶽，何處勒移文？

飛。朝散紫宸更宣勑，綸扉黄紙翩翻馳。門前炙手手可熱，由竇呈身競填咽。豈惟火齊金盤堆，鶴山門舘深交結。何人憤欲誅姦强，安得寶劍出尚方？夜書彈文動鬼哭，容城老子空堂堂。相君三里霧，司空五里霧，兒子智慧勝乃父。遮天障日無不爲，一門聲勢争趨之。門生義兒布天下，冰山一倒裂萬瓦。滿堂本盡是讒諛，何由得有忠義者？咄嗟朱門已除戟，高樓大宅猶驕溢。西市鼕鼕鼓聲絶，司空意氣方纔畢。相君秉鈞陰謀多，一錢不名叢詈訶。雖云文章艶孔雀，孔雀其如有毒何。嗚呼！鸞鳳苞彩輝青冥，曷不都生練子寧？

江石篇奉寄張圖東學林　并序

今春入建溪，疊作《江石篇》寄圖東。比道分宜，江石散布，略如建溪，復作此篇。圖東於僕詩，若奇章之愛石，仍奉寄，乞品第之。

亂石散澄瀛，亦復蹲崻嵲。透底穿雲根，刳中斲山骨。奔忙灌口三，漂淪夾右一。烏尤出江心，牛首昂天闕。狻猊項領高，鸜鵒眼睛活。壺中九華攢，灘頭八陣列。誰叱雨工起，欲射於菟突。曲折湘山轉，窈冥岱輿没。褊心不可磯，側足苦被囓。五丁紛鑿碎，一劍中斷裂。滛滪愁作堆，艄公喜是鐵。句豈鬬石奇，遠請定甲乙。

放歌舟過鍾山洪作

碧江夾岸青岩衆，鍾山洪裹篙師送。大環回合冪錦幪，霎靆白雲剛補空。秋旻萬里卷霧霧，赤日當空豁夢夢。高風歘吸孤帆縱，蘋萍柁劃如破葑。山田高下牟麥種，犂鋤鏦錚磽确動。嶺坳何人結茅棟，窈曲天成小有洞。地偏心遠絶市哄，磵道秋寒冰雪凍。盎餘粟粒供鶴俸，添植梧桐引栖鳳。隣舍往來得二仲，岩栖闃寂清味共。直堪老死安吟誦，散材原不爲世用。山中明月儘可弄，何苦局促纏韁鞚。客歌小海流鶯哢，我惟危坐作夏統。塵纓萬緒斷紛綜，續撰劉伶酒德頌。江化新醅壓馬湩，鯨吸長川飲始痛，一任人過捉卧甕。

分　宜

百丈垂虹對縣門，人家樓閣倚城垣。九秋草木飛霜冷，三楚波濤激雪喧。遊是逍遥休覓伴，澆非磈磊亦拈尊。鈐山精氣鍾靈異，芳臭千秋每共論。

鈐山行

鈐山拔地青嵬嵬，岡巒盤礴何雄哉。此地定有異人出，光氣亭毒凝胚胎。彦回始亦稱名士，天教老作中書死。矯飾難留名德光，姓名終古污青史。逢君妙絶工青詞，玉清壇高身奮病。下碇翻憐白日昏，題詩敢倚筆鋒硬。

雨　舟

江風蕭颯雨冥冥，遠岸山根洗更青。吴客心閒惟理曲，郢兒手快自揚舲。秋生寒氣侵三户，老放狂歌弔獨醒。縹緲吟峰在何處，墨雲狼籍掩空亭。

新　喻

睥睨臨虚帶水環，危樓飛湧出重關。霜前寒色催疎柳，空際秋容着淺山。晴日不消雲氣白，清波獨照鬢毛斑。煙濤百里袁江近，放眼須登絶壁間。

吟　峰并序

宋吴鸞、吴鳳兄弟，吟嘯此峰，築亭其上。悵未及登訪，賦此以志雅慕。

絶代風流占此山，高名千古動江關。毫攄五彩雲霞色，坐對一亭冰雪顔。時聽塤篪度空外，不留鸞鳳在人間。誰知我亦耽吟嘯，未得維舟暫往還。

大風

濕熱蒸南土，憑陵吼北風。巨靈持橐籥，大塊鼓鴻濛。日月沉霾裏，乾坤滌蕩中。掀江舞蛟蜃，飄樹撼羆熊。欻歙迎天籟，吹噓就帝功。傾欹及銅柱，翻倒入龍宫。虎嘯聲何壯，鵬摶勢轉雄。横奔鳴烈烈，盛怒起蓬蓬。玉麈揮鬆几，金魚閉綺櫳。簷飛震瓴甋，岸擘坼艨艟。零亂詩書畫，摧殘松柏桐。艱虞經破冢，安穩駐孤篷。噫氣談莊叟，污人避庾公。騁狂矜席捲，播暗喜塵蒙。颯拉眼愁眯，喧豗耳幸聾。兕裘還欲攬，犀盞不教空。明發張帆去，清遊興未窮。

快哉行清江揚帆作

開頭日出清江口，衝波浩浩江風吼。不見烏篷映天飛，但覺蒼山夾岸走。昨者江行十日來，鄱陽湖面天光開。漁舟點點蕩烟汊，高歌晚和鴻聲哀。路入章江棹沙水，落日霞明一匹綺。乘風破浪窈莫期，買魚沽酒淹沙市。今朝十幅蒲帆張，船頭湍聲擺雷硠。浦溆空闊波滂洋，捎濆撇漩水手强。去若箭疾神揚揚，决起百尺鶖鶬。一縱瞬息可千里，便欲立抵新喻疆。竹坡斫取九節杖，醴泉𣂏飲三危漿。風狂浪洶帆不正，船舷半仄風力横。砉然轉篷帖波起，奔飛快意輕性命。有客失聲口嗟呀，竦睨危檣憂怲怲。老夫宴坐心魂定，飽經險阻夫何侶，江奔閩粵鷺翻濤。飄颻只在蘆漪畔，最愛鳴榔見汝曹。

清　江

露宿風餐耐客情，孤篷返照半輪明。閣山烟靄真如皂，江水波濤倍覺清。草色深青渾不死，月痕澹白恰哉生。浩歌激越秋空響，莫遣魚龍夜壑驚。

初二夕月感舊

推篷乍舉首，一痕掛青冥。方當旁死魄，倏已哉生明。彎彎出西極，晃晃摇東溟。懸鈎映翠幙，磨鎌發新硎。微暉動魚槎，冷影過梟汀。螺心漾醽醁，蛾眉妬媌娙。遽啅報喜鵲，勝垂含譽星。日緣再中候，雲以復旦賡。用持比符彩，堪並暘光晶。朔虚促環照，氣盈溢元精。青女鬬娟麗，黄姑挹凄清。兩頭何纖纖，一水方盈盈。先期畣微啟，斜照輪未成。斫桂斧遄握，擣藥杵已鳴。籬綻千頭菊，階抽二葉蓂。鯉魚風正起，茱萸囊欲盛。舒此廣寒色，牽彼幽閨情。我覿光耿耿，觸緒心怦怦。憶昔赤奮若，偕趨良鄉程。雍正癸丑春，予仝予齋北上。二月初二，夕行至良鄉，見月。夾鐘應煖律，不夜臨層城。適當初二夕，蟾兔藹先迎。揭來廿三載，鶗鴂催不停。新月露碧漢，故人歸元扃。風流遂雲散，雪涕還雨零。懸知同皓魄，終古留精靈。

走。白刃恢恢足解牛，紫氣鬱鬱猶衝斗。張也利器新發硎，未曾出匣晝夜鳴。從來神物感氣類，昨年會合肝胆傾。星離雨散無常聚，今春悵望延津路。寒芒交瑩失清秋，寶環重攬知何處。嗚呼！丈夫立身有若含景蒼精龍，一生心事明昭融。不論埋藏與騰躍，所貴剛健全其鋒。眼見吴鈎忽缺折，吹毛無復當風吷。已滅荆軻一片心，猶詫崔涯三尺鐵。吾欽歐冶鍊金迥不群，奇光耿耿天下聞。故人珍重脱贈我，持去決斷衡山雲。

樟樹鎮

吴商蜀估走駸駸，廛市無關物外心。老體扶持須藥物，鎮聚天下藥材。秋容點綴得楓林。一天遠影衡陽雁，九月寒聲楚户砧。不見當年古樟樹，數行衰柳映江潯。

臨　江

白銅鏡面拭汀洲，萬里難馴浩蕩鷗。夢想團臍横斷口，眼看縮項墜槎頭。星摇漁火烟中艇，雷撥鵾絃水上樓。落日澄江風景好，謝公詩思涌清秋。

川徐分處

秋水清泠正滿篙，濯纓高唱興偏豪。大川亦復臨岐路，賸客何須賦續騷。天入衡湘鴻喚上，酒香近過客船來。悠然散策空陂裏，愛竹玉猷未擬回。

豐　城

江塹憑陵甃石堅，茫茫白日下通川。乍看鴉背金光閃，直訝龍宫寶燄燃。獨角犀牛猶厭勝，潛身水怪莫飛涎。千秋歎息張雷逝，劍氣休教上燭天。

寶劍篇

早春過延平，想像龍精雙合并。晚秋過豐城，仰望牛斗冲光晶。神鋒世希有，匣中夜夜生銅吼。當風魑魅亂坑壕，着壁雷霆驚户牖。沉沉映月芙蓉浮，三尺凝寒秋水流。一掃欃槍玉宇净，肯與小用酬恩仇。鴻罏鑄汝比正士，何人結佩相終始？對之凛凛無邪心，鬼胆森寒敢偪視。君不見百鍊剛化作繞指柔，試問風胡與薛燭，還似魚腸聲價不？拭不須華陰土，等諸頑鐵何勞數；瑩不須鸊鵜膏，撫此鉛刀焉足豪？吁嗟乎！龍泉太阿至神物，出土砉騰衝，入水無缺折，光芒一片白於雪。三千鐔鍔無顔色，不負張華雷焕識。

豐城劍池歌奉懷馬石蓮榮祖兼寄張經德映緯

泱泱劍池水，秋曉磨青銅。劍去已千載，雷騰不可逢。中州千里懷我友，老去塵勞苦趨

南浦

一枝柔櫓動江濆，南浦輕飛片片雲。碧草春波遥憶别，長天秋水淼難分。文章昭晦關時命，風景温凉飽見聞。是處烟沙堪寄興，渚凫汀鶴總仝群。

生米潭

十里青松卷曉霧，凫鷺飛滿高家渡。舟人指點生米潭，乃是漁郎深入處。漁郎縱棹本無心，清溪一曲蟠雲林。誰知此通天寶洞，窈深仙窟從參尋。白髯仙翁氣量窄，呀豁洞門拒塵跡。桃源人家尚有情，酒食争持饋來客。漁舟一葉廻輕煙，悵望葦間渺沿緣。爲我謂漁郎，慎勿栖仙山。賣魚沽酒酒如泉，多情明月陪醉眠。有時興酣脚扣舷，高歌一曲勝得仙。豈羡姓名著丹籙，趨蹌紫府鳴玦環。倏然乘化便應盡，何用大藥留朱顔？况復天上神仙幾回葬，那能久視矜長年？松子桂父今安在，惟有秋花錦石與我相周旋。蒼蒼石門路，冷翠洗秋雨。人間靈境無處無，所嗟有累不得住。

市汊

市汊沿緣火小洄，雲濤烟浪似蓬萊。横鋪江練天邊繞，倒映霞城水底開。燈影遠看僧刹塗醉墨留新詩。

莖草禪林

扁舟尚繫章江潯，棹過螺墩恣幽尋。螺墩鬱葱翳萬樹，中有莖草之禪林。林間叩門如啄木，金地金沙净心目。衆花爛爛秋錦鋪，最愛深黄幾叢菊。開士喜客無俗塵，茗椀一吸生芳津。更上香臺面水竹，坐覺魚鳥來親人。物外情懷本放曠，乾坤清景入吾杖。但期瀛寰幽異豁然開，不論平川與疊嶂。此間禪窟藏精廬，石林水府蟠靈區。一泓隔斷楚商市，蘆洲松島清涼俱。坡公巨手書涵碧，好事重教復陳跡。難没千秋澹蕩心，銀榜光摇水雲白。微生夙願臨滄浪，卜築幽居水中央。唏嗟緣情生衆累，終令此計墮渺茫。病餘猛勇遊南嶽，眼底撲緣辭齷齪。夢想岩棲宗少文，祝融峰置藤蘿幄。更憐羅媛有同心，入山偕隱深復深。四壁雲嵐繪圖滿，衆山響應龍脣琴。野夫興在丹霞上，布韈青鞋且獨往。林僧未用識姓名，白雲無跡過方丈。

舟發南昌

章江門外一孤舟，破曉雲帆不滯留。縹緲仙人餘舊舘，峥嶸孺子憶南州。波心出没群鷗戲，天際飄飖獨客遊。此去衡湘尚千里，雁聲嘹亮動高秋。

臾。鍾山石城莽邱墟，康山廟在烟模糊。英雄一去往迹徂，水雲激宕歸空無。七十二汊唱晚漁，且倒波心雙玉壺。

徐汊

蕩漾清川落日孤，微茫水驛路縈紆。彭湖烟浪經行處，徐汊人家湧坐隅。寂寞魚龍何處蟄，翩翻雁鶩向風呼。老夫作達無心計，好汎虚舟浩渺區。

滕王閣

一帆直抵滕王閣，飛湍萬疊珠噴薄。長洲舊舘跨虚空，繡閣雕甍照城郭。檻前滚滚章江來，翻風動日江光開。憑陵宇宙得壯觀，激昂意氣凌高臺。當時豪華駐帝子，妙舞清歌艷江水。舊劫飛灰掃地空，寒波孤鶩衝天起。奇才冠古王子安，長川風送曾無難。千秋勝會赴江閣，高空牛斗垂闌干。天高地迥悲横集，閶闔九門不可入。空抱凌雲萬丈才，秋江寂寞螭龍蟄。炳烺論士推裴公，持議四傑偏朦朧。人生通塞有定分，爵位豈足論英雄？君不見安貧更知命，堂堂立言勁且正。童齡器識壓老成，揮毫況復才華盛。赤水三珠此獨殊，當筵風調傾萬夫。何慙鍾期賞流水，豈效阮籍悲窮途？我來恰逢九秋節，秋水長天方一色。茫茫萬里對長江，酹酒風前三歎息。吾聞韓公雅愛三王奇，亦復瑰偉絶特驅文辭。誰識畸人狂嘯臨江渚，鴉

瑞洪

水樓户户倚欄干，篷火星星照石灘。旖旎誰家簫管急，喧呶鄰舫酒杯寬。水天下上秋光迴，身世虛空客夢寒。憶泛金牛湖裏月，烟瀾點破一漁竿。

漁舟

漁舟聯絡艤湖濆，唱晚遥從隔浦聞。罾影挂殘三丈日，櫓聲摇破幾重雲。斜飛孤鶩霞成綺，乍動潛魚水涣紋。沽酒醉眠無一事，世間名利不如君。

鄱陽湖歌

三日行經鄱陽湖，白水倒浸青天衢。沙洲芳草縱横鋪，風帆八面牽川涂。川長風軟勞水夫，櫓聲嘔啞劃清虛。瑞洪一過滄溟如，烟波浩渺萬頃餘。船船烏鬼啣白魚，前飛鴖鴒後鵜鶘。翻波得雋鳴聲麤，行舟向背迷方隅。夜看北斗旋天樞，一鈎殘月舒望舒。驚起魚龍洶奔趨，我舟縹緲如輕鳧。向空長嘯爲娱娱，慨焉懷古意激輸。淮泗真人大澤呼，跨湖一戰成雄圖。彌空旌旆燦火荼，黄龍鼓震排舳艫。垓下列陣烏騅殂，昆陽瓦飛横掃除。居庸關外馳氊車，三興土圮平姑胥。閱江樓高雄帝都，三百年來元氣痡。漏舟人囀歌喉珠，無愁一曲只須縷，波躍鷩魚尾一雙。客子不知秋欲晚，日師犀首倒罌缸。

黄金守風

一輪日照黄金埠，水面滉作黄金容。盲風衝波若山湧，水花破碎金芙蓉。我耽清遊本無事，不愁擘岸維江舼。一山積翠高巃嵸，往梯巔頂支孤笻。遠峰如靛勢繹絡，極天秋色寒清曈。壯觀曠宕盡宇宙，古人已往薶蒿蓬。此地乃隸餘干中，餘干先生人中龍。在田不躍潛其蹤，居業一編紹六籍，炳烺元氣儒所宗。千秋論定配兩廡，布衣秩祀非虚崇。餘山先生姓勞名史，餘姚人，學者稱餘山先生。起海東，十七秉耒沙田農。苦心研易契羲畫，早令萬象三才通。熒然鉅德照草野，有若暘谷明曈曈。不須汗青壽萬古，遺書磊落皇墳同。賤貧自可垂不朽，豈等滅没隨沙蟲。吁嗟僥倖富貴侈氣體，顛倒貨色迷心胸。哀哉不顧旁人齒爲冷，猶復哆口賢聖欺愚蒙。魯叟一去二千載，諸老先後徒彌縫。登高望遠發涕泗，若輩終古稀聞風。蓬蓬大聲鼓不歇，雲將掉頭逢鴻濛。且避沙塵伏篷底，瓦杯不放村醅濃。

鄱陽湖

烟汊溟茫是處通，抽身不在利名中。天浮彭蠡湖中水，帆引滕王閣下風。八月遊踪如海客，百年心事付冥鴻。醉來留得韶顔在，未用丹砂訪葛洪。

將進酒和太白韻

君不見纖兒一朝富貴來，意氣驕豪山可回。又不見壯士憤氣衝冠髮，手淬龍泉光似雪。横行絶漠掃欃槍，麟閣英名懸日月。畸人高睨乾坤獨往來，萬事不顧唯啣杯。沉冥便可遺死生，一任大化無留停。蘿幌雲扃俱可卧，松風磵水俱可聽。身世早已成大覺，志節何用標獨醒？九還丹珍一杯酒，雙敝屣脱千載名。帶索行吟樂復樂，未須儔侣仝談謔。對月揮杯勸孤影，暢哉自斟還自酌。笑彼惹人物色披羊裘，空山茗艼焉知愁？

殘月疊太白把酒問月韻

寶奩乍啟四更時，水明柂樓窺見之。多情慣照遠行客，江東江西常相隨。熒煌象緯羅天闕，晱晱太白光争發。休論遶樹鵲無依，猶見入河蟾不没。秋風摇落追芳春，千花難與孤松鄰。白月經過等閒視，望舒却似無心人。彎彎蕩漾澄江水，殘月新月都如此。古往今來歷劫多，消磨如鏡如鈎裏。

安　仁

秋花滿眼照銀瀧，也錫嘉名署錦江。啣蘂蜂偏過翠幔，當壚女慣倚文牕。風梳衰柳絲千

河口

秋靄平空淡若無，商飈獵獵響叢蘆。巉巖翠色狻猊九，諺云九獅渡河。鴉軋清聲舴艋孤。南去賓鴻淩楚塞，西流玉水入彭湖。市樓遶岸含飛動，冷客仍如泛泛鳧。

弋陽

弋陽溪上捲晴烟，倒映空明萬里天。石室幽居知閬絶，寶峰秋色正蒼然。朱陵有夢雲屏裏，白髮無情水鏡前。沙鳥慣看流浪客，銜波不避楚人船。

仙人橋

貴溪秋映發，連山走巃嵸。谽谺闢洞户，石梁亘虚空。蕭晨煙霧净，豁然天光通。仙人雲中遨，焉用步垂虹？我欲梯空上，草木披蒙蘢。題詩在岩腹，吟嘯絶陘中。

貴溪

貴溪溪水水清潺，沙岸東門厲石班。千里人隨青草遠，寸心我與白鷗閒。烟波繚繞秋城外，霜樹參差曉岫間。一片仙雲横縹緲，望中何處藐姑山？

常山道中大雷雨歌疊韻

境非艱虞不成奇，墨雲陡蔽東西陂。盛怒雷聲擘山嶽，大笑電光明瑠璃。古寺破篷人争入，四海水立瀰空集。滂沱似載奔車輪，咫尺行人避不及。猛溜衝决隄塹開，崖崩千丈流黄埃。紅氈裹背首尻濯，遠道之人胡爲來？銀竹森森窅莫測，老眼眵昏空復拭。洶洶前潮後潮白，莽莽千山萬山黑。况復惡風吹倒山，飛屋失木砰轟間。鳥巢迸落草莽驛，鷺堠崩塌屏風關。奇哉半空雲破懸火珠，依然周遭霧湧螭虬趨。西邊日出東邊雨，此間道路晴有無。僕夫阻隔尚未至，世途豈盡如人意？酷戲其奈天公何，却驅文辭入筆波濤多。

舟發玉山

萬疊青嵐一水濱，曉浮舠子出通津。過山已作江西客，遊嶽原爲物外人。遠道旅顔增老醜，仝舟鄉語叙情親。却憐懷玉先賢地，講席千秋氣象新。

廣　信

廣信城邊艤小舟，暮烟縹緲映飛樓。仙宫九子風鈴語，鄰舫一聲江笛秋。渺渺關山隨去雁，飄飄身世等浮鷗。人間是處堪游釣，莫問兒時舊水邱。

舟中大雷雨歌用杜公渼陂行韻

天公知我耽瑰奇，迅霆響裂千山陂。大雲遮斷赤瑪瑙，倒景穿射黄玻璃。溟濛遠海奔龍入，滿吸滄波飛雨集。傾盆猛勢洒天漿，四維八埏俄遍及。姑篾通川黯不開，蓬蓬風起噴浮埃。天兵斫陣逐北去，回輪捲地還復來。蒼茫神鬼渾難測，銀瀧濺船不可拭。嘾礮乍劃半江紅，霮䨴濃垂九天黑。空中白波湧若山，鰲呿六極浮沉間。訇轟推盪仄坤軸，倏忽浄掃開天關。畸零餘點抛明珠，千岩瀑布喧奔趨。今秋蛟脣坼厓谷，雷雨震驚無處無。雨餘江月忽而至，蕩漾清光可人意。吁嗟風波犯險如客何，雨晴異景江湖多。

八月十六夜月用太白把酒問月韻

今夕明月如珪時，四海八荒皆仰之。月光完蝕有定分，却令欣戚人心隨。光明寶珠無玷闕，清川晃朗金波發。離離北斗入江低，皛皛浮雲向空没。婆娑桂樹涵古春，白榆歷歷爲芳鄰。誰修天上清虚府，誰作瀛寰瀇蕩人？澄暉一掬寒於水，照見霜髭白若此。待予高登七十二峰頭，呼君湧出東溟裏。

謁嚴先生祠

梅家擇對古今無，光彩門楣意獨殊。仕宦端須慎要領，綸竿豈肯負江湖？岩前滚滚秋濤湧，臺上茫茫夜月孤。笻竹一枝遊岳去，微生不用執金吾。

釣臺

策杖還登古釣臺，孤舟重繫乳岩隈。招邀明月三霄近，激越長風萬里廻。富貴溺人心蕩矣，山川娱客興悠哉。清顔不愧桐江水，老把漁竿鬢髮皚。

蘭溪

輕帆又落縠紋前，漁火星星接暮船。書寄蘭江一雙鯉，夢回竹屋幾重煙。艄公遶郭争沽酒，市女挑燈疾數錢。偏自山陽笛聲起，獨教野客涕潸然。

龍游

龍邱峰色翠蜿蜒，秋樹青黄接遠天。山米長腰炊玉軟，江魚穹背斫銀鮮。客情冷過唧蘆雁，人夢飛隨下瀨船。今日曉淪停步驛名月，明朝寒破上杭烟。

朱陵洞主開房櫳。水簾觀闕並幽窅，玉童引看金芙蓉。灊霍仙岩爲岳輔，天樂飄空度烟霧。雲旓蕩摩争我迎，或駕赤虯驂龍虎。吾觀浮世增慨慷，向禽作計誠爲良。君不見鳳雛無凡毛，覽輝翺翔何其高。焉知鵄鴞得腐鼠，侈然意氣偏自豪。君不見狼子多野心，摩牙跳梁誰能禁？焉知騶虞避生草，粹然名德衆所欽。大鈞播物好惡雜，眼前萬形紛合沓。逍遥物外謝塵緣，寥廓天風吹颯颯。棹歌一曲翻滄浪，不問楚水吴天長。栴椇開頭從此逝，雁書底用傳衡陽？

定山

扁舟直上大江間，芳草青青過定山。空際一螺攢窈裊，雨餘孤翠洗孱顔。秋看樹色新摇落，人逐潮聲數往還。誰肯耕墢白雲裏，阿邱便已隔塵寰。

桐廬

波心月色照桐廬，絶愛人家水竹居。秋草重岩匀緑遍，楓林一雨墜紅初。了無雉堞圍江縣，時有漁燈出井間。此地今年來往數，野翁情興總蕭疎。

奉懷亡友汪津夫鑒周穆門京疊韻

四賢閣上攄新作，隔江少微星已落。還看圓泖閃靈旂，雲散風流總非昨。朋簪會合在青冥，蕩蕩從教遊曠廓。相逢楊德祖與孔文舉，慎勿大兒小兒恣脱略。人間無此好男子，令我獨居獨往滋索寞。近論詩句亦無人，才子東皋失厲鶚。萬樹梅花無復論，津夫葬處。一塢青芝誰過存？穆門葬處。對月空憐三五夜，得朋那望西南坤。所喜軒轅帝許廣樂聽，魏夫人借飈輪奔。朱陵窮探後洞户，祝融直上南天門。山開雲氣感正直，天假神柄瞻雄尊。一杯手酹錢江上，秋光晃朗，疑是我友縹緲之精魂。

登舟行

往遊嵩華泰，轣轆驅行輈。今朝指衡岳，鷗鴉棹江舟。江舟飛逐秋潮去，直上嚴陵灘畔路。遠遊難捨舊漁竿，披簑往釣瀟湘雨。瀟湘夕捲水花來，洞庭葉下波瀠洄。大放騷歌動天地，特與屈賈湔餘哀。衡山地荒足妖怪，巀嶭開雲樓尚在。韓公精誠感岳神，仰見兀突青空成一快。我今方作五岳遊，南岳勢壓天南頭。兹山燀赫照離火，敲鏗鐵杖穿巖幽。欲爲山川發靈異，擘窠大字岩前留。爲我睇南溟，堪作墨瀋不？七十二峰揮洒遍，乘興踏月臨羅浮。寶露壇邊就虞帝，不希瑪瑙之甕沾渴肺。神禹碑蹲岣嶁尖，字青石赤搜巖祕。樓臺忽起朱陵宫，南岳，山川秉離明。乘輿策杖往，老願遂向平。萬事貴適志，未用留柴荆。喜兹藥餌具，兼之僮僕貞。秋江白浩浩，潮上即揚舲。顧語且雪涕，慎毋忝所生。

遥别張聖書天麟

大江白于雪，晶然天地秋。衡湘一氣接，木落風颼颼。臨行得君札，知我事南浮。上言水程遠，厥疾況新瘳。藥餌問加減，苦勸維江舟。下言君兒病，憂思鬱且稠。我行不可止，對此增離愁。人生岳遊罕，纏牽不自由。豈惟婚與嫁，足累向平儔。嘆息張帆去，夢繞駕水頭。

感舊奉懷亡友朱予齋嵩齡用杜公追酬故高蜀州人日見寄韻

君去塵寰不可作，弟畜無人淚横落。當時雁蕩共猱騰，青山俯仰成今昨。我今策杖往衡山，萬里秋光恣空廓。白首相如誼等閒，黄金買醉情疎略。老來意氣斂昂藏，天畔形神甘寂寞。後凋何處挺孤松，累百惟憐喪一鶚。雷陳膠漆近休論，禽向遨遊意尚存。祝融石廪騰穹顥，雲夢瀟湘浸厚坤。狂吟牽率湖山動，獨往沉埋日月奔。秣陵書信投泉路，平地巉巖起孟門。交期于我今誰重，舊德惟君古所尊。南遊擬作長沙賦，北望重招裴島魂。

衡山集卷一

詩一　古今體詩六十三首

衡遊口號

衆累似蟬蜕，翛然衡嶽遊。開雲知有處，長嘯一登樓。北渚兼天湧，南溟抱日流。形骸從放浪，凉爽及高秋。

留別潘魯欽泗

南望衡山發興新，霞嵐千里鎮相親。寒催鴻雁傳書信，夢逐瀟湘送旅人。風雨秋清蘇病骨，江湖月白浄緇塵。潮生看我扁舟去，鐵笛横吹過富春。

留別族子萬年本建并示兒子繩篪

族子亦猶子，事我惟樸誠。與兒苦戀別，憤恨攄至情。憂我病初已，汲汲事遠征。火維奠

衡山集序

萬事有定，惟情之所鍾，天必從之。春初，應南閩道山之聘，嶽遊之期宜有待。適以病歸。病已，蹶然起，曰：『是殆天成我之清遊也。』遂泝錢江而上，度常玉，泊蘆溪，過萍鄉，檥舟衡山。登祝融絶頂，連日開霽，窮極巖幽，回帆梯嶽麓，訪朱、張之勝，弔屈、賈之靈，浮洞庭直下。故人爲九江守，邀登廬峰。會濂溪書院新成，留予爲山長。予樂其山水之清佳，元公卜築歸老之隩區，願躡其遺蹤而養予之志也，許就焉。仍汎長江，拂金、焦而歸，約開歲遄赴。因病得遊，因遊得居佳山水。且築餘山先生祠堂于濂溪之上，將以大昌舊學，匪特佳山水之可娱也。天置予于是，既聚所好，不怪多取。遊歷之境繁多，詩遂得四百餘篇，蕪不復芟，取記一時之興也。

乾隆乙亥嘉平月吉，桑調元自序。

千價，且須一飲三百杯。高公漁樵孟諸野，慷慨擊筑兼彈碁。歲晚高名動寥廓，方駕曹劉欲過之。崛起崆峒迥自奇，一嘶北地群馬雌。峥嶸手代韓文草，詎止鞭笞壽寧爲？天生大復珠玉姿，郭泰早年千古悲。舍人封事筆如鐵，兩雄豈但標聲詩？四賢皦皦並素絲，俗於謫仙獨然疑。我據正史直其事，頓令冰釋傳聞辭。逃還彭澤鴻去杳，暫遊天寶鳳來儀。寄李一篇證詩史，矯然風節無磷淄。嵩邱礲取三丈石，淋漓潑墨書之碑。緯星照天嶽峙地，大雅聲光瀰兩儀。大雅聲光瀰兩儀，聯翩繼起其誰哉？

抵須友堂

已陟名山泰岱雄，猶瞻林廟魯邦中。火餘龍檜秋深緑，海底烏輪夜半紅。寧止啟期三樂具，直教平子四愁空。明年擬别諸生去，策杖真成五嶽翁。

新修大梁書院落成

白練遥觀陟岱頂，洪波却落還汴城。層雲如海胸已盪，飛翬耀日眼乍経。却憶五月十五夜，疾風甚雨驅驚霆。不見蛟龍撼地軸，但聞牖户鳴喘聲。匡床鬃几似艇汎，連甍堊壁隨濤傾。急乘木筏隴滅没，回看書院波縱横。筆硯遄移傍丹鼎，章縫相率栖金庭。背秋涉冬一水盡，自堂徂基二贇成。土木豈不殫况瘁，金錢要自勞經營。耽耽神明復舊觀，賓賓弦誦安儒生。穹樓奎宿動光曜，方池藻彩流芬馨。一堂討論心共素，七年淹泊顔孤赬。月烏飛繞向南樹，霜鶴叫嘯看東溟。松柏桐皆作時楝，華嵩泰已攀霄峥。南船北馬各便利，恒衡相望烟嵐青。

書院落成五賢祠

五賢祠舊傍吹臺，歲久碑板俱沉埋。萩林到此往拜謁，故跡已掃昆明灰。慨然過我謀復始，書院有屋高崔嵬。移奉栗主到此地，定應陟降歆尊罍。即日便輸廉吏俸，從新丹雘連雲榱。豈知蛟蜃壞廬舍，一例墻壁遭摧頽。金膏水碧再照耀，朱龕黄幕齊安排。妥侑群靈練時日，待我遊嶽初歸來。繚垣外見鴟吻矗，欻吸疑有靈飈吹。杜公大名垂宇宙，詩聖首出光昭回。萬間願庇風雨怒，一飯肯忘去聲江湖哀。李公詞賦懸日月，役使力士如輿儓。休論斗酒十

渡河

却俯洪河水，洋洋亦美哉。臨流看徑渡，吾命豈邅廻？登陟三天上，憑陵一覽來。從人呼作達，漫道濟川才。

夕行考城

萬事從人作音做，休言已定天。衝波偏鼓楫，薄暮轉加鞭。遠樹連堤抱，明星照水懸。投撾謀一醉，竟至考城邊。

發考城二首

滛潦今年大，荒城尚未乾。烏鴉噪初日，楓柏照清湍。糧糗還堪飽，風霜已作寒。生民衣食計，端賴撫凋殘。

滉瀁映天白，抱城秋水多。寒聲飄欅柳，生趣集駕鵞。壕口崎嶇路，漁灣欸乃歌。江湖渾在眼，客思渺煙波。

輿夫爭程曉駕輿，月照林岫煙糢糊。曾子古祠在何處，塵途悵望虛摳趨。當年以文嘗會友，簪盍仲弓兼冉有。大文原自闕里舒，傳習仝堂殊墨守。遺書舊有十八篇，其八已亡十猶傳。大學一篇經傳備，煌煌日月懸中天。更有孝經作者聖，引端亦復由天性。天經地義萬古昭，豈止小節修温凊？躬與兩賢細討論，三霄光氣開暝昏。德行政事並磊落，至今神聚儒星門。就中振觸忽雨泣，往不可還奔電急。力能備養不逮親，刑牲家祭悲何及。放曠天涯不肖軀，松楸舊隴今何如。城武南頭風撼木，車中哭殺老臯魚。

曹　縣

曹亦一都會，富庶忻在兹。市廛聚百貨，塵起連車馳。回輈再經過，木葉縱橫飛。浚壕轉微波，歸袂披寒颸。清遊形不悴，達觀神更怡。明静主不瘖，吾弔宫之奇。流離挈妻子，來奔良可悲。

河隄即事

欲渡渾河急，金鞭不住揮。長堤平若掌，駿馬去如飛。倜儻流朱汗，璁瓏撼玉鞿。馳驅隨爾僕，吾自息塵機。

由達，端應學老成。

城武城南路，行人夕更稀。村厖相向吠，林鳥早知歸。橋仄幾傾軸，風高故獵衣。暝行無住着，何處覓郊扉。

僕僕頻南北，中年飽險艱。舟車逐昏曉，風雨度關山。老去機全息，遊行意倍閒。投鞭得村店，濁酒且開顏。

曉行城武道中三首

僕夫催早起，結束動輕輈。夜坐得非薛，曉行寧是劉。沙深勞馬足，霜重冷羔裘。弦月欣相伴，荒途豁旅愁。

已覺新霜冽，還迎旭日和。生成因物性，天地足恩波。楓柳俱飄葉，松筠不改柯。老夫遂遊歷，且得慰蹉跎。

首路趨曹縣，紆回遠半程。僕夫良況瘁，老子自閒行。蓐食防飢渴，恬吟憶友生。群才聚東陜，新舊足風情。謂張圖東、馬石蓮、張經德。

訪曾子祠不得有述并序

城武城外聞有曾子祠，係曾子仝冉有、仲弓以文會友處。侵曉未得訪謁，悵望書此。

期會，馳驅未要忙。

大風揚沙

浮沙一尺强，忽挾大風揚。帶葉聲蕭颯，連村色渺茫。往來人面䩄，崩迫馬蹄狂。庾亮塵雖滿，難污是潔芳。

金　鄉

車指金鄉道，風沙蔽客矑。秋深霜葉爛，天迥日輪孤。雞黍村猶在，范張交已無。還思署門者，古道早荒蕪。

曉發金鄉

出門天已曉，迢遞上征車。晴日林梢動，輕烟郭外斜。蘧廬元逆旅，萍汎即仙槎。那作并州戀，因依處處家。

夕行城武道中三首

日沉猶不息，我僕誤争程。荒徑逢人問，昏星照客行。馳驅疲馬渴，依約遠燈明。欲速何人不見心茫然。千載芳隣失重詣，踟躕夕照塵沙前。

憶南池二首

絶愛南池地，深秋一鏡清。沿源人影倒，飛掠鳥身輕。垂象宸章燦，搖波古樹明。亭臺失重過，悵望若爲情。

新詩定誰好，須讓沈三兄。謂萩林。詞翰升堂掃，風流萬古情。草春秋復緑，霞曙晚逾明。劇欲携尊去，狂歌一再賡。

獨飲二首

揮杯聊自勸，小酌亦醺醺。豈到華胥國，而須誓墓文。羸螟豪弗見，蠻觸鬬寧聞。餘瀝沾童僕，從他鼻息齁。

惟操木瓢酌，安用瀉金螺？遂發豪吟興，還書醉語多。仝酣謝伶籍，屬和寄羊何。明日醒須解，依然卷白波。

馬　病

回輈過濟水，我馬苦元黃。晴上丹林日，寒沾白草霜。塵途方浩浩，世事亦茫茫。所喜無

辭聖廟

天迴無梯不可攀，曾思躡級叩賢關。自觀滄海難爲水，豈學邱陵便至山？儒服一人標故國，宫墻數仞冠瀛寰。重來尚有諸生識，垂老低徊未忍還。

曉發曲阜

意亦遲遲去，秋蟾缺復斜。煙昏女墻没，野曠聖林賒。夢戀緇帷地，遊驅薄笨車。何能留卜宅，老傍魯東家。

懷孟廟

魯邦既詹一泰山，鄒邦又詹一泰山。巖巖氣象屹相對，終古並峙東海邊。猶憶城南廟中拜，飛光倏過三十年。陰森玉階古松柏，蒼鱗拏攫騰青天。升堂只一樂正子，錢唐與參廊廡間。靈宫傍侍亞聖母，古坐如跪形恭虔。夢寐舊遊記歷歷，竭來更欲親帷筵。倦指修途隸不力，故里空復懷三遷。當年崛起紹闕里，煌煌仁義垂七篇。正如中天得皐禹，二謨炳焕虞書傳。又如景亳得尹虺，偉哉誥訓光聯翩。更如散望在岐郢，羑里牧野相後先。乾坤始開師弟局，散宜生師太公。高衢日月丹書懸。生近聖居聞見接，密傳道統晶輝連。我爲雪涕望鄒魯，古

兩觀臺

臺標兩觀入空冥，古雉門邊草不青。少正卯難逃聖法，夸毗子倖逭天刑。千秋未盡疎文網，七日驚聞下迅霆。見説埋輪原有地，飛霜一夕滿都亭。

麟　臺

般般獨長毛蟲群，首戴肉角身斑紋。唐虞世爲有道出，此外郊棷絶不聞。朅來一遊昌平里，與挂綵紱捎祥氛。云何西狩竟獲此，雜堆衆獸高邱墳。鉏商不識魯人怪，麟兮麐兮誰能分？夫子往觀反袂拭，非時那復承華勛。黍離既降春秋作，慷慨絶筆于斯文。素臣續書孔某卒，掩卷涕泗濺沄沄。荒臺礎仄石字裂，弔古躑躅臨斜曛。聖功筆削照宇宙，遺編光氣騰秋雯。嗚呼！我心别抱千秋感，聖眼之麟俗眼麐。

萬人愁碑

一碑萬人愁，官家喜稱意。其奈金兵來，不及鏤文字。

髓，紫袍未用割天雲。堪嗤昌谷真疎淺，寬碩胡爲不足云。

矍相圃

言訪矍相圃，散步西東陬。澄泓俯石井，鑒影寒悠悠。登臺睇千古，賢聖不我留。如堵省往跡，一片青蕪秋。男弧蓄亮志，侯鵠懷前修。旄期誰不亂，吾問點與裘。

泮宫臺

宗邦克秉禮，望標泗上侯。僖公振弱緒，會師東南陬。泮宫士于邁，德心成壯猶。好音化飛鴞，淑問從獻囚。芹藻宛在眼，繽紛芳且柔。臺根土花碧，一水逶迤流。其旂臯筏筏，要眇風烟秋。

靈光殿故址

維昔漢中葉，盜躪關西東。兵燹歷塵劫，舊觀隳彤宫。靈光看獨巋，賦藻摛豪雄。始因僖基兆，治室侈魯恭。丹柱熌奔電，飛梁指蜿虹。圖畫叙焕炳，光晷含穹崇。到今密石盡，緑蕪翳土濃。周章渺文考，掃跡四望空。延佇緬雲構，颯颯來飄風。

文德林

蓊蔚成青林，衣照寒雲色。風廻碧磴秋，淺深俱有得。

洙河

洙河大且潔，乃受盜泉波。未受爲盜泉，既受爲洙河。

泗河

既遶魯城北，又遶防山林。縈抱非他處，潺湲一片心。

洙水書院

洙水亘其南，清秋鳴活活。恭惟删述地，群蒙聖手發。事功賢堯舜，光耀揭日月。皇哉銅馬帝，龍衮接毛褐。東巡坐講堂，教窣探理窟。洎乎至正間，書院標津筏。堂階我願拜，惆悵鎖門闕。鬱鬱四大字，洙水書院四字。寒煙壓穹碣。伊誰擘窠書，山長豁識達。

孔硯

一硯删修獨策勳，形模朴古恨空聞。春秋臺點千行墨，日月光昭萬祼文。白葉何須搜石

顏母山

一峰碧霄矗，雲氣連尼山。白湍走急瀨，沂水聲潺潺。精禱感顏母，誠通杳冥間。篤生我夫子，六籍勞修删。膺此萬世土，帝王莫能攀。廟饗永無極，犧尊翠斕斑。

坤靈洞

一洞幽深入窈冥，千秋萬歲仰坤靈。漏穿倒影明寒几，回激衝飈響石欞。虎豹横蹲陰磴黑，莓苔濃漬雨床青。鴻爐浩氣天然搆，開鑿何須役五丁。

中和壑

秋泉赴逶迤，美哉此壑水。嗟彼愚溪愚，乃以愚辱矣。

智源溪

可愛一條泉，秋空激清響。觸石忽倒飛，白雨散蘿幌。

觀川亭

一亭領其要，快翻青玻瓈。其上瀉幽壑，其下鳴清溪。

閟殿，一體祭原同。

顏子林

陰森萬樹曉烟參，手澤千秋挺石楠。浩瀚宏源臨泗北，鬱葱佳氣聚防南。鴻爐帝鑄何曾喪，陋巷人憂或不堪。當日山林曾厚葬，堂封馬鬣護雲嵐。

顏子手植石楠

大賢留手澤，雙挺石楠枝。葉不秋風隕，根原化雨滋。千尋遮丙舍，十抱鎮坤維。應並宣尼檜，芳標萬古推。

尼山

名山滿域内，靈嶽捎虹霓。有若王者貴，崇壓五等圭。尼山匹如聖，峻絶不可梯。先師此間毓，精禱應璇閨。圬頂形惟肖，乾坤露端倪。因山得名字，人地雙嵬嵬。小子夙仰止，氣象高天齊。敬恭對草木，嚮慕穿林溪。青松捲濤回，白雲襲裾飛。石洞閟奥窔，怏惘窮攀躋。

郯子，洪荒跡漫漫。

謁周公廟

井泉深廣漾青漪，遺澤猶涵百世思。負扆勤勞輔冲子，閟宫曼碩作奚斯。雲霞霽色明瑶席，松柏清陰轉玉墀。最仰元公光制作，當年祀典並先師。

防　山

一片青山擁護深，高秋萬木影森森。佳城灝氣騰清漢，溝水寒聲下碧岑。浩浩泗河從北遶，荒荒白日向西沉。山陽還見元精聚，和慶風雲更作林。

啟聖林

合葬于防古木森，萬年啟聖德崇深。廟封王號加章服，墓祭公孫溉釜鬵。泗水環流秋色遠，筆床高架夕陽沉。伯皮即在東南祔，靈爽相依共一林。

伯皮墓

啟聖林前祔，高墳氣鬱葱。秋陰連宰木，神道合玄宫。女長從歸适，兒賢喜得忠。防山崇馳。紛紛治任入揖哭，慘慘築室難遽離。手植文楷已尋丈，攀號日夕涕淚滋。廬居諒弗出連騎，墓祭定復啼如兒。嗚呼古道多凌夷，遷喬出谷蓋已稀。了非先王倍而學，謂是故人不敢疑。在三大誼久弱喪，一綫不絕如懸絲。試觀里户聚稠密，更撫雜樹紛葳蕤。失聲憀慄已切至，獨居纏綿尤倍之。平旦幾希未遽泯，得弗暫省顔忸怩。突兀留此一間屋，以爲薄者施砭規。栗主大書端木子，拜跪嗟唏百世師。

子貢手植楷

孔林楷樹影紛紛，端木親栽迥不群。剩有根株蟠厚地，已無柯葉拂重雲。元精不死千年物，老幹猶生左紐紋。六載築塲封植此，攀號靈爽共氤氲。

洙水橋

平橋正對若堂秋，石甃無塵輦路幽。萬樹松林俱夾峙，一條洙水自西流。明明日色蒼苔冷，淅淅風聲落葉稠。追溯淵源千載後，聖涯浩蕩信堪游。

謁少皡陵

遺墟存少皡，封樹九秋寒。鴻塚騰龍氣，青編紀鳥官。天垂滄海迴，地接聖林寬。道古思貫，河汾將相太矜張。隱文秘笈方堆几，梵夾瓊籤正疊箱。入夢金仙通竺國，飄空笙鶴指丹房。熒煌朱色淆紅紫，葱蒨青苗亂莠稂。濟世存心拯蒼赤，傳宗溷跡雜緇黃。昌黎屹作狂瀾柱，營道真爲學海航。伊洛淵源分衆派，考亭節目總宏綱。許吴坦坦遵前軌，胡薛殷殷守舊坊。何事軒波偏大起，頓令逵術少平康。改頭換面誰能識，入室操戈不可當。學蔀端須除灌莽，儒流何自挽風檣。挺身諸老扶輿蓋，下手塵途掃粃糠。不道賢關違咫尺，總緣宗鏡翳毫芒。勝朝傳習虚分晰，昭代疏明劇炳烺。講席喤喤震聾聵，書林一一正披猖。早年私淑當湖陸，晚歲聞知繪水湯。疇肯迂踈從樸學，翻訾矯激背周行。餘山屼起升高嶺，餘山先生姓勞，諱史，字麟書，餘姚人。小港涓流到斷潢。消盡蓬心忘濩落，矚來蒿目感蒼凉。取裁狂簡知誰是，志效删修不自量。伊昔明師尊皜皜，于今矇瞽恨倀倀。豈期凝邈爲時範，久識安貧亦士常。青帝靈能護陵谷，素王宅不患滄桑。殊嫌志行同夷隘，獨喜林泉得點狂。鄒魯鄉淳群所向，春秋臺迥遠相望。禮庭鞠跽增留戀，聖墓瞻依倍悚惶。小技文章等絺繡，大成德業昧梯桄。乾坤鴻塚留東魯，太極圖從此内藏。

廬墓堂

天地黯黮元氣羸，泰山梁木壞且頹。緇帷接跡三千士，獨呼賜爾來何遲。消搖曳杖類遺令，凄值兩楹夢奠時。寢疾七日遂永訣，心喪三年仝啣悲。崇封堂斧魯城北，燧火日月如飈嵲，聖涯游泳泝滂滂。山穹顔母成雲搆，洞窈坤靈置石床。紱彩挂麟聞闕里，練痕繫馬望吳閶。首隆圩頂形惟肖，項佀臯陶貌特颺。松柏甫徠環鬱鬱，煙波汶濟繞湯湯。中和璺静源頭活，文德林深藻彩揚。道德參三函宇宙，事功育萬駕虞唐。養營釜禄嘗爲吏，殯覓堂封合葬防。萬古尼山高泰岱，一泓洙水大瀛滄。三千士接緇帷畔，六七童隨禮器旁。兼總金聲連玉振，光明江漢映秋陽。化裁通變無名著，規矩方圓不器彰。或問淵騫俱在寢，人言游夏並升堂。雕殘朽木何曾棄，鑄就鴻鑪忽已亡。萬世土應持地載，四方鐸已振雷硠。無言天意行生燦，不舍川流晝夜長。仕魯兆行期一變，夢周魂斷失方剛。往來歌哭徵鸜鵒，長短毛身覩鴟鶬。潛躍祇占龍在野，雝喈那得鳳鳴崗。經綸徒擬雲雷壯，區别惟看草木芳。夔相分明示正鵠，舞雩流憩步林塘。難行吾道殊悽惋，未喪斯文致愾慷。空復南游申冉有，可堪西狩獲鉏商。筆誅不貸姦諛死，手訂堪賡雅頌章。官禮詳明昭郁郁，宫懸繁會奏洋洋。篆來蝌蚪寧逢劫，負出龜龍已破荒。六籍都經修月斧，兩儀端不墜珠囊。楹間夢奠音容杳，壁内藏書紀載詳。寬碩硯留珍手澤，消摇杖委痛心喪。學庸似續延孤緒，鄒嶧師承共一方。廊廡超升聯俎豆，簡編焕爛比琳琅。千秋鄉愿傳衣鉢，五尺童蒙換肺腸。卓爾苦難融似乳，闇然惡彼巧如簧。異端忽覺魈魑見，同類居然劍戟戕。管晏恩非浹肌髓，申韓毒已中膏肓。他鑣馳騁由楊墨，隤岸瀰騰是老莊。卿况蘭陵開謬誤，臣斯上蔡播災殃。凌夷戰國爭兵甲，吞噬函關入虎狼。壞宅恭王聽絲竹，焚書暴主載轀輬。治安策上謀猷寢，平準書成擢筭忙。繁露天人原統纓。寒霜悽愴滿葛屨，思堂欲去千屏營。

孔林百韻

孔子崖登萬丈强，孔林十里曉蒼蒼。喬松行列森旗纛，文楷精神足雨暘。城北逶迤迎隧道，殿南綿亘接輿梁。葱蘢盡去荆榛絆，猢猻寧容烏雀翔。雜樹深蟠枝晻喝，繚垣密甃石磅礴。衣冠鼎盛東家裏，林廟平臨北斗傍。馬鬣秋烟紛漠漠，龍門晴日照煌煌。揮絃久絶文王操，築室猶餘子貢場。拾級曾來登納陛，摳衣重至拜巖廊。叔孫門外空勞毁，翁仲烟中立不僵。撲朔踰溝迷白兔，荒寒發地出羵羊。省牲閟殿虚縈思，釋菜成均耿不忘。鄹宋五王加位號，泗沂二代合蒸嘗。清朝有道新巍焕，聖主親師最喬皇。駐蹕亭移馳道仗，櫺星門轉羽林槍。武當繩處欽貽厥，文值崇時詣裸將。肅穆曾孫陳簠簋，雍容髦士奉珪璋。鄆田香薦紅蓮稻，顏井清斟白玉漿。禮邁一牢輝瓚卣，躬勞萬乘歷池隍。仲丁祭外元辰吉，旁午騎來上駟良。日照鷺翿階北面，煙浮龍衮殿中央。芬芳前捧盈尊酒，繚繞常持一瓣香。鵠立賓賓排胄子，駿奔穰穰集齋郎。格思緬憶群居席，仰止還過數仞墻。博士傳經綿譜系，上公封爵襲冠裳。諸生弦誦喧寰宇，四氏章縫列上庠。鴟吻雲霞紅的皪，龜趺苔蘚緑蒼茫。低徊車服懷輝耀，扈從簪裾識濟蹌。攢簇杏枝文炳蔚，盤拏檜樹色榮昌。天容張幕捎旄羽，橋勢垂虹度佩瑺。井邑故基蟠曲阜，亭臺舊址歸靈光。尊嚴司寇瞻遺像，神秀昌平訪古鄉。道岸誕登標巘

陋　巷

誰識春生氣，都歸陋巷中。心齋渾自得，瓢飲豈知窮？秋月懸來白，微雲掃處空。高名標綽楔，千載有誰同？

題曲阜旅壁

風俗多師古，千年聖澤餘。禮庭容講習，陋巷足安居。龍檜瞻壇樹，蝌文啟壁書。此邦無釋老，寰海莫能如。

恭謁孔林

我儒原本瞻祖塋，孔林十里修崢嶸。周遭碧甃象城闕，今皇展拜抒精誠。芳草綿芊輦道直，流泉漸汩輿梁平。煙籠雜樹映文楷，雲構刻桷蟠丹甍。先聖堂封鬱中峙，泗水沂國交迴縈。古壇無嗣祔兆域，樵斧罷遺摩新硎。翽翽影絶飛野雀，嫋嫋枝不纏荒荆。霄雯陟降入五夜，時代呵護攢群靈。高墳纍纍列碑碣，後裔世世聯光晶。夕陽半照殿角紫，秋雨一洗莓苔青。洙川南自横大帶，魯城北如奠兩楹。橋陵遠難比鴻塚，泉宫近未儕幽扃。高山仰止緬古昔，席間函丈追平生。坏土傍依一間屋，三年獨居萬古情。見説心喪共繫絰，感此眼淚紛濯遲。新陰童子繞，舊事老翁知。物盛青蘇骨，吾衰白點髭。蒼然動環珮，仰止對罘罳。聖澤綿延矣，神靈繚繞之。栽培深寶貴，封爵便喧卑。遥逐三千列，剛逢六十期。葱蘢良足喜，荏苒轉堪悲。晏歲峥嶸甚，褭褭不忍辭。

杏壇

緇帷昔講學，群賢此盤桓。芬菲數杏樹，花枝動春寒。區别施化雨，栽培護層欄。托根良得所，成林不爲難。芳運有代謝，小劫遭摧殘。補植發新穎，夷榮還舊觀。永依手植檜，遺澤存瑶壇。

闕里

元精闕里萃扶輿，學子賓賓滿屋廬。喜得群蒙長夜旦，直將天地大文舒。赤虹流降重霄氣，漆簡紛傳壞壁書。怊悵漸江悠忽老，未能生近聖人居。

謁顔廟

巍宇碧霄聳，因依先聖靈。巷深移午日，井冷動天星。隣接三遷里，壇親獨立庭。寧嗟髮遄白，萬載壓彭齡。

詩禮堂

峥嶸堂宇氣氤氳，中國侯王漫策勳。詩禮一編承世業，章縫千古範人文。釋迦李耳非同道，聖子陳亢豈異聞？緬想閒居曾獨立，秋陽悵望忽斜曛。

夫子手植檜

庭前留古檜，手植自宣尼。重露周朝浥，芳根魯甸移。鳳舒形張王，龍攫勢之而。歘歙臨風葉，鱗皴溜雨皮。文看成左紐，條侶布重帷。杖履從容過，詩書輾轉披。公卿多仰望，弟子晚追隨。階席俄森秀，宫墻久蔽虧。元精標挺拔，灝氣貫淋漓。大力何由徙，奇材信在兹。渾難識矇瞽，端謝撫般倕。賜楷憐孤立，回楠許並推。不妨飛燕雀，詎敢撼熊羆？嘉樹群勞譽，甘棠倍繫思。崚嶒横鐵石，縹緲度金絲。雙本交盤鬱，千年獨憖遺。潤寧資汶泗，屹自鎮鳧龜。涼燠原同地，榮枯各異時。曾縈南北轡，歷豎漢唐碑。日月非無運，乾坤亦有維。常瞻天柱矗，或等哲人萎。幸保堅貞體，終殊朽腐姿。護他經在壁，用我禮爲基。劫火存黟幹，春風長緑枝。倏偕壇杏長，仍共谷蘭滋。晻曖捎丹桷，婆娑弄碧墀。誰容參枳棘，正賴覆苞蓍。燀赫來鑾輅，逶迤拂翠旗。三辰齊照燿，萬象盡葳蕤。泮假鵾鵶集，廷看鷟鸑儀。生機昭代茂，美蔭閟宫垂。往者炎烟發，因之迅馬馳。衝飈吹烈烈，寒水潑澌澌。數尺留誠急，連筒灌不足，下耩偏欲與争能。人間摶噬知何限，撲朔迷離未足矜。

曲　阜

舊俗由來禮教嫻，金絲遺響出松關。樹陰遠接芳隣孟，日色秋高陋巷顔。大聖登臨小天下，微生曠蕩老人間。向來只爲耽吟誤，成就畸人物外閒。

恭謁聖廟

追憶當時聖廟災，雍正甲辰，予客兖署。值聖廟災，手挽水澆熄壇檜。曾經飛騎向東來。手澆壇檜連筒水，眼見庭松一炬灰。蹋屩重過秋晼晚，升階新仰象昭回。平生學道慚無得，贏得霜絲兩鬢皚。

金絲堂

窈眇金絲遞奏清，蕭然古壁尚聞聲。焚書秦帝灰塵滅，壞宅恭王耳目驚。衢路草荒迷五父，堂階樹古集諸生。當時車服無由覩，既慕風前對兩楹。

起，謂兖州守吴公見山關杰。飛光卅載去如流。題書遠寄仝懷子，何日江鄉聚白頭？

將謁孔林寄玉巖

萬事難干物外心，畢生吟嘯復登臨。升堂未得如游夏，遊嶽差能作向禽。東閣招賢曾接武，南樓縱目憶開襟。行年六十猶强健，泰岱歸來謁孔林。

南　樓

南樓兀突古城隈，荒堞惟存土一堆。往歲曾爲東郡客，今吾獨上少陵臺。心閒日月滄洲遠，秋晚風雲海岱來。猶有詩翁耳孫在，霜髭道故意遲迴。

杜公臺

少年流浪詣公堂，再拜前陳酒一觴。早已文章知得失，幾曾裘馬縱清狂。盧生客枕縈甜夢，杜老家風表擅場。不盡躊躇懷古意，此臺亦是魯靈光。

見兔爲一鷹二犬所傷

淺草平沙失所憑，暫拋三窟亦須懲。一鷹眼疾雲中落，二犬蹄輕隴上騰。發指由來稱疾脚，一道洶湃秋江翻。姜公橋亘岸南北，卧波鳞甲龍蜿蜒。中流忽斷石横阻，巨斧鑱鑿神功存。未聞銀河中間可坦步，毛填不用烏鵲髠。天公無心出奇怪，兩頭湍勢驚雷奔。中特峻嶒石板削，天然足曳車啍啍。長虹一氣遠聯接，七十餘洞波吐吞。奇哉皺透巉巗屯，狀若疊浪鰲頭掀。一重一掩皆北面，朝宗岱嶽肅且温。卑幼跪列雲來孫，十十百百翠可捫，誰何刻作烟濤痕？想當元黄初剖妙摶弄，元精耿耿含胚渾。雲峰千仞卓挺立，餘氣磅礴流趾跟。觸石出雲雨天下，此亦濡潤通真源。深秋潦水寒潭落，散堆沙礫寂不喧。若使夏漲兩涯没，石梁項脊沉鼉黿。雪瀧歷亂魚復浦，陣圖行列依然存。一拳雖小綴嶽體，萬古凝結無崩騫。我居漸江見水怪，此亦如湧龕赭亹音門。恍惚靈胥盛鼓怒，前潮後潮騰踏來軒軒。石本山骨峙崱屴，胡侶鱗鱗湍瀨飛流噴，我就問石石不言。秦人施鞭屹不動，倒回紫瀾浮鵬鵾，直駕海橋横厚坤。

金口壩

汶水寒方落，猶看噴雪流。聲喧金口壩，勢動古沙邱。棗柿千林午，魚龍一氣秋。車塵蓬勃裏，乍喜見漁舟。

兖州奉懷盧玉巖存心

垂老重爲兖郡遊，支筇獨上古南樓。意中汶泗交流遠，眼底蓉楓一色秋。酹酒重泉呼不

漢明堂

咄嗟漢武帝，闊達規明堂。圖陳公玉帶，蓋茅師古皇。相如草封禪，侈心砉開張。射牛卒行事，金繩秘璚章。介邱上萬乘，鳳旆雲飛揚。升高向蓬島，神仙渺相望。丙辰禪還坐，群臣奉瑶觴。羽衣授封印，一潰不可坊。茂陵烟樹盡，故碣留厓岡。盛禮想朝會，當年何煒煌。

曉發泰安

驅車南向去，回首曉蒼蒼。日出霞嵐紫，霜飛草木黃。禮庭追闕里，古意仰靈光。轉盻經年卅，前踪半渺茫。

石浪行并序

離泰安府城六十里，至姜公橋。因汶河石作脚，平甃亘數十丈，闊可容車。橋盡當中流巨石，坦迤礲平與橋接，亦可數十丈。石盡復爲橋如前。南岸一帶，列無數石片，側起北向，疊疊如波濤狀。自府城一路來，强半陂陀綿亘，車行确犖顛頓，至此作回瀾倒捲，蓋皆嶽之趾也。橋兩截，中接以石，奇矣，而尤奇莫如石浪。作《石浪行》。

岱宗兀突三天門，憑陵日觀齊閶崑。嶽麓澶漫六十里，陂陀磽确皆雲根。汶水湯湯穿石

謁石先生祠

先生剛直今古稀，煌哉慶歷聖德詩。暨儒舌咋更頸縮，崩喉直吐瓊琚辭。讒人氣塞恨至骨，便欲發塚施金椎。豈知正氣伸萬古，籍甚名字標徂徠。奇光卓午日照耀，峻望插漢山崔嵬。我拜名賢百感動，一端偶舉超等夷。孫公昔治春秋學，往從講堂泰山陲。有嚴孔給事就見，傍執杖履遵庭墀。升降拜起相左右，明扶往謝咸如之。弟子事師極儼恪，以身昭揭隆古儀。流傳教學俗一變，魯人到今口嗟咨。嗚呼炳烺在三義，頗憂叔季生氛霾。百工技藝志衣食，居肆傳習猶知師。而況章縫挾簡策，江河日下能爾爲。短垣身踰莫之恤，舊坊手壞其可噫。懵不聞風至老死，縱過此祠知爲誰？

周明堂

中古制度備，文郁推宗周。明堂闢青甸，朝見東諸侯。巖巖孟夫子，正大鋤陰謀。是時七雄鬭，王政久不修。昌言救塗炭，急豁生民愁。有能師文王，代興夫何尤。小儒拘墟眼，眥謷苦不休。時勢至戰國，得似春秋不？憚狐轉瞬滅，王綱絶懸旒。遺基不盡毁，緑苔扶寸稠。念之氣鬱塞，憀慄悲懔秋。

介石山

既已禪社首，又復禪介石。自倣古登封，亭亭更繹繹。

徂徠山

維南錦幛列崔嵬，蒼翠奔飛曙色開。羅列兒孫朝泰嶽，抗衡賓主屹徂徠。沿溪竹色摇風立，繞岫松聲瀉雨來。一自高賢曾卜築，清名萬古動巖隈。

獨秀山

天畔孤標聳碧峰，青蒼盤鬱歲寒松。徂徠鍾秀生原獨，魯甸當秋翠且重。千點苔痕皴篆籀，一莖烟氣裊芙蓉。桂林亦擅高名在，萬里還須徧客蹤。

蓮華峰

碧巖雲浄秀紛披，菡萏高高一朵垂。插海岧亭曦景耀，當空爛漫露華滋。乾坤不見秋芳老，風雨難將晚翠移。太華峰頭追往事，曾臨玉井坐題詩。

帝怒。嶽帝感我之丹誠，借我丈人峰頭高卧永不傾。我不管小兒女，銀河一片支機石；亦不管古帝王，金盤千尺承露莖。有時起來騎白虎，飛蹴七十二峰無所苦。抛棄塵埃良足豪，神仙富貴輕如毛。冷笑長源一品啖煨芋，曼倩三次偷蟠桃，何況銅山金穴聚溷猥且勞。今年已六十，曠蕩了不悲。只須脚踏霞嵐遍五嶽，底用手攬風雲際一時。大笑狂歌李太白，歌不仝科兩得之。

肅　然

玉檢金繩瘞肅然，登封荒誕跡駢闐。分明有道時廵地，茫昧無懷始禪年。二月燔柴於舜舉，相如《封禪頌》有『兹亦於舜』句。一編遺草所忠傳。聖朝望秩遵虞典，不問三宫舊洞天。

云云山

傳聞古封禪，七十有二君。秋空一輪墮，暝色飛寒雲。

亭亭山

鼎湖駕飛龍，昇仙渺何許。空瘞泥金書，荒苔竄黠鼠。

泰山集卷下

詩三　古今體詩七十四首

梁父山

拔起天南輔岱宗，側身懷古一相從。魯人有事應先旅，秦帝無端亦疊封。跡繞碧峰誰策馬，氣横青甸宛如龍。潛夫抱膝耽岑寂，日暮高吟意頗慵。

梁父吟和太白韻

我作梁父吟，長懷方子春。海山窈冥失島嶼，海水汩没無涯津。成連訪其師，刺船去海濱。牙生獨得海山海水之古意，七條冰上彈紛綸。萬古鍾期只一箇，無言讚嘆心相親。又懷榮啟期，天生萬物幸爲人。更幸有生生在中國中，不乞金丹西王母，不求大藥東王公。九十帶索行歌風，鬅鬙白髮飛秋蓬。乘化待歸盡，安貧樂道何其雄。此間烟月浩無主，矯首仰天見河鼓。河東河西，癡牛騃女，不耕不織含滛思。秋期已過涕如雨，誰教罰向營室居，聘錢久逋天

望仙臺

徒向祖洲望，飛仙誰復來？雄心一朝盡，猶賴悔輪臺。

萬歲臺

亞獻乾封年，禍伏武皇帝。後來應靈符，疊疊紀萬歲。天册萬歲，萬歲登封，通天萬歲，皆武后年號。

折玉，根蒂失浮萍。桃可捐三士，山還甃五丁。穹然軒帝塚，憒絶霸王廳。尚復傷其餒，何須視不瞑。豪華銷任俠，艷治瘞媌娙。一入重泉路，疇登不死庭。賢愚看共泯，今古詎留停？荒誕搜神記，虚誣累德銘。珠簾抛宴寢，金椀出元扃。薤露歌齊唱，槐柯夢未醒。百年流水逝，一瞬電光熒。幾見虹升氣，偏聞鮑混腥。神仙天上葬，涕泗隴頭零。莊叟舟藏壑，陶公影答形。涅槃終滅跡，丹竈豈延齡。素驥渾難駐，黄雞不可聽。弔蠅飛自集，歸鶴語誰聆？大業超千禩，微言紹六經。崇壇標杏茂，曲室鬱蘭馨。但得生無忝，應知没亦寧。優游乘化盡，聊復倒千瓶。

朝覲壇

朝覲班聯五等崇，傳呼萬旅到山東。時廵典禮稽虞后，孤注讒言及寇公。豈有天書垂嶽麓，特勞陰字勒壇中。阿誰自詫非常事，扈從黄麾意氣雄。

陰字碑

城南立石勢嵯峨，宋代東封跡未磨。碑上龍蛇篆陰字，壇前狐兔竄陽坡。雁嘶壞堞行行斷，苔繡荒亭面面多。亭碑俱五面。眺古何人誇壯觀，凭欄忼慷發高歌。

女兒茶

陰崖摘且焙，片片青桐芽。攜將聖母水，烹取女兒茶。玉女池名聖母水。

紅娘子

何來紅娘子，艷色如臙脂。一從咀瓊蘂，歌舞在瑶池。

白騾塚

登封上馳道，奄忽塚嵯峨。白騾既已踣，入蜀乘青騾。

社首壇

社首金泥故跡殘，宋家重望彩雲端。天書垂貺還宜答，玉檢新封尚未乾。仙樂鳴鏗陳九奏，御坪擁護集千官。空留片石龜趺没，秋草凄凄冷碧壇。

蒿里山

蒿里秋蕭瑟，幽岑晝杳冥。北邙潛衆魄，東獄斂群靈。骨積成堆白，魂飄未了青。丰姿常

天書觀

高居上帝仰青冥，嶽麓天書事不經。豈謂澶淵須洗辱，遂令鴟吻忽揚靈。醴泉湧地猶勞奏，陰字鑱碑亦製銘。丹鳳樓前仝一轍，琅琅神語已先聽。

醴　泉

醴泉隨地涌，觱沸本無源。但得真心奉，何妨拜手言。天書良煥爛，御帳劇翩翻。齒冷王欽若，與夫酌瓦樽。

朝元觀

朝元絳節幾時廻，杖破殊庭滿砌苔。萬樹秋聲都掠地，一翁寒影獨登臺。洞門寂歷青松在，霄漢虛無白鶴來。天上神仙新舊葬，人間何事漫生哀。

酆都峪

蒿里溟茫薤露深，高秋白日氣陰陰。人間舊唱凄哀曲，山側尤傳激楚吟。關節誰能到包老，閻羅猶自說韓擒。西山餓死東陵壽，冥報渾難問古今。

天紳巖

一宵秋雨洒高旻，樹杪争流百道新。净洗空青過御帳，奔飛修白挂天紳。鸞泉漱玉遥通脉，龍峪噴珠大有神。最愛水簾晴不捲，都從此處瀉斎淪。

白龍池

池水潭潭漾落暉，神絃颯拉響巖扉。白龍陡自重淵起，時雨驚看萬瀑飛。月冷水簾秋正蟄，雲迷洞窟暮方歸。石舟吾欲撑空去，捩柂開頭渤海圻。池有石舟。

仙影崖

崖間孤影最分明，何事遲歸白玉京？高踞一峰凌漢立，輕辭旬日御風行。波摇東海秋光冷，月照西巖夜色清。萬里碧霄原有路，飄飖應作步虚聲。

長春觀

長春觀裏鬱葱蘢，老鶴深巢百丈松。石磴飛濺秋雨急，珠簾高捲翠嵐重。上清像古金泥黯，中統碑殘碧蘚濃。猶勒吉思皇帝勅，全真化去渺靈蹤。

凌漢峰

一峰高幾許，平臨海客槎。夜來銀浦畔，手欲摘匏瓜。

謁魯兩先生祠

孟韓既没古道蕪，兩先生起躬闢除。披斬荆榛汰瓦礫，行行逵術重廓如。泰山初自平陽至，曲房四十猶鰥居。箋注春秋吸經髓，發微剔去乾蠹魚。范富噌吰出薦口，布衣躡屩登天衢。高賢用舍隨所置，射工側睨何睢盱。詔寫遺篇庋秘閣，詎比猥草文園書？偉哉徂徠産於是，元精爍爍騰鴻罏。嚴事杖履萬目仰，穴地羞殺陳良徒。慶歷一詩殷雷響，光摇圓蓋瀰方輿。我手殘編抗聲誦，壯氣頓戟霜眉鬚。幾片朽骨天球重，讒夫逕欲掀黄壚。寓公鄉賢雙崒嵂，名稱屹配天東隅。沙蟲堆堆浄灰滅，麈尾一掃無留餘。整冠肅拜古祠下，滂滂涕淚横沾濡。纔放浩歌遽鬱塞，誰能爲君鼓嚨嘲？

傲來峰

桄梯斬斷半天限，樵徑虚無信傲來。風撼竹林鳴浩蕩，雲通嶽頂簇崔嵬。仙居縹緲青霞鬱，秋景熒煌絳葉催。明月宵深淪石底，鶴鳴猿嘯自清哀。

普照寺

鐵鳳翱翔帶暝烟，上方鐘磬落諸天。居僧齋供伊蒲饌，過客寒思藥玉船。秋老行吟依竹石，月明不寢聽風泉。讀書未遂殘年願，臨眺躊躇仰昔賢。

投書澗

一澗潺湲快決渠，古賢寄跡此投書。行來一逕迷黄葉，坐倚層軒半紫虚。寒偪空山頻警鶴，清翻秋水不生魚。浪遊莫問平安信，千里鄉關夢久疎。

讀書臺

荒巖猶剩讀書臺，秋晚登臨亦快哉。並有賢名標泰嶽，獨尊師道在徂徠。千秋著述歸經傳，一代風流起草萊。今日何人能接跡，空將笻杖卓蒼苔。

竹林寺

秋風獵獵氣蕭森，一寺深藏萬竹林。香實虚無供鳳食，碧篔髣髴作龍吟。奔瀧澗壑穿僧舍，過嶺雲霞照客襟。安得身騎仙鹿去，傲來峰頂暢登臨。

王母池二首

白石甃方池，一勺瀦清源。固應西王母，晝下雲旗翻。劉郎生好道，邀之傾芳尊。群仙趣會譙，亦復招上元。飲以三危露，授以微妙言。年豈限金策，久視銅龍門。如何茂陵樹，冷着秋烟痕。

賸客撫石檻，照影清泠淵。蘋萍帖水面，秋老猶鮮妍。試將木瓢汲，瓦銚手自煎。擕來日注片，韻味俱超然。白鬚一道士，久甘此靈泉。一甌吸澹白，不羡龜臺仙。清風生兩腋，呼我老玉川。

萬仙樓

仙人本是好樓居，飛湧危標入碧虛。三面錦屏秋點綴，群真玉像古裝梳。谽谺洞穴遺丹竈，窈窕烟雲帶綺疏。勝境横當嶽門户，鍾鳴日暮返樵漁。

顏子坡

此間非峻絶，只筭一高坡。所苦瞠乎後，其如卓爾何。奔塵心未已，望練髮先皤。天下從看小，巔厓正待摩。

落，行歌啟期身帶索。元機委順信去來，具饒濟勝福不薄。獨抱古心奏古音，自賞自吟樂復樂。百年有盡何暇悲，快哉風到披襟時。明月無聲墮懷裏，澹澹幾箇天星移。

仙　宫

泰岱迤東麓，孤兀九仞山。崱崺形勢獨，緑構層雲間。扶筇躡級上，風欞翳荒菅。中棲眼光母，無人轉樞鐶。我老眼作花，再拜凌仙關。願乞金篦刮，鏡净開心顔。攤書燭細字，暮齒消清閒。

吕公洞

逍遥回道人，雲行無定止。嘗用石榴皮，書作擘窠字。此洞疊留題，詩句清可喜。廋詞隱厥姓，未類公無是。何如獨往生，竊比巢居子。

梳洗河

巖泉雨後雪奔流，玉女盈盈共洗頭。銀漢霄明千尺練，瑶池寒瀉一泓秋。高空月皎臨王母，急瀨湍飛宕白鷗。宴坐盤陀清鑒影，瀛寰萬事等浮漚。

黑龍潭

巖前草木帶龍腥，鬼斧摩空削絶陘。潭影深涵千丈黑，山光倒漾一天青。高秋氣肅過寒日，半夜聲砰起震霆。神物抱珠眠正穩，且休濯足陡驚醒。

石經峪

天工削翠峪，開士鐫金經。年深水舂囓，劍斫蛟鼉形。分分翳點畫，石泐莓苔青。儒生誰續刻，一陂安足争？聖道揭日月，烈火經狂嬴。六籍不灰滅，竹策流垓紘。愛兹雪瀑響，秋泉滴淙峥。鍾期不可遇，晏坐風中亭。流水存逸調，無絃奏泠泠。

高山流水亭歌用歐公贈沈博士歌韻

我作高山流水吟，此泉此詩雙鳴琴。泠泠曲調幽且深，餘聲散入青松林。成連氣味仝苔岑，海山海水刺船尋。石峪淙淙我獨臨，秋山圍繞千瑶簪。晏坐日夕嵐氣侵，一輪頹照流紫金。凝然不動傍嶇嶔，半天飛鳥遺之音。冰消萬慮神和平，不勞世人知我心。遊于太玄含希聲，老來踪跡追向禽。此間暫憩巢居子，到處流行還坎止。襟期一片戀名山，飽餐翠柏終殘年。平生最慕淵明賢，妙得其意操無絃。天公偏欲代之傳，琮琤飛響水簾泉。蓬心消盡甘瓠翠，獨立扶笻破石苔。回首重瞻青帝觀，千尋絶壁起樓臺。

五花崖

薜荔懸崖步步捫，五花晴靄落雲根。侶爲連幛横天闕，直作層城蔽嶽門。絶頂霞嵐通彩翠，下方林麓擾塵昏。何人倚劍秋空裏，遠吸滄溟氣吐吞。

白雲洞

落斜一徑躡雲根，觸石瀰漫萬岫屯。絶頂盪胸揮八極，懸崖撒手下三門。回翁來往仙蹤杳，嶽帝氤氲灝氣存。信是神功雨天下，貴從膚寸問真源。

鳳凰臺

鳳凰已絶影，千載留空臺。秋空掃寒碧，白雲飛去來。

蜕仙巖

翰林爾何人，居然蜕塵世。我來登仙巖，一鶴秋空唳。

仙人閭

試把孤笻叩，訇然啟石閭。金床連玉几，吾欲著吾書。

介　邱

依古登封地，東巖是介邱。拂天來萬乘，惟有白雲留。

登仙閣

吕公一登此，石閣標崢嶸。蛟虬識汝字，何用隱姓名？

重登乾坤亭

心胸萬里盪雲開，烟景渾如浪湧來。九曲黄河縈侣帶，一泓滄海瀉盈杯。嶽遊已遂禽生願，秋賦猶慚宋玉才。自是乾坤清曠處，老夫欲去重徘徊。

下南天門

天門高敞向南開，秋色都從四際來。瀑下倒飛雙峪底，雲興浮動萬山堆。先登捫葛凌空

抱靈亭

一洞晚寂歷，四山秋窈冥。忽羅千種色，返照抱靈亭。

通明竅

誰鑿通明竅，窺見南天門。有時日輪午，穿透煖翠痕。

菟裘

嗟哉禍機伏，空復營歸休。幾人遂終老，能得到菟裘。

孤山

萬山攢簇裏，忽見此峰孤。天闢蓬玄境，寧無一士逋。

桃花峪

萬株桃樹互盤根，青帝常留煦育恩。不見落花紅雨亂，猶看着葉緑雲屯。千年結實迷仙種，一峪成蹊破蘚痕。却想生香逐流水，漁人遥指武陵源。

靈巖寺

嶽陰覓路轉煙霏，古寺靈巖闢翠微。塔影高蹲金骨地，鐵花寒繡水田衣。元龜石背千紋裂，紅鶴泉頭一道飛。已飽僧厨香積飯，空亭日晏憺忘歸。

朗公石

岧然朗公石，傍無侍者存。獨立空山裏，元機寂不言。

鐵袈裟

何須入坐道蘭奢，静傍靈巖老衲家。初祖有衣傳不得，無人能着鐵袈裟。

獅子巖

雲中昂其首，蹲在靈巖西。誰能持白羽，肉一青狻猊。

魯般洞

神房與阿閣，石户自天開。般爾漫嘗巧，來此胡爲哉？

石，大麓紛攢塵尾松。玉女昇元從此去，黄絁同聽一樓鐘。

元君手印

傳説元君印，天然玉指存。瑶籤曾啟笈，翠壁偶留痕。九轉臨仙竈，三清闢帝閽。碧霞升舉後，靈跡不勝論。

石床

洞府一石床，元君此坐卧。滃然冷雲流，靈風忽吹破。

石樓

石樓闃無人，但聞鶴語響。我獨闖層空，彭觥振鐵杖。

牛心石

昔踏牛心峪，秋雪明巖扉。今探大小石，片片秋雲飛。

洗鶴灣

競向奔流洗，仙禽潔羽衣。空灣何所見，一一入雲飛。

回車嶺

一嶺苦嵚巉，石斷古車轍。鐵笻落吾手，獨往衝凹凸。

鶴　山

晴霏紫翠滿空山，鶴羽繽紛不可攀。攢影百千淩石屋，飛聲咫尺近天關。由來秋夕寒知警，豈爲塵途倦始還？欲結茅齋傍青壁，嬉遊終老伴蕭閒。

明月嶂

秋高明月懸，魄在冰壺濯。宵深落厓底，一輪如可捉。

黄華洞

北下盤陀仄復斜，深秋滿眼爛黄華。洞門寒滴仙巖翠，泉塢清磨聖水沙。白石無塵堪隱几，亂山有路不容車。元君煉玉功成後，渺矣乘鸞入碧霞。

後石屋

盤跚獨足仗孤笻，紫翠憑陵鶴蓋峰。後石屋深留福地，北天門迥斷塵蹤。重巖飛墮牛心下頽照，大槐坂上昏群愚。一團陽精聚造化，鼓鞲朱火燃鴻爐。畸人發狂忽大叫，詫此奇景塵寰無。脱非忍寒上巔頂，天地大文爲誰舒？赤心耿耿明空虚，陽光對照靺鞨珠。此時卓立三天都，清寧與我合一軀。有生得此一大快，他景不足爲我娱。浩歌激越聲氣麤，乾坤震宕傳八區。驚動蓬瀛老仙伯，爲我擊鼓吹笙竽。骯髒原非山澤臞，煙嵐獨往胡爲乎？神仙富貴焉足圖，老我昂藏一丈夫。高吟千首吐胸臆，不厭寂寞形神孤。紅盆碾空下界曉，壤蟲擾擾争錙銖。

北天門

碧峰嶽後更巑岏，北啟天門下醮壇。碣石孤根波裏没，崆峒黟影曉來寒。鷩飛翠鳥三珠樹，踏破浮雲獨足盤。絶少閒人作遊伴，參差野雀振秋翰。

亂石溝

一溝險難踰，磽确堆亂石。數月行人少，秋苔寸寸碧。

獨足盤

險于十八盤，只可容獨足。將進不趦趄，此間無僇辱。

濕，絶頂乾封鳳篆昏。千古朝家無限事，白雲興滅了無痕。

詞人憑眺古今同，蹤跡俱隨逝水東。山色青猶過稷下，雲光白已散封中。峰頭日月雙懸迴，亭上乾坤四望通。巖洞元君仙去久，只今惟有碧霞宫。

題嶽廟道士房

群峰飛翠落重檐，明月光生動竹簾。遮雨松邀秦帝避，洩雲山屬魯邦詹。海天遼廓臨秋杪，樓閣峥嶸壓翠尖。聞道仙崖有黄獨，長鑱劚取煮來甜。

狂歌行日觀峰觀日出作

日觀峰頭不可廬，天風浩蕩飄衣裾。斗閣燈明夜分起，森森寒逼貂襜褕。我生好奇百不挫，往復碧漢盤崎嶇。一笻衝突却虎豹，圓冰半箇懸殘樞。星辰咫尺手可摸，絳河歷歷排秋榆。滄海一泓白滉瀁，水銀鎔作東頭湖。乍聞天雞一聲唤，海水浮動黄琉鋪。釜蒸萬道彩氛湧，五色包裹紅扶疎。猩毬欲上不遽上，一痕迸露燒清罏。倏忽天關開豁地維闢，海底騰上金畢逋。徑圍十丈朱輪如，火鞭飛策羲和車。陰飇陽飈八面潑，紫瀾洶洶魚龍趨。扶桑枝頭銅鉦挂，汝南時夜三號呼。人間始見暘谷燦，六合清霽披雲衢。延佇凝想元黄初，渾沌始剖元精噓。河山大塊已奠定，鴻濛一氣黟模糊。真宰不遣飛踆三足烏，萬象何由劃昭蘇？即今虞淵御，孤另青天后羿妻。玉女三漿斟餉客，未沉宵漏凍玻瓈。

丈人峰

鴻濛元氣結胚渾，南面三重啟嶽門。萬笏齊朝青帝貴，一峰獨仰丈人尊。東西日月横空度，下上雲濤帶雨翻。兀立蒼顔終不改，天長地久體同存。

天柱峰

合沓青嵐勢並豪，白雲破處露巖嶅。鍾靈地矗千峰秀，聳翠天成一柱高。環海煙嵐收尺幅，連山松柏小秋毫。深秋時節逢摇落，萬里罡風正怒號。

登絶頂四首

盤盤磴道鏟崎嶔，高下亭臺映石林。直上天門與天語，側聞龍洞有龍吟。泥金事杳籠青氣，觀日峰高照赤心。忽聽傳聲動巖壑，秋空長嘯快登臨。

秋晴日出氣葱蘢，御墨高鐫第一峰。碧落天開青帝宅，白茅人誤漢皇封。傍巖松憩千年鶴，迎輦雲成五色龍。當代聖明超萬古，虞周典禮繼前蹤。

萬山祖脉自崑崙，東到滄溟泰岱蹲。紅躍一毬凌日觀，黄流如帶下龍門。中巖雨駐鸞旗巔。脱身歸來景未晏，滄江白日偕樵漁。萬事糾紛擲土苴，悠然栩栩還蘧蘧。但期五嶽峰巔有我跡，淋漓涴作巖前書。長留詩卷豈敢必，要自喉間直吐心神舒。寄聲恒衡兩靈嶽，扁舟向南車向朔。層冰春消融，重雲晴解駮。布韈青鞋衝确犖，次第青霄一笻卓。

望海亭

中峰屼立勢開張，東望煙濤入混茫。蜃氣秋銷露蓬島，雞鳴日出指扶桑。盆翻風雨孤亭冷，柁鼓乾坤一水長。試泳聖涯雙眼豁，比觀滄海更汪洋。

仙人橋

三石遞横疊，唤作仙人橋。白雲上往復，青猿下騰超。空山寡拾取，掃跡無漁樵。

舍身崖

聲色歛群魄，利名坑萬骸。智愚身競舍，不數此巔崖。

月觀峰望月

光生顧兔本從西，月觀峰頭望不迷。琢出圓冰輪影白，搗殘靈藥杵聲低。飛騰碧海纖阿

秦皇無字碑

一字不留蹟，空勞匠氏礲。誰爲過秦論，應勒此碑中。

乾坤亭

萬峰形勢向東奔，截住崔嵬獨此尊。氣煖雲嵐蒸洞壑，芒寒星斗挂天門。孤亭風雨飛空散，舊觀秦吴那處存。欲把東溟爲墨瀋，狂來蘸筆洒乾坤。

乾坤亭放歌

平生五上長安道，往來仰睇天門雲。亦思芒屩踏日觀，匆匆賤跡牽塵氛。年來林泉爲吾有，嵩雲華蓮落吾手。今秋秋興輒復豪，鐵塔携尊作重九。俯視黄河如絲流，太行山色青浮浮。登臨未豁千里目，翩然拄策直上泰岱之峰頭。峰頭陡峻盤雲棧，乾坤一覽俱在眼。遊方内外扼要樞，萬象誰能更偃蹇？裨瀛一泓瀉滿杯，恨不化作玻瓈醅。蒼蒼大九州，何處黟烟作點浮空排。群生交代嘘生氣，崚嶒群嶽英靈彙。元精亭毒成化功，觸石輸雲遍灌溉。狂來呼嘯凌太虚，焉問天地生吾有意無？滄海一稊着泖軀，人間跌宕留蘧廬。乘化應盡便須盡，計較修短寧非愚。東流之水西逝烏，豈容口手相遮呼？吾慕三層樓上陶貞白，當年早已知頭火，屹立千丈完儀形。東封頌已就磨泐，八分倖護莓苔青。我手摩挲重嘆息，吁嗟姚宋亡典型。開元盛治狐濡尾，漁陽鼙鼓來轟霆。潼關虎鬭咆哮入，驪岫土崩鵕鸃傾。馬嵬淺瘞彎環韈，不比石礎深關扃。青騾底須練日發，千乘萬騎西南行。

蘇頲東封頌故跡

浩劫都教點畫捐，祇餘石壁枕寒煙。銷將龍虎騰空氣，沉却珍珠汎海船。一夕籠沙礲若掃，八分巨筆想如椽。遊人指點摩崖處，猶說東封作頌年。

顏魯公題名故跡

大老曾攀嶽帝門，一行題識鎮乾坤。誰鐫蚓竅蠅聲句，竟滮銀鈎鐵畫痕。墨氣流虹衝北斗，寶光奔電過西崑。須知忠義難磨滅，此地英名萬古存。

秦篆碑

尉芳秦篆碑，秋雨苔痕漬。頌德者何人，尚剩臣斯字。

舜至今猶不死。

玉女池

碧甃清寒白日淪，當年玉女此修真。平涵嶽頂秋前雨，一洗昆池劫後塵。歲久杳無歸雀影，月明疑有弄珠人。借爲墨沼題詩去，攄寫雲嵐氣象新。

桃花洞

嶽巔小洞闢谽谺，深隱金庭道士家。夜静時來元鶴語，秋深不放碧桃花。浮銀鑿落侵苔冷，弄玉參差到月斜。泉洗摩崖碑上字，墨痕響拓古龍蛇。

唐元宗摩崖碑

千乘萬騎東北行，蹕禪社首封云亭。張説諂諛首序頌，七十有五蜚先聲。高宗六之今七矣，升中建號標峥嶸。阿瞞手自紀巨典，字大如掌鑱金銘。自云慈儉謙足寶，檢玉差不誣神明。秦災風雨漢污録，似以薄德嘲劉嬴。奉觴前稱萬歲壽，此舉駿奔呵群靈。上帝儲恩不可恃，轉眼天寶隳彤廷。一日搏殺三乳轂，兩京傷殘萬童嬰。五色隊仗裂錦繡，八姨珠翠遺丁星。神武皇帝功德圯，浯溪碑更垂光晶。三德忽隨燎燼冷，壇場雨潑無餘馨。此厓牢固遠牧

嶽巔石

數片崚嶒踞嶽巔，體鍾神秀此居先。脚根高拔由旬地，頭上平臨尺五天。氣象森嚴排峭碧，丰標峍兀冠蓬玄。魯邦詹取巖巖勢，穹表摩挲大字鐫。

古封禪臺歌

玉皇頂上方石生青苔，云是古封禪之地，當時兀聳中天臺。蓬蓬白雲從之起，三年乾封良可哈。借問封禪者誰氏？傳聞漢之武帝是。武帝雄風不可當，開邊萬里心未已。幕南蕭條無王庭，嫖姚驃騎揚旆旌。的博蓬婆殫威力，三邊愓息俱屏營，封禪乃是古不死之名。方士面謾如童嬰，文成五利公孫卿。登臺凝目三山外，招呼羨門安期生。庶幾惠我翩然至，相與縹緲馳雲軿。豈知金筴探十八，顛倒讀之空狡黠。縱似彭鏗年紀亦有窮，賢聖同盡誰能脱？軒皇丹成去鼎湖，浪説騎龍升天衢。橋陵寂寞剩鴻塚，神仙久視皆虚無。武帝之前有秦始，并吞六國横無比。金繩玉檢處處埋，滈池君已見告矣。三千男女浮巨航，徐福民伍行稱王。岱輿員嶠渺何許，秦東門外徒褰裳。金城擬作萬世皇，刻石紀功驕煒煌。封禪之後十二載，軹道銜璧看秦亡。秦亡狂暴不足惜，漢武何爲踵其轍？茂陵蕀陵封樹青，傾城顔色仝灰滅。由來萬乘復何求，祇憂零落歸山邱。亦知大藥未易得，萬一希冀臨之罘。嗚呼！欲求長生豈在此，堯立，閒居歲月且雲奔。一枝笻帶煙霞氣，五嶽峰頭可並論。

碧霞宫

碧霞宫殿映秋旻，璀璨金青結搆新。瀛海三神紛揖翠，軒轅七女一登真。黄華舊自通仙氣，白鶴渾疑降羽人。北望天空山畔路，至今石屋聳嶙峋。

孔子崖

老乘秋興淩天街，飛身直上孔子崖。一條舊削紫玉杖，一緉新蠟緗絇鞋。十八盤衝雪磴滑，幾千丈叩雲門闖。天闕徑同咫尺近，聖域詎遺毫釐差？晴巖恰遇好風日，遠海盡掃濃氛霾。心頭空曠絶芥蔕，眼底廓落無垠厓。生而不顧黄金窟，飄然那戀青絲緺。喜發嘯歌遂野性，鄙營大藥留癡骸。凉雨净洗數石筍，衝飈吹落千松釵。窈窈青堆嶽影矗，踈踈黑點州煙排。七襄繆繞委織女，五色鍛鍊勞皇媧。落落孫枝挺漢柏，煌煌帝典燔虞柴。高餐明霞謝腥腐，清聽飛瀑除繁哇。娭遊久愛侶麋鹿，推擠豈復煩朋儕？萬事盡付東逝水，一夢未醒南柯槐。曹蜍李志爾自得，王倪齧缺吾所偕。大聖從容詣獨絶，小子狂簡行非乖。但念韋編鐵擿把，不數玉檢金繩埋。水晶簾挂月比鏡，玻瓈盌瀉醅如淮。道士助我香茅縛，增置平天一小齋。

泰山集卷中

詩二　古今體詩九十二首

上南天門

門開詄蕩最高層，兩腋清風掖我升。赤日輪隨霄漢轉，青霞氣合洞雲蒸。三天誰道無階上，八翼徒聞有夢登。何自懸崖能撒手，省人機息慣乘凌。

孔子望吴門處

登臨遺跡此間存，古木蒼藤尚可捫。千仞雲峰起東嶽，一條白練繫吴門。秋凌霄漢清光迥，夕望鄉關落照昏。我亦後來狂簡士，不因奇陡震心魂。

青帝觀

泰岱巖巖閟殿尊，萬靈生氣此間存。天門南北俱朝帝，蒿里賢愚盡斂魂。晚節風塵原鶴

對松山萬松歌

東山無數松，西山無數松，兩山相對青蘢葱。上有觸石白雲之滃滃，下有傾峽流泉之淙淙。宗生不知幾千幾百歲，長養造化施全功。登丁樵斧所不到，層梯斬斷懸高空。有時嘯呼臨天風，蓬蓬荅響和笙鏞。虛濤自瀉蜃海外，偃蓋尚拂虹霄中。既不受嬴家大夫封，亦不追陶逕處士蹤。非仕非隱無倚着，位置超妙叨天公。烟霞彩翠繞厥趾，日月光氣蟠其胸。皇天本性喜正直，森然行列參寵嵸。其中東山頂上一株尤兀突，青林萬樹誰能同？峥嶸體勢峙天地，攙空領袖超群雄。自是乾坤餘力養此蒼髯翁，鎮壓鰲極收鴻濛。銅柯四出本孤梃，皴皮外潤由中充。崔嵬增壯嶽門户，蓊鬱撑住天西東。惜哉吾鄉萬松嶺上歷塵劫，蒼山無復當時容。誰知飛來此巔岫，潑天翠色綿春冬。大小攢簇非人工，青帝扶植雙高峰。嗚呼！青帝扶植雙高峰。

龍泉觀

奔泉不斷洒珠璣，高觀新苔繡石扉。夜雨平添秋水漲，青天乍見白龍飛。深深洞底投金簡，洶洶巖坳濺薜衣。坐冷斜陽不歸去，四山暝色動烟霏。

大龍峪

將刀斫瀑布，不斷千丈流。乍使乖龍怒，傾天拔老湫。

十八盤

慢緊十八盤，盤盤飛鳥上。一生喜遊山，當着屐幾緉。

龍　洞

洞底通滄海，神龍窟宅深。幽潛如有意，穩卧懶爲霖。

新石盤

石盤此新闢，逶迤輦道存。五雲飛不散，似爲獨承恩。

處士松

昂藏誠獨立，溷以大夫名。石鐫『獨立大夫』四字。處士無慚色，空山老此生。精靈依岱嶽，封爵謝秦嬴。莫化神龍去，騰飛上玉京。

朝陽洞

窈窕朝陽洞，暘光此早臨。一窪滄海水，半壁閬風岑。雲吐呀然口，塵空道者心。蘿陰下飛鳥，十笏亦幽深。

半山亭

路半仙巖矯首觀，飛身已到白雲端。芙蓉秋爛千千朵，蘿薜晴摇六六盤。壘石莓苔迷漢檢，攢霄風雨護秦官。一亭迥立高空上，不散層陰卓午寒。

小龍峪

衆水匯石峽，倒傾萬斛珠。蟄龍在窟底，一噴一醒無？

步天橋

兹山形勢與天齊，重疊天門步可躋。蠟屐登登凌碧漢，彩虹蜿蜿挂丹梯。身臨泰畤連雲峻，眼見秦松帶雨低。曾上蓮華最高頂，單人橋入萬峰西。

快活三

惆悵梯空上蔚藍，傾崖駿馬已回驂。步天橋迥千重磴，觀海峰高萬丈嵐。亭觀東西行客怯，石盤新舊僕夫諳。雲階坦迤叢山店，飛步同呼快活三。

御帳巖

一片飛來石，凌乘御帳巖。泉聲帶風吼，月色映秋劖。帝力鍾靈秀，神功削翠嵌。登封人不見，苔字蝕鎸劖。

大夫松

風雨驚飛洗翠巉，鑾輿難覓碧油衫。始皇帝倚雲中蓋，五大夫加世上銜。勁節原能傲霜雪，清標端不落塵凡。高斯早已污碪斧，尚有秦官老此巖。

東百丈崖

萬里晴光動翠崖，盤空百丈躡青鞋。鞭笞鸞鳳追仙侶，沉痼煙霞屬我儕。碧磴參差排石屋，丹梯巀嶭上天階。洞門蘿薜長如許，小住清秋亦復佳。

西百丈崖

西巖宿雨洗氛霾，斑駁新霜錦樹排。咫尺帝居雲裏闕，憑陵弟畜磵邊崖。高空寥廓盤仙驥，古石荒寒棄女媧。欲借林僧青竹杖，起觀滄海暢秋懷。

回馬嶺

環道重重入嶮巇，縱饒叱撥也難騎。籃輿拂薛終愁滑，芒屩穿雲不厭遲。萬里秋風吹客鬢，中峰陰雨晃靈旗。還思昨歲攀登處，絶壁千尋鐵鎖垂。

黄峴嶺

黄峴憑陵石磴高，蒼藤七尺上磽嶅。劇愁詩老青鞋破，欲借仙人白鹿遨。漢碣苔濃皴古字，秦松雨暴助虚濤。飄飄襟袂難輕舉，凉拂天風也足豪。

水簾洞

一雨奔飛百道添，仙閶不捲水晶簾。天邊亂唾生珠玉，臣處幽居在讓廉。澗腹秋清元鶴洗，潭心月冷白龍潛。洞中環珮無消息，瑶草沿源長緑纖。

巖巖亭

一亭卓立表巖巖，紫翠千重落日銜。對面徠峰争兀突，上頭嶽殿擁尊嚴。黄流佀帶由來繞，緑樹如萍不可芟。纔得凌虚開眼界，塵寰所見盡卑凡。

馬棚崖

浮雲乍散白蘢葱，一氣穿過倒壑松。穹石横排堪隱馬，飛流直下劇奔龍。煙霞晚絢晴巖色，冰雪秋填冷客胸。杰閣摩空還徙倚，天風蓬勃響笙鐘。

摩空閣

高崖千尺已摩空，架閣飛凌冷翠中。海色動摇秋水白，嵐光渲染夕陽紅。輕身騰躍追猿狖，遠信飄颻任雁鴻。等是東西浪遊跡，愛從嶽頂寄霜蓬。

紅門

秋冷胭脂石，朝迎暘谷暾。高高瞻絳闕，下士入修門。

飛雲閣

凌虚閣勢切高雯，眼底輕飛片片雲。青嶽嵐光秋窈窕，紅門日氣曙氤氲。海天澄澹空相映，齊魯蒼茫迥不分。封禪紛紛迷往跡，望中何處是亭云？

孔子登臨處

孔子居東山，小魯試一登。洎乎陟泰岱，心目暢凌乘。于焉小天下，高躋百萬層。誰謂天在上，無階不可升。丹梯穩着足，峻極横憑陵。

高老橋

幾條瀑布下巖椒，重鎖潺湲跨石橋。陂陡未須回駿馬，風高忽自掣寒鵰。天門路已過青澗，御帳坪猶在赤霄。瀧瀧清流渾不斷，頓令心眼滌煩囂。

登嶽五首

浩浩出門去，曠懷誰與言？此行登岱嶽，獨步上天門。觀海鯨須掣，培風鵬孰騫？憑將今古事，搔首問乾坤。

新霽梯雲麓，憑虛上上頭。迎眸小天下，濯足大龍湫。歲去烏三足，塵揚貉一邱。何須因白練，東望起鄉愁。

一入紅門去，盤空六六紆。昂霄松骨挺，横澗石稜麤。靈爽通群帝，秋光攬八區。高吟登日觀，浩蕩撫鴻鑪。

山脚根東極，蒼茫灝氣浮。緑文仙篆籀，紅市蜃臺樓。擘海翻金翅，凌空躍火毬。垓埏供一覽，奇景拾高秋。

山勢青驄馬，奔騰到海隅。州烟黟點九，山月白輪孤。方士言迂怪，神仙事有無。猶存封禪跡，秦漢一何愚。

白隺泉

岳麓寒瀦雪色泉，羽衣曾此照褊襹。丹光夜出巖邊日，卵色秋涵水底天。白鶴不乘明月下，驪龍如抱寶珠眠。青桐芽自春前採，惟嶽中岩谷有此茶。試汲銅瓶活火煎。

今予齋殁七年矣。

跡，云亭疊禪檢遺編。重遊悵望天門路，淚湧清秋雨後泉。癸丑春，仝朱予齋公車北上，謁嶽廟。

一夕飛過大小東，仙閭便是蘂珠宮。玉臺絳節瞻天上，緑字丹楹揭夢中。豈謂文章神亦助，庚子闈題《行夏之時》，吾屬思有省，即用夢中楹帖行文。也知呼吸帝原通。只今空對扶桑石，不得摩挲語笑同。

周生復旦，字肆三，善天文河洛數，早卒。閎博辨星文，奎斗天垣指向君。其奈英雄聚蒿里，空將時命問靈氛。孤生只剩蕭騷竹，膚寸都成黯淡雲。猶有夢瓊餘息在，一哀可得九京聞。

阻雨有禱

憶昔山前矯首頻，往來覿面失相親。蓬山引去風中舸，剡曲空回雪下人。纔辨青鞋攀絶磴，苦教白雨灑高旻。嶽靈乞把油雲掃，放出秋空日一輪。

喜晴

果掃煙雲凈，當頭旭日紅。飛拈靈壽杖，直上碧霞宮。松磴翠逾潑，海天清若空。重叨嶽靈眷，遊華事原同。

影，緤馬堪收世路繮。誰候雞鳴來騁望，咸池想像欲生光。

嶽廟階西石高蹲如塔

崚嶒片石矗崑崙，形勝西偏竦處尊。湧出堵波標塔影，觸來膚寸識雲根。元精耿耿華文歛，横理庚庚古意存。靈嶽氤氲原一氣，丈人峰勢許仝論。

漢　柏

炳靈殿側晝陰昏，石上龍蛇蟄古根。西北風回竿籟響，二千年受雪霜繁。官家往事過塵劫，鴉鵲新巢長子孫。却省仝遊人已逝，對君涕淚洒天門。

唐　槐

槐根歷亂走逶迤，槐腹枵然更崛奇。風際千聲鳴窸窣，月來雙影弄參差。已空窈窕丹青户，曾拂翩翻日月旗。聖世並沾新雨露，延禧葱鬱萬年枝。

嶽廟感舊三首

並馬東來射策年，岱宗青靄拂行鞭。雲嵐生氣初春動，臺殿靈光落照鮮。槐柏半枯探古澤腹，吾自上舟航。

曉赴泰安

遄向山城去，惟餘一舍遥。途纔入磽确，樹久颯風飈。月色豈長好，秋陰難遽消。還思禱靈嶽，爽氣豁今朝。

謁嶽廟

名山推五嶽，泰岱獨居先。勢峻東臨海，功高上配天。地封禽父國，碑勒鼠兒年。廿載重瞻拜，霜髭不復玄。

嶽廟階心柏

正對金爐聳一株，人從翠蓋兩傍趨。高撑月地心原迥，獨立雲階影自孤。葱蒨形模元氣擁，崔嵬枝幹嶽靈扶。唐槐漢柏年雖長，得似當中挺拔無？

扶桑石

嶙峋離立指扶桑，不用乘桴着日傍。神巧鐫鑱穿窈窱，嶽靈盤鬱結嵣碭。彎弓欲挂滄波幽景，湧出五更餘。

雲　山山名

一山遥突起，形勢軋霄崢。千仞雲騰涌，孤標玉削成。盤阿明月墜，秋樹淡煙横。此内耕耰好，茅茨稱隱情。

張果老山

詢名張果老，縹緲矗仙山。松石寧嫌淺，心神好是間。孤棲涵道氣，幽境在塵寰。情慾拋婚宦，須知即大還。

望　嶽

向空瞻嶽影，拔地聳巉巉。天海一廻抱，雲嵐千吐銜。神居建高屋，遠勢走鶩颿。明去凌巔頂，無須姓氏劖。

張家口渡汶水

汶水浩湯湯，浮沙映日黄。行程淹馬足，客夢省津梁。利涉誠難遇，清遊了不妨。漸車經郎還長流。鴻才落魄有如此，愴然涕下誰能收？登高壯觀豁兩眸，古今萬事浮雲浮。功名富貴豈長在，只須葡萄千斛傾新篘。老兵亦可作酒伴，何必孔巢父與元丹邱，而況八仙六逸迥不侔。昔年此地酣醉留，酩酊得有千場不？眼前横目二足俱悠悠，呼公不起無朋儔。世人只知翰林供奉貴，詎驚光燄萬丈獨與南池杜老爲匹休？知公胸中雲夢吞八九，了不芥蔕夫何尤。八窗盡拓恣冥搜，天風落木寒颼飀。圓靈不動清光皎，曾照綺席行觥籌。時無金貂換酒與我飲，取醉質我青兕裘。大瓶小杓歷落澆吟喉，儵然自斟自獻酧。屢舞僛傞醉不覺，老狂消盡萬古愁。他時天門開詄蕩，訪公一過揚雲斿。相從吟醉吾何求，嗚呼，相從吟醉吾何求。

曉發濟寧

大閘逶迤度，馳驅我馬良。霞暾破清曉，槐柳夾康莊。白首孤吟壯，青山萬慮亡。摇鞭僕夫語，今夕抵寧陽。

曉行寧陽道中二首

曉行天氣肅，裘襲冷森森。空際飛星彩，堤邊寫柳陰。微風迎素鬢，圓月照清襟。宇宙一何曠，窅然生遠心。

木落月明候，吾遊于物初。太清消滓穢，萬類寄蘧廬。遠岫眉逾淡，寒潭鏡總虚。奇哉此

南池謁杜文貞公祠

千古大文根忠誠，詩公獨欽杜文貞。當時奔波值離亂，涕念君國悲濯纓。一飯何曾暫忘却，金盤玉箸憐紅櫻。衣露兩肘謁行在，光照汗竹何峥嶸。疎救豈私房太尉，要爲朝廷收老成。哥舒後愚前勇鋭，誰能預保完令名？無端索瘢苦不已，文人抵死工相輕。漁洋持論吾不平，三大禮賦施譏評。若使委蛇李林甫，何至忌刻沾微生。鴻裁詎合紬君相，深文曲詆欺聾盲。似妬文彩動人主不惜，如雲大翅垂青冥。仰公大名垂宇宙，神靈浩蕩周寰瀛。即如南池一泓水，藉公洒句騰光晶。城隅秋水奉遊讌，任城主簿纏深情。遺跡昭冥關氣數，表章盛世揚芬馨。萩林兩持使節至，入雲祠宇標朱甍。詩史藎臣勒御筆，紫氣黑夜捎天星。重是心肝至尊捧，夫豈徒以其詩鳴？我曾遥題志仰止，鞠躬今拜池邊庭。凉秋九月風穿襦，木葉如雨紛飄零。少陵臺上倒醽醁，酹公三爵還自傾，浩歌無人獨吟賡。靈風颯下公其聆，秋波震宕魚龍驚。孤蹤寂寞亦常事，寸心得失皦皦明。古今此地迭憑弔，着我撫節横敲鏗。

謁謫仙樓

謫仙百尺存高樓，樓矗任城城上頭。狂歌一曲動天地，商聲激越當深秋。謫仙意氣横九州，奴使力士輕王侯。脱非四明狂客具特識，誰知謫仙混跡塵中遊。楚筵辭醴身早抽，萬里夜

望衆山作

獨山何介立，遥見衆山圍。疎樹連青靄，寒雲映翠微。冥心際秋昊，到眼溢清暉。岱嶽分神秀，氛氲攬化機。

宿濟寧四首

舟車天下會，旁午濟寧州。轉漕還南去，看山自北遊。清圓明月夕，衰白鬢華秋。此地堪吟醉，青蓮剩酒樓。

吾兒歸故國，屈指到金閶。回望梁園月，吟充古錦囊。老夫發遊興，清濟照行裝。往歲仝來路，商歌意不忘。

龍山一輪月，遠照濟流圓。作客分鄉縣，遊山及老年。吟從岱宗發，書向號臺傳。禽夏償吾願，須成五嶽編。

若問吾家事，耽詩亦少陵。球兒清興屢，篪子苦吟曾。晚歲心逾壯，違時氣轉增。南池多古意，欄檻失仝凭。

月

皎皎茅茨月，清暉媚旅人。群情看自别，吾意獨相親。一瞬十年事，孤踪千里塵。遥期青嶽頂，更爲照嶙峋。

月下行二首

宵分起視月，漸次欲團團。整駕仍侵曉，披裘爲却寒。溝塍横樹影，斥堠矗旌竿。迢遞遵周道，星稀夜向闌。

鐸鈴先後接，蚤起理應齊。草短跑寒兔，村深叫遠雞。荒煙生隴上，孤月墮天西。清景開圖畫，無人攬筆題。

獨山

元工生使獨，鼠尾細皴殊。落落青松秀，稜稜紫石腴。也教僧占去，曾有客題無？莫怪偏鍾愛，吾生性亦孤。

劉家漊渡河

朝旭晴懸古渡前，劉家漊畔散寒煙。片帆横截乘槎水，孤鶩斜飛隔岸船。舊日蒼茫追瓠子，新霜歷亂點華顛。乘風破浪渾閒事，老去臨流一慨然。

曹縣道中二首

日中猶未食，行者迺知艱。人馬同飢渴，風沙老鬢顔。田家安播穫，客路飽閒關。所幸心無事，清遊總是閒。

渡河三十里，猶未及曹城。秋鶻盤空下，村雞報午鳴。野荒途莫問，沙厚馬難行。尚有乾餱在，無須羨鼎烹。

未曉行二首

昨晚倦先宿，侵星争此程。樹偏當澗立，馬爲失群鳴。燈火隣車借，風霜朔氣迎。披裘執鞭弭，辛苦僕夫行。

穿入柳林裏，望來煙氣濃。光芒星替月，骯髒馬如龍。曷旦鳥頻喚，賣漿家未逢。行幾三十里，遠寺始鳴鐘。

翁亦得。鴨鴨汝自呼其名，戲稱汝能超凡翎。汝莫自矜能言可入貢，誤信詠諧甫里生。

宿考城

水繞孤城汎溢餘，尚留泥潦濺征車。翻波鵝鴨喧壕塹，下坂牛羊入里閭。一昔客蹤安僕馬，三秋市價貴瓜蔬。寄聲太史操青簡，莫漫齊將大有書。

考城逆旅壁揭寧人負我毋我負人字一幅感而作歌

寧人負我毋負人，美哉此言如飲醇。世恨中山狼多滿地走，不惜獵人手底紅染輪。豈知蹄毛不足校，大塊孳畜群甡甡。惟須立脚厚繩己，愓息人禽判一身。赤心端合播仁愛，白眼不勞生怒嗔。詎謂皇天有美報，决當爛漫舒天真。以此揭壁告諸往來客，足使斗室喧如春。我尤欲贊化乾坤平譽咎，人己熙熙兩不負。

曉發考城

關垌潦水尚横流，改轍縈紆古隴頭。負戴稻粱穿市曉，拖挐楊柳映隄秋。人趨平野追風驃，車過高坡上瀨舟。前向渾河重問渡，向禽不係旅中愁。

起，城磚填築沙水裹。中窪處所若斷虹，我車濟盈苦濡軌。今年夏五之望騰螭蛟，中天雷電風雨交。五更飛湍汴城入，西南一帶沉堂坳。天黑悽聞鬼神泣，堤崩屋坼嗟何及。老夫幾犯滅頂凶，黔首焉能側足立？雨晴倒漲濁水流，攢眉不解何緣由。傳聞汎溢他州縣，眼見氛祲茲爲尤。柳下老人語嗚咽，夏秋水風冷騷屑。當時三版幸不沉，滔滔勢等黄流決。城中稚耄都怔惶，大家小户無完牆。黍麥經時價昂涌，忍飢急欲輸官糧。噫吁嚱！五行災沴古來有，回斡化機巨靈手。箋天殆少地上臣，漫道天關虎豹守。只今洶洶漫坑壕，衝風欻吸翻雲濤。鵜鶘鵁鶄飛且號，水寒煙淡求其曹。一輪素月霜天高，搔首感歎增鬱陶。詩翁空比契與稷，徒耗幾斗松花醪。

飼鴨詞

考城壕水如長河，勢欲走海揚白波。野翁作計此飼鴨，成群散亂栖盤渦。沙平浪静鳴相和，隍邊隈隩踏淺莎。唼喋魚蝦飽軟美，入口不吐蜆蚌螺。尋常水面掀短翮，毛身蹣跚飛跛蹩。豈知一夕衝風忽怒號，倒拔鄱陽洞庭響砉騞。風饕浪洶氣勢豪，鼓舞襹褷動什伯。擘波決起互豗轟，直湧空明千百尺。砰然山倒震洪波，萬雨聲中崩霹靂。東邊陡落西横騰，分曹賭勝争凌乘。訇天蕩潏大瀛海，鰲呿鵬擊聲相應。飛廉歸去收憑陵，四面影息秋波澄。儵忽晻喝暝烟凝，照破團團一片冰。日夜浮游此窟宅，種類孳息盈不億。灣陂富可比封君，野潦滛滛

漢高祖廟

一劍成王業，英雄沛上多。興隨芒碭氣，歸作大風歌。螭斷穹碑首，鴉攢古樹柯。良平祠墓近，靈馭月中過。

陳思王祠

思王志小雅，怨誹形詩篇。蓄意在遠遊，慨慕方蓬仙。白馬與贈別，玉體毋輕捐。洛水漾微瀾，胡爲賦感甄？乃知萁燃豆，猶未急相煎。建安才名冠，深覺斯人賢。奸雄産寧馨，盛藻長流傳。凄凉去華屋，冷就山邱眠。丹楹黯零落，林鴉噪凉烟。

陳曲逆祠

百世此廟食，里社如公稀。誦言宰天下，均平願無違。傾心交絳灌，安劉定指揮。厥謀迥殊衆，迭出胸中奇。乃知智者心，從默涵深機。王陵獨廷諍，侃侃未云非。

壕水行

周遭秋波流湯湯，考城之城波中央。東西城外堤一道，蕩潏左右如浮梁。浮梁難遣凌空糊。云亭社首自巀嶫，何人封禪存遺書？浮雲一過淨無跡，只容吟眺供娭娛。遊山當着幾緉屐，此去闖破青石閭。隔年成言定不爽，鴛湖錢載知老夫。丈人峰頭許高臥，踏壁扣石歌黄虞。僕夫在路且整暇，我行無事姑徐驅。

宿蘭陽

僑居幽默在丹房，一豁秋襟出大梁。天入白藏臨曠闊，峰攢青社向蒼茫。投空林裏鴉聲大，行夕陽中馬影長。是處松醪堪醉月，初程泥飲宿蘭陽。

留侯墓

博浪陡一擊，飛聲震乾坤。副車中雖誤，已褫祖龍魂。大索渺蹤跡，杳然何處存。餘事興炎鼎，封留焉足論？赤松與黄石，物外可晤言。寂寞一抔土，不傍咸陽原。秋煙莽莫辨，遥睇釃清尊。

子房洞

谽谺子房洞，一卷清且幽。因依黄石在，縹緲白雲遊。智勇風雷動，功名竹帛留。英雄知退步，胡不引韓侯？

丑，詣嶽廟，具如所夢。一登臨欲吟秋色，十往來惟望夕曛。到眼霞嵐皆異采，近身猿鶴總仝群。知君不少詩千首，應羨横胸蕩白雲。

遥别張圖東學林馬石蓮榮祖

簇簇籬花正鬬新，忽生豪興動征輪。天東兀突攀靈嶽，關外連翩憶故人。浮世耑教圓甲子，閏年先借小陽春。不愁客路無相識，白月追陪意劇親。

登車行

欒復欒，又登車。一年遊一嶽，歲月不空徂。太山朝雲騰太虚，超遥倏忽如招予。石菊黄爛斑，霜楓紅扶疏。渡河古轍沙盤紆，湯湯汶濟清而姝。馬蹄蹀躞青未了，直入碧霞縹緲之高居。天門開向南天上，三十六盤雲中趨。飛踞日觀領其要，火輪湧出雞鳴初。霞噉歷亂絢繢彩，絶奇滉瀁金光鋪。一泓周遭浸地軸，鰲極終古牢撑扶。巑岏峭嶂近拱揖，指顧分列周秦吴。齊州九點羅方輿，元氣泱漭根虚無。群嶽連綿接遠翠，巨手爲展真形圖。東偏咫尺凌蓬壺，仙人隔水堪邀呼。蜃吐青紅作妖怪，白日樓閣凌空嘘。秋蟄魚龍鞭不動，豈敢漫禱追髯蘇？陸海熒煌炫萬市，幻影出没滄溟如。登高遠觀放心眼，今古浩劫俄乘除。秦皇漢武殫威力，東門悵望何貪愚。誰傳古皇七十二，紛紛石礉金繩俱。大書深刻摩厓字，苔皴石泐形模

泰山集卷上

詩一　古今體詩九十六首

泰遊口號

日觀須凌第一峰，登高發興引遊蹤。小春天氣陽光煖，大塊文章嶽色濃。獨客南來偏伉健，群山東向盡朝宗。人間多少閒恩怨，不到禽生曠蕩胸。

留别袁石峰舜裔

莫定畸人物外蹤，夢魂飛入碧霞重。浮雲形似世情幻，秋樹色添遊興濃。白練横過天際馬，烏藤直上嶺頭龍。憑將一斗隃麋汁，洒遍天門日觀峰。

留别沈荻林廷芳

嶽麓鐘聲夢裏聞，早於金闕識蝌文。予庚子歲夢至一廟，楹帖榜『帝出乎震，人生於寅』八字。至癸

泰山集序

今歲九日登高，鐵塔十三層頂上，覩黄流一線滉瀁行，山色青濛濛浮檻外，餘祇荒沙澶漫不暢。臨眺遠目，遂動登岱嶽之興。攜拄策即行，飛凌日觀峰。雞一鳴，觀日出，洵寰中第一景。出丈人峰後，覽黄華靈巖，窮嶽之勝，歸謁孔林。孔林于雍正年間謁者，舊矣。儒家祖塋，禮當肅恭。重省詣聖賢林廟，覽古跡殆遍。欲往鄒縣重謁孟廟，不果。僕夫取道誤，出城武，訪曾廟，不得，然亦足盡天下大觀而無憾矣。且遊且吟，有作又積帙。適新修大梁書院落成，五賢祠亦丹艧光彩，龕帷具備，專待予歸，練時日送栗主。且碑已礱就，趣予援筆大書之。予明年擬游南北嶽，將辭。此去轉眼爲陳跡，固宜存之，以紀歲月。

乾隆甲戌良月之望，桑調元自序。

奉酬圖東書華遊長篇後原韻

梯霄上二華，青柯俯列巘。天門開詄蕩，鬼斧鑿幽秘。懸瀑倒千巖，響取轟雷霹。鐵組撼鐺琅，驍悍洗呀痒。雲崩露厓竅，不盡嵌巉致。元工摶土手，真宰煉石意。眶睫砉開張，毛孔森怦悸。峭拔信天成，光怪獨予畀。直踞三峰椒，妙揭第一義。浮空石蓮華，秋色羅衆異。倒景燃雲海，金光萬道恣。所嗟筆鋒鈍，陡落失銛利。一緘空中來，六丁遞奇字。空谷足音跫，古殿靈光巋。吴劍抽干將，趙穎脱毛遂。詫似讀異書，蝌簡啟玉笥。詞壇築中天，一軍驚拜帥。層城撮仙標，廣場掃蕪累。氣方一鼓作，才更八斗費。庖丁捉牛刃，恢恢有餘地。宵誦殷屋山，銅槃膩燭淚。歎彼詞波渾，識田早淪潰。未得元氣强，那免客形悴。此中檢根由，俳優坐妖媚。大老邃工夫，志至連氣次。操觚旁門塞，綰組熱逕避。巖柏挺直幹，海鶴翻勁翅。已卜物外廬，行謝塵寰轡。生兒交瓊柯，著書貯金匱。新題運仙掌，凡腕斷希冀。詩胆破劉叉，詎止攻余媿？

抵須友堂

冒雨登車作華遊，自操濟勝百無憂。世情多在亨衢蹶，詩意須從絶境求。袖拂三峰嵐氣散，杖歸一室水痕留。老夫正有清狂興，群嶽巖扃次第搜。

僕射陂

僕射陂前景色清，煙波一片尚盈盈。風蓮爛葉翻翻倒，水鸛寒吭磔磔鳴。獨上荒臺提筆掃，狂呼明月把杯傾。雨晴往復都乘興，不繫舟看自在行。

白沙鎮見一船感賦

荒浦一舟横，烟波動客情。草青迎棹過，沙白送人行。鄉國頻縈夢，關河數十程。何緣便歸去，弦月柁樓明。

還憩韓莊

却過韓莊望，南村竹樹遮。吾徒還毷氉，謂張上池。世事漫嗟呀。旅鬢寒烏帽，僧廬憶白華。謂白華寺。東瞻汴城近，也算客歸家。

宋太乙宫

有宋昇平日，熒煌太乙宫。天書何誕漫，封禪自西東。素女霓旌拂，仙官絳闕通。靖康城欲陷，猒勝醮壇中。

已屋緣底事，舉錯令人增鬱煩。舊局敲殘我何與，呼燈再沃玻璨樽。

明鄭州魏公明賓尚賢昭忠祠詩

有明敗局寇内訌，一劫頓使楸枰空。煤山之禍古無有，春朝敲斷龍樓鐘。先時中原躪萬騎，汳上訇決黄流洪。哀哉杯瀉福禄酒，新安浩氣升長虹。管城城東門乍破，堂堂授命銀臺公。公首可離膝不屈，嶷然峙立標中嵩。當官幸脱璫餤烈，天留七十霜髯翁。終焉奮厲霹靂舌，怒罵殷地聲隆隆。快刀先斫食指斷，銜鬚温序何其雄。蘼蕪一片跡不滅，天狗下舐斑斑紅。塞天氛祲告鞠凶，蚩尤飄飄彗蒙茸。成仁志氣有元本，激昂封事明丹衷。赤手欲扶鼇極正，末造自壞蓬萊宮。昆明未覩劫灰黑，碧血已滴重泉中。誰謂賢愚死後泯，彼蠢蠢者誠沙蟲。魏家河邊骨已朽，奇芬却與旃檀同。我放小招弔毅魄，楓林颯颯鳴悲風。雲旂出入淡偃蹇，神靈荒忽天西東。亭成野史著特筆，大節於爍昭清穹。傳芭擊鼓秋色裏，城頭哀怨何終窮。

白沙鎮

逶迤東向去，甫草路猶賒。連騎捎黄柳，孤鴻下白沙。鄉遥斷音信，客久擲年華。蓬梗浮秋水，茫茫未有涯。

漢高帝繫馬槐

雜亂千章裏，標奇獨漢槐。高皇今已矣，古木尚雄哉。霜露經秋冷，烏鴉入暮哀。腐儒騎瘦馬，寂寞首重回。

厄井

漢主泥蟠地，蜘蛛亦効靈。祇教追鹵莽，誰與測沉冥？白日藏龍氣，清泉下帝星。滎陽無改邑，士女汲銅瓶。

鄭西門感劉將軍聘之崇會大捷處有作疊鄭東門韻

鄭西門頭寂不喧，輕輿早入逆旅門。客中酒不論清渾，倒入胸中翠濤翻。却憶道左豐碑書大捷，細字石泐摸剔龜趺根。乃知崇禎年間力禦寇，虎頭燕頷臂則猿。當時中原流寇萬騎方衝奔，田家喪却老瓦盆，河南河北兵車屯。飢腸那充馬齒莧，赤體詎遮犢鼻褌？桓桓劉將軍，快劍砍賊如解黿。高村陽和二地名迭斬馘，連天鐃鐸橫沸掀。雲隨殺氣烏避轅，西追我馬猛勢軼，似踰月窟超崑崙。此宜露布達帝閽，築壇推轂令鵬鶱。天戈雷轟倒鬼斧，便可疾掃貙虎繁。乘勢雲中下鼓角，煙氛直靖西南坤。徒倚嗣昌辦勦賊，赤日倏墮虞淵昏。嗚呼！明社鮑叔無窮誼，能令管子安。無猜斯足貴，多與未爲難。此友成千載，相知豈一端？分金猶有處，霜草白漫漫。

感管鮑事重賦二章

生我者父母，知我者鮑叔。吁嗟天下才，堂阜不爲辱。起家薰沐餘，功名上青竹。分金義不小，恩情均骨肉。戰三走亦三，母老非退縮。論相不之薦，報德殊凡俗。俾仲成一奇，此誼千秋獨。

生我者父母，助我者予齋。怔惶嘗湯藥，通門夙夜偕。蹌踉見星奔，非君已黄埃。公車三我顧，乞養趣循陔。文章誠小技，丁寧盡厥才。蛾眉召謡諑，撫愛芳潔懷。愧我了無奇，此誼誰與儕？

重謁詩聖祠

重過祠宇肅衣冠，恨不同時異代看。迍賤文章多涕淚，亂離臣子有心肝。草堂才大推詩聖，工部名高壓史官。不爲驚人耽述作，寸心千古只求安。

自義昌驛至鐵門

已過義昌驛，斜陽行不前。如何赭白馬，復着黄金鞭。世路固難已，客心空自懸。東奔鐵門路，難似上青天。

宿窯店

鐵門終未到，窯店且安居。隣舍求蕢豆，荒園摘韭蔬。主賓皆逆旅，天地一蘧廬。藉草鋪重褥，酣眠自宴如。

新安東關謁吕忠節公墓

縱横劇賊滿中原，洛水難禁萬馬奔。退傳節旄空自落，東萊講席尚然温。周公有鬼憐英魄，福邸無聲泣斷魂。一徑松風連隧道，虚濤吹冷涕洟痕。

管鮑分金處二首

世上無相識，根源重在金。分時多著眼，貧底少知心。高誼音誰嗣，窮交淚滿襟。桑調元朱嵩齡仝管鮑，忼慷古猶今。

奉酬圖東見寄疊韻四首

離情一日抵三秋，却悔當筵未久留。兔苑繁霜勞遠夢，草堂微雨失仝遊。天懷澄澹遥相照，人事蒼黄不與謀。東陜今稱風雅窟，吾生並世總低頭。并謂力本。

通懷季野貯陽秋，塵路誰何齒頰留？願作雲龍隨地逐，曾騎茅狗上天遊。省開白眼招人怪，辨得青鞋出世謀。獨往難忘舊吟伴，芙蓉頂上重回頭。

兩鬢霜華鏡裏秋，韶顔豈爲老夫留？也知嘯父工長嘯，若説遊仙是小遊。二華不寒疇昔約，一節寧與友朋謀。兹行奇絶平生冠，贏得題詩箭筈頭。

講堂倏忽六經秋，風雅因君尚繫留。王績鄉中惟是醉，華胥夢裏莫非遊。梁園落拓酬賓戲，曹社更番任鬼謀。晚景恐教兒輩覺，來年六十已平頭。

千秋鎮

辛苦千秋鎮，泥深馬腹邊。無謀堪出險，有客肯扶顛。浩淼行難盡，崎嶇往復旋。方知濟時彦，未可放歸田。

日，高吟此度足千秋。由來湖海多豪士，得似元龍意氣不？

又遣人郊外治具却寄用圖東詩韻

酣歌一夕已千秋，縹緲飛樓底用留。往復連朝費迎餞，唱酬一路接朋遊。向平婚嫁知予畢，皇甫文章即子謀。近屬其作文序。他日相期采芝去，醉眠若箇碧峰頭。

過訪即留别疊韻呈圖東二首

浹月東歸已背秋，高齋情話小淹留。來從舊雨還今雨，吟過嵩遊復華遊。有子知君無不足，畢婚于我更何謀。江南夢裏紅千樹，預約看花並馬頭。

晚傍風塵又一秋，故山歸夢繞稽留山名。菊還有意枝枝發，萍本無心汎汎遊。居傍草堂渾可卜，飲深良夜不須謀。浮踪歡聚知難得，感念青燈照白頭。

登臨虚亭疊韻

陽月催過萬景秋，臨虚恰共白雲留。河山環抱群龍合，風雨蕭疎一鶴遊。疲馬羸僮元浪跡，狂歌痛飲亦良謀。古人不見東流逝，涑水曾題百尺頭。

手，持較中論尤加遒。予文枵空了無有，絕類量沙虛唱籌。君乃高呼張氣勢，挾之驂駕健者流。就中雒誦祭盧文，一紙殷殷天地聲爲留。噫予撥觸沉痛稠，獨繭哀絲千萬抽。當年煢煢兩在疚，紅淚紅似芙蓉鷗。翡帷砂版具夕奠，雙魂在上醽二卣。不孝孤不可爲人子，欲追冥路冥且悠。直寫哀悰告魂座，君胡指此文價仝圖球？省記茹毒有如毒草茹，腸爲寸寸斷，吻爲段段鈎。生養苦無雞豚味，死葬不成馬鬣邱。循陔采蘭朝暮采，白華絳趺以爲羞。古來孝子供子職，耕田竭力親犁耰。我時不行無可養，遥望白雲生悲愁。負米遠馳江南北，往往擔簦入皇州。歸來上堂不復見，規種五粒騰松虬。縱復一朝竊鼎食，上塚空爾陳椎牛。以此椎心括髮痛，欲死不死痛淚不能收。通門猶憶兩落解，頻打毷氉命不猶。落魄偕行至稷下，盧爲辨爽予談鄒。霜蹄雖已蹶騊駼，寶氣猶復明琅鏐。一月寄書過一束，寢門踈曠勤星郵。皇穹不鑒予精誠，忽焉夜壑移藏舟。兩翁曠逵了晝夜，其生其死如休浮。浩浩一氣返旻灝，上征詄蕩天門遊。管鮑陳雷古來有，有此互沾縗血不？只些豈復論才猷，文苑料不施删修。君胡指此文價仝圖球，黃金萬鎰猶不足以酬。千行熱淚急雨迸臉波，豈止紛挂千珠旒？不爲片言賞譽生感激，要自滔滔舊血飛濺糢糊眸。驚動霜林萬烏起，哀聲相應啼清秋。

留別力本疊韻

乘興新爲華嶽遊，歸擕嵐靄此重留。野夫名媿陳驚座，地主才過趙倚樓。爛醉先期踰十健，拜謝嶽靈醻鬯卣。雲臺天門通帝所，霓旌羽蓋紛飈悠。灝靈殿壓五千仞，天風蓬勃鳴笙球。博臺高高出雲表，嵌巉未用施梯鉤。身騎茅龍徑直上，巔頂似踞崑崙邱。仙人叔卿欲我館，飢進瓊蘂充香羞。素心委運薄久視，白髮底事加耘耰？驚人豈有謝朓句，呼嘯一豁人閒愁。天心地肺互脉絡，江南不少山水州。清泉白石輳窟宅，杉檜千丈蟠龍虬。城郭稀見蘇耽隺，畫圖諦觀宏景牛。丈夫及早身可收，何須矍鑠舒壯猶。大九州外境荒忽，裨海難信談天鄒。寰中邱壑吾得到，高厓瀑布懸白鏐。徜徉水墅還山郵，往來飄若不繫舟。人生本無蒂，客踪益復浮。未用大小論鵬鷃，適志便是逍遥遊。一緉芒鞋一筇竹，子能伴我吟眺不？簪纓蘿薜殊風猷，溪南老子耽清修。耕漁兄弟最村朴，老瓦盆可交錯酬。千首詩輕侯萬户，聲名官職原贅旒。意蜕塵埃信吾友，笑而莫逆凝雙眸。凌虚招呼廣成子，白雲縹緲飛千秋。

悲歌行疊韻呈力本并序

力本閱拙集，極賞祭盧天羽先生文，猥謂一片血淚，純是天地元氣，結成此種文字，不可以時代論。予既感知己之獎飾，竊念不孝孤生，無爲養，沉痛入骨。其時兩家孤，情事正同。省記舊跡，悲來填膺，不覺失聲一慟，非倚醉狂抒痛也。因走筆疊韻成此篇，時乾隆癸酉九月之晦夕。

維揚馬君遷如儔，高名高過文選樓。假使與古共騁轡，亦應見許出一頭。誰論海内述作

宿盤豆驛力本遣人治具賦謝用李義山盤豆驛詩韻

河水濺濺不復深，急思會面照清襟。看山來往三千里，候騎東西一片心。前遣人候予于靈寶，兹候于華陰。大華旒垂秋滴滴，鼎原龍去暮沉沉。盤飧狼籍沾僮僕，爛醉誰聞隔院砧？

又遣肩輿見迓于盤豆驛仍用前韻

匝月塗泥轍迹深，肩輿迢遞豁煩襟。群騶呵殿非吾事，遠驛招邀見子心。高李豪吟仝慷慨，陳雷古誼不消沉。秋鄉風景江南似，村塢遥聞笛與砧。

尋玉孃湖不得

秋色滿平蕪，驚寒叫子烏。一彎殘月細，何處玉孃湖？

遊華嶽歸重題獨倚樓疊韻呈力本

我生篤慕禽向儔，獨上仙掌雲中樓。瓊盆倒瀉星潭水，旁看玉女朝洗頭。萬峰濕翠漬衣袖，御風遄返流光遒。重登兹樓淘酣笑，兼卜晝夜催更籌。盡拓油牕納風色，周遭遠近峰巒稠。黄河繞城水帶束，白嶽横空烟穗抽。宇宙中間秋氣滿，着此兩片雪色鷗。昨喜猱騰腰脚

又酬和一絶句韻

孤心映雪虚空白，九月廿四日華山雪。巨掌當山擘破青。二十八潭都化酒，只須長醉不須醒。

關中懷古疊韻四首

夕陽故道黍離秋，文武遺風那處留。孟水白魚曾躍入，岐山丹鳳憶來遊。周楨締造興王業，豐芑消沉翼子謀。聖德群靈夜朝拱，烟深畢郢古原頭。

并吞六國氣横秋，準擬皇基萬世留。博浪沙中渾膽落，輼輬車上只魂遊。祖龍一代窮威武，逐鹿群雄騁智謀。枉鑿三泉錮銀海，驪山殘破月當頭。

草澤英雄奮梃秋，風雲灞上一軍留。離宫甲帳朝零落，原廟衣冠月出遊。率土平來三尺力，劫灰消盡六奇謀。瓊霄仙露和盤拆，淚滴金人渭水頭。

烏飛啄屋下延秋，驪岫香殘禍水留。夜雨淋鈴千古怨，春風隊仗五王遊。羅衣醲淚歸何處，玉輦蒙塵不自謀。細柳新蒲依舊緑，吞聲野老曲江頭。

葉，栩翻蝴蝶入花叢。前除暫憩馴烏鵲，絶頂初登挈僕僮。別院休糧常閴寂，閒庭種藥每茎茙。倦偎苔蘚勝猩褥，小醉醍醐比酪酮。霰鏤魚鱗鋪瓦縫，颷掀羊角裂衣縷。琴徽帶潤囊封錦，硯匣留塵帚拂騣。斑駮昔邪滋沆瀣，繽紛威喜照曈曨。氛埃避靜虚生白，耆艾全真少似童。碑剔古文搜岣嶁，佩抽長劍倚崆峒。肉芝殊類延齡菊，船藕何如塌地菘。麄飯盈簞甜芧栗，偏衫細衲煖貂鼨。嗤携符籙祛魑魅，懶寫音書付雁鴻。行氣法傳生伉健，步虚聲杳入清沖。向平婚嫁完兒債，張翰蓴鱸繫客衷。坐守庚申耽寂寂，催迴甲子悵匆匆。他鄉樵磵千尋繘，故國漁磯百尺篊。紺雪元霜抛杵臼，黄雞白日唱玲瓏。嶔崎台蕩曾扶策，浩渺淮江慣纜䑣。未用當秋悲颯颯，若教消夏滌爞爞。椎囊乍處寧誇遂，劍鋏頻彈最耻馮。自把經書傳伏勝，詎勞學校議荀崧？驍騰讓作纏鬉駿，跧伏甘爲斷尾狨。文武火燒心上汞，陰陽炭鑄世間銅。臨牕誰換琉璃檠，挂壁慵張霹靂弓。眼爲貪奇須刮膜，耳因厭鬧不治聾。塵中處所堪通帝，老去工夫始養蒙。鹿逐乾坤經擾攘，蜃嘘樓閣閲朦朧。翛然獨往無踪跡，免得人呼避詔翁。

得圖東見寄詩和韻迎簡

直上三峰太華秋，泥濺巾舃幾旬留。故人話我追仙跡，今雨看山是壯遊。蹭蹬非關趨要路，瀏連寧復爲身謀。誇張晴絢烟嵐景，萬朵芙蓉一舉頭。

渺，小戎騆驖韻渢渢。華胥國喜遊軒后，封禪書嫌取所忠。薇蕨首陽稀採摘，桑麻杜曲競耕塿。終南門户迤環衛，直北車書遠達聰。遼薊杓明逢運泰，滇黔箐净弭兵訌。蛟螭纏向雄雌鍔，鑾鳳鳴諧律吕筩。窣堵波蹲學螺髻，兜羅綿散捲雰霁。屏藩湯沐朝汧隴，伯仲壎箎揖岱嵩。古丈夫應偕綺用，船司空自瀉崤潼。錘鑪煉石陶甄妙，圖畫披麻渲染工。瀑布雷霆擊砰磕，銀訶濤浪破沖瀜。崚嶒築磴摩晴旭，靉靆舒波蕩顥穹。線縷沄沄環灞滻，肘跟簇簇俯荆嵕。獼猴得意扳垂蔓，鷗鷺忘機戲在潨。世事茫茫趨暗景，時名赫赫扇浮蓬。壺公幻影飄颻滅，毛女輕髾綽約鬘。翠棧丹梯升岌岌，琪林瑶草撫蘘蘘。驚人謝朓慚奇句，遊嶽禽生愛薄躬。宇宙難逢希有鳥，廣輪多見可憐蟲。孤生有客裁椽竹，絶調何人鼓爨桐。蠶則績能抒纂組，艾而張恐觸罦罿。庖羲圖象文誠富，齾缺形模道轉充。九節杖高便平聲跨越，五銖衣薄倏飛翀。上方祗長青柯柏，下界剛飛絳葉楓。白鹿龕邊香蘷蘷，黄龍潭側響潀潀。烟迷弱水歸青鳥，雨歇扶桑斷赤虹。賀老室幽鑱窈窱，焦仙臺迥切霻霳。彈絲縹緲還招寉，沉餌嗟唏罷釣鮦。危岫層層孟門路，老湫處處吕梁洪。綆修懸汲連縋險，磴窄摩攀陡鑿空。仄踐谾矼臨窟穴，暗穿幢峽出衚衕。祠瞻宗土巍榱桷，橋度單人亘螮蝀。螃蠏横行緣峻碥，蜉蛭直上撼枯樓。支當淅瀝披髦罽，遮蔽䨬䨹戴箯篷。樹號舍身增眩瞀，崖名擦耳倍怔忡。楸枰博局侵霄漢，蘆荻籌場掩草芃。探得牛心圓磦砢，麗于龜背凸崿嶐。襹褷杉檜擎雙纖，繚繞幡幢綴五總。箭筈盤盤歌捉搦，蓮華瓣瓣篆雕鐫。琅玕抹翠嵐生塢，鸚鵡驚寒雪到籠。蜕委蜩螗依木未東。

華嶽百韻

太華岧嶢氣象雄，天生陡峭壓寰中。三峰形勢容分鼎，五嶽精靈實合形。鎖鑰憑陵關内外，咽喉控扼陜西東。金莖端正仙人掌，絳節尊嚴白帝宫。指拇差池伸自異，兒孫大小拱還同。九州延袤呵嘘力，六合凌乘造化功。濯足河流衝砥柱，盪胸雲氣接鴻濛。秋來爽氣金天豁，海底真源玉井通。十二旒垂凝晬穆，五千仞矗兀巃嵸。官家歷代精禋肅，珪幣盈庭肸蠁隆。少皞乘權鑾輅冷，蓐收用事庾倉豐。悦敷兑澤叨重潤，厚奠坤靈慶代終。太乙胚胎聯脉脉，長庚躔度晃朣朣。金行肅殺都摯斂，柴望虔恭罔怨恫。竅未鑿時憐渾沌，山經移後快愚公。繡絺稠疊虞巡會，爟火熒煌漢畤烘。丹桂團團輝廣漠，白榆歷歷映昭融。恢閎禹甸泥乘棡，磅礴堯封水汎洚。疊現休祥毋降割，潛銷氛祲只延洪。懷柔各派區涇渭，謨烈仝符表鄗酆。操縵膠庠伐椅梓，彎弧苑囿挂豣豵。壇場藉用菁茅匭，瓚卣斟浮秬鬯饛。炳蔚孫謀詒以燕，峥嶸公望卜非熊。烏飛兔走年光逝，虎鬭龍争戰陣攻。軹道降王空櫬璧，沁園貴主失簾櫳。簡編臚列爲人鑑，歌舞消除是女戎。長樂鯨鐘沸鏜鎝，華清羯鼓振鼙鼕。中條商嶺皆培塿，丞相通侯盡蠛蠓。淚落金人寒弔月，汗流鐵馬夜嘶風。唐陵漢寢頽原久，閬苑瀛洲望不窮。渭水故都荒薺緑，咸陽焦土野棠紅。寧秦皇矣昭臨監，蔭晋佳哉布鬱葱。原隰榛苓思渺

古丈夫洞

我懷古丈夫，衣掃薜石拜。獨作避秦人，高踪躡神界。寥廓有冥鴻，塵網何由挂？一洞天地寬，弗謂十笏隘。

牛心谷

掩曖牛心谷，緑槐不可芟。緬懷楊夫子，講授開緗函。清秋古岩上，夕雪明嵌巉。我欲安石几，借作讀書巖。

上華山連日晴霽喜疊前韻

盈頭白髪天道公，連辰私我暄霽中。蒸霞半天炫谷口，紅射牕罅添豪雄。菡萏層層挂鳥道，中邊欲把鉤梯窮。鴻濛噴薄白雲氣，欲掃未掃廻飈風。跨險已過仙人砭，蒼龍直上天門通。下界自陰上晴豁，火毬一團燒虚空。倚岩鏦錚撼鐵索，了無怖恐心神融。明星東麗仙人掌，玉井西瀦鎮嶽宫。千葉蓮華棄不茹，吟顔自發丹砂紅。抛除萬累向物外，祇放歌嘯明深衷。乾坤秋成納萬寶，滄海一粟存微躬。古老峥嶸攀不到，飄飄禽夏將毋同。昭琴不鼓成虧泯，希聲詎以文綸終？但取星潭一汪水，净湔老眼光朧朧。一峰擬住一百月，俯語雲將吾

棋枰

仙人對一枰，剥啄雲巘裏。着殘秋月曉，清暉映潭水。縱横局不收，飈車已逝矣。樵歌迤邐來，巖前拾數子。

舍身樹

凌虚蟠怪樹，孤根入巖罅。俯臨百仞厓，横卧吁可怕。常恐風雨鳴，一夕龍變化。安得如汝身，千年倚太華。

老君洞

意欲去流沙，暫憩華山頂。著書亦賸事，聊答關尹請。藥爐更何爲，委棄秋巖冷。人間有雞犬，猶覬舐丹鼎。

修羊公

咄嗟修羊公，高卧叩不答。金碧通靈臺，不如破石榻。

邱。秦皇漢武褰裳望，秋川逝波苦難留。只有金精元氣在，砰訇瀑布雲巖流。萬石驚雷動秦地，白日急雨飛龍湫。帝臺秋林轉葱蒨，青坪一色枝柯稠。踆烏顧兔影如織，峰頂歷落拋雙毬。氤氳素氛不見底，濛濛萬里迷皇州。明星高下懸珠旒，神光灼爍當高秋。仙掌參差森五指，拂潰捫斗不遺收。雲車翕集風飂飂，危臺老仙博未休。叔卿道廣作地主，白鹿黃麟紛輩儔。月落河斜玉局散，鐵子擲下青岩陬。露凝金盤得幾抔，凉和瓊屑餐相酬。九莖肉芝滿煙隴，前峰偷喫斑文虬。希夷石室睡不醒，參星夜夜過華斿。千年更變數晷刻，起滅世事浮泡漚。我睇海天一長嘯，聲響遠激層城樓。俯視壤蟲繞地軸，昕夕擾擾争啾啾。

石龜

石龜昂其首，盤跚岩之幽。中岩一道裂，自昔金簡投。下視窅無底，直通黃河流。爾龜此養息，十朋不足儔。了無鑽筴用，永免刳腸憂。

仙掌

仙掌空中矗，白雲互參差。絶巖人不到，未用相招麾。嗤彼金莖直，秋霄氣淋漓。一朝露盤拆，故跡無復遺。茂陵封樹盡，仙臺空崔巍。晏坐睇秋色，孤鴻來何遲。

香爐峰

香爐對中峰，紫煙紛泱漭。暘谷仰氤氳，冰輪低朗晃。西綻玉蓮華，東矗金仙掌。儵忽時相遇，滕薛敢争長。我拄九節笻，直似飛而上。却把浮邱袂，天風吹浩蕩。時大風把道士袂。

玉女峰

亭亭玉女峰，峰形何窈窕。白雲繚繞之，黟石盡娟妙。天東睨海浪，一峰領其要。溟茫無端倪，浮沉失圓嶠。却俯咸陽原，秋草不掩燒。仙人遲不來，巖梯半殘照。

玉女祠

靚深玉女祠，白雲飄歘歙。穿巖一條泉，飛濺青苔濕。絳節朝帝回，高居在崟岌。清巖白石階，不踏崔羅什。

東峰疊韻

雲將掉頭方東遊，火烏燃灼千山頭。東峰白漲水銀浪，對面一朵蓮花浮。玉女曉起欲朝帝，洗頭盆水清而幽。瀛海溟茫去咫尺，煙霧包裹蓬萊洲。六鰲年深骨已朽，蒼翠沉没方圓餘里，恨不招君仝上雲中臺。琥珀之酒傾千杯，蒼顔染作紅玫瑰。興酣下筆癲如雷，掃除萬事清浮埃。蓮華與君仝胚胎，高倚本根亦雄哉。

碧天洞

嶽頂得幽窟，一碧天光傾。松響空外遞，檜陰石上生。獨坐面峭壁，惟覺清虚縈。仙宫枕肘睡，無夢亦無營。

瀑布巖

西巖瀑布壯，灑落青霞端。崩雷動絶壁，倒海飛驚湍。下注玉泉峽，白月流清寒。五旬秋雨大，爲我成奇觀。

明星峰

娉婷玉女立，明星在其西。烟嵐日往復，聳翠肩相齊。高秋朝白帝，旖旆曳虹霓。肅穆萬靈集，仙馭凌丹梯。日出鸞鶴散，空中聞天雞。冥冥下方路，塵霧何低迷。

鎮嶽宫

岧嶢鎮嶽宫，直壓飛雲頂。爽氣豁金天，澄泉涵玉井。仙人高掌開，司寇峨冠整。蓮華爛浮空，一朵青煙冷。依微滇黔山，破碎夕陽影。石欄在層霄，獨立秋光迥。

玉井蓮歌題玉井蓮圖寄力本并序

力本先世，根源扶風。既以石蓮名其堂，復倩能手圖玉井蓮，邀仝人詩之。今晨予登蓮華峰，鑒于玉井，覓韓公所云花藕，俱無有。忽憶力本所謳誘，乃知十丈如船，不必舍石蓮堂他索。遂不自知其輿之所至，而作是歌。

世間那有十丈之花如船藕，此一段奇屬我友。我友本是玉井蓮，下種韓江根株連。老在淤泥心潔蠲，發舒藻彩何鮮妍。萬華迥出清水上，都去雕飾存天然。磊砢節目尤玲瓏，比干心竅將毋同。神秀原自灝靈鍾，千年家世根扶風。今日我登蓮華峰，披豁宇宙開鴻濛。發狂大叫景奇絶，燁然秋綻金芙蓉。金天爛漫浮青紅，沉沉玉井涵清空。玉女捧出三漿濃，二十八宿羅心胸。玉井樓高五千仞，薜蘿衣向樓頭振。尊嚴帝座呼吸通，颯颯秋風捲蓬鬢。李白一去一千年，吟嘯何人騁雄駿。是時赤日從西來，千山萬山金光開。石樓大小青嵬嵬，洪河脚底黄瀠洄。天清烟净睇海色，咫尺雪浪浮蓬萊。峰形瓣瓣緑房坼，香氣馚馥霞嵐堆。湖城去此百朧。來年決計向衡岱，元氣呼噏天南東。

西峰疊韻

華峰三峰恣遨遊，西峰勢壓天西頭。周遭千朵青菡萏，一朵高出煙浮浮。此名蓮峰形奇肖，根蒂清香瓣葉幽。萬頃白雲湧香海，衆香國是芙蓉洲。趾繞全秦一大物，古人白骨堆高邱。小戎駟鐵變習俗，文武風氣全無留。嬴劉顛蹶若轉瞬，夕日一片金光流。華清宫殿矗雲起，温泉水滑瀦靈湫。岐薛春遊隊仗滿，虢韓朝入珠翠稠。催花亂擊天公鼓，乘醉慣打三郎毬。華蕚夾城下小苑，荔枝飛騎來南州。煌煌萬國拜冕旒，梧桐楊柳春復秋。霓裳散序聽自好，舞馬登床爛不收。盧龍賊騎馳飅飅，艷笑香魂一哭休。王孫身體竄荆棘，龍種失勢輸凡儔。錦江豈復似渭水，乘輿播遷西南陬。馬嵬不掩土一抔，鈴聲雨聲悲相酬。玉蓮湯殿滴禍水，金蝦蟇化長黄虬。管絃亦復斷凝碧，詎容安史拖星斿？眼見驪山小劫盡，星潭秋冷翻珠漚。指顧人間倏變滅，霜空蜃氣消飛樓。鎮嶽宫高降白帝，翠龍玉軑鳴啾啾。

玉　井

靈源二十八，此爲第一潭。俯照我須鬢，風飄雪鬖鬖。花藕俱不見，渟泫玉色涵。瓊漿自在酌，莫問泉廉貪。穹樓矗雲際，金碧斜陽含。乘凌秋氣迴，目盡天西南。

論。素心不屑受金液，乘化一任流光奔。依巖遠矚裨瀛浪，陰飈陽燄掀復掀。一泓周遭汎大塊，默向天一尋其源。却顧全秦繞脛趾，焦土一片咸陽原。干戈格鬭古不已，慘慘龍血污黃坤。規恢萬里開夕照，陳荄炫作黃金痕。楸梧遠近煙霞繡，萬里聚斂英雄魂。金牛之糞鐵馬汗，霸王去聲有力相并吞。千年錯磨紫翠色，崚嶒只有悖物存。昨辰林岑洒雪霰，客房紅炭烘簾温。萬木夜深浩呼洶，杰閣頗厭風聲煩。麯生風味此隔絶，苦憶田家老瓦盆。蓮華仙掌詰朝去，如鳥生翅橫翻翻。圜巖鋪作白雲海，劇思魏瓠浮大樽。

連旬陰雨不見日影默禱嶽靈頓放老晴昔韓公題衡嶽詩自云正直感通蘇公冬月祈海市喜不拒請僕豈敢擬古人亦蒙神之福佑而已步韓詩韻題嶽廟門

漏天一月愁天公，神劍抉開雲霧中。太華身竦五千仞，刻露顛趾昭尊雄。橫壓金天半天上，猿鳥騰飛力所窮。我梯晴空腰脚健，飄然兩腋如乘風。雲臺石棲徑路絶，意思窈渺風雲通。平地致身三峰頂，大九州外一覽空。默禱灝靈有何恃，心肝一片瑩昭融。公然叱喝蓱翳退，琪樹高攀白帝宮。帝所青柯寒不落，絶異霜郊楓柏紅。萬里瓊霄白日杲，皇穹豁達披清衷。地上賤臣一蟣虱，聽卑亦復鑒薄躬。雲開衡山海市湧，異事敢希韓蘇同。挂冠神武髮尚黑，絶境願以棲遲終。向平今秋婚嫁畢，川巖奇觀勞神功。山口銀蟾四更吐，海水洗去塵朦書返，卧受松風吹。那堪紫泥降，語及印纍纍。宋太宗召陳摶詩有『金印纍纍可挂腰』句。所以古高士，洗耳清泠池。

望仙掌峰

白雲秋溟濛，雲開見仙掌。似招滄洲仙，共我狂歡賞。適從搦嶺來，已聽瀑泉響。月晃洗頭盆，明晨當獨往。

望蓮華峰

夕陽照萬象，盡作黄金容。一峰爛華瓣，斬新秋芙蓉。鮮霞散五采，泠翠浮千重。奇景斂向夕，忽聽西林鐘。

宿南峰疊韻

連朝環宇奇妍暄，金鴉飛湧扶桑暾。太華峰巒萬菡萏，爛爛一氣除陰昏。飛身直騎蒼龍背，雲霄往揖竦處尊。千盤鐵緪牢把摠，向空勝踔探天根。氛氲寶氣明西崑，火龍銜照朱光繁。虚空拔起白帝宅，南峰尊嚴闢九閽。我冠切雲恣徙倚，五千仞上孤高蹲。近遮烏兔日月捫，洞達手啟南天門。羊公毛女自游戲，驂駕白鹿飈車屯。神仙至竟天上葬，長生久視何足

太華絶頂

浩蕩秋風動海隅，菖蒲池畔一筇扶。蜀滇隱約千峰簇，河渭奔騰九曲紆。渭亦九曲入河。矯首雲嵐神獨王，側身天地影還孤。希夷熟睡何時覺，塵俗渾難着此軀。

仰天池

手弄仰天池，其深不見底。何處問真源，即此一泓是。

細辛坪

萬古荒寒區，光潔無草木。惟看細辛生，秋深一坪緑。委運謝服食，逃虚浄耳目。登高臨萬象，坐閲景光速。既老誰復少，無榮自不辱。悠然憺忘歸，川原冷清旭。

長空棧

險絶長空棧，無人此往還。梯登一長嘯，散步白雲間。

避詔巖

避詔既有巖，答詔復有詩。深居苦難静，乞睡還費辭。況別華嶽去，鶴氅將毋緇。亟攜舊

華山集卷下

詩三　古今體詩七十首

南峰

平生積夢華山遊，今日飛上南峰頭。南峰天門開浩蕩，峽勢環束晴雲浮。賀老已踏碧霄去，廢窯嵌空遺巖幽。道人神完自不死，豈有銀海通仙洲？痴煞祈靈向太乙，存仙殿圮空山邱。長空雪棧斷人跡，指爪我與孤鴻留。菖蒲茸茸長石漵，玉井潛匯瓊漿流。不知乖龍底處去，一漥古水寒老湫。賓旭峰尖看日落，朱絲萬道霞嵐稠。倒映渾河皺駭浪，黄琉璃滉猩紅毬。八川紛綸赤破碎，金光四散瀰神州。是時白帝凝垂旒，號令嚴肅行清秋。乾坤白藏納萬寶，歲功告成咨蓐收。商飈颯颯鳴颼飀，横拉一氣催歸休。灝靈宫中大讌享，兒孫長幼羅匹儔。明星玉女駿奔走，洒掃雲霧清維陬。東瀛作酒仙掌抔，恒岱衡嵩相獻酬。鴻濛瀆鬼紛雜沓，朝宗帝闕五色虬。半天泱漭白蟾細，荒忽絳河捎旍斿。我從五千仞上立，天池濯足飛銀漚。不用厓邱接肩袂，獨自來往登雲樓。全真巖坳闢石室，姑且避静辭喧啾。

羅綿繞青鞋步，身在兜羅綿裏住。似煙非煙霧非霧，烘以夕照五紋羅，一幀乾坤橫綺素。我思登眺蓬壺浴湞盤，蹴踏崑崙娭懸圃。木公金母知何處，元精元氣無恙無，徑從華頂騎雲去。

落日俯渭川歌

洪河九曲東入海，眼底三曲黃奔衝。秦川八川渭川洶，一氣總匯船司空。渭亦九曲與河合，全身蕩潏蟠關中。今秋秋水浸天白，圓輪夕墮臙脂紅。日光波光兩激射，霞嵐千道烘層穹。赫曦倒景照滄漭，蜿蜒連躍斑文龍。燭銀交貫爛金色，一條紫燄燃鴻濛。我在蒼龍背上立，奇觀砉見開心胸。絳霄神物岌欲動，直恐奔去隨雄虹。倏然披豁覩萬象，净掃晦翳回飈風。咸陽城郭抱驪岫，華陰草樹連臨潼。龍門南下一帶束，聯絡衆派齊朝宗。是時紅盆仄對面，全秦繡畫明秋容。轉瞬瀰漫白雲海，島嶼没入龍王宫。踆烏疾去將下舂，翻疑暘谷晨葱蘢。扶桑弱水迷西東，惝恍世界瞻曨曈。陰陽蔽虧乍露影，大川首尾穿氛髳。蒼茫百變一炊頃，絶奇藻繢煩神功。忘却吾身處域内，撒手天岸拋孤笻。蓮華仙掌頂尚赤，畢景鼓勇登南峰。

單人橋

險窄单人橋，未容連袂度。穹脊露金鰲，煙空快獨步。

宗土祠

有嚴宗土祠，蹲在三峰肘。手薦瀑布泉，潔似三漿否？步入金鎖關，群仙爲抗手。洗眼蒲池隈，振衣蓮峰首。竈遺龍蜕岩，床安龜息叟。全真德不孤，白雲爲我友。

白雲謡

華山萬山蒸白雲，白雲雲氣時氤氲。萬山白雲合，一山白雲忽復分，皛皛孤出凌秋雯。高盤一段髻，斜拖數幅裙。縹緲美人敻不群，雲容幻出雲中君。朅而來兮倏而逝，藐姑綽約飄清氛。瀰漫一片白，八極恣揮斥。萬族盤遊方内外，周遭似覺宇宙窄。垂垂遠落大鵬翮，隱隱半露神鰲脊。金鴉飛墮夕陽夕，遮斷千山萬山赤。騰空乍矗千巃嵸，雲臺北斗掩幾重。東頭繚繞仙人掌，西頭滉瀁蓮華峰。忽焉納歸氣海底，青天放出萬朵金芙蓉，團團一輪懸秋空。俯燭華陰城邊灝靈殿，樓臺千尺攢青紅。人民雞犬連新豐，彎環黄帶縈闗潼。太行中條列睥睨，海山指點東海東。一絲灝氣俄而吐，靉靆垓埏莽回互。回頭已失南天門，直下不見秦川樹。兜明所記桃花源。纔一晌，雲嵐即遮蔽。約略在華山之陽，歲或二三見，或二三歲始一見。雍正間，嘗有人裹糗糧，梯山伐道蹤跡之，竟不可得。予因以知神界所在多有，特偶開露，不容塵屨到也。意殷然南望，庶幾見之，爲作此篇。

花源只在萬山中，大雲遮羃青濛濛。人間是處有靈境，天地秘惜胡由通？華山道士爲予説，向南一區徑路絶。晴雲浄掃萬里空，鱗鱗廬井標巖穴。四際如環不如玦，芳陌縱横娭稺耋。奇蹤未必定神仙，太古山林斷塵轍。琪林瓊草藹菁葱，飛閣危甍架嵽嵲。洞中詎是避秦人，物外誰能馳漢節？分明陽景亂紛披，倏忽陰霾過一瞥。道士行年八十餘，老聃裔孫飄白鬚。雲巖縹緲覿瑶圃，陸海髣髴臨元都。下界地寧出汧隴，上皇民自遺几蘧。何人開伐踵康樂，白日夢到回華胥。三神颷風引駭浪，七聖具茨迷荒塗。幻蹟不同蜃氣結，真形欲倩毚毫圖。雞犬幾曾傍藥鼎，屋舍宛爾存巢湖。探看難遣青鳥使，飛去那得斑龍車。我聞此言慨歎久，秋字泬漻空矯首。華陽福地可潛身，太清若士慵招手。倘許飛步逐雲君，便應服食依氣母。眼底世界盡三千，胸中雲夢呑八九。鴻濛奈此戕洞天，咫尺偏令蔽跟肘。連山若錦想像中，一塢藏春開闢後。玉堂伴宿杳難期，金篦刮膜看何有。須知乾坤幽窟本尋常，不隸版籍還耕桑。桃源之説非荒唐，霞嵐疊疊烟蒼蒼，有時披露豈渺茫？恨不常年高卧白雲頂，相與流睇三峰陽。

綿。濃淡蒼煙冷漢時，縱横秋水浮秦川。路半掀騰欲飛去，高據其背神恬然。冥心不趂風雲會，遨遊試倚太清邊。老子既涉流沙遠，陳翁愛向石室眠。且跨虛空騁獨往，相期汗漫周垓埏。升天底用騎茅狗，雲中傲睨呼子先。

韓公投書處

搦嶺信險陡，巃石凌蒼蒼。亘空無所倚，落底千丈彊。韓公賈勇上，欲下魂怔惶。分與家人訣，作書俯投將。公生有自來，騎龍下天閶。詆佛震殿陛，驅鱷清潮陽。學者山斗仰，固宜戒垂堂。我養草木年，可老空山岡。于世了無用，幽怪恣徜徉。飈梯三百級，横跨天中央。縱使絶陘詣，安神不悔狂。

將軍樹

磊砢標古節，鱗皴抱奇文。空山年代遠，猶存故將軍。

世果有花源行并序

華山中晴明亦多雲氣，隨風騰涌，倏忽萬變。周遭峰岫俯環，川原時隱見，出没山中。李道士言，晴雲開豁時，南頭一處所，無城郭，竹樹青曖，阡陌交通，廬舍人民，了了在目，宛若淵攬雜組。俄出碧霄上，徒倚重巖樹。渭川遠水明，秋光冷平楚。

上天梯

昔者遊吴下，側身上天梯。對此了不怖，巉絶吾能躋。

升嶽道

尋山性成癖，垂堂意忘懲。磵石苦齧足，涉水寒凌兢。陰幽出幢峽，湍汗援金絙。懸橦手併握，拋却胡孫藤。仙砭緣郭索，性命何所憑。砉見高掌矗，瀑響雷車輷。雲蒸蒼龍背，捉搦橫空乘。絶巖千仞接，靈嶽由之升。緬古萬乘主，冒險營攀登。其誰陳叵測，忠愛抒厥膺。畸人自骨蹻，勇夫亦氣矜。履危實徼倖，慎勿誇猱騰。

蒼龍嶺

梯雲乍到東峰前，巉巖插漢標崇巔。斷陘千仞俯山脚，一條搦嶺通重元。歘歘蒼龍陡躍出，之而爪甲驚蜿蜒。鼓鬣直上氣奮迅，雲蒸霧湧將橫騫。帝欲時乘施駕馭，巖腰終古蟠連蜷。金鱗耀日射倒景，形勢飛動當空懸。三峰若無此嶒嵲，南北連綴無由緣。我行矯首睇穹脊，踴躍攀之上九天。便到峰頭探玉井，手摘十丈新開蓮。洪河夕蕩紅靺鞨，終南晴湧兜羅

猢猻愁并序

地名猢猻愁，謂路奇險，猢猻亦愁也。好事者鑄三鐵猴，置巖坳内。

冶鐵作猢猻，一父帶二子。爾猶怖險艱，愁容宛相似。我行緣青冥，陡窄劣容趾。語爾不須愁，未入世途裏。

雲臺峰

雲臺高入雲，石壁四面削。梯空上層巔，白雲生我脚。瀑響半巖松，嵐蒸一坪藥。石臼仙所遺，茅堂誰爲縛？苔荒闃無人，雲中下一鶴。疑是焦先生，翻然入寥廓。

卧牛石

秦鞭鞭不動，宛似青牸牛。不隨老子去，偃卧荒山陬。

仙人砭

奇險仙人砭，欲度魂驚沮。下臨不測深，巖腰縈一縷。鐵索非下垂，尺橛横支拄。爬沙作蟹行，仄足不敢俯。夤緣一失墜，頓作厓下土。畸人遺生死，心眼無巖阻。絶壁摩空青，晴嵐意已狎。千仞蒼山高，尺五青天壓。

二仙橋

昔我遊天台，曾度石梁橋。嵚巖此橫亘，窄石架重霄。仙靈連袂過，山鬼一足跳。瀑泉挂素練，松風捲寒潮。孤雲隨去鶴，落日逢歸樵。喜挾濟勝具，絕徑恒騰超。

由青柯坪至白雲庵題壁二首

青柯坪後去，仄步轉層巔。山合疑無路，雲開忽到天。衣裳楓露濕，笻竹石苔穿。草茁香爐上，仙人窟宅偏。

兀突迴心石，次且客不前。身攀前嶺尾，趾壓後人肩。鐵索千尋挽，巖竇一道穿。今朝路奇絕，徐步上青天。

俯渭巖

白雲鋪萬頃，靉靆侵巖路。一氣灝瀰漫，連峰莽錯互。忽如廣陵潮，千群奔雪鷺。風回捲寥空，俯見秦川樹。

玉皇閣

白雲在天上，飛閣連雲開。神工爲慈聖，架構淩崔嵬。深藏貝葉龕，高湧蓮華臺。鑿翠有遺跡，前劫飛寒灰。

過回心石攀鐵索上

悸摩回心石，勇豎精進幢。瓚琅撼鐵鐍，直上如懸橦。翠盤九曲棧，瀑飛千尺瀧。竦身輒復又，仄足不可雙。陰厓冰雪冷，照我潔白腔。

千尺幢

仰瞻千尺幢，飛梯挂穹嵌。淩霄架閣道，穿空出重巖。不知開闢初，誰與施鐫鑱？陰苔磵腹繡，秋日洞口銜。巀嵲通天門，白雲爲封緘。坪柯簇如薺，仙區隔塵凡。

百尺峽

苔石一小憩，載度百尺峽。流雲上下行，峭壁左右插。洞穿屋霤明，谷入車箱陿。攲磴仄足頻，曲阿轉身恰。手挽鐵橛牢，乘淩汗透袷。清風爲我來，涼爽不用箑。探幽體忘疲，陟險

水簾洞

今秋霖雨多，水簾常不捲。帝所絶纖埃，猶垂千尺練。洞户不分明，玉女時隱見。四更殘月來，一鈎挂東面。

北斗坪

拂曉一巖青，參差挂北斗。瑶壇毛女跪，秋苔扶寸厚。肥菌兒臂滑，瘦石鬼面醜。雲穿古洞深，天偪危梯陡。獨立空翠間，孤松與吾偶。商顔接中條，寒烟點培塿。

拜斗壇

石壇毛女拜，修鬢沾煙霏。道人偶一見，倏然松杪飛。仙踪乍滅没，呀豁開巖扉。惟留一片月，際曉流清輝。

毛女洞

瀑泉落幽磵，松風回遠林。耳根蕭然净，如聽玉姜琴。洞門人跡斷，秋苔蔽重岑。女中有逸士，山高水何深。

十八盤

威紆十八盤，步步升雲岑。一溪千萬折，潺湲抱崎嶔。石本不解語，水亦無競心。水石一相激，砰訇揚清音。况飛雨後瀑，轟雷下千尋。聞喧意轉寂，耽此入山深。

青柯坪二首

身到高坪上，青柯映緑蕪。因貪獨呼嘯，不畏萬崎嶇。屧踏石頭破，衣捎溪口濡。晚來横白氣，世界入虚無。

支峰俱拔地，小樹亦攢空。奇絶千華裏，嘘來一氣中。河争黄羃䍥，雲漲白溟濛。寄語拘墟者，生憐作壤蟲。

寥陽洞

谽谺寥陽洞，煙徑數屈盤。坪上太古木，青柯不雕殘。石壁微有字，苔氣横迷漫。雲屏户外列，水簾天際看。偶逢道人語，松風答清寒。秋陂曳杖去，送客飛珠湍。

雲屏坊

萬山深復深，苔磴次第破。絶嶂倚天開，雲屏誰所作音做？老樹紛龍拏，怪石獨虎卧。青天挂白虹，奇哉瀑布大。

杪欏坪

我登杪欏坪，不見杪欏樹。張王聳喬林，疎陰轉亭午。秋日淡朱光，微寒動玉宇。坐對上方峰，雪瀑横空注。

小上方

隔谿見鐵繘，梟梟垂空長。鑿壁不容趾，把之升穹蒼。雪端幾間屋，懸架千仞岡。陡絶非人境，猶云小上方。

大上方

此峰雲作頂，千仞斷塵界。雲英潤瓊蕤，白日騰光怪。其下翻銀礫，傾河舞溯湃。危哉鐵索垂，梟空學猿挂。

蟠桃核，規爲硯水涔。作霧及五里，持較三里賒。更有漫天手，張超詎足誇？

張超谷

瀑布行

芒鞋踏過桃林坪，春天瀑布飛驚霆。阿香推車轉絶壁，危崖直欲從之傾。秋霖一釃五十日，銀河落天走東溟。萬派匯赴龍泓口，老湫怒拔崩巖陘。濤瀾盤礴湧水府，二十餘里鳴轟轟。青天無雲白日杲，滂沱雨勢翻滄瀛。千仞峰巔白虹下，條條界破青山青。洪河大海奠窟宅，嶽頂奔瀧危建瓴。大小上方舞淜湃，一瀉蕩滌芙蓉城。兩山削成鐵堂峽，擘開氣力超五丁。玉井真源通脉絡，瓊漿萬斛輸縱横。莊嚴帝所九關闢，水簾高挂金天庭。晴霞絳旭光照耀，五彩交羅眩目睛。横溪亂石大於臼，砰訇推盪填凹阬。中流昂背蹲虎豹，浪打不動何猙獰。却憶一笻破台蕩，石梁龍湫夙所經。摧巒拉谷恣猛悍，今復對此眼乍醒。白鹿龕邊響宏壯，震聾兩耳神忡營。偪仄荒蹊跨重磵，十八盤作之字行。東西揭厲赤雙脚，鐵杖拄過聲彭鏗。開闔丹崖與翠屏，窮探極覽衝岭屏。時憩陂陀濯我纓，愛此蕩潏瀟湘清。逶迤穿出玉泉外，下合渾流連濁涇。欲豬澄泓在嶺腹，一掌遮留呼巨靈。

玉泉院

滿眼羊脂玉，流爲澹白泉。湖奔來雨後，清快瀉階前。月湧希夷峽，秋涵小有天。孤懷一相映，魂夢繞澄鮮。

希夷峽

墜驢一笑後，釋慮堪安眠。龜息入恬漠，長寐餘千年。生爲初栩蝶，死作已蜕蟬。一棺此焉瘞，萬有隨之捐。我今去翁久，欲會知無緣。徘徊石門下，白日淪寒煙。飛鳥相左右，白雲與周旋。清光散明月，秋響奔玉泉。人代日已邈，神理長綿綿。逍遥遍八極，還下三峰巔。

桃林坪

百折始到坪，入山纔五里。林中白霧生，疑入公超市。豐草軟鋪茵，楕石横列几。一聆瀑布音，清曠悦心耳。人間萬紛華，不如一溪水。

桃林坪憩宋道士房

攜來笻竹杖，步步踏嶔岑。不拔塵中脚，焉知静者心？竈安嵌洞冷，床置絶巖深。贈我

謁西嶽廟

太華五千仞，崚嶒鍾灝靈。危標森上矗，雄鎮屹西寧。旒挂金天正，蓮開石壁青。齋心存默禱，雲霧納巖扃。

青牛老樹

槎枒一老樹，傳聞繫青牛。霜皮古色駁，鐵幹元氣遒。精靈聚太華，年代繇宗周。樹亦如老子，巋然無匹儔。

嶽廟竹檻

東西兩壇竹，擁護石檻牢。愛兹九秋夕，清響鳴蕭騷。明瑯淨如水，洗眼千周遭。夢落清湘曲，蒼翠捎波濤。

古雲臺

一杖入雲臺，芒鞋鼓興來。竄飛松鼠疾，嘶斷塞鴻哀。破殿秋光炯，空林霽色開。玉堦人跡絶，扶寸長青苔。

繁。一掃雲霧千羃靂，高空詄蕩開瑤閶。九關虎豹雖復蹲，許我鐵索凌空捫。箭筈逶迤通一門，仙之人兮藹雲屯。太息市朝暉景短，榮悴祇以朱槿論。周秦漢唐遞更變，倏忽來往烏兔奔。俯視河山兩戒首，渾流一帶橫翻掀。萬里落天走東海，銀河瀲灧輸洪源。首陽太華共跟肘，雙崖中斷分秋原。當時咆哮挾怒擘，巨靈砰訇裂厚坤。髖髀砉然牛刀解，至今掌拇留形痕。我去乘凌作長嘯，天風震宕開心魂。層雲蕩胸不芥蔕，眼底雲夢八九吞。福地致身未恨晚，咀嚼威喜充晨飧。青雲鈎梯幾百級，博臺巇嶫中天存。靚深最愛希夷峽，不厭坐卧吟床温。子先酒媪兩茅狗，獨往頗怪招邀煩。二十八潭落帝所，旁睨玉女洗頭盆。神境端須乘興踏，今宵好夢先飛翻。徑當直上三峰頂，往取瀛海爲盃樽。

白泉舖

瀲灧泉流白，熒煌柿子紅。千峰煙翠下，十里畫圖中。吟塢何人築，仙源有徑通。西溪如入剡，應接興無窮。

華　州

户户蓮峰對，天私此一州。秋陰簷際散，飛翠盞中浮。背郭營耕塢，迎陽造酒樓。歸休吾計得，便可老菟裘。

種桑所在高陵

一片荒原上，曾經此種桑。秋林風颯颯，陳跡海茫茫。蘇蕙機中錦，羅敷陌上筐。消沉無處所，遠夢繞吴鄉。

渡玉河

雨急鳴金鐸，風高渡玉河。通川波若此，遊子意如何。一字橫排雁，孤舟穩載鸁。頻臨沙磧口，浩蕩發商歌。

宿安陽屯

踏踏勞征馬，安陽宿古屯。飢鷹啄茅屋，隣犬護沙村。醉客秋醪濁，愁人夜雨喧。夢中攀箭笴，挽索上天門。

醉　歌

蘆簾濕熱蠅趂喧，油燈吐燄如霞暾。逆旅重投赤水鎮，醉墨噴薄臨黄昏。科頭箕踞商歌發，侈若淮南自言尊。明朝已抵嶽門户，鐵杖敲動蒼山根。二華攢簇聯閬崑，默禱請收秋雨學士齋。峻山成帝寢，舞羽散官俳。昭告當初服，精禋繫睿懷。有乾隆初元祭告碑。清香繚繞馥，曉氣鬱葱佳。秋雨凋林木，晨霜殺草荄。誰爲過唐論，録字已磨揩。古碑文爲俗子磨去，碑首存『過唐論』三字。

騾轎

征輪轣轆苦迍邅，轎駕雙騾振策前。十笏周量忘偪仄，一身曲臥覺安便。雨催新婦帷車閉，風送長江舴艋顛。別後相思華陰道，嶽蓮蒼翠拂行鞭。

雨向涇陽

一夜愁人雨，淋浪不可聽。關山苦泥濘，僕馬總零丁。噩夢休臨灞，岐途更指涇。温泉思沐浴，懊恨不重經。

高陵道中

深泥濺馬腹，吁駭日頻經。雲壓城烏黑，天圍野草青。荒林湮鹿苑，潦水泛鳧汀。行客心如醉，無勞把醁醽。

騎驢

白驢渾喜健，得得劇能行。愧煞高纏轡，輸他小駟名。涉波雙耳聳，下坂四蹄輕。風雨灞橋夕，應添詩客情。

蒙遣騎來迎

平原迢遞跨驢行，馳轡遄教騄駬迎。甘蔗倒餐今日路，醇醪滿飲故人情。袍靴泥濺塵容涴，樓堞雲縈老眼明。十里陂陀秋草緑，一鞭飛入醴泉城。

望昭陵

晋水龍鱗焕，秦城鳳闕崇。虬髯懾真主，日角駕群雄。紫氣埋雙劍，青嵐護九嵕。苔碑虚手剔，悵望夕陽紅。

唐太宗廟

黄瓦如原廟，青泥即御街。臨風思衮冕，照夜想神騧。遺像貞珉勒，群靈古壁排。霓旌飄月夕，龍馭入烟霾。贔屭金源碣，逶迤石闕蝸。消沉三尺劍，陊剥九重階。圖畫功臣閣，歌吟

咸陽原

喜動晴光露碧霄，行人不憚馬蹄遥。高原樹斷行遼闊，遠水天低氣泬寥。一日身謀鞍轡穩，千年事跡雨雲消。夷陵莫怪秦灰黑，黯淡咸陽土亦焦。

漢高祖廟

大澤風雲奮一呼，手除嬴項總摧枯。快抛酒色收天下，怕誤英雄駡腐儒。炎鼎已消芒碭氣，荒祠猶立虎狼都。丹青畫壁精靈聚，猶憶韓彭猛士無？

曉發雙照迎寄排山二首

雙照籠鞭去，晴雲幾疊横。長途垂欲盡，疲馬實難行。老友頻年别，高齋皓月盈。嶽遊禽向志，共喜不寒盟。

令子看爲宰，親聽緑綺聲。清遊藤杖具，歡聚板輿迎。醉眼花盈纈，吟髭雪幾莖。兒曹窮與達，不繫老夫情。

李太白祠

未用詩論太白高，天生意氣獨知豪。江中捉得一輪月，胸次翻來千斛醪。遺像飄然挹巾舄，荒坡仰止跧風騷。不驚鴻筆超千古，舊事偏誇獸錦袍。

馬上曉發三橋

塗泥深一尺，雙轂自難行。事到窮生變，路教危使平。揮鞭殊適興，躍馬好争程。回首三橋影，疎林曉氣横。

灃　河

灃水看東注，秋波澹白涵。耕閒思谷口，吟苦類江潭。天遠雁鴻下，野空雲木參。行人愛山色，何處是終南？

渭　河

過午不曾餐，泥行路倍難。咸陽沙作岸，渭水雪爲瀾。鷗上隣船立，人從隔渡看。柳凋秦塞曲，秋思浩漫漫。

僕，一念正朔通鬼神。萬古煙氛掃理窟，横渠崛起禮教新。兩銘東西神鍼下，痛癢得省愚頑身。揭來習俗又痿痺，四海手足多不仁。大醫王去不復返，慟哭世人心死亡天真。昨者忽來鄠縣張關燈，砉見古西京之逸民。神骨巋然睨已老，精爽照灼日始晨。空齋兀坐峙七尺，開口霹靂動赤脣。巨手撥雲放一覽，晦蒙豁達昭三辰。斬刈林中萬荆棘，《潑雲一覽》《荆棘林》，皆其所著書名。欲追魯叟還其淳。一官容易敝屣擲，著書汲汲垂千春。連朝滛雨淋征輪，躑躅泥塗汧渭濱。祗見横目拖長紳，噫嗟獨影走踆踆。君今滯留在汝水，此間誰復堪主賓？愛而不見搔首頻，使我悲歎濁水塵。獨漉復獨漉，涴濺墊角巾，潔白庶不慚高旻。我甘迍賤君安貧，古道共喜無緇磷。一士倔奇天沉淪，子毋謂，秦無人。

即　景

頹照穿雲罅，天西正沉漻。離鴻聲亦杳，疲馬氣寧驕。前路水波大，隔村燈火遥。柳林千萬轉，盼不到三橋。

迎寄朱性之家濂

感子殷勤意，懷予翰墨堆。游心知夢繞，望眼向秋開。風雨群鴻過，關山一老來。嘯呼期絶頂，驚動嶽靈廻。

灞　河

秦川八川莽滔滔，浩洶灞水翻秋濤。古橋虹影半空滅，浪搜石脚摧堅牢。掀天蕩潏失津口，青沙白石相銜淘。東西斷塹没牛馬，浮梁空想連千艘。雙輪不動岸傍閣，霖雨颯沓風飄颾。崩厓覓渡倒旅槖，青錢横索供饞饕。扶駕車騾作嚮導，飛瀧怒激魚龍逃。中流砰硼擊千丈，漩渦缺囓藏坑壕。行輈半仄險折軸，一馬淪入埋頭尻。騾夫驚呀淚如霰，仝行併力牽扛勞。砉如紫瀾湧溟渤，首戴輿嶠沉靈鼇。饑蛟齦齶倖得脱，人馬性命輕如毛。纔喜横流一條濟，重淵複港奔湍豪。瞑色蒼然水面黑，拖挐蟣䩜登蕪臯。柳林沙店昧向背，四野鳥獸哀鳴嘷。明朝滻河重問渡，安得煙浪浮輕舠？

咸寧道中

依然風雨黯如塵，僕馬踉蹌足苦辛。漱谷驚濤奔似鷺，羃煙孤柳立如人。鎬豐南去詢遺俗，灞滻東來涉要津。誰向車中捫虱語，劇思豪傑會三秦。

關中奉懷張關燈宋薪

我初入關車轔轔，慨慕豪傑交三秦。伯起逝近二千載，大鳥無復蹲嶙峋。景略才雖露令

曉發赤水

潦水勢方落，征車迢遞行。雲移深樹動，日上遠峰明。宿雨一朝盡，薄寒連夕生。商山留勝跡，弔古劇關情。商山，路榜訛作香山。

橫渠書院

銘揭東西意最勤，煌煌禮教鎮常新。關中倡道成千古，洛下如公有幾人？白日天開曾掃霧，清宵火盡孰傳薪？尋思勇撤臯比坐，此事峥嶸已絕倫。

叚忠烈故里

怒駡聲鏗萬石鐘，殘編神王叚司農。殊憐奮擊污吾笏，詎惜衰年犯賊鋒？草木清秋寒白日，關河前古亂青烽。臨潼買取千鍾酒，忼慨憑澆壘磈胸。

鴻門坂

鴻門坂下路逶迤，玉斗驚撞事可知。疽發彭城從此去，騎歸灞上復奚辭？三霄騰湧興王氣，一劫敲殘敗局碁。樂府莫歌巾舞曲，聲聲欲替楚人悲。

華山集卷中

詩二　古今體詩七十七首

過華山門

華山門下雨盈盈，玉女秋期會玉京。十萬雲鬟梳洗罷，漫空盆水一齊傾。

鄭侯廟

憑高坐困楚重瞳，轉餉滔滔勢不窮。圖籍躬收天府裏，風雲手攬將壇中。寒堦的的秋花艷，破廟蕭蕭落木空。千古增輝刀筆吏，巍然獨冠漢庭功。

羅紋橋

華山曉出白雲間，倏忽雲深隱華山。踈雨拋殘三十里，羅紋橋下水潺潺。

迴，大鳥軒然氣象雄。勒馬高原空悵望，冷煙疎柳夕陽中。

懷朱排山楓

連朝古驛遍愁霖，遊嶽寧灰一片心。地坦馬蹄行得得，天高鶉首望沉沉。寒生風雨秋將老，遠入河潼客自深。命駕不辭千里瘁，故人厚音感招尋。

勞歌水中行輈作

湯湯周道平隆窊，我馬奮迅翻盤渦。馬頭振鬣争嵯峨，馬尾一掃横鬖髿。古橋欄柱已傾仄，巨石矗突昂蛟鼉。長虹偃仆平不頗，并力挾輈喜得過。砉然一下擊飛瀑，金翅擘海龍騰梭。泥沙填淤行逶迤，僕夫與汝遊九河。衝風起兮水層波，商羊猶復跳一足。天意未肯收滂沱，途長晷短柰爾何。英雄不得九逵騁，却思海上乘青騾。行者不息勞者歌，路轉忽已登高坡。

敷水驛

秦樓傾後驛荒凉，秋雨猶青陌上桑。冷瀉一泓敷水碧，波心不浴野鴛鴦。

公無渡河

公無渡河，白日杲杲不照臨。一河受衆水，十日釃愁霖。崖垠崩塌，平陸淹沉。殷殷何匍匐，白波馳騣騣。回車返轡，躑躅悲吟。嗟我清遊尚如此，何況名利之客憂難任。公無渡河，我涕沾襟。沾襟不爲己，我恐狂夫披髮而往，化作精衛之微禽，怨填木石古猶今。

潼　關

天設金湯陝宅尊，全秦形勝扼重門。五千仞接高寒氣，百二關開濕翠痕。白雨西過鳴響急，黄河東下激波渾。嬴顛劉蹶須臾事，終古咸陽落照昏。

關前望黄河

望中浩渺水雲平，嫋嫋西風雪浪生。危絶乾坤建瓴處，慨然豪傑濟川情。波心曉漾三峰影，關口秋連一片聲。便欲溯流天上去，遠探牛斗汎槎行。

弔楊伯起先生

入關遥慕古人風，一老峥嶸更不同。獨以清名嘘百代，直將勁節壓三公。鱣魚飛下聲光

王濬墓

烜赫平吴日，雄風不可當。石城空虎踞，江艦下龍驤。德讓虚東第，功高委北邙。誰憐孫破虜，百戰肇開疆。

盤豆驛和李義山韻

古驛衝泥轍跡深，更從何處洗塵襟。湖鄉不忘去聲田家景，盤豆尤關客子心。急雨千聲秋瀑碎，亂雲一氣暮山沉。授衣時節寒風勁，夢斷江城月夜砧。

溝阬行

山溜比潮猛，缺齧多溝阬。中央嵌空如洞谷，兩旁窄不容輜軿。乞得鴉頭鋤，劚土填未平。轝舁危得度，失勢一落車輪傾。車輪傾連山，號召稀村氓。僕夫哀號馬悲鳴，褭斜盂門眼前生，十步五步頻眙瞠。周道不如砥，何以通遄征？吾欲上攀閶闔，亟命擘山熕巨靈。并使九州坦迤，塞谽谺，剷峥嶸。更須媧皇五色完，補天漏，勿使瀑點縱横。虎豹守關，嵂屼狰獰，空山蟣虱涕泗零。

力本以作同考官出預遣人候僕于靈寶邀入閿鄉署宿獨倚樓臨行重

題兼示其孫文雷春聲

華遊歸日擬仝論，情味誰如老弟昆？未伴陳登卧樓上，敢勞尹喜候關門。河聲半夜過吟榻，山色中條落酒樽。一曲元雲吾罷鼓，佇聆新韻和桐孫。

贈文雷

辛苦輪蹄出淖中，湖城暫駐轡璁瓏。心懷避俗陶元亮，眼見傳經鄭小同。早爲尋花冒秋雨，不須看檄愈頭風。丹山此日憐雛鳳，一聽清聲兩耳聰。

謁老子廟

高名本周史，遺跡度秦關。紫氣浮還在，青牛去不還。藏書懷柱下，問禮自尼山。爲谷何其下，猶龍不可攀。惟看持道德，便已脱塵寰。尹喜偕師弟，韓非别聖頑。神仙都幻妄，清浄足蕭閒。莊叟宗風紹，彭鏗行輩班。幾曾飄隺駕，亦未駐童顔。大藥寧教煉，丹經盡數删。流沙波自黑，函谷葉將殷。殿閣朝煙散，階基細菊斑。新苔鋪晻暍，宿雨滴淙潺。玉座飛蟲裊，朱藤黠鼠扳。谷神元默裏，嵐色有無間。秋磴稀游跡，畸人攬户鐶。

登獨倚樓疊韻留題呈力本

高齋來往多鴻儔，留題爭上百尺樓。雲龍上下有意逐，夢想東野空低頭。野夫一昔冒雨至，登登屐響厲且遒。鳧飛尚未返雲舄，蟻泛亦復呼觥籌。秦嶺中條隱濕翠，渾河砥柱噴飛流。今古英雄幾消歇，獨此壯觀乾坤留。却省行藏鬱壘磈，渠儂閱歷悲嘅稠。少壯幾時一飄瞥，鬢髮歷亂銀絲抽。軟香憶蹴東華道，心事潔于滄浪鷗。黃金赤紱不挂眼，姓名夢勒鐘與卣。我時抱策鍵户坐，一以疎慵謝謬悠。平臺忽叨廢食召，響答天語聆鏞球。漫郎青瑣漫一出，文采豈類珊瑚鉤？重遊龍髯已攀墮，小臣雨淚釃珠邱。初元旅進恥竊禄，循陔采蘭供晨羞。黃門一弛不復轂，研田聊爾勤耡耰。揭來爲營石綽楔，風塵晚傍含羈愁。文章膠漆有定數，與子邂逅乎中州。子雖我長精爽緊，老掀一部髯公虯。一官落拓百寮底，填胸灝氣衝斗牛。惜哉長揚獻賦不見收，銅馬門高蹇夷猶。雄文空復超枚鄒，明堂惆悵遺琳鏐。塵勞州縣屈元亮，不惜折腰束帶迎督郵。知子杜德機，無心汎虛舟。人間萬事浮雲浮，姑與周旋任天游。有時登樓看山去，園堂吏得溷子不？我行正復如王猷，風竹萬箇看修修。入門盤桓適我願，何須主人相獻酬。況復兹來向華嶽，西睇煙嵐簇簇紛如旒。九節仙人杖入吾手，萬朵青蓮花盈吾眸。當樓嘯呼擲筆去，直攬浩蕩三峰秋。

入古函關

雨後河流一帶傾，輪蹄不斷此中行。何人劇愛尋山水，作客非緣問利名。萬里高秋看雁度，重關夜半想雞鳴。崎嶇終古崤潼路，猶覺英雄氣未平。

關龍逢墓

下拜函關道，看碑涕淚濡。終還安邑鼎，首樹直臣樵。夏日從茲喪，皇天詎可誣？誰能從地下，心更不辭刳。

靈寶道中

雨絲送入古函關，險走重巖細路間。黄下河流方潑岸，白升雲氣未遮山。一行衰柳凄行色，千里秋風冷客顔。西去流沙緣底事，青牛不肯駐塵寰。

稠桑驛

迢遥閨夢阻江鄉，雨雨風風枕簟凉。那有心情呼妙子，曹騰一醉度稠桑。

風。雀毋穿我屋，鳳已集于桐。過客羞蘋藻，流年感草蟲。煙寒鬧鳩鵲，霜肅老葭蓬。澗瀉潢汙水，林留樸遬叢。甘棠猶在眼，千載思無窮。

魏處士草堂

我亦躭清逸，探幽此乍經。却看高士傳，不愧草堂靈。野菊灣頭馥，秋山户外青。澄輝相繼照，總一少微星。

傅君席上食潼魚

潼關老漁撇網河之麋，網得鯉魚尺半紅蓰蓰。養以清泉沸撥剌，二百里路馳如飛。到時掀騰怒欲去，鬐鬣飛動見者希。高齋恰逢客不速，饔人霍霍霜刀揮。薑橙細芼出翠釜，脂膏腴美流金匙。人生口腹有定分，饞夫結想空朵頤。鸕鷀杓，鸚鵡巵，白波倒捲無稽遲。舞提鐵如意，歌吹玉參差。唤出玲瓏唱我詩，鴉塗爛筆何淋漓。水鄉風味夢依稀，鱸魚墜釣霜後肥。我今客遊五六載，自加纏縛非人鞿。白鷺灣頭葦花繞，丹楓渡口雲濤圍。岸疊前峰翠滴滴，船流別浦煙霏霏。殊憐抛擲漁兄弟，冷落秋江舊釣磯。

起，叫嘯不知鳥何名。土窑人家鑿圭竇，吠影厓柴聞豹聲。盤盤古轍入雲族，凌虛尻股愁聆竮。茅茨倏得賣漿者，小憩破壁蛩螿鳴。天東火毬似暗躍，遠寺百八華鯨鏗。我行岩險有時盡，雄雞亂喚陂陀平。

崤陵懷古

崤南陵青山，一帶如環絙。崤北陵山頭，密樹青層層。一老哭師言有徵，三帥俘囚事可懲。封尸而還不洗敗衂辱，茅津夜渡揚威稜。骨縈銀沙白于冰，荒蹊陰氣寒凌兢。至今秋風秋雨夕，楓林鬼火如金燈。剸割生靈騁霸略，千秋撫事悲填膺。却望文王避雨處，高臺兀突流徽稱。一奩韎韐日初上，往往五色明霞蒸。

謁召公祠

下馬巍祠裏，傴僂拜薄躬。召南敷雅化，洛汭記宗功。分陝過齊履，封燕並魯弓。四朝貞翼亮，一德契昭融。作誥箴初服，陳詩警在公。昴參映三五，瀍澗帶西東。穆卜圖應獻，朝書位已攻。經營先太保，伻嚮率群工。天命年惟永，宗盟姓實同。鼎遷安郟鄏，城築等岐豐。公至孚殷庶，王來乂土中。旅獒原用訓，君奭倍和衷。冲子無遺耇，文人更纘戎。旬宣猶拜虎，夾輔亦非熊。懋敬居無逸，稽謀相有終。巡行遍鄉邑，憩茇念村翁。厭浥瀼瀼露，卷阿習習欣然飲若流泉傾。懵騰雙眼不辨物，祇見缸花吐餤芙蓉生。回尊勸僮僕，汝亦滿滿釃甆甖。久客情親稱使令，在天況復看三星。乘興淋漓潑醉墨，衣袖狼籍烏縱横。鼻息鼾鼾作雷響，到曉不復聞雞鳴。

奉懷盧敬甫存心息滇壽朋張端甫本

轣轆征車駐漢關，雲厓霜樹兩斕斑。懸知讌客金樽在，定復論吾樺燭間。函谷何人迎紫氣，洛陽一路送青山。殊憐畢娶今朝是，天與詩人老去閒。

盟臺行

趙鼓瑟，瑟聲掩抑惜不得。秦擊缶，缶聲慷慨亦何有。秦御史，趙御史，大書年月兒戲耳。秦兵一朝來如雲，兩國未戰雌雄分，惜哉不用廉將軍。

未曉行硤石

元雲四冪天無星，野斷宵柝近五更。客心争程促早駕，山石确犖驅之行。一燈明入危坂裏，高低衝突馬數驚。周遭墨黑了無見，彷彿峰影圍黟屏。僕夫偵路獨先照，山溜穿嚙防溝阬。時平毫不畏伏莽，只畏礨磈東西横。一條銀河亦滅跡，那弗斜挂開青冥。隔巖磔磔驚寒閟殿，繡衮儼遺形。欲去頻回首，低徊仰廟瓴。

青要山

山經夙瀏覽，夢結青要山。轅軨放遐矚，千仞秋孱顔。山峻石齒齒，溪遠波潺潺。瘦柏出嶺罅，團蓋高參天。元隺遨空外，白猿挂林間。飛瀑洗巖户，蜿虹拖松關。眠雲餌赤實，中有不死仙。金庭在窈冥，丹梯絶夤緣。委順聊乘化，未用躡紫煙。所嗟清絶境，未由暢躋攀。

畢娶行并序

八月廿八日爲吾箎兒婚期。行次漢函谷關，僮僕具酒餚勸飲，欣然酣醉，縱筆書此。

人生少壯各有營，磊磊布子文楸枰。嶽遊故是第一着，不須貴賤論輸贏。我昔未了局，便已看山行，此意争先向子平。至竟兒未娶，老子心猶縈。解龜時節髪如漆，稚兒黄口聲咿嚶。今朝蓬門已畢娶，兒女家室俱圓成。老妻辛勤育諸息，嫁娶從不牽吾情。巹合陶匏練笥遣，門户亦復勞支撑。萬事不理惟坐嘯，佳辰餉我雙玉瓶。今我遵客路，西華復遄征。行行至函谷，勝跡眼初經。昔人户籍耻關外，漢家制度求恢閎。雄關頓移三百里，楊僕此舉何峥嶸。野夫毫不着意氣，安然即次舒吟聲。忽看滿案羅甄鉶，謂是五郎今日親迎喜氣盈。輪御七香車，堂開雙雀屏。喧喧鼉鼓和鸞笙，滿堂賓客斟湘醽，此合盡醉歡顔赬。吉語不須道，勸醉殊可聽，

白馬寺

蘭若紛紜衣紫僧，繙經稀得似摩騰。金仙夢裏通乾竺，白馬駝來演上乘。鴿散齋鐘飛隻隻，苔生講樹緑層層。龜龍文自中州出，吾道端應感廢興。

洛陽懷古

鼎門登眺勢雄哉，嶽鄙三塗遠色開。卜向澗瀍歸洛食，陝分周召奉王來。清秋風雨雲銜岫，殘夜星辰月到臺。今古邙山塵一窖，當前消受只金杯。

謁周公廟

元公勤篤棐，叔父式儀型。謨烈昭三統，勳勞總四溟。征誅佐旄鉞，制作潤朝廷。帷幕烏流赤，河山社錫青。百年興禮樂，九罭播聲靈。負扆猶堪繪，流言不可聽。誰能懲小毖，獨爲廸前寧。零雨歸迢遞，風雷動窈冥。思纏于垤鸛，悲感在原鴒。寶鼎東都卜，金人太廟銘。土中頻測影，臺上一觀星。山勢朝嵩華，河流接渭涇。經營成洛邑，吐握簡王庭。禾穎方呈瑞，鈎金欲措刑。合襄邀壽耉，夾輔屬冲齡。無逸時陳座，豳風足寫屏。井蜂全已去，鳴鳥固應聆。世系原封魯，恩波類溢滎。宗功秩元祀，明德肅惟馨。祝史嚴圭瓚，春秋飭簋鉶。丹楹崇

又一首用王荆公子美畫像詩韻

古今萬詩人，見公死心降服不敢侔。曹劉高適鮑庾李，誰能括盡人間復欲海外求？天寶金甌賊破碎，以此澒洞憂端稠。隨手摇毫擲箇已入聖，何用乘酣騁怪搏攬造物施鑱鎪。琳瑯萬篇固天縱，六丁雷電不遺收。是中奇景溢出無厓堮，乃是裨海之外大九州。愚兒妄較量，鬼斧當天矛。一生哭冢非身憂，戎馬萬國心咸周。最念麻鞋見天子，兩肘衣露寒颼飀。跡如鵠白不待浴，一洗詩人没頭腦之嘲羞。我欲上續孔子删定遺經三百首，指此浩浩萬古江河流。正冠肅拜階石下，小子自少夢裏從公遊。

黑石渡奉懷張圖東學林

天半崚嶒積鐵蹲，瀕河直下插巖根。渡頭迢遞經三載，帘脚招邀自一村。秋湧波光翻石壁，夕歸雲氣亂松門。高情辜負嵩遊約，郭李仙舟不共論。

宋陵

洛水邙山擁抱深，七陵煙樹莽幽森。神霄烈日俄頹照，王氣中原竟陸沉。已分青城可埋骨，誰知白墖更傷心。惟餘一片臨安月，映徹金鳧直到今。

侶，夙好不復籃輿陪。高秋颯爽湧清興，青山喜不環輿儓。城南萬峰昔騁望，彊半杖破雲嵐堆。波光千頃玉門渡，太行山色青嵬嵬。川巖新鮮幻氣象，千年兀不移灣隈。前時頭鬢白間黑，今更添散霜絲皚。蠟屐徙倚三徘徊，古來龍虎安在哉？成皋京索扼險要，兵戈鏖戰蒼生災。縱挽落天走海黃河水，難向劉項湔餘哀。汜陽故是漢皇即位地，九成不復遺壇垓。叔孫未議綿蕞禮，狗屠劍珮争喧豗。未央宫殿西壯麗，彭城霸氣寒于灰。廣武原頭莽蕭瑟，飢烏下啄青莓苔。一院竹風清若水，飁颼洗我兩耳埃。曲欄乾浄石磴冷，夕日已墮紅玫瑰。昏鴉送客噪不歇，記兹履綦更一回。登臨未覺腰脚倦，僮兒解事陳樽罍。

宿汜水奉懷潘涵亭思光

筍輿憶昔入煙霞，元武臺前夕照斜。滿院林風凉到髮，一溪石溜白于沙。晚來人語出深竹，春盡鳥啼依落花。冷客重看汜陽月，露桐徙倚各天涯。

謁詩聖祠

性癖躭吟句句佳，都從忠愛寫胸懷。愚稱稷契非無謂，聖入風騷不可階。老客酣歌拓金戟，生還間道着麻鞋。獨看光燄彌寰宇，堂廡恭親洛水涯。

肝膽更潔白，野處德似秋蘭馨。風謡下備輶軒採，緣情述作掀淖行。

曉發須水鎮

雨氣掃空浄，客心渾自豪。晴看遠山近，涸覺下田高。棗柿經秋熟，烏鴉拂曙號。前行渡京水，未惜馬蹄勞。

廣武原

廣武高原接窈冥，蓬蒿邱隴失精靈。渾流欲撼荒城動，猛雨猶衝故壘腥。亂世河山空割據，清秋草樹暗凋零。狂言阮籍吾無省，只學長歌醉不醒。

樊將軍墓

屠狗争書漢殿勳，高皇猛將信如雲。封侯得與淮陰伍，護主能歸灞上軍。松柏未饒邱隴蔭，風雷猶向野田聞。事見歐文。浮生滿酌休辭醉，巵酒空勞奠夕曛。

重登汜水元武臺

人生有情省陳跡，三年重上元武臺。不緣故人相牽率，此地何因去復來。一條榔栗是舊

鄭東門

鄭東門口濤聲喧，洪波争道湧一門，一門轟傾九河渾。我馬不得上，我車却欲翻。鞭撾馬尾曳車靷，屹若移山不動崔巍根。僕夫鼓嚨喖，舉號哀如猿。漫天秋雨還傾盆，四野黯黮愁雲屯。招呼衆壯士，踏波濡衣褌，輪蹄雜擁頭如黿。邪許舉著力，勢擂鼉鼓聲揭掀，砰訇震霆升兩轅。鬱怒奔駿上崑崙，超忽飛龍入天閽。險艱太行久蹭蹬，欻歙澶溪横騰騫。我緣感事增歎息，區區滛潦焦思繁。況際堯時盛汎濫，倒覆四海沉乾坤。疾驅投店火照昏，解車釋馬舒殆煩。恣沽稀熬酒名共酩酊，高歌擊破黄匏樽。

掀淖行

皇天滛雨積，野潦流縱横。平地穿嚙成壕坑，躝阡破畛改故道，陂底落塹溪谷盲。馬陷泥濘脚不拔，車入坎窞輪半傾。又一怪事作，僕夫心骨驚。服轅局趣仰哀鳴，邱山不動空撾撈。路值艱屯困馳驟，時當未濟徒屏營。忽奮義舉争扛擎，不召而集攢村氓。砰硼踏水曳輪軮，欲碾車轡驅雷霆。老夫神王趙壁看，我僕合噪昆陽聲。勇抵三千水犀士，捷下七十青齊城。馬出深窪車轉轂，轣轆一氣馳不停。我前致辭攄感激，勞沽斗酒釃瓶甖。具言年豐秔秫熟，家家新釀饒醁醽。衆舁一車直易與，却謝始覺心和平。聖澤涵濡百年久，風氣淳古還大庭。輪困淹秋蘋。南望白華寺，隱映煙篠村。念昔桑下宿，感歎浮屠言。

雨中登御風臺

緑陂芳草圃田平，蘚漬荒臺萬古情。老矣重教衝雨過，泠然猶想御風行。煙雲破處遠山碧，鴻雁下時秋水清。今我衰遲終不嫁，許披野服謁先生。

圃田行

陂塘水潋潋，蒲葦秋冥冥。緬昔中興主，周宣振皇靈。江漢六月揚天兵，淮瀆太原歸經營。纘承文武正區夏，股肱方召存典型。明堂整頓還舊觀，四征方岳無不庭。天王翊戴徧荒服，珪瑁合符趨彤廷。岐陽籀篆鐫獵碣，康侯侍從瑲瑽珩。東都車馬來滔滔，雍容和鸞革垂鞗。會同王城勢舄奕，行狩甫草聲超遥。左右三驅横鞬櫜，中原禽獸羅傒僬。射夫如雲弓矢調，割鮮咄嗟盈大庖。桓桓七萃盡猛士，尚聞故跡遺虎牢。灑空秋霖莽瀟瀟，原田蕪没連蘅皋。黍禾貿貿邱墳高，白兔撲朔黄狐嘷。列子臺前雁影下，僕射陂中蓮葉凋。此間講武無人識，躑躅懷古心忉忉。

父逐日去，縹緲列子御風遊。綿綿碧草却佇立，皛皛秋煙生遠愁。丈夫未須擁八騶，柴車豈亦如封侯。躇階而走忽大笑，咄哉此事從人謀。一枝過頭杖，梁園斫取鐵笴修。一緉看山屐，阮孚蠟就金齒遒。人生有待不自由，老夫行矣復何求？

登車行

登車樂復樂，得遂禽慶遊。尋嶽此發軔，不畏雨洒輈。前年呼嘯凌嵩邱，今年更上太華之峰頭。雲臺石樓天半聳，待我踏雲攀梯鉤。一峰一蓮開，一蓮一莖抽。層層包裹萬趺萼，合作蓮房一朵收。元氣如波大地周，嶽蓮擎出中央浮。寰瀛嶺岫皆菡萏，根蒂一氣連維陬。我欲弄芳葯，香氣沾巾裘。得似千歲龜，永巢蓮葉不？生不用封萬户侯，但願五嶽次第窮冥搜。天門日觀近東海，當年恨不直上臨之罘。恒山氣聯王屋太行尾，便可擔簦策杖攜粻餱。惟有衡嶽火維足妖怪，彩翠隔斷瀟湘流。一年遊一嶽，陸用小車川乘舟。或騎茅龍上天飛，或采蘋花得自由。諸君幸勿爲我憂，明星玉女備洒掃，一笑且度三峰秋。

雨憩韓莊

高空淒有渰，亭午氛靄昏。纖絺續散亂，滮滮愁霖繁。飢鴇沙中叫，臥柳風際翻。中逵納野溜，平陸飛潺湲。馬行苦踡跼，滛潦濺雙轅。韓莊暫釋鞅，草店羅芳飧。圓黄浥早菊，細緑寸，有似侯喜垂綸鈎。權奇一駿委下駟，娉婷衆嫮慚高邱。嶷然神骨今已老，青銅不掩霜髭羞。我遊物外是非泯，寸田默默常耕耰。四照清暉足娱客，往登靈嶽消閒愁。湖城本屬山水窟，河潼尤號帝王州。秦人霸圖獲陳寶，驪山禍本升黄虬。卓地朱旗摧白虎，臨關紫氣邀青牛。秋光極目天界净，憑臨悉向螺牕收。决計清遊復覽古，不勞擇吉龜告猶。闌風伏雨秋颯拉，物外不聞鬨魯鄒。徑思横掃新堊壁，不妨抛礫參貢鏐。騰騰高興拄鐵杖，彭䑥千里衝秦郵。此時直前不見戴，故事詎比山陰舟？東西大地類湖海，萍藾聚散波心浮。且問真源尋白帝，車箱箭筈窮遨遊。滿携雲嵐出關路，飄飄歸袂把我不？高揮絲桐播徽猷，廣寒宮殿玉斧修。良夜縱酒期賭飲，清言玉人相對酬。王風蔓草莫删定，大雅不絶如懸旒。六代繁哇掃巨手，千秋文選涵清眸。寄聲有客來凭檻，横笛吹徹霜天秋。

覓車吟

朝覓車，車影不見西日斜。暮覓車，徹夜夢聽聲咿啞。咿啞之聲曉不聞，朝朝跂脚看秦雲。秦雲窈窕輸美人，與予目成寶津濆。邅迴欲往期不信，頻勞悵望雲中君。雲中君映華山秋，縈林拂石光油油。白帝宫中萬玉女，招要璐佩紛夷猶。嗟予塵土苦滯留，青天白眼瞪悠悠。三朝三暮倚庭户，僕夫不我膏行輈。吾不能如叔卿化白鶴，翺翔蓬海頃刻周。飛凌赤霄上，下憩雙石樓。又不能如老子騎青牛，關門紫氣泱漭浮。遠入流沙道，近過三峰頭。荒唐夸

華山集卷上

詩一　古今體詩四十八首

華遊口號

華嶽五千仞，鐵絙雲際攀。野夫乘興往，樂事破天慳。古意金城外，仙踪玉井間。無勞關尹候，風雨入函關。

馬力本榮祖建獨倚樓于閿鄉署内邀予寄題作

閿鄉令宰仙者儔，蜃嘘獨倚之飛樓。樓中萬景匯奔赴，邀我寄題樓上頭。我今老病才力薄，詫子如杠筆力遒。提師倘摩屈宋壘，免胄豈止輸頭籌？要與江山增勝概，筆花恣灑多名流。此間浩澥雪泥跡，指爪亦倩孤鴻留。寰中豪儁得幾許，金臺蹴踏名聲稠。窮通老少各遭際，懵騰省記繁思抽。峥嶸六合嘯雕虎，不爾萬里没素鷗。誰與寂寞傍松菊，亦復連翩賜瓚卣。獨怪鴻才照京國，行路相識多悠悠。中朝定自足青眼，東序訖不登天球。坐久得魚纔一

華山集序

今秋本志遊華嶽，夏間負痾，願乃息。中秋時，適老友朱排山使至，邀仝作此遊。排山之子令醴泉，就迎養。夙與予爲西泠山水遊伴，遂規爲禽向也。予病良已，興勃發。時秋雨連綿，道泥濘甚，所至陷淖中，顛頓萬狀。渡灞河，幾入彭咸之所居。達醴泉，而排山忽病足，不良於行，天殆欲成吾獨往之蹤也。乃回輈至嶽麓，雨淋漓不止，默禱於嶽廟。詰朝，火輪躍出，照耀萬蓮華，簇簇可數。金天開豁，静掃氛翳，獨趺蕚浮空，妍鮮如新出滄池中，實乾坤奇景也。予勇攀鐵索，上撫蒼龍背，吟眺三峰頂，瀏連不忍還，恨不餌黄精，長避静石室間。兹遊極險悸况瘁，而此中所得殊多，足以償吾勞矣。雖絶無謝朓驚人句，存之。

乾隆壬申小春月幾望，桑調元自序。

翠鳥，戲水騰文魚。芳飇回檻外，葉葉清響俱。凝思汎秋雪，眼醒西溪圖。

重過白華寺

白華一破寺，秋草春復青。荒堦水决决，虚牖風泠泠。前塵遺古殿，積雨飄危瓴。題詩陳跡在，觀空客夢醒。適來孤花笑，暫憩片雲停。殘僧耽幽寂，清晝緑苔扃。

歸興

高歷中嵩萬仞强，更看洛浦好風光。漫郎本自爲聱叟，客舍還應似故鄉。十日乳鵶飛出苑，一時新水渌過塘。匆匆未暇論遊跡，與餞殘春趣舉觴。

抵須友堂

煙光冷暖遞氤氲，徐洗行塵酒十分。飄地榆錢不知數，浮波花鴨自成群。迎人講樹窺梁月，伴客吟笻帶嶽雲。荏苒旬餘春已夏，挑燈重與細論文。

春波噴激語潺湲，恨煞行雲散錦還。净洗摩崖碑上跡，清流不改石淙山。

清漪小塢石堂偏，補漏編茅蓋一椽。輸與山僧饒净福，春淙飛到卧床前。

箕山春水碧于蘿，飛落千盤洗耳河。恰捲高空雲霧净，少微一點映澄波。

九州只佀一瓢捐，何處遨遊不灑然。留著峰頭三丈土，絶勝天上葬神仙。『三丈』字見《路史·餘論》。

石橋新漲下浮槎，官渡崩流激浪花。寂寞袁曹争戰地，一灣芳艸覆春沙。

雪滿平田造字初，屈盤天地大文舒。青蟲葉上雕奇篆，也學臺前鳥跡書。

魏國河山坏土存，千秋只有布衣尊。一杯手酹荒煙裏，今日何人肯閉門？

地接金明御苑開，君王常在百花臺。靈芝甘露年年見，莫追宣和劫數催。

荒陂碧艸恣游盤，那管昆明劫屢殘。其奈青城春黯淡，吹來陣陣曉風酸。

夢殘銅輦賦蕪城，地老天荒一種情。腸斷雪香亭畔句，遺山原是庾蘭成。

霽湧紅鉦午復陰，閒中歲月任鬖鬖。劇憐信宿春歸去，榆莢楊花一尺深。

也愛宵分撫七絲，華陽亭下月明時。廣陵遺譜今猶在，眼底何人是孝尼？

蒲盧亭

郭南瀦一水，四面皆蒲盧。摇輕柔櫓疾，浮空小亭孤。春氣涵净渌，波光散虚無。掠陰翾幽居恰有好巖扃，苔氣還連石氣青。第一潭坳春水滿，曉天寒浸兩三星。

層巒雲木曉相參，初地苔花掃石龕。獨往青山無一事，空明濯足九龍潭。

珠斗離離挂碧嵩，一彎弦月墮如弓。鶴聲銜過西岩去，大小石樓空復空。

白雲曉散集靈臺，玉女青童去不回。仙意只如緱氏跡，飄飄疑自阜鄉來。

欲卧嵩高萬仞雲，一峰獨秀帶斜曛。黄精便作金丹餌，白髮如絲不用耘。

塵世那堪噩夢長，松濤吹醒意清凉。紛紛亂落風前子，可作潛夫竟歲糧。

飛空明鏡挂中天，下界溟濛一片煙。夜半不眠無伴侣，只留孤鶴在松巔。

金壺墨汁涴仙衫，紫氣千重護玉函。我欲雲眠不歸去，石窗留作著書巖。

高登崖上碧雲深，風際時聞簫管音。截取琅玕三兩尺，横空翻作水龍吟。

幽磴元雲冷石幢，朝曦紅透玉妃窗。鸞音忽發高空裏，衝破青嵐鶴一雙。

放眼初凌華蓋巔，天風吹袂意翛然。鄉園遥望齊州裏，依約東溟一點煙。

新宫千仞躡丹梯，袂把浮邱路不迷。一曲參差吹未了，踆烏欲墮萬峰西。

催散林鴉曉色分，萬峰如黛翠氤氲。天公忽作魚龍戲，曼衍嵩高一片雲。

小隱西溪卜築遲，年光屢負白雲期。含情飛玉泉邊水，恰照羈人髩裏絲。

鬼谷幽深白日晡，長留冰雪冷春蕪。何人遊説賫金印，未是青溪道士徒。

縠紋萬疊細瀠洄，盡赴車箱谷口來。潭面掃空金碧影，祇教倒寫石樓臺。

柏厦枵空絶壁捫，燒丹尚剩藥爐痕。寒猿導客如相識，一逕螺旋入洞門。
青鳥歸飛泠石臺，微聞清淺報蓬萊。菖蒲九節漿盈盞，倚峽待仙來不來。
小逕穿松又踏沙，零紅耕破野人家。少陽河畔春聲雜，萬樹流鶯兩部蛙。
嵩陽真氣燦成霞，漢柏陰中駐翠華。幾片落紅浮斷澗，行人喚作御溝花。
争刦俄憐世局殘，仙碁閒布在層巒。抽身一着空天地，幾點疎星落石盤。
嶽廟金人陛楯官，松陰雨立不知寒。却思淚落如鉛水，怕向層霄捧露盤。
萬仞凌霄滴翠寒，神房工匠署胡寬。中天賢俊生申甫，留得丹青畫壁看。
黄蓋峰前妥嶽靈，金龍玉簡御香亭。神宫屈戍餘清閟，難得叢篁一院青。
二室春飛彩翠濃，幽巢未便覓雲松。騰空倚仗親兄弟，踏遍東西六十峰。山中人呼杖爲親兄弟。

漢武登封不記年，油雲疑是爟壇煙。東巖微辨升中路，幾頃春蕪翳畤田。
昨宵春雨下烟霏，碎瀑輕沾薜荔衣。未用珠簾遮洞户，巖泉一道捲空飛。
盧巖一雨百泉新，瀑點如珠迸淚頻。天半飛湫追雁蕩，傷心遊伴已成塵。謂朱予齋。
未得長閒結草庵，芒鞋暫且躡雲嵐。心如五渡溪邊水，一派銀瀧遶石潭。
紺石縈回細逕斜，葱蘢珠樹蔚青霞。鐵梁峽口茅亭小，一縷淡煙僧煮茶。
鐵梁大小石縱横，似步空廊屧有聲。世外多情一明月，直陪孤影到三更。

鵶語催升曉日團，隔川人影簇遊盤。一池方廣浮萍緑，環繞春波卍字欄。

隔浦流雲動曉山，青螺疊㠇鏡中鬟。斷崖插岸凌千尺，誤認具區消夏灣。

舴艋輕衝白鷺沙，聊乘暇日覽春華。不羞鏡裏星星髮，也逐遊人踏落花。

紗巾艸履信淹留，只有閒身得自由。伊水春來清滑笏，可無一葉釣魚舟。

大辨才從徹悟餘，香山居士本文殊。漁洋倦眼披金屑，失却光明大寶珠。

千春事往水滔滔，鴨緑初看漲一篙。白傅風情消不盡，夾隄楊柳間櫻桃。

風前得便即抽簪，成就先生老醉吟。勳業縱輸麟閣上，合教詩句播雞林。

流丹鑿翠占幽扃，川勢横環石脈青。九老吟魂春不散，靈風吹過素雲軿。

獨客因依青豆房，月臺乘興縱清狂。醉中横把龜茲笛，吹裂龍門萬仞崗。

懶睹機鋒吸老龐，琳宫千尺侶臨江。曉煙收盡清光溢，眼冷西南水一窗。

山色波光潑座來，雲中石疊九蓮臺。浮生重到非容易，更上香山看一回。

伊闕朝横翠靄間，柳花飛點畫中山。小車穿入楊林去，回首清波玉一灣。

穹碑高出九層臺，古字年深繡緑苔。空外鶴飛踪跡杳，一池清水似蓬萊。

高閣朝元聳碧霄，星冠羽帔颯風飈。却憐新月臨窗白，夜夜夜深吹洞簫。

少溪流水響潺湲，嶺上春鶯獨不言。自是時平關失險，一痕煙影抱轘轅。

衣紫沙門一派傳，空山鐘板動諸天。是非休問西來旨，絕壁誰能面九年？

何時歸去及春華，放浪浮生信有涯。未識天津啼血鳥，重巖滿眼杜鵑花。

嶙峋高閣切雲開，賓主風流未艸萊。春滿林塘煙靄動，猶疑花外小車來。

姚魏香濃撲玉缸，笙歌沸處簇油幢。花工巧擅醫花法，細細琉黄點氣窗。

鼠姑含態午晴初，窺艷流鶯下綺疎。居士空留花品序，春光已是劫灰餘。

年年芳事付流塵，暫破羈愁到洛濱。瞥見當堦紅藥影，借人亭舘賞殘春。

臨芳古殿水蕪荒，猶憶宮花滿洛陽。粉萼香蕤千本艷，一叢奇絶卯心黄。

葱蒨西園鶴蓋停，池波作雨灑青冥。春人多在懵騰裏，安得飛濺醉臉醒？

陸沉天地委神州，誰向新亭作楚囚？多少東都亡國恨，都隨伊水入河流。

天中嵂屼漢家阡，封樹迷離羃曉煙。當日黄雲接巫峽，猿聲叫斷姓劉天。

禹功疏鑿舊乾坤，晴日遥飛彩翠痕。行到洛陽天際望，青山中斷是龍門。

高臺幾載視平蕪，悔别家山倚客途。一到龍門醒眼界，翠微樓閣侣明湖。

細馬驕行踏軟沙，争船人語渡頭譁。緑楊絲罥龍門口，便有疎籬賣酒家。

舊人瞥見值何戡，問訊教停渡口驂。惆悵風前懷故主，落花如雪望江南。

華裾織翠影匆匆，千頃琉璃映若空。遲日遊人珠汗落，愛他蘋末起清風。

水檻苔龕迴絶塵，莊嚴寺外即通津。青山夾出玻瓈鏡，照徹空亭自在身。

衝破蒼煙拄一笻，春淙倒捲白雲峰。賓陽洞擊馮夷鼓，百道飛泉盡玉龍。

房老消沉石友徂，風流底用齒齊奴。豪華金谷灰飛盡，贏得芳聲是緑珠。

洛下蒼鵝出地騰，金墉落日淡觚稜。六朝淪覆渾如許，無數青山侶秣陵。

龍虎威名早歲强，羃羅晚計太郎當。關中不解争先著，殘局端應侶憤王。

鞏南空自設盟壇，光禄亭臺夜雨寒。惆悵金龍池水麗，有花都讓別人看。

一道香塵白日迷，侯家戚畹簇輪蹄。濯龍門外煙蕪冷，處處春田布穀啼。

洛陽花柳繪承平，珠勒輶鈿夾道行。百尺紅欄照流水，春人凭立最分明。

京洛名花天下稀，内人艷照綺羅衣。繁華催逐春波逝，長樂宫中萬瓦飛。

佳氣遥連禁苑東，華池清籞映簾櫳。上陽春樹樵蘇盡，一帶青山繞故宫。

銀燈歌舞幾承恩，複道斜通内苑門。春望望春宫畔樹，啼烏原是美人魂。

黄臺春晚翠參差，正是甘瓜引蔓時。不識人間可哀曲，遺民猶唱種瓜詞。

煙含春野緑迷離，莊上遥思海鶴姿。水榭風亭饒自在，誰知憂國鬢如絲？

獨抱遺經在洛東，持箋發憤告天公。水南水北彯纓去，只剩先生破屋中。

島賀仝乂壁壘分，窮愁亦足張去聲吾軍。峥嶸萬古潮陽筆，當日低頭獨拜君。

蕭瑟伊原木石荒，爽鳩遞禪一山莊。平泉自是春空影，欲繫浮雲笑贊皇。

王城雲日麗晴輝，如水鈿車一道歸。簪得生香花幾朵，雙雙蝴蝶上頭飛。

夾馬營荒冷碧苔，金銀佛寺拂雲開。琉璃井是咸池水，一勺曾經浴日來。

白袷衣臨洛浦寒，橫塘細艸露珠團。蘋花十里無人采，一樣春風皺碧瀾。

連朝洛浦蕩清暉，夢裏家山數載違。思煞波心飛土翠，即魚鷹也。一湖春水遶苔磯。

卜洛成周世代遥，陵遷谷變閲先朝。只今楊白花飛急，河北河南雪不消。

昆昭臺峻拂虹霓，内苑葱蘢萬木齊。鶴駕不來雲氣散，春風無復水晶泥。

姬宗零落憚狐遷，九鼎危如一髮懸。快意風雷攄老筆，青編章武紀元年。

世眼惟知前席榮，治安策上漢廷驚。洛陽自昔多名士，終古何人侶賈生。

滄漭城西古樹迷，尸鄉土室想幽棲。龍争虎鬭渾閒事，只有仙翁自祝雞。

川雲海氣黯蒼茫，贏得昌黎奠一觴。怪底紛紛銜璧去，幾人安穩作降王？

白馬西來竪刹竿，花宫丹碧入雲看。阿誰通取金仙夢，休怪繙經竺法蘭。

日飲無何計自良，蘧廬占籍醉爲鄉。洛陽多少名賢在，獨遺幽人愛杜康。

書生投筆壯心顔，萬里封侯祇等閒。卭阜總歸塵一窖，何須生入玉門關。

不見都亭骯髒人，中原蹄跡黯前塵。至今行到埋輪處，一片飛霜入晚春。

樓櫓盤空百戰場，無情春水照興亡。花邊小劫如塵夢，青蓋何年入洛陽？

怊悵君王賦感甄，愁輸眉意寫聯娟。凌波不見驚鴻影，唯有春風度洛川。

塵生土甑意蕭蕭，此叚風流故自超。金谷園亭盡蕪没，清名留得范丹窯。

典午宫城閲廢興，幽淪重見宋家陵。一般南度匆匆去，寒雨荆榛冷漆燈。

清晝暄加永，陰雲野未齊。提筐登麥坂，持斧倚桑梯。沙阜黄如犢，潭渦翠没鷖。征途歷夷險，未覺辱塗泥。

曉發中牟

中牟城中曉市譁，中牟市中人如麻。中牟人侑青精飯，入市争買朱藤花。

嵩洛雜詩一百十六首

畢娶何須學向平，笻枝到手萬緣輕。千峰泠拂苔花石，是處題名獨往生。
老去情懷數散愁，彭聃光景亦蜉蝣。長楊葉老圓荷小，縱是春過也合游。
訾家莊北艸萋萋，楊柳煙籠一帶隄。沙户不愁瓜蔓水，波聲飛落小潭溪地名。
煙絲摇漾緑鬅鬙，溪畔人家挂小罾。三十六陂春水闊，東流官渡照衰興。
一豹皮留色煒煌，兒童名震鐵槍王。當時老計多長樂，莫惜英雄死爲梁。
京水流離逸碧瀾，三臺誓死泣龍鸞。遼金也有春明夢，斜月經過毳帳寒。
底事天生草澤豪，元黄戰血灑成皋。畸人不帶風雲氣，也激長歌下虎牢。
平生愛放剡溪船，夾岸龍孫拂曉煙。可惜王猷清興阻，青鞋不到竹竿川。
東巖皴法認披麻，黑石峻嶒色侶鴉。幾載不臨芳草渡，船人休唱浪淘沙。

見一墳封木甚盛感賦

封樹蔥蘢甚，誰家有此墳。却嗟先隴遠，不見翠氤氳。浪作飄蓬客，空傳誓墓文。也如親舍在，淒望海東雲。

潮　河

潮河一派水，出自欒巴祠。玉澗馬頻飲，瓊漿人未知。塗經新雨滑，杖過古橋危。前望謝莊店，空林煙火遲。

車中懷篪兒

蹀躞馬行穩，縱横車轍多。黟雲疑是嶺，窊道欲成河。晴樹鶯歌脆，春田雉雊和。吾兒念遊跡，凝望意如何。

道中書所見二首

陰晴渾不定，野景鬬青蒼。斜漏雲中日，遥明澗外岡。窯居民俗古，蓐食客心忙。頗覺暄和驟，風來洒面凉。

見殘李花

今歲春光晚，荒陂識李花。空留一樹雪，飛點幾重沙。馬映團團月，人歌緩緩車。他鄉自開落，狼藉好年華。

雨行二首

黯黮看天色，車行我僕愁。雨纔沾席帽，寒復攬羔裘。霧氣鋪如海，篷聲省在舟。吾心遊汗漫，淹速總無憂。

澌澌方雨急，殷殷復雷鳴。夾道柳增翠，落溝泉有聲。迷離村店近，高下水蕪平。未晚投鞭宿，辛劬僕馬情。

夜坐口占

點檢征衣濕，微寒勸舉觴。春憐人夢遠，雨引客愁長。盤礴山川氣，浮沉翰墨場。誰能孤燭夜，兀坐不思鄉。

盧鴻故里

渺矣清風洒，艸堂千仞高。且無司馬悔，得遂許由逃。巖上青松冠，雲中白鹿遨。終南有佳處，捷徑笑塵勞。

密縣道中

細雨幾絲颺，僕夫慵早行。柳侵官道暗，山映女墻平。小鳥綿蠻語，油雲霮䨴生。白松何處是，步訪愜幽情。

天仙洞

土岡逕詰曲，沿緣詣仙洞。游絲罥破帷，古礎承欹棟。白松幹卧地，青檜枝羃空。一溪石色幽，四天雲氣重。荒土没黿趺，高冥渺鸞鞚。冷院墨蹤留，書摩王次仲。

哀白松

白松摧已久，巨幹卧槎枒。一種賁無色，千年生有涯。紅羊成浩劫，元鶴渺仙家。老朽空山裏，摩挲足嘆嗟。

北　崖

虚竅厲風濟，雨散開陰霾。拂雲宛可袖，鑿石故堪堦。趁流鮪潑潑，鳴樹禽喈喈。餘春渚花媚，新霽林旭佳。煙波省遠夢，洞壑輸幽懷。碑字已漫漶，挽水湔青崖。

南　崖

山深麇鹿遊，天晴鵓鴣喚。幽淙激石飛，陰靄當空散。死樹龍骨摧，春螺佛髻盤。罨燒水蕪平，攲蔭松日旰。蘚字剥題名，蝸涎涴揮翰。幸垂青雲梯，樵斧不斬斷。

天中閣

中峰近倚蓋，傑閣危建瓴。春星繞分野，神嶽羅真形。靚縈河洛帶，翠列熊箕屏。天空霽月白，夜静寒煙青。群靈聚清閟，一鶴冲天冥。微風度殿角，鏗然韻流鈴。

中天街

有嚴嶽靈地，杳靄飄清香。嵐光映春碧，雲氣流曛黄。金節輝照曜，玉井甃潢洋。神霄傍雞犬，閟閣森鸞凰。地瀉碧月冷，街侶銀河長。今宵振襟佩，微步天中央。

石　淙

三澗實泓峥，西迤粲奇石。窮幽遇夙欣，入阻羅搉獲。造物施天巧，雲根碎崩砉。嵚崟肖物狀，飛動誰刻畫？秀作三神仙，滄波蕩日夕。湖穿洞石幽，峽束春淙碧。灰滅三陽宫，净洗蒼崖跡。頹照如有情，淹洄獨往客。

車箱潭

石林插水窟，奇絶萬笋迸。崖潭形侶束，風泉力相競。垠嚙虎牙銛，瀿射牛努勁。巖嵌白鴉飛，洞罅文魴泳。倒樹瘦更堅，旋螺冷逾靚。漾日浪紋圓，挾雨淙聲横。千波赴車箱，一溜塵泥屏。月夜散清暉，獨悟光明鏡。

石淙山雨

油雲冪四際，朝彩匿圓靈。車箱波活活，巖阿雨冥冥。天意布時澤，陽氣舒春霆。初聲洶窈窱，餘點飛岩亭。浪花散浮白，石骨明深青。雙崖步苔磴，屐齒承微馨。

巢　父

巢父忘姓名，高眠是真隱。冬春栖一巢，心跡入無朕。方嗔士洗耳，肯使牛污吻。風池曳水衣，雨石生寒菌。偃月有幽墳，神理箕山近。誰謂遯鴻荒，賢愚同泯泯。

樊仲甫

我生愛狷潔，不見樊仲甫。跂脚想真人，澄心照池主。秋落箕山霞，春飛犢泉雨。弗聞舜禹禪，祇與巢許伍。至道不邱墟，浮榮如糞土。清風吹不歇，萬古萬萬古。

平洛水

委蛇平洛水，春流方涣涣。淼漫下五時，雪波濺石岸。慢縈葭亂廻，飛衝凫鴨散。河口急潺湲，巖根動浩汧。煙華汎翠漪，日影翻清漢。沙瀨鏡塵顔，槃礴一漱盥。

劉碑原

春原多屮木，烟靄紛葳蕤。野雲帶村砦，溪水環茅茨。飛光射樓寺，贔屭蹲劉碑。佛身翠珉泐，螭首青苔滋。石亭架砐硪，古緑延堦墀。征衫涴白汗，流憩風飋飋。

冒嵐靄，古道生藋藜。青林冪翠幄，白月懸清規。颶颶激空響，吹隕千涕洟。

洗耳池

古賢抱至潔，聆言輒洗耳。風清寂寞濱，月滉淪漣水。了了鑒霜髭，泠泠冰玉齒。鯈遊春雨餘，鴇散夕陽裏。吁嗟叔世污，末由洗其髓。往來人閱川，一瞬流波駛。

牽牛墟

稱名貴遠志，論居惡下流。清川引赴吻，超絶高士牛。置彼洗耳水，牽飲溯上游。野陰延翠麓，遺墟緬榛邱。村谿夕照澹，林屋春煙稠。石上宛犢跡，月映青苔幽。

懷賢詩三章

許　由

若稽古隱士，節操何廉貞。長辭唐堯去，自樂箕山貧。養性閒日月，逃名潔精神。山川遊汗漫，盤石志嶙峋。甘瓜施深谷，高林連荒榛。巖陬結茅屋，願作由東鄰。

氣濃，娟月寒輝靚。垣竹戞清聲，階桐散疎影。升高睇煙嵐，隱隱環嵩嶺。

古陽城

泱漭古陽城，神禹從兹避。巍然揖讓德，邈矣謳歌思。干戈競七雄，壇場紛六季。瀫洛沸雲川，禾黍抽煙穗。清潁環春流，碧嵩疊遠翠。晼晚惜芳晨，楝花如霰墜。

箕　山

箕山峻何極，碧嵩讓岧嶢。許由聖之隱，巢樊共超遥。漠然視萬乘，棄之如一瓢。默存性貞固，早激風頹澆。禪元非所安，古塚留巖椒。空山明月静，微風息煩囂。

潁　水

一泓清可憐，春繞箕山足。鱗鱗映白雲，瀟瀟滋翠竹。㷭戲泳嘗沙，輕浮追屬玉。如聞洗耳人，泝流牽我犢。龍卧有青山，蟬蜕無黄屋。澄波流至今，高士見不數。

棄瓢巖

脱然清士志，一瓢亦棄之。幽巖足棲遯，焉用天下爲？斯風一以邈，高步何由追？單椒春錢，芝田媚晚穗。清森艸樹陰，罨畫川巖意。濛濛夕牖暝，山月忽而至。

洞元室

巖坳洞元室，石構因自然。朝看渫雲出，暮看飛鳥旋。即景飽新得，何事談空元。捐情委破甑，寫意在無絃。貴賤謝物役，修短隨化遷。無邪清百慮，寂處全吾天。

金碧潭

澄潭發鮮光，焕燿涵金碧。巖葩映日春，林蔦飛煙夕。低滉一天青，倒射千山赤。新水碧羅羅，羃禽寒礫礫。達士潔孤心，世生纏百役。倚石憺忘歸，深宵印團璧。

崖口五渡

群嶂權奇奔，斷群到崖口。淥瀨走沙深，翠壁流雲陡。苔磴缺崎嶔，風湍飛左右。源漪裝雜花，坪絲漾疎柳。芳樹歸游禽，夕陽影樵叟。欲置白茅堂，林中安碓臼。

測景臺

古臺聳崟岑，土圭正日景。入貢均六服，中乂遷九鼎。苔荒石表欹，雨霽天星冷。深春芳機士，逍遥忘大年。洞牖踈星入，巖階暗溜穿。凝神内不鑿，游惥擬終焉。

雲錦淙

急瀨漱瓊液，豪湍衝石稜。霞日照縵縵，雲錦羅層層。雷動龍湫拔，雨過銀河崩。波文五雜組，寒溜一條冰。幽淙激天籟，匪士豈吾朋？莓錢漬飛沫，獨翫心魄澄。

期仙磴

神仙縱非無，儒者意不屑。德晞白璧完，名謝丹臺列。超遥山澤癯，窅眇刀圭訣。帝鄉故非期，元言差足悦。松子躡紫煙，桂父飛絳雪。今宵風月清，幽磴遲鸞轍。

滌煩磯

苔磯一瑩目，靈府煩全滌。波聲下玉渠，風勢翻銀礫。煙蘿畫不成，水石氣相激。漱玉抱回溪，飛珠凌峭壁。日色澹幽幽，智者神俱寂。洗心碧澗流，何處含忻戚。

羃翠庭

荒蹊蘿影交，曲逕松子委。巖隈風色寒，一庭羃幽翠。飛泉界喧遊，空谷忘機事。苔磴緑十章。

草　堂

維嶽啟隩宅，艸堂搆在兹。夕煙縈谿阜，春星映茅茨。塵跡浮雲幻，幽光少微垂。真境完白賁，靡者斲喪之。徵君移舟壑，金仙占堂基。清風灑六合，終古無成虧。

倒景臺

衆山紛合沓，曠蕩開天門。浮蹤白雨洗，奇意青霞屯。春巖馥草木，高臺凌閬崑。蒼茫接倒景，瀟灑蠲塵根。明月親孤影，清露湛芳尊。迥與人世隔，閴寂寧心魂。

樾　館

巖隈手誅茅，闢館蔭疎樾。煙破轂烏飛，葉響盲颷發。涷雨清谷神，氿泉浸華髮。午食不願餘，齋厨烹露蕨。咄彼盪者流，因山畏十笏。剥啄巢務賓，夕逕候蘿月。

枕煙庭

秘庭半紫虚，氤氛枕寒煙。芳靄縈衆緑，清暉薄重元。月上映縞鶴，風飛飄翠旃。智慧謝峰螺，朱暉昇日御。岧嶤神嶽頂，蓊白雲生處。曖見兩青童，飛入層空去。

雞鳴峰

秀嶨映霄漢，煙清碧嵬嵬。天荒陰木聳，磴峻明星低。麏驚薄險走，鶴健凌空飛。怪石蹲白澤，高穹跨青霓。夜半咸池光，破冥號天雞。重闈亂春夢，清景何由追？

懸練峰

飄風激飛瀑，跳珠沸空潭。奔衝石凝碧，倒漾天蔚藍。映空羅五色，眩轉初陽含。龍拔千丈湫，水挂一重簾。想像康王谷，經過雁蕩巖。冰花凉盥頂，晞髮脱吾簪。

盧　巖

艸堂没榛叢，徵君棲石厂。秀拔萬仞巖，蒼翠深皴染。崩崖下懸瀑，銀漢倒瀲灩。陰竇鳴淙淙，日色冷西崦。潭磴跡荒凉，古緑苔千點。期仙仙不來，松雲去冉冉。

追和盧徵君嵩山十志十首并序

僕向誦徵君《十志》篇，慕其地居幽峻，辭吐清貞。今跡其處，追和之，不仍其音節，作古詩

嵩山集卷下

詩二　古今體詩一百七十首

黄蓋峰

東岱比中嵩，黄蓋爲梁父。凌霄峰勢獨，峨青照神宇。靈通山澤氣，崇闢天地户。籠山霧作巾，灑空雨如弩。雲破青冥開，風回翠柏舞。澹澹掃修嵐，聯娟秀眉嫵。

芙蓉巖

苑囿開帝所，燦出青芙蓉。初日乍照燿，華鄂紛萼重。雨流白雲氣，霞爛黄金容。千仞滴曉翠，一朵浮清空。神秀潤屮木，暉彩奔星虹。天梯垂嶽麓，月夕來青童。

青童峰

山深破寺寒，天迥疏星曙。清光動曉嵐，獨對澄吾慮。泉新出澗流，鴉蚤銜煙語。黛影析

東巖

翠擁嶽門户，巘崿東孱顔。日車昃鳥道，雲蓋欹松關。風飄神靈雨，波没蓬萊山。玉書千載閟，霞梯幾人攀。謫仙才冠古，騎鯨去塵寰。修文寓黄室，憂嫉娥眉班。

方士，輒指登仙期。瑶芝翠可食，神宫黯陊基。春風度遠谷，屮木紛葳蕤。

松濤峰

朝嵐澮窈靄，邐迤聯群峰。遠聆聲謖謖，岑椒秀孤松。古身女蘿裊，清晝神霧封。千年憩元鶴，九霄蜿蒼龍。砉驚風雨至，倒壑鳴淙淙。高步出宇宙，曠蕩舒心胸。巖阿遺老友，巢雲伴春冬。

定心石

連峰勢崎嶔，蹲石隣巖洞。窮探憩腰足，坐見天宇空。夕筇樹影涼，春襟嵐氣重。平生獨往心，聲利不能動。游蹤浩不羈，散材老無用。終焉倚青壁，因之結茅棟。磵泉聲泠泠，激耳回飈送。

浮邱峰

宿雨斷宵鳴，朱暘朗朝霽。游禽破新煙，崩石纏古薜。修白拖巖泉，疎青戛風篁。緬惟浮邱公，遺迹隨軒帝。鼎湖飛龍杳，鴻冢留塵世。荒哉求仙心，未用挹其袂。嵐氣接東巖，清蒼杳無際。

仙鼠，春深垂女蘿。半嶺色純黛，落照金光多。山窗寄小隱，老子其婆娑。

金壺峰

一峰琢黟玉，杳靄蒼雲平。陽坡春欲盡，芝藥留餘榮。飛空鶴自適，狎人麋不驚。有時好風度，灌木傳清聲。明月深相照，白雲藹將迎。元言遺道德，緬懷古先生。道書老聃號中嶽古先生。

野猪坡

太室廿四峰，峰峰何嵚巇。撥雲尋仄磴，贏旋性所耽。偏愛一陂陀，坦邐便平聲幽探。丹梯挂霄漢，翠棧盤松楠。谷鳥破煙曉，巖花飛春酣。重取瀠泉逕，下上吾能諳。

玉鏡峰

山靈露光怪，虹氣升九天。元精凝崧嶽，時湧一鏡圓。傳聞汎瀏夕，寶月凌虛懸。高穹浄掃翠，萬木寒無煙。玉輪出清窅，塵界涵新鮮。巖熵方幽閴，宵景澹初弦。

萬歲峰

陛下千萬壽，曲將臣子私。登山事望秩，稽首祝鴻釐。聞呼萬歲三，頌禱義弗虧。無然信

玉女窗

石檽宛天構，拂曉回芳飈。晚蕙發煙藹，老檜垂春條。日輪映清曠，天門隣虛寥。幽洞龍宅廢，古壁黿文纇。昨宵微雨過，四牖涼蕭蕭。淹回度九夏，仙塢無炎歊。

石　室

太初誰塹鑿，一室架石棟。鶉居入幽潛，龍眠際曠空。見聞生道心，偃仰息塵夢。春歸樹色繁，月出檐影動。横几五絃清，貯醆三漿凍。韓盧不我待，浩歌下巖洞。

高登崖

層崖開翠扉，崎嶔度危梁。一澗清瑶流，石髮梳春芳。林影白日寂，鳥跡青苔荒。悠然詣石室，闃絶凴丹牀。灰寒頹古竈，靄煖噓神房。乳泉樹杪滴，藥艸巖根香。坐覺萬緣絶，吟嘯餘清光。明玕削叢篠，回風語琅琅。

嵩　窩

碧嵩鬱盤繞，佳絶留清窩。南迤轉微逕，窅曲旋空螺。青松翳硐户，白雲飛巖阿。日晡出芳陂，一渦照凝碧。

玉女搗帛石

呼鳳銜長梭，織作光明帛。搗之煩玉女，留此一片石。片石的皪含晶瑩，叩如哀玉聲泠泠。仙巖一用娉婷力，九霄環珮歸瑶京。武皇當日慕通靈，蜚廉桂觀高峥嶸。勝日之車晝雲氣，承露之盤標金莖。發船遣入蓬萊島，覲跡親臨緱氏城。九節丰茸翠蒲長，三能璀璨華星明。王母盛作七夕會，從官齊聽萬歲聲。牽狗遠叨老父問，捧書近覩青童迎。文成馬肝諱死密，五利羽衣封爵輕。崑崙道從公玉帶，神鼎策授公孫卿。上元夫人降雲軿，偷桃兒竊窺風櫺。龜臺玉女不知數，丹籙一一聞僉名。却顧搗帛女，窈窕來殊庭。解后中嵩上，顔若苕之榮。得毋許飛瓊，或爲董雙成。不然乃是墉宫王子登，不然乃是鼓歌僊曲之法嬰。作使西飛青雀去，如蓋上結黄雲停。鳳尾羅，鵲紋綾，人間機杼不足稱。瓊海鮫綃割不盡，銀灣雲錦羅千層。安得將此帛下散，三老孝弟各紛携擎。臙脂塞轉嫖姚將，笳管軍回驃騎營。長安萬家砧杵歇，紅閨玉筯休縱横。晚歲纔有輪臺悔，沙場莫救冤魂縈。龍城百萬看速死，鳳闕一人祈長生。黄金可成河可塞，無奈陵樹俄青青。只傳太室山頭跡，彷彿落月聞敲鏗。

巖坳，一泉窨寒碧。空山闃無人，元鶴宛主容。

鐵壁皴幽蘚，古錢緑且團。衺延大小峽，蒼柏凌巑岏。風磴斷百仞，猿鳥稀游盤。層梯鑿寒翠，引置青霞端。仙籞在碧落，樛木森勾欄。

古壇積雨圮，頹陽明廢墟。空坪奔元鹿，境絶無人居。榛藂隱片石，苔厚扶寸餘。青山信所適，滿意延清虚。天風颯然至，拂拂飄吾裾。

龍　潭

一勺涵坳泓，沈沈陰曽閟。急雨拔湫飛，遲日抱珠睡。巖根腴不枯，煙華冷逾翠。幽絶渟春淙，泠然澹人意。俯仰跡已陳，虞泉過白驥。晚色静年芳，深潭一花墜。

玉　井

崧巖瀦玉井，古甃宛天成。寒漿汎圓瓢，真源通方瀛。扳蘿飲猨子，洗藥蔛仙卿。寂寥素綆汲，演漾常冲盈。天空春雨響，夜静月華明。跰蹮鑑眉髮，冥思涵孤清。

中天池

翠沼天中央，泠甃太古石。不識帝臺漿，漫謂春泉脈。冥生雲族寒，孤浸曦輪白。漱流沿繞，開落三花少室連。寄語梁園隱君子，茅龍騎取上青天。

放歌行登峻極峰作

崑崙祖脈青龍嵸，兩戒巖嶨争豪雄。河山環拱此隩宅，崧高拔起天當中。灝氣呵噓對噴薄，離合太少分西東。華蓋童童赤霄上，旂旓瓔珞垂高空。霞氛輝赫照帝所，瀛寰萬嶺齊朝宗。神房白晝起煙霧，嵌竇騰湧陽光紅。岱衡恒華儼列笏，天門詄蕩開鴻龍。石樓千尋駕紫翠，丹梯逕絶風雲通。菖蒲九節雜瑶艸，繽紛石上香茸茸。神仙慌忽善狡獪，風袂難把浮邱公。漢武登封集靈瑞，茂陵煙樹蘙蒿蓬。金繩玉檢復自誑，若呼萬歲驚愚蒙。今皇睿識高萬古，陋彼封禪誇神功。稽古典禮時巡狩，燔柴秩祀臨中嵩。乘凌周道至峻極，飛龍直上第一峰。乾坤磅礴發天藻，穹碑鐫鑿厓磨礱。野人夙願遍五嶽，發軔此地標遊蹤。青鞋布襪便登陟，半空巒磴盤孤笻。二十四峰羅舄底，咫尺少室雲嵐重。放眼層空周八表，齊州極覽煙濛濛。飛光倒影射絶壁，日車弭節踰高春。芙蓉萬朵金明滅，一披奇觀排心胸。默禱神靈毓申甫，永贊鴻號熙無窮。煙庭樾館天結構，草堂作計栖盧鴻。

嵩山道中三首

盤盤上空冥，圓笻鏗白石。雲破高登崖，去天不盈尺。廢竈翳春苔，荒荒羽人宅。陡絶深

敔母石和韻

吁嗟敔母石，嵬峨殆亦偶。是物應星精，寒光射珠斗。氤氛連雲根，淋漓襲氣母。驚砰秋雨滴，鋭挾雷霆走。狀類劈斧皴，元工無好醜。緬惟開闢初，儀象元黄剖。大擘巨靈掌，細啣精衛口。海枯爛不免，金流爍亦朽。此屹黄室間，跡著延光後。鴻烈比齊諧，志怪標談藪。碑銘紛傳疑，宇宙無不有。

中嶽廟

嶽廟矗雲起，正當黄蓋峰。高瓴森鐵鳳，古簡貯金龍。寰宇青嵐拱，中天淑氣重。聖朝嚴秩祀，不踵漢登封。

見嶽廟垣外一柏樹甚奇

參天萬嵦崒，溜雨千鱗皴。此樹太奇特，擁腫纏腰身。

周道峰寄袁石峰舜裔

蒼藤拄到萬山巔，滿眼春濃漢時田。谷口耕樵寧識我，雲中雞犬亦飛仙。冥茫一帶渾河

嵩陽書院

書院嵩陽舊，規恢耿逸庵。先生澤寧斬，後死道誰擔？興廢唐宫屢，存亡漢柏三。穹樓峙雲表，最喜貯緗函。

漢　柏

元氣盤鬱嵩之陽，有柏離立參天長。問年直在彭聃上，嬴劉何足論興亡。一株鐵幹蟠蒼昊，蒼皮鱗皴白骨老。東頭飛柯百尺枯，巨斧斫斷虬龍爪。佳哉生氣何婆娑，枝條蓊蔚形嵯峨。半人喜得習鑿齒，全人凝視哀駘它。其一磅礴更奇絶，周遭七圍蘚皮裂。輪囷空腹雷火燒，風雨濤奔穿洞穴。是中廓落可容人，盤根不動何嶙峋。空明豁達透日月，正直昂藏驚鬼神。古來英君稱漢武，封禪曾經過中土。猥加封號大將軍，千載猶録群芳譜。通天臺上祈仙靈，金盤承露凌高旻。劉郎亦是秋風客，茂陵松柏摧爲薪。巍然此樹形模久，蝌篆龍文互轉紐。仙宫梵宫幾劫灰，人生安得如汝壽？汝邀天幸更堪論，三株僅有兩株存。君不見書院空階餘石壘，當時共拂蒼煙痕。

如染，葱蒨藹可悅。坦脩馳道通，峭隘鏬嵽嵲。沙平嶨嶺口，石滅古車轍。來往遵夷庚，無復巖關設。惟瞻少室峰，青山粲行列。

少室峰

峥嶸少室峰，支分三十六。晴暉遠聯綿，層嵐青簇簇。近愛王子峰，瑶艸藹豐縟。石泉泄陰竇，涓涓清可掬。逶迤少陽源，芝田遍滲漉。氤氲嶽有神，晻曖雲成族。泠翠少林飛，穹圓鉢盂覆。深院午鐘清，春山萬重緑。

少林寺二首

千秋少林寺，道場開達磨。惟有數株柏，奇古堪摩挲。
古柏既魂礧，凌霄亦輪囷。空山此主客，閲盡古今人。

會善寺

紆經翠柏原，幽詣青蓮宇。清暉恰可中，煖景不常午。石竇噴龍泉，香臺下鴿羽。塔影照�房，雲氣生洞户。陰巖樹色寒，廢竈煙痕古。欲坐戒壇西，長廊聽春雨。

曉發龍門

赤日東崖上，光生伊洛流。逶迤遵輦道，迢遞上嵩邱。鴉語散清曉，馬行緣綠疇。前行問佳境，仙嶺欲登緱。

緱　嶺

縹緲登緱嶺，豐碑倒景明。人言王子晋，夜度紫鸞笙。春盡繁花落，空山一鶴鳴。神仙眇何許，邱隴綠蕪平。

緱山晚眺

緱山秀孤矗，不與群峰偕。意含閬風遠，淺碧無塵埃。前臨萬嵐岫，一一石笥排。雙峰作門户，洞達當中開。陂前列芳畛，净綠鋪春階。二麥等瑶艸，披拂泠風來。登高一睇望，宛上昇仙臺。清境難久駐，微月光徘徊。

轘　轅

飛雲過轘轅，山蹊翠曲折。溪磵匯湍淙，春流鳴決決。迤度綰嵩橋，横波卧雌蜺。麥疇綠連，一根笻竹谽谺穿。渡河一葉輕洄沿，白公創寺涯東偏。清閑微之引勝緣，梵王巨剎標危巔。十寺强半陳跡湮，此獨兀突撑中天。時廵聖主臨澗瀍，罥罼縹緲靈山前。樓臺屼起金碧鮮，奎文煥爛照坤乾。銀鉤勒石蛟龍纏，紫氛騰騰護雕櫋。琳宫增耀垂千年，王城邑子頂禮虔。桃花仕女來珠軿，衆香寶地肅芊芊。孤園隨喜何駢闐，畸人覽古踏蒼煙。亭臺高下行蹁躚，醉吟翁草翻遺編。紗巾草履思古仙，乘化歸去留荒阡。山川陵谷縱變遷，清文不没清光延。序文持比金谷賢，俗塵侶得犀辟蠲。西厓湯公右曾風雅藹孤騫，栽培封樹清墓田。退谷汪公士鋐筆勢尤翩翩，擘窠大字精雕鐫。重之不異珍珠船，晚春光景飛榆錢。攢鋪一徑楊花氈，悠然倚樹聽流泉。坐看長河落日圓，平沙宿鷺紛聯拳。薄衣白袷聳吟肩，詩成揮在銀光箋。好事或作蚿蛇憐，清遊不用姓名傳。形模高顙闊兩顴，濟勝未覺腰脚孱。去矣疾若箭離弦，一彎明月松間懸。

懷安樂窩有述

寸心有微尚，遂與功名疏。所貴中有得，混跡在樵漁。風流想人豪，程馬心相於。洗然事安樂，一窩常晏如。春風洒衣袂，流水穿屋廬。我行缺升堂，末由拜階除。白雲望空際，信意自卷舒。

龍　門

亦自成天闕，中州此最佳。春流合伊洛，桃汛下黄淮。蕪没六朝寺，雲崩千丈崖。禹功疏鑿在，明德遠堪懷。

禹王池

山泉流渟泫，方甃爲之豬。春深緑苔藻，歲久孳黿魚。清極不可唾，贏餘聊用輸。澄寒吐石吻，形勢瀑布如。喧瀉吕梁洪，亂濺驪龍珠。禹功信永賴，想像開鑿初。屢起湔老眼，飽看殘年書。

賓陽洞

深空賓陽洞，妙答人語響。鑱此丈六身，要令信者仰。山雲白浮浮，石泉清盎盎。古之逃虚人，天然藴真想。

香山寺

龍門香山夾大川，左右飛翠銜波漩。交流伊洛噛頑堅，朝陽夕陽精鐵然。賓陽黝洞伊闕

許睢陽墓

九死睢陽戰，飢羸不易心。許公埋骨處，猶自陣雲深。

碑杜當陽工部墓處二首

遠祖與聞孫，文章勳業存。九原相映徹，都在土樓村。

當陽癖春秋，工部耽佳句。誰知弔古人，煙霞已沈痼。

懷二程子祠作

二賢生有宋，浩蕩鍾元精。濂溪覽風月，妙契吾與情。倡道自中天，昭昭日月行。嗟彼猥薄子，妄欲虧其成。忌諱談孔姬，畏之如拘囹。清渭不可污，祇自流濁涇。故里如鄒嶧，統系千秋明。何當陪執爵，廟祀肅維馨。

棗園渡二首

問渡棗園邊，春波草色連。兒童誇蹻捷，牽馬上平船。

水漲浮橋拆，津頭艇子寬。喜儂遲問渡，艇子比橋安。

珠襦，冥冥没皓齒。新墳聳巖頭，故墳壓石底。故鬼不足哀，今古同一軌。皇陵崇矗天，生前憑玉几。臨安一播遷，王氣清如水。我登鳳臺巔，北望尺有咫。靈風颸然來，日暮松聲起。

温泉

散步奉仙澗，温泉漾淺渌。間心任冷暖，淪漣已悦目。汩汩下前溪，飛漱一條玉。鷲根落冷泉，春淙夢斷續。小住意彌佳，愛此流波燠。上流濯我纓，下流濯我足。

王輔嗣墓

夷甫慚取節，深源怪書空。陸沉坐此輩，貽笑曷有窮。先生善談易，理窟開溟濛。片語啟微妙，承學之所宗。從祀漢唐儒，本以經術崇。何人議典禮，輟主兩廡中。暴秦任商鞅，傳以二世終。清言寧致患，此言亦爲蒙。要當論箋故，不與向郭同。荒叢别蘭艾，颯然來清風。

曉發偃師

衆星光磊落，一鐸聲郎當。煙籠垂楊岸，露滴芳草塘。輕車行轣轆，馬復遊龍强。朦朧閲幾堠，始動咸池光。惜經輔嗣墓，未謁邱墟荒。歎息吾誰語，斯人久淪亡。

望宋陵作

洛水春蕩潏，邙山高崔嵬。山水映終古，人事多興衰。陳橋黄袍擁，鼎業東京開。群姦不破碎，靖康釀奇災。宋社既南遷，艮嶽生蒿萊。盤回七陵氣，蕭瑟蒼山隈。臯亭飛白燕，舟覆無遺骸。江東燐火冷，鬼哭冬青哀。升高睇珠邱，漭泱隔風埃。其誰腸木石，不識昆明灰。

砦王山

停車拾苔級，直上砦王巔。紺臺兀雲構，伊洛横檻前。嵩高岫無數，青天寫烏鬟。赤日西照耀，金碧輝斕斑。山川到洛下，風秀如吴關。羈懷藹紛積，釋在隔河山。

鳳凰臺

層邱翠嵂屼，上有鳳凰臺。歸昌叶玉琯，不獨岐山隈。流雲罨灌木，飛雨湔蒼厓。後王幾龍鬬，中土紛塵霾。緬想德輝覽，雅韻傳喈喈。啣圖告聖瑞，八百基爲開。

北邙山

嵯峨北邙山，伊古爲蒿里。起塋象祁連，沙平一塊壘。玉鳧夕閟泉，金椀朝出市。哀哀殉欲盡，愁絶春安歸。

洛水

浩淼臨洛水，春瀾清且長。霏微芳樹岸，沿緣泝流光。頻年扃曲室，不見浮舟航。今晨面渌漪，篙竹森連檣。北客燈照蝎，得歸喜洋洋。官人愛新綬，遊子思故鄉。我客亦已久，對此轉茫茫。

杜工部故里

青山入鞏洛，秀色超塵寰。鍾英産詩老，悲歌成史編。契稷輒自許，高李空隨肩。東郊傷瘦馬，西川拜杜鵑。我行敬草樹，式此南瑶灣。嗚呼斯人逝，吟者無其賢。

三田故里

三田如荆樹，本自懽同株。如何中離異，頓使連枝枯。離者輒復合，枯者仍榮敷。遺風成雍睦，足爲鄉里模。曠林不相能，帝遣各一區。歷山憂未解，于田泣嗚嗚。周公與管蔡，零雨涕淚俱。可堪粟布謡，漢文心煩紆。有生遇乖違，飲痛無賢愚。李樹代桃僵，交讓同悲歔。相輝良不易，華萼愁蕭疎。精誠感草木，涕下沾衣襦。

初衣，微慨寓深旨。萬事浮雲然，柯茗有實理。竹院在元武臺後。

仙邑有靈區，一川映疎竹。曲池春不波，叢�露如沐。題字上脩青，流觴下寒渌。遂約御風行，深遊躋白谷。嵩雲遥相招，幽韻謝戞玉。會當續清緣，裹糧來不速。

曉發汜水二首

汜水平不流，微瀾一何靚。凌晨曖輕煙，浮光自娟净。沙禽獨足拳，凝静侶禪定。冏冏東光生，遠波動清映。群山明髻螺，寫入白銅鏡。

曦輪出未高，山脚猶薄霧。濛濛侶白雲，瀰漫映芳樹。巖坳轉陽光，五色紛纂組。連山何崔嵬，千仞皆積土。點染施天工，本質添秀嫵。春山無定姿，暄妍半隱露。

陶　穴

春巖碧叢叢，麥光翠欲溜。人家陶穴居，山腹成架構。屋下自晨炊，屋上自耕耨。衡從無町畦，雜莳緑如繡。時邀風掩扉，夜絶星過霤。足知上皇民，淳樸多黄耇。

晚春感興

春深碧草縟，蝴蝶紛交飛。林日翳茅宇，水風凉袷衣。衰鬢幾絲短，芳郊群緑肥。花事垂

汜水潘涵亭同登元武臺望釜山黄河太行虎牢伏蛟諸勝過竹院茗話約詰朝遊竹川不果赴有作得八首

之子絶俗人，清心謝塵壒。把袂梯層空，目盡河嵩外。青螺秀雲坳，白鷺渺沙瀨。回飇激石㯳，杉檜發仙籟。天際立松喬，瀏覩别有會。元武臺在城内。

蒼蒼萬雲巒，翠分嵩少支。釜山蒸暖靄，群峰鬱參差。落景霞嵐合，天繢紛葳蕤。春空裊青髻，一氣澹渰之。妙契清遊人，山心結在兹。釜山在正南。

大河自天來，并合群流渾。水氣黄日月，九折喧雷奔。登高望洪波，渺然一練痕。冥茫玉門渡，終古如帶存。逶迤汜水注，春靚横厚坤。慨想古豪傑，駐立至煙昏。河在西北。

行山影落日，際天一髮青。修靄自横亘，不辨峰巒形。山東二百州，亭毒包元精。河流界一綫，遠勢列幛屏。縣山抱玉玦，缺處軋霄崢。蒼然暮色至，乃與萬象冥。行山遠隔河外。

周王獵東都，實至古崤關。桓桓七萃士，搤虎拖斕斑。兹地信險要，壯勢凌孱顔。古來争戰地，生草血色殷。承平踰百祀，吹角列戍閒。春山淡夕照，半嶺樵歌還。虎牢在西。

亭亭伏蛟山，鋪翠不可斂。夕日明高青，春厓發群艷。松色一坪深，雲陰半坳澹。依微芳艸薬，下有仙人窆。伏蛟山在西。

青冥下危梯，一亭立坦迤。雨苔濃作花，春竹澹如水。空檻夕陽低，孤城暝煙起。羨我遂消歇盡，嗟爾墜樓人。

銑溪何足問，往事歎金墉。世亂幽囚數，財雄禍患重。翔風石崇婢名抛艷態，步幛失遺蹤。洛下青山曉，微聞遠寺鐘。

滎陽道路多鬭峻阜中隘僅容車長或里許感賦成咏

客行滎陽道，土阜高插天。是中通一徑，雙轂不得旋。左右立峭壁，飛猱愁攀緣。顧瞻脩且狹，形勢車箱然。車箱苦難出，氣結何由宣？來者一以阻，倒行讓誰先？春雨零十日，泥濘倍迍邅。冥冥怪鳥叫，汩汩衝波漩。一夫或爲暴，要害搤吭咽。入廼驚幽谷，出迺超重關。如何開闢初，天成此險艱。智勇了無施，誰能鏟孱顔？塵途每多隘，惆悵爲此篇。

廣武吟

樹木何蓊蔚，岡阜何巑岏。下臨不測谿，横漲飛驚湍。地形信險隘，彫虎扼雄關。昔人圖霸王去聲，轉鬭京索間。隆準運方戹，戰敗成皋還。九天龍失躍，眢井潛泥蟠。鴻溝盟一渝，大號建瀛寰。成敗勢已定，乃嗤沐猴冠。汜陽即帝位，威加良已殫。狂言詆孺子，咄哉廣武歎。

漸暝，野逕覺猶長。柴車帶星影，茅舍延燈光。户小不勝飲，新泉浮一觴。

曉發滎陽

侵曉纖驪駕僕夫，道傍煙柳影糢糊。明星煜煜光於月，清露濃濃墜侶珠。午夜捫心完素志，十年回首愧塵途。楝花風入陶嘉候，春色堂堂惜暗徂。

漢祖繫馬槐

歷亂鴉飛曉樹林，蒼凉無復古槐陰。時平久失成皋險，氣盛猶爲廣武吟。繫馬終然成帝業，斬蛇早已定天心。憒王誤割鴻溝界，不逝烏騅淚滿襟。

京叔段

叔段懷中物，如何敵寤生？僭惟啣鄭志，侈自壞京城。白日黄泉下，荒墟蔓艸平。同根還可念，嘆息豆萁情。

弔石季倫二首

自古金爲祟，誰教穴季倫？讒應恨孫秀，讖自痛安仁。荒艸纏幽礀，殘花綴古春。繁華逐雲龍，榮華一蕉鹿。雨泫東巖花，風嘯北溪竹。故里夕陽寒，波光動群木。

庚午渠

僕射陂前水，瀰漫四散流。只今千派漲，却有午渠收。麥浪青浮野，楊絲翠映溝。迴波春浩蕩，飛去一沙鷗。

謁子産祠

兵争王澤竭，波蕩民風頹。慨想能爲國，閎濟非公誰？荒闉祠宇在，下馬拜階墀。白日隱高樹，春風吹網絲。何人嗣芳躅，令我紛涕洟。翩翩吴季子，投分固其宜。

燭之武退秦師處

吾惜燭之武，縋城能退秦。才奇空已老，事急有斯人。遺堡風梳柳，殘碑雨洗塵。番番懷蹇叔，千載共沾巾。

須水鎮

須水晚煙翳，極目寒蒼蒼。遠樹澹春色，空波明夕陽。分林下鳥雀，識户歸牛羊。林墟看日寒，郊坰遠煙淡。春水漾汀沙，微風響葭菼。行子愸朝飢，出鑪餅可啖。

白沙鎮

驅車白沙鎮，夾廕緑楊堤。急送春風盡，都緣萬縷齊。天晴鴉噪喜，塗亂馬行迷。野菜花如繡，東園想故蹊。

列子祠

我生亦好遊，獨往意汗漫。先生繕性熟，脱棄塵跡踐。官粟不妻子，野屨只里閈。言類接輿狂，形異琴張慢。窮老隱深霧，元豹無人見。圃外度靈風，拂水泠然善。

鄭　州

輪蹄來往各爭程，賸客閒心獨寡營。春水新波流汗漫，原田陳跡莽縱横。際天蕣麥無窮緑，過雨塵沙分外清。此日遊踪師列子，泠然也自御風行。

逍遥公故里

宦遊淹塵跡，誰復還林屋？歎息逍遥公，別占幽棲谷。星罕飛山莊，煙樓跨澗隩。恩遇光晚，能令騷客憐。

雨行中牟道中

元雲羃天末，澍雨飛隴頭。芳田野雉雊，春聲最和柔。花下艤漁艇，水中行客輈。邐迤坦橋度，瀕汩方塘流。我馬嘶煙樹，我僕睇譙樓。逆旅却如歸，涼景還如秋。

見漁舟作

一水瀠洄好，經過略彴平。漁郎何處去，煙艇此中橫。故國心潛觸，塵途眼乍明。西谿久拋却，夢斷棹歌聲。

訪官渡

官渡知何處，蒼茫想舊城。曹袁遺壘失，煙雨緑蕪平。大地幾龍戰，空天一鶴迎。無窮家國事，物外詎關情？

中牟曉發

宿雨已盡收，曙光猶半黯。轣轆客車馳，寂寥村户掩。縈青柳千條，飛白鷗一點。桑柘早上柳，含翠送人行。

今歲春寒峭，郊原百物遲。桃花紅未雨，楊柳碧纔絲。騁望聊乘暇，耕耰恰及時。連晨和澤遍，天地本無私。

葱蒨當韶景，柴車迤邐行。春原千頃緑，黄犢一聲鳴。老洫農爲塹，新亭客記程。無心雙隻堠，道左自將迎。

雨憩韓莊

連村畦水渌，一雨湔客房。蔬秤色蔓蔓，屋山聲琅琅。紅英散風牖，翠縷摇煙莊。威紆暫輟軛，安隱聊傾觴。寧知野服濕，且對春物芳。空濛極郊甸，滿眼羅青蒼。

水月庵

萬象從教净破除，也知水月是空虚。如何不用荼毘法，留取人間一土苴。寺有僧真身傅金，尚存。

雨中絳桃

緋桃開一簇，雨望轉嫣然。潑處火逾熾，濯來錦倍鮮。行迷武陵水，夢斷瓊臺煙。翻喜春

嵩山集卷上

詩一　古今體詩九十四首

嵩遊口號

中州山水暢乘淩，手攬蒼厓萬歲藤。蓋卓一峰雲氣擁，灘高八節浪花騰。遊參禽向吾應得，飛逐猿猱老尚能。最惜春風餘幾日，回看苑樹緑層層。

登　車

微雨浥輕塵，登車發興新。清遊始中嶽，好景屬閒人。地擅三川勝，天留幾日春。猶餘花柳色，紅翠眼邊勻。

出郭三首

出郭已清曠，林坰無市聲。村花疎掩冉，野麥細縱横。溝溢前宵雨，雲催卓午晴。金明池

嵩山集序

予性好遊，有遍五嶽之志。歲戊辰來中州，嵩山雲嵐固應入吾屐底，顧忽忽蹉跎至今。山中友人貽予書曰：『名山如好友。子客中州而不嵩遊，是交一臂失之也。』予遂發憤，賃一柴車，無朋儕，無傔從，所至停軌於坡陀之足，獨策一藤，窮幽極峻。意有所得，則嘯呼作爲歌吟，淋漓題壁，不著名，祇署『獨往生』，自前遊天台、雁蕩、洞庭之勝已然。喜老而濟勝之具尚在，汲汲遍佳山水，足果汗漫遊之諾。道所經古跡清景，輒一詩與收拾。中有寄吁慨不能已者，物外人未得竟。無心肝，吟畢即置之，要不使胸中留滯。予早就恬寞，於世味久雪淡。間齒及衰遲，亦怵於没世無稱之實，非畏景之晏也。詩不求工，聊記吾目前遊踪已矣。

乾隆辛未後重午日，桑調元自序。

山回雁雲麓，首尾迤八百里。恒山孤峰陡峭，統領萬山。昔人謂嵩山如眠，泰山如坐，華山如立。予益以二言：衡山如行，恒山如蹲。斯足盡其勝槩矣。

予意興在遊，亦因以求訪異人。華山蒼龍嶺上，李道士爲予言：南頭一處所，值雲氣開朗，人民廬舍阡陌，了了在目，狀類桃花源。予庶幾一見之，悵望彌日。衡山見一人，左股大於身，中心惻惻。而所謂異人者，竟不可得，豈魁傑深藏不可蹤跡耶？抑塵俗不堪密邇耶？豈心麤眼翳，交一臂失之耶？抑天地標奇於山水，氣力不能鍾毓耶？

《五嶽集》共得二十卷，遂僭號五嶽詩人，前之題名『獨往生』。惟恐遊之不及遍，今幸天遂予之初願。遊之佳處，予當境自得之。所存詩，真雪鴻之跡哉！

乾隆丙子十一月月幾望，五嶽詩人桑調元自序。

總序

遊嶽必五者備而後可暢雅懷，非徒婚嫁須畢也。夫畢婚嫁，則家累不攖心，斯可以發遊興；巉嵓洞窟，輿騎所不能到，是必得濟勝之具；舟車遼闊，行李往來，遊貲宜裕；幼弱不知遊，壯盛有所營，龍鍾之老不任此，則必及遊之年；樵夫牧子，日夕攀登，卒無一字，必吟眺足發川巖幽異，乃爲不負山靈。

予家婚嫁極簡易，有生不省家事，於禮成日，惟飲酒。昔侵曉送女出閤，即往丁仙洞，有句云：『比較向平先一着，未須了局便看山。』山情故自勃勃，體素便登涉。盛年遊山，輒徒步往。故人葉惺齋相遇於雁蕩之馬鞍山，見予赤脚踏流泉徑去，詫爲奇事。筆耕所入，足辦行裝，鄙性不輕就親知一飯。自辛未發軔嵩山，時年五十七，中間一年不遊。華泰衡恒，凡六年而遍，於今六十有二矣。筋力雖衰，尚堪登躋嶽頂。性癖耽吟，登高懷古，胸中有如許物，必傾吐乃快。衡恒路益遠，興益豪，所作益多，初不計工拙。五嶽巔奧，俱遍灑墨跡。凡所涉歷，陰雨開霽，虎豹遁藏，邊塞苦寒，亦較常年暄煖，豈敢謂感通嶽靈，蓋一物荷皇天之慈而已。頃過日下，視女病，纏牽於懷。向平之累之不易遣乃爾，然不廢予遊。五嶽惟華山最奇險，過青柯坪，攀鐵索上，死生直在呼吸，然奇景步步，超越意表。嵩二室、泰兩觀，其幽勝在盧巖黃華洞。衡

弢甫五嶽集

浙江文叢

桑調元集

〔第三册〕

〔清〕桑調元 著
林旭文 點校

浙江古籍出版社